Peter Stripp wurde 1935 in Berlin geboren. 1952–58 studierte er an der Hochschule der Künste in Berlin und wurde Meisterschüler unter Professor Felix Jacob und Professor Ernst Schumacher. Er arbeitete dann als Ausstellungsgrafiker und Maler. Seit 1972 ist er als Schriftsteller tätig. Bisher hat Peter Stripp 12 Hörspiele und 14 Drehbücher verfaßt und erhielt für »Im Reservat« den Adolf-Grimme-Preis in Gold, für »Hilde Breitner« den DAG-Preis in Gold sowie für »Mein Leben selber bestimmen« den Jakob-Kaiser-Preis. Zu seinen neuesten Arbeiten gehören die 10stündige Fernsehserie »Rote Erde«, das Drehbuch zum Film »Bartolomé oder die Rückkehr der weißen Götter« und der Kinofilm »Unser Mann im Dschungel«.

Originalausgabe

Umschlagfoto Thomas Klausmann, © WDR
Umschlaggestaltung Wolfgang Lauter
Satz IBV Lichtsatz KG, Berlin
Druck und Bindung Hanseatische Druckanstalt GmbH, Hamburg
Printed in Germany · 1 · 20 · 1183
ISBN 3-426-01068-2

1. Auflage

Peter Stripp:
Rote Erde

Knaur

ISBN 3-426-01068-2 880

Mit herzlichem Dank an Wolf-Dietrich Brücker für die Anregung zu diesem Thema und an Franz-Josef Brüggemeier für fachkundige Beratung

Teil 1

1. *Die erste Schicht*

Was er zuerst bemerkte, als er die Augen noch geschlossen hielt, war der Geruch, der fremd, hart und beißend in der kalten Morgenluft hing und ihn aus einem unruhigen Schlaf geweckt hatte. Er fror in seiner abgetragenen Joppe, die ihm zu weit war und deren Ärmelenden er aufgekrempelt hatte. Er schob die Mütze über die Augen hoch und starrte, noch benommen vom Schlaf, durch die halbrunde Öffnung der Plane am Ende des Wagens in das von den Feuern der Hochöfen und Kokereien gerötete Dunkel hinaus. Am Holpern der Räder spürte er, daß die Straße gepflastert war. Er kauerte mit angezogenen Knien in seinem Versteck zwischen der Ladung: Kisten mit Schrauben und Maschinenteilen, Zementsäcke, Ölfässer und ein Postsack. Etwas Eßbares hatte er nicht gefunden. Durch einen Spalt in der verschnürten Plane hinter dem Fuhrmann fiel ein Lichtschein der Wagenlampe auf sein Gesicht. Seine noch kindlich vollen Lippen waren schmal verschlossen, sein Haar war lang gewachsen und hing in rötlichbraunen Strähnen unter seiner Mütze hervor, bis dicht über die breite Nasenwurzel; über seinen abstehenden Ohren wellte es sich und stauchte gegen den Kragenrand. Er weitete den Spalt mit den Fingern und sah zum Kutschbock hinauf. Der Fuhrmann, der die Zügel hielt, hatte sich in seinen Mantel verkrochen; der Gehilfe neben ihm schlief, sein Oberkörper taumelte im Rhythmus der Fahrt hin und her. Der schwere, vierspännige Lastwagen rollte durch nasse, verödete Felder und Industriebrachen. In der Ferne dämmerte das erste, blaßrote Morgenlicht über den schwarzen Kegeln der Kohle- und Schlackehalden.
Er lehnte sich gegen die Wagenplanke zurück und zog die Aufschläge seiner Jacke unter dem Kinn zusammen. Unruhige Erwartung und eine beklemmende Neugier ließen ihn den Hunger vergessen. Er wußte nicht mehr, wie lange er schon unterwegs war, Tage und Wochen, er hatte sie nicht mehr gezählt. Er war angekommen.

Die niedrigen Backsteinhäuser der Siedlung *Eintracht* standen dunkel in öder Reihe zu beiden Seiten der sandigen Straße. Auf dem unebenen Boden spiegelte sich in Wasserlachen vom nächtlichen Regen der matt erhellte Himmel.

Im Taubenschlag, der würfelförmig, mit Brettern und Maschendraht verkleidet, aus einer Dachschräge herausragte, erwachten die ersten Tümmler und Kröpfer, schlugen verschlafen mit den Flügeln, plusterten sich auf und lockerten, den Kopf nach hinten gedreht, mit kleinen, nickenden Schnabelhieben ihre Federn auf, bevor sie, noch ein wenig taumelig, in einer engen Spirale durch den kleinen, dämmerigen Schlag flatterten.
Pauline war schon wach, als die fünf Schläge der Wanduhr durch die dunkle Wohnküche hallten. Sie hatte in die Finsternis gestarrt und gewartet. Wenn die Uhr erst schlug, nachdem sie bis hundert gezählt hatte, dann würde es ein schöner Tag für sie werden. Vielleicht würde er irgendeine angenehme Überraschung bringen. Ein bißchen hatte sie gemogelt, indem sie zum Schluß immer schneller gezählt hatte, aber sie war bis hundertunddreißig gekommen, als es fünf zu schlagen begann. Ihre Hand tastete nach den Zündhölzern. Sie setzte sich auf und zündete eine Kerze an. Ein Hemd aus dickem Leinen hielt ihren hageren Mädchenkörper versteckt und reichte ihr bis zu den Füßen, über die sie sich jedesmal ärgerte, wenn sie auf sie hinuntersah, weil sie fand, daß ihre Füße zu groß waren. Sie war auf dem Bettrand sitzen geblieben. Sie faltete die Hände, gähnte und sprach dann unhörbar, rasch wie eine gewohnte, eingelernte Pflicht, ihr Morgengebet, dabei schüttelte sie ihr Haar aus der Stirn. Ihr Bett stand unter der Treppe, die zu der Dachkammer und dem Taubenschlag führte. Das Licht der Kerze warf ihren vergrößerten Schatten auf die dreieckige Wand, an der ein farbiger Druck hing, der die heilige Barbara, die Schutzpatronin der Bergleute, darstellte. Auch die Heilige hielt ihre schmalen, wachsbleichen Händen betend vor der Brust aneinander und sah mit einem Ausdruck strenger Frömmigkeit zu Pauline herab. Pauline gähnte wieder und stand auf. Sie ging mit der Kerze zum Tisch, kletterte auf die Bank und zündete die Petroleumlampe an, die von der Decke herabhing. Sie stieg wieder von der Bank herunter, holte den Reisigbesen, der neben der Tür an der Wand lehnte und klopfte mit dem Stiel gegen die Holzdecke, um ihre Brüder zu wecken, die in der Dachkammer schliefen. Während sie zum Herd ging und die Glut aufstocherte, hörte man oben Poltern und verschlafene Stimmen. Nebenan, in der Stube, hustete der alte Boetzkes, und ein kleines Kind quarrte unzufrieden und begann dann schrill und fordernd zu schreien. Pauline legte Holz auf die Glut und schüttete mit einer kurzen Schaufel Kohle nach. Mit der anderen Hand hielt sie ihr offenes Haar im Nacken zusammen. Sie hob den Wassertopf vom Feuer-

loch und stellte eine Flasche Milch, auf die ein Gummisauger gesteckt war, in das heiße Wasser.
Ihr Vater kam in Hemd und langen Unterhosen aus der Stube. Er war mager, seine Brust war eingefallen, und seine muskulösen Arme hingen schlaff von den gebeugten Schultern herab. Seine Haltung ließ ihn kleiner erscheinen, als er war.
»Morgen, Paulchen«, sagte er heiser und räusperte sich.
»Morgen«, sagte Pauline.
Er ging zur Bank neben dem Spülstein, hustete, spuckte in einen Eimer, kratzte seinen grauen Bart und wartete, bis Pauline mit einem zweiten Topf kam und ihm heißes Wasser in die Schüssel schüttete. Den leeren Topf stellte sie auf den Herd zurück und nahm die angewärmte Milchflasche aus dem Wasser, ließ sie abtropfen, wischte sie am Saum ihres Nachthemdes trocken und brachte sie in die Stube.
In einem großen, einfach gezimmerten Holzbett saß Käthe Boetzkes gegen ein gewaltiges Kissen gelehnt, das sich nach allen Seiten um ihren Kopf aufblähte wie eine üppige, weiße Quellwolke. Käthe war eine stämmige junge Frau mit schmalen grauen Augen, kräftigen Jochbeinen, einer kurzen Nase und vollen Lippen. Sie hielt den schreienden Säugling im Arm. Die Bettdecke neben ihr war zurückgeschlagen. Käthes Hemd war am Ausschnitt über dem Busen locker mit einem schmalen Band zusammengezogen, die Ärmel waren prall von ihren vollen, weißen Armen gefüllt. Sie gähnte und knotete mit der freien Hand ihr rotbraunes Haar hinter dem Kopf zusammen, bevor sie Pauline die Flasche abnahm. Sie hielt sie, um die Temperatur zu prüfen, an ihr Augenlid.
»Komm her, du kleiner Freßsack.« Sie schob dem Säugling den Nukkel in den Mund und sah ihm zu, wie er hastig und schmatzend die warme Milch trank. Pauline war neben dem Bett stehengeblieben, die Hände auf dem Rücken, beobachtete sie den kleinen Jungen im Arm ihrer Stiefmutter mit einem unschlüssigen Ausdruck im Gesicht. Sie war nicht mit sich einig, was sie mehr berührte und wer sie lieber sein wollte, der Säugling, der gefüttert wurde, oder die Frau, die ihn in ihren Armen hielt. In der Zimmerecke, die jetzt im Schatten der offenstehenden Tür lag, hatte sich Paulines kleine Halbschwester in ihrem Bett aufgesetzt und blinzelte durch die Haarsträhnen, die ihr Gesicht bedeckten, zu ihnen herüber. Pauline drehte sich um und sagte zu ihr in einem mütterlich strengen Ton: »Leg dich wieder hin, Friedel.«
Oben, in der engen Dachkammer, spielte sich währenddessen das gewohnte, laute Durcheinander ab, das die drei Brüder jeden Morgen

nach dem Wecken veranstalteten, wenn sie sich auf knappem Raum wuschen und ankleideten. Karl, der älteste, stand in dem schmalen Gang zwischen den beiden Betten und zog seine Hosen an, während er gleichzeitig nach seinem Hemd suchte und die Sachen von Willi, dem jüngsten, ruhig, Stück für Stück, zu Boden warf, bis er sein eigenes Hemd gefunden hatte. Willi, der sich gerade wusch, beschimpfte ihn; Karl hatte ihm zu wenig Wasser in der Schüssel gelassen. Herbert lag noch im Bett, in dem er zusammen mit Willi schlief, hatte sich zur Wand gedreht und die Decke über den Kopf gezogen. Er brauchte noch nicht aufzustehen, weil er nicht mehr einfuhr. Vor zwei Jahren war er vor Ort verschüttet worden, und der Berg hatte seinen Hüftknochen zersplittert. Willi schöpfte eine Handvoll Wasser aus der Schüssel, zog ihm die Decke weg und schüttete es ihm über den Kopf.

»Du Drecksau«, schrie Herbert, »du Pferdeschinder!«

»Laß ihn schlafen«, sagte Karl und zeigte auf Willis Hosenbund, »mach lieber deinen Stall zu.« Willi war Pferdejunge auf der Strecke in der achten Sohle, und über ihrem gemeinsamen Bett hatte er Zeichnungen von Kavallerie und Meldereitern aus einer Illustrierten an die Wand geheftet. Zwei bärtige Männer sahen unverwandt und mißbilligend zu den berittenen Soldaten hinüber, es waren Karl Marx und Wilhelm Liebknecht, deren Fotos über Karls Bett hingen. Willi hatte sie umgetauft, für ihn waren es ›der alte Berggeist und sein Herr Obersteiger‹. Karl trat aus der Tür und stieß auf dem engen Treppenabsatz gegen seinen Vater, der heraufgekommen war, um nach seinen Tauben zu sehen.

Als Friedrich Boetzkes die Fotos zum erstenmal über Karls Bett bemerkt hatte, hatte er sie schweigend von der Wand gerissen. Karl hatte sie später mit dem Bügeleisen geglättet und am selben Tag wieder aufgehängt.

»Morgen«, sagte Karl.

»Beeilt euch, wir fahren heute 'ne Viertelstunde früher an.«

»Warum?«

»Ich will mir das Flöz in Ruhe ansehen.«

»Das machen wir während der Schicht«, sagte Karl, »die Zeit müssen sie uns bezahlen.« Sie standen, weil nicht genug Platz war, nahe beieinander, aber mit ihren Blicken wichen sie sich aus. Der Alte öffnete die niedrige Tür zum Taubenschlag. »Ich will dabei keinen Antreiber im Rücken haben, verstehst du? Dafür brauch' ich Ruhe.« Er bückte sich und stieg in den Schlag. Karl ging in die Küche hinunter.

Der alte Boetzkes hockte im niedrigen Taubenschlag, sein Blick prüfte das Drahtgitter, den Futterkasten und die Nistzellen; dann ging er von einer Taube zur anderen. Abseits der Futterstelle hockte verschüchtert ein junger Tümmler am Boden, hatte sich aufgeplustert und sah mit ängstlich geneigtem Kopf zu ihm hoch. Der Alte beugte sich unmerklich vor und fing den Tümmler mit einem raschen Griff ein. Seine grobe, schwere Hand hielt das kleine verängstigte Tier zart umschlossen, während eine Fingerkuppe, deren Nagel schwarz umrandet war von eingegerbtem Kohleruß, sich behutsam prüfend durch das Gefieder tastete.
Unten in der Küche saßen Karl und Willi mit aufgestützten Armen am Tisch und schlürften heißen Tee. In geschmückten Buchstaben war auf ein Leinentuch an der Wand der Spruch gestickt:

MEIN GRUBENLICHT SOLL JESUS SEIN
SO FAHR ICH FRÖHLICH AUS UND EIN

Pauline füllte mit einer Schöpfkelle Tee in drei Blechflaschen, sie trug jetzt ein knöchellanges, kittelähnliches Kleid und hatte ein Tuch um den Kopf gebunden. Willi zog ein Teeblatt aus seiner Tasse. Er spielte sich vor seiner Schwester als der Herr im Haus auf und nannte es »eine polnische Wirtschaft«. Karl sah kurz über seine Tasse hinweg zu ihm hinüber: »Gib nich so an«, sagte er, und Pauline meinte, Willi solle sich morgen früh seinen Tee selber kochen.
»Wenn Käthe Tee macht, sind keine Blätter drin«, sagte Willi.
Der alte Boetzkes war die Treppe vom Dachboden heruntergekommen. Er hatte Willis letzte Worte mitangehört, ging zu ihm, beugte sich zu ihm herunter und sagte leise, drohend: »Hast du wieder ›Käthe‹ gesagt? Sie ist deine Mutter, und du sagst ›Mutter‹ zu ihr, verstanden?«
Er ging zur Stubentür, die halb offenstand. Willi und Pauline warfen sich einen raschen Blick zu. Karl blieb unbeteiligt. Der Alte blickte in die Stube. Käthe ruhte im Kissen, sie hatte den Kopf zur Seite gedreht und war wieder eingeschlafen. In ihren Armen schlief der kleine gesättigte Junge. Friedrich Boetzkes ging mit leisen Schritten zur Anrichte neben dem Bett, auf der noch die Kerze brannte. Er leckte Daumen- und Zeigefingerspitze naß und drückte die Flamme aus. Dann kam er in die Küche zurück und schloß leise die Tür hinter sich. Er setzte sich schweigend zu Willi und Karl an den Tisch und faltete die Hände. Pauline trat zu ihnen, Willi stellte seine Tasse ab, gehorsam falteten beide die Hände. Im selben Augenblick war Karl demonstra-

tiv aufgestanden. Er steckte seine Blechflasche in den Beutel und ging zur Tür, wo er sich abwartend gegen den Pfosten lehnte. Der Alte hatte ihm nachgeblickt, aber wieder den Kopf gesenkt. Selbstverständlich und ruhig, ohne Feierlichkeit, sprach er das Morgengebet.

»Glück auf, mit Dir, o Gott, beginne
ich meinen Gang zum dunklen Schacht,
Dich preis' ich, Herr, mit frohem Sinne,
Dich, dessen Aufsicht mich bewacht.«

Er mußte husten. »Amen«, sagte er.

Die paarweise hintereinandergespannten rheinischen Kaltblüter stemmten ihre massigen Körper in schwerfälliger, gleichmäßiger Gangart ins Geschirr, ihr Speichel tropfte von den Trensen. In langen Zeitabständen straffte der Fuhrmann ermunternd die Zügel. Sein Gehilfe neben ihm auf dem Kutschbock erwachte. Er blinzelte, sah sich um und nickte dem Fuhrmann grinsend zu.
Der schwerbeladene Wagen rollte gerade an einer Gruppe von Männern vorbei, die sich Brotbeutel und Blechflaschen über die Schultern gehängt hatten; sie trugen geflicktes Arbeitszeug, Mützen und verrußte Hüte. Sie gingen gebeugt, die Hände in den Taschen und redeten kaum miteinander. Einer nach dem anderen tauchten sie im grauen, von Kohle- und Schlackestaub verhangenen Morgendunst auf. Man hörte sie ab und zu husten und das gleichförmige Klopfen und Scharren ihrer Holzschuhe auf dem Straßenpflaster.
Durch den Schlitz in der Plane sah auch der Junge hinten auf der Ladefläche des Lastwagens die Männer. Entschlossen zog er sich die Mütze fest in die Stirn, nahm seine Holzpantinen in die Hand und kletterte barfuß über die Kisten und Fässer zum Wagenende. Er stieg über die Planke und sprang herab. Der Wagen entfernte sich rasch von ihm, die Fuhrleute hatten nichts bemerkt. Der Junge steckte die Füße in die Pantinen und folgte den Männern, dabei versuchte er, sich ihren großen Schritten anzupassen, und blickte abwartend und neugierig von der Seite zu ihnen hoch, aber sie beachteten ihn nicht.
Vorn ging Otto Schablowski, aufrecht und mit wiegendem Gang. Er war Hauer, groß und kräftig, und ein handfegerbreiter Schnauzbart hing unter seiner breiten Nase. Er war einer der wenigen Männer, die Stiefel trugen, dazu geflickte Hosen, eine Lederweste und ein großgeknotetes rotes Halstuch. Was aber am meisten an ihm auffiel, war sein Hut aus abgewetztem, verrußtem Filz mit einer breiten Krempe,

die er an den Seiten hochgeschlagen und an die er sich eine ganze Sammlung Abzeichen und alle möglichen Glücksbringer gesteckt hatte. Otto Schablowski zog ein Messer aus dem Gürtel und ein Päckchen Kautabak aus der Hosentasche, schnitt ein Stück ab und gab es dem Mann, der neben ihm ging. Dann schnitt er auch für sich ein Stück Kautabak ab und schob es in den Mund. Sein Kinn bewegte sich in langsamen Kreisen und schob den gewaltigen Schnauzer schief, von einer Seite auf die andere.

Der Junge ging schneller, er versuchte, die Männer zu überholen. Er wollte als erster am Zechentor sein, aber die Männer sollten seine Absicht nicht bemerken; manchmal machte er unauffällige Doppelschritte. Otto sah kurz auf ihn hinunter, als der Junge an ihm vorbeihastete.

»Warum rennst du so?« Und nach einem abschätzenden Blick fügte er spöttisch hinzu: »– Kumpel?«

Der Junge sah ihn mißtrauisch an, er antwortete nicht, sondern lief schweigend und beharrlich neben ihm her, bemüht, mit Otto Schritt zu halten und ihm womöglich davonzulaufen.

Unerwartet nahe, hoch aufragend und verwirrend unübersichtlich mit den Schornsteinen, Hallen, Kühl- und Wassertürmen, dem Stahlgitter der Hängebank, dem Kohleturm, den Förderbändern und Koksöfen war die Zeche vor ihm in schwarzgrauen Konturen aus dem Dunst aufgetaucht, überragt vom Stahlgerüst des Förderturms und seinem großen Speichenrad, oben, unter dem gewölbten Blechdach.

Unwillkürlich hatte er seinen Schritt verlangsamt. Von der Kokerei stieg weißer Dampf auf, der sich mit dem Morgennebel vermischte.

Mit Furcht, die er sich nicht eingestehen wollte, und scheuer Neugier sah er der Zechenanlage entgegen. Die Männer, denen er vorausgelaufen war, holten ihn langsam wieder ein. Unter dem Backsteinbogen, zwischen den aufgesperrten Gittertoren der Einfahrt, drängten sich die Kumpel der Frühschicht. Otto Schablowski traf hier mit dem alten Boetzkes und seinen Söhnen und Walter, ihrem Schlepper, zusammen. Zur Begrüßung nickten sie sich schweigend zu und stellten sich in die Reihe der wartenden Männer. Der Junge hoffte, daß er zwischen ihnen nicht auffiel. Er sah sich zaghaft um, aber niemand beachtete ihn. Nur Willi, der etwa in seinem Alter war, musterte ihn abschätzend. Der Junge begegnete Willis Blick unsicher und zog sich trotzig den Schirm seiner Mütze über die Augen. Erich, ein alter Bergmann mit einem schweren, breiten Körper, der in einem komi-

schen Verhältnis zu seinem kleinen Kopf und einem knapp sitzenden, steifen runden Hut stand, wunderte sich, daß Friedrich Boetzkes und seine Kameradschaft schon so zeitig gekommen waren. Sie waren Kohlehauer, und die fuhren für gewöhnlich erst nach den Steinhauern und den Pferdejungen an. Willi war der einzige von ihnen, der schon hierhergehörte.
»Ihr seid früh dran, heute –«, sagte Erich, und Heinz, sein junger Schlepper, einen guten Kopf größer als der alte Hauer, aber allenfalls von einem Drittel seines Körperumfangs, bemerkte, daß die Boetzkes sich wahrscheinlich beim neuen Steiger anschmieren wollten.
»Du hast es erraten«, erwiderte Walter gelassen. Otto meinte, sie seien so früh gekommen, um zusammen mit Heinz einzufahren, weil er morgens immer noch so schön nach französischer Seife von seiner Wirtin roch. Der alte Boetzkes sagte schließlich: »Wir fangen im neuen Flöz an.«
»Morgensonne?« fragte Erich. Der alte Boetzkes nickte.
»Wo fangt ihr an«, fragte Erich, »in der achten?«
»Ja, nach Süden.«
Erich warnte, daß sie da beim Schießen aufpassen müßten, in der achten hätten sie kein gutes Wetter. Karl hatte ihnen schweigend zugehört. Er spuckte zwischen seine Holzschuhe auf den Boden und sagte:
»Das müssen wir mit dem Steiger aushandeln, daß wir fürs selbe Gedinge weniger Kohle machen, als inner Katharina.«
Währenddessen hatte Willi wieder den fremden Jungen ins Auge gefaßt und beobachtete ihn abschätzig, als sie nebeneinander in der vorwärtsdrängenden Reihe der Kumpels zum Pförtnerhaus gedrückt wurden, wo die Männer dem Kontrolleur ihre Nummer zuriefen. Von den meisten Männern hatte der Kontrolleur die Nummer im Kopf, und er schob ihnen das runde Metallplättchen am Lederband mit einem kaum verständlich geknurrten »Glück auf« zu, ohne daß sie ihre Zahl genannt hatten. Bevor er sich etwas überlegen konnte, war der Junge an der Reihe. Er sah starr am Fenster vorbei. Der Kontrolleur runzelte die Stirn: »Was ist mit dir?«
Der Junge antwortete nicht, er stellte sich taub.
»Deine Nummer?« fragte der Kontrolleur. Es kam wieder keine Antwort.
»Was willst du hier?«
Jetzt sah ihn der Junge an.
»Arbeiten«, sagte er.

»Warum geht es da vorne nicht weiter?« rief hinter ihm ein Kumpel ungeduldig.
»Arbeiten«, wiederholte der Kontrolleur.
»Ich will Bergmann werden«, sagte der Junge. Otto und einige andere, die in seiner Nähe standen, lachten.
»Wo kommst du her?« fragte Otto, und wieder fügte er mit freundlichem Spott hinzu: »Kumpel?«
»Aus Pustchow.« Otto sah ihn überrascht fragend an.
»Pustchow – in Pommern«, sagte der Junge.
»Schon wieder son Polacke«, bemerkte Willi geringschätzig. Der Junge drehte sich nach ihm um und sah ihn wütend an, geduckt, als wollte er ihn angreifen. »Ich bin kein Pole.«
Otto hielt ihn am Arm fest, und zu Willi sagte er: »Du hältst dein Maul.« Er schlug dem Jungen auf die Schulter und sagte lachend: »Da sind wir ja beinah Nachbarn, Kumpel – ich komm' aus Lüschow, Kreis Kolberg.«
Die Männer hinter ihnen wurden unruhig, sie wollten weiter. Otto zeigte über den Hof, auf ein eingeschossiges Backsteingebäude: »Geh mal rüber zum Betriebsführer.«
Der Junge verließ zögernd die Reihe der Kumpels, sah sich dabei noch einmal unsicher um. Er fürchtete, sie wollten ihn los sein und sich nur einen Spaß mit ihm machen. Trotzdem ging er dann zielstrebig, mit weiten Schritten, klein und gedrungen in seiner abgetragenen Jacke, über den Hof, auf den in einen gotischen Spitzbogen gefaßten Eingang des Verwaltungshauses zu. Otto beruhigte die Kumpels, die hinter ihm ungeduldig darauf warteten, voranzukommen: »Ihr kommt noch früh genug an die Kohle.« Er ließ sich vom Kontrolleur seine Nummer geben. Mit einer großspurigen Geste drehte er sich zu den Nachdrängenden um: Sie könnten es alle dem »Herrn« Steiger melden, daß Otto Schablowski sie aufgehalten hatte, ihre Strafpunkte sollten sie auf seine Liste schreiben lassen.

Der Raum hatte zwei hohe Spitzbogenfenster, die ihm den Anschein einer Kapelle gaben. Andererseits war seine Einrichtung karg, sachlich und der Zeit entsprechend modern: eine Reihe einfacher Karteischränke, ein Schrank mit verglasten Türen, der mit Aktenordnern gefüllt war, ein Schreibpult und ein großer, dunkler Schreibtisch. An den Wänden hingen Pläne, die Schacht- und Querschlagprofile der Grube zeigten, außerdem Wetterrisse und Pläne vom Kohleabbau und vom Streckenausbau; schließlich folgten noch Fördertabellen

und Listen vom Einsatz der Kameradschaften. Auf dem Schreibtisch standen Karteikästen und eine Rechenmaschine mit Handbetrieb. Ein Telefonkasten mit Sprechmuschel und Hörrohr hing hinter dem Tisch an der Wand. Er diente dem Sprechverkehr auf der Zeche, verband das Büro mit der Steigerstube und den einzelnen Sohlen unter Tage. Eine zweite Leitung führte zum Stadtbüro des Direktors. Einziger Schmuck im Raum war der große, gerahmte Druck von Albrecht Dürers ›Ritter, Tod und Teufel‹ an der Wand gegenüber der Tür.
Der Betriebsführer saß hinter dem Schreibtisch, ein Mann Mitte Dreißig, im dunklen Anzug mit Binder und steifem Kragen, aus dem sein rotes, fleischiges Gesicht hervorquoll. Er hatte sich über den Wetterriß der achten Sohle gebeugt. Neben ihm stand der Reviersteiger Rewandowski. Er war einige Jahre jünger als sein Vorgesetzter und trug verrußte Arbeitskleidung. Er war heute noch nicht eingefahren, sein schmales Gesicht war sauber gewaschen, sein helles Haar streng gescheitelt, die Spitzen seines blonden Schnauzers hatte er nach oben gedreht. Den Steigerstab hielt er unter den Arm geklemmt; er hatte sich vorgebeugt und sah dem Betriebsführer über die Schulter. Zwischen den beiden Männern und ihren Funktionen im Betrieb bestand ein seltsames Verhältnis. Als Reviersteiger war Rewandowski dem Betriebsführer unterstellt, aber Rewandowski war der Neffe und Pflegesohn des Direktors. Dem alten Direktor Sturz waren eigene Kinder nicht vergönnt gewesen, und so wurde sein Neffe der legitime Erbe der Zeche Siegfried. Gegenüber seinem Onkel hatte er auf der normalen Ausbildung bestanden und wie jeder gewöhnliche Bergmann als Schlepper über Tage angefangen. Er wollte nicht von oben einsteigen, sondern den Betrieb mit den Augen seiner späteren Untergebenen kennenlernen. Mit gleicher Hartnäckigkeit beharrte er darauf, daß die betriebliche Rangordnung streng eingehalten wurde, indem er sich dem Betriebsführer gehorsam unterstellte. Nur der Betriebsführer kam damit nicht so ganz problemlos zurecht. Immer wieder geriet er in den Konflikt, ob er Rewandowski nun als den künftigen Zechenbesitzer oder – gemäß dessen Wunsch – wie einen gewöhnlichen Reviersteiger behandeln sollte. Es stellte sich für ihn die Frage, ob es geschickter war, die Person als solche oder deren beabsichtigte Rolle zu respektieren.
Von alledem hatte der Junge keine Ahnung, als er seinen Mut zusammennahm und an das Mattglasfenster der Tür klopfte, das den Blick ins Innere des Büros verhinderte, wo der Betriebsführer gerade auf den Wetterriß der achten Sohle zeigte und Rewandowski fragte:

»Haben Sie hier im Vortrieb das Wetter messen lassen?«
Der Reviersteiger nickte: »Ziemlich matt.«
»Wen haben Sie da eingesetzt?«
»Friedrich Boetzkes und seine Leute.«
Der Betriebsführer war einverstanden, er blieb über den Plan gebeugt, als sich der Reviersteiger der Tür zuwandte und im scharfen Ton »Herein!« rief. Der Junge blieb an der Tür stehen und nahm seine Mütze ab. Gesten und Sprache der beiden Männer waren schon vorher militärisch knapp gewesen, deshalb konnte man es auch nicht als eine persönliche Schikane deuten, daß der Reviersteiger den Jungen jetzt anherrschte: »Man sagt seine Nummer, wenn man hier reinkommt.«
»Ich habe keine Nummer«, sagte der Junge. Der Ton schüchterte ihn nicht ein, er war ihn von zu Haus gewohnt, wenn er zum Gutsaufseher gerufen worden war. Er sah dem Reviersteiger in die kühlen, blaßblauen Augen. Er wird mich nicht schlagen, dachte der Junge, er sieht nicht so aus, als ob er mich schlagen wird. Er hat auch keine Peitsche im Stiefelschaft stecken. »Ich will in die Grube«, sagte er.
Der Betriebsführer sah von seiner Arbeit auf, während der Reviersteiger halb um den Jungen herumging und ihn musterte.
»Können Sie ihn am Band gebrauchen?« fragte der Betriebsführer.
Rewandowski nickte, und den Jungen fragte er: »Bist du gesund?«
»Ja.«
Rewandowski schrie ihn an: »Jawohl, Herr Reviersteiger, heißt das.«
»Jawohl, Herr Reviersteiger«, wiederholte der Junge, dabei sah er Rewandowski unverwandt in die Augen. Er senkte den Blick auch nicht, als er nach seinem Alter gefragt wurde und »Sechzehn« antwortete, obwohl er erst vierzehn war.
»Hast du Ungeziefer? Läuse? Flöhe?«
»Nein.«
Rewandowski verbesserte ihn wieder: Nein, Herr Reviersteiger!«
»Nein, Herr Reviersteiger.«
Rewandowski wollte von ihm wissen, wo er zuletzt gearbeitet hatte. Das war in Pommern gewesen, auf dem Hof von seinem Vater, und der Reviersteiger wiederholte: »Pommern« und fragte ihn, ob er mit der Bahn gekommen sei. Der Junge schüttelte den Kopf: »Nein, gewandert – und mit 'm Fuhrwagen.« Rewandowski lächelte knapp zum Betriebsführer hinüber und bemerkte: »Einmal quer durchs deutsche

Reich.« Erst jetzt wollte er den Namen wissen. Der Junge drückte die Arme an den Körper, streckte die Brust vor, hob das Kinn und rief laut: »Bruno Maximilian Wladimir Kruska.«
Der Reviersteiger notierte sich den Namen. »Schreib deinen Eltern, sie sollen dir von eurem Bürgermeister eine Bestätigung schicken.« Er wußte, daß er das Papier nie bekommen würde, aber er war behördlich dazu verpflichtet, den Jungen darauf aufmerksam zu machen. Er sah von seinem Notizbuch auf: »Du kannst doch schreiben?«
Bruno nickte ein wenig zögernd.

Die Signalglocke am Schacht übertönte den ratternden Lärm der Wagenräder auf den Eisenplatten, mit denen der Boden der Hängebank belegt war. Arbeiter stemmten sich gegen kohlegefüllte Wagen, die sie vom Schacht zur Brücke schoben. Andere kamen ihnen mit leeren Wagen entgegen, ließen sie rollen und folgten ihnen in schwerem, ruhigem Gang. Von der Kokerei her zog eine Dampfwolke vom abgelöschten Koks unter der Stahlträgerdecke hindurch und füllte für einen Augenblick den offenen Raum mit grauem Nebel und einem beißenden Geruch. Am Schacht zog der Anschläger das Wetterleder zur Seite und schob das Eisengitter zurück – und dann sah er sie zum ersten Mal: die Männer, die von tief unten aus dem dunklen Labyrinth der Tunnel, Gänge, Schächte und Kohlelöcher an das Tageslicht heraufgefahren kamen, schweigend, geduckt, die Lampen in den Fäusten, kletterten sie aus dem Korb und gingen an Bruno vorbei, in schwarzem abenteuerlichen Zeug, mit schwarzen schweißglänzenden Gesichtern, in denen Augen und Zähne hell aufblitzten. Bruno war stehengeblieben. Der Mann, der ihn vom Büro zu seinem Arbeitsplatz bringen sollte, drehte sich nach ihm um. »Was is – komm weiter!« rief er dem Jungen gegen den Lärm der Wagenräder zu. Bruno zeigte auf den Schacht. »Geht's da nicht runter?« rief er.
Der Mann hatte nur einen Arm, das Ende des leeren Ärmels war in die Kitteltasche gesteckt. Er trug eine alte Militärmütze und hatte sich einen mächtigen Schnauzbart wachsen lassen, dessen Spitzen wie die Hörner eines Stieres zu beiden Seiten über sein Gesicht hinausragten, als wollte er mit diesem auffälligen Merkmal seinen fehlenden Arm wettmachen. Er kniff hämisch die Augen zusammen: »Richtig«, sagte er, »da geht's runter – aber nich für dich.« Bruno folgte ihm. Der Mann führte ihn über eine Eisentreppe in eine niedrige, langgestreckte Halle, durch die sich über die ganze Länge zwei Förderbänder aus beweglichen Eisenplatten parallel zueinander hinzogen, sie schep-

perten langsam über quietschende Stahlrollen vorwärts. Aus zwei blechverkleideten Schächten prasselte die frisch gehauene Kohle aus den Loren von der Hängebank herab, holperte über die Bänder und kippte am Ende der Halle über Rutschen in den Kohlebunker hinab. Trübes Licht fiel durch die verrußten Fenster, doch weil seine Helligkeit nicht ausreichte, brannte auch am Tag über jedem Band eine Reihe tiefhängender Gaslampen. In ihren Lichtkreisen sah Bruno alte Frauen, Mädchen, Jungen; die wenigen Männer waren fast alle Berginvaliden oder zu alt, um noch einzufahren. Sie alle standen über die Bänder gebeugt und suchten aus der vorbeifahrenden Kohle Steine heraus und warfen sie in Wagen, die zwischen ihnen abgestellt waren. Mit Schiebern, Stöcke an denen kurze Bretter befestigt waren, zogen sie Steinbrocken zu sich heran, die sie mit den Armen nicht mehr erreichen konnten. Ein Junge hatte sich auf eine leere Kiste gestellt, um damit seine fehlende Größe auszugleichen. Bruno nahm alles mit angestrengter Aufmerksamkeit wahr. Er war müde und enttäuscht, seine Augen brannten. Er folgte dem Aufseher, der unter einer Lampe an einem freien Platz stehengeblieben war und ihm zeigte, was er zu tun hatte. Der Aufseher nahm einen Schieber, zerteilte mit ihm die Kohle und griff einen Stein heraus, den er ›Berg‹ nannte. Dazu hatte er wegen des fehlenden Armes den Schieber aus der Hand legen müssen. Aber die Bewegung war schnell und geschickt gewesen. »Verstanden?« rief er Bruno gegen den Lärm zu. Bruno nickte und nahm den Schieber. »Und schlaf nich ein«, rief der Aufseher. Die eine Hand auf den Rücken gelegt, den Kopf mit der Soldatenmütze und die Schnauzbarthörner vorgestreckt, schritt er zwischen den Bändern davon. Bruno starrte auf die vorbeiholpernde Kohle, die sich für einen Moment vor seinen Augen zu einem schwarzen glänzenden Brei auflöste, in dem er mit dem Schieber herumrührte wie in einem Topf Sirup oder schwarzer gepfefferter Bohnen. In den Lärm der Halle mischte sich in der Nähe leise ein Lied, eine einfache, langsame Melodie, die die alte Arbeiterin, die neben Bruno stand, in immer gleicher Wiederholung summte. Langsam sank ihm der Kopf nach vorn, bis das Kinn auf dem Kragen der Jacke Halt fand. Das trübe Licht der Gaslampe hellte sich auf, der Raum dehnte sich und öffnete sich bis zum Horizont, zu sonnengelben, in sommerlicher Reife stehenden Getreidefeldern unter einem heißen, weißblauen Himmel.

Als Bruno bemerkte, daß ihm die Mütze vom Kopf gefallen war, hatte sie sich auf dem Band mit der Kohle schon ein Stück von ihm entfernt. Aber Pauline hatte die Mütze mit ihrem Schieber aufgehalten. Pauline stand dem Jungen gegenüber. Sie hatte ihr Kopftuch so weit über Stirn und Wangen vorgezogen, daß es ihr Gesicht wie Scheuklappen umgab, die ihren Blick scheinbar auf den Ausschnitt einengten, der gerade für ihre Arbeit notwendig war. Sie zog die Mütze zu sich heran und warf sie dem Jungen über das Kohleband hinweg zu. Er fing sie auf und drückte sie sich fest auf den Kopf. Pauline sagte nichts, lächelte nicht, sie sah ihn nur für einen Augenblick aus dem Trichter ihres Tuches hervor neugierig an.

Erna Stanek war noch jung genug, üppig und von einer offenen, herausfordernden Art, um den Männern aufzufallen. Sie war Bergmannswitwe und hatte zwei kleine Jungen. Sie lebte von ihren Schlafburschen und einer kleinen Rente, die die Zeche für ihre Kinder zahlte. Gelegentlich verdiente sie sich einen Zuschuß mit etwas anderem – aber das war wahrscheinlich nur ein Gerücht, das ihr die Bergmannsfrauen mit heimlichem Neid auf ihre ansehnliche Erscheinung nachsagten und die Männer sich augenzwinkernd als eine reizvoll ungewisse Möglichkeit offenhielten. Erna kam die Straße der Siedlung entlang, in jeder Hand trug sie einen großen Korb. Der eine war mit Brennholz gefüllt, der andere mit Mehlbeuteln, Tüten und einer Milchkanne. Von der Straße bog sie in einen schmalen Gang, der zwischen den Häusern hindurch zu den kleinen, länglichen Höfen führte, in denen niedrige, ziegelbedeckte Schuppen rechtwinklig an die Häuser gebaut waren; die wenigen Quadratmeter Erde waren mit Kohl, Bohnen, Kartoffeln und Rüben bepflanzt, dazwischen standen vereinzelt niedrige Obstbäume. Erna wohnte nicht mehr in der Siedlung, sondern in einem der mehrgeschossigen Mietshäuser, graue, billig gebaute Kästen, die sich kahl und beziehungslos am Rand der Industriebrache erhoben. Sie war nicht freiwillig dort eingezogen; nach dem Tod ihres Mannes hatte ihr die Zeche das Haus gekündigt. Eigentlich machte sie jetzt einen Umweg, doch sie wollte sehen, ob sie jemanden treffen würde, mit dem sie reden konnte. Sie hatte Ärger mit ihrem Schlafburschen, das war für gewöhnlich nichts Besonderes. Aber was diesmal dahintersteckte, das regte sie auf. Verärgert schob sie die Unterlippe vor und blies sich, weil sie keine Hand frei hatte, eine Haarsträhne aus dem Gesicht.
Hinter ihrem Haus hing Käthe Boetzkes Wäsche auf, Arbeitskleidung der Männer, geflickte Hosen und Hemden, die grau blieben vom eingegerbten Kohleruß. An der Hauswand, im Windschatten, stand ein altmodischer, abgenutzter Kinderwagen, in dem der Säugling schlief.

Friedel, ihre kleine Tochter, half ihr bei der Arbeit, sie reichte Käthe aus einem Beutel die Wäscheklammern hoch. Herbert saß auf einem Schemel, das steife Bein vorgestreckt, und hielt einen eisernen Dreifuß auf dem Schoß, über den er einen Holzpantinen gestülpt hatte. Neben ihm auf dem Boden stand eine Büchse Soldatennägel, mit denen er die abgescharrte Sohle beschlug. Er hatte sich einen Nagel zwischen die Lippen gesteckt und sah über die Vogelwiese zur Zeche hinüber. Je nachdem, ob sich das Rad auf dem Förderturm rechts- oder linksherum drehte, zeigte es ihm an, ob der Korb ein- oder ausfuhr, an der Dauer von einem Halt bis zum nächsten versuchte er zu schätzen, auf welcher Sohle sich der Korb gerade befand. Und wenn der Wind günstig stand, glaubte er, die Glocke vom Anschläger zu hören. Er wurde von Erna abgelenkt, die den Weg hinter den Höfen entlangkam. Sie stellte ihre Körbe ab und strich sich wieder eine Strähne aus der Stirn. Sie tat es ein wenig selbstgefällig, sie war stolz auf ihr volles schwarzes Haar, das ihr, wenn sie es offen trug, fast bis zu den Hüften reichte.

»Eine Schlepperei is das«, stöhnte sie. »Ich frag mich, wozu ich'n Schlafburschen hab, der faule Hund liegt noch im Bett, er kümmert sich nicht mal um die Gören.« Käthe ging nicht darauf ein, und Erna sah zum wolkenlosen Himmel hoch: »Du hast Glück mit deiner Wäsche.«

»Warst du im Magazin?« fragte Käthe, sie hing weiter Hemden und Hosen auf.

»Im Magazin?« wiederholte Erna, »da kann ich doch nichts anschreiben lassen, ich hab kein Mann mehr, dem sie's vom Lohn abziehn könn. Ich muß alles beim Hanke, diesem alten Halsabschneider, kaufen.«

Weil Käthe sie nicht gefragt hatte, mußte sie nun selber davon anfangen: »Werner is heute nich eingefahrn, seine ganze Kameradschaft nich, und noch'n paar andere auch nich.«

»Was ist denn los?« fragte Käthe.

Herbert sah zu ihnen hinüber und hörte aufmerksam zu.

»Weil sie ihnen zu viel Wagen nullen«, sagte Erna, »sie machen das nich mehr mit, sie komm nur noch auf Dreiviertel von ihrem Lohn.«

Käthe wollte wissen, wo Ernas Schlafbursche angelegt hatte.

»Auf Hermine II.« Erna sah sie lauernd an. »Aber so was spricht sich schnell rum, dann werden sich die Kumpel auf eurem Pütt anschließen.«

Käthe ließ sich nichts anmerken, sie steckte ein Hosenbein mit einer

Klammer an der Leine fest, aber sie sagte: »Da sei die Mutter Maria vor. Sie werden sie alle rausschmeißen.«
Erna hob ihre Körbe auf: »Mach dir mal keine Sorgen, dein Mann hat sich doch bisher immer aus so was rausgehalten.« Sie warf einen Blick auf die Reihe Hosen an der Leine. »Lauter Hosen«, sagte sie, »so is das.« Sie drehte sich um und ging auf die Vogelwiese zu.
Herbert stellte rasch den Dreifuß auf den Boden, legte den Hammer daneben und hinkte ihr hinterher: »Ich helf dir.« Er nahm ihr einen Korb ab. »Weißt du, wie viele es sind?«
Erna schüttelte den Kopf: »Nein, Werner sagt, daß die meisten Polakken sind, sie warn die ersten, die nich mehr eingefahren sind.«
Sie gingen schweigend nebeneinander. Er wagte einen scheuen Blick von der Seite auf ihr Haar und ihre runden Schultern. Sie ging bemüht langsam, weil er mit dem schweren Korb und seiner lahmen Hüfte nicht schneller vorankam. Schließlich nahm sie ihm den Korb wieder ab. Sie lächelte. »Komm, gib her, Herbert, das dauert mir zu lange. Hilf deiner Stiefmutter.« Sie ging allein weiter.
Er sah ihr enttäuscht nach. Die Last, die sie trug, betonte ihre Hüften.

Herbert hatte sich eine weiße, frisch gebügelte Schürze umgebunden, sein dünnes helles Haar war in der Mitte gescheitelt und glatt hinter die Ohren gekämmt. Er stand hinter dem Tresen der Wirtschaft, in der er abends aushalf, und spülte in einer Zinkwanne Gläser. Er sah zur Pendeluhr hoch, die über einer Reihe Holzfässer an der Wand hing. Der Wirt füllte mit einem Trichter Schnaps aus einem Faß in Flaschen ab. Der Fußboden war mit neuem Sand bestreut. Die Tür stand offen, Herbert sah über den ungepflasterten Platz am Ende der Siedlung in die rotgraue Abenddämmerung hinaus. So weit man den Platz und die Straße überblicken konnte, war noch niemand zu sehen. Drinnen, über dem Tresen, war schon die Petroleumlampe angezündet. Herbert putzte die Gläser blank, jedes einzelne hob er prüfend gegen das Licht der Lampe, bevor er es zu den anderen in die Reihe auf die Steinplatte stellte. Er sah wieder auf die Uhr, von draußen hörte er das Scharren der Holzschuhe: Als erster schob der alte Erich seinen massigen Körper durch die Tür, dann folgte Herberts Vater mit seiner Kameradschaft, Otto, der sich ein wenig ducken mußte, um durch den niedrigen Eingang zu kommen, Herberts älterer Bruder Karl und Walter, der Schlepper. Sie hatten noch ihre Brotbeutel und Blechflaschen über den Schultern hängen, vom Kohleruß waren ihre Augen dunkel umrandet und die Falten im Gesicht schwarz nachgezeichnet.

Der Wirt unterbrach seine Arbeit und füllte die bereitgestellten Gläser mit Schnaps. Herbert sah ihnen zu, wie sie schweigend ihre Gläser kippten. Dieser erste Trunk nach der Schicht war wie ein festgelegter, feierlicher Brauch, den er respektvoll abwartete, bevor er sich neugierig an seinen Vater wandte. »Wie sieht's aus, habt ihr leichte Kohle?«
Friedrich Boetzkes sah seinen Sohn nicht an, er schüttelte den Kopf.
»Was für'n Steigen?« fragte Herbert.
»Fünfzig Grad«, sagte Karl.
Herbert nahm mit Eifer an ihrer Arbeit teil: »Da rutscht die Kohle weg wie nichts, da braucht ihr kaum zu schleppen.«
»Aber das Wetter is beschissen«, sagte Otto, »nach zehn Minuten bist du naß, als wenn du aus der Waschkaue kommst.«
Die Männer wirkten müde und resigniert, es war ihnen anzumerken, daß sie sich in der Beurteilung ihrer neuen Arbeit nicht einig waren.
»Nach der Vorschrift stehen euch drei Kubikmeter Frischluft pro Mann und Minute zu«, sagte jemand hinter ihnen. Sie drehten sich um. Es war der Kaplan, sie hatten ihn schon vorher an seiner etwas heiseren Stimme und den schnell gesprochenen Worten erkannt. Er war ein großer, hagerer Mann mit kurzgeschnittenem dunklen Haar. Sein Talar war staubig, er trug ihn nachlässig wie einen notwendigen Arbeitskittel. Wie gewöhnlich hing ihm die Brille tief unten auf seiner langen, schmalen Nase. Sein Verhalten war ruhig und überlegt, aber wenn er sprach, redete er hastig und schnell wie jemand, dessen Gedanken den Worten immer ein wenig voraus sind. Er kam gelegentlich nach der Schicht zu den Männern in die Wirtschaft, und manche sagten ihm nach, daß er sich hier mehr zu Hause fühlen würde als in der Kirche. Alle bis auf Karl redeten ihn mit »Hochwürden« an, Karl nannte ihn nur »Herr Kaplan«. »Da haben Sie recht, Herr Kaplan«, sagte er, »drei Kubikmeter inner Minute. Der Steiger soll uns mal die Meßwerte zeigen.« Der Wirt hatte für den Kaplan ein Glas Rotwein eingeschenkt, Friedrich Boetzkes nahm es auf seine Rechnung. Auch der Schnaps war nachgefüllt, und sie hoben zusammen mit dem Kaplan ihre Gläser.
»Wir können zufrieden sein, wir liegen mit unserm Gedinge überm Schnitt im Revier«, sagte Friedrich ausgleichend.
»Es geht nicht ums Geld«, erwiderte Karl, »es geht darum, daß wir uns in dem Aufhau nich kaputtmachen.« Walter war der Meinung, daß es dabei auch ums Geld geht, und Friedrich sagte: »Ich hab schon in schlimmerem Wetter gearbeitet, mein Junge.«

Die Heftigkeit, mit der Karl auf die Bemerkung seines Vaters antwortete, machte deutlich, daß etwas Grundsätzliches zwischen ihnen angesprochen worden war. »Du hast immer schon was Schlimmeres erlebt, das ist kein Argument, damit wirst du nie was ändern.«
Das anschließende bedrückte Schweigen kam Herbert gerade recht. Er hatte bis jetzt gewartet, um seine Neuigkeit an die Männer zu bringen. Er tauchte ein Glas ins Spülwasser und blickte in die Wanne hinunter. »Werner is heute nich eingefahrn, seine ganze Kameradschaft nich und'n paar andere auf Hermine II auch nich. Weil sie ihnen zu viel Wagen nullen.«
Otto sagte sofort: »Vielleicht spricht sich das bei uns auch mal rum.«
Karl trank sein Glas leer und schüttelte den Kopf. »Das bringt nichts, die werden ihnen die Abkehr geben. Allein schaffen sie das nich.«
»Ihr müßt dafür sorgen«, sagte der Kaplan, »daß welche von euren Leuten dabei sind, wenn sie die Wagen kontrollieren.«
»Darum bemühen wir uns schon lange, Herr Kaplan«, sagte Karl, »aber das schaffen wir nicht, solange wir uns nich mit den Belegschaften der anderen Zechen abgesprochen haben.«
Walter vertrat die Ansicht, daß man erst mal abwarten sollte. Otto dagegen meinte, daß man schließlich irgendwo einen Anfang machen muß. Friedrich sagte nichts dazu, er trank sein Glas leer, und der alte Erich hielt sich sowieso aus solchen Diskussionen heraus.

Otto wohnte in der Menage, ein gutes Stück außerhalb. Für die Bewohner der Siedlung konnte die Menage nicht weit genug weg sein, weil dort, so sagten sie, nur Gesindel hauste, zugewanderte Arbeiter ohne Familien, von denen sich die einheimischen Bergleute selbstbewußt zu distanzieren suchten. Er ging also allein, in die entgegengesetzte Richtung wie der alte Erich, wie Walter und die beiden Boetzkes, die zu ihren Häusern in die Siedlung zurückkehrten. Der Kaplan war noch in der Wirtschaft geblieben. Otto trat unter die Laterne am Mauervorsprung des letzten Hauses, bevor die Straße auf dunkles, offenes Feld hinausführte. Er schnitt ein Stück Kautabak ab und schob es sich unter seinen Schnauzer. Gerade wollte er schon weitergehen, als er ein Geräusch hörte, das von einem überdachten Holzstapel an der Giebelwand kam. Er blieb stehen und kniff die Augen zusammen; dann ging er langsam auf den Stapel zu. Unter dem niedrigen Bretterdach kauerte eine Gestalt, ein paar Holzscheite hatten sich vom Stapel gelöst und waren herabgefallen. Jemand sah ihn ängstlich und verschlafen an. In Ottos Gesicht löste sich die Spannung, er grinste.

»Du bist es, Kumpel.« Es war Bruno; er richtete sich auf, wobei immer mehr Holzscheite unter ihm wegrutschten. Otto lachte: »Was machst du hier? Vor wem versteckst du dich?«
Der Junge sah den großen Bergmann mißtrauisch an.
»Hast du angelegt? Hat's geklappt?« fragte Otto. Bruno verstand ihn nicht, er kletterte von dem Holzstapel herunter.
»Hast du kein Bett?«
Der Junge schüttelte den Kopf.
»Komm«, sagte Otto, »ich nehm dich mit in die Menage, das Bett von dem Bayern is frei, der liegt im Hospital. Wo hast du deine Sachen?«
»Ich hab nichts«, sagte Bruno leise. Otto nickte.
»Der is untern Berg gekomm, das hat ihm beide Beine gebrochen, das braucht seine Zeit, bis er wieder zurück is.« Er sah den Jungen prüfend von oben bis unten an und zupfte an seinem Jackenaufschlag. »Die is ein bißchen groß für dich.« Er lachte wieder. »Wo hast du die mitgehn lassen, Kumpel?«
Der Junge riß sich wütend los. »Laß mich in Ruhe!«
Otto sah ihn belustigt an und ging weiter. Bruno rückte seine Mütze zurück und folgte ihm zögernd; er zog fröstelnd die Schultern an und schlug den Jackenkragen hoch. »Die gehört meinem Bruder«, sagte er nach einer Weile.
»Stehst du am Kohleband?«
»Sie haben mich nich runtergelassen«, sagte Bruno.
Otto verbesserte ihn: »Das heißt unter Tage. Geduld, Kumpel, so haben wir alle mal angefangen. Haben sie dir'n Abschlag gezahlt?«
Bruno schüttelte den Kopf: »Ich krieg sieben Mark die Woche.«
»Wenn du was brauchst, dann pump ich dir was bis zum Zahltag.«
Sie gingen über die dunkle Landstraße. Der Himmel war bedeckt, das fehlende Sternenlicht wurde von den Lichtern der Zeche am Horizont und dem hin und wieder aufleuchtenden Feuerschein der Hochöfen eines fernen Stahlwerkes ersetzt. Die unstete Helligkeit reichte aus, daß der Junge den Ausdruck im Gesicht des Mannes erkennen konnte, der mit seinen Gedanken für einen Augenblick weit weg war.
»Das ist nicht unser Pommern, Junge«, sagte er, »das is ein kaputtes Land, nur Rauch und Dreck.«
»Wie lange bist du schon Bergmann?« fragte Bruno.
Otto spuckte aus. »Ich bin kein Bergmann, ich bin Bauer. Ein paar Jahre schufte ich noch im Flöz, dann fahr ich zurück und kauf mir mein eigenes Stück Land – für Weizen und Hafer und 'ne Wiese fürs Vieh.« Er mußte husten.

Einige der alten Frauen und ehemaligen Bergleute, die am Kohleband arbeiteten, hatten sich während der Pause draußen auf einen Stapel Eisenträger vor die Hallenmauer gesetzt. Sie kauten gemächlich ihr mitgebrachtes Brot, auf ihre müden, von lebenslanger, schwerer Arbeit gezeichneten Gesichter fiel die fahle Helligkeit der dunstverhangenen Mittagssonne.

Bruno hatte sich etwas abseits auf das Fahrgestell eines ausrangierten Kohlewagens gesetzt. Er biß in einen unreifen Apfel, am Morgen, auf dem Weg zur Zeche, hatte er den Baum in einem Hof hinter den Siedlungshäusern entdeckt und seine Taschen mit grünen Äpfeln vollgestopft. Er spuckte die Kerne auf das Pflaster und malte sich in Gedanken aus, wie er das erstemal einfuhr. Gestern abend hatte er im Schlafsaal der Menage neben Otto auf dem Rand der untersten von drei übereinandergebauten Holzpritschen gesessen. Die Pritschen standen an beiden Seitenwänden des Saales aufgereiht und waren mit Strohsäcken und grauen Wolldecken belegt, auf die Holzpfosten waren mit schwarzer Farbe die Nummern der Betten geschrieben. Die meisten waren noch leer gewesen, nur auf einigen lagen Arbeiter der Spätschicht, schliefen oder dösten bis zum Aufbruch vor sich hin. Im Mittelgang brannte eine einzige Petroleumlampe. Schräg in ihren Lichtschein gedreht, hatte Otto eine große Schiefertafel gegen das Nachbarbett gelehnt, darauf hatte er mit Kreide einen Grubenriß gezeichnet.

»Die Zeche, das ist der Pütt«, hatte er Bruno erklärt. »Das hier ist der Schacht für die An- und Abfahrt. Wenn Mannschaften gefahren werden, heißt es Fahrschacht, und wenn Kohle oder Material gefördert wird, heißt es Förderschacht.« Er zeigte auf die untereinander geschichteten, waagerechten Ebenen. »Und das sind die Sohlen, mußt du dir mal vorstelln: wie die Stockwerke und Flure hier im Haus, erster Stock, zweiter Stock usw. – nur umgekehrt von oben nach unten, is ja klar. Hier am Schacht, wo auf jeder Sohle die Kohle verladen wird, das sind die Füllorte.«

»Und die ganzen Gänge hier?« fragte Bruno.

»Das sind die Strecken«, sagte Otto. »Die Hauptstrecke führt immer direkt zum Schacht, von ihr gehen die Nebenstrecken ab, die führen zu den Flözen. Hier wird die Kohle und das Material mit Wagen auf Schienen transportiert.«

»Die Nullwagen, das sind leere Wagen«, hatte Bruno gesagt. Er mußte daran denken, wie er Otto mit dieser Bemerkung für einen Augenblick aus dem Konzept gebracht hatte. Otto hatte Bruno unsicher

angesehen. Dann lachte er: »Du meinst ›Wagen nullen‹, das is was ganz anderes, das hat mit'm Betrieb unter Tage nichts zu tun.«
»Was is das?« fragte Bruno.
»Halsabschneiderei«, antwortete Otto, dann erklärte er: »Du sortierst doch am Band Steine aus der Kohle.« Bruno nickte. »Wenn jetzt ein Kohlewagen zuviel Steine hat, zuviel Berg nennen wir das, dann wird er vom Steiger nich angerechnet, dann kriegen wir ihn nicht bezahlt, verstehst du?«
Bruno nickte wieder. Otto fuhr fort: »Also weiter: Wir warn beim Flöz. Flöz, das weißte, das is die Kohleschicht und da, wo die Kohle verhauen wird, das heißt vor Ort. Jedes Flöz hat 'ne Nummer oder einen Namen, wir verhaun jetzt gerade die Morgensonne.«
Brunos Wißbegier lag im Kampf mit seiner Müdigkeit. Er starrte zwischen dem Wald der Bettpfosten hindurch, zu den drei Männern hinüber, die vor dem Fenster um einen Tisch saßen und Karten spielten. Das Fenster hatte keine Vorhänge, und in den dunklen Scheiben spiegelten sich die Petroleumlampe und die Männer. Sie hatten eine Flasche Schnaps in ihre Mitte gestellt, wer ein Spiel gewann, durfte einen Schluck trinken. Bruno hörte Ottos Stimme, die ihn in einem Aufmerksamkeit fordernden Ton fragte: »Was ist das?« Otto zeigte auf die Tafel.
Bruno konzentrierte sich: »'n Schacht.«
»Richtig, das ist ein Blindschacht. Warum heißt der Blindschacht?«
Bruno überlegte: »Ich weiß nich – weil er dunkel is, weil da kein Licht brennt?«
Otto lachte: »Im Schacht brennt sowieso kein Licht, Junge, nur an den Füllorten. Das heißt Blindschacht, weil er nicht über Tage führt, sondern nur von einer Sohle zur anderen.« Er zeichnete den Querschnitt von einem Flöz an die Tafel. »So sieht ein Flöz aus: In der Mitte, das is die Kohle, und rundherum is Gebirge, also Stein. Oben, über dem Flöz, das nennt man das Hangende. Unten, das ist das Liegende, und die beiden Seiten, das sind der rechte und der linke Stoß.«
Bruno war wieder mit Interesse bei der Sache: »Ihr redet immer vom Wetter«, sagte er, »da unten gibt's doch gar kein Wetter.«
»Warte ab, Kumpel, das will ich dir ja gerade erklärn«, sagte Otto. »Wetter – das ist praktisch die Luft, die wird durch den Förderschacht oder durch Wetterschächte angesogen und durch den ganzen Querschlag auf allen Sohlen geführt. Mattes Wetter: das is einfach schlechte Luft und Kohlestaub, da wo nich mehr genügend frische Luft hinkommt. Böse Wetter: das is Kohlestaub und schwaches Gas.

Und schlagende Wetter: das is Gas. Das kommt manchmal aus der Kohle gezischt, daß es dich umhaut, das is dann ein Bläser.« Otto fügte ernsthaft belehrend hinzu: »Wenns hier inner Menage Kohl zu fressen gibt, und in der Nacht fängt die ganze Belegschaft an, wie der Teufel zu furzen, dann gibt das böses Wetter, das merkste sehr schnell. Aber unter Tage, da merkst du nichts, weil das Gas, das aus der Kohle kommt, kein Geruch hat. So kannst du dir das am besten einprägen, Junge.«
Bruno war beeindruckt, er nickte.
»Bei bösem Wetter oder Schlagwetter, da darfst du zum Beispiel auch nicht schießen«, sagte Otto.
»Was schießen?« fragte Bruno.
Otto lachte. »Da denkste: mit 'ner Büchse in die Kohle schießen, was? Oder mit 'ner Armbrust.« Er lachte wieder. »Schießen heißt Sprengen. Dann ist die Explosionsgefahr zu groß, verstehst du? Bei uns, inner Morgensonne, da haben wir jetzt verflucht mattes Wetter, da geht dir schnell die Puste aus, da kommt der Wetterstrom nich mehr bis zum Vortrieb hoch, da müßte eigentlich 'n zusätzlicher Lüfter aufgestellt werden, damit...« Otto brach plötzlich ab. Er beugte sich zur Seite und blickte am Bettpfosten vorbei zur Tür. Der Menageverwalter war in den Schlafraum gekommen und schritt den Gang zwischen den dreistöckigen Betten entlang, blickte prüfend nach rechts und links, wie ein Feldwebel in der Kaserne. Seine hohen, blankpolierten Stiefel knarrten, er trug gestreifte Hosen und einen Militärrock ohne Abzeichen.
»Der Bulle«, sagte Otto leise. Die drei Männer, die Karten spielten, schienen den Verwalter nicht zu bemerken, sie setzten ihr Spiel fort, aber einer hatte, während er weiter sein Blatt prüfte, unauffällig und sehr schnell die Flasche vom Tisch genommen und unter seinem Schemel versteckt. Der Verwalter blieb neben Ottos Bett stehen, er legte den Kopf in den Nacken und schob sein breites Kinn wie eine Waffe nach vorn, aus den gesenkten Augenlidern hervor schielte er auf die Tafel hinunter: »Was soll das sein?«
Bruno war vom Bett aufgestanden. Otto blieb sitzen, er gab dem Verwalter keine Antwort.
»Was ist das?«
»Sie sind kein Bergmann, das merkt man«, erwiderte Otto, »das ist ein Grubenprofil.«
Der Verwalter blickte mißtrauisch auf die Tafel. Ihm fiel etwas ein, womit er Otto zurechtweisen konnte: »Du sorgst dafür«, er zeigte auf

Bruno, »daß der am nächsten Zahltag sein Logis bezahlt, sonst laß ich's dir von deinem Gedinge abziehen. Kommt ihr zur Abendandacht?«
»Ich bin müde«, sagte Otto. Der Verwalter wollte ihm etwas erwidern, unterließ es aber, als er Ottos herausfordernden Blick bemerkte. Er ging weiter, zu den Männern am Tisch. Er nahm wieder seine Imponierhaltung ein, zog auffällig die Luft durch die Nase und fragte: »Täusch' ich mich, oder riecht das hier nach Fusel?« Die Männer beachteten ihn nicht, sie spielten Karten. Der Verwalter sagte: »Wen ich hier beim Saufen erwische, der fliegt raus, das ist euch doch klar?«
Otto zog Bruno am Arm, damit er sich wieder hinsetzen sollte. Er beobachtete den Verwalter: »Es gibt dumme und kluge Menschen«, sagte er leise, »und gefährliche und anständige. Der Mann ist gefährlich, weil er dumm ist«, und in Gedanken hatte er hinzugefügt: Es gibt auch gefährliche, die klug sind – wie unser Reviersteiger.
Bruno hockte auf dem ausrangierten Kohlewagen und sah über den Hof zur Hängebank hinüber. Er schluckte den Rest vom Apfel hinunter. Je mehr Äpfel er aß, um so hungriger wurde er. Das Mädchen war aus der Halle gekommen, sie arbeitete mit ihm am Band, stand ihm gegenüber, aber sie hatten noch nicht miteinander gesprochen. Er sah, wie sie stehenblieb und sich suchend umblickte. Sie hatte ihr Tuch vom Kopf in den Nacken geschoben. Als Pauline den Jungen bemerkte, ging sie an der Reihe der alten Frauen und Männer vorbei zu ihm und setzte sich neben ihn. Er sah, wie sie ihren Beutel aufknüpfte und ein Brot herausnahm. Sie hielt es ihm hin, ohne ein Wort zu sagen. Er blickte auf das Brot, aber er zögerte einen Augenblick, bis er es ihr abnahm. Sie hatte ein zweites Brot für sich aus dem Beutel genommen. Dann aßen sie schweigend. Nach einiger Zeit fragte Bruno:
»Warst du schon mal unten?«
Pauline verstand nicht, was er meinte: »Wo?« fragte sie.
»Unter Tage.«
Sie schüttelte den Kopf: »Frauen dürfen nicht unter Tage. Drüben, bei den Franzosen, fahren auch Frauen ein.«
»Is dein Vater Bergmann?« fragte Bruno.
Pauline nickte.
»Ich bekomm sieben Mark die Woche«, sagte er.
Pauline sah ihn von der Seite an: »Bei wem bist du Schlafbursche?«
Bruno lehnte sich zurück und knöpfte seine Jacke auf, so wie er es bei den Männern in der Menage gesehen hatte, wenn sie von der Schicht

kamen und sich an den Tisch setzten. »Bei niemand«, sagte er, »ich wohn in der Menage.«

Vor dem Haus hatten sich Neugierige versammelt, Männer, die von der Schicht kamen, und Frauen aus der Siedlung, die noch ihre Schürzen umgebunden hatten, einige davon trugen kleine Kinder auf den Armen.

Der Eingang wurde von einem Gendarmen bewacht. Als Bruno herankam, noch verrußt von der Arbeit und mit dem gleichmäßigen, etwas schwerfälligen Gang, den er den Bergarbeitern abgesehen hatte, erkannte er zwischen den Leuten die dicke Gestalt des alten Erich wieder, neben ihm standen sein Schlepper, der lange Heinz, und Walter, der Schlepper aus Friedrich Boetzkes Kameradschaft. Bruno stellte sich zu ihnen und schob seine Mütze in den Nacken. In diesem Augenblick kamen nacheinander fünf Männer aus dem Haus, die von drei bewaffneten Gendarmen abgeführt wurden. Einer der Männer war Karl Boetzkes. Sie wehrten sich nicht, sondern fügten sich schweigend und diszipliniert, ein Mann rief Walter leise zu: »Sag Martha Bescheid.« Walter nickte. Zwischen den Zuschauern war ein Streit ausgebrochen, die einen beschimpften die Gendarmen, die anderen die Arbeiter, und zuletzt beschimpften sich alle gegenseitig. Eine Frau rief den Männern »Gottloses Gesindel!« nach. Der alte Erich stimmte ihr zu: »Die sollte man allesamt einsperrn, die bringen nur Unruhe auf'n Pütt.«

Walter entgegnete ihnen, sie sollten mal brav an ihre Pfaffen glauben, die würden mit den Grubenbesitzern unter einer Decke stecken. Ein anderer meinte dagegen, die Kapläne und die Katholikenvereine seien noch viel schlimmer als die Sozis, sie würden die Arbeiter noch mehr aufhetzen. »Wenn das kein Nationalliberaler ist, freß ich'n Besen!« rief jemand. Heinz, der nichts von der Politik verstand, meinte: »Das is'n Zugewanderter.« »'n Protestant«, rief eine Frau. »So'n Stallknecht aus'm Osten, die uns die Arbeit wegnehm!« schimpfte ein Mann. Bruno hörte ihnen verständnislos zu. Vorn stand Erna Stanek, sie hatte sich so aufgestellt, daß die Gendarmen einer nach dem anderen nahe an ihr vorbeigehen mußten, und jedem hatte sie dabei mit einem verächtlichen Ausdruck in die Augen geschaut, ihren üppigen Busen mit spöttischer Koketterie vorgestreckt und mit einer trotzigen Kopfbewegung ihr Haar in den Nacken geschleudert.

»Hört auf, euch anzublöken«, rief sie jetzt den Leuten zu. »Fällt euch in dem Moment nichts Bess'res ein, als euch gegenseitig die Köppe

einzurennen? Die Grubenbesitzer werden sich vor Lachen bepinkeln, wenn sie euch hörn!«
Bruno beobachtete sie aufmerksam.
»Was haben die Männer getan?« rief sie, »warum dürfen sie sich nich versammeln und reden? Nur weil sie Sozialdemokraten sind? – Ich werd euch mal sagen warum: Weil der Kaiser Angst vor ihnen hat, weil sie uns erklären, daß wir genauso Menschen sind wie die da oben und uns die gleichen Rechte zustehn.« Walter war zu ihr gegangen, er warf ihr einen Blick zu und sagte leise: »Sei ruhig, Erna.«
»Du bist auch so'n Feigling«, beschimpfte sie ihn laut. »Ihr wollt Männer sein? Mutter Maria!« Herbert näherte sich ihr spöttisch, mit einer zweideutigen Geste: »Morgen is Zahltag, Erna, kann ich bei dir für einmal anschreiben?«
Die Leute lachten, vor allem die Frauen. Erna sah ihn ernst an. »Willst du dich vor den anderen wichtig tun, Kleiner?« fragte sie ruhig, und dann fügte sie lächelnd hinzu: »Du hast doch schon die Hosen voll, wenn ich dir nur in die Augen seh. Und nun lauf schnell nach Haus und laß dir von deiner Mama den Arsch putzen.« Sie drehte sich um und ging. Sie hatte die Lacher der Männer auf ihrer Seite.
Bruno sah ihr nach, er hatte sie die ganze Zeit nicht aus den Augen gelassen.
»Was haben die Männer gemacht?« fragte er Walter.
»Diskutiert«, antwortete er.
»Sind das Sozis?«
Walter sah ihn mißtrauisch an. Er bemerkte Brunos arglos fragenden Blick und nickte: »Sie haben Versammlungsverbot. Hast du noch nichts vom Sozialistengesetz gehört? Das haben wir unserm Reichskanzler Bismarck zu verdanken.«
»Warum haben sie Versammlungsverbot?« fragte Bruno.
Walter meinte, man würde gleich merken, daß er vom Dorf kommt, und er erzählte ihm, angeblich hätten ein paar Männer dem alten Kaiser an den Kragen gewollt und angeblich seien das Sozis gewesen. Aber das sei nur ein Vorwand für die Reichsregierung, um den Sozialdemokraten einen Maulkorb zu verpassen.
Bruno hörte ihm zu und machte sich seine Gedanken. Er ließ sich nicht einreden, daß der Kaiser so feige war und vor ein paar Arbeitern Angst hatte.

Friedrich Boetzkes knickte die Zeitung herunter, es war die *Tremonia*, das Blatt, das die Meinung des katholischen Zentrums vertrat. Er sah

von seinem Platz auf der Bank am Herd zu Karl hinüber, der von der Straße hereingekommen war und, ohne jemand anzusehen, zur Treppe hinauf zur Dachkammer ging.
»Sie werden dich auf die schwarze Liste setzen«, sagte Friedrich. Karl antwortete ihm nicht, und der alte Boetzkes fügte hinzu: »Wenn dir das egal is, mir ist das nicht egal.«
Käthe, Pauline und Willi standen am Tisch, sie schälten Gurken, schnitten sie in Streifen und legten sie in einen Steinkrug. Käthe sah von ihrer Arbeit auf, blickte auf Karl und ihren Mann, sie erwartete, daß es zwischen den beiden wieder Streit geben würde, aber sie ließ sich nichts anmerken.
»Hör mal zu«, der alte Boetzkes legte die Zeitung weg und stand auf, »du trägst meinen Namen«, sagte er zu Karl. Willi nahm eine komische Hab-acht-Haltung ein und tippte sich mit dem Finger auf die Brust. »Ich auch«, sagte er leise zu Pauline. Sie kicherte und hielt sich verstohlen die Hand vor den Mund. Käthe hielt den Blick gesenkt, aber sie hörte ihrem Mann aufmerksam zu.
»Ich habe mir nie etwas zuschulden kommen lassen«, sagte Friedrich, »und ich will nicht, daß du –«
Karl war an der Treppe stehengeblieben; er unterbrach den Alten: »Sie haben uns nicht beweisen könn, daß es 'ne politische Versammlung war«, und mehr für sich selber fügte er hinzu, »ich möchte nur wissen, wer uns verpfiffen hat.«
Friedrich war zum Herd gegangen und stocherte mit dem Feuerhaken in der Glut. »Ich habe respektiert, daß du deinen eigenen Weg gehst. Wenn du meinst, daß du ohne Religion und Gottesfurcht leben willst, dann ist das deine Sache, das mußt du mit deinem Herrgott ausmachen. Aber solange du hier in meinem Haus lebst, will ich keine politischen Scherereien haben.«
Karl verbesserte seinen Vater mit einem Ausdruck von traurigem Spott: »Das Haus gehört der Zeche.« Eher nachdenklich als vorwurfsvoll erwiderte er dem Alten: »Du glaubst noch an Ordnung und Anstand, du lebst wie vor dreißig Jahren, als ihr noch ein besonderer Stand gewesen seid, mit Kündigungsschutz, geregeltem Lohn und 'ner schwarzen Uniform als preußischer Knappe. Du willst nicht sehen, was daraus geworden ist.«
»Doch, das seh ich –«, sagte Friedrich bitter, »ich sehe, daß hier jeder hergelaufene Strolch Bergmann wird, weil er nich dafür taugt, in seiner Heimat einen vernünftigen Beruf zu erlernen.«
Willi warf angeödet sein Schälmesser auf den Tisch. »Ich geh schla-

fen«, sagte er. Er wollte zur Treppe gehen. Pauline rief ihm nach: »Nimm Wasser mit hoch.« Willi kam widerwillig zurück, nahm die Blechkanne vom Spülstein und ging durch die hintere Tür auf den Hof hinaus, um Wasser zu holen. »Das kann doch auch mal Karl machen«, sagte er.
»Die kommen hierher«, sagte Karl, und seine Stimme wurde lauter und sein Tonfall schärfer, »weil sie zu Hause nich genügend haben, wovon sie leben können. Die Grubenbesitzer brauchen die Leute, die Zechen werden immer größer, die Stahlwerke und die Dampfmaschinen brauchen immer mehr Kohle.« Er sah seinen Vater an, sein Blick war durchdringend und hart. »Wir sind kein ›Stand‹ mehr, wir sind Lohnarbeiter wie alle anderen Arbeiter in der Industrie.«
»Die Zuwanderer haben den Bergmannsstand in den Dreck getreten mit ihrer Geldgier«, rief der alte Boetzkes, »die haben keine Bindung an den Berg, das sind Zigeuner!« Karl schüttelte den Kopf: »Nein«, sagte er, »unseren Stand haben andere kaputtgemacht.«
»Wer denn?« fragte der Alte mit verdeckter Wut.
Willi ging mit der Wasserkanne durch die Küche, an seinem Vater und Karl vorbei und die Treppe hinauf: »Gute Nacht«, verabschiedete er sich bissig.
»Wer hat denn unsere Mitbestimmung in den Knappschaftskassen immer mehr eingeschränkt?« rief Karl. »Wir zahlen dauernd höhere Beiträge, aber die Alten, die Berginvaliden und die Witwen bekommen immer weniger ausgezahlt, daß sie besser gleich betteln gehn. Wer hat das Wagennullen eingeführt und die Strafpunkte, um unser Gedinge zu kürzen? Wer wirft«, er dehnte das Wort, auf das sich sein Vater immer berief, spöttisch, »anständige Bergleute aus ihren Häusern, nur weil sie sich gegen diese Ungerechtigkeiten gewehrt haben?«
In der Schlafstube nebenan begann der Säugling zu schreien. Käthe warf die Gurkenschalen in einen Korb, den sie vor die Tür auf den Hof stellte. Sie brachten die Abfälle als Viehfutter zum Bauern und bekamen ein paar Rüben dafür.
»Jetzt habt ihr's geschafft mit eurer Brüllerei«, sagte sie, »nun schreit er wieder.«
Friedrich war für einen Augenblick abgelenkt. »Was hat er denn?« fragte er seine Frau.
»Er hat dauernd die Windel voll«, sagte Käthe, »er kriegt Zähne.« Und zu Pauline gewandt: »Setz mal Wasser auf, ich mach ihm Fencheltee.«

Die Tür zur Schlafstube wurde geöffnet, die kleine Friedel stand im Nachthemd in dem dunklen Spalt. Sie rieb sich verschlafen die Augen. »Der schreit wieder.«
»Das hörn wir ja«, sagte Käthe, »geh wieder ins Bett.« Friedel ging zurück ins Zimmer.
Herbert kam von seiner Arbeit in der Wirtschaft. Friedrich und Karl sahen ihn schweigend an. Er nahm seine Mütze ab, hing sie an einen Haken neben der Eingangstür und hinkte zum Herd. Dort nahm er eine Schüssel vom Brett und schöpfte Suppe aus einem Topf. »Die Gendarmerie war in der Wirtschaft«, sagte er.
Käthe war mit ihrer Hausarbeit beschäftigt, sie horchte auf, aber sie war wieder darauf bedacht, es sich nicht anmerken zu lassen.
»Haben sie nach jemand gesucht?« fragte der Alte.
Herbert setzte sich mit seiner Schüssel an den Tisch. Er zuckte mit den Schultern. »Sie haben nur rumgehorcht. Sie werden den Laden schließen, haben sie gesagt, wenn hier was Politisches passiert.« Er schlürfte einen Löffel Suppe. »Die Kumpel warn schon in Stimmung und haben den Kaiser hochleben lassen.«
Pauline hatte einen Topf mit Wasser auf den Herd gestellt und ging in die Schlafstube, die Tür ließ sie einen Spalt weit offen, damit sie kein Licht anzuzünden brauchte.
»Werner war auch da«, sagte Herbert. »Alle, die nich eingefahren sind, solln rausgeschmissen werden, hat der Betriebsführer gesagt. Morgen will daraufhin das ganze Flöz auf der sechsten nich einfahrn, fünf Kameradschaften.«
Der Alte stand am Herd, er sagte nichts, stopfte sich eine Pfeife. Karl hatte sich auf die Treppe gesetzt, hielt die Arme auf die Knie gestützt. Käthe brühte Fenchel auf.
»Ich bin einer der ersten gewesen, die hier in die Siedlung gezogen sind«, sagte Friedrich, nachdem er die Pfeife angezündet und ein paar Züge gepafft hatte. »Das ist hier immer ein anständiges Haus gewesen, und ich will nich, daß hier noch eines Tages die Gendarmerie auftaucht.«
»Ich werd mir woanders 'ne Schlafstelle suchen«, sagte Karl und stand auf. »Dann kannst du dir'n anständigen Schlafburschen nehm für dein anständiges Haus, einen, der betet, statt zu denken, wie du, dem Käthe die Hosen wäscht und die Suppe auf'n Tisch stellt, wie bei all den andern, wo's hinten und vorne nich reicht.«
Der Alte sah Karl wütend hinterher, der die Treppe hinaufging. Drohend hielt er den Feuerhaken in der Faust. »Wenn du gehen willst,

dann geh!« rief er, »auf dein Geld verzicht ich, meinetwegen kannst du dein Gedinge der Partei stiften. Aber solange du in diesem Haus wohnst, hast du dich wie ein ordentlicher Bergmann zu benehm!«
Käthe sagte, ohne von ihrer Arbeit aufzusehen, zu ihrem Mann: »Schrei nich so, du weckst den Kleinen wieder auf. Ich bin froh, daß Paulchen ihn beruhigt hat.«
Im Lichtschein, der durch den Türspalt fiel, sah der alte Boetzkes Pauline in der Schlafstube auf dem Bettrand sitzen. Sie hielt seinen jüngsten Sohn in einem Kissen auf dem Arm und sang ihn leise in den Schlaf.

Die Frauen gingen mit leeren Körben zum Einkauf, andere kamen mit gefüllten Körben und Tüten zurück. Wenn sie sich begegneten, stellten sie ihre Last ab und schwatzten, tauschten ein paar Neuigkeiten aus. Die Männer standen vor den Haustüren, rauchten oder kauten Tabak. Musik war zu hören. Walter saß auf der Steinstufe vor seinem Haus und spielte die Ziehharmonika: Wenn die Butterblumen blüh'n und deine roten Wangen glüh'n.
Seine beiden kleinen Töchter spielten vor ihm auf der Straße. Sie liefen ihrer Mutter entgegen, hängten sich an ihren Arm und versuchten in die Tüten und Beutel zu sehen. »Abwarten«, sagte Katrin, »kommt erst mal rein und wascht euch die Hände.« Als sie an Walter vorbei ins Haus gingen, zog er eine Flasche Schnaps aus dem Korb und stellte sie neben sich auf die Stufe, er sah lachend zu seiner Frau hoch. Dann griff er wieder in die Schlaufe seiner Ziehharmonika und spielte weiter: Die kleinen Grübchen von meinem Liebchen, die machen mich ganz schwach.
Es war Zahltag. Ein Metzger aus der Stadt hatte seinen Stand aufgebaut, Pferd und Fuhrwerk standen am Straßenrand. Die Bergarbeiterfrauen warteten in einer langen Reihe. Der Metzger und sein Gehilfe, in blutigen Kitteln, schnitten Fleisch und wogen es ab. Die Frauen nannten ihre Namen, bezahlten die Schulden und ließen den neuen Einkauf wieder anschreiben. Die Frau des Metzgers strich mit einem kurzen Stift, den sie zwischen ihre dicken roten Finger geklemmt hatte, den alten Schuldbetrag durch und schrieb die neue Summe daneben. Käthe Boetzkes stand in der Reihe der Frauen. Sie sah die Kräuteralte die Straße entlangkommen und winkte sie zu sich heran. Die Alte trug einen großen, flachen Korb, in dem kleine Papiertüten mit Kräutern, dazu bunte Bilder und billige Amulette ausgelegt waren. Ihre Haut war dunkel und faltig, ein breiter, grauschwarzer Zopf

hing unter ihrem Schultertuch hervor; mit ihren kleinen, schwarzen Augen nahm sie alles in ihrer Umgebung wahr und prägte es sich in ihr Gedächtnis ein. Sie wußte über jeden in der Siedlung Bescheid, kannte alle Geschichten von jetzt und früher hinter den Wänden und Türen der rußgrauen Häuser. Im Singsang einer ungewöhnlichen Betonung der Silben rief sie mit einer heiser schrillen Stimme: »Heilkräuter! Pfef-ferminz! Amu-lette! Bun-te Bilder von unserm jun-gen Kaiser und seiner schööö-nen Gemahlin Auguste Viktoria!«
Die Frau, die neben Käthe in der Reihe stand, bemerkte lachend: »Über die Woche kommt sie mit Heiligenbildern, aber am Zahltag verkauft sie immer Bilder vom Kaiser.« Die Alte war herangekommen, Käthe sagte zu ihr: »Ich brauch Fenchel für den Kleinen, er gibt keine Ruhe, er kriegt Zähne.«
»Is er schon soweit?« Die Alte zog erstaunt ihr Gesicht zu einer runzligen Fratze zusammen: »Er kommt von einem guten Schlag.« Sie gab Käthe eine Tüte Fenchel und eine Beißwurzel. »Gib ihm das, Veilchenwurzel zum Beißen. Du mußt ihn mit viel Haferschleim füttern, er braucht jetzt Kalk.«
Käthe nickte ihr zu und gab ihr ein Geldstück. Die Alte spuckte auf die Münze und ließ sie in ihren weiten Röcken verschwinden. »Gott erhalte euch gesund«, sagte sie. Sie ging weiter, an der Reihe der Frauen vorbei und rief: »Kauft Schlafkräuter für eure Männer – und Liebeskraut für eure Schlafburschen!«
Auf der Vogelwiese, einer unebenen, mit spärlichem Gras und niedrigen Büschen bewachsenen Industriebrache, die im Dreieck von der Backsteinmauer der alten Gasanstalt, dem Bahndamm und einer Häuserreihe der Straße begrenzt wurde, trafen sich die Schlafburschen der Siedlung und junge Arbeiter aus der Menage. Zwischen Stapeln rostiger Eisenträger und alten Fundamenten des Werkes sowie allen möglichen ausgeräumten Gegenständen der Siedlung standen sie in kleinen Gruppen beieinander, rauchten, tranken Schnaps und spielten im Stehen Karten, wenn die Erde zu kühl war, um sich zu setzen. Die Sandwälle und Buschgruppen machten die Brache unübersichtlich und ließen sie in ihrer Ausdehnung weiter erscheinen, als sie tatsächlich war. Pauline saß auf einem Schemel, sie hatte ihn aus der Küche geholt und hinter den Hof, an den Rand der Wiese gestellt. Sie trug einen bunten, aus Stoffresten genähten Rock, dazu eine weiße Bluse mit einer Doppelreihe marineblauer Knöpfe und ihre guten Holzschuhe, auf die sie rote Mohnblumen gemalt hatte.

Ihr Haar war glattgekämmt und hing offen über ihre Schultern herab. Friedel stand ein paar Schritte vor ihr, sie warfen sich einen Ball zu. Pauline schüttelte ihr Haar in den Nacken und sah zu Bruno hinüber, er stand zusammen mit Otto, Heinz und einem anderen Arbeiter aus der Menage unten am Sandwall der Brache. Otto kaute Tabak, Heinz und der andere Kumpel rauchten. Sie trugen ihr gutes Zeug, dunkle, enge Hosen, Westen und saubere Hemden. Bruno hatte wieder seine Jacke an, weil er nichts anderes besaß. Sie reichten schweigend eine Schnapsflasche herum. Bruno mußte mittrinken. Er blickte zu Pauline hinüber, nahm einen Schluck; er wollte sich nichts anmerken lassen, verzog keine Miene, aber sein Hals schwoll an und sein Gesicht wurde feuerrot. Die anderen lachten. Otto hob den Blick. Sie sahen Erna über die Wiese kommen, mit offenem Haar, in einer tiefausgeschnittenen Bluse und einem langen, weiten Rock. Sie ging in den Hüften zurückgelehnt, den Kopf ein wenig gesenkt, und dabei drehte sie einen Zweig zwischen den Fingern. Pauline beobachtete sie mit schmal zusammengekniffenen Augen.
Otto sagte zu Bruno, ohne Erna aus den Augen zu lassen: »Hast du's schon mal mit 'ner Frau gemacht?« Bruno gab ihm keine Antwort, er wandte seinen Blick verlegen von Erna ab und sah wieder zu Pauline hinüber. Heinz sah ihn abschätzend an und sagte lachend: »Er sieht nicht so aus.«
»Es wird Zeit für dich, Kumpel«, sagte Otto. Er wartete, bis Erna nähergekommen war. Sie ging in einem leichten Bogen in einigem Abstand an den Männern vorbei, beachtete sie scheinbar nicht, aber ihr Gang verlangsamte sich etwas. Heinz und der andere Arbeiter stießen anerkennende Pfiffe aus. Für einen kurzen Augenblick drehte sie den Kopf zur Seite und sah Otto mit einem herausfordernden Lächeln an. »Warte«, rief er ihr zu, sie blieb stehen, und zu Bruno sagte er: »Ich spendier's dir, Kumpel.« Er zog ein Geldstück aus der Hosentasche. Sie gingen auf Erna zu. Bruno hielt sich zurück, der Arbeiter schob ihn vor sich her. Otto griff Ernas Arm und hielt sie fest, er wollte ihr das Geldstück geben. Sie nahm es nicht an, sah ihm stolz in die Augen. »Was ist los?« fragte sie ihn leise. Otto nahm ihren anderen Arm und drückte sie ins Gras hinunter: »Ich hab'n Bräutigam für dich«. Sie wehrte sich, strampelte, versuchte sich loszureißen. Heinz hielt ihre Beine fest. Sie schrie: »Laßt mich los, ihr Schweinehunde, ihr widerlichen Kerle! Laßt doch den Jungen in Ruhe«, beschwor sie die Männer. Bruno sah ihr zu, wie sie ihren Körper von einer Seite zur anderen drehte, die Hüften vorstemmte und sich wieder fallen ließ,

um sich aus den Griffen der Männer zu befreien. Er trat auf sie zu. Die Männer beobachteten ihn gespannt. Erna sah zu ihm hoch, scheinbar hilflos und betroffen, aber in ihren Augen funkelte eine versteckte Neugier. »Laßt mich los, bitte«, sagte sie sanft. Als Antwort drückte Otto sie noch tiefer ins Gras. »Heilige Jungfrau, steh mir bei«, rief sie, »was soll ich denn mit dem Kind anfangen?« Bruno kniete sich neben sie. Er hob langsam die Hand, streckte sie behutsam vor und strich Erna über das Haar, zart und andächtig. Erna senkte den Blick, gerührt und belustigt, sie preßte die Lippen aufeinander, um nicht zu lächeln. Plötzlich stand er auf und ging über die Wiese davon. Die Männer sahen ihm lachend nach. Otto und Heinz ließen Erna los. Sie stand auf und ordnete ihre Kleider. Otto legte seinen Arm um sie, was sie selbstverständlich und widerstandslos hinnahm.
Pauline hatte sie beobachtet, sie hatte nicht richtig erkennen können, was geschehen war, und sie war aufgestanden, um besser sehen zu können. Als Bruno über die Wiese gelaufen kam, setzte sie sich wieder hin. Er hatte seine Augen unter dem Schirm der Mütze versteckt. Sie schüttelte ihr Haar in den Nacken und warf Friedel den Ball zu.

Auf der Hängebank dröhnten die Eisenplatten unter den Rädern der Kohlewagen. Bruno ließ den leeren Wagen zum Schacht zurückrollen, hängte sich mit seinem Körpergewicht an ihn, um ihn abzubremsen, wenn er zu schnell wurde. Seit zwei Wochen war er Schlepper über Tage. Die Signalglocke am Fahrschacht hämmerte in den Lärm. Die Männer auf der Hängebank zählten die Schläge: Neunmal schlug die Glocke. Jeder der Männer wußte, was das bedeutete. Sie bremsten ihre Wagen ab und liefen zum Schacht. Bruno folgte ihnen.
»Da is was passiert. Unten, auf der achten«, rief ihm ein Arbeiter zu. Der Reviersteiger stand mit dem Kaplan beim Anschläger vor dem Schutzgitter. Der Kaplan hielt eine Sanitätertasche aus abgenutztem, braunem Leder an einem altmodischen Messinggriff in der Hand. Er rauchte eine Zigarette. Die herbeigelaufenen Arbeiter standen im Halbkreis um den Schacht und blickten schweigend auf das Wetterleder. Der Lärm der Wagen war verstummt, und aus der Halle hörte man das dumpfe Stampfen der Fördermaschine. Die Glocke kündigte den Korb an. Der Anschläger riß das Leder zur Seite und schob das Gitter zurück. Karl und Otto, in rußgeschwärztem Arbeitszeug, ihre Gesichter waren schwarz und verschwitzt, trugen auf einem Brettgestell einen Mann aus dem Korb. Er war bis zum Kopf in eine Decke gehüllt, Blut sickerte durch den dicken Stoff. Auch das Gesicht des Man

nes war verrußt, er stöhnte, hielt die Augen geöffnet, aber blicklos nach oben verdreht. Der Kaplan warf seine Zigarette weg, trat an den Mann heran, sah prüfend auf ihn hinunter und fühlte seinen Puls. Der Steiger ging voraus. Otto und Karl folgten ihm mit der Trage vom Kaplan begleitet.
»Was is mit ihm?« rief ihnen einer der Männer zu, »was is passiert?«
Otto hatte seinen abenteuerlichen Hut in den Nacken geschoben, sie waren in Eile. »Er is zwischen die Wagen gekomm – am Bremsberg«, sagte er. Als sie den Mann an Bruno vorbeitrugen, drehte er langsam den Kopf zur Seite. Bruno erkannte ihn: Es war Walter.
Die Männer sahen ihm nach, dann gingen sie zu ihren Wagen zurück. Bruno hörte ihnen zu.
»Das is der Schlepper vom alten Boetzkes«, sagte einer.
»Wo verhaun die jetzt?« fragte ihn sein Kumpel.
»Inner Morgensonne, auf der achten.«
»Da möcht ich nich anfahrn«, erwiderte der Mann und spuckte aus.

Am Morgen drängten sich die Kumpels wieder vor dem Zechentor. Bruno wartete zwischen ihnen in der Reihe, wie damals, als er angekommen und ihnen auf ihrem Weg zur Schicht gefolgt war. Otto stand wieder hinter ihm. Bruno fühlte die Hand des Bergmannes auf seiner Schulter, schwer und beruhigend. Die Boetzkes standen ein Stück vor ihnen. Willi, der Pferdejunge, lehnte sich aus der Reihe zurück und beobachtete Bruno. Sie hatten das Pförtnerhaus erreicht. Bruno sah sich kurz nach Otto um, dann sagte er mit fester Stimme: »Dreihundertneun.«
Der Kontrolleur sah Otto durch das Fenster fragend an. Otto nickte bestätigend: »Walters Nummer.«
Der Kontrolleur schob Bruno das Lederband mit der Blechmarke über die Fensterbank zu. »Glück auf, mein Junge«, sagte er. Bruno zog das Band auseinander, nahm seine Mütze ab und hängte sich die Nummernmarke um den Hals, bedächtig und respektvoll, wie einen Orden oder ein frisch geweihtes Amulett, und wie damals schoben ihn die Männer ungeduldig vorwärts: »Geh weiter, Kumpel.«
Durch die Maueröffnung in der Hallenwand zog weißer Dampf aus dem Badebecken in die Kleiderkaue und vernebelte die trüben Gaslampen. Kleiderständer aus einfachen Holzlatten teilten den Raum in lange Gänge. Bruno sah Männer in den abenteuerlichsten Zusammenstellungen alter, rußgeschwärzter Kleidungsstücke, dazwischen nackte Körper, alte und junge, der Bauch des alten Erich leuchtete als

eine weiße, gewaltige Halbkugel im Dämmerlicht der Halle, die vom Stimmengewirr der Männer erfüllt war. In der Mitte stand ein eiserner Ofen, das Rohr führte in die Höhe und dann im rechten Winkel zur Außenwand. Einige Männer standen um ihn herum, rauchten noch eine Pfeife, während sie auf die Kumpels ihrer Kameradschaft warteten. Bruno zögerte, sich auszuziehen, er genierte sich. Auf Ottos nackter Brust funkelte ein großes Messingkreuz, er zog sein Arbeitshemd über und küßte das Kreuz, bevor er es in den kragenlosen Ausschnitt zurücksteckte. Walters frisch gewaschenes Zeug war Bruno zu groß, er stand in der Hose wie in einem verschnürten Sack, der Bund reichte ihm bis unter die Brust. Otto setzte seinen Hut auf, rückte ihn zurecht und band sich ein Tuch um den Hals. Er hakte einen alten Filzhut, von dem die Krempe abgeschnitten war, vom Brett und stülpte ihn Bruno auf den Kopf. Er hatte für ihn ein Halstuch mitgebracht, er zog es aus der Tasche seiner Weste hervor, schlug es glatt und gab es Bruno: »Das brauchst du. Auf der Strecke zieht's.«
»Dreihundertneun«, sagte Bruno zum Lampenmann. Die Kumpel standen im Gang, am Drahtgitterzaun, hinter dem die schon entzündeten Grubenlampen auf langen Tischen bereitgestellt waren. Mit dem Geleucht gab der Lampenmann den Kumpels Neuigkeiten aus der vorangegangenen Schicht weiter: Einer Kameradschaft waren vom Steiger vier Wagen genullt worden, eine andere hatte Strafpunkte bekommen, weil sie nicht vorschriftsmäßig ausgebaut hatte. »Dreihundertneun?« wiederholte der Lampenmann, sein Blick war fragend auf Otto gerichtet, der hinter Bruno in der Reihe stand. Otto nickte, und der Mann stellte das Geleucht für Bruno in die Öffnung im Drahtgitter: »Glück auf, Kumpel«, sagte er, und Otto flüsterte er zu: »Der Reviersteiger will euch besuchen.« – »Soll er mal komm«, sagte Otto, er hakte seine Lampe an den Gurt. Bruno trug seine Lampe mit ausgestrecktem Arm vor sich her, sie schien ihm kostbar und zerbrechlich, und bei jeder unbedachten Bewegung fürchtete er, die Flamme würde erlöschen, unwillkürlich verlangsamte er seine Schritte. »Geh weiter, Junge«, hörte er den Kumpel hinter sich.
Sie gingen die Eisentreppe zur Hängebank hinauf. Vor dem Wetterleder stand der Anschläger am Schacht. Bruno hörte den harten Schlag der Glocke, der Anschläger zog das Leder zur Seite und schob das Gitter auf. Die Kumpel der Vorschicht kletterten geduckt aus dem schwarzen Eisenkäfig. Sie grüßten die Wartenden mit einem beiläufigen »Glück auf«, das die Männer am Schacht erwiderten. Nur Bruno sagte nichts, er hatte damit gerechnet, daß sie noch länger auf den

Korb warten mußten. Er war schon an der Reihe, hatte Angst, blieb zögernd stehen, bis ihn der Anschläger mit einem kameradschaftlichen Stoß in den Korb beförderte. Otto stieg als letzter ein. Scheppernd rastete das Gitter ein, die Glocke schlug wieder an, dann wurde es dunkel. Fast geräuschlos fiel der Korb in die Tiefe. In großen Abständen huschten die Lichter der Füllorte vorbei. Wasser tropfte herab, strömte mit zunehmender Tiefe in den Korb. Die Männer hockten schweigend und dichtgedrängt beieinander, ihre Gesichter waren von den Grubenlampen ungleichmäßig erhellt. Bruno hatte sich zwischen ihnen zusammengekauert, hielt den Kopf gesenkt. Er klemmte seine Lampe zwischen die Knie und faltete die Hände, unauffällig, niemand sollte es sehen. Otto beobachtete ihn, er bemerkte seine Angst und begann zu singen, laut und vergnügt:

Ein schönes Mädel
mit braunem Haar
und 'ne Feierschicht,
wie wunderbar –

»Was is los, Otto? Is doch noch nich Zahltag«, fragte ihn ein Kumpel. Otto sah Bruno an und sang weiter:

Ein schönes Mädel
mit schwarzem Haar,
die Tasche voll Taler,
wie wunderbar –
Ein schönes Mädel
mit blondem Haar –

Mit einem sanften Ruck hielt der Korb an und unterbrach Otto in der dritten Strophe. Das Leder wurde zur Seite gerissen und das Gitter aufgeschoben. Überrascht sah Bruno in ein gemauertes, von einer Reihe Lampen hell ausgeleuchtetes Gewölbe. Zwei Züge leerer Wagen standen auf den Geleisen, an den Wänden waren Rundhölzer und Eisenträger gestapelt. Bruno hatte dunkle Enge erwartet und befürchtet, kaum ausreichend Luft zum Atmen zu haben. Statt dessen blies ihm ein kalter Wind Kohlestaub ins Gesicht. Er kniff die Augen zusammen und senkte den Kopf gegen den Wetterstrom, während er mit großen Schritten hinter Otto herlief, er spürte seine Kraft, die für diesen Augenblick frei war von Angst und ungewisser Erwartung und danach drängte, sich in Taten umzusetzen. Er ging zwischen den Kumpeln in dem stolzen, selbstbewußten Gefühl, daß er jetzt zu ihnen gehörte. Vom Füllort reichte das Gewölbe etwa sechzig bis siebzig Schritte und mündete danach in die niedrigere, trapezförmige Öffnung der Hauptstrecke, vor der sich die Rangiergeleise zu einem doppelten Schienenstrang bündelten, der in die Strecke hineinführte. Und nun sah Bruno etwas, von dem er gehört hatte, das er aber nicht hatte glauben, zumindest sich nicht hatte vorstellen können: Aus der dunklen Öffnung führte Willi, der Pferdejunge, einen grauverrußten Schimmel zum Füllort, über der Blesse hing zwischen den Ohren ein Schutzleder herab, die Hufschläge blieben stumm im Kohlestaub, nur wenn die Hufe die Stahlschiene trafen, hörte man den Schlag, und manchmal sprühten Funken auf. Vor dem Zug drehte er den Gaul und dirigierte ihn rückwärts an den Wagen, er hatte Bruno bemerkt und betonte seinen erfahrenen Umgang mit dem Pferd: »Komm! brav, zuuu-rück! immer komm!« Seine Kommandos waren unnötig und nur Angeberei, denn dem alten Grubenpferd war jeder Schritt vertraut, es wußte, was zu tun war, und stellte sich von allein ins Geschirr. Nach etwa hundert Metern trat Otto aus der Reihe der Männer heraus, die ihren Weg im Hauptquerschlag fortsetzten. Er drehte sich nach Bruno um und trat dann mit ihm in eine dunkle, niedrige, mit Holz ausgebaute Richtstrecke. Otto ging schnell voraus. Bruno hatte Mühe, ihm zu folgen. Im schaukelnden Lichtschein ihrer Lampen war der Verlauf der Strecke nur auf wenige Meter auszumachen. Brunos Holzschuhe versanken im Kohleschlamm. Sie waren hier außerhalb des Hauptwetterstromes, die Luft war kaum bewegt und warm, Bruno begann zu schwitzen. Über ihm knackte und krachte es dumpf. Er blieb erschreckt stehen und duckte sich unwillkürlich. Otto beruhigte ihn: »Der Berg arbeitet, daran gewöhnst du dich.« Er leuchtete mit seiner Lampe Stempel und Kappen ab und ging weiter. Bruno stieß mit dem Kopf gegen ein Wasserrohr, seine Filzkappe fiel in den Schlamm, er bückte sich benommen, hob sie auf und stülpte sie sich wieder auf den Kopf, seine Stirn blutete. Ein hallender Krach donnerte ihnen aus einem Querschlag entgegen und setzte sich in beiden Richtungen der Strecke fort. Otto drehte sich nach Bruno um. Er hob seine Lampe und sah lachend in Brunos unter dem ersten Rußfilm erblaßtes Gesicht. »Sie schießen«, sagte er, »dann is gutes Wetter.« Sie atmeten beißenden Pulverdampf. Bruno stapfte weiter durch schwarzen Schlamm, von Schweiß und Grundwasser durchnäßt, versuchte er, Otto nicht aus den Augen zu verlieren, dessen dunkle Gestalt sich gegen den Lichtschein seiner Lampe rasch und geschickt vorwärts bewegte.

Sie hatten die Abbaustrecke erreicht. An einer Seite öffnete sich der Stoß zum flachen, steilaufsteigenden Streb. In weiten Abständen leuchteten die Lichter der Grubenlampen zwischen den Stempeln, eine kleine, erhellte Oase im finsteren System der Strecken und Querschläge, dahinter verlor sich das Flöz nach oben in unbestimmbare Dunkelheit. Der alte Friedrich Boetzkes und sein Sohn Karl waren vor ihnen eingefahren. Sie warteten unten an der Bergschwelle vom Liegenden und stiegen jetzt, als sie Otto und Bruno kommen sahen, geduckt in den Streb hinauf. Otto war stehengeblieben. »Das is die Morgensonne«, sagte er und deutete mit einer Kopfbewegung ins Flöz hoch, wo Bruno den Weg der beiden Männer an den schaukelnden Lichtern ihrer Lampen verfolgte. Er war verschwitzt, sein Mund war trocken, er fühlte den Ruß auf den Lippen, er schraubte seine Flasche auf und schluckte; schluckte, bis Otto sie ihm aus der Hand riß: »Genug, teil's dir ein.« Otto zeigte Bruno, wie er seinen Brotbeutel in einen Drahtkorb an das Wasserrohr hängen sollte: »Sonst fressen's dir die Ratten weg.« Vor dem Flöz standen zwei leere Wagen bereit, daneben war ein Berg gehauener Kohle aufgeschüttet. Otto drückte Bruno die Schaufel in die Hand, er bückte sich und hob einen Steinbrocken aus dem Kohleberg: »So was ladest du gar nich erst mit auf.« Er zog sich am untersten Stempel hoch und kletterte in den Streb hinauf, den beiden Boetzkes nach. Bruno hing seine Lampe an den vorderen Wagen, spuckte in die Hände und setzte die Schaufel unter die Kohle, hob sie an und schleuderte sie über den Rand, daß die Kohle in den leeren Wagen polterte, hob die nächste Schaufel, voll gehäuft, er wollte den Wagen gefüllt haben, bevor die Männer seiner Kameradschaft damit rechneten. Fast gleichzeitig setzte jetzt von überall her das Klopfen der Schlägel und Keilhauen ein, und die ersten Brocken frisch gehauener Kohle prasselten den Streb herab.

Es war sein dritter Wagen, Bruno hatte gute Arbeit getan. Er lehnte die Schultern gegen das Eisen und stemmte die Absätze seiner Holzschuhe vor sich in den Kohlestaub, um den Wagen auf dem Gefälle, das zur Förderstrecke hinunterführte, abzubremsen. In einigem Abstand hielt Heinz, der Schlepper vom dicken Erich, seinen Kohlewagen im Schrittempo. Es folgten noch andere Schlepper aus der Matilde, ihre Lampen reihten sich zu einer langen Lichterkette in der dunklen Strecke. Mit jeder Fahrt fühlte sich Bruno sicherer, aber er war erschöpft. Die warme, staubige Luft lag ihm schwer auf der Brust, er hätte einen Waschzuber leertrinken können; in seiner Flasche war kein Tropfen mehr, und Otto hatte ihm gesagt: »Je mehr du säufst, um so eher machst du schlapp.« Bruno war mit seinen Gedanken über Tage, er dachte an helles Sonnenlicht und kühlen Wind, wie er in seiner Heimat am Abend von der See herüberwehte, wenn Bruno für den Gutsherrn die Kühe von der Weide zum Stall zurückgetrieben hatte. Er glitt mit einer Holzsohle auf einem Bergbrocken aus, stolperte, der schwere Kohlewagen drückte ihn vor sich her, wurde immer schneller, Bruno fand keinen Halt mehr, um ihn abzufangen. Er wollte nicht um Hilfe rufen, dabei kam er dem Schlepper, der vor ihm ging, immer näher. Heinz ließ seinen Wagen heranrollen, lehnte sich gegen ihn zurück und klammerte sich gleichzeitig an Brunos Wagen, er konnte ihn nicht lange halten, geriet in Gefahr, eingeklemmt und mitgeschleift zu werden. »Haut ab!« rief er Bruno und dem Schlepper voraus zu. Sie sprangen zur Seite, der Mann ließ seinen Wagen rollen, Heinz ließ Brunos Wagen los, in dichtem Abstand ratterten die beiden führungslosen Kohlewagen die dunkle Strecke hinunter.

Auf der Förderstrecke koppelte Willi einen Zug zusammen. Vorn stand geduldig abwartend der Schimmel, er stellte die Ohren auf, streckte den Kopf vor und begann aufgeregt mit dem Huf zu scharren, als aus der Richtstrecke das Grollen der Wagenräder näherkam, begleitet von den Warnrufen der Schlepper: »Willi! Paß auf, Willi! Heiße Wagen!« Willi wußte, was zu tun war. Er schob einen leeren Wagen über die Weiche, lief zum gestapelten Ausbauholz, schleppte einen Vierkantbalken heran und legte ihn vor die Wagenräder auf die Schienen. Dabei hörte er die schwerbeladenen Wagen aus der Richtstrecke herandonnern. Ihm blieb noch Zeit, zurückzutreten, bevor sie aus der dunklen Öffnung herausgeschossen kamen, mit metallenem Doppelknall auf den bereitgestellten Wagen prallten, sie drückten ihn ein paar Meter weit aus dem Geleis und standen still. Bruno schob seine Mütze in den Nacken. Heinz, Bruno und der andere Schlepper tauchten mit dem letzten Kohlewagen in der Förderstrecke auf, bremsten ihn ab. Alles war gutgegangen, niemand war verletzt worden, keiner der Wagen war umgestürzt. Bruno glaubte nun zu wissen, was ihn jetzt erwartete. Um der Wut und den Vorwürfen der Kumpel zuvorzukommen, blieb er mürrisch und abweisend am Türstock stehen. Ohne ein Wort zu verlieren, gingen die Männer auf den entgleisten Wagen zu. Willi holte eine Brechstange vom Zug und setzte sie als Hebearm unter dem Fahrgestell an: »Komm, faß mit an«, war das einzige, was er zu Bruno sagte. Bruno ging zu ihnen. Gemeinsam hoben sie den Wagen auf die Schienen zurück.

Während die Schlepper ihre Butterpause machten, mußte Willi im

Stall das Futter mischen und frisches Stroh auslegen. Er winkte Bruno zu, mitzukommen. Der Stall war neben der Strecke in den Berg gehauen. Drei Grubenpferde standen am Futterkasten, zwei Füchse und ein Falbe. Der Kohleruß hatte ihr unterschiedlich gefärbtes Fell dunkel angeglichen. Frisches Stroh und Pferdemist, der Geruch war Bruno vertraut und gab ihm das Gefühl, nach Haus zu kommen. Willi stellte ihm die Pferde vor: »Das is Lisa, das is Hertha, und das is Viktor«, er klopfte dem Wallach die Mähne. »Der Alte macht nur noch 'n Jahr.«
»Bleiben sie immer unter Tage?« fragte Bruno.
»Ja«, sagte Willi, »bis sie nichts mehr taugen.« Er wedelte nahe vor den Augen des Tieres die Hand hin und her. Das Pferd blieb ruhig, es scheute nicht. »Siehst du? Er is blind. Das werden sie alle mit der Zeit.«
Bruno hatte Durst und Erschöpfung vergessen, der Ausdruck in seinem verrußten Gesicht war klar und kindlich aufmerksam, als er die Pferde begutachtete: »Das sind Kaltblüter. Das is 'n Schleswiger, das is auch 'n Schleswiger, und das is 'n Rheinländer. Soll ich dir sagen, wie alt der is?« Er schob dem Gaul die Lefzen auseinander und blickte auf sein Gebiß. »Der hat bestimmt seine guten fünfzehn Jahre«, sagte er. Willi gab ihm mit einem zögernden Kopfnicken recht. Er war von Brunos Kenntnissen überrascht und ein wenig neidisch. Bruno half ihm beim Futtermischen, dabei bemerkte er naiv verächtlich: »Ihr füttert ja mit Rübenblättern.«
»Kannst du reiten?« fragte Willi.
»Natürlich«, sagte Bruno.
»Wo hast du's gelernt?«
»Im Winter hab ich beim Gutsherrn als Stallknecht gearbeitet. Der hat Pferde! sag ich dir. Araber, Hannoveraner – alles.«
Willi war betroffen, er sagte: »Ich werd's noch lernen«, und mit einem wichtigtuerischen Ton versuchte er, sein Selbstbewußtsein zurückzugewinnen: »Wenn ich einrücke, geh ich zu den Husaren.«

Vor Ort in der Morgensonne lag der alte Boetzkes mit nacktem Oberkörper auf der Seite, den Rücken gegen den niedrigen Stoß gelehnt. Er legte die kurze Picke aus der Hand und wischte sich mit dem Unterarm den Schweiß von der Stirn. Ein Stück tiefer und seitlich versetzt lag Otto, er horchte auf, als die Schläge des Alten verstummten, und unterbrach ebenfalls seine Arbeit. »Was is?« rief er hoch.
»Verflucht mattes Wetter«, antwortete Friedrich. Karl kniete hinter ihnen und sägte Rundholz für einen Stempel zurecht.

»Achtung!« hallte es den Streb herauf. Die Männer sahen sich an. »Der Alte«, sagte Otto. Sie legten ihr Gezähe beiseite und rutschten den Streb hinunter. Unten auf der Abbaustrecke stand der Reviersteiger Rewandowski und sah ihnen entgegen. Neben ihm stand Steiger Bärwald, ein stämmiger Mann mit einem runden Gesicht und kleinen, argwöhnisch funkelnden Augen; er trug einen hartgewichsten Kaiser-Wilhelm-Bart und einen steifen Hut. Sie nannten ihn den alten Kohlefresser. Auch Rewandowskis Gesicht war jetzt rußgeschwärzt, was seine hellen, kühl blickenden Augen noch betonte.
»Glück auf, Herr Reviersteiger!« riefen die Kumpel, unter Tage durften sie in seiner Gegenwart ihre Mützen aufbehalten.
»Glück auf«, sagte Rewandowski, »wie weit seid ihr?«
Die Männer schwiegen, ihre schweißnassen Körper glänzten im Schein der Lampe. Schließlich sagte Friedrich: »Wir werden die vereinbarte Kohle nicht schaffen, Herr Reviersteiger.«
»Warum nicht?«
Bärwald stocherte mit seinem Steigerstock in der gehauenen Kohle und ergänzte die nüchterne Frage des Reviersteigers mit dem Hinweis: »Ihr habt leichte Kohle.«
Otto warf ihm einen wütenden Blick zu und sagte zu Rewandowski: »Das Wetter is zu matt, wir kommen nich voran. Wir brauchen hier einen Lüfter.«
Rewandowski überhörte Ottos letzte Bemerkung und erwiderte nur: »Ihr seid mir als tüchtige Leute empfohlen worden.«
»Herr Reviersteiger«, sagte Karl, »nach der Vorschrift stehen uns drei Kubikmeter Frischluft zu. Haben Sie mal die Werte gemessen?«
Rewandowskis Blick war kalt und gelassen: »Ich weiß nur, daß ich hier bestimmten Männern, die gegen Kaiser und Staat hetzen, keine Arbeit geben sollte.«
Der alte Boetzkes starrte auf den Kohlestaub hinunter. Er sah auf und erwiderte: »Mein Sohn ist ein guter Bergmann, Herr Reviersteiger.«
Karl sah seinen Vater überrascht an. Rewandowski sagte nur »Glück auf«, drehte sich um und ging die Abbaustrecke hinunter. Steiger Bärwald verabschiedete sich schweigend mit einem einschüchternden Blick und folgte seinem Vorgesetzten. Friedrich rieb sein Kinn, schaute dem Reviersteiger nach und sagte: »Er is 'n gerissener Hund, er will'n Keil in unsere Kameradschaft treiben.« Otto war auf sich selber wütend, er hätte den Herren Steigern gern noch ein nettes Wörtchen gesagt, aber er war nicht mehr dazu gekommen. Er wollte aber mit Rücksicht auf Karl auch nicht noch mehr Ärger machen. Bruno

kam mit einem leeren Wagen aus der entgegengesetzten Richtung. Er sah verwundert auf die Männer. Otto schrie ihn an: »Glotz hier nich rum, schaff was weg!« Er zog sich am unteren Türstock hoch und kroch hinter Friedrich und Karl ins Flöz hinauf.
Nach der Schicht standen die Kumpel am Füllort vorm Schacht und warteten auf den Korb. Ihr erster Blick, wenn sie aus der Strecke herankamen, war auf die große Tafel neben dem Wetterschild gerichtet, auf der vom Fahrsteiger die geförderten Wagen der Kameradschaften, die genullten Wagen und die Strafpunkte notiert waren. Friedrich, Karl und Otto wandten sich müde und verärgert ab. Der Anschläger hatte mit ihnen zur Tafel hochgesehen. »Ihr habt's wieder nicht geschafft«, stellte er fest. Otto knurrte ihn wütend an: »Da sagste uns was ganz Neues.« Für Bruno blieben die Tabellen auf der Tafel unverständlich, aber er hatte die Bemerkung des Anschlägers gehört. Sie hatten nicht genügend Kohle gemacht, das bezog er auf sich, auf seine Arbeit, er fühlte sich dafür verantwortlich, und dieser Gedanke hing dunkel über seinem Stolz und der heiteren Stimmung, mit der er die Ausfahrt nach seiner ersten Schicht unter Tage erwartete. Das Glokkensignal ertönte, und der Anschläger öffnete das Gitter.
Sie hockten wieder im engen Eisenkäfig, die Knie gegeneinander gedrückt, Schulter an Schulter. Der Korb rüttelte beim Aufstieg leicht in den Spurlatten, die Last war zu spüren, die Spannung im Seil und die Kraft, die nötig war, sie zu heben. Warum sollte das Seil jetzt reißen, dachte Bruno, warum ausgerechnet jetzt, wo er im Korb saß, bei seiner ersten Ausfahrt. Er zählte die Lichter der Füllorte.
Die Kumpel der anderen Kameradschaft beobachteten den Neuling. Einer der Männer fragte den alten Boetzkes: »Wie macht sich der Junge?«
Friedrich nickte, er war zufrieden. Otto sah Bruno an, schob die Unterlippe unter seinem Schnauzer vor und kniff anerkennend ein Auge zu.
Der Korb stand still, das Leder wurde zur Seite gerissen. Helles Tageslicht blendete die Kumpel. Sie stiegen auf die Hängebank hinaus. Friedrich, Otto, Karl und die anderen gingen den gewohnten Weg zur Waschkaue. Bruno trat an das Geländer. Er hob sein schwarz verrußtes Gesicht in die blasse Nachmittagssonne, atmete tief, badete in Helligkeit und frischer Luft, und in diesem Augenblick lag seine erste Fahrt in die Grube hinter ihm wie ein dunkler, aufregender Traum.
Der Traum wurde sehr schnell zum Alltag. Die Empfindung kehrte sich um, bei aller Gefahr und quälender Mühe empfand er bald in sei-

ner Arbeit unten, im Halbdunkel der Grube eine alltägliche Geborgenheit, die ihm nicht selten die Welt über Tage mit ihren Sorgen, verdrehten Regeln und ihrer unabsehbaren Not als einen seltsam befremdenden Traum erscheinen ließ.

2. *Lebendig begraben*

An einem warmen, hellen Vormittag zog eine seltsame Prozession von den Miethäusern am Bahndamm heran und lärmte durch die Siedlung, der einmal Zechendirektor Sturz, in der Absicht eines großherzigen, vertrauensvollen Bündnisses mit seinen Arbeitern, den Namen Eintracht gegeben hatte. Volles, sommerliches Grün sproß zwischen den Häusern in den kleinen Höfen und Gärten und schmückte die grauverrußte Backsteinflucht mit den erfrischenden Tupfern reifer Obststräucher und Gemüsebeete. Der laute Umzug kam näher. Umringt von schreienden, hüpfenden Kindern schob Erna Stanek ihren Schlafburschen auf einer Schubkarre durch die Straße. Der Mann steckte hilflos eingeklemmt im Ladekasten, seine Arme und Beine baumelten über den Rändern herab, die Mütze saß schief mit dem Schirm zur Seite gedreht auf seinem Kopf. Erna stemmte sich gegen die Karre, die Lippen zusammengepreßt, ihr Blick war wütend und entschlossen. Der Kamm, der ihr Haar zusammenhielt, hatte sich gelöst, und schwere, schwarze Strähnen hingen ihr über Wangen und Stirn. Der Mann hob einen Arm und ballte die Hand zur Faust, er hatte seine Bewegungen nicht unter Kontrolle, der Arm pendelte hin und her, mit schwerer Zunge und lauter Stimme rief er: »Wir streiken, Ka-Kameraden! Streik!«
»Halt dein gottverdammtes Maul, du versoffener Kerl«, sagte Erna leise in scharfem Ton. »Du schreist mir die ganze Siedlung zusamm. Macht, daß ihr aus dem Weg kommt!« beschimpfte sie die Kinder, »hier gibt's nichts zu glotzen, haut ab!« Dem Mann war eine Holzpantine von einem baumelnden Fuß gerutscht. Ein Junge hob den Holzschuh auf und rannte mit ihm davon, andere folgten ihm und wollten ihm den Schuh abjagen, sie warfen sich ihn gegenseitig zu und sangen schadenfroh:

Bei der Bierschicht
bei der Bierschicht
braucht der Bergmann nicht
das Grubenlicht.

Der Mann auf der Schubkarre versuchte ›Bergmann, Glück auf‹ zu singen, aber die Melodie kam ihm nur schwer und in falschen Tönen

über die Lippen, und er gab den Versuch wieder auf. Statt dessen rief er: »Wir lassen uns nich länger das Fell über die Ohr'n ziehn, wir fofordern mehr Lohn, jawoll, und die Achtstundenschicht!« Sein unsteter Blick blieb an Walter, dem verunglückten Schlepper, hängen, der, vom Geschrei des Mannes und der Kinder aufmerksam geworden, mit seiner Frau vor die Tür gekommen war, noch blaß und auf zwei Krükken gestützt, aber die Mütze schon wieder zuversichtlich auf ein Ohr gedrückt und eine qualmende Pfeife zwischen den Lippen. Walter lachte, nahm die Pfeife aus dem Mund und rief dem Mann auf der Schubkarre zu: »So 'ne Anfahrt wünsch ich mir auch mal, Werner.«
»Das is seine Ausfahrt«, rief Erna zurück, »seine letzte is das, bei mir is Schluß.« Sie machte einen Augenblick halt, setzte die Karre aber nicht ab und sah zu Walters Frau hinüber: »Seit zwei Wochen hab ich keinen Pfennig mehr von ihm gesehn, dafür läßt er sich bedien und kotzt mir die Betten voll.« Sie schüttelte ihr Haar aus der Stirn, stemmte sich vor und schob die Karre wieder an. »Ich werd's dir zeigen«, sagte sie mit gepreßter Stimme.
Ihr Schlafbursche schien sich für eine klare Minute seiner Lage bewußt zu werden und wollte sich aufrichten, es gelang ihm nicht, er blieb festgeklemmt. »Laß mich raus! Laß mich raus, du, du alte...«, ihm fiel nichts Treffendes ein. Pauline hörte sein lallendes Geschrei, sie fegte die Steinstufen vor ihrer Haustür und sah auf. Werner warf ihr aus der Karre heraus eine verschaukelte Kußhand zu. Pauline hatte Friedel unter den Kindern bemerkt, die immer noch um Ernas betrunkenen Schlafburschen herumhüpften und mit seinem Holzschuh Fangeball spielten. Sie stellte den Besen ab, ging zu Friedel, nahm sie bei der Hand und zog sie mit sich zum Haus. »Komm hier weg. So was is nichts für dich.« Für Erna hatte sie keinen Blick übrig.
Mit letzter wütender Kraft schob Erna die Karre ein paar Meter über das unebene Gelände der Vogelwiese, drückte sie in einen Strauch und ließ die Griffe fallen. Mit der Karre schlug Werner auf dem Boden auf. »Du dreckige Zigeunerhure«, fluchte er. Erna ordnete ihr Haar und zupfte die Manschetten ihrer Bluse zurecht: »Laß dich nich mehr bei mir blicken, du Schmarotzer. Such dir 'ne andere, die dich aushält.« Sie ging mit schnellen Schritten über die Wiese zu den Häusern am Bahndamm zurück. Sie war immer noch wütend. Die Kinder waren in die Siedlung zurückgelaufen. Werner hockte eingeklemmt in der Schubkarre, er war zu betrunken, um sich allein aufzurichten. Er starrte vor sich in den Strauch, die Blätter verschwammen vor seinem Blick in der Sonne zu einem grünsilbernen Schleier, der ihn ge-

fangenhielt. Wieder begann er leise ›Bergmann Glück auf‹ zu singen.

Im Hof hinter dem Haus war Herbert Boetzkes damit beschäftigt, mit einer Hacke die Erde der Kohl- und Rübenbeete aufzulockern, und weil er – wie er es immer tat, wenn es im Hof Arbeit gab – dabei gelegentlich über die Brache zum Förderturm der Zeche hinübergesehen hatte, war er Zeuge von Werners unfreiwilliger Karrenfahrt und ihrem schroffen Ende im Busch geworden. Er kam jetzt mit eifrig schlenkernden Armen über die Wiese gehinkt, bückte sich und hob den Holzpantinen auf, den die Kinder weggeworfen hatten. Werner nahm seinen Retter erst wahr, als der ihm den Pantinen wieder auf den Fuß steckte. »O Himmel«, stöhnte er, »o Vater, diese Zigeunerhure.« Herbert sagte: »Was haste da rumgeschrien von Streik? Mann, mach kein Ärger. Komm.« Er half dem betrunkenen Kumpel aus der Schubkarre hoch; es fiel ihm wegen seiner lahmen Hüfte nicht leicht und war von traurig komischer Umständlichkeit. Werner hing halb auf Herberts Rücken, den Arm um seine Schulter gelegt, er ballte die freie Hand wieder zur Faust und brüllte:

»Jawoll, Herr Steiger, wir fahrn nich ein, wir wollen so-so-li-lidarisch sein!«

Herbert schleppte ihn humpelnd zur Wasserpumpe. »Halt dein Maul«, sagte er, »du brauchst jetzt erst mal 'n klaren Kopp.« Mit dieser nüchternen Feststellung beendete er den verfrühten waghalsigen Appell des Hilfshauers, von dem bald das ganze deutsche Reich aufgerüttelt und selbst der Kaiser zum Eingreifen veranlaßt werden sollte. Und noch etwas bahnte sich gleichzeitig an, wenn auch nicht von so übergreifender, geschichtlicher Bedeutung, sondern klein, nah und persönlich, aber für die Betroffene nicht weniger schwerwiegend und beunruhigend. Die Ursachen hatten auch nichts mit zu geringem Lohn, dem Wagennullen oder den unmenschlichen, zermürbend langen Schichtfahrten zu tun, vielmehr mit dem warmen Sommerwetter, der milden, weichen Luft, die den Reviersteiger Rewandowski für seine Fahrt vom Stadtbüro zur Zeche den leichten, offenen Einspänner wählen ließ, mit dem er jetzt in leichtem Trab die Landstraße antlangfuhr. Sein heller Anzug leuchtete in der Sonne, dazu trug er eine karierte Sportmütze und am steifen Hemdkragen einen veilchenfarbenen Binder. Er hatte sich auf der ledernen Kutschbank zurückgelehnt, die Zügel gelassen, aber sicher im Griff; er wußte mit Pferden umzugehen, er war ein guter, zäher Reiter. In Gedanken hing er den Weibern nach, er war noch Junggeselle, er dachte an Frauen, die er

kannte, und andere, die er sich vorstellte. Er war gerade damit beschäftigt, sie nach ihrem Wuchs und Temperament mit verschiedenen Rassepferden zu vergleichen, als er vor sich auf der Straße eine junge Frau bemerkte. Sie ging am Rand, auf dem festgetretenen Fußweg in gleicher Richtung voraus. Ihr volles, rotbraunes Haar hing zu einem breiten Zopf geflochten über ihrem waschblauen Leinenkleid herab, das sich unter dem straffgeschnürten Gürtel über den Hüften bauschte. In jeder Hand trug sie einen prallgefüllten Jutebeutel, deren Gewicht ihren Gang bestimmte, leicht in der Taille pendelnd, mit kleinen, gleichmäßigen Schritten, die unbeabsichtigt kokett wirkten. Rewandowski nahm das Pferd aus dem Trab und fuhr langsam an ihr vorbei. Er sah sich knapp nach ihr um, er wurde nicht enttäuscht. Ihr Gesicht, die breiten Jochbeine, die vollen Lippen und spindelförmigen, grauen Augen lösten die Erwartung ein, die der Anblick von Nacken und Rücken der jungen Frau in ihm geweckt hatten. Es war Käthe Boetzkes, sie hielt den Blick gesenkt und ließ den Reviersteiger, der sie nicht kannte, unbeachtet. Die Last, die sie trug, nahm sie ganz in Anspruch. Sie kam von der Mühle, die Beutel waren mit Roggenmehl gefüllt. Rewandowski hielt an und wartete, bis sie herangekommen war.
»Kann ich Ihnen behilflich sein?« fragte er höflich vom Kutschbock herab. Käthe war stehengeblieben, sie sah kurz zu ihm hinauf, aber erwiderte nichts.
»Müssen Sie in die Siedlung?« fragte Rewandowski.
Käthe sah ihn nicht mehr an, sie nickte nur und sagte leise: »Ja.«
Er stieg vom Wagen hinunter, nahm ihr die Beutel ab und legte sie hinter die Bank, er tat es selbstverständlich, ohne mit seiner Hilfe aufdringlich zu wirken, dann blieb er abwartend neben dem Trittbrett stehen. Käthe raffte ihren Rock und stieg auf den Wagen, sie gab ihm keine Gelegenheit, ihr dabei behilflich zu sein. Rewandowski ging um den Wagen herum und stieg von der anderen Seite auf. Er gab dem Pferd die Zügel. »Ich habe mich nicht vorgestellt«, sagte er, »Rewandowski.« Käthe sagte wieder nichts, sie starrte geradeaus auf die Landstraße, die in der Ferne in die ersten Häuser der Siedlung eintauchte. Rewandowski blickte von der Seite auf Käthes Hände hinunter, kräftige, runde Hände, die sie jetzt nebeneinander auf ihren Schoß gelegt hatte.
Werner kniete vor der gußeisernen Pumpe, Herbert stand neben ihm, die Hand am Schwengel. Werner nahm seine Mütze ab und bekreuzigte sich, als sollte er hingerichtet werden. Mit verschwommenen

Augen blickte er ergeben über den leeren, sandigen Platz, auf dem die Siedlung endete. Dann packte ihn Herbert am Genick, drückte ihn unter das Rohr und pumpte ihm das eiskalte Wasser über den Kopf. Er tat es ohne Schadenfreude, mit der ausführlichen Sorgfalt eines Krankenpflegers. Werner stöhnte und prustete, er richtete sich auf, holte Atem und schüttelte sich Wasser aus dem Haar. In diesem Augenblick bog der Zweispänner von der Landstraße in den Platz ein, umrundete ihn im Halbkreis. Herbert hatte an Pferd und Wagen sofort den Reviersteiger erkannt. Er riß die Mütze vom Kopf und blickte neugierig auf die Frau, die neben Rewandowski saß, er wollte erst nicht glauben, was er sah. Werner blieb auf den Knien, nahm schwankend Haltung an und blinzelte zwischen nassen Haarsträhnen hindurch; er hatte Grund, seinen Augen nicht zu trauen, aber es war tatsächlich Herberts Stiefmutter, die Frau des alten Boetzkes, die oben auf dem Kutschbock an der Seite des Reviersteigers und Neffen des Zechendirektors saß. Die beiden jungen Männer zwangen sich zu dem forschen Ton, der für die Begrüßung von Respektspersonen unausgesprochen Pflicht war. »Guten Morgen, Herr Reviersteiger!« riefen sie gleichzeitig. Rewandowski nickte ihnen zu. Käthe sah sie nicht an, hielt den Blick gesenkt. Sie hob ein wenig den Kopf, griff sich unter das Haar im Nacken und schleuderte mit einer kurzen Handbewegung ihren Zopf über die Schulter. Herbert und Werner starrten dem Wagen hinterher, der jetzt in die Straße der Siedlung einbog. Sie waren sprachlos, und es dauerte einen Augenblick, bis Werner zu der spöttischen Frage fähig war: »Seit wann gehört der zu eurer Familie?«

Herbert gab ihm keine Antwort. Er kaute nachdenklich auf einem Holzsplitter. Er nahm das Holz aus dem Mund und spuckte aus. Es gab noch einen weiteren Zeugen für Käthe Boetzkes aufsehenerregende Kutschfahrt, eine Zeugin, die im verborgenen blieb. Erna trug ein Bündel mit dem wenigen Zeug, das Werner gehörte, unter dem Arm, sie hatte auf der Vogelwiese nach ihm gesucht und trat jetzt zwischen den Häusern der Siedlung hervor, als der Einspänner an ihr vorbeirollte. Sie erkannte Käthe neben dem Reviersteiger und trat unwillkürlich wieder in den engen Durchgang zurück. »Heilige Mutter Maria«, sagte sie leise, »gibt's denn so was.« Sie mußte erst mal Luft holen, dann spähte sie hinter der Hauswand hervor dem Wagen nach.

Käthe und Rewandowski hatten sie nicht bemerkt.

»Wo wohnen Sie?« fragte er.

Käthe streckte langsam den Arm aus, vielleicht zögerte sie nur, weil sie verlegen war, aber es wirkte hoheitsvoll: »Vorn, am weißen Zaun, da können Sie halten.«
Sie schwiegen, bis sie das Haus erreicht hatten. Rewandowski straffte die Zügel, der langmähnige Wallach streckte den Kopf vor und blieb stehen. Rewandowski kannte das Haus, er wußte, daß hier die Boetzkes wohnten. Er sah Käthe von der Seite an, lächelte und sagte: »Ich wußte nicht, daß Friedrich Boetzkes eine so hübsche Tochter hat.«
»Ich bin seine Frau«, sagte Käthe leise, aber bestimmt. Sie stieg rasch vom Wagen ab, ohne daß er ihr behilflich sein konnte. Er hob die Mehlbeutel hinter der Bank hervor und reichte sie ihr herunter.
»Haben Sie vielen Dank«, sagte sie.
Er berührte mit den Fingerspitzen den Schirm seiner Mütze: »Guten Tag.«
Diesmal wich sie seinem Blick nicht aus, sie sah ihn an mit dem undurchdringlichen Ausdruck ihrer grauen Augen. Dann drehte sie sich um und ging auf das Haus zu. Rewandowski löste die Wagenbremse, mit derselben energischen Armbewegung gab er die Zügel frei und brachte den Wallach aus dem Stand in Trab. In der Wohnküche legte Käthe die schweren Beutel auf die Bank neben dem Herd. Sie zog den Gürtel ihres Kleides fest, daß er ihre Taille betonte. Der niedrige Raum erschien ihr eng und stickig. Sie öffnete die Tür, die auf den Hof führte, und trat hinaus. Im Augenblick gab es hier nichts für sie zu tun, sie wollte nur nicht gleich mit ihrer Arbeit im Haus anfangen. Sie sah über die kleinen, von ihrem Stiefsohn liebevoll gepflegten Beete hinweg zu den Büschen und Gruppen junger Bäume auf der Vogelwiese; sie schufen in der Einöde von Mauern, Stahlträgern und Schlackehalden auf dem von Kohlestaub überzogenen Brachland verstreute, grüne Inseln heiler Natur.

Die Gaststube war leer, das war um diese Zeit, gleich nach der Schicht, ungewöhnlich. Der Wirt hatte sich über den Tresen gebeugt und rechnete eine lange Liste mit Bieren und Schnäpsen zusammen, die die Kumpel bei ihm bis zum nächsten Zahltag angeschrieben hatten. Er hob den Kopf und horchte. Die Tür zum Vereinszimmer war geschlossen, es war nichts zu hören, das beruhigte ihn.
Nebenan im Vereinszimmer waren die niedrigen Fenster trotz der hellen Nachmittagssonne mit dickem, grobgewebtem Stoff verhangen, die Petroleumlampen an den beiden Pfeilern brannten. Etwa ein Dutzend Männer hatte sich um ein Podest versammelt, auf Holzbän-

ken an den Seitenwänden saßen sie sich gegenüber. Walter hockte zwischen ihnen auf einem Schemel, seine Krücken hatte er sich zwischen die Knie gestellt, die Ziehharmonika lag neben ihm. Auf dem Podest hatten Karl Boetzkes und der Delegierte auf Stühlen Platz genommen. Fremd und scheinbar sinnlos standen drei Notenständer hinter ihnen. Der Delegierte war ein alter, grauhaariger Arbeiter, seine wäßrig-blauen Augen blickten ernst und aufmerksam über dunklen Tränensäcken hinweg. Er trug einen schwarzen Anzug, das Jackett hatte er ausgezogen und über die Stuhllehne gehängt. Er hatte sich vorgebeugt, die Ellenbogen auf die Knie gestützt und hörte Karl zu.

»Das wär ein Fehler«, sagte Karl, »so was wolln wir ja gerade vermeiden. Das bringt uns überhaupt nichts, wenn wir jetzt anfangen, auf eigenen Faust für 'n höheres Gedinge zu streiken. Was haben denn die Polen auf Hermine zwei erreicht?« Er hob die Hände und sah sich fragend um.

»Sie haben einen Anfang gemacht«, sagte Werner, er sah noch mitgenommen aus, aber sein Kopf war wieder klar. »Immerhin haben sie sich 'n Groschen mehr erkämpft.«

Ein Bergmann stellte die Lage folgendermaßen dar: Als vor ein paar Jahren die Kohlepreise gefallen waren, hatten die Zechen den Lohn gedrückt, aber jetzt, wo sie die Kohle teuer verkaufen konnten, wollten sie nichts von ihrem Gewinn herausrücken. Für die schnell anwachsende Industrie, die neuen Stahl- und Gaswerke, wurde Kohle gebraucht, die Zechen verkauften sie teuer und machten ein Bombengeschäft, aber die Bergleute hatten nichts davon.

»Dafür werden die Miete und das Fressen immer teurer«, rief jemand unter dem Beifall der Männer.

Karl erklärte beruhigend, daß sie das alle wüßten und es auch verständlich sei, wenn sie sich darüber aufregten. Aber den Sozialdemokraten – er sagte: uns Sozialdemokraten – gehe es um mehr, sie wollten nicht nur einen gerechten Lohn, sondern mehr Gerechtigkeit, sie wollten, daß die Arbeiterklasse im Reichstag die Mehrheit bekäme. Er fügte hinzu: »Wir müssen den Kameraden bei ihren Forderungen ein politisches Ziel geben.« Er sah den Delegierten, Zustimmung erwartend, von der Seite an. Der Delegierte nickte.

Herbert saß auf einem Hocker vor der verriegelten Tür, die vom Vereinsraum direkt auf den Platz hinausführte, und beobachtete durch ein verborgenes Loch die Straße. Er äußerte seinen Beifall für Karls Rede, indem er sich mit der flachen Hand auf den Schenkel klopfte,

während er, den Kopf zur Seite gedreht, durch das Loch spähend weiter Wache hielt, was seine Aufgabe war. Karl hatte auch Bruno zu dem Treffen eingeladen, er hatte ihm erklärt, daß die Versammlung verboten sei, weil sie den »Maulkorb« hatten, wie das Sozialistengesetz von ihnen genannt wurde. Karl wollte niemanden hineinziehen, aber Bruno sollte mal zuhören, wenn es ihn interessierte. Also saß Bruno jetzt aufrecht, den Kopf gesenkt, die Hände im Schoß gefaltet, wie zu einer Andacht am Ende der Reihe auf der Bank und hörte zu. Walter beugte sich etwas vor und legte seine Hände auf die Krücken: »Um Forderungen zu stelln, müssen wir uns erst mal einig sein.«
»Das wollte ich noch mal sagen«, fing Karl an. Walter unterbrach ihn aber und fügte hinzu: »Die andern sind sich nämlich einig, die haben ihren Bergbauverein, da sprechen sie sich alles unternander ab.«
»Das wollt ich sagen«, fing Karl wieder an, »und für uns kommt's jetzt darauf an, daß sie merken, daß die Bergarbeiterschaft geschlossen hinter unseren Forderungen steht.«
Walter sagte: »Aber dafür müssen wir uns erst mal mit den Christlichen und dem Rechtschutzverein zusammentun.«
Er bekam für seinen Vorschlag zustimmendes Gemurmel und Kopfnicken.
»Stimmen wir ab«, sagte Karl, »damit Genosse Kubiak bei der Versammlung in Essen dem Bergmann Schröder sagen kann, daß er unser Vertrauen hat. Die Forderungen sind euch allen bekannt.« Er zählte sie aber noch einmal auf: »Fünfzehn Prozent mehr Lohn, Achtstundenschicht einschließlich Ein- und Ausfahrt, wie das früher üblich gewesen ist, geeichte Wagen mit richtiger Maßangabe, 'ne gute, gesunde Wetterführung, und das Holz für den Ausbau muß für die Kohlehauer bis vor Ort gefahren werden.«
Alle außer Bruno hoben den Arm, auch Herbert, der dabei sein Gesicht wieder dicht an die Tür hielt.
»Hast du gesehn, Genosse?« fragte Karl den Delegierten.
Der Delegierte nickte: »Ich danke euch.« Er hustete.
Bruno meldete sich. Er hatte sich seine Gedanken gemacht, aber es fiel ihm schwer, sie in Worte zu fassen. »Ich denke da auch wie ihr, für später mal, mit den Arbeitern, mein ich, daß sie mal über alles bestimm solln, aber ich wollte sagen ...«
Der Delegierte unterbrach ihn und wandte sich an Karl: »Wer ist der Mann? Ich habe ihn noch nicht bei euch gesehn.«
»Das is Bruno Kruska, mein Schlepper.«
Der Delegierte fragte Bruno: »Wo kommst du her, Bergmann?«

Karl antwortete für Bruno: »Aus Pommern.«
Der Delegierte erteilte Bruno mit einer Handbewegung das Wort.
»Das is richtig gedacht, Karl, was du vorhin gesagt hast«, fuhr Bruno fort, langsam und jeden Satz bedenkend, »aber was man denkt, und wie das wirklich is, das is immer verschieden. Darum soll man, wenn man was denkt, das immer daran messen, was wirklich los ist...« Er stockte, überlegte. Der Delegierte saß immer noch vornübergebeugt, er sah Bruno scharf und wachsam an.
»Wenn die Kameraden«, Bruno führte seinen Gedanken weiter, »sich jetzt wehren wolln gegen den ungerechten Lohn und die Schinderei und das Wagennulln, dann solln sie's auch tun, mein ich, wo sie's gerade könn, dann werden auch immer mehr Mut bekomm und mitmachen. Aber wenn ihr sie jetzt mit euren richtigen Gedanken daran hindert, dann verlassen sie sich wieder auf andere und tun selber nichts. Das is aber wichtig, daß wir mal erleben, daß wir selber was gegen die Ungerechtigkeit tun, versteht ihr?« Er sah sich unsicher fragend um, aber dahinter behielt sein Blick einen Ausdruck beharrenden Eigensinns.
»Ich habe dich verstanden.« Karl sah kühl an ihm vorbei. »Das is gefährlich, was du da sagst.«
»Trotzdem«, sagte Bruno, »sonst passiert nichts.«
Karl schüttelte den Kopf. »Das is ein Irrweg. Darauf warten sie nur, um uns kleinzukriegen: Eine Zeche bezahlt 'n paar Pfennige mehr, die andere sperrt die Leute aus, damit bringen sie uns auseinander. Die 'n paar Pfennige mehr kriegen, werden sich dann nicht mehr mit den andern solidarisieren, die sie vor die Tür gesetzt haben.«
Abgesehen davon, daß es Bruno schwerfiel, darauf zu antworten, es blieb ihm dafür auch gar keine Zeit mehr. Herbert kam, den Schemel in den Händen, hastig von der Tür herangehumpelt. »Sie kommen!« rief er. Alle waren bei seinem Warnruf aufgesprungen und zum Podest gelaufen, wo sie sich in zwei Reihen hintereinander aufstellten, offensichtlich wußte jeder, was er zu tun hatte, auch der Delegierte reihte sich ein. Nur Walter blieb sitzen, er brauchte sich nur zu bükken und die Ziehharmonika aufzuheben, seine Krücken hatte er auf den Rand vom Podest gelegt. Karl stellte sich vor den Männern auf. Im selben Augenblick, als die Tür zur Schankstube aufgestoßen wurde und drei Gendarmen sich in den engen Türrahmen drängten, gab Karl den Einsatz. Walter begann zu spielen, und die Kumpel fingen an, mehrstimmig, falsch, aber aus voller Kehle zu singen: »Waldes-lu-u-ust, Waldes-lu-u-ust...«

Die Gendarmen standen im Lichtschein der Schankstube, ein kleiner, untersetzter Wachtmeister und zwei junge Burschen mit roten Gesichtern und gestutzten Schnurrbärten. Der Wachtmeister beobachtete den eifrigen, unmusikalischen Chor der Männer verärgert mit zusammengekniffenen Augen. Er schrie wütend in den Gesang: »Ich erwisch euch noch!« Er gab seinen Untergebenen ein Zeichen. Sie verließen den Raum, der eine Bursche knallte die Tür hinter ihnen zu. Die Kumpel sangen: »Waldes-lu-u-ust...«

Otto Schablowski blieb frei, in der Liebe und in seinen politischen Ansichten. Er hielt nichts von Versammlungen, »da wird nur drum rumgeredet«, hatte er zu Karl gesagt, das war seine Meinung.
Er hatte Erna besucht, sie begleitete ihn jetzt noch ein Stück über die Vogelwiese, sie wollte beim Kaufmann Hanke, dem alten Halsabschneider, Essen und Trinken für die nächsten Tage anschreiben lassen. Ihr Haar hing offen über ihre Schultern herab, sie trug einen leeren Korb in der Hand. Otto rückte seine Mütze zurecht. Sie gingen schweigend nebeneinander. Erna blieb stehen und gab ihm den Korb: »Halte mal.« Sie hob mit beiden Händen ihr Haar hinter den Ohren auf und knotete es im Nacken zusammen. Otto hielt wartend den Korb, er sah ihr zu.
»Gehst du jetzt in die Menage?« fragte Erna.
Otto wandte sich ab und sah zur Siedlung hinüber. Er schüttelte den Kopf: »Ich trinke noch 'n Bier inner Wirtschaft.«
»Findest du's nich schöner, wenn du dein Bier bei mir trinkst?«
Otto antwortete nicht. Erna sagte: »Es is keiner mehr da, der bei mir rumsitzt und uns stört, und wenn ich zurückkomm, bring ich die Kinder ins Bett.«
»Ich will nichts Festes«, sagte Otto, »das weißt du.«
Erna verdrehte ärgerlich die Augen: »Ja, ich weiß. Lieber haust du inner Menage mit 'ner Horde Kerls zusamm wie das Vieh im Stall.« Sie nahm ihm verärgert den Korb wieder ab: »Gib her. Du sammelst jeden Groschen für deinen Acker in Pommern. Aber dafür lebst du hier wie ein Pferdejunge und nicht, wie's sich für ein' Bergmann in deinen Jahren gehört.«
Otto sah sie ruhig an. »Ich hab immer anständig bezahlt, wenn ich bei dir war«, sagte er, »du kannst dich nich beklagen.« Er rückte wieder seine Mütze zurecht und ließ Erna stehen. Sie sah ihm nach, wie er den schmalen Weg zwischen hohem Unkraut entlangging, er drehte sich nicht mehr nach ihr um. Wütend und enttäuscht rief sie ihm,

während sich ihre Augen mit Tränen füllten, hinterher: »Steck dir doch dein Geld in den Arsch«, und mit einer zärtlich bedauernden Stimme fügte sie hinzu: »Du blöder Kerl.«
Käthe saß im Hof auf einem Schemel, eine Schüssel im Schoß und schälte Rüben. Sie sah Erna, den leeren Korb am Arm, über die Wiese kommen. Käthe wandte den Blick rasch ab und tat, als hätte sie sie nicht bemerkt. Es dauerte einen Augenblick, bis sie Erna sagen hörte: »Wie geht's deinem Mann?«
»Wie soll's ihm gehn?«
Erna war vor ihr stehengeblieben: »Du kannst Gott danken, daß er anständig is.«
Käthe erwiderte nichts, sie war nicht daran interessiert, mit Erna zu schwatzen. Erna sah sie abschätzend an: »Die heilige Jungfrau soll ihm seine Manneskraft erhalten, damit du noch 'n bißchen was von ihm hast.«
Käthe hatte ihren Blick nicht bemerkt, weil sie auf ihre Arbeit hinuntersah. »Ich will keine Kinder mehr«, sagte sie, »wir sind genug.«
Erna fand es gescheit, daß sich Käthe einen Mann genommen hatte, der schon grau war, bei ihm wußte sie, woran sie war, auch wenn er ihr vier Kinder mit in die Ehe gebracht hatte. Käthe machte Erna darauf aufmerksam, daß Karl und Herbert schon erwachsene Männer waren.
»Für Karl wird's langsam Zeit, daß er hier rauskommt«, sagte Erna.
Käthe sah zu ihr auf und lächelte: »Du suchst wohl 'n neuen Schlafburschen?«
»Ach hör damit auf«, lenkte Erna ab. Sie meinte nur, daß es vielleicht auf die Dauer nicht gutginge, wenn in einem Haus zwei Männer bestimmen wollten.
»Bestimm tut Friedrich«, sagte Käthe. Erna war jedenfalls froh, daß es bei ihr niemanden gab, der bestimmen wollte. »An deiner Stelle hätte ich Werner schon längst rausgeschmissen«, sagte Käthe. »Wenn er sich mit den Polen zusammentut, hat er in deinem Haus nichts zu suchen, so einer gehört in die Menage.«
»Das war's nich«, Erna machte eine abwehrende Handbewegung, »unsere Männer könn von den Polen noch was lernen, die haben Mut gehabt und durchgesetzt, daß sie ihnen mehr zahln.«
Käthe erwiderte unerwartet gereizt: »Was solln sie von denen lernen? Wie man seine Familie ins Unglück stürzt? Die werden sie alle rausschmeißen.«
Pauline war aus dem Haus gekommen. Offensichtlich wollte sie sich

mit einer Frage an Käthe wenden, bemerkte aber Erna, warf ihr einen abweisenden Blick zu und ging, ohne ein Wort zu sagen, wieder ins Haus zurück. Erna hatte sie beobachtet: »Was is los mit ihr?«
»Ich weiß nich«, sagte Käthe.
»Sie wird 'n Weib«, sagte Erna, »hat sie schon 'n Liebhaber?«
Käthe hob die Schüssel von den Knien und stand auf: »Das glaub ich nich. Das geht auch kein' was an.« Sie ging zum Haus.
Erna zog den Henkel des Korbes in die Armbeuge hoch, sie bemerkte scheinbar beiläufig: »Das wird nachher wieder eine Schlepperei«, und gezielt fügte sie hinzu, »ich hab niemanden, der's mir mit der Kutsche nach Hause fährt.«
Käthe ließ sich nichts anmerken. Sie trat über die Schwelle in die Küche, wo Pauline über ihren Schularbeiten saß. Friedel stand daneben und sah ihr zu. Mit dem Fuß bewegte Pauline die Holzwiege, in der der kleine, dicke Junge lag und an einer Möhre lutschte. In ihrer alltäglichen Umgebung fühlte sich Käthe plötzlich fremd.

»Heute nacht warn auf der neunten schlagende Wetter«, sagte Bruno. Er hockte neben Willi unten auf der Kupplung vom ersten Wagen, ihre schwarzen Gesichter wurden vom engen Lichtkreis der Grubenlampe erhellt, die Bruno auf den Knien hielt. Vor ihnen ging der Schimmel, sein schweißnasses, rußfleckiges Fell glänzte, er wiegte den Hals im schweren, mühevollen Gang, mit dem er sich blind durch die dunkle Strecke bewegte. Die Wagen waren mit Holz für den Ausbau vor Ort beladen. Das knarrende Leder im Geschirr, das harte Rollen der Wagenräder auf den Schienen, das Quietschen in den Kurven begleitete den Zug durch die schwarze Stille. Bruno und Willi, der Pferdejunge, waren dicht aneinandergerückt, um während der Fahrt nicht gegen die engstehenden Stempel der Strecke zu stoßen. Bruno hob seine Lampe und blickte prüfend auf die Flamme.
»Das Wetter kommt hier nich rauf, das zieht nach Osten weg«, beruhigte Willi ihn.
»Doch, das muß hier vorbei«, sagte Bruno.
»Muß es überhaupt nich.«
»Doch, weil wir hier im ausziehenden Wetter sind.«
Willi wußte darauf nichts zu erwidern, er fragte nur: »Haste Angst?«
Bruno schwieg. Willi behielt den Schimmel im Auge, er war der Meinung, daß man sich auf das Pferd mehr verlassen konnte als auf seine Grubenlampe.

»'n Tier merkt genausowenig davon wie 'n Mensch«, sagte Bruno. Willi widersprach ihm: »Ein Pferd wittert das, wenn Max in böse Wetter kommt, dann bockt er, da geht er kein Schritt weiter, das kannste mir glauben.« Sein Bruder Herbert hatte ihm davon erzählt, als er noch einfuhr und Pferdejunge oben in der fünften war. Er wollte mit seinem Zug vom Querschlag in die Richtstrecke, aber sein Gaul war nicht durch die Wettertür gegangen, war stehengeblieben und hatte sich nicht vom Fleck gerührt. Herbert hatte ihm die Peitsche gegeben, aber es war nichts zu machen gewesen. Dann war der Steiger gekommen und hatte gesagt, daß in der Strecke ein Sargdeckel hing, und zwei Mann lagen schon flach. »Davon kann ich dir noch mehr erzähln«, fügte Willi hinzu.

Sie kamen der beleuchteten, viereckigen Öffnung, die in den Ausbau führte, näher. Auf einem Nebengleis stand eine Reihe kohlebeladener Wagen. Bruno sollte heute dem alten Boetzkes beim Ausbau vor Ort am Kohlestoß helfen. Otto war nicht eingefahren, sie hatten ihn gesperrt, wegen mangelnder Disziplin. Gestern, in der Schicht am Streb hatte Otto von Steiger Bärwald verlangt, daß er ihnen das Holz bis zur Flözstrecke bringen lassen sollte. In der Morgensonne saß der Berg locker, sie mußten dicht ausbauen und noch das Holz anfahren und schafften die vereinbarte Kohle nicht. Steiger Bärwald hatte Otto abblitzen lassen: Er solle zum Teufel gehen, hier nicht rumstehen und lieber seine Arbeit tun, dann würden sie auch ihre Kohle schaffen. Daraufhin hatte Otto ihm »ein paar nette Worte« gesagt, wie er das nannte; und zu Bruno, der dabeistand, hatte er laut hinzugefügt: »Solche Kohlefresser wie der falln mal ganz plötzlich in 'n Blindschacht.«

Nach der Schicht, vor der Ausfahrt, hatten die Kumpel am Füllort auf den Korb gewartet und wie gewöhnlich zu der großen Holztafel hochgesehen.

»Dieser verdammte Hund«, rief Otto.

»Was is denn?« fragte Bruno.

»Kannste nich lesen, ich denke, der Kaplan hat's dir beigebracht«, fuhr Otto ihn an, »er hat mir 'ne Mark abgezogen, wegen ›mangelnder Disziplin‹.«

Bruno wußte nun, daß dieses verzwickte Wort, an dem er beim Lesen an der Tafel hängengeblieben war, Dis-zi-plin hieß.

Karl wandte sich ohne eine Bemerkung von der Tabelle ab; er hatte nichts anderes erwartet. Der alte Friedrich knöpfte seine Weste zu und sagte: »Ich red mit dem Reviersteiger.«

Otto zog sich entschlossen den Hut in die Stirn: »Ich geh mit, das mach ich selbst.«

»Ich geh auch mit«, sagte Bruno. Karl legte ihm die Hand auf die Schulter. »Zwei reichen«, sagte er.

Rewandowski stand über den Telegraphenapparat gebeugt und las die chiffrierten Zeichen, die der Stahlstift auf den Papierstreifen drückte. Der Betriebsführer stand vor dem Wetterriß, er hatte sich kurz umgesehen, als die beiden Kumpel, Mütze und Hut in den Händen, in sein Büro gekommen waren. Otto hatte sich in einer lässigen, aber aufmerksamen Haltung neben Friedrich gestellt. Sie nannten ihre Nummern, es sah aus, als seien sie zu einem militärischen Appell angetreten: »Dreihundertfünf«, rief Friedrich. »Dreihundertsieben«, fügte Otto an.

Rewandowski hob den Kopf, er sah den alten Boetzkes interessiert an, er war einen Augenblick in Gedanken. Dann spielte er wieder die Rolle des Vorgesetzten. Er fragte die Männer im strengen Ton: »Was wollt ihr? Warum wendet ihr euch nicht an euren Steiger?«

»Ich will mich beschwern über ungerechte Behandlung durch den Herrn Steiger Bärwald«, sagte Friedrich ruhig, er ließ sich nicht einschüchtern.

Rewandowski zeigte auf Otto: »Ein Mann genügt, du wartest draußen.«

Otto tippte sich mit dem Finger auf die Brust: »Herr Reviersteiger, das is meine Angelegenheit. Ich habe Strafpunkte bekomm.«

Rewandowski legte etwas mehr Schärfe in seinen Ton: »Du hast gehört, was ich gesagt habe.«

Friedrich sagte leise einlenkend: »Geh jetzt.«

Otto strich sich das rußschwarze Haar glatt und setzte sehr langsam seinen Hut auf, bevor er in den Schultern wiegend zur Tür schritt. Ohne sich umzudrehen, sagte er »Glück auf« und ging hinaus.

»Der Mann fährt morgen nicht ein, er wird für eine Schicht gesperrt«, ordnete Rewandowski an, wobei er in den Schichtplan eine Notiz schrieb. Er wandte sich Friedrich zu: »Du willst dich beschweren?«

»Jawohl, Herr Reviersteiger –«, Friedrich berichtete: Sein Hauer hatte von Steiger Bärwald Strafpunkte bekommen, aber er hatte dem Steiger nur gemeldet, daß sie Holz brauchten, er sollte es bringen lassen. Im Gedinge war nicht ausgehandelt, daß sie ihr Holz selber anfahren mußten, das hatte sein Hauer noch hinzugefügt. ». . . und der Meinung bin ich auch, Herr Reviersteiger, wir schaffen sonst unsere Kohle nicht.«

Rewandowski musterte den alten Bergmann. Die Arbeit hatte seinen Körper geprägt, er war kräftig, aber sein Rücken war gebeugt, wie es für die alten Kumpel typisch war. Obwohl sich der Mann jetzt vor ihm um eine gerade, aufrechte Haltung bemühte. In Friedrichs Hautfalten hatte sich unlöschbar der Kohleruß eingefressen. Noch immer lag eine stille, beharrliche Energie im Blick des Mannes, aber dahinter lauerte schon die Furcht, gebrochen zu sein. Er verdeckte diese Angst vor sich selbst und den anderen hinter einem Ausdruck biederer Rechtschaffenheit, die sein Glaube ihm gab und mit der er jetzt auch den selbstbewußt abschätzenden Blick des jungen Reviersteigers über sich ergehen ließ.
»Du hast eine junge Frau«, Rewandowskis Ausdruck schien besorgt, »ihr habt kleine Kinder.«
»Jawohl, Gott erhalte sie mir gesund«, erwiderte Friedrich, er sah den Reviersteiger forschend an.
»Mach deine Arbeit«, sagte Rewandowski, »und halte deine Männer in Disziplin. Glück auf.« Er wandte sich wieder dem Telegrafen zu.
Der alte Boetzkes blieb noch einen Augenblick stehen, es sah aus, als ob er noch zu etwas Stellung nehmen wollte. Aber er erwiderte nur den Gruß, ging langsam zur Tür und verließ das Büro. Der Betriebsführer hatte dem Gespräch scheinbar teilnahmslos zugehört, aber es offensichtlich mitangehört, denn er sagte jetzt zu Rewandowski: »Sollten wir ihnen nicht noch zwei Männer auf die Morgensonne schicken?« Rewandowski entschlüsselte die Chiffre auf dem Papierstreifen und schrieb etwas auf ein Blatt Papier.
»Davon würde ich abraten.«
»Nur für die Zeit, bis sie durch den lockeren Berg sind.«
»Das werden sie uns als Entgegenkommen auslegen und neue Forderungen stellen.«
Der Betriebsführer ging zu seinem Schreibtisch und setzte sich in den Sessel: »Sie denken an die Polen auf Hermine Zwo, fürchten Sie, daß es bei uns auch losgeht?«
Rewandowski antwortete ihm nicht direkt, er sagte, er sei sicher, daß Friedrich von seinem Sohn Karl geschickt worden war.
»Das kann ich mir nicht vorstellen«, sagte der Betriebsführer, »der alte Boetzkes macht so etwas nicht mit. Glauben Sie denn wirklich, daß die Sozis dahinterstecken? Das werden die nicht wagen.« Er lehnte sich in den Sessel zurück. »Ich habe mit Ihrem Herrn Onkel gesprochen, wir werden uns wahrscheinlich Hermine Zwo anschließen.« Er hatte diese Information ein wenig zögernd mitgeteilt, er

fürchtete, Rewandowski könnte sich übergangen fühlen, aber er mußte ihn schließlich irgendwann davon in Kenntnis setzen.
Rewandowski blieb überraschenderweise gelassen, er sagte nur: »Das sollten wir vorher mit dem Bergbau-Verein absprechen.«
»Wir ersparen uns damit Ärger und Geld«, verteidigte der Betriebsführer die Absicht, den Lohn der Bergarbeiter auf der Zeche Siegfried um einen lächerlichen Betrag anzuheben. »Wenn sie sich erst einmal zum Streik entschlossen haben, werden sie sich nicht mehr mit zwei Groschen abspeisen lassen.«
Rewandowski hatte den Text notiert. Er riß den Papierstreifen aus dem Telegraphen und warf ihn in den Papierkorb. Dann legte er dem Betriebsführer das Blatt auf den Tisch. Die Nachricht, die ihnen über den Telegraphen vom Stadtbüro mitgeteilt worden war, lautete: Gesamte Belegschaft der Nachmittagsschicht auf Prosper eins nicht eingefahren. Delegiertenversammlung der Bergleute für Monatsbeginn in Dorsten geplant. Zweck: Zusammenschluß der Knappschaftsverbände. Berufsverband.

Bruno und Karl standen in dem kleinen, gekachelten Becken bis zur Brust im warmen Wasser. Die Waschkaue war durch eine weißgekalkte, mannshohe Mauer von der Kleiderkaue getrennt. Durch die verrußten Oberlichter der Halle fiel dämmeriges Tageslicht herein. Eingehüllt von Dampfschwaden, die über dem Becken hingen, kamen schattenhaft die Oberkörper der Kumpel aus dem trüben Wasser hervor. Ihre Gesichter trugen Masken aus Seifenschaum und Ruß.
»Sie hätten nicht hingehen solln«, sagte Karl, »Rewandowski wird denken, daß ich sie geschickt habe.«
»Warum soll er das denken?« fragte Bruno.
»Weil sie uns für alles die Schuld geben.« Karl sprach jetzt leise: »Alles, was jetzt passiert, das wollen sie den Sozialdemokraten in die Schuhe schieben, damit sie endlich was gegen uns unternehmen könn, verstehst du?«
»Trotzdem müssen wir uns beschwern, wenn's unser Recht ist«, sagte Bruno.
Karl seifte seine Arme ein. »Bist du auch schon der Meinung, daß ich euch das Gedinge versaue, weil ich 'n Sozi bin?«
»Ich denke so was nich«, sagte Bruno, »aber ich glaube, daß sie uns gegen dich aufhetzen wolln.«
Friedrich und Otto kamen aus der Kleiderkaue, nackend, die Oberkörper schwarz, es sah aus, als würden sie weiße Hosen tragen. Schon an

ihrem Gang und dem Ausdruck ihrer Gesichter erkannten Karl und Bruno, daß sie nichts erreicht hatten.
Otto war also nicht eingefahren, sie hatten für ihn auch keinen anderen Mann bekommen. Im niedrigen, schräg ansteigenden Hohlraum des Flözes hockte Karl mit gebeugtem Rücken und drückte mit den Schultern das Kappenholz gegen das Hangende. Der alte Boetzkes kniete neben ihm und setzte den Stempel ein, den Bruno aus dem Rundholz zurechtgeschnitten hatte. Der Alte holte seitlich mit dem Hammer aus und trieb den Stempel zwischen Kappe und Fußholz. Bruno hockte gegen den Stoß gelehnt und sah ihm zu, er hatte genügend Holz von der Abbaustrecke vor Ort hinaufgeschleppt. Karl drehte den Kopf zur Seite und blickte mit gerunzelter Stirn zum Hangenden, dicht über seinem Kopf. Steine und Kohlestaub bröckelten herab. Friedrich unterbrach seine Schläge, sie sahen sich fragend an. Karl nickte, und der Alte schlug wieder zu. Noch einmal fielen Bergsplitter herab und eine Staubwolke breitete sich im niedrigen Streb aus, aber der Stempel saß fest. Karl kroch unter dem Kappenholz hervor und wischte sich Schutt und Staub von den Schultern. »Haste gesehn?« fragte er Bruno, »so wird's gemacht.« Bruno nickte. »Komm, Junge«, sagte der Alte ungeduldig. Bruno reichte ihm den nächsten Stempel zu, er preßte das Kinn an die Brust, legte sich das Kappenholz über die Schultern und drückte es aus der Kniebeuge heraus gegen den First. Karl vergewisserte sich noch mit einem Blick, daß Bruno seine Sache richtig machte, er hob Schlägel und Eisen aus dem Gezähekasten und begann Kohle zu hauen. Die kleine Kameradschaft arbeitete in einem knapp meterhohen Flöz, in heißer, staubiger Luft. Sie wollten Kohle machen, so viel Kohle wie möglich, um ihr Gedinge zu halten, das kaum für Essen und Trinken reichte und von dem die Boetzkes' nur leben konnten, indem sie sich von Zahltag zu Zahltag beim zecheneigenen Magazin neu verschuldeten. Aber sie kamen nur sehr langsam im Aufbau voran. Das matte Wetter lag den Männern schwer auf der Brust, und sie mußten jeden gehauenen Meter sichern, mußten die Stempel dicht aneinandersetzen, weil das Hangende nicht trug. Bruno arbeitete zum erstenmal Schulter an Schulter mit Friedrich vor Ort. Der alte Boetzkes hatte keinen Grund, mit Brunos Arbeit unzufrieden zu sein, ein paarmal hatte er schon zu ihm gesagt: »Ruh dich aus, Junge.« Bruno war von irgend etwas beunruhigt, er wußte nicht, was es war. Schon in der Frühe, als er neben Willi vorn auf dem Zug durch die Förderstrecke gefahren war, hatte es in ihm gesteckt. Im Querschlag auf der Rangierstrecke hatte Willi den Schim-

mel ausgespannt. Das Pferd ging für gewöhnlich allein zwischen den Wagenreihen zum anderen Ende des Zuges zurück, wo es vor seinem Geschirr stehenblieb und wartete, bis es wieder angespannt wurde. Bruno kam ihm entgegen, er schob einen kohlebeladenen Wagen zur Morgensonne, als der Schimmel plötzlich ausscherte und sich quer über das Geleis stellte. Bruno wollte ihn mit Zurufen vertreiben, aber der Schimmel rührte sich nicht von der Stelle, bis Willi kam. Er redete beruhigend auf das Tier ein und führte es, die Zügel sicher im Griff, vom Geleis herunter. Er klopfte dem Schimmel die verrußte Mähne und ließ ihn wieder laufen. Bruno schob den Wagen an. Er sah, wie Willi sich bekreuzigte. Zuerst machte er sich keine Gedanken darüber. Er mußte das Holz vor Ort schaffen, bevor Friedrich und Karl mit der Arbeit anfingen, das war das einzige, woran er im Augenblick dachte. Aber dann hörte er, wie Willi sagte: »Paß auf, der Gaul hat dir den Weg versperrt, das is 'ne Warnung.«
Karl besserte unten, im abgetragenen Flöz ein paar lockere Stempel aus, trieb sie mit Keilen fest. Wie einen fernen, näherkommenden Donner hörte er von oben herab ein dumpfes Poltern und trockenes Knacken, Steinschutt prasselte vom Hangenden herab, dann war es wieder still. Er sah weit über sich, zwischen dem dichten Stempelwald hindurch, das Licht der Lampen vor Ort schimmern. »Alles in Ordnung?« rief er hoch, sein Ruf verhakte sich in den Winkeln des Flözes und hallte mehrfach nach. Er wartete eine endlose Minute, dann hörte er den alten Boetzkes zurückrufen: »Alles in Ordnung.« Friedrich hatte Kohle gehauen. Bruno hockte dicht unter ihm und zerkleinerte die Kohle mit einer kurzstieligen Picke. Sie hatten ihre Arbeit unterbrochen. Bruno beobachtete den Alten, der Stempel und Kappen überprüfte und das Hangende ableuchtete. Sie horchten. Schließlich nickte der Alte und gab Bruno ein Zeichen weiterzumachen. Er hakte die Lampe an das Firstholz und fing wieder an Kohle zu schlagen, vorsichtig und bedacht setzte er das Eisen an. Aus seinen Gedanken verschwand die Furcht, ihm kam wieder der Brief in den Sinn, es war eigentlich nur ein kleiner Zettel, die Hälfte von einem Blatt Papier, das aus einem Schreibheft herausgerissen worden war. Er steckte in der Tasche seiner Jacke, oben in der Weißkaue über Tage. Die kleine Friedel war aus dem Haus der Boetzkes gekommen und Bruno nachgelaufen, sie hatte mit einer Hand ihren langen Rock ein wenig hochgezogen, damit sie größere Schritte machen konnte, in der anderen Hand hielt sie den Zettel. Bruno war stehengeblieben und hatte ihr entgegengesehen. Sie gab ihm den Zettel, ohne Bruno dabei anzusehen;

ihre Wangen waren gerötet, sie war außer Atem. Gleich drehte sie sich wieder um und rannte zum Haus zurück. Vielleicht hatte er sich getäuscht, aber Bruno glaubte, hinter der Gardine am Küchenfenster Paulines Gesicht erkannt zu haben. Während er weiterging, faltete er den Zettel auseinander. Das Papier war mit klaren, ein wenig steif geschriebenen Wörtern bedeckt, die genau zwischen den vorgegebenen Linien standen. Er schob seine Mütze in den Nacken, seine Schritte wurden langsamer, er starrte auf den Zettel, versuchte sich zu konzentrieren, dabei ärgerte er sich über seine Hilflosigkeit. D-u k-a-n-n-s-t, hatte er schon gelesen. Da hörte er jemand lachen und sah auf. Erna Stanek kam ihm mit Walters Frau entgegen. Erna sagte: »Sie sind direkt an mir vorbeigefahren, aber sie hat mich nich gesehn.«
»Vielleicht wollte sie dich nicht sehen«, sagte Katrin.
Erna hob das Kinn: »Sie saß ganz hochnäsig neben ihm, oben auf 'm Kutschbock, und hinter der Bank lagen ihre Mehlbeutel.« Sie lachte.
Bruno hatte den Zettel rasch in die Tasche gesteckt. Erna blieb stehen. Als er an den Frauen vorbeiging, legte sie die Hände auf ihre Hüften und drehte den Oberkörper mit vorgestrecktem Busen komisch hin und her. »He, Bergmann«, rief sie Bruno zu, »hast du keine Kalesche, mit der du mich nach Haus kutschieren kannst? Ich bin schließlich eine Dame!« Die Frauen lachten. Bruno verstand ihre Anspielung nicht, er gab ihr keine Antwort, er blieb stehen und sah Erna an.
»Wie isses denn, Erna«, sagte Katrin, »du suchst doch 'n Neuen für Vollekostvoll.«
Erna erwiderte Brunos Blick offen, nur für einige Sekunden, die aber lang genug waren, um ihm zu sagen, daß sie an ihm Interesse hatte. Als er sie danach immer noch schweigend ansah, biß sie sich auf die Lippe und senkte den Blick. Ich durchschau sie nich, dachte Bruno. Er wußte nicht, ob sie verlegen war oder belustigt; das verwirrte ihn und machte ihn wütend. Für Erna war es ganz einfach, Bruno war ein Mann geworden, und er stand im Gedinge. Er zog seine Mütze in die Stirn und ging weiter. Hinter sich hörte er die Frauen lachen.
Unter dem blauverqualmten Lichtkegel der tiefhängenden Petroleumlampe standen die Männer aus der Menage im Kreis, rauchten und kauten Tabak, gierige Teilnahme in den schmalen Augen, beobachteten sie die beiden Kämpfer. Zwischen ihnen, in der engen Arena, die die Männer gebildet hatten, schlichen Bruno und Heinz, der lange Schlepper vom alten Erich, in den Knien federnd umeinander herum. Sie waren barfuß, ihre Oberkörper nackt, die Hosen unter der Brust mit dicker Kordel zusammengeschnürt. Sie belauerten sich über die

Deckung der erhobenen Fäuste hinweg, um die sie sich ihre Socken gewickelt hatten.
»Gut, Heinz, halt dir den Pommern auf Distanz«, rief ein Mann.
»Greif ihn an, Bruno«, rief Werner, »zeig dem schlesischen Großmaul, daß wir Pommern was im Arm haben.«
Der Menageverwalter stand im langen Kittel und blankgeputzten Stiefeln, die Feldwebelmütze schräg auf dem kurzgeschnittenen Haar, zwischen der Gruppe der Schlesier und der Pommern und sah dem Kampf überparteiisch zu.
Ottos Stimme klang gelassen und sachlich: »Du mußt seine lange Rechte unterlaufen, Bruno.«
»Laß ihn nich ran, Heinz, behalt ihn im Auge, der Kleine is schnell«, riet ein schlesischer Landsmann.
Für Bruno war es genau der richtige Augenblick gewesen, als ihn Heinz am Tisch einen »Polacken« genannt hatte, darauf hatte er nur gewartet. Er war in den Eßsaal gekommen und zu seinem Platz gegangen. Heinz hatte am anderen Ende des Tisches gesessen und zu singen angefangen: »Pauline war ein Frauenzimmer.« Bruno sagte, Heinz solle sein blödes, gottverdammtes Maul halten, er wolle beim Essen seine Ruhe haben. Aber Heinz hatte weitergesungen und dazu ein paar gemeine Gesten gemacht.
Bruno war zu ihm gegangen und hatte sich hinter seinen Schemel gestellt: »Wenn du noch einmal deine dreckige Fresse aufmachst, schlag ich dir die Zähne ein.« Heinz hatte sich nach ihm umgedreht und lachend gesagt: »Spiel dich nich auf, du kleiner, verliebter Polacke.«
Der Kampf war fällig, die Männer räumten die Tische zur Seite. Otto hatte Bruno beobachtet. Er hatte ihm die Hand auf die Schulter gelegt und leise gesagt: »Ich seh's dir an, du hast was. Jetzt kannst du kämpfen.«
Brunos Lippe war aufgeschlagen, das Blut blieb am Kinn hängen. Heinz mußte husten, er spuckte aus, ohne Bruno dabei aus den Augen zu lassen, sie belauerten einander. Im Hintergrund sangen die Polen, sie waren an ihrem Tisch im halbdunklen Raum sitzengeblieben, der Kampf der beiden deutschen Schlepper kümmerte sie nicht. Sie sangen ein Volkslied aus ihrer Heimat, eine getragene, schwermütige Melodie, die nach jeder Strophe in einem langgezogenen Refrain endete. Der Verwalter drehte sich nach ihnen um und brüllte mit einer auf dem Kasernenhof trainierten Stimme: »Ruhe! Oder ich schick euch auf 'n Schlafsaal.«
»Greif an, Bruno. Worauf wartest du? Schlag zu, schlag zu«, feuerte

Werner ihn an, er war nicht mehr nüchtern. Bruno blieb abwartend in guter Deckung. Statt dessen begann Heinz, auf Bruno einzuschlagen, aber er verfehlte ihn jedesmal, Bruno duckte sich oder wich zur Seite aus. Jeweils nach ihrer Landsmannschaft oder persönlichen Freundschaft trieben die Männer ihren Favoriten an, die plötzliche Attacke von Heinz hatte ihre Erregung gesteigert: »Jawoll.« »Richtig so, zeig's ihm.« »Tiefer, du mußt tiefer schlagen.« »Die Linke, nimm die Linke.« »Du mußt rangehn, geh ran.« »Bleib ruhig, Junge.« »Du mußt ihn unterlaufen.«
Otto rollte mit der Zunge den Kautabak von einer Backentasche in die andere. Der Verwalter drehte die Enden seines Schnauzers zwischen seinen dicken Fingerkuppen, rohe Freude stand ihm im Gesicht. Die gesteigerten Zurufe der Männer im Kreis hatten inzwischen auch einige Polen angelockt, ihr Gesang war verstummt, sie sahen den Männern, die enger zusammengerückt waren, über die Schultern oder stellten sich auf die Bänke, um besser sehen zu können. Bruno hatte gewartet, bis Heinz' Kräfte nachließen, seine Fäuste kamen langsamer, die Schläge waren ohne Wirkung. Nun griff Bruno an, seine Fäuste trafen Heinz hart und gezielt, dem keine Gelegenheit blieb, sich zur Wehr zu setzen. Er taumelte rückwärts, begann zu husten und hielt sich schützend die Unterarme vor das Gesicht. Bruno trieb ihn vor sich her und schlug auf ihn ein. Die Männer traten nicht zur Seite, sie standen wie eine Mauer, Heinz prallte mit dem Rücken gegen sie und wurde wieder in den Kreis zurückgestoßen.
»Aufhören!« In der dunklen Flucht des Saales spiegelte sich die Lampe in den Brillengläsern des Kaplans. Er drängte sich zwischen den Männern hindurch, obwohl nicht von besonderer Körperkraft, schaffte er sich energisch Platz, sein Talar roch nach Wein und Zigarettenrauch. Abgesehen vom Respekt, den sein geistliches Amt ihm verschaffte, schüchterte die Männer seine Körpergröße ein. »Was ist hier los? Seid ihr verrückt geworden?« Er packte Bruno im Genick und zog ihn aus dem Kreis der Männer heraus. Bruno blieb stehen, er war noch benommen und hatte den Blick einer Raubkatze, der man die frisch erlegte Beute weggerissen hatte. Weil noch die Socken um seine Fäuste gewickelt waren, schob er mit den Ellenbogen seinen Hosenbund hoch. Der Kaplan gab ihm einen leichten Stoß in Richtung auf die Tür: »Zieh dir was an und hol dein Buch.« Heinz ließ Kopf und Arme hängen und pumpte mit gebeugtem Rücken Luft wie ein Maikäfer vor dem Flug. Der Kaplan war zu ihm gegangen, legte ihm die Hand auf die Brust, mit dem Daumen der anderen Hand hob er ein

Augenlid hoch und blickte ihm prüfend in die Pupille. »Bringt ihn nach oben auf sein Bett, ich komme gleich.« Zwei Männer aus der Gruppe der Schlesier stützten Heinz unter den Armen und führten ihn aus dem Saal.

»So was dürfen Sie nicht zulassen«, der Kaplan sah den Verwalter über den Rand seiner Brille hinweg prüfend an.

»So lange sie nichts kaputtschlagen, halte ich mich da raus, Hochwürden«, sagte der Menageverwalter, er hatte militärische Haltung angenommen. Der Kaplan gab zu verstehen, daß er sich bei der Zechenverwaltung über ihn beschweren wollte. Der Ausdruck von eiserner Ehrenhaftigkeit blieb dem Verwalter treu, als er feststellte: »Ich habe nur dafür zu sorgen, daß die Männer arbeitsfähig bleiben.« Bevor der Kaplan den Saal verließ, wandte er sich an die Männer, die im Lichtkegel unter der Lampe standen; sie redeten laut und erregt und wiesen sich gegenseitig Schuld zu. Die Polen hatten sich, als der Kaplan dazugekommen war, wieder an ihren Tisch zurückgezogen.

»Haltet Ruhe, wenn Hochwürden im Saal ist.« brüllte der Verwalter. Die Männer schwiegen und sahen sich um, ihre Gesichter waren vom Schatten ihrer Mützen verdunkelt. Der Kaplan schwieg einen Augenblick, um ihre Aufmerksamkeit zu sammeln. »Hört zu, ihr solltet euch jetzt besser einig sein«, war alles, was er ihnen zu sagen hatte.

Im Büro des Verwalters hockte Bruno über der Schulfibel und starrte auf das Bild einer dicken Bäuerin, die Gänse fütterte. Der Kaplan saß neben ihm und tippte ungeduldig mit dem Zeigefinger auf das erste Wort: »Prügeln kannst du dich schon, Bergmann, jetzt mußt du nur noch lesen und schreiben lernen.«

Bruno schwieg. Schließlich sagte er: »Ich hab was anderes, Hochwürden.« Er zog den Zettel aus der Hosentasche, faltete ihn auseinander und legte ihn über die aufgeschlagene Fibel, er strich das Blatt sorgfältig mit der Handkante glatt: »Könn Sie mir das vorlesen?«

Der Kaplan sah rasch die beiden Zeilen durch, die betulich um eine korrekte Schrift bemüht, zu Papier gebracht worden waren. Er ließ sich nichts anmerken, aber die feinen Falten in seinen Augenwinkeln verrieten, daß ihn der Inhalt belustigte. »Wer hat das geschrieben?« fragte er.

Bruno preßte verlegen die Lippen aufeinander und gab keine Antwort.

»Gut«, sagte der Kaplan, »das geht mich nichts an. Komm, wir lesen es gemeinsam. Mit Hilfe des Kaplans entzifferte Bruno Wort für Wort:

D-u k-a-nnst je-t-zt zu ihr zie-hen, sie hat i-h-ren Sch-laf-bur-schen ra-us-ge-schmis-sen.

Bruno kehrte aus seiner Gedankenwelt über Tage ins Flöz zurück, als er den alten Boetzkes nicht mehr Kohle schlagen hörte. Der Doppelrhythmus ihrer Schläge, mit denen Friedrich den Kohlestoß bearbeitete und er die gehauene Kohle zerkleinerte, hatte seine Erinnerung begleitet, die ihn von der Hitze, der stickigen Luft und der lauernden Gefahr des hereinbrechenden Berges abgelenkt hatte. Er sah zu Friedrich hoch.

Der Alte hatte sich auf den Rücken gelegt und starrte schwer atmend an das niedrige Hangende. «Laß uns 'n Bergamt machen«, keuchte er.

Bruno schlug die Keilhaue in einen Kohlebrocken und ließ sie stecken. Der Alte stemmte sich auf den Ellenbogen hoch, rutschte zur Seite und lehnte die Schultern gegen einen Stempel. Erschöpft und schweigend sahen sie zu, wie sich der Staub allmählich senkte und der grauverhangene Lichtschein ihrer Lampen langsam aufklarte.

Vielleich hätte der Kaplan einen Brief für ihn schreiben können, aber Bruno hatte nicht den Mut gefunden, ihn darum zu bitten. Die halbe Nacht hatte er sich auf seinem Strohsack in der Menage herumgewälzt und überlegt, was er Pauline antworten könnte. Der Kumpel, der unter ihm schlief, hatte leise zu ihm hinaufgeknurrt: »Du rappelst da oben rum wie 'n Brautpaar inner Hochzeitsnacht, halt Ruhe.« Den Brief, den er nicht schreiben konnte, wollte Bruno etwa so beginnen: »Liebe Pauline« oder »Meine liebe Pauline« oder einfach »Pauline« oder vielleicht doch »Liebe Pauline« oder »Mein liebes Paulchen«, wie sie vom alten Boetzkes und ihren Brüdern manchmal genannt wurde, nein einfach »Pauline«. Also: »Liebe Pauline, ich – ich werde nicht –«, darüber war er endlich eingeschlafen.

Ob es nun die Mutter Gottes war, der Pauline gelegentlich nachts in ihrem Bett unter der Treppe in der Küche von ihren verborgenen Wünschen und Sorgen erzählte, oder die heilige Barbara, die für den Schutz der Bergleute zuständig ist, oder ob es einfach ein Zufall war, wie es Bruno sah, muß offenbleiben. Auf jeden Fall kam Bruno und Pauline ein plötzlicher Regenguß zu Hilfe, der gegen Abend unerwartet die Tage wolkenloser, dunstbleicher Sonne für eine halbe Stunde unterbrach und Bruno, der sich auf dem Weg von der Menage zur Wirtschaft befand, dazu veranlaßte, auf der Landstraße unter einer gemauerten Durchfahrt, die in ein brachliegendes Industriegelände führte, Schutz zu suchen. Er nahm die Mütze vom Kopf, schüttelte den Regen ab und wischte sich mit dem Jackenärmel das Gesicht trokken. Er stand in der Nische hinter einem Halbpfeiler gegen die Mauer gelehnt, wo er von der Straße aus nicht zu sehen war, und wartete darauf, daß der Regen nachließ. Unter der dunklen, kurzen Wolkendecke blitzte schon wieder ungewöhnlich klar, naß und blendend hell das Licht der Abendsonne hervor und überzog das kurze Stück eines rostigen Eisengitters, das sich an die Durchfahrt anschloß, mit einem kupferfarbenen Anstrich. Gemeinsam mit dem Backsteinbogen und einigen von Eisenträgern gestützten Fundamenten stellte es eines der unzähligen Bruchstücke einer aufgegebenen oder fehlgeschlagenen Gründerspekulation dar, mit denen das zwischen den Zechen und Industrieanlagen immer mehr zusammenschrumpfende Ackerland übersät war. Bruno wollte seine Mütze wieder aufsetzen, den Schirm hielt er noch in der Hand und horchte, er glaubte ein Geräusch zu hören, das nicht das Plätschern des Regens war. Er trat hinter dem Pfeiler hervor. Zwei Schritte entfernt mit dem Rücken zu ihm stand Pauline unter dem Torbogen. Ihr nasses Tuch hatte sie abgebunden und schüttelte ihr Haar. Sie hatte Bruno noch nicht bemerkt. Er war befangen und unschlüssig, was er tun sollte, steckte zwei Finger in die Mundwinkel und erschreckte Pauline mit einem leisen Pfiff dicht neben ihrem Ohr. Sie drehte sich um, sah ihn überrascht und ratlos an. Bruno lachte, er sah, wie sie ihr Tuch über den Kopf legte, um wieder in den Regen hinauszulaufen, und hielt sie am Arm zurück. Sie wehrte sich nicht, sah ihn aber nicht an. »Willste dir was wegholn? Ich freß dich nich«, sagte er. Sie zog stumm ihren Arm aus seiner Hand, blieb aber stehen und nahm ihr Tuch wieder vom Kopf. Seine zur Schau gestellte Entschlossenheit hatte Bruno schon wieder verlassen, er wußte nicht, was er jetzt zu Pauline sagen sollte. Sie sahen beide schweigend in den Regen.

»Das dauert noch«, sagte er schließlich, obwohl er bemerkte, wie das sonnenhell umrandete Ende der Regenwolke herankam.

»Dann geh ich wieder, ich muß Käthe helfen«, sagte Pauline. Sie kam vom Pütt, wo sie zweimal die Woche zusammen mit anderen Frauen vom Leseband, alten Bergmannswitwen und jungen Mädchen, die Waschkaue scheuerte. Bruno blieb keine Zeit mehr, noch lange zu zögern. »Warum hast du mir den blöden Brief geschrieben?«

Pauline sah ihn unwillkürlich an, überrascht und erleichtert, als hätte sie auf diese Bemerkung gewartet. Dann wurde ihr Ausdruck sofort wieder verschlossen und abweisend, sie gab Bruno keine Antwort.

»Ich will nich zu Erna ziehn«, sagte er, »ich hab in der Menage alles, was ich brauch.« Er sah, wie sie die Lippen ein wenig spitzte und wie in ihren ernsten, klaren Augen ein bissiger Schimmer aufleuchtete. »Haste wirklich alles?« Sie sah ihn kurz prüfend an und fügte hinzu: »Bei ihr kriegst du schneller, was du willst.«
Er hatte Lust, sie zu greifen, sie an sich zu ziehen und zu küssen, bis sie keine Luft mehr bekam und in seinen Armen schwach wurde. Aber er sagte nur: »Ich werd nich klug aus dir.«
Ihr Lächeln war offen und herzlich. »Ich werd selber nicht klug aus mir.« Sie warf sich ihr Tuch über den Kopf und lief in den nachlassenden Regen hinaus, während sie die nassen Zipfel unter ihrem Kinn zusammenknotete.
Bruno folgte ihr ein paar Schritte, sie drehte sich nicht nach ihm um. Er blieb stehen, überlegte und trat wieder in die Durchfahrt zurück, die sinnlos ins Brachland führte. Er zog Messer und Kautabak aus der Tasche, schnitt ein Stück von der Rolle ab, wie er es bei Otto beobachtet hatte, und schob es sich in den Mund; kaute langsam, prüfend, verzog das Gesicht und spuckte den Tabak wieder aus.
Die Blechflasche schimmerte im Licht der Grubenlampe vor Brunos zerstreutem Blick. »Nimm ein' Schluck«, sagte der Alte, er gab Bruno aus seiner Flasche Tee zu trinken. Seit der ersten Stunde der Frühschicht arbeitete Bruno mit dem Alten allein vor Ort, es war eine gute Gelegenheit, mit ihm ein Gespräch über Pauline anzufangen, bevor Karl unten im Flöz mit den Ausbesserungsarbeiten fertig war und auch heraufkam, um Kohle zu hauen. Die Tatsache, daß er hier mit Paulines Vater im niedrigen Flöz zusammenhockte, beunruhigte Bruno aus eben diesem Grund, daß er jetzt in der Pause hätte mit ihm reden können. Er wollte das Gespräch ganz allgemein beginnen, sich dabei nach Pauline erkundigen und ihm im Verlauf vielleicht davon erzählen, wie Pauline damals, an seinem ersten Tag auf dem Pütt, als er noch mit ihr am Leseband gearbeitet hatte, in seiner ersten Frühstückspause schweigend ihr Brot mit ihm geteilt hatte, ohne daß bis dahin ein Wort zwischen ihnen gefallen war.
Bruno nahm einen kurzen Schluck aus der Flasche und gab sie dem Alten zurück. Er wollte etwas sagen, aber der Alte schraubte die Flasche zu, zog das Schutzleder auf dem Boden zurecht und kroch, mit Schlägel und Eisen in den Fäusten, wieder in die flache Öffnung im Kohlestoß. Bruno zog die Keilhaue aus dem Kohlebrocken und schlug ihn mit wütender Kraft in Stücke.
Dem alten Boetzkes ging das Gespräch mit seiner Frau vom vergange-

nen Abend nicht aus dem Kopf, es hatte ihm eine unruhige Nacht, voll von allerhand wirr zusammengeträumtem Zeug, eingebracht. Seine Tochter Pauline war anfänglich ohne Absicht Zeugin gewesen. Sie hatte nicht einschlafen können, auf dem Schemel am Kopfende ihres Bettes war die Kerze noch nicht gelöscht. Pauline hielt ein abgegriffenes Buch auf den angewinkelten Knien, die Seiten waren locker und zum Teil aus dem Einband herausgerutscht, der Titel war mit goldenen, verzierten Buchstaben in den dunklen Leinenumschlag geprägt: Heiligenlegenden. Sie hatte die Seite aufgeschlagen, wo der heilige Franz, der ihr Lieblingsheiliger war, den Fischen predigte; aber sie kam nicht dazu, die Geschichte wieder zu lesen. Sie horchte auf die Stimmen von ihrem Vater und Käthe, die gedämpft durch die geschlossene Schlafzimmertür zu hören waren.

»Laß mich, hör auf«, sagte Käthe.

»Was hast du?« fragte Paulines Vater.

»Nichts, was soll ich haben?«

»Du hast was.«

»Hör auf, ich bin müde.«

»Wovon bist du so müde?«

»Wovon – vonner Arbeit.«

»Meine Arbeit ist auch nich leicht, Käthe.«

»Aber wenn du von der Schicht kommst, hast du deine Ruhe. Bei mir geht das von früh bis spät. Laß doch, hör auf, wir machen noch die Kinder wach.«

Sie redeten nun leiser miteinander, so daß Pauline sie nicht verstehen konnte; aber sie war jetzt nicht mehr in der Stimmung, sich wieder dem heiligen Franziskus zuzuwenden.

Auf der Kommode neben dem Waschgeschirr brannte im Schlafzimmer die Petroleumlampe. Vor das Bett, in dem Friedel und der Kleine schliefen, war eine Decke gehängt, die die Ecke abdunkelte. Ihr offenes Haar umgab Käthes Gesicht wie ein üppiger Goldrahmen, sie lag auf dem Rücken und ordnete ihre Bettdecke, die Friedrich zur Seite gezogen hatte. Er legte sich in das Kissen zurück und schob die Hände unter den Kopf. »An was denkst du?« fragte er seine Frau, ohne sie anzusehen.

»An was soll ich denken? Nichts denk ich.«

»Doch, du denkst was«, sagte er. »Man denkt immer was, solange man wach is.«

Käthe antwortete ihm nicht gleich; über ihr Gesicht, das im warmen Licht der Lampe sanft und gelöst wirkte, legte sich ein trotziger Schat-

ten. »Wenn du's hören willst«, sagte sie, »ich denke, wie das wär, wenn wir ein großes Haus mit vielen Zimmern hätten, mit einer Veranda und einem Balkon darüber und einen Garten mit hohen Bäumen und Hecken – und Personal, Pferde und Kutschen ...« Und kaum hörbar, mit erstickter Stimme, fügte sie hinzu: »Und wenn ich feine, glatte Haut hätte wie eine Dame.«
»Das is nicht gut, wenn du an so was denkst«, sagte Friedrich.
Sie drehte sich wütend und enttäuscht von ihm weg. »Reicht es nich«, schluchzte sie in ihr Kissen, »wenn ich mich hier jeden Tag abschinde, bis ich alt und häßlich bin und mich keiner mehr ansieht? Da kann ich doch wenigstens mal an so was denken.«
Der alte Boetzkes antwortete ihr hart und aufrichtig: »Du hast gewußt, was du bekommst, wenn du meine Frau wirst.«
Sie schwieg einen Augenblick. Sie hatte aufgehört zu schluchzen. »Ja, das habe ich gewußt«, sagte sie leise.
Friedrich hatte den Kopf zur Seite gedreht und starrte auf die Flamme im Glaszylinder der Lampe. »Heute morgen wärn Bruno und ich fast untern Berg gekomm.«
Käthe richtete sich langsam auf, ihr Blick war nachdenklich, sie stützte die Arme neben ihren Mann in die Decke und sah auf ihn hinunter, ihr Haar fiel nach vorn und berührte Friedrichs graue Wange. Er sah Käthe nicht an, starrte weiter ins Licht.
»Du bist mein Mann, Friedrich«, sagte sie, »und du bist ein guter Mann, das weiß ich.« Sie beugte sich über ihn und drehte die Flamme der Lampe aus.

Karl blickte von seiner Arbeit auf. Er hatte gerade ein Firstholz zurechtgeschnitten, als er wieder das Donnern und trockene Knacken näherkommen hörte. Staub und herabprasselnde Steinsplitter verdunkelten die beiden fernen Lichter der Lampen von seinem Vater und Bruno oben vor Ort. Er sah, wie der Stempel nahe über ihm in einer knirschenden Drehung zusammenknickte, Schal- und Firstholz splitterten.
»Vater! Der Berg! Bruno!« schrie er in den Flöz hoch. Er warf die Säge weg, rutschte auf dem Rücken den Streb hinunter, ließ sich fallen. Hinter ihm brach der Berg zusammen, die Lampen von Friedrich und Bruno waren nicht mehr zu sehen. Er schlug gegen gebrochene Stempel, Steinbrocken trafen ihn, und die ganze Zeit hielt er unwillkürlich seine Lampe sichernd in der Faust.
Zusammen mit Schutt und Bergbrocken stürzte er aus dem Flöz in die

Strecke, prallte gegen einen holzbeladenen Wagen. Er sprang wieder auf und rannte durch die Strecke, bis er sich in Sicherheit glaubte; erst dann drehte er sich um und blickte zurück. Eine schwarze Schuttmasse aus Berg, Kohle und geborstenem Holz hatte sich aus dem Flöz hervorgeschoben, den Wagen zugeschüttet und die Strecke über ein weites Stück bis zum First gefüllt. Es war wieder still, nur das Klappern einzelner, ausrollender Steine war noch zu hören. Karl lief weiter, ein stechender Schmerz durchzuckte bei jedem Schritt Schulter und Rücken, seine Stirn war aufgeschlagen, und die Nase blutete. Als er die Richtstrecke erreicht hatte, hob er ein Stück Berg auf und klopfte damit gegen das Wasserrohr, immer wieder im gleichen Rhythmus des vereinbarten Signals, bis er in der dunklen Flucht der Strecke die ersten schaukelnden Lampenlichter der zu Hilfe eilenden Kumpels auf sich zukommen sah.

Dekan Obermeier begleitete nach der Morgenandacht den Zechenbesitzer und leitenden Direktor Hermann Sturz mit seiner Gattin Sieglinde sowie ihren Neffen, den Reviersteiger Alfred Rewandowski, den sie an Sohnes Statt angenommen und zum Erben der Zeche Siegfried ernannt hatten, aus dem halbdunklen Raum der Privatkapelle in den vom flach einfallenden, rotgoldenen Morgenlicht gefärbten Park des herrschaftlichen Anwesens hinaus, das schlicht Villa Sturz genannt wurde. Den Herrschaften folgten der Küster, ein großer, alter, gebeugt gehender Mann mit einem weichen Gesicht und geröteten Wangen, und die Meßknaben, zwei Bergarbeiterjungen mit schmalen Gesichtern und einem eingeschüchterten Ausdruck in den Augen. Direktor Sturz war ein mittelgroßer, untersetzter Mann, Ende Fünfzig, und im Gegensatz zu seinem militärisch gescheitelten, kurzen grauen Haar und einem puritanisch winzigen rechteckigen Schnauzbart zeigten seine kleinen graublauen Augen eine jugendlich interessierte Offenheit, verbunden mit einer Art gütiger Herrschsucht. Frau Sturz war um die Fünfzig und beinahe gleich groß wie ihr Mann. Sie war schlank geblieben, und ihr Gesicht wirkte wegen ihrer langen, feingeformten Nase noch schmaler, als es ohnehin schon war. Ihre dunklen Augen erweckten den Eindruck einer klugen Zurückhaltung, die sie sich an der Seite ihres Mannes als eine wohlanstehende weibliche Tugend auferlegt hatte. Ihr noch blondes Haar war glatt zurückgekämmt und im Nacken in eine volle, weiche Rolle gelegt. Sie trug ein einfarbiges, dunkles Kleid mit mäßig gewölbtem Hüftansatz und leicht gerüschten Schultern und darüber ein kurzes gleichfarbiges Jabot. Ihr Gesicht befand sich im Schatten eines breitkrempigen stahlblauen Homespun-Bolereos, verziert mit einem cremefarbenen Seidenband.

Die beiden Männer knöpften, als sie aus der Kapelle getreten waren, die Jacken ihrer Anzüge auf und steckten die Hände, vom Zwang des Rituals befreit, wieder selbstsicher in die Hosentaschen. Der Dekan hatte sein Meßgewand abgelegt, der Küster trug es über dem Arm. Der Priester war etwas älter als Direktor Sturz, beleibt, hatte volles grauweißes Haar, schmale, auffallend rote Lippen und graue buschige Brauen, unter denen seine tiefliegenden Augen mit kühler Eindringlichkeit hervorleuchteten.

»Hochwürden, Sie bleiben zum Frühstück, hoffe ich«, sagte Frau Sturz.

Der Dekan hatte in die hohen, alten Bäume hinaufgeblickt und wandte sich nach einer kurzen Verzögerung lächelnd seiner Gastgeberin zu. »Es wäre eine Sünde, wenn ich Ihre ausgezeichnete Küche verschmähte, gnädige Frau«, sagte er.

»Sie sind charmant, Hochwürden«, stellte Frau Sturz daraufhin fest.

Es hatte für die Morgenandacht einen besonderen Anlaß gegeben, Herr und Frau Sturz begingen heute den siebenundzwanzigsten Jahrestag ihrer Ehe. Zur Hochzeit hatte Hermann Sturz einmal verliebt den Vorschlag gemacht, zu Ehren seiner jungen Frau seine Zeche Siegfried in Sieglinde Eins umzubenennen, aber Sieglinde Sturz hatte darauf verzichtet und es im Sinne einer betriebswirtschaftlichen Betrachtungsweise für günstiger angesehen, den gut eingeführten traditionsreichen Namen der Zeche beizubehalten. Diese praktische Bescheidenheit hatte Sieglinde Sturz ihrer Herkunft aus einer preußischen Offiziersfamilie zu verdanken, durch die sie, als eine Art Aussteuer für das Sturzsche Unternehmen, eine gewisse Verbindung zum Kriegsministerium in die Ehe miteingebracht hatte.

»Und ihr kommt jetzt mit mir«, sie sah den beiden Meßknaben zu, die hastig ihre Gewänder auszogen. Für ihren Dienst in der Privatkapelle wurden sie für gewöhnlich von Frau Sturz mit ein paar Naschereien belohnt. Der Küster nahm ihnen die Gewänder ab, unter denen die Jungen sauber gewaschene Hemden ohne Kragen, knielange, geflickte Hosen und weiße Wollstrümpfe trugen. Frau Sturz nahm jeden an eine Hand, und in einer steifen, etwas ängstlichen, feierlichen Haltung ließen sie sich von ihr durch den Park zum Wirtschaftsgebäude führen. Der Küster folgte ihnen mit einigen Schritten Abstand.

Die Herren beabsichtigten, bis zum Frühstück einen kleinen Rundgang zu machen. Der Dekan hatte wieder in die von der Morgensonne geröteten Wipfel der Parkbäume hinaufgesehen, er war mit den jüngsten Unruhen auf den Zechen vertraut, mit Arbeitsniederlegungen und den Forderungen nach mehr Lohn und kürzeren Schichten, und das veranlaßte ihn jetzt zu der dunklen Klage: »Warum gelingt es den Menschen nicht, den stillen selbstvergessenen Frieden zu finden wie diese alten Bäume.«
Rewandowski beobachtete den Dekan nüchtern, ohne die höflich verschleiernde Mimik, mit der Herr und Frau Sturz dem Geistlichen begegneten, er sah auf seine Uhr. Sturz bemerkte es und fragte ihn: »Du hast doch noch einen Moment Zeit?«
Der Reviersteiger nickte, er wußte, daß vor allem seine Tante heute auf ein gemeinsames Frühstück Wert legte, und er wollte seine Pflegeeltern an diesem Tag nicht enttäuschen. Ihr Hochzeitstag erinnerte ihn daran, daß auch für ihn die Zeit gekommen war, wo er seiner Verlobung entgegensah, das stimmte ihn nicht ausgesprochen mißmutig, aber er dachte auch nicht besonders gern daran. Der Dekan lenkte ihn mit seiner Frage an Sturz von diesen Gedanken ab. »Fürchten Sie nicht, daß sich die Unruhe im Revier auch auf Ihrer Zeche ausbreiten wird?«
»Ich versuche, das abzufangen«, sagte Sturz, er sah seinen Neffen kurz von der Seite an, bevor er hinzufügte, »wir haben uns mit Hermine Zwo abgesprochen, ich werde meinen Leuten zehn Pfennig mehr zahlen. Aber vorher will ich abwarten, was sie auf ihrer Versammlung in Dorsten für Forderungen stellen werden.«
Während die Herren auf ihrem Rundgang die Strategie im Umgang mit den Arbeitern erörterten, praktizierte Frau Sturz eine klassenüberbrückende Nächstenliebe, indem sie von einer alten Bediensteten, die ein weißes Häubchen und eine weiße Schürze über einem streng geschnittenen, schwarzen Kleid trug, zwei Körbe mit Lebensmitteln bringen und den beiden Bergarbeiterjungen geben ließ. »Teilt euch das ehrlich mit euren Geschwistern«, sagte sie.
Die beiden Jungen verbeugten sich, einer noch tiefer als der andere. »Danke, Frau Direktor!« riefen sie gleichzeitig.
Der Küster stand ein paar Schritte abseits und sah ihnen zu, wie sie mit ihren Körben davonliefen. Er versuchte, den Inhalt zu erspähen. Frau Sturz rief den Jungen lachend nach: »Und nascht unterwegs nicht.«
Die Jungen blieben stehen, drehten sich nach ihr um und riefen zu-

rück: »Nein, Frau Direktor!« Sie gingen schnell um das Wirtschaftsgebäude herum zum Tor. Der Küster folgte ihnen. Als sie von Frau Sturz nicht mehr gesehen werden konnten, beschleunigte er seine Schritte, bis er die Jungen eingeholt hatte. Er trat von hinten an sie heran und schlug dem, der sich etwas weniger tief vor der Frau des Direktors verbeugt hatte, mit dem Handrücken gegen den Kopf, daß der Junge ins Stolpern kam. »Du hast deinen blöden Schädel nich herunterbekomm vor der Frau Direktor, du fauler Hund«, schimpfte er leise, »ihr verdient es nich, daß euch die Frau Direktor Geschenke macht.« Er schlug ihm wieder an den Kopf und trat mit dem Fuß nach ihm, traf aber nicht, weil der Junge ihm auswich. Der Küster wagte es nicht, sich an den Körben zu vergreifen. Die Jungen liefen vor ihm davon. »Ihr dreckigen Polenlümmel«, schimpfte er ihnen nach.
Direktor Sturz fuhr in seiner Beurteilung der bevorstehenden Bergarbeiterversammlung fort. »Die Sache geht diesmal vom Rechtschutzverein aus, da kann man hoffen, daß die Roten keine Chance haben werden.«
Dekan Obermeier äußerte sich nicht gleich dazu. Er machte sich seine Gedanken, bis er schließlich sagte: »Der Bergmann Schröder aus Dortmund und auch dieser Bunte, das sollen Sozialdemokraten sein. Sie sind als Vorsitzende gewählt. Ich fürchte, sie werden nicht ohne Einfluß auf die Leute sein. Andererseits glaube ich, daß sie sich bei der gläubigen Bergarbeiterschaft mit ihren atheistischen Parolen nicht durchsetzen werden.«
Direktor Sturz lächelte: »Wenn wir auf Ihre Katholisch-Sozialen bauen, ich fürchte, Hochwürden, da täuschen wir uns. Es gibt einige junge Kapläne im Revier, was diese sogenannten Geistlichen den Leuten für radikale Forderungen predigen, damit stehen sie den Sozis nicht mehr viel nach.«
»Ich weiß«, erwiderte der Dekan, er senkte den Blick. »Es ist auch unserem Bischof bekannt, wir beobachten das mit Sorge. Dabei habe ich vor allem auch unseren Kaplan Hegemann im Auge. Das Argument dieser jungen Männer ist: Wenn die Kirche die Arbeiter nicht in die Hände der Atheisten treiben will, muß sie mehr für die Leute tun.«
Sie waren vor einem Durchblick zwischen zwei Baumgruppen am Rand des Parkes stehengeblieben und sahen über die Felder zur Zeche hinüber.
»Es ist auch für mich manchmal nicht leicht«, sagte der Dekan, »den Leuten von der Kanzel Demut und Gehorsam zu predigen, wenn man ein allzu großes Elend in ihren Gesichtern liest.«

Direktor Sturz ging darauf nicht ein, und um von einer aufkommenden Peinlichkeit oder sogar Verstimmung abzulenken, wandte der Dekan sich an Rewandowski: »Ihr Herr Neffe hat uns seine Meinung zu den Unruhen bisher noch vorenthalten.«
»Er hat darüber seine sehr eigenen politischen Ansichten«, bemerkte Sturz. Er setzte seinen Weg fort und veranlaßte damit seine Begleiter, ihm zu folgen. Der Priester sah den Reviersteiger mit spöttischer Neugier an.
Rewandowski machte kein Geheimnis aus seiner Meinung, er kam direkt zur Sache. »Wir dürfen nicht nachgeben, keinen Pfennig mehr, auf keine Forderung eingehen.«
»Du willst den Streik«, sagte Sturz.
»Ja, das macht die Fronten klar. Sie werden diesen Streik nicht durchhalten, sie sind noch nicht stark genug organisiert. Danach können wir mit ihnen verhandeln.«
»Und wer zahlt uns den Ausfall? Ausgerechnet jetzt, wo wir gute Preise für die Kohle machen können?« Sturz hatte die Frage in einem beiläufigen Ton gestellt; offensichtlich hatte er darüber schon etliche Male mit seinem Neffen diskutiert. Er horchte auf, als Rewandowski jetzt einen Vorschlag machte, den Sturz außerordentlich interessant fand und geeignet, ihn zu prüfen.
»Wir sollten im Bergbauverein eine Ausstandsversicherung gründen«, sagte Rewandowski, »sie wird dann den Zechen, die bestreikt werden, den Ausfall ersetzen.«
Sturz nickte anerkennend. Sie sahen einen Bediensteten von der Villa herüberkommen. Soweit es seine Würde zuließ, bemühte sich der Mann, große, eilige Schritte zu machen; er kürzte den im weiten Bogen verlaufenden Parkweg ab und kam über den Rasen gelaufen. Rewandowski wandte sich wieder dem Dekan zu. »Es geht nicht nur um mehr oder weniger berechtigte Forderungen der Arbeiter oder um den Ausgleich von zu großer Ungerechtigkeit, wie Sie sagen. Es geht um etwas anderes. Was sich jetzt überall ankündigt, das sind die Zeichen des Klassenkampfes.«
»Sie denken zu radikal, junger Mann«, dämpfte ihn der Geistliche, dem bei diesem Gedanken unheimlich wurde.
»Sie sollten den Karl Marx lesen, Hochwürden«, sagte Rewandowski, »ein außerordentlich scharfsinniger Mann, was er zum Beispiel über den Wert der menschlichen Arbeitskraft schreibt und über den sogenannten Mehrwert. Entschuldigen Sie mich.« Er ging dem Bediensteten entgegen.

Dekan Obermeier sah ihm nach. »Eine andere Generation«, bemerkte er tiefgründig.
»Die neue Zeit erfordert wahrscheinlich solche Leute«, sagte Sturz.
»Wollen Sie ihn nicht zu sich in den Vorstand holen?«
Sturz zuckte mit den Schultern. »Das habe ich ihm angeboten. Er hat es abgelehnt. Er sagt: Bevor er im Kopf eines Unternehmens arbeitet, will er erst seinen Bauch kennenlernen.«
Die Mitteilung, die der Bedienstete dem Reviersteiger machte, schien Rewandowski ebenfalls zur Eile anzutreiben, er kehrte im Laufschritt zu seinem Onkel und dem Geistlichen zurück. Seine Gesichtszüge waren angespannt, aber er entschuldigte sich in einem ruhigen Ton.
»Es tut mir leid«, sagte er, »ich muß einfahren, auf der Morgensonne sind zwei Männer unterm Berg.«

Das kleine Fenster war mit einer Decke verhangen, durch einen Spalt am Rand drang ein Streifen Tageslicht in die Hütte und mischte sich mit dem warmen Schein einer Kerze, die auf dem Tisch brannte. Im Halbdunkel war ein offenes Bretterregal zu erkennen, in dem Medizinflaschen verschiedener Größen und kleine, mit getrockneten Kräutern gefüllte Körbe aufbewahrt wurden. In einer Ecke wölbte sich ein dick aufgeblähtes Federkissen auf einem Holzbett. Der gemauerte Herd war ein Stück in den Raum gesetzt, das Rohr führte unter der niedrigen Decke entlang zu einer Wand, die mit Heiligenbildern vollgehängt war, Glasbilder, ungerahmte, vergilbte Drucke aus Zeitschriften und Hauspostillen, kleine Ölbilder in Goldrahmen, rechteckig, rund und oval in unterschiedlichen Größen. Durch die Öffnung im Bretterverschlag, der den Raum am anderen Ende unterteilte, funkelten die Augen einer Ziege, sie stand steif, mit nach außen gestellten Beinen, auf ihrem Strohlager.
Die Kräuteralte saß auf einem niedrigen Hocker unter den Heiligenbildern, ihre Röcke spannten sich über die gespreizten Knie und bildeten im Schoß eine Mulde, in der sie eine faustgroße Glaskugel hielt. Am Tisch, der Alten gegenüber, saß Käthe Boetzkes auf einem Holzstuhl, über den ein buntgemusterter, kleiner Fransenteppich gelegt war. Käthe hatte sich wie zu einem Fest oder zum Gottesdienst geschmückt, sie trug Türkisohrringe und eine feine Gliederkette aus Glanzgold, um ihr offenes Haar hatte sie ein flaschengrünes Seidenband gebunden. Sie saß aufrecht in angespannter Haltung, drehte unruhig den Ehering am Finger und sah die Alte erwartungsvoll an. Die Luft war schwer vom Duft der Kräuter und dem Gestank der Ziege.

»Was siehst du noch«, fragte Käthe, »siehst du Kinder? Ich will keine Kinder mehr.«
Die Alte schaute auf die Kugel in ihrem Schoß, sie drehte sie langsam in den Händen, ihr Blick war sachlich und genau, wie bei einem Handwerker, der ein gearbeitetes Stück prüft. Sie sprach in singendem Tonfall und dehnte die Silben. »Ich sehe ein großes Haus mit vielen Zimmern und einer gedeckten Tafel. Aber es sitzen Fremde am Tisch.« Sie schwieg.
»Was siehst du noch?«
Die Alte drehte wieder die Glaskugel, in der sich hypnotisch klein und leuchtend die Flamme der Kerze spiegelte. »Ich sehe eine Kutsche«, sagte sie langsam, »mit vier weißen Pferden. Auf dem Kutschbock sitzt ein junger Herr. Er trägt eine goldene Weste.«
Käthe beobachtete sie erregt. »Heilige Mutter«, sagte sie leise.
»Es ist was mit der Kutsche«, fuhr die Alte nach einer Pause fort, »ich kann's nicht sehen, aber es ist was. Ja, ich seh es: Sie hat nur ein Rad, die Kutsche fährt nur auf einem Rad.«
Die Alte sah unvermittelt auf und blickte Käthe prüfend an. »Was hast du?«
Käthe hielt die Augen geschlossen, sie zitterte: »Ich weiß nich, ich habe Angst. Ich hab so ein Gefühl, als wenn was Schreckliches passiert ist. Siehst du nichts?«
»Ich kann nichts sehen, wenn du so unruhig bist«, erwiderte die Alte gelassen. Käthe riß die Augen auf und drehte sich ruckartig um, sie hatte hinter sich ein Geräusch gehört. Die Ziege war durch den Verschlag hereingekommen, sie stand zwischen den Brettern, halb im Raum und sah Käthe mit blöder Eindringlichkeit an.

Eintönig und scheinbar endlos führte die verrußte Backsteinmauer neben der Straße am Arsenal der Zeche entlang. Irgendwo in der Nähe vom Eisengittertor der Einfahrt wurde die gleichbleibend schnurgerade Flucht von einem Mann unterbrochen, der unten auf dem niedrigen Fundament der Mauer hockte. Er kratzte mit einem Klappmesser Linien und Kreise, die keine sinnvolle Form ergaben, in den harten Boden zwischen seinen Stiefeln. Obwohl sein Gesicht nicht zu sehen war, erkannte man ihn an seinem Hut, den er sich zum Schutz gegen die Sonne bis über die Augenbrauen herabgezogen hatte. An der seitlich hochgeschlagenen Krempe funkelten alte Orden, Abzeichen und kleine Anhänger aus Metall und Horn, deren magische Bedeutung oder Anlaß zur Erinnerung ein Geheimnis des

Mannes blieben. Der Mann war Otto Schablowski. Er sah kurz auf, als er das Hufklappern und das Rattern der Räder auf den Granitsteinen hörte, mit denen die Straße gepflastert war. Ein zweispänniger, offener Kastenwagen kam rasch näher, die Pferde gingen im Trab. Herbert Boetzkes saß hinten auf der Kante der Ladefläche, das steife Bein schräg zur Seite gestreckt. Er saß mit dem Rücken zur Fahrtrichtung und bemerkte Otto erst, als der Wagen an ihm vorbeifuhr. »Halt, Kumpel!« rief er dem Kutscher zu, der daraufhin die Pferde aus dem Trab nahm. Dann rutschte Herbert geschickt von der Ladefläche herunter, er sah zum Kutscher hoch und legte die Hand an den Schirm seiner Mütze. »Ich dank dir, Kamerad.« Der Kutscher nickte ihm zu. Herbert humpelte zu Otto hinüber und sah ihn überrascht und neugierig an. »Was is 'n mit dir los? Feierste 'ne Bierschicht?«
Otto schob seinen Hut in den Nacken. »Was soll 'n mit mir los sein?« Er stach grimmig sein Messer in den Boden. »Sie haben mich für die Schicht gesperrt.«
Herberts Augen weiteten sich aufmerksam, ihn interessierte jede Neuigkeit, die sich auf dem Pütt ereignete. »Warum? Was Politisches?« fragte er.
»Ach Scheiß«, sagte Otto, »ich hab mich beim Reviersteiger über den Kohlefresser beschwert, zusamm mit dei'm Vater. Ich bin hergekomm, um mir meine Papiere zu holn, ich leg auf Hermine Zwo an, da sind sie schon weiter, ich laß mich hier nich rumschikanieren.« Er zog das Messer aus der Erde und kratzte wütend ein paar Striche in den Sand. »Ich überleg mir nur noch, was ich ihnen zum Abschied sage. Dem Kohlefresser werd ich sagen, daß er 'n Schinder is und 'n Arschkriecher in einem Stück. Auf der Hermine verdien ich auch besser.«
»Die nehmen keine neuen Leute mehr, hat mir Werner erzählt«, Herbert setzte sich zu Otto auf den Mauervorsprung, er streckte das Bein aus und drehte den Fuß im Holzschuh auf dem Absatz hin und her. »Und Vater und Karl würden so schnell wieder keinen so guten Mann finden wie dich.«
Otto zuckte mit den Schultern, er tat, als sei ihm das gleichgültig, aber Herbert hatte ihn mit seiner Bemerkung getroffen.
»Und was suchst du hier?« fragte er Herbert.
»Ich komm immer her, wenn ich Zeit hab. Ich will die Maschine hörn. Ich steh am Tor, seh aufs Rad hoch und hör auf den Anschläger, da weiß ich immer, wann der Korb bei euch auf der neunten is.«
Otto sah ihn von der Seite an. »Du möchtest wieder einfahrn, stimmt's?«

Herbert nickte, er wich dem Blick des Bergmanns aus und sah an der Mauer entlang zur Einfahrt. Unwillkürlich rückte er seine Mütze zurecht. »Da kommt Paulchen.«
Pauline schien die Männer noch nicht bemerkt zu haben, sie kam vornübergebeugt, mit kleinen, schnellen Schritten näher, als könnte sie sich nicht entschließen, ob sie gehen oder rennen sollte. Schließlich blieb sie stehen und hob den Kopf, ihr Blick brauchte einige Zeit, bis er sich klar auf die Männer eingestellt hatte.
»Was is los, Paulchen?« fragte Herbert, und Otto flachste noch: »Haben sie dich auch ausgesperrt, dann gehn wir zusammen einen trinken.« Dann sah er ihr Gesicht, Tränen hatten helle Streifen über ihre verrußten Wangen gezogen. Er stand auf. »Was is passiert?«
Pauline schwieg, eine dunkle Sperre hielt die Worte in ihrer Brust fest.
Als sie schließlich hervorgebracht hatte, was geschehen war, fragte Herbert: »Haben sie sie schon gefunden?«
Pauline schüttelte den Kopf, sie hatte sich wieder gefaßt und berichtete sachlich: »Die ganze Morgensonne is zu, bis runter zur neunten.«
»Haben sie was abgekriegt?« fragte Otto, obwohl er wußte, daß zu dieser Zeit noch niemand darüber Auskunft geben konnte.
»Das weiß keiner«, sagte Pauline, und leise fügte sie hinzu, »das weiß nur die heilige Barbara.«
Otto hatte ihr die Hand auf die Schulter gelegt, er schwieg. Plötzlich rannte er los, an der Mauer entlang zum Tor. »Meine Nummer«, rief er dem Kontrolleur durch das Fenster zu und sah dabei zur Hängebank hinauf.
»Du darfst heute nich auf den Pütt«, hörte er den Mann sagen.
Otto blickte gegen das spiegelnde Glas. »Gib mir meine Nummer.«
Der Kontrolleur schob ihm die Blechmarke unter dem Fenster hindurch. »Glück auf, Otto«, sagte er.
Herbert war bei Pauline geblieben, er hatte sein Halstuch abgebunden, das er wie früher trug, als er noch eingefahren war. Er wischte seiner Schwester Tränen und Ruß aus dem Gesicht. »Sagst du Käthe Bescheid?«
Pauline nickte, sie hielt die Augen geschlossen. Auf dem Weg von der Hängebank, wo Steiger Bärwald sein Mitgefühl hinter einem mürrisch sachlichen Ton versteckt hatte, als sie zu ihm gerufen worden war, bis hierher hatte sie immerfort zur heiligen Barbara gebetet, das war alles, was sie tun konnte.

Der Anschläger hatte Otto ohne eine Bemerkung einfahren lassen, er hatte ihn nur angesehen und leise »Glück auf« gemurmelt. Otto hockte geduckt neben Willi vorn auf dem ersten Wagen des Zuges, er hielt seine Lampe auf den Knien, ihr Lichtkreis bewegte sich mit ihnen durch die dunkle Strecke. Vor ihnen ging der rußfleckige Schimmel in gewohntem Trott. Für Willi stand fest, daß der Gaul Bruno gewarnt hatte. Willi preßte die Lippen aufeinander, Otto hatte ihm den Arm um die Schulter gelegt.

In der Richtstrecke kam Otto ein Schlepper entgegen, sein Wagen war mit Geröll gefüllt. Otto trat zur Seite. »Glück auf«, er sah den Mann fragend an. Der Schlepper lief am Wagen vorbei nach vorn und stemmte sich mit dem Rücken gegen ihn, um ihn auf dem Gefälle abzubremsen. »Glück auf. Es sieht nich gut aus, Otto«, sagte er. Otto ging weiter. Wo die Richtstrecke auf die Abbaustrecke traf, sah er eine Menge Lichter, die Kumpels von Katharina drängten sich um Steiger Bärwald und den Reviersteiger.

»Ihr könnt hier nicht helfen, ihr steht nur im Weg«, sagte Bärwald, »wir suchen ein paar Leute aus, die anderen gehn wieder an ihre Arbeit.«

»Glück auf, Herr Steiger«, meldete sich Otto.

Bärwald sah ihn einen Augenblick unschlüssig an, bevor er in seine gewohnte Rolle flüchtete und Otto anbrüllte: »Wer hat dir erlaubt, einzufahren?«

»Unterm Berg sind meine Kameraden, und die Morgensonne ist mein Flöz, Herr Steiger«, erwiderte Otto im Ton einer sachlichen Feststellung. Damit hatte er Bärwald wieder ratlos gemacht. »Du gehst sofort...«, fing er an.

Rewandowski unterbrach ihn. »Wir brauchen den Mann. Lassen Sie das Holz auf einen halben Meter zuschneiden, und halten Sie die Strecke frei.«

»Jawohl, Herr Reviersteiger«, rief Bärwald, er fügte sich in strammer Haltung.

»Du kommst mit«, sagte Rewandowski zu Otto.

»Herr Reviersteiger...«, Bärwald kam ihnen nachgelaufen. Rewandowski blieb stehen und drehte sich nach ihm um. »Wenn ich mir erlauben darf, Herr Reviersteiger, Sie sollten die Rettungsarbeiten den Leuten überlassen.«

Rewandowski sah ihn kühl an. »Wieso?«

Der Steiger überwand seinen Respekt und trat dicht an Rewandowski heran, er sprach leise, aber Otto konnte ihn verstehen. »Das wird

nichts, fürcht ich«, sagte er, »der Berg sitzt locker, da riskieren Sie Leben und Gesundheit.«
Rewandowski gab ihm keine Antwort, er ließ ihn einfach stehen. »Komm«, sagte er zu Otto.
Schlepper mit schuttbeladenen Wagen kamen ihnen entgegen, sie drückten die schweren Wagen im Laufschritt über das Geleis, rollten sie schweigend an ihnen vorbei, für einen Gruß hatten sie keinen Atem übrig. In der Biegung der Strecke wurde der Stoß von einem hellen Lichtschein beleuchtet. Otto hörte das Scharren der Schaufeln und Klopfen der Spitzhacken, und als er mit dem Reviersteiger herangekommen war, sah er voraus eine Reihe Kumpels, die den hereingekommenen Berg von der Strecke in bereitstehende Wagen schaufelten, ihre Lampen hingen in dichter Kette am First. Unter den Männern erkannte er Heinz und den alten Erich, dessen schwarzglänzender, massiger Leib oben unter dem freigeräumten Hangenden klemmte, von wo aus er mit einer kurzen Schippe, mit Schultern und Händen große Stein- und Kohlebrocken und gebrochenes Stempelholz herunterschob. Die Männer hatten Otto und den Reviersteiger nicht bemerkt, sie arbeiteten, ohne aufzusehen.
»Bis zum Streb sind es noch gute dreißig Meter«, erklärte Rewandowski, »auf der anderen Seite, nach Norden, sind es etwa fünfzig Meter.«
Otto sah zum Hangenden hinauf, Kappen und Firstholz waren in Ordnung, die Verkeilung saß fest, der Streckenausbau war unbeschädigt. Rewandowski zeigte auf einen Kumpel, der einen grauverschmutzten Verband auf dem Rücken trug und unter seiner Mütze eine Binde um den Kopf gewickelt hatte. »Lös den Mann ab«, sagte er.
Otto ging zu ihm. Der Mann richtete sich auf und sah sich um, es war Karl Boetzkes, der Verband war unter dem Schirm der Mütze von Blut durchtränkt. Sie sahen sich an, Ottos Blick war fragend auf Karl gerichtet, aus dessen Augen keine Antwort zu lesen war. »Ich mach weiter«, sagte Otto, er faßte nach der Schaufel. Karl hielt sie fest und schüttelte den Kopf.

Herbert war bei der Zeche zurückgeblieben, er wollte wenigstens als Zaungast dabei sein und rumhören, ob er beim Pförtner oder von den Kumpels, die am Mittag ausfuhren, etwas über die Rettungsarbeiten erfahren konnte.
In der Siedlung war Pauline niemandem begegnet, die Straße war menschenleer, still und friedlich und sah im Sonnenlicht mit dem

vom nächtlichen Regen frisch gewaschenen Grün zwischen den Häuserreihen beinahe liebenswürdig aus. Aber Pauline erschien sie fremd, wie ein erinnerter Traum. Der Weg bis zu ihrem Haus war ihr ohne Ende und unüberwindlich vorgekommen. Sie schloß die Tür auf. In der Küche war niemand, die Tür zum Hof stand offen. Sie sah Friedel, die mit dem Kleinen durch den Garten lief, er hielt sich an ihrem Finger fest und watschelte neben ihr her, fiel immer wieder um, kroch ein Stück auf allen vieren und schrie. Pauline wollte zu ihnen hinausgehen, da bemerkte sie, daß die Tür zur Schlafstube nur angelehnt war. Sie schob sie langsam auf. Käthe saß mit dem Rücken zu ihr auf dem Schemel vor der Anrichte und betrachtete ihr Spiegelbild, ihr Haar war offen, sie hatte ihr gutes Seidentuch über die Schultern gelegt. Sie war so versunken in ihr Ebenbild, daß es einen Augenblick dauerte, bis sie im Spiegel Pauline bemerkte. Sie drehte sich um, erschreckt und unruhig, als glaubte sie sich bei einer Heimlichkeit oder etwas Verbotenem überrascht. »Warum kommst du schon?«
Pauline war an der Tür stehengeblieben, sie lief zu Käthe, umarmte sie und ließ ihren Kopf auf Käthes Schulter sinken. »Die Morgensonne...« Sie kam nicht weiter.
Käthe sah an ihr vorbei, sie sagte gefaßt, als hätte sie es erwartet: »Friedrich ist tot, – sag's mir.«
»Ich weiß nich – das wissen sie noch nicht.« Pauline richtete sich plötzlich auf und sah ihre Stiefmutter erstaunt an. »Warum sagst du, sie sind tot?«
»Sie?« fragte Käthe, »wer noch?«
»Bruno.«
Käthe hielt den Kopf gesenkt, und leise, in Gedanken, sagte sie: »Bruno auch? Nein.« Sie wandte sich zu Pauline mit einem angstvollen Ausdruck im Gesicht. »Warum starrst du mich so an?«
Pauline hatte sie verstört beobachtet. Sie drehte sich um und ging aus dem Zimmer. Käthe war sitzengeblieben, sie zog ihr Tuch von den Schultern und hängte es über den Spiegel.

Im Ausbau der Hauptstrecke spannte Willi den Schimmel vor den schuttbeladenen Zug, er machte seine Arbeit wie an jedem anderen Tag, eingespielt, ohne Hast und ohne Verzögerungen. Auf dem Nebengeleis standen zwei Wagen mit kurzgeschnittenem Stempelholz bereit, auf der Ladung lagen Blechflaschen mit Tee und Brotpäckchen, die die Zechenleitung an die Rettungsmannschaft verteilen ließ. Ein Schlepper rollte seinen Wagen aus der Richtstrecke heran.

»Habt ihr schon was gehört?« fragte Willi, »Klopfzeichen?«
Der Schlepper schüttelte den Kopf.
»Wie weit sind sie?«
»Bei zwanzig Meter im Streb«, sagte der Mann, er bremste seinen Wagen ab. Willi hockte sich vorn auf die Kupplung und gab dem Schimmel die Zügel. Er mußte abwarten.
Was jeder hoffte, aber niemand wissen konnte, war, daß Friedrich Boetzkes und Bruno noch lebten. Einige hundert Meter unterirdischer Strecke von Willi entfernt, kauerten sie im Berg, in absoluter Finsternis, eingezwängt zwischen Gestein, Kohleschutt und schräg verklemmtem Stempelholz, sie konnten kaum die Schultern drehen und die Beine nicht ausstrecken. Als der Berg hereingekommen war, hatte sich der Alte zur Seite gerollt und Bruno am Arm mit sich an den Stoß gerissen. Die Arme über dem herabgebeugten Kopf, hatten sie abgewartet, überschüttet von Staub, Stein- und Kohlebrocken, bis der Berg wieder still geworden war. Der Alte hatte seine Lampe zwischen den Knien hervorgezogen, sie war unbeschädigt. Er leuchtete den knappen Hohlraum ab, der sie schützte, aus Fugen und Rissen raschelte feiner Schutt herab, der Berg arbeitete noch. Bruno hatte sich zur Seite gedreht und angefangen, nahe am Stoß, strebabwärts mit den Händen Geröll wegzuräumen, die rechte Armbeuge schmerzte, der Unterarm und die Hand waren taub, er konnte nur mit einer Hand arbeiten. Friedrich hatte ihn zurückgehalten; es hatte keinen Zweck, ohne Hilfe waren sie nicht in der Lage, sich zu befreien. Der Alte hatte seine Uhr aus der Hosentasche gezogen und noch einmal nach der Zeit gesehen, es war Viertel vor neun. Dann hatte er die Lampe ausgedreht, damit sie keinen Sauerstoff verbrauchte. Sie hockten in der Finsternis und lauschten auf den Berg, der keine Ruhe gab.
»Merkst du, es hört nich mehr auf«, sagte Bruno.
Der Alte blieb stumm.
Bruno atmete schwer: »Ich krieg keine Luft mehr, Friedrich.«
»Das is nur in deinem Kopf«, erwiderte der Alte ruhig, »die Luft is gut, die reicht für uns.« Er hielt einen Stein in der Faust, mit dem er immer wieder hinter sich gegen den Stoß schlug, unterbrochen von kurzen Pausen, in denen sie horchten, ob ihre Signale erwidert wurden. Bruno klammerte sich an den Gedanken, daß sie sich selber befreien konnten, er tastete nach einem Bergbrocken neben sich, rollte ihn, während Friedrich Klopfzeichen gab, zur Seite, tastete weiter, grub Hand für Hand Schutt und Steine hervor. Der Alte hatte das leise Scharren gehört. »Hör auf, Junge«, sagte er.

»Ich will hier raus«, Brunos Stimme klang drohend, er hatte Angst.
»Warte ab. Wir haben kein Material und Gezähe, wir könn nich ausbaun, da kommen wir nich weit. Sie werden uns holen.«
»Wie lange dauert das?«
»Sie brauchen Zeit, sie müssen vorsichtig sein.«
»Vielleicht denken sie, wir sind tot...«
»So was denken sie nich«, sagte der Alte, »sie suchen immer nach den Leuten.«
»Warst du schon mal verschüttet?« fragte ihn Bruno.
»Ja«, der Alte gab wieder Klopfzeichen. Es kam keine Antwort.
»Ich will raus!« schrie Bruno, »ich will hier nich lebendig begraben sein! Ich...«. Herabstürzender Schutt unterbrach ihn. Er krümmte sich zusammen und hielt schützend die Arme über den Kopf, nahm sie wieder herunter, um die Hände unter dem Kinn über der Brust zu falten, er begann, laut zu beten: »Lieber Gott, laß uns hier rauskomm, ich will leben, lieber Gott, ich werd nie mehr fluchen und jeden Sonntag das heilige Abendmahl nehm.« Er wartete ab. Das Prasseln hatte nachgelassen, Kohleruß rieselte herab.
»Friedrich?«
»Was is?« fragte der Alte.
»Hast du was abbekomm?«
»Nein«, erwiderte der Alte, »es is nich schlimm.«
Sie waren still und lauschten. Dann sagte Bruno unvermittelt: »Friedrich – ich mag deine Pauline.«
Der Alte schwieg.
Das nahm Bruno den Mut, zu dem ihm seine Todesangst verholfen hatte, er mußte neuen Anlauf nehmen. »Aber sie denkt, ich hab was mit der Erna. Das is nich wahr.«
»Was man so alles denkt und dem Herrgott verspricht, wenn's einem an den Kragen geht«, hörte er Friedrich sagen, er spürte beruhigend die schwere Hand des Alten auf seinem Knie. »Ich weiß nich viel von dir, Junge. Du kommst aus Pommern? Erzähl mir was von dir zu Haus.«
Diese Aufforderung des alten Boetzkes half Bruno, die Finsternis, Enge und knapp werdende Luft zu vergessen, das hatte der Alte beabsichtigt. Die Bilder, an die sich Bruno jedesmal erinnerte, wenn er an zu Haus dachte, tauchten aus der Dunkelheit auf, die Erinnerung brachte Licht und Weite zurück, er hörte das Rascheln, wenn am Mittag die Ähren in der schwach bewegten Luft aneinanderstreiften, und den fortwährenden, spitzen, kurzen Pfiff der Sensen. Nebeneinander

und gleichzeitig, mit immer gleichen Schwüngen schnitten sein Vater und Wilhelm, sein älterer Bruder, eine Schneise ins Korn. Die Mutter folgte ihnen und harkte das geschnittene Korn zusammen, er sah nie ihr Gesicht, sie hatte ihr Tuch weit über die Augen gezogen. Seine Schwestern banden Garben. Er kam als letzter, trug die Garben zusammen und stellte sie in Hocken zum Trocknen auf. Im Schatten der Bäume am Feldrand setzten sie sich ins Gras, sie bildeten einen Kreis. Sein Vater reichte den Wasserkrug herum und schnitt das Brot, er legte zuerst eine Scheibe für sich auf das Kopftuch, das seine älteste Schwester zwischen ihnen ausgebreitet hatte, die nächste Scheibe bekam sein älterer Bruder. Die Mutter, seine Schwestern und Bruno bekamen nur eine halbe Scheibe. Während Bruno trank, blickte er neidisch vergleichend über den Krug hinweg auf die volle Scheibe Brot in der Hand seines großen Bruders, er wußte, daß noch einige Jahre vergehen würden, bis auch ihm die ganze Scheibe zustand.

Etwa schulterbreit und nur wenig höher war der Bergungsaufbau im eingestürzten Streb, in dem sich die Männer in steiler Lage hinaufzwängten. Otto lag vorn, die Lampe vorm Gesicht, und löste vorsichtig mit dem Eisen Schutt und Bergbrocken aus dem hereingekommenen Berg, änderte in kurzen Abständen die Richtung, indem er Spalten und lockerem Gestein folgte. Schräg unter ihm setzte der Reviersteiger die Stempel, die ihm Karl zugeschnitten und angespitzt heraufschob. Rewandowski lag auf der Seite, klemmte den Stempel in die Armbeuge, setzte das Kopfholz an und trieb es unter dem Hangenden fest. Mit seiner Schulter stützte er den Behälter, in den Otto den abgetragenen Schutt schaufelte. Wenn er voll war, hob er ihn herunter. Karl nahm ihn ab und ließ ihn an einem Seil zur freigeräumten Abbaustrecke hinunterrutschen. So gruben sie sich vorwärts, Meter für Meter, viel zu langsam für die ungewisse Erwartung, die sie bedrückte, gegen die sie sich wehren mußten, damit sie von ihr nicht zu unachtsamer Eile getrieben wurden. Otto drehte sich erschöpft auf den Rücken; seine Augen zitterten von dem fortwährend schräg nach oben gerichteten Blick, den seine Arbeit erforderte. Er hakte seine Flasche vom Gürtel und schüttete sich Wasser ins Gesicht.

»Wie spät ist es, Herr Reviersteiger?« fragte er.

Rewandowski zog seine Uhr aus der Tasche, er wischte sich mit dem Handgelenk Schweiß und Ruß aus den Augen. Es war drei Uhr nachts.

Oben, über Tag, wurden die dunklen Mauern der Waschkaue vom unruhigen Lichtschein eines Feuers erhellt, das auf dem Hof der Zeche brannte und die kühle Nachtluft für die Wartenden erwärmte. Der Kaplan wachte mit ihnen, sie saßen auf leeren Fässern und Kisten, Holzstapeln und umgestürzten Schubkarren und sahen zur schwach beleuchteten Hängebank hinauf, die ohne Betriebsamkeit und den gewohnten Lärm der ratternden Wagenräder fremd und in ihrer starren Ruhe bedrohlich wirkte. Erna war gekommen und Walter mit seiner Frau. Erna hatte ihre beiden Jungen zu Haus eingeschlossen, damit sie nichts anstellten, wenn sie aufwachten. Der Kaplan warf den Rest seiner Zigarette ins Feuer und stand auf. Er legte die Hände aneinander, in Abständen, die er nach seinem Empfinden festlegte, um den Wartenden Trost zu geben, aber auch um sie wachzuhalten. Er betete mit ihnen einen Rosenkranz: »Gegrüßet seist Du, Maria...«, begann er. Käthe preßte schweigend die Fingerspitzen über dem Bündel, in das sie den Kleinen gewickelt hatte, zusammen, ihr Gesicht hatte einen geduldig verschlossenen Ausdruck. Pauline sprach leise das Gebet mit, Friedel hatte sich auf ihrem Schoß zusammengekauert und schlief. Paulines Inbrunst war so stark, daß ihre Hände zitterten, sie wollte die Heiligen zwingen, sie zu erhören: »Du bist voll der Gnade, der Herr ist mir Dir...«

Erna, die neben ihr stand, betete laut: »Du bist gebenedeit unter den Weibern...« Sie übertönte den Kaplan. Walter hatte die Ellenbogen auf seine Krücken gestützt, ließ die Hände herabhängen und starrte ins Feuer. Katrin, seine Frau, hatte sich damit abgefunden, daß er sich von dem Gebet ausschloß, sie betete für ihn mit.

Etwas abseits stand Herbert außerhalb des Feuerscheins in der Dunkelheit; er preßte seine Mütze zwischen den Handballen zusammen und sah zu den Lichtern der Hängebank hinauf, dabei sprach er leise in das Gebet des Kaplans seine eigenen Gedanken: »Wenn ich noch einmal runter könnt, heilige Barbara... wenn ich dabei sein könnt im Flöz. Du Beschützerin der Bergleute mach, daß sie mich runterlassen, daß ich dabei sein kann... nur ein einziges Mal noch einfahrn.«

Direktor Sturz trat an das Fenster seines Arbeitszimmers im Stadtbüro. Die beiden Seitenflügel im hohen Erker waren geöffnet. In den gewöhnlichen Straßenlärm hatte sich eine laute, verzerrte Stimme gemischt, die seine Neugier weckte. Obwohl er in diesen unruhigen Tagen abwartend und gelassen geblieben war, hatte sich seine Aufmerksamkeit verstärkt. Er sah am dichten Laub der Straßenbäume vorbei auf die breite Allee hinunter. Zwischen Fuhrwagen und Kutschen kam langsam ein offener einspänniger Kastenwagen vom

Bahnhofsplatz heran, die Ladeklappen waren mit bunten Fähnchen und den Emblemen der Knappschaften geschmückt. Auf einer Bank hinter dem Kutschbock saßen drei Arbeiter, sie trugen dunkle Anzüge und steife Hüte. Auf der Ladefläche stand der Delegierte Kubiak, er hielt einen Sprechtrichter vor den Mund, die andere Hand hatte er unter dem zurückgeklappten Jackenschoß in die Hosentasche gesteckt. »Kameraden«, tönte seine Stimme aus dem Trichter und über die vormittäglich belebte Straße, »unsere Versammlung hat einstimmig folgende Forderungen an die Grubenbesitzer beschlossen.« Er nahm den Trichter herunter, hustete und setzte ihn wieder unter seinen Schnauzbart. »Einen Lohnzusatz von fünfzehn Prozent für alle Bergarbeiter. Abschaffung der Überproduktion durch Überschichten. Wiedereinführung der Achtstundenschicht einschließlich Ein- und Ausfahrt. Außerdem geeichte Wagen mit richtiger Maßangabe und eine gute und gesunde Wetterführung. Kameraden...«
Auf der Straße blieben die Dienstmägde, an deren angewinkelten Armen schwergefüllte Einkaufskörbe hingen, Herren in kleinstädtischer Kleidung und einige Arbeiter in Holzschuhen und geflickten Hosen stehen und sahen dem geschmückten Wagen entgegen.
»Kameraden«, fuhr der Delegierte fort, »wir wollen keinen Streik, wir wollen friedliche Verhandlungen, weil wir auf die Einsicht und Vernunft der Grubenbesitzer bauen.«
Direktor Sturz sah, wie einige Herren auf der Straße ihre Gehstöcke unter den Arm klemmten und demonstrativ Beifall klatschten. Die Arbeiter warfen sich verstohlen skeptische Blicke zu und gingen weiter. Sturz wandte sich nachdenklich vom Fenster ab. In der offenen Flügeltür, die in das angrenzende Empfangszimmer führte, stand sein Sekretär, er hielt ein Tablett in der Hand, auf dem die Morgenzeitungen lagen. Nachdem er sich mit einem Blick der Zustimmung des Direktors vergewissert hatte, trat er ein und stellte das Tablett auf dem Schreibtisch ab.
»Soll ich die Fenster schließen?« fragte er.
Sturz schüttelte den Kopf, und der Sekretär erlaubte sich die Bemerkung: »Es ist schlimm, daß man diesem Gesindel erlaubt, ungestraft durch die Stadt zu fahren.«
Sturz hatte Ähnliches gedacht, aber es ärgerte ihn, daß sein Sekretär es aussprach. Er ließ ihn seinen Unmut durch Mißachtung spüren, indem er sich nicht für die Zeitungen bedankte. Der Sekretär ging in die Kanzlei zurück. Sturz setzte sich an seinen Schreibtisch und schlug die erste Zeitung auf, es war die *Tremonia*, ein Blatt, dem weiß Gott

kein sozialistischer oder womöglich umstürzlerischer Ruf nachzusagen war. Auf der ersten Seite stand in fettgedruckten Buchstaben: LEBENDIG BEGRABEN und darunter etwas kleiner: Schicksal der beiden verschütteten Bergleute auf Zeche Siegfried weiterhin ungewiß.

Sturz las den nachfolgenden Bericht: Unter Leitung und persönlichem Einsatz des Herrn Reviersteigers Rewandowski, einem Neffen des Zechenbesitzers, dauern die Rettungsarbeiten an. Betrachtet man die Situation der Bergleute im Revier, so drängt sich der Vergleich auf, daß auch ihr Leben über Tage als »lebendig begraben« zu bezeichnen ist. Der Lohn bei Überschichten reicht in den meisten Fällen kaum für das Lebensnotwendige, in ihren engen Wohnungen herrschen Krankheit und eine menschenunwürdige Armut, und es scheint keine Hoffnung für sie zu bestehen, wenn man die starre Haltung der Unternehmer in der Lohnfrage in Betracht zieht.

Sturz faltete die Zeitung zusammen. Er wußte natürlich nicht, daß ihn ausgerechnet dieses fromm konservative Blatt mit einem der beiden verschütteten Männer, dem alten Friedrich Boetzkes, verband, der aus sturer Treue zu seinem heruntergekommenen Berufsstand die Zeitung seit vielen Jahren im Abonnement hielt, trotz seiner ärmlichen Verhältnisse, in denen jeder Groschen zählte. Bevor Direktor Sturz die *Rheinisch-Westfälische* aufschlug, sah er auf seine Uhr. Er schrieb eine kurze Mitteilung auf ein Blatt und klingelte nach dem Sekretär, der sie an die bestimmte Adresse telegrafisch weiterleiten sollte.

Der mit Fähnchen und Emblemen geschmückte Wagen hatte währenddessen die Stadt verlassen und fuhr zwischen Industrieanlagen und Rübenfeldern über die Landstraße, der Siedlung Eintracht entgegen. Das Pferd ging im leichten Trab. Der Delegierte hatte sich zu den Männern auf die Bank gesetzt. Sie beobachteten zwei berittene Gendarmen, die von der Siedlung auf sie zugaloppierten; auf der unbefestigten Straße zogen die Reiter eine lange Staubwolke hinter sich her.

Es dauerte nicht lange, bis sie herangekommen waren. Die Männer blickten gleichmütig am Kutscher vorbei geradeaus, sie ließen sich ihr Unbehagen nicht anmerken. Doch zu ihrer Überraschung ritten die Gendarmen an ihnen vorbei. Die Männer sahen sich an, und der Delegierte rückte erleichtert seinen Hut zurecht. Das tat er zu früh, denn von ihnen unbemerkt, hatten die beiden Reiter gewendet und kamen nun von rückwärts an den Wagen herangetrabt, es waren junge Burschen, in ihren Augen blitzte aggressive Willkür. Sie ritten seitlich an das schwerfällige Zugpferd heran und drängten es an den Wegrand, der Wagen geriet mit zwei Rädern auf die steil abfallende Böschung. Die Männer sprangen ab, der Kutscher versuchte vergeblich, Pferd und Wagen auf der Straße zu halten, die Reiter gaben nicht nach, und der Kutscher wagte nicht, ihre Pferde mit der Peitsche zu vertreiben. Er sprang im letzten Augenblick vom Kutschbock, bevor der Wagen rückwärts die Böschung hinabrollte und das Pferd mit sich zog, bis er in der Wiesenkante festsaß. Der Gaul stand mit zitternden Beinen im Geschirr auf dem steilen Gefälle. Die Männer sammelten ihre Hüte auf und klopften den Staub ab; sie sahen den Gendarmen nach, die über die Landstraße davongaloppierten. »Diese verdammten Hunde«, schimpfte einer der Männer, und der Delegierte bemerkte in zähneknirschender Einsicht: »Sie jagen uns wie Treibwild.« Einer versicherte, daß er sich beim Polizeipräfekten beschweren werde, aber daran glaubte niemand ernstlich. Sie gingen zum Kutscher und halfen ihm, den verstörten Gaul und den Wagen auf die Straße zurückzubringen.

Wieder umgeben vom Lärm der Maschine und der Wagen, die über die Eisenplatten gerollt wurden, saß Käthe am Rand der Hängebank auf einem Stapel Ausbauholz. Sie hielt den Kleinen im Arm, er hatte Hunger und schrie in den Lärm. Sie versuchte, ihn zu beruhigen, und wiegte ihn in ihrem Schoß hin und her. Herbert und Walter saßen bei ihr, der Kaplan stand beim Anschläger am Schacht; es hatte zu regnen angefangen, und man hatte ihnen erlaubt, hier heraufzukommen. Im Morgengrauen waren Erna und Katrin nach Haus gegangen, sie mußten sich um ihre Kinder kümmern; Erna hatte Friedel mitgenommen, sie wollte auch den Kleinen ins Bett bringen, aber Käthe wollte ihn bei sich behalten. Unaufhörlich rollten in beiden Richtungen die Wagen an den Wartenden vorbei, auf dem Pütt hatte man wieder mit dem normalen Betrieb der Frühschicht begonnen. Geduckt im Regen, kam unten Pauline über den Hof gelaufen, sie trug einen Korb, den sie mit ihrem Kopftuch abgedeckt hatte, als sie unterwegs vom Regen überrascht worden war. Schon als sie die Treppe zur Hängebank heraufkam, sah sie am müde erstarrten Ausdruck der Gesichter von Käthe, ihrem Bruder und Walter, daß sie in der Zwischenzeit nichts Neues erfahren hatten. Sie zog das nasse Tuch vom Korb, ihr Haar und ihre Kleidung waren durchnäßt. Sie hob den Topf heraus, behielt ihn in der Hand und setzte sich neben ihre Stiefmutter; Käthe legte

sich den Kleinen in ihrem Arm zurecht und begann, ihn zu füttern. Sie waren so mit dem Kind beschäftigt, daß sie nicht auf den Schlag der Glocke am Schacht achteten. Herbert horchte auf, er sah Walter an, sie wußten Bescheid. Sie hatten das Signal erkannt, das sich von den üblichen Ankündigungen des Korbes, wenn er mit Kohlewagen heraufkam, unterschied. Die Schlepper stoppten ihre Wagen.
Der Anschläger zog das Leder zur Seite. Steiger Bärwald stieg aus dem Korb, blieb aber am Schacht stehen und winkte den Kaplan zu sich heran. »Kommen Sie bitte, Hochwürden.«
Der Kaplan zog seinen Talar aus, darunter trug er geflickte Arbeitshosen und ein einfaches Leinenhemd ohne Kragen, er hob seine Tasche und einen alten Filzhut auf, die er neben sich bereitgestellt hatte. »Es sieht schlecht aus, Hochwürden«, sagte der Steiger leise zu ihm, »wir sind nahe dran, aber sie geben keine Klopfzeichen mehr.«
Herbert kam an den Wagen vorbei zum Schacht gehumpelt. Walter zog sich an seinen Krücken hoch, jetzt sahen auch Käthe und Pauline herüber, der Kleine fing wieder an zu schreien, weil sie ihn nicht weiterfütterten. Einige Schlepper kamen heran, Bärwald schickte die Leute zurück: »Geht an eure Arbeit, steht hier nicht rum.«
Herbert ließ sich nicht einschüchtern, er rief dem Steiger zu: »Leben sie, habt ihr sie gefunden?«
Der Kaplan gab ihm Antwort: »Wir müssen noch abwarten.« Er stülpte den Hut auf den Kopf, rückte seine Brille zurecht und kletterte vor dem Steiger in den Korb. Vorher hatte er noch einmal zu Käthe und Pauline geblickt, er nahm das Bild der beiden Frauen, ihren angstvoll fragenden Ausdruck mit in die Grube hinunter.
Bis zur Richtstrecke waren Steiger Bärwald und der Kaplan mit Willi auf dem Zug gefahren. Willi hatte keine Fragen gestellt, er hatte während der ganzen Fahrt geschwiegen. Seine Mütze hatte er so tief herabgezogen, daß man auf seinem Gesicht nicht ablesen konnte, was er empfand. Weil dem Kaplan die Gläser verrußt waren und er ohne Brille, obwohl er sich unter Tage auskannte, in der Dunkelheit schlecht sehen konnte, hatte ihn Steiger Bärwald das letzte Stück an der Hand geführt. Sie standen jetzt in der Abbaustrecke zwischen den Schleppern, die nichts mehr zu tun hatten, vor dem verschütteten Streb und sahen zur halbmeterhohen Öffnung des Rettungstunnels hinauf, aus dem kein Lichtschein drang und kein Geräusch zu hören war.
Oben, hinter etlichen Windungen des steil ansteigenden, mit Stempeln gespickten Tunnels, der dennoch in dem unberechenbaren Geröll

nur notdürftig gesichert war, lag Otto auf der Seite und versuchte, mit dem Eisen neben einem gebrochenen Kappenholz einen Bergbrocken zu lösen. Er brauchte Zeit dafür. Der Reviersteiger und Karl waren dicht aufgerückt und sahen ihm zu, sie wußten, daß sie sich nahe vor Ort befanden, mit jedem Augenblick konnten sie die Ungewißheit geklärt haben. Der Brocken hatte sich gelöst, Otto zog ihn behutsam aus dem Geröll hervor. Nachdem sich der Staub abgesetzt hatte, sah er vor sich in der Vertiefung, die der Brocken hinterlassen hatte, ein kleines, etwa zwanzig Zentimeter großes Loch im Stoß. Otto hob die Lampe heran und versuchte hindurchzublicken, ihr Licht blendete ihn. »Glück auf«, rief er. Er bekam keine Antwort. Er wartete, es rührte sich nichts. Otto drehte sich nach Karl und dem Reviersteiger um und schüttelte langsam den Kopf. Als er wieder hinaufsah, erblickte er eine blut- und rußverschmierte Hand, die sich durch die kleine Öffnung tastete, er griff sie behutsam und hielt sie einen Augenblick schweigend umfaßt, er fühlte, daß es eine junge Hand war. Der Reviersteiger schraubte seine Wasserflasche auf und reichte sie ihm hoch. Otto hielt die Hand am Gelenk fest und steckte ihr die Flasche zwischen die Finger. »Glück auf, Bruno«, sagte er.

Er hatte dem Alten von seiner Heimat erzählt, bis seine Worte langsamer geworden waren, sich wiederholten und er sie nicht mehr zu einem Satz verbinden konnte. »Red weiter, Junge«, hatte der Alte gesagt; er tastete nach Brunos Gesicht und klopfte seine Wangen, schlug fester zu, aber Bruno reagierte nicht mehr, er stöhnte nur leise. Friedrich hatte Mühe, selber wach zu bleiben, sich gegen die Betäubung zu wehren, die der Mangel an Sauerstoff wie ein schwarzes Tuch über ihn hängte. Eine schwere Glocke dröhnte in seinem Kopf, er konnte sich nicht mehr darüber einig werden, ob das Pochen von einem fernen Klopfzeichen kam, das sich in seinem Kopf hundertfach verstärkte, oder ob es nur sein eigener Herzschlag war. Als sie ihn fanden, hockte er zusammengesunken zwischen zwei Stempeln nahe am Stoß. Er hielt die Hände auf den Knien gefaltet.

Die Musik hallte über die Vogelwiese, die meisten, die mit ihnen gefeiert hatten, waren schon nach Haus gegangen und lagen in ihren Betten bei offenen Fenstern, durch die mit der milden Nachtluft die Musik hereinwehte. In der dunklen Reihe der Höfe funkelten hinter dem Haus der Boetzkes noch die bunten Lichter der Papierlampions, und auf einem langen Brett flackerten zwischen Bierkrügen und

Schnapsflaschen heruntergebrannte Kerzen. Walter saß vor dem niedrigen, ziegelbedeckten Schuppen und spielte die Harmonika. Neben ihm stand Herbert, er hatte eine große, scheppernde Pauke vor sich auf einem Schemel stehen und schlug zu Walters Melodie einen naiven, monotonen Rhythmus, wobei er leicht vornübergebeugt in kindlicher Freude mit Kopf und Schultern wippte. Er sah lachend den Tanzenden zu, für die er spielte. Der alte Friedrich führte sicher und kraftvoll seine junge Frau, sein selbstbewußter Ausdruck ließ jeden wissen, daß sie zu ihm gehörte. Er ließ sich nicht anmerken, daß sein Fuß immer noch schmerzte. Käthes Blick, ihre Bewegungen blieben ihm zugewandt, sie zeigte, daß sie nur für ihn da war. Otto tanzte mit Walters Frau wild und komisch, er schob sie von sich fort und riß sie wieder zu sich heran, wirbelte sie herum; sie kreischte, aber es machte ihr Spaß. Mit Erna hatte er schon getanzt, sie schaute ihnen zu, klatschte zum Rhythmus der Pauke in die Hände und wiegte sich in den Hüften, aus den Augenwinkeln beobachtete sie Bruno. Um Halt zu haben, hatte er seinen Arm, der vom Ellenbogen bis zu den Fingerspitzen in einem Verband steckte, auf das Tischbrett gestützt, mit der anderen Hand hielt er einen Bierkrug, der nie lange leer blieb. Neben Erna gab es noch jemand, der ihn nicht aus den Augen ließ.
Pauline tanzte mit Willi und Heinz; sie bewegte sich unauffällig verführerisch zwischen ihnen, doch nach jeder Drehung sah sie zu Bruno hinüber. Er setzte den Krug ab, lehnte sich zurück und starrte sie mit verschwommenen Augen an. Als sie seinen Blick bemerkte, kehrte sie ihm den Rücken zu, und Erna beobachtete, wie sie sich von den beiden jungen Männern umkreisen ließ, sich ihnen in kurzen Andeutungen zuwandte und sich dann wieder von ihnen zurückzog. Aufrecht, obwohl seine Schritte nicht mehr sicher waren, marschierte Bruno an den Tanzenden vorbei, auf die dunkle Vogelwiese hinaus, wobei er beinahe über Karl gestolpert wäre. Er saß abseits von den anderen am Ende des Hofes auf einem leeren Kohlenkasten, hatte sich gegen den dünnen Stamm eines Apfelbaumes gelehnt und sah zwischen den Blättern hindurch zum Sternenhimmel hinauf. Nur kurz blickte er Bruno hinterher, dann hing er wieder seinen Gedanken nach, in denen kein Raum war für Musik und Tanz, sondern die, ein wenig berauscht, erfüllt waren von der Utopie einer im Klassenkampf solidarisch geschlossenen Arbeiterschaft. Bruno hatte sich ins Gras gesetzt und die Arme auf die Knie gelegt, durch seinen Hosenboden drang die Nässe vom Tau der Nacht, aber er bemerkte es nicht.
Plötzlich fiel volles, langes dunkles Haar über ihn herab und verdeckte

sein Gesicht, Erna war hinter ihn getreten und hatte sich über ihn gebeugt. Sie richtete sich auf, sah ihn lachend an, nahm seine Hand und zog ihn vom Boden hoch. »Willst du heute Nacht auch noch in die Menage«, fragte sie.
Er antwortete nicht.
Pauline hörte auf zu tanzen. Heinz sah sie überrascht an. »Was is los, Paulchen?« fragte er.
»Nichts«, sagte sie, »ich habe keine Lust mehr.«
Willi bemerkte lauernd mit einem Blick zur Vogelwiese: »Bist du sauer?«
»Ich habe keine Lust mehr, hab ich gesagt«, erwiderte sie wütend. Sie ging zum Haus. Bevor sie die Tür erreichte, mußte sie Käthe und ihrem Vater ausweichen, die sich immer noch unter dem farbigen Licht der Lampions drehten, die Gesichter nahe beieinander, als wollten sie mit ihrem Tanz nie mehr aufhören.
Erna zog Bruno mit sich über das dunkle Feld.
»Kannst du mir sagen...«, fing er in schwerfälligem Ton an, »... kannst du mir sagen, ... warum wa... warum sie das immer wieder tun?«
»Was?« fragte Erna.
»Warum sie immer wieder einfahren«, sagte Bruno, »runter in die Grube, ins stickige, schwarze Grab?«
»Weil es ihr Beruf is«, sagte Erna. »Komm.«
Bruno nickte in Gedanken, er fing an zu lachen. »Das is 'ne gute Antwort«, er lachte wieder, »'ne gute, klare Antwort.«
Sie gingen auf die Lichter der Mietshäuser am anderen Ende der Wiese zu, wo Erna wohnte. Bruno blieb stehen, Erna auch, sie sah ihn fragend an. Er hob die Hand, seine Fingerspitzen tasteten durch ihr Haar, und leise, mit betrunkener Bedeutsamkeit sagte er: »Erna.«
Sie sah ihn zärtlich und etwas verlegen an: »Was is, Bergmann?«
Er legte den verbundenen Arm um sie, zog sie an sich und küßte sie heftig und ungeschickt. Ein Geräusch, das nicht zu ihrer Zärtlichkeit und dem Frieden der Nacht paßte, schreckte sie auf; ihr erster Kuß wurde von näherkommendem Hufgetrappel und klapperndem Metall unterbrochen. Zwischen den Häusern blitzten Helme, Säbel und Geschirr im Licht der Gaslaternen, ein Trupp berittener Gendarmen patrouillierte durch die nächtlich leere Straße der Siedlung.

3. Kampf ums Überleben

Mehrere Wochen waren vergangen, aber der Bergbauverein oder, wie sich der Zusammenschluß der Grubengesellschaften in voller Bezeichnung nannte, der Verein für bergbauliche Interessen hatte es bisher nicht für notwendig gehalten, die Bittschrift der Bergarbeiterversammlung zu beantworten. Die Zechenbesitzer schwiegen, wobei es Rewandowski und einige Anhänger seiner Theorie für einen gefährlichen Verlust an Autorität, die meisten Herren aber einfach für unter ihrer Würde ansahen, das zu tun, was für die Arbeiter noch wichtiger war als die restlose Erfüllung ihrer Forderungen: sich mit ihnen an einen Tisch zu setzen und zu verhandeln.

Direktor Sturz hatte unterdessen seine Taktik geändert. Ursprünglich wollte er seine Arbeiter mit einer geringen Lohnerhöhung vom Streik abhalten, wie es auch von der Direktion auf Hermine Zwo versucht worden war. Nach einigen Beratungen mit seinem Betriebsführer stellte er nun ein höheres Gedinge für später in Aussicht, »wenn sich«, wie er wörtlich bekanntgab, »meine Belegschaft weiterhin treu zu den traditionellen Tugenden des Gehorsams und der Ehrerbietung bekennt und jedwedem rebellischen Gesindel sofort die Abkehr geben wird.«

Bei diesem Appell an seine Arbeiter hatte er jedoch übersehen, daß auch immer mehr alte, redliche Knappen, die sich ihrem Stand in Treue verpflichtet fühlten, von den Zechenleitungen als Rebellen und rote Vaterlandsverräter abgestempelt wurden, wenn sie sich nicht duckten und offen für die ihnen früher einmal in der Knappschaft zugestandenen Rechte eintraten. Es waren nicht wenige dieser Männer, die sich, wenn man ihnen auf solche Weise die Ehre absprach, zur Ehrlosigkeit und zum freien, gesetzlosen Stolz eines Rebellen bekannten.

Mit seinem Versprechen, die Kumpels gegebenenfalls für ihr Wohlverhalten zu belohnen, blieb Direktor Sturz immer noch weit hinter der Absicht seines Neffen zurück, der mit harter Unnachgiebigkeit den drohenden Streik als eine willkommene Machtprobe nutzen wollte. Diese Überlegungen ließen ihn im Bergbauverein als engagierten Sonderling erscheinen, denn die Mehrheit der Grubenbesitzer

stellte sich dem Widerstand und den Forderungen der Bergarbeiter nur deswegen nicht, weil für sie die Ausplünderung der Menschen, die sie nicht für ihresgleichen ansahen, zur unbedachten Gewohnheit geworden war. Immerhin hatten sie sich unter dem wesentlichen Einfluß von Rewandowski für den Ernstfall mit einer Ausstandsversicherung gerüstet, mit der sie sich bei einem Streik gegen mögliche Ausfälle in der Kohleförderung gegenseitig absicherten.
Für Friedrich Boetzkes war es vor allem wichtig, daß er seine Leute zusammenhielt. Sie standen in der Morgensonne kurz vor dem Aufhau zur achten Sohle, und der Alte wollte den Arbeitsplan diesmal einhalten, nichts würde er dulden oder gelten lassen, was sie daran hindern konnte. Der Streb war vom hereingekommenen Berg befreit, gut ausgebaut und gesichert. Rewandowski hatte ihm dafür zusätzlich vier Leute auf das Flöz geschickt, aber den weiteren Vortrieb bis zum Durchbruch hatte Friedrich allein mit seiner alten Kameradschaft zu verhauen.
Bruno war die ersten Tage nicht mit eingefahren, weil sein verletzter Arm noch nicht ausgeheilt war. Die Salbe, die Erna für ihn bei der Kräuteralten bestellt hatte, war ihm besser bekommen als die Medizin, die ihm der Doktor verordnet hatte. Vielleicht war aber die heilende Wirkung auch nur eine Folge der zärtlichen Pflege, mit der Erna jeden Morgen und Abend seinen Arm eingesalbt und womit sie zumindest am Abend jedesmal einen besonderen Liebesdienst eingeleitet hatte, der von den Schlafburschen als Vollekostvoll umschrieben wurde.
Bruno stand auf der Schwelle vor dem Holzklosett und knöpfte seine Hose zu, die Tür hatte er offengelassen, das überstehende Bretterdach schützte ihn vor dem Regen. In den Wasserlachen auf dem sandigen Weg sah er die dunklen, tiefhängenden Wolken und zwischen ihnen den blaßgelben Schimmer vom letzten Abendlicht. Er hakte das Windlicht vom Nagel und trat unter die Außentreppe, die zum ersten Stock hinaufführte, mit dem Fuß schob er hinter sich den Bretterverschlag zu und lief geduckt gegen Wind und Nieselregen um die Hausecke herum zur Tür, nahm die Mütze vom Kopf, schüttelte das Wasser ab und trat in die Stube. Jetzt, wo es draußen regnete, war eine Leine schräg durch den kleinen Raum gespannt, auf der Wäsche zum Trocknen hing. Gerahmt von seiner Arbeitshose und einem Kinderhemd, sah er Erna auf dem Bettrand sitzen. Sie trug ein Unterkleid aus weißem Leinen, der obere Saum war von einem Stickereiband eingefaßt und hielt nur notdürftig ihre üppigen Brüste zusammen.

Sie hatte gehört, daß Bruno zurückgekommen war, und sagte leise, um ihre Kinder nicht zu wecken, während sie ihr Haar aufwickelte und mit Nadeln und Kämmen feststeckte: »Es is besser, wenn wir's 'n paarmal anders machen, das sind jetzt meine gefährlichen Tage.«
Bruno zog die Decke, die vor dem Bett hing, in dem die beiden kleinen Jungen schliefen, dichter an die Wand. »Du willst keine Kinder mehr«, sagte er, und damit sie ihn richtig verstand, fügte er hinzu: »von mir?«
»Von dir nich und auch von keinem andern«, sagte Erna. Sie steckte ihre Füße in ein Paar knielange Schlüpfer, stand auf und zog sie unterm Rock hoch. Bruno sah ihr dabei zu, aber er war mit seinen Gedanken woanders; er fragte Erna, ob die beiden Jungen nicht ihren Vater vermißt hätten.
»Martin war gerademal anderthalb und Hannes erst fünf Monate, da haben sie's noch nich so richtig mitbekomm«, antwortete sie. Sie zeigte auf ein Foto ihres Mannes, das auf einem Brett am Fußende jenes Bettes stand, das für die Schlafburschen bestimmt war. Sie hatte das Foto dort aufgestellt, damit es jeder von ihnen immer vor Augen hatte und erst gar nicht auf den Gedanken kommen sollte, er könne bei ihr der Herr im Haus sein.
»Stört er dich?« fragte sie Bruno. »Dann stell ich's weg. Du bist der erste, für den ich das tun würd.«
Bruno sah auf den Mann, der ein schmales Gesicht und eine breite kräftige Nase hatte, seine Augen hatten einen betont kühnen Blick, sein kurzes schwarzes Haar war in der Mitte gescheitelt, er trug einen schwarzen Schnauzbart. Ein wenig ähnelte er Otto Schablowski. Bruno schüttelte den Kopf. »Ist er untern Berg gekomm?« fragte er.
Erna knöpfte ihr Mieder zu und erzählte ihm in wenigen Worten, ohne sich dabei verpflichtet zu fühlen, Trauer oder Rührung aufkommen zu lassen, daß ihr Mann zusammen mit dreiundzwanzig anderen Kumpeln bei einer Schlagwetterexplosion verbrannt und daß es auf der fünften Sohle in der alten Mathilde passiert war. Sie hatte darüber Brunos anfängliche Frage nicht vergessen: »Willste dir denn jetzt schon 'n Gör aufhalsen?«
»Das hab ich nich gemeint«, sagte Bruno, »ich meine überhaupt, ob du an so was denkst, daß du mal 'n Kind von mir haben willst.«
Erna sah ihn prüfend und ein wenig herausfordernd an, sie zog sich die dünnen Träger vom Unterkleid über die Schultern. »Ich bin zu alt für dich.«
Bruno erwiderte nichts darauf, er ging zum Fenster, zog die Gardine

zur Seite und blickte auf die dunkle Straße hinaus. Er hielt das Gesicht dicht vor die Scheibe, damit ihn das gespiegelte Licht der Stube nicht blendete.
»Es hat aufgehört.« Er hakte seine Jacke vom Nagel am Garderobenbrett, zog sie über und setzte seine Mütze auf. »Ich geh mal auf 'n Bier.«
Erna blieb schweigend auf ihrem Bett sitzen. Erst als er gegangen war, stand sie mit einer wütend energischen Bewegung auf und sah zur Mutter Gottes hinauf, die in einem Rahmen aus falschem Gold über ihrem Bett in frömmelnder Pose abgebildet war. »Heilige Jungfrau«, flüsterte Erna zu ihr hoch, »ich habe geglaubt, mit ihm wird's anders als mit den andern.«
Unterwegs zur Wirtschaft machte Bruno einen Umweg und ging durch die Siedlung. Vor Boetzkes' Haus blieb er stehen, er trat ein paar Schritte auf das erleuchtete Stubenfenster zu, durch den Vorhang konnte er nur undeutliche Schatten erkennen. Bruno konnte sich nicht gleich entschließen, zur Tür zu gehen; tat es dann aber doch und schlug den Klopfer gegen das Holz.
Der alte Friedrich öffnete, er hielt die Tabakspfeife in der Hand und wischte seinen Bart trocken. »'n Abend, Bruno«, er sah auf die Straße und zum Himmel hoch, ob es noch regnete.
»'n Abend, Friedrich«, Bruno versuchte, an dem Alten vorbei in die Stube zu blicken. Käthe saß am Tisch, hielt den Kleinen auf dem Schoß und fütterte ihn. Neben dem Napf stand der Bierkrug des Alten. »Sind Karl und Willi oben?«
»Die sind inner Wirtschaft. Willste nich reinkomm?«
Bruno hatte vermutet, daß sie schon fort waren, aber er brauchte für seinen Besuch bei Boetzkes einen Vorwand, darum sagte er: »Ich wollt gerade mal fragen, ob sie auf 'n Bier mitkomm.«
Käthe hatte ihn gleich durchschaut, sie schob dem Kleinen den Löffel in den Mund und fragte: »Suchst du Pauline?«
»'n Abend, Käthe«, sagte Bruno rasch.
»Sie trägt Zeitung aus«, fügte Friedrich hinzu.
Bruno tat, als fühlte er sich durch diese Bemerkung nicht angesprochen, er drehte sich halb herum und deutete an, daß er wieder gehen wollte.
»Mach nich so lange, Junge«, sagte der Alte, »morgen früh brauchst du wieder Courage«, er trat in die Stube zurück und machte die Tür zu.
Bruno wollte gehen, aber er blieb auf der dunklen Straße stehen und

horchte, er hatte Stimmen gehört. Ein paar Häuser voraus sah er Pauline und Heinz durch den Lichtschein gehen, der aus dem Fenster auf die Straße fiel.
»Ich finde allein nach Haus«, hörte er Pauline sagen.
»'n Stückchen nur, einmal um Hof«, bettelte Heinz.
»Ich bin müde.«
»Is jetzt so schöne Luft nach 'm Regen.«
Bruno trat aus dem Schatten hervor und ging an ihnen vorbei, ohne sie anzusehen.
Heinz war stehengeblieben. »He, Kumpel«, rief er.
Bruno drehte sich um und kam langsam zurück, aber er beachtete Pauline nicht, sah nur zu Heinz, der seine Mütze in den Nacken schob und ihn herausfordernd angrinste: »Was is los, hängt der Haussegen schief?«
Bruno musterte ihn ruhig, in den Hosentaschen ballte er die Finger zur Faust.
Heinz wollte sich vor Pauline aufspielen. »Wie schläfste denn auf so 'ner ausgelegten Matratze?« fragte er Bruno.
»Weißte, woran ich jetzt denken muß?« sagte Bruno scheinbar harmlos, Pauline beobachtete ihn, er packte Heinz an den Schultern, sah ihm drohend in die Augen und fuhr leise, in gefährlichem Ton fort: »Ich muß dran denken, wie ich dir damals inner Menage die Fresse poliert habe.«
Heinz zwang sich zu einem Grinsen: »Du mir die Fresse poliert? Da muß ich lachen, ehrlich. Ich hab's dir damals gegeben, das haste vergessen, was?«
Als Antwort gab ihm Bruno einen Stoß, der ihn einige Schritte zurücktaumeln ließ. Bis zu diesem Augenblick hatte Pauline ihnen nicht ohne heimlichen Genuß zugesehen, jetzt lief sie zu Heinz und stellte sich schützend vor ihn, sie sah Bruno besorgt und verständnisvoll an.
»Bitte, laß ihn«, sagte sie.
Heinz schob sie zur Seite. »Hört auf«, rief sie, und wie einen magischen Spruch, mit dem sie die beiden jungen Kumpels auf der Stelle zur Besinnung bringen konnte, fügte sie hinzu: »Wenn ihr euch prügelt, hole ich meinen Vater.«
Bruno und Heinz sahen sich in stummem Einverständnis an. Sie bückten sich und hoben ihre Mützen auf, jeder griff versehentlich die des anderen, sie bemerkten es und tauschten sie aus. »Ich geh zum Wilhelm, in die Wirtschaft«, sagte Bruno. Heinz schloß sich ihm an.
Pauline war vor ihrer Haustür stehengeblieben und sah ihnen nach:

»Bruno«, rief sie. Er drehte sich um. »Bestell Erna, ich bring ihr morgen das Haarnetz zurück.« Bruno nickte, den Blick, den er ihr dann noch zuwarf, nahm sie nicht mehr wahr, sie hatte sich gleich abgewandt, die Tür geöffnet und war schon ins Haus gegangen.
Vor der Wirtschaft hatte zu beiden Seiten des Eingangs jeweils ein säbelbewaffneter Gendarm Aufstellung genommen. Die Kumpels, denen der Einlaß verwehrt worden war, standen ihnen auf der Straße gegenüber. Otto gehörte zu ihnen, auch Karl, Willi und Walter, der noch am Stock ging, der alte Erich und Werner, Ernas ehemaliger Schlafbursche. Sie sahen zu, wie Herbert von einem dritten Gendarmen aus der Wirtschaft geführt wurde. Herbert zwinkerte ihnen zu, er spielte vor dem Polizisten seine lahme Hüfte aus, um sich Zeit zu lassen und seinen aufgezwungen Abgang zur Belustigung der Männer hinauszuzögern.
»Laß dir Zeit«, unterstützte Otto sein Schauspiel, »schön langsam, der Boden ist glitschig.« Er solle dem Wachhund ein Bein stellen, damit er in den Dreck fällt, meinte Willi, und Karl protestierte korrekt: »Der Mann gehört zum Personal.«
Der Wirt war in die Tür getreten. »Er muß noch Gläser spüln und ausfegen«, rief er. Der Gendarm hatte Herbert ein Stück auf die Straße hinausgeführt, er ließ ihn los, ging zurück und pflanzte sich vor dem Wirt auf. Bruno und Heinz kamen dazu, als er gerade den Männern erklärte, daß sie es den Sozis zu verdanken hätten, wenn die Wirtschaft gesperrt werden müsse, sie hätten mit ihrer Hetzerei die Schankstube zu einem Unruheherd gemacht. Karl hatte ihn abschätzend beobachtet.
»Dann trinken wir eben unser Bier hier draußen«, sagte Otto.
»Jawohl«, stimmte Bruno ein, ihm war nach einer Auseinandersetzung zumute, »bring uns das Bier raus, Wilhelm.«
»Roll das Faß raus«, rief Heinz. Der Wirt machte hinter dem Rücken des Gendarmen eine hilflose Geste, und der Wachtmeister erklärte den Männern, sie sollten nach Hause gehen. Wenn sie nicht parierten, würde er Meldung machen, dann kämen die Berittenen. Karl trat vor, er wollte ihn etwas fragen, sagte er. »Habt ihr solche Angst vor uns, daß ihr fürchtet, wenn ein Sozialdemokrat in der Wirtschaft sein Bier trinkt, daß dann gleich 'n Streik ausbricht oder was? Wir wollen keinen Streik, wir wollen verhandeln.«
Der Gendarm nahm eine aufmerksame Haltung an, die galt nicht Karl, sondern dem Kaplan, der zum Abendschoppen gekommen war. Er hatte sich neben Karl gestellt und abwartend eine Zigarette ange-

zündet. Die Männer beobachteten ihn gespannt. »Ich möchte meinen Wein, Wilhelm«, sagte er zum Wirt, als wenn er schon am Tresen stehen würde. Er blies das Streichholz aus und ging zur Tür. Der Gendarm trat zur Seite. Hochwürden blieb stehen und funkelte den Wachtmeister mit seinen verstaubten Brillengläsern an: »Das sind meine Freunde, sie gehören zu meiner Gemeinde.« Er drehte sich zu den Männern um: »Ich lade euch ein.« Und als er bemerkte, daß sie zögerten, fügte er hinzu: »Was ist? Laßt ihr euch nicht von mir einladen?«
Herbert und Willi gingen als erste zu ihm, dann folgten ihnen auch die anderen nach und nach in die Schankstube. Die Gendarmen wagten nicht, sie daran zu hindern. Die Männer lachten, sie machten sich über die Gendarmen lustig und ließen den Kaplan hochleben.
Als einziger war Karl auf der Straße zurückgeblieben. Bruno stand schon in der Tür, er sah ihn fragend an: »Kommst du nich mit?« Karl schlug den Kragen seiner Jacke hoch und wandte sich ab. »Ich laß mir nichts von den Klerikalen bestimmen.«

Der alte Boetzkes hockte mit seiner Kameradschaft im niedrigen Streb vor Ort, sie hatten die nackten Oberkörper gegen einen Stempel oder den Stoß gelehnt und tranken aus ihren Flaschen. Ihre schwarzglänzenden Körper und Gesichter wurden von den Grubenlampen am Firstholz erhellt. Friedrich sah auf seine Uhr: »Morgen, um die Zeit sind wir durch.«
Otto stieß Bruno an: »Das is dein erster Aufhau, Kumpel.«
Der Alte nickte zustimmend: »Eine harte Arbeit, Junge, da hast du gleich was Ordentliches gelernt.«
Bruno kaute sein Brot, er sah zwischen seine angewinkelten Knie hindurch auf den Boden: »Wenn ich unten vorbeikomme, wo's uns erwischt hat, da bin ich jedesmal froh, wenn ich durch bin, glaubste?«
»Ich auch«, sagte Friedrich. Er sah den jungen Bergmann, mit dem er anderthalb Tage lang verschüttet gewesen war, nachdenklich an: »Der Berg hat uns noch nich haben wolln.«
Sie schwiegen einen Augenblick, dann erzählte der Alte von einem Aufhau, bei dem sie dreimal an eine Überschiebung geraten waren, und dreimal war ihnen der Berg in die Kohle gekommen. Das war oben auf der sechsten gewesen, und sie hatten schon befürchtet, daß sie da nie durchkommen würden.
»Aber da hattet ihr besseres Wetter«, sagte Karl. Ihre Aufmerksamkeit wurde vom Geräusch knirschender Schritte und herabrollender

Berg- und Kohlebrocken abgelenkt. Unter sich, aus dem dunklen Streb, sahen sie ein Licht näherkommen. Es war Willi, der Pferdejunge, die Lampe in der Faust, kam er geschickt zu ihnen heraufgestiegen. Er hockte sich zu seinem Vater und den anderen Männern, lehnte sich gegen einen Stempel und stellte die Lampe zwischen seine Knie. Er ließ sich bei alledem Zeit, um die Neugier der Kumpels zu wecken. »Es geht los«, sagte er schließlich und schwieg wieder.
»Was geht los?« fragte Otto.
»Auf Hermine Zwo sind sie zur Mittagsschicht nich mehr eingefahrn. Auf Friedrichs Glück sind beide Schächte stillgelegt.« Willi war vom raschen Aufstieg noch etwas außer Atem. Die Männer hatten ihm aufmerksam zugehört.
Karl sagte: »Die sind verrückt geworden. Was sagt der Ausschuß dazu?«
Willi zuckte mit den Schultern, und Otto war der Meinung, daß der Ausschuß, der aus den verschiedenen Knappschaftsverbänden zur Durchsetzung ihrer Forderungen gewählt worden war, sehr wahrscheinlich die Hosen voll hätte.
»Die werden versuchen, ihnen den Streik wieder auszureden«, sagte Bruno.
»Ja«, sagte Karl, »weil man keine Politik mit der Faust machen kann, wenn man 'n zu kurzen Atem hat. Uns fehlt 'ne feste Organisation, wir haben nich mal 'ne Streikkasse.«
»Aber jetzt passiert endlich mal was«, beharrte Bruno.
Otto strich sich mit der kohleschwarzen Hand über seinen verrußten Schnauzer und spuckte zwischen seine Stiefel: »Und wir sitzen hier unten«, seufzte er. Willi berichtete noch, daß sie in Gelsenkirchen schon Militär angefordert hatten.
»Das isses«, rief Karl und stach mahnend mit seinem Zeigefinger in die staubige Luft, »das haben sie damit erreicht.«
Willi nahm seine Lampe, er drehte sich auf die Seite zum Abstieg: »Ich muß wieder runter. Schafft ihr's?«
Friedrich nickte, er blickte wieder auf seine Uhr. Der Alte hatte sich aus dem Gespräch herausgehalten, er sagte nur: »Wir machen weiter.«
Den Männern unter Tage blieb es verborgen, sie wußten nicht, daß sich zur gleichen Zeit mehrere hundert Meter über ihnen, im hellen Mittag, ein langer Zug streikender Kumpel durch die Siedlung auf die Zeche Siegfried zubewegte. Vor seiner Haustür, auf den Stock gestützt, hatte Walter in der Sonne gestanden, eine Pfeife geraucht und sie

kommen sehen. Er hatte seine Frau gerufen und war zu Boetzkes' Haus gelaufen. Gemeinsam mit Herbert, Pauline, Käthe und den Kindern sah er dem Zug der streikenden Arbeiter entgegen. – Walter schob seine Mütze in den Nacken und sagte:
»Seht euch das an.«
Sie gingen langsam, in lockeren Gruppen, einige blieben stehen und redeten mit den Männern und Frauen der Siedlung, die inzwischen wie Walter und die Boetzkes' aus den Häusern und Höfen auf die Straße gekommen waren. Eine große Anzahl der Kumpel war offenbar gerade von der Schicht gekommen, in ihren Gesichtern waren Falten und Augenränder noch schwarz vom Kohleruß nachgezeichnet. Seit der Nacht waren sie im Revier unterwegs, zogen von Zeche zu Zeche, sammelten Männer, die sich mit ihnen solidarisierten. Es waren Bergarbeiter aus den freien und katholischen Gewerkvereinen, Polen und Männer, die keiner Organisation angehörten. Wahrscheinlich hätten die Sozialdemokraten unter ihnen sich nicht zu erkennen gegeben, aber sie waren hier auch kaum zu vermuten, die Genossen hielten sich zurück, sie warteten in strenger Disziplin auf eine Entscheidung durch den Ausschuß.
Walter und Herbert waren einem Kumpel gefolgt, den sie noch von ihrer gemeinsamen Arbeit auf der alten Mathilde kannten und der seit ein paar Jahren auf Hermine Zwo angelegt hatte. Sie gingen vorn im Zug, erinnerten sich lachend und tauschten Neuigkeiten aus. Käthe hatte auch Pauline nicht zurückhalten können. In einer Gruppe Bergarbeiterfrauen, die sich ihren Männern angeschlossen hatten, war Erna Stanek mit ihren beiden Jungen an ihnen vorbeigekommen. Sie hatte ihnen zugewinkt, und Pauline war ihr gefolgt, ohne der Stiefmutter ihre Absicht vorher kundzutun. Mit Friedel am Rock und dem Kleinen auf dem Arm war Käthe vor ihrem Haus zurückgeblieben, besorgt und mißtrauisch sah sie dem Zug hinterher.
Wortlos hatte Pauline Ernas älteren Sohn an die Hand genommen, die beiden Jungen liefen zwischen ihnen, und nach einer längeren schweigend zurückgelegten Strecke sagte Erna lächelnd: »Du wirst Ärger mit deinem Vater kriegen.«
Pauline sah auf die Frauen, die ihr vorausgingen. »Ich bin kein kleines Mädchen mehr«, sagte sie.
Die Männer, von denen der Zug angeführt wurde, hatten die letzten Häuser der Siedlung erreicht. Rewandowski bemerkte sie, als er mit seinem Einspänner von der Straße, die zur Zeche führte, in die Siedlung einbog, er war unterwegs zum Stadtbüro, wo er mit seinem On-

kel und einigen Herren vom Bergbauverein verabredet war. Vor diesem Treffen hatte er überraschend eine unangekündigte Inspektion gefahren, um die Stimmung unter den Kumpeln vor Ort zu erkunden. Er hatte die Belegschaft der Frühschicht vollzählig bei der ihnen zugeteilten Arbeit angetroffen. In der Morgensonne waren der alte Boetzkes und seine Kameradschaft offensichtlich bemüht, den Termin für den Durchbruch am nächsten Tag einzuhalten. Rewandowski war noch weit genug von den Männern entfernt, so daß das unwillkürliche Erschrecken in seinem Gesichtsausdruck von ihnen nicht bemerkt werden konnte; das beruhigte ihn. Er hatte sich auch sofort wieder in der Gewalt und fuhr im unvermindert schnellen Trab den Streikenden entgegen. Erst knapp vor der Spitze des Zuges, der die Straße auf ihrer ganzen Breite füllte, nahm er den Wallach in eine langsamere Gangart zurück. Die Männer und Frauen machten ihm unwillig Platz, ihre hämischen und drohenden Rufe beachtete er nicht. Er saß über ihnen, auf der Höhe ihrer Köpfe, sein Pferd zog eine enge Furche durch die Menge, mehr Raum gaben sie ihm nicht. Er sah sich durch eine Herde Schafe fahren, die blökend vor ihm zur Seite wich. Diesen Gedanken hatte er unmittelbar, bevor ihn ein harter Schlag hinter dem Ohr traf, der seinen Kopf nach vorn stieß und ihm für einige Sekunden die Besinnung nahm. Noch halb benommen, eingeschlossen von seinen dröhnenden Schläfen, versuchte er sich zu erklären, was geschehen war. Er bekam eine Antwort, als er neben sich auf der ledernen Bank den abgeprallten, faustgroßen Stein liegen sah. Er hielt an, die Arbeiter liefen weiter an ihm vorbei, als hätte sich nichts Besonderes ereignet.
Durch den flimmernden Schleier vor seinen Augen prüfte er, ob sich jemand mit einem Blick oder einer Bewegung verriet. »Wer von euch hat den Stein geworfen?« fragte er ruhig.
Niemand gab ihm eine Antwort, man sah nicht einmal zu ihm hinauf, er bekam nur die Mützen der Männer und die Kopftücher der Frauen zu sehen.
In plötzlich unbeherrschter Wut schrie er sie an: »Seid ihr taub? Wer hat den Stein geworfen?« Und er schlug mit der Peitsche nach ihnen, aber sogar hierbei war es nicht sicher, ob er sein scheinbar unkontrolliertes Verhalten nicht nur als ein Mittel einsetzte, um die Leute einzuschüchtern. Sie hoben schützend die Arme über die Köpfe und sprangen zur Seite, aber sie blieben stumm und sahen ihn nicht an. Inzwischen waren die letzten an ihm vorübergegangen und ließen ihn mit Pferd und Wagen hinter sich auf der leeren Straße zurück. Er

drehte sich nach ihnen um, betastete dabei die Wunde hinter dem Ohr und sah dann kühl und nachdenklich auf seine blutigen Finger.
Käthe stand immer noch auf der Stufe vor der offenen Haustür, von weitem hatte sie nicht sehen können, was vorgefallen war. Sie machte sich Sorge, daß Herbert und Pauline dem Reviersteiger möglicherweise im Zug der Streikenden aufgefallen waren. Der Kleine in ihrem Arm begann aufgeregt zu zappeln, als er den Pferdewagen kommen sah. Ebenso wie ihre Mutter beobachtete Friedel den Herrn auf dem Kutschbock. Es fiel ihnen auf, daß er den Kopf zur Seite geneigt hielt. Langsam einer Unebenheit der Straße ausweichend, kam er nahe an ihr Haus herangefahren.
»Guten Tag, Herr Reviersteiger«, sagte Käthe. Sie hielt den Kleinen vor sich an der Brust, er quietschte vor Freude und streckte seinen nackten, wurstigen Arm nach dem Pferd aus. Sie lächelte entschuldigend und mit der Hüfte gab sie Friedel einen unauffälligen Stoß, damit sie einen Knicks machte.
Rewandowski hielt an, er sah zu ihnen hinunter. »Kannst du mir sauberes Wasser bringen?«
Käthe bemerkte seinen blutigen Hemdkragen. »Jawohl, Herr Reviersteiger.« Sie stellte den Kleinen ab und ging ins Haus. Friedel setzte sich auf die Stufe, sie zog ihren kleinen Bruder, der zu schreien angefangen hatte, auf ihren Schoß.
Unterdessen war Rewandowski vom Wagen abgestiegen. Er hielt sein Taschentuch auf die Wunde. Die nahe Umgebung der jungen Bergarbeiterfrau, ihre Kinder, das Haus befremdeten und reizten ihn gleichzeitig. Unwillkürlich warf er einen Blick in den kleinen, halbdunklen Raum, sah den einfachen, blankgescheuerten Holztisch und die Bank davor, die ordentlich auf einem Brett gereihten Krüge und Töpfe, das Bett unter der Treppe. Er fragte sich, ob sie dort mit dem alten Boetzkes schlief. Sie war mit einer Schüssel Wasser aus der Tür gekommen, über ihrem Arm hingen ein gebügeltes Handtuch und eine frische Windel. Sie stellte die Schüssel auf die Stufe und wandte sich Rewandowski in verhaltener Selbstverständlichkeit zu: »Darf ich mal sehn?«
Er kam ihrer Aufforderung nicht gleich nach, sah sie schweigend an, dann beugte er sich ein wenig vor ihr hinunter und nahm die Hand mit dem Taschentuch von der Wunde. Käthe begutachtete die Verletzung, tauchte das Handtuch ins Wasser und tupfte ihm das verkrustete Blut vom Nacken. Dabei vermied sie es, ihn anzusehen. »Sind Sie vom Wagen gefalln?«

Er ging nicht auf ihre Frage ein, sondern sagte: »Danke, es geht schon.«
Sorgfältig legte sie ihm die Windel auf die gereinigte Wunde und steckte die Zipfel mit einer Haarnadel an seinem Hemdkragen fest. »Es blutet kaum noch«, sagte sie. Als er wieder den Kopf hob, wich sie seinem nahen Blick aus. Sie raffte Kleid und Schürze und machte einen Knicks, wodurch sie den gesellschaftlichen Anstand, den sie mit ihrer ungenierten Hilfsbereitschaft für einige Minuten aufgehoben hatte, wieder zwischen ihnen herstellte. In naiver Förmlichkeit sagte sie: »Gute Gesundheit, Herr Reviersteiger.«
Er bedankte sich mit einem kurzen Lächeln, das sie nicht mehr sah, weil sie sich schon von ihm abgewandt hatte. Ohne den gewohnten, sportlichen Schwung stieg er behutsam auf den Kutschbock, um den Verband, den sie ihm behelfsweise angelegt hatte, nicht zu beschädigen.
Sie hatte den Kleinen, der immer noch schrie, wieder auf den Arm genommen. »Ja doch«, beruhigte sie ihn, »denkste, ich lauf dir weg?«
Sie fühlte sich von Rewandowski weiterhin beobachtet und benutzte den zärtlichen Umgang mit ihrem kleinen Sohn, um dem künftigen Zechenbesitzer, der sich vom anfahrenden Wagen nach ihr umsah, noch einmal vorzuführen, wie liebevoll und fürsorglich sie sein konnte.

Im dunstig-roten Morgen kreiste ein Taubenschwarm über den Dächern der Siedlung. In rasch wechselnden Kurven blitzten ihre schräg geneigten Flügel auf und verdunkelten sich unmittelbar danach in der nächsten Wende gegen den heller werdenden Himmel.
Der alte Boetzkes hockte im Schlag auf dem Dach seines Hauses und beobachtete durch das Drahtgitter ihren Flug. Sein Hosenträger war über das offene Unterhemd herabgerutscht, den Schirm seiner Mütze hatte er hochgebogen. Ein goldroter Widerschein des Morgenlichts färbte seine faltige Haut und seinen schwarzgrauen, flachgebürsteten Bart. Vor seinen Füßen, in einem abgeteilten Verschlag trippelte ein stattlicher, auffällig gezeichneter Täuber, pickte mit seinem kurzen Schnabel fortwährend über einen mächtig aufgeplusterten Kropf hinweg in die Luft und schlug unruhig mit den Flügeln. »Wart mal ab, nächstes Mal bist du auch dabei«, redete der Alte beruhigend auf ihn ein, »du mußt dich erst mal an uns gewöhn.« Er hatte den holländischen Kröpfer vor einigen Tagen beim alten Erich gegen einen englischen Tippler getauscht.

Der Schwarm kehrte zurück, in dichter Folge, die Flügel abbremsend aufgestellt, landeten die Tauben auf dem Flugbrett und schlüpften glattgefiedert und schmal in ihre Nistzellen. Der alte Boetzkes schloß die Klappe und stieg aus dem Schlag auf den Treppenabsatz hinaus. Die Tür zur Dachkammer war angelehnt. Der Alte schob sie auf, Karl und Willi waren schon unten in der Küche. Herbert saß allein im Bett, in dem er zusammen mit Willi schlief, und las ein Buch über Bergbautechnik. Auf der Kommode brannte noch die Petroleumlampe. Er steckte einen Finger zwischen die Seiten, klappte das Buch zu und sah seinen Vater an. Ihre Blicke begegneten sich mit einer stillen, unausgesprochenen Feierlichkeit. Der Alte redete nicht von dem, woran er eigentlich dachte, als er sagte: »Morgen laß ich den Kröpfer raus.«
»Isser schon soweit?« fragte Herbert ebenso ablenkend von dem, was sie beide in Gedanken beschäftigte. Von der Wand über Karls Bett blickten Karl Marx und Wilhelm Liebknecht kühl und wissend in das Schweigen der beiden Männer. Der Alte hatte sich an sie gewöhnt, sie regten ihn nicht mehr auf, aber er verachtete sie. Herbert konnte es nicht länger umgehen, er lächelte, hob die Hand, den Daumen zwischen die Finger gesteckt: »Den drück ich für euch.«
»Danke, mein Junge«, sagte der Alte nur, er wollte sich umdrehen und hinausgehen, aber Herbert fragte noch:
»Schafft ihr's bis Mittag?«
Der Alte nickte: »Wenn alles gut geht. Zu zehn haben sie den Kaplan bestellt.« Er ließ die Tür wieder angelehnt und ging langsam die Treppe hinunter. Er sah es vor sich, wie sie den letzten Meter aufhauten, die Kohle klang schon hohl. Über ihnen, nur noch von einer dünnen Kohlewand getrennt, standen der Reviersteiger und der Kaplan mit einigen Kumpeln in der Flözstrecke auf der achten Sohle bereit und sahen auf die mit weißer Farbe markierte Fläche am Stoß. Von beiden Seiten verständigten sie sich durch Klopfzeichen, so daß die Kumpel von der Strecke aus Friedrich und seiner Kameradschaft entgegen arbeiten konnten. Wenn sie durch waren, würde der Kaplan mit ihnen ein Dankgebet sprechen. Er putzte seine Brille, bevor er in den Streb hinunterstieg, um das Flöz zu segnen. So war es jedes Mal. Verzögert nur um die beiden Tage, die er mit Bruno unterm Berg verschüttet war, hatte Friedrich Boetzkes mit seiner Kameradschaft nach vielen Monaten schwerer, gefährlicher Arbeit die Morgensonne termingerecht aufgehauen, das Flöz konnte abgebaut werden.
Der Alte war auf der Treppe stehengeblieben. Er unterbrach seine Gedanken, er war abergläubisch und wollte im Kopf nicht vorwegneh-

men, was praktisch noch nicht getan war. Als er in die Küche hinunterkam, legte Pauline gerade die Brotbeutel für Karl und Willi auf den Tisch und stellte die Flaschen dazu. Er hörte, wie Willi sagte: »Ich brauch nichts.«

»Warum willst du nichts?« fragte Pauline.

Willi stellte seine Tasse ab, aus der er heißen Tee geschlürft hatte. »Weil ich nich einfahr.«

Der Alte ging zum Stuhl, über dem seine Weste hing, er ließ sich nichts anmerken und fragte Willi noch in einem ruhigen Ton: »Und wer soll uns das Holz anfahrn?«

»Da wirste kein' mehr für finden«, sagte Willi.

Karl, der neben ihm am Tisch saß, sah ihn kurz von der Seite an, sagte aber nichts und trank weiter seinen Tee. Pauline beobachtete ihren Vater. Käthe saß im Nachthemd mit dem Kleinen auf dem Schoß auf der Bank am Herd; sie hielt den Blick gesenkt, als wollte sie mit niemandem etwas zu tun haben. Friedrich nahm die Weste von der Stuhllehne, er ging auf Willi zu: »Wenn du heute nich einfährst, dann hau ab.« Er zeigte auf die Tür, schlug mit der Faust auf den Tisch, daß Willis Tasse hochsprang. »Hau ab! und laß dich nich mehr in meinem Haus sehn!«

Willi stand schweigend auf und ging zum Kleiderhaken. Pauline sah ihm nach. »Bleib hier«, sagte sie.

»Misch du dich nich ein!« schrie der Alte sie an.

Pauline wiederholte: »Bleib hier, Willi.« Er hatte schon seine Jacke angezogen, hakte seine Mütze ab und ging hinaus, wobei er nicht darauf verzichtete, mit einem kräftigen Ruck die Tür krachend hinter sich ins Schloß zu ziehen. Der Kleine fing an zu schreien, Käthe versuchte ihn wieder zu beruhigen, indem sie ihn in ihrem Schoß hin- und herwiegte und leise sang:

> »Will ich in mein Gärtlein geh'n, will mein Kräutlein zupfen,
> steht ein bucklig Männlein da, fängt gleich an zu spucken.«

Die Stubentür wurde geöffnet, Friedel blinzelte verschlafen ihren Vater an. »Was is'n los?« Er gab ihr keine Antwort. Statt dessen ging Pauline rasch zu ihr, sie stapfte laut mit ihren Holzschuhen über die Dielen, um ihrer Wut hilflos und trotzig Ausdruck zu geben. Es kam ihr gerade recht, daß sie Friedel an die Hand nehmen und in die Schlafstube zurückbringen konnte, sie hätte es hier sowieso keine Mi-

nute länger ausgehalten. Für einen Augenblick war es still, auch der Kleine war wieder ruhig. Friedrich zog seine Weste über, er sah zum Fenster, an Karl vorbei, der am Tisch sitzengeblieben war. Es war inzwischen hell genug, aber er sah draußen niemand vorbeigehen, die Straße blieb leer wie an einem Feiertag.
»Und was is mit dir?« fragte er.
»Ich komm mit«, sagte Karl, »das weißte doch.« Käthe hatte den Kleinen an einem Schemel abgestellt, an dem er sich festhalten konnte. Weil Pauline nicht zurückkam, war sie zum Herd gegangen. Sie schöpfte heißen Tee in eine Blechtasse und stellte sie für ihren Mann auf den Tisch.
Karl stand auf, er trug eine leere Tasse zum Spülstein. »Damit du mich richtig verstehst, ich fahr nich deinetwegen ein und auch nich, damit wir den Aufhau fertig bekomm«, sagte er, »ich bin genauso für den Streik wie die ander'n, ich mein nur, daß es noch zu früh dafür is.«
Mit der Frage, ob sie noch einfahren oder sich den Streikenden anschließen sollten, und der Ungewißheit, wie sich ihre Kameraden entscheiden würden, blieben die Boetzkes an diesem Morgen nicht allein.
Bruno hatte in der Nacht schlecht geschlafen, er hatte geträumt, daß er den Aufhau allein schlagen mußte, aber die Kohle war hart wie Granit. Fäustel und Keilhaue waren daran zerbrochen, er wußte nicht, was er tun sollte.
Ernas Söhne hatten ihn geweckt, sie waren schon seit einer Stunde wach, sprangen auf ihrem Bett herum und bewarfen sich mit Kissen, während Erna im Nachthemd und mit offenem Haar am Herd stand, die Glut aufstocherte, heißes Wasser aus dem Topf in die Waschschüssel füllte und dabei alle Heiligen beschwor, diesen beiden unausstehlichen Bastarden endlich das Maul zu stopfen. »Hört auf, hab ich gesagt, schlaft noch. Gib ihm das Kissen zurück, Martin, dich holt der Berggeist, wenn du nich hörst. Und du legst dich hin. Mutter Maria, womit hab ich solche Gören verdient. Du kriegst den Arsch voll, Hannes, sag ich dir, wenn du jetzt nich Ruhe gibst.«
Bruno saß in Unterhosen auf dem Bettrand und gähnte.
»Was is nun, soll ich dir Brote machen oder nich?« rief sie ihm zu, über das Geschrei der Jungen und das Zischen von verdampfendem Wasser auf der Herdplatte hinweg.
Bruno antwortete nicht, er zuckte unschlüssig mit den Schultern.
»Was macht Otto?« fragte sie, »fährt er ein?«

Bruno stand auf und wiederholte verärgert: »Was macht Otto. Das is mir scheißegal, was Otto macht. Ich find es richtig, wenn wir nicht einfahrn.«
»Also mach ich dir keine Brote«, entschied Erna.
Er ging im Zimmer auf und ab, war immer noch unentschlossen, blieb vor ihr stehen und legte die Hände auf ihre Hüften. – »Ich weiß auch nich.«
Sie war in Gedanken. »Das bißchen, was mir die Knappschaft für die Kinder zahlt, reicht hinten und vorne nich, das weißt du«, sagte sie und sah ihn an: »Aber wenn's hart kommt, haben wir überhaupt was.«
»Es is nur wegen Friedrich«, sagte Bruno, »er will, daß wir heute den Aufhau fertig kriegen.«
Der alte Boetzkes war mit Karl vor das Haus getreten, sie warteten, Friedrich blickte immer wieder die Straße hinunter, er gab die Hoffnung nicht auf. Für Karl schien es nichts zu bedeuten, ob Bruno noch kam oder nicht kam. Als Streikbrecher einzufahren, war kein angenehmer Gedanke. Er sah auf seinen Holzschuh hinunter, mit dem er verdrossen im Straßenstaub scharrte und spuckte aus.
»Er kommt nicht mehr«, gestand sich der Alte schließlich ein. Sie gingen in Richtung der Zeche durch die menschenleere Siedlung. »So is das also«, sagte der Alte leise.
»Das hätt'ste dir denken könn«, sagte Karl, »wenn du einmal sehen würdest, was wirklich Sache is, und nich immer nur, was du sehen willst.«
Hinter sich hörten sie einen Pfiff, sie blieben stehen und drehten sich um. Der alte Bergmann, der gelernt hatte, es seiner Würde anzurechnen, wenn er niemals zeigte, wie ihm zumute war, konnte jetzt nicht verhindern, daß sich sein Gesicht zu einem überraschten und von Rührung bewegten Lächeln aufhellte, als er Bruno kommen sah, der den Jackenkragen hochgeschlagen, die Hände in die Taschen gesteckt hatte und große Schritte nahm, um sie einzuholen.
Die Freude des alten Boetzkes dauerte genau so lange, bis sie in die Straße einbogen, die auf die Zeche zuführte und die Männer sahen, die die Einfahrt verstellten. Über ihren Köpfen hing ein Stück billiges, grobgewebtes Tuch, das an zwei Holzlatten genagelt war; darauf stand in großen, roten, ungelenk geschriebenen Buchstaben: HIER WIRD GESTREIKT.
Der Alte hielt Bruno und Karl zurück. Sie sahen zu den Männern hinüber, überlegten, wie sie sich verhalten sollten, und gingen langsam

weiter. Als sie nahe genug herangekommen waren, erkannten sie Otto und Heinz zwischen den Streikenden. Willi, der mit ihnen in der vorderen Reihe gestanden hatte, war hinter Otto zurückgetreten, als er seinen Vater hatte kommen sehen. Der Alte hatte ihn trotzdem bemerkt, tat aber, als wenn es seinen jüngsten Sohn für ihn nicht mehr gäbe. Friedrich wollte an den Streikposten vorbei zum Tor gehen, Karl folgte ihm. Bruno blieb zurück.

Otto hatte ein Stück Kautabak im Mund; er spuckte aus und trat ihnen in den Weg. »Wo wollt ihr hin?« fragte er, als wären sie Fremde. Der Alte stellte sich dicht vor ihn, hob den Kopf und sah ihm schweigend in die Augen, bis Otto den Blick senkte. Dann sagte er ruhig: »Ich will den Aufbau zu Ende bringen, Otto. Ich will nur meine Arbeit fertig machen.«

»Es hat keinen Zweck, Friedrich«, rief ihm Bruno leise zu.

Otto sagte: »Es is niemand unten, wir haben kein Holz, und die Schlepper vom zweiten Abschnitt sind auch nich eingefahrn.«

»Ist der Anschläger auf'm Pütt? Und der Maschinist?«

»Ja, natürlich.«

»Wenn ihr mitmacht, schaffen wir's auch allein«, sagte Friedrich, er drehte sich nach Bruno um und sah ihn an. Bruno sah die stumme Aufforderung in den Augen des Alten und wich seinem Blick aus; langsam schüttelte er den Kopf. Mit einem gleichgültig abwartenden Ausdruck stand Karl bei ihnen. Ein bedrückendes Schweigen hing wie dicker Nebel zwischen den Männern. Erst Willis unvermittelter Warnruf löste die unbehagliche Stimmung auf: »Da kommen sie!«

Drei berittene Gendarmen flankierten einen offenen Wagen, in dem Steiger Bärwald saß, der Einspänner wurde von einem Polizisten kutschiert. Sie waren rasch nähergekommen. Der Wachtmeister, der dem Zug voranritt, ließ sein Pferd dicht an die Männer herangehen, während der Wagen und die beiden anderen Reiter in einigem Abstand zurückblieben, mit einer Hand hielten sie die Zügel, die andere hatten sie auf den Säbelgriff gelegt. Steif und aufrecht wie eine Puppe saß Steiger Bärwald im Fond, der Polizeischutz gab ihm ein Gefühl von ungeheuerer Macht.

»Will jemand von euch einfahren?« rief er in einem schrillen forschen Ton, und als er keine Antwort bekam, fügte er hinzu: »Wird jemand von euch daran gehindert?«

Alle Blicke richteten sich auf den alten Boetzkes, für den die Frage als einzigen Bedeutung hatte. Der Alte schwieg, niemand sah ihm an, was er in diesem Augenblick dachte und empfand.

Als Steiger Bärwald der Meinung war, er hätte genügend Zeit für eine Meldung verstreichen lassen, stieg er vom Wagen herab und stolzierte, von zwei Reitern gefolgt, mit kühn erhobenem Kopf zwischen den Männern hindurch auf die Einfahrt der Zeche zu, dabei bemerkte er verächtlich: »Ihr werdet noch angekrochen kommen, wenn euch das Wasser am Hals steht.«

Als Antwort bekam er lautes Gelächter zu hören, mit dem sich die Männer von der Spannung befreiten. »Mach ordentlich Kohle«, rief ihm ein Kumpel spöttisch nach, ein anderer empfahl, ein paar Überschichten zu fahren, um die Unternehmer zu retten. Otto rief: »Steck dir noch 'n Fäustel in' Arsch, dann kannste vor- und rückwärts abbaun!«

»Wenn ihr nicht einfahrt, dann geht nach Hause«, befahl ihnen der Wachtmeister. Er hatte auf seine Uhr gesehen. Offenbar hatten sie noch einen anderen Auftrag zu erfüllen, denn er gab dem Kutscher und seinen Reitern ein Zeichen, sich zurückzuziehen, ohne abzuwarten, ob die Männer seiner Aufforderung folgen würden.

Keiner von ihnen wagte es, den Alten zu beglückwünschen, daß er sich mit ihnen verbündet hatte; er stand weiter einsam und fremd zwischen ihnen. Schließlich rief er Willi zu sich heran, der gerade mit Bruno darüber stritt, ob die Pferde der Gendarmerie Trakehner oder Hannoveraner waren. Willi sah seinem Vater lauernd, mit verdeckter Angst entgegen.

»Fahr ein und füttere die Pferde«, sagte Friedrich. In seinem Ausdruck ließ Willi keinen Zweifel daran aufkommen, daß er dazu nicht die geringste Lust hatte. Der Alte gab ihm seine Flasche und den Brotbeutel und sagte: »Einer muß sich um die Tiere kümmern.« Willi verzog angeödet das Gesicht, aber er schlenderte ohne Widerspruch durch die Einfahrt. Während Bruno und Karl bei den Streikposten blieben, ging Friedrich Boetzkes allein zur Siedlung zurück.

Direktor Sturz saß am Schreibtisch in seinem Arbeitszimmer; er las, korrigierte und unterschrieb Briefe, die ihm aus der Kanzlei vorgelegt worden waren. Es war Routinearbeit, die es ihm erlaubte, sich gleichzeitig mit seinem Neffen zu unterhalten. Der Reviersteiger stand vor dem Telegraphenapparat im Nebenraum, offenbar erwartete er eine Nachricht. Sie sprachen durch die offene Flügeltür miteinander.

»Ich möchte«, sagte Sturz, »ich möchte, daß wir wenigstens mit ihnen reden, sie haben das Recht, daß wir sie anhören. Dazu bin ich meinen Leuten verpflichtet.«

Rewandowski kam mit zurückgeschlagenen Rockschößen, die Hände in den Hosentaschen, aus dem Nebenraum ins Büro. Er hatte ein Pflaster hinter dem Ohr.
»Wen meinst du mit deinen Leuten?« fragte er und sah zum Fenster, in das Grün der alten Straßenbäume, »die Arbeiter oder unsere Aktionäre?«
»Du bist zynisch«, bemerkte Sturz, »dafür ist die Situation zu kritisch, finde ich.«
»Ich habe die Frage ernst gemeint, das solltest du dir mal überlegen.«
»Meine Arbeiter wenden sich immer noch an mich und nicht an einen Aufsichtsrat. Ich bin für sie immer noch ihr Direktor, und darum fühle ich mich auch immer noch für sie persönlich verantwortlich.«
Rewandowski sah seinen Onkel kurz an, weniger überheblich als nachdenklich. Er wollte etwas erwidern, aber wandte sich dann ab; er war zu dem Schluß gekommen, daß es doch keinen Zweck hatte.
Der Sekretär kam durch den Nebenraum und blieb in der Flügeltür stehen. »Der Herr Landrat von Stallinger«, meldete er.
Sturz nickte ihm zu, und der Sekretär ging zurück, um den Landrat aus dem Empfangszimmer zu holen.
»Hat er dir irgendeine Nachricht gegeben, was er von uns will?« fragte Sturz seinen Neffen in einem gedämpften Ton.
»Vertraulich und dringend«, erwiderte Rewandowski ein wenig ironisch und zuckte gleichmütig unwissend mit den Schultern.
Der Sekretär führte den Besucher in das Büro. Landrat von Stallinger war ein Mann Mitte Vierzig, modisch provinziell gekleidet, mit der festgefügten Larve eines Biedermannes. Sturz war von seinem Schreibtisch aufgestanden und ging dem ranghöchsten Staatsdiener des hiesigen Kreises entgegen, sie begrüßten sich. Sturz sagte knapp: »Herr Landrat.«
»Grüß Sie Gott, mein lieber Sturz«, entgegnete Stallinger, womit er eine gewisse Redseligkeit verriet. Er begrüßte den Reviersteiger: »Was macht Ihre Verletzung? Ich hoffe, unsere Polizei ist capable genug, um Ihnen recht bald Genugtuung zu verschaffen.«
»Darauf lege ich keinen Wert«, sagte Rewandowski.
»Soll ich zum Protokollieren bleiben?« nutzte der Sekretär die kleine Pause, die nach der Begrüßung entstanden war.
Der Landrat hob ein wenig die Augenbrauen und sah Sturz an. Der Direktor wehrte ab: »Das ist nicht nötig«, und der Sekretär zog sich zurück.
»Haben Sie davon gehört«, begann Stallinger, »man sammelt auf den

Straßen für die streikenden Bergleute, sie haben einen ungeheuren Zuspruch«, und mit unverkennbarer Ironie fügte er hinzu: »Der Bürger entdeckt sein Herz für die Arbeiterschaft.« Sturz bot ihm einen Sessel an.
»Es herrscht eine Fraternation auf der Straße«, er sprach das Wort französisch aus, »wie zur Reichsgründung.«
Er setzte sich in einen Sessel.
Rewandowski blieb, gegen eine Konsole gelehnt, stehen. »Das sind Leute, die nichts begriffen haben, Akademiker und kleine Kaufleute.«
»Ihre Sympathie für die Streikenden ist mir in gewisser Weise verständlich«, hielt ihm Sturz entgegen.
Rewandowski wehrte mit einem kurzen Kopfschütteln ab. »Sie riskieren nichts bei der Sache. Der Kampf findet zwischen uns und den Arbeitern statt. Alles anderes ist Schwärmerei.«
Der Landrat hatte beiden interessiert zugehört. Sturz wandte sich ihm zu, um in seiner Gegenwart keine Diskussion zwischen sich und seinem Neffen aufkommen zu lassen. »Sie haben einen dringenden Auftrag?«
Direkt darauf angesprochen, reagierte der Landrat mit Schweigen, um seinen verzögerten Worten damit eine zusätzliche Bedeutung zu geben. »Ich habe von Seiner Exzellenz dem Oberpräsidenten die Abschrift einer Depesche von Seiner Majestät dem Kaiser bekommen.« Er machte wieder eine Pause, um die Erwähnung des Kaisers wirken zu lassen. Die Gesichter von Onkel und Neffe blieben gelassen, sie warteten ab. Stallinger fuhr fort. »Majestät ersucht uns, die Zechenunternehmen ›auf das energischste‹, wie er sich ausdrückt, dazu zu bewegen, die Lohnerhöhungen in kürzester Frist eintreten zu lassen, damit der Streik und die drohende nationale Kalamität schleunigst behoben werden. Andernfalls droht er mit dem Rückzug seiner Truppen.« Er hatte den Inhalt der Depesche beinahe wortgetreu wiedergegeben und lehnte sich jetzt mit einem gleichgültigen Ausdruck zurück, als hätte er mit der Angelegenheit nichts weiter zu tun.
Rewandowski bemerkte lächelnd: »Der Kaiser wird nervös.« Er fügte hinzu: »Wir können uns das nicht leisten.«
Auf diese Bemerkung hin fühlte sich Stallinger noch verpflichtet anzumerken, daß Majestät, wenn der Streik andauere, eine gefährliche Ausweitung sozialdemokratischer Ideen befürchte.
»Sollen wir nach seiner Meinung die Arbeiter dafür belohnen, daß sie vertragsbrüchig die Arbeit niedergelegt haben?« fragte ihn Rewan-

dowski, er hatte sich ein wenig vorgebeugt, »im Gegenteil«, fuhr er fort, »wenn wir jetzt nachgeben, werden sich die Sozis bestärkt fühlen und ihre Forderungen ausweiten. Es geht ihnen doch schon längst nicht mehr nur um höheren Lohn.«
Der Landrat sah Direktor Sturz überrascht an. »Gilt die Meinung Ihres Herrn Neffen auch für Sie?«
Sturz hatte nachdenklich geschwiegen und sagte nun ausweichend: »Was wir tun, das tun wir aus unseren eigenen Überlegungen. Wir lassen uns nicht erpressen. Nicht von den Arbeitern.« Er war aufgestanden, um von einem kleinen Abstelltisch eine Kiste kubanischer Zigarren zu holen. Als er dem Landrat Feuer gab, fügte er hinzu: »Aber auch nicht vom Kaiser.«
Sie rauchten und unterhielten sich über Fasanenjagd.

Auf dem Altmarkt, am belebtesten Ort der Stadt, wo die Bahnhofsstraße die Preußenallee kreuzte, in der sich das Hotel Königshof, das Rosenbergsche Kaufhaus und weiter unten, im ehemaligen Gotenhaus, auch das Stadtbüro der Zeche Siegfried befanden, war im Schatten alter Kastanienbäume ein mit rotem Tuch verhangener Tisch aufgestellt worden. In seiner Mitte stand ein Kasten, in den eine kleine Öffnung gesägt war, die ausreichte, um Münzen, aber auch Geldscheine einzuwerfen. Unter ihm, auf dem herabhängenden roten Tuch stand in weißen Buchstaben geschrieben: FÜR DIE STREIKENDEN BERGLEUTE – FÜR DAS FAHRGELD ZUM KAISER!
Der Tisch mit dem kleinen, leuchtend gelb gestrichenen Kasten wurde an diesem Sonntag zur Wallfahrtsstätte für die Bürger aus allen Teilen der Stadt, die kamen, um ihre Verbundenheit mit den drei Bergarbeitern zu demonstrieren, die die Kühnheit besessen hatten, Seine Majestät den deutschen Kaiser um eine Audienz zu ersuchen, bei der sie dem Vater der Nation persönlich über ihre trostlose Lage berichten wollten. Einer der drei Deputierten, wie man sie nannte, sollte sogar in die Stadt gekommen und leibhaftig zu besichtigen sein. Es war der junge Hauer Karl Boetzkes. Er hielt sich zwischen einigen Bergleuten in sonntäglicher Kleidung im Hintergrund und tarnte seine Verlegenheit mit einer starren und ein wenig mürrisch zur Schau gestellten Würde. Herbert und Willi versuchten ihren Platz sichtbar in seiner Nähe zu halten, obwohl keine auffällige Familienähnlichkeit zwischen den drei Brüdern bestand. Pauline war auch gekommen, sie hatte es sich von ihrem Vater nicht verbieten lassen: »Als Mädel hast du bei so was nichts zu suchen.« Er konnte sich nicht vorstellen, daß

der Kaiser drei streikende Kumpel in sein Schloß kommen ließ, damit sie ihm mal die Meinung sagten, da hatten sie die Rechnung ohne den Wirt gemacht; und Karl sollte sich schämen, daß er sich für so einen Unfug hergegeben hatte. Dann war er mit Käthe zum Gottesdienst gegangen, um zu beten, damit der Streik bald ein gutes Ende nehme, weil sie sonst nicht mehr wußten, wovon sie leben sollten. Das war auch der Grund, warum Erna in die Kirche gegangen war, anstatt, wie sie es sicher lieber getan hätte, mit Bruno in die Stadt zu fahren. Aber sie mußte es der heiligen Barbara, der Mutter Gottes und dem Herrn Jesus noch einmal ganz persönlich klarmachen, daß sie ihre unwürdigen, sündigen Menschenkinder nicht einfach verhungern lassen konnten.

Bruno stand hinter Pauline. Sie sahen Otto zu, der vorn am Tisch neben dem Kaplan, erhöht von einem leeren Bierfaß, den Bürgern zurief: »Unsere Männer werden zum Kaiser fahren, und der Kaiser wird sie anhör'n, und wir sammeln hier fürs Fahrgeld, dreimal vierter Klasse nach Berlin und zurück.« Er grinste und bemerkte mit einem Seitenblick zum Kaplan hinunter: »Ich hoffe doch, daß sie zurückkomm' und nich in diesem Sündenbabel versacken werden.«

Er amüsierte die Damen und Herren, die ebenfalls sonntäglich gekleidet waren, deren Garderobe aber in einem auffälligen Gegensatz zu den abgetragenen, blankgebügelten Hosen und Jacken der Arbeiter stand. Aber er brauchte sie nicht zum Spenden zu ermuntern, denn sie drängten sich regelrecht um den gelben Kasten. Die Herren öffneten ihre Börsen und die Damen ihre Handtaschen und drehten größere Münzen und Geldscheine zwischen den Fingern. »Ist er das?« fragte eine Dame ihren Begleiter, und er antwortete: »Nein, der dahinten ist es, der ein bißchen wie der Sohn von unserem Hausmeister aussieht.«

Otto sprang herab und half dem Kaplan auf das Faß. Hochwürden putzte seine Brille, wahrscheinlich war es Zufall, daß im selben Moment die Glocken der nahegelegenen Stadtkirche zu läuten anfingen. »Wenn ihr hier helft«, er hauchte auf seine Gläser, »dann seid ihr nicht barmherzig, das ist zu wenig. Sondern«, er rieb die Gläser am weiten Ärmelbund seines Talares blank und blinzelte mit kurzsichtigen Augen auf seine Zuhörer hinunter, »sondern ihr tut nur das, was eure Pflicht ist, wenn ihr euch Christen nennt.« Endlich setzte er seine Brille wieder auf: »In den Schulfibeln eurer Kinder gibt es die schönen Legenden, in denen der Herr auf Erden wandelt und gute Taten vollbringt.«

Pauline, die Bruno zugeflüstert hatte, sie sei der Meinung, Hochwürden hätte schon wieder Wein getrunken, hörte ihm jetzt andächtig zu.
»Ich glaube«, rief der Kaplan, »ich glaube, wenn Jesus Christus heute unter uns wäre, dann hätte man ihn nicht in den Kirchen zu suchen und nicht an den Tafeln der Besitzenden, dann würde man ihn vor den Toren der Zechen treffen, in den Reihen der Bergleute bei ihrem Kampf für soziale Gerechtigkeit. Und wie ihn damals die Herrschenden ans Kreuz geliefert haben, würden sie ihn auch heute nicht als ihren Heiland erkennen und ihn statt dessen als Aufrührer von Gendarmen niederreiten lassen.«
Otto und Herbert, der rasch herangehumpelt kam, halfen dem Kaplan wieder vom Faß herunter.
»Das war gut, Hochwürden, was Sie da eben gesagt haben«, bemerkte Otto ergriffen und schüchtern. Der Kaplan zündete sich eine Zigarette an und beobachtete durch seine kreisrunden Gläser die Bürger, die Beifall klatschten und »Jawohl« riefen. Kavaliere, die den Damen mit ihrer fortschrittlichen politischen Meinung imponieren wollten, riefen den Arbeitern zu: »Bleibt standhaft!« »Kämpft für euer Recht!« »Wir stehen hinter euch!«
Pauline hatte Tränen in den Augen, Bruno blickte gelassen und skeptisch auf die Sympathie verströmenden Bürger, die mit ihm nichts gemein hatten, und Karl, der von seinen Genossen nach vorn geschoben wurde, hielt seine schweren, rußgrauen Hände vor dem Hosenbund übereinandergelegt und nickte mechanisch mit dem Kopf. Weil er nicht wußte, wie er sich verhalten sollte, nahm er seine Mütze ab.
Die Rezeption im Hotel Königshof hatte auf Anordnung der Direktion einen Wagen kommen lassen, er sollte den Deputierten Boetzkes in die Siedlung zurückbringen. Herbert und Willi saßen vorn neben dem Kutscher, der ihnen mit wiederholten Seitenblicken zu verstehen gab, daß sie Abstand zu halten hätten. Hinten auf der ledergepolsterten Bank saß Pauline zwischen Karl und Bruno, der zu sehr in Gedanken war, um den leichten Druck ihrer schlanken, festen Hüften zu spüren. Sie hatten die Stadt verlassen, das Pferd zog den Wagen im Schritt durch den trockenen Sand der Landstraße.
»Du warst mal gegen den Streik«, sagte Bruno an Pauline vorbei zu Karl, »jetzt hängt ihr euch an, weil ihr gesehen habt, daß die Sache läuft.«
Karl erwiderte, sie brauchten jetzt vor allen Dingen eine Streikführung.

Bruno schüttelte den Kopf: »Ihr stülpt uns einen Hut auf, weiter nichts.«
»Wir wählen ein Streikkomitee, das unsere Interessen gezielt vertritt und leitet«, sagte Karl.
Bruno erklärte, was er jetzt für richtig hielt. »Ich meine, auf jedm Pütt sollten die Kumpel ein paar Leute wählen, die ihr Vertrauen haben und die mit der Zechenverwaltung über alles verhandeln, was für sie wichtig is. Sonst verkriechen sich alle unterm Hut vom Komitee, und wenn uns der Bergbauverein dann eins auf'n Hut gibt, dann sind wir alle getroffen, verstehst du?«
»Nein«, Pauline verstand ihn nicht, sie meinte, sie seien doch sowieso alle betroffen.
»Stell dir mal vor«, sagte Bruno, »wenn eine Kuh nur einen Kopf hat...«
Pauline unterbrach ihn, sie lachte: »So is das meistens.«
Bruno ließ sich nicht irritieren: »Und der eine Kopf wird ihr abgeschlagen, dann is sie erledigt, nich wahr? Wenn es aber eine Kuh gibt, die hundert Köpfe hat, da bleiben neunundneunzig übrig.«

Vor dem Magazin hatten sich die Bergarbeiterfrauen in einer Reihe aufgestellt. Da sie für den kleinen Hof zu viele waren, hatten sie einen Halbkreis gebildet. Jede der Frauen trug einen leeren Korb am Arm, seit Stunden waren ihre Blicke beinahe fortwährend auf das offene Holztor der flachen, ehemaligen Werkhalle gerichtet, in der das Magazin untergebracht war. Im Halbdunkel, hinter dem gehobelten Brett, das über zwei leeren Fässern lag und als Verkaufstisch diente, waren Flaschen, Säcke und Papiertüten mit Lebensmitteln an den Wänden gestapelt, unerreichbare Schätze, die zusammen mit dem Magazinverwalter und seinem Gehilfen von mehreren Gendarmen bewacht wurden. Die Frauen schwiegen, sie hatten sich gegenseitig ausreichend ihre Not geklagt und Neues ausführlich besprochen, zum Beispiel die Nachricht, daß am frühen Morgen vor der Zeche Schleswig das Militär zwischen die versammelten Bergleute gefeuert und dabei drei Menschen getötet und fünf andere schwer verletzt hatte. Zu den Getöteten gehörte auch die Ehefrau eines Bergmannes; ihrem vierjährigen Sohn war in die Hand geschossen worden. So stand es jedenfalls in der Sonderausgabe der *Tremonia*. Die Zahl der Leichtverletzten hatte man nicht erfassen können, aus Angst, verhaftet zu werden, hatten sich die Leute nicht zur Behandlung in dem dafür vorgesehenen Hospital gemeldet.

Erna Stanek kam im selben Augenblick auf den Hof, als Steiger Bärwald und seine Frau, die im hinteren Teil der Halle an einem besonderen Tisch bedient worden waren, aus dem Tor traten, der Gehilfe schleppte ihre mit Lebensmitteln vollgestopften Taschen und Körbe zu ihrem Wagen. Ein Gendarm geleitete ihn über den Hof, an den Frauen vorbei. Neiderfüllt versuchten sie einen Blick vom Inhalt zu erhaschen, aber er blieb für sie unter weißen, gebügelten Tafeltüchern verborgen. Der Verwalter stand in der Tür und wischte seine Hände an der Schürze ab.
»Es gibt nichts, geht nach Hause«, sagte er zu den Frauen, »hier wird nichts mehr angeschrieben, bis eure Männer wieder einfahren, beschwert euch bei euren Dummköpfen.« Sein Gehilfe war zurückgekommen und begann den Hof zu fegen. Einer der Gendarmen fügte der Aufforderung des Verwalters hinzu: »Wenn eine von euch bezahlen kann, kann sie reingehen«, er war der Meinung, daß er damit einen guten Witz zum besten gegeben hatte, aber Erna ging tatsächlich auf das Tor zu. Der Verwalter fragte sie, ob sie bezahlen wollte und wo sie denn hier so rasch ihr Geld verdient hätte, die Kumpel würden doch wohl im Augenblick für so etwas keinen Groschen übrig haben. »Oder hast du dich mit den Husaren eingelassen?« Er zwinkerte den Gendarmen zu.
Sie ließ sich von seinen Unverschämtheiten nicht aufhalten: »Ich bekomm an Ultimo meine Rente, für meine Kinder und mich.« Unter einer zusammengefalteten Decke in ihrem Korb zog sie ein Papier hervor und zeigte es ihm. »Ich hab den Schein vonner Knappschaft mit, daß es mir zusteht.«
Der Verwalter sah ihn nicht an. »Das interessiert mich nicht. Ich hab gesagt, hier wird nicht mehr angeschrieben.« Er rief den anderen Frauen zu: »Geht nach Hause und macht Platz, der Hof wird gefegt.«
»Ein' Moment mal!« ließ sich eine heisere, etwas schwerfällige Männerstimme aus der Einfahrt hören. Der Verwalter sah an Erna vorbei, sie drehte sich um. Mit langen, ein wenig nach außen gestellten Schritten, um sein Gleichgesicht zu sichern, kam Otto Schablowski über den Hof. Die Frauen sahen ihm neugierig und mit einer noch undeutlichen Hoffnung zu, wie er dicht an den Verwalter herantrat und ihn lange Zeit schweigend musterte: »Augenblick mal, du Klugscheißer, wer sagte denn, daß wir nich bezahl'n? Wir woll'n einkaufen, einkaufen!« schrie er.
Der Verwalter zog sich ein paar Schritte in die Halle zurück, und einer

der Gendarmen verstellte Otto den Weg. »Hier gibt's nichts auf Pump«, wiederholte er stur.
Otto senkte den Kopf und schüttelte ihn in sanfter Verzweiflung, er drehte sich nach den Frauen um und zeigte auf den Gendarmen: »Er versteht mich nicht, er will mich einfach nich versteh'n.«
Erna beobachtete ihn zugleich skeptisch und belustigt. Er wandte sich wieder dem Gendarmen zu. »Wer redet hier von Pump?« fragte er, »hältst du mich für so'n armes Schwein, daß ich mein Fressen nich bezahlen kann?« Mit feierlich langsamen Bewegungen schnallte er seinen Gürtel auf und zog einen Lederbeutel vom Riemen, hob ihn hoch und pendelte ihn dicht vor dem Gesicht des Gendarmen hin und her, daß man die Münzen klingeln hörte. »Hör mal, das klingt gut, was?«
Der Gendarm war überzeugt, widerwillig trat er zur Seite. Otto erklärte ihm: »Weißte, was das mal werden sollte?« Der Gendarm gab sich nicht mehr mit ihm ab, war aber doch neugierig und schielte ihn von der Seite an. Otto sagte: »'n gutes Stück Land, gute pommersche Erde, dafür hab ich fünf Jahre gespart. Aber wir lassen uns von euch satten Schweinen nich nachsagen, daß wir unser Fressen nich bezahlen könn.« Er holte weit mit dem Arm aus und schaufelte ihn im Bogen durch die Luft. »Kommt«, rief er den Frauen zu, »kommt alle her, jetzt kaufen wir ein. Was braucht ihr?«
»Steck dein Geld weg, du bist besoffen«, sagte Erna leise zu ihm. Der Gehilfe hatte die Hände auf den Besenstiel gestützt und Otto mit blödem Staunen zugehört. Otto rief ihn heran, er solle seinem Aufpasser zur Hand gehen. Der Gehilfe vergewisserte sich mit einem Blick auf den Verwalter, und als er dessen mürrisch zustimmendes Nicken sah, lief er rasch zu ihm ins Magazin. Erna legte Otto die Hand auf den Arm: »Du weißt doch gar nich mehr, was du tust.« Sie wandte sich an die Frauen, die ihre Reihe aufgelöst und sich jetzt um Otto versammelt hatten: »Nehmt nichts von ihm, er is voll wie 'ne Kanne Schnaps.« Die Frauen sahen ihn unschlüssig an.
»Du kannst uns was pumpen, Bergmann, wenn du's hast«, sagte eine alte Arbeiterin, und eine andere fügte hinzu: »Wir geben dir's zurück, wenn unsere Männer wieder einfahr'n.«
»Ich habe gesagt«, erklärte ihnen Otto mit Nachdruck, »daß ich für euch einkaufe. Wir werden diesen vollgefressenen Verrätern zeigen, daß wir zusammenhalten, daß die uns nich kleinkriegen.« In der Halle hielt der Verwalter einen Schreibblock in der Hand, er zog seinen Bleistift hinter dem Ohr hervor. Sein Gehilfe legte die Papiertüten zurecht und blies sie auf.

»Für jede drei Pfund Mehl und'n Kilo Bohnen«, befahl Otto.
Der Gehilfe ging zu einem Sack.
Otto schrie ihn an: »Von den Guten, du Blödmann!«
Und der Gehilfe ging zu den teureren Bohnen und füllte sie mit einer Holzkelle in die Tüten.
Otto gab weitere Aufträge: »'n Pfund Rosinen für die Kinder und 'ne Flasche Schnaps für eure Männer.«
Erna schüttelte seinen Arm und flüsterte: »Hör auf, Otto, morgen tut dir das leid.«
Unerwartet ernst und ernüchtert sah er sie daraufhin an. »Woher weißt du, daß es mir morgen leid tun wird?« fragte er, »ich laß mir von niemandem Vorschriften machen, verstehst du? Ich hab was getrunken, aber ich weiß genau, was ich tue.« Er legte seinen Arm um ihre Hüfte und lachte. »Mach dir keine Mühe, du verstehst mich nicht. Du hast nich verstanden, daß ich's mir vom Mund abgespart hab für 'n Stück eigenes Land – und nun verstehst du auch nich, daß ich's wieder hergeb'.«
Ernas Blick war zärtlich, sie wußte nicht, was sie dazu sagen sollte, ihre Augen hatten sich mit Tränen gefüllt. Plötzlich zog sie sich mit einem wütenden Ruck aus seiner Umarmung und ging über den Hof zur Ausfahrt. Er sah ihr nach, bis sie die Straße erreicht hatte und hinter der Backsteinmauer der alten Schlosserei aus seinem Blick verschwunden war. Dann drehte er sich um, in einem gereizten, unbändigen Ton fuhr er den Verwalter und seinen Gehilfen an: »Nun los! Wie weit seid ihr? Die Frauen warten. Macht Kohle, ihr faulen Drecksäcke!«

Der alte Boetzkes hatte es nicht glauben wollen, tatsächlich hatte sich der Kaiser dazu bereit erklärt, die drei Bergleute in seinem Berliner Stadtschloß zu empfangen. Dem Alten blieb daraufhin nur die Möglichkeit, entweder dem Kaiser zu unterstellen, er sei ein Schlappschwanz, oder er mußte den drei Kumpeln und damit auch seinem Sohn Karl zugestehen, daß sie respektable, beherzte Kerle waren. Um des Kaisers willen entschloß er sich zu letzterem, wobei es seinen Sinn für Gerechtigkeit versöhnte, daß der Kaiser anschließend auch eine Delegation der Grubenbesitzer empfangen wollte. Der Alte war darum auch in die Stadt mitgegangen, wo Karl und die beiden anderen Deputierten auf einem fähnchengeschmückten Wagen zum Bahnhof fuhren und der Zug auf sie warten mußte, weil sie im Gedränge der ihnen zujubelnden Bürger und Bergarbeiter eingeschlossen waren.

Fast die ganze Siedlung und die halbe Menage lief hinter dem Wagen her.

»Mutter Maria fährt mit euch!« rief Erna und versicherte sich danach mit einem Seitenblick beim Kaplan, der neben ihr ging, »Nicht wahr, Hochwürden?« Der Kaplan zuckte mit den Schultern und nickte dann.

Pauline drückte ihnen stumm die Daumen, und Otto rief: »Bravo, Glück auf, Kameraden! Karl, alter Kumpel, benimm dich anständig vor den Prinzessinnen, hörst du?« Karl lächelte starr, er sah etwas blaß aus. Herbert trug ihm einen persönlichen Gruß an den Kaiser auf, er solle den Grubenbesitzern mal tüchtig auf die Finger klopfen.

»Die haben's gut«, flüsterte Willi Heinz zu, »die könn' sich am Hof mal richtig satt fressen.« Bruno trug Ernas jüngsten Sohn auf der Schulter.

»Wo fährt 'n der Karl hin?« fragte der kleine Hannes.

»Zum Kaiser«, sagte Bruno.

»Was will er 'n da?«

»Mit ihm reden, damit er uns hilft.«

»Hilft uns der Kaiser?«

»Das glaube ich nich«, sagte Bruno, »aber er wird es uns versprechen.«

»Aber dann lügt doch der Kaiser?« fragte Hannes.

»Ja«, sagte Bruno, »sonst wär er auch nich Kaiser geworden.«

Der Alte hielt sich mit Käthe zurück, auch wenn ihn die meisten Leute nicht kannten und keine Ahnung haben konnten, genügte es ihm, sich bewußt zu sein, daß er der Vater von Karl Boetzkes, dem Deputierten, war. Währenddessen wurde Käthe an seiner Seite von etwas anderem abgelenkt, das sie, ohne es sich anmerken zu lassen, eigentlich auch gegen ihren Willen betroffen machte. An der Kreuzung der Preußenallee sah sie zwischen Kutschen und Fuhrwerken, die nicht über die Bahnhofsstraße hinwegkamen den Einspänner des Reviersteigers. Neben ihm auf der Kutschbank saß eine junge Dame, ihr cremefarbenes, duftiges Sommerkleid fiel unter der hohen, enggeschnürten Taille fließend über ihre schlanken Hüften herab, im Schatten ihres breitkrempigen Hutes konnte Käthe das Gesicht nur ahnen, es war schmal und von dunkelbraunen Locken gerahmt. Das junge Fräulein erschien zumindest im Sitzen beinahe von gleicher Größe wie ihr Begleiter.

Nachdem ein Gendarm den Strom der Leute, die den Deputierten das Geleit gaben, unterbrochen hatte, damit die Wagen die Straße kreuzen konnten, fuhren Rewandowski und die Dame die Allee entlang. Das zerstreute Sonnenlicht, das aus dem dichten Blätterdach der Kastanien herabfiel, glitt im raschen Wechsel von Hell und Dunkel über sie hinweg. Die Augen der jungen Dame blitzten ein wenig spöttisch, als sie sich über die drei Deputierten äußerte. »Ich fand es ergreifend, sie sahen so rührend stolz aus. Ich hoffe, der Kaiser behandelt sie anständig.«

»Und ich hoffe, er macht ihnen keine Versprechungen, die wir nicht halten können«, erwiderte Rewandowski ernst. »Das würde nur peinlich für ihn werden.«

Die junge Dame erzählte, daß ihr Vater der Meinung sei, Wilhelm, wie er den Kaiser nur nannte, wolle sich mit seinem Empfang der Bergarbeiter als Sozialpolitiker aufspielen, als der er offenbar in die Geschichte einzugehen gedachte.

Rewandowski zog die Augenbrauen hoch und zuckte mit den Schultern: »Sie fordern für jede Zeche Arbeiterausschüsse.«

»Warum?« fragte sie scheinbar interessiert.

»Die sollen mit uns über Gedinge, Wagennullen und die Schichten verhandeln«, erklärte er ihr.

Sie bemerkte ahnungslos: »Meinst du nicht, daß das ihr gutes Recht ist?«

»Du begreifst nicht, was dahintersteckt«, sagte er, »sie wollen mitbestimmen.«

Er lenkte den Wagen durch eine Toreinfahrt und fuhr um ein weites Rasenfeld herum zur Auffahrt einer Villa, die sich mit mehrgeschossigem Hauptgebäude und niedriger abgesetzten Seitenflügeln vor der dichten Laubwand hoher Parkbäume erstreckte. An der halbrunden Steintreppe, unter dem Eingang hielt er an.

»Mußt du jetzt einfahren?« fragte sie.

»Ja, ich muß die Strecken kontrollieren. Unsere Steiger reichen nicht aus.« Er sprang vom Kutschbock und ging um den Wagen herum, um ihr beim Absteigen behilflich zu sein.

Sie blieb sitzen. »Nimm mich mit«, sagte sie.

»Wohin?« fragte er.

»In die Grube«. Ihre Stimme hatte einen koketten, anzüglichen Klang, als sie hinzufügte: »Ich möchte mit dir zusammen einfahren. Ich möchte mal da runter.«

»Du weißt, daß das nicht geht«, erwiderte er.

Schließlich ließ sie sich ein wenig unwillig davon überzeugen und stieg vom Wagen.

Er geleitete sie die Steinstufen hinauf, vor dem Eingang küßte er ihre Hand: »Empfehle mich deinem Herrn Vater«. Er untergrub die höfliche Formel, indem er der jungen Dame dabei mit einem vertraulichen Lächeln in die Augen sah. Sie ging auf sein Spiel ein und senkte ironisch den Blick, wie es sich als Antwort auf sein vieldeutiges Lächeln eigentlich ernsthaft geziemt hätte.
Der Mann, dem sich Rewandowski in dieser Weise empfahl, war der Stahlwerksbesitzer und Hauptaktionär mehrerer kleinerer Stahl verarbeitender Betriebe, Friedhelm von Kampen.

Am Abend saßen die Boetzkes am Tisch in der Wohnküche, nur Friedrich fehlte, er war in den Schuppen gegangen, um etwas Reisig zu holen, weil das Feuer im Herd ausgegangen war. Käthe schöpfte eine wäßrige Suppe, in der wenige Rübenschnitzel schwammen, aus dem Topf in die Schüsseln. In der Nacht, als die Felder nicht bewacht waren, hatten Herbert und Willi einen halben Sack Futterrüben auf den abgeernteten Äckern zusammengesucht. Pauline legte jedem ein kleines Stück Taubenfleisch dazu. Sie waren alle in guter Stimmung, sie hofften darauf, daß der Kaiser, nachdem er die drei Bergleute angehört hatte, die Grubenbesitzer zwingen würde, die Forderungen der Kumpel nach mehr Lohn und besseren Arbeitsbedingungen zu erfüllen, so daß es sich für die Bergarbeiter gelohnt haben würde, daß sie trotz Verschuldung und Hunger im Streik ausgeharrt hatten.
»Ob die beim Kaiser an die Tafel komm?« fragte Willi.
»Natürlich, mit Schampanjer und Schildkrötensuppe und so 'm Zeug«, fügte Herbert hinzu, und Pauline sagte: »Und jeder kriegt 'ne Gräfin als Tischdame.«
»Da möcht ich mal den Karl sehn, wie der reinhaut, daß die Damen in Ohnmacht falln«, rief Willi.
»Die falln schon in Ohnmacht«, bemerkte Herbert, »wenn sie den Kohleruß unter seinen Fingernägeln sehn.«
Die Wucht, mit der die Tür zum Hof aufgestoßen wurde, ließ sie zusammenschrecken, und sie sahen es dem Alten an, daß etwas Schlimmes geschehen sein mußte. Er brachte kein Reisig herein, hielt nur etwas Helles, Winziges zwischen Daumen und Zeigefinger, das sie nicht erkennen konnten. Er stellte das Windlicht auf dem Schemel neben der Tür ab und ging auf Käthe zu, er zeigte ihr eine kleine, weißblaue Feder: »Hast du mir den Kröpfer weggeschlachtet?« fragte er drohend, aber ruhig.
Käthe sah ihn nicht an, sie schöpfte weiter Suppe aus dem Topf in eine

Schüssel und sagte mit trotzigem Gleichmut: »Ich weiß nich, ob der's war.«
»Das weißt du nich?« Der Alte hielt ihr die Feder vor die Augen, so daß Käthe sie ansehen mußte.
»Ich hab die drei genomm, wo 'n bißchen was dran war«, sagte sie. »An den andern war ja nichts dran«, fügte sie entschuldigend hinzu.
Pauline bemerkte die Wut ihres Vaters, sie stellte sich schützend zwischen ihn und ihre Stiefmutter. Friedrich zog sie zur Seite, griff Käthe, die sich von ihm abgewandt hatte, am Arm und drehte sie zu sich herum: »Sieh mich an, Käthe: Hast du den Kröpfer geschlachtet?«
Herbert war aufgestanden und zu ihm gehinkt, er hielt seinen Vater an der Schulter zurück: »Rühr Käthe nich an, sie hat das nicht gewußt.«
Friedrich sah sich verblüfft nach ihm um, dann hob er langsam die Hand und holte zum Schlag aus. Ein energisches Klopfen ließ alle zur Straßentür blicken, der Alte nahm den Arm wieder herunter. Willi ging zur Tür und öffnete sie. Draußen, im dunklen Umriß gegen das Laternenlicht, stand ein Mann im offenen Mantel und einem steifen Hut zwischen zwei Gendarmen. Er trat unaufgefordert ein und behielt den Hut auf dem Kopf. Die Gendarmen waren ihm gefolgt.
»Familie Boetzkes?« fragte der Mann.
»Jawohl, das sind wir«, sagte der Alte.
Der Mann zog ein Papier aus der Brusttasche und gab es ihm. Während Friedrich es anstarrte, zu überrascht und verwirrt, um irgend etwas lesen zu können, strich der Mann mit dem Mittelfinger sein schmales Oberlippenbärtchen glatt und sagte: »Wir haben einen Durchsuchungsbefehl, dein Sohn Karl steht im Verdacht sozialdemokatischer Umtriebe.«
Der alte Boetzkes richtete sich vor dem Mann auf: »Mein Sohn Karl ist unterwegs zum Kaiser«, erwiderte er.
Der Mann nahm ihm das Papier wieder ab, er belächelte nachsichtig den stolzen Triumph in den Augen des alten Bergmannes.
»Das ist uns bekannt«, sagte er beiläufig und zeigte dann auf die Treppe. »Gehen Sie nach oben«, befahl er dem einen Gendarmen, und mit einem Blick zur Stubentür sagte er zum anderen: »Wir sehen uns mal nebenan um.« Käthe legte Friedel, die sich an sie gedrängt hatte, die Hand auf die Schulter. »Da schläft der Kleine«, wandte sie ein.
Friedrich beschwichtigte ihren scheuen Widerspruch: »Wir haben nichts zu verbergen, Käthe.«

In dem stillen Augenblick, bevor die Gendarmen mit ihrer Arbeit begannen, und sie schweigend um den Tisch standen, war ein lautes Knurren zu hören; die Boetzkes' wußten nicht, wem sie es zuordnen sollten, wahrscheinlich war es Willis Magen. Aber sie konnten nicht essen, während die Gendarmen ihr Haus durchwühlten. Die wäßrige Rübensuppe und das wenige, kostbare Fleisch des holländischen Kröpfers wurden kalt.

Am Tag nach der Beerdigung, als Käthe die Dachkammer aufräumte, fand sie zwischen Herberts beiden Büchern über Fördertechnik und Wetterführung einen schmalen Stapel groß und offensichtlich rasch beschriebener Heftseiten. Sie setzte sich auf das Bett, in dem Willi nun allein schlafen konnnte, und begann zu lesen. Was ihm Karl nach seiner Rückkehr von seinem Besuch beim Kaiser erzählt hatte, war auf diesen Seiten von Herbert festgehalten, nahe und lebendig, als hätte er es selbst erlebt; und während Käthe las, sah sie in Gedanken Herbert vor sich, glaubte sie wieder seine aufgeregte helle Stimme zu hören, als würde er ihr in seiner lebhaften, übereifrigen Art berichten: WIE MEIN BRUDER KARL VOM KAISER EMPFANGEN WORDEN IST.

Das war in Dorstfeld gewesen, auf ner Versammlung in der Wirtschaft von dem dicken Schumann, und der hatte auch plötzlich die Idee, daß wir drei Leute zum Kaiser schicken sollen, damit wir Wilhelm mal persönlich klarmachen, warum wir steiken. Das gab ein großes Hallo, und alle waren einverstanden. Und da haben sie gleich Karl dafür gewählt und Ludwig Schröder, der auf Kaiserstuhl angelegt hat, und den Fritz Bunte von der Westphalia. Karl wollte erst nicht, er glaubte nicht dran, daß es uns was nutzen wird, weil der Kaiser und seine Minister sowieso nur die Dienstmägde der Kapitalisten sind. Karl ist da eigen. Aber sie ließen nicht locker, und dann haben sie gleich eine Depesche an den Kaiser geschickt, und der hat tatsächlich angebissen. Vorher war schon die ganze Stadt in Aufruhr, die Bürgerlichen fanden das eine ganz tolle Sache, ich glaube, weil sie alle selber scharf darauf warn, mal dem Kaiser in die gute Stube zu gukken, und sie warn nicht kleinlich und haben tief in die Tasche gegriffen fürs Reisegeld und unsere Streikkasse. Hochwürden hat ihnen auch eine Rede verpaßt, die sich sehen lassen konnte. Ich habe selber ein paar von den Damen heulen gesehn. Pauline fing auch an. Bevor es losging, mußte sich Karl noch beim Landrat von Stallinger vorstellen. Der hat ihm die ganze Zeit irgendeinen Unsinn erzählt, wieviel

Ziegen es allein in seinem Landkreis gibt und über Blitzableiter auf den Fördertürmen. Dabei wollte er Karl bloß aushorchen, ob er ein gefährlicher Mensch ist und Seiner Majestät nicht grob kommt. Karl hat natürlich aufgepaßt und immer nur geantwortet: »Der Meinung bin ich auch.« Er hat sogar die Zigarre abgelehnt, die ihm der Landrat angeboten hat, und gesagt, daß ihm vom Rauchen schlecht wird. Wir haben dann Karl rausgeputzt, so gut es ging. Er hat die guten Hosen von meinem Vater angezogen und Käthe hat unten noch was rausgelassen, weil sie ihm zu kurz waren. Er sah dann schließlich auch ganz manierlich aus. In der Stadt war wieder der Teufel los, als sie mit dem Fuhrwagen zum Bahnhof gefahren sind. Sie sind in dem ganzen Menschenhaufen steckengeblieben und der Schnellzug hat extra mindestens ne halbe Stunde auf sie gewartet. Wir sind alle mitgegangen, auch mein Vater, und Otto hat Karl vor den Leuten noch was Unanständiges wegen der Hofdamen zugerufen. Im Zug wollten die drei sehen, daß sie ein Abteil für sich bekommen, sie hatten auch schon eins gefunden und ihr Gepäck verstaut, da ist im letzten Moment noch ein Mann aufgesprungen, der vorher die ganze Zeit auf dem Bahnsteig hin- und hergerannt war. Sie haben gleich gewußt, was das für einer war und sich nur über lauter harmloses Zeug unterhalten. Fritz Bunte fing dann an, von den Grubenunglücken zu erzähln und allen möglichen Unfällen unter Tage. Da hat der Mann hinter seiner Zeitung zuerst lange Ohrn gemacht, aber nachher ist er immer blasser geworden, und schließlich hat er sich eingemischt und von was anderm angefangen, daß er zufällig auch nach Berlin fährt, daß er sich da auskennt, und gesagt, daß er ein kleines Hotel in der Nähe vom Bahnhof weiß, wo sie billig logieren können. Am Morgen, als sie angekommen sind, haben sie erst mal den Mund nich zugekriegt vor Staunen, in was fürn Bahnhof sie da eingefahren sind. Karl meint, die Halle war noch höher wie der Förderturm von unserem Pütt, und der ist genau 23 und ein halben Meter hoch, das weiß ich zufällig genau. Auf dem Bahnsteig standen schon ne ganze Kompanie von solchen Zeitungsleuten rum und haben gleich losgelegt: Was sie fühln und so, was sie dem Kaiser sagen wollen, wieviel Kinder sie haben, und ob sie schon mal verschüttet warn, und das auf nüchtern Magen, wo sie die ganze Nacht in der Eisenbahn gesessen haben. Ludwig Schröder hat ihnen geantwortet, daß sie zwar ein bißchen müde sind, aber sich sonst gut fühlen. Das fanden sie alle eine unerhört tolle Antwort, dabei hatte Ludwig nur gesagt, wies wirklich war. Irgendein Abgesandter brachte sie auch gleich zu dem Hotel, das ihnen der Kerl im Zug empfohlen hatte. Sie hatten das Zimmer Numero 12 bekomm, und nebenan auf Numero 11 logierte zufällig wieder so ein Polizeihauptmann aus Hamburg, der zufällig auch gerade hier war. Karl meinte, die haben mehr Schiß als Vaterlandsliebe. Berlin ist eine ganz schön verrückte Stadt, da ist ein Verkehr, daß man manchmal nicht über die Straße kommt, und die sind fast so breit wie die Vogelwiese lang ist. Die Häuser sind hoch, mindestens vier Stock, und alle sehen aus wie ein Schloß oder mindestens wie die Villa Sturz mit mächtigen Toreinfahrten. Aber da wohn auch ne Menge Menschen drin, und die Dienstmädchen müssen auf einem Brett überm Korridor schlafen. Es gibt aber auch Straßen, da haben die Häuser neun Höfe hintereinander oder noch mehr. Die Höfe sind nur so groß, daß gradeso die Feuerspritze drin wenden kann, das ist Vorschrift. Da ist es so dunkel, daß die Leute auch am Tag die Gaslampen brennen lassen müssen, damit sie sehen, wo sie wohn. Dauernd sind irgendwelche Leute zu den Dreien aufs Hotelzimmer gekomm, die sind natürlich alle vorher unauffällig kontrolliert worden. Ein Maler ist gekomm, der wollte sie malen, er hat schon alles fertig, hat er gesagt, er braucht nur noch ihre Gesichter reinzumalen. Und fotografiert werden sollten sie auch überall, vorm Schloß, aufm Bahnhof, auf der Straße. Wenns geht noch aufm Scheißhaus, hat Fritz Bunte gesagt. Ein Photograph hat sie gefragt, ob sie nicht was mithaben, daß sie sich mal wie richtige Bergleute verkleiden könn. Und dann ist auch noch so ein Frauenzimmer erschienen, eine Schauspielerin oder Tänzerin aus so einem Theater, wo man Sekt trinken muß. Die wollte sich unbedingt mit ihnen zusamm aufnehmen lassen, sie hat ihnen für den Abend freien Eintritt versprochen, da könn sie sie sehen, wie Gott sie geschaffen hat, hat sie gesagt. Aber sie haben natürlich alles abgelehnt. Um 12 kam wieder ein Abgesandter und hat ihnen gesagt, daß sie um 3 beim Kaiser sein solln. Der Droschkenkutscher, der sie hingefahren hat, meinte, daß sie ein paar famose Kerls sind, daß sie ganz schön Schneid haben und ihm als alten Berliner macht keener so schnell was vor. Ihm wär jetzt an ihrer Stelle janz scheen blümerant zu Mute. Der liebe Jott hat es ihm in seinem langen Leben leider nicht verjönnt, daß er dem Willem mal von Mann zu Mann direkt in seine scheenen, blauen Oogen kieken durfte. Der hat unerhört berlinert, Karl hats mir vorgemacht, da hab ich mich fast beschifft vor lachen. Dann hat der Kutscher noch erzählt, daß er am Anfang, als er sie gesehn hat, ziemlich enttäuscht gewesen ist, weil er sich die Bergarbeiter ganz anders vorgestellt hat. Er hat gesagt: »Mein Jott, hab ick jedacht, die sind ja janich schwarz und so verhungert sehn se ooch nich aus.« Und während der ganzen Zeit sind sie die prächtigen Unter den Linden langgefahren, bis sie hinter der Spreebrücke schon das Schloß gesehn haben. Das war ein mächtiger Kasten, so groß wie unser ganzer Pütt zusammen mit dem Materiallager, und drumrum standen noch das Kronprinzenpalä und das Zeughaus und noch andere prächtige Gebäude. Vorm Schloß ist gleich wieder ein Herr auf sie zugekomm und hat sie reingeführt. Im Tor stand ein Doppelposten von den Gardejägern, riesengroße Kerls, die nicht nach links und rechts gesehn haben. Dann gings eine mächtige Treppe rauf, also Karl gibt zu, daß ihm ganz schön mulmig geworden ist und dem Ludwig Schröder und Fritz Bunte genauso. Oben stand wieder ein Gardejäger aber ohne Waffen, der hat auch so getan, als wenn er sie nich sieht. Dann sind sie in den Fahnensaal gekomm, da hat sie der Herr abgegeben an einen anderen Herrn. Der hat sie immer angesehn, als wenn er sich um irgendwas große Sorgen macht und dabei dauernd mit seinen Händen rumgespielt, das konnte ein ganz schön fickrig machen noch mehr, als sies sowieso schon waren. Er hat ihnen gesagt, wie sie sich benehmen sollen: Also erstens darf die ganze Sache nicht länger als 10 Minuten dauern, und in der Zeit wollte auch noch der Kaiser reden, und dann durfte nur einer von ihnen sprechen. Und sie sollen laut und deutlich reden, weil seine Majestät schwer hört und sollten »Euergnaden« zu ihm sagen. Sehr gastfreundlich war das alles nicht. Als der Herr wieder verschwunden war, haben sich die drei erstmal komisch angeguckt und Ludwig Schröder hat leise gesagt: »Was is mit dem Kaiser los? Daß ern zu kurzen Arm hat, weiß ja jeder, aber nun hört er auch noch schwer.« Da mußten sie sich alle ganz verdammt das Kichern verkneifen. Sie waren nämlich nicht allein, da lief die ganze Zeit noch ein Diener rum, von einer Tür zur nächsten, hat sie auf und wieder zugemacht oder is nur so davor stehn geblieben. Sie waren sich schon vorher einig, daß Ludwig reden sollte, weil er der Älteste war, er hat sich auch extra seine Kriegsgedenkmünze von 1870/71 angesteckt. In dem Saal standen eine Menge Fahnen von den ganzen Regimentern und noch andere, darum heißt er wahrscheinlich auch Fahnensaal. Es waren auch unheimlich viele Bleisoldaten in Kästen aufgebaut, da stand immer dran, was für eine Schlacht das gewesen ist, und nachgemachte Kriegsschiffe standen auch rum, eine ganze Flotte, alles mit Glas überzogen, damit kein Staub rauffallen kann. Das war sehr interessant, aber sie hatten doch nicht so die richtige Ruhe dafür. Ludwig Schröder hat die ganze Zeit über seinen Spruch gemurmelt, den er dem Kaiser aufsagen wollte und den hatte er schon im Zug immer auf dem Klo probiert, damit er ihn nicht vergißt. Karl meinte, für das ganze Zeug in dem Saal hätte man bestimmt ein gutes Dutzend Waisenhäuser bauen können oder von dem Geld hätte unsere ganze Siedlung mindestens 50 Jahre lang satt zu essen gehabt. Zuerst kam ein Minister rein, das war der Minister des Innern. Er ist einmal durch den Saal gelaufen, ohne sie zu beachten, und drüben wieder hinter einer Tür verschwunden wie so eine Figur an der mechanischen Orgel auf der Kirmes. Und dann kam er plötzlich mit dem Kaiser rein. Sie hatten ihn gleich an seinem Kaiserwilhelmbart erkannt, er hatte sich eine Uniform der Kürassiere angezogen, das hat Fritz Bunte gleich gesehn. Also trotz seinem Bart hatten sie sich den Landesvater doch schon etwas anders vorgestellt. Er hatte eine Haut wien krankes Kalb, als wenn er die Nacht ganz schön einen durchgezogen hatte, meinte Karl. Den zu kurzen Arm hielt er forsch angeknickt, damit es keiner merken sollte, daß er zu kurz war. Er blieb ein paar Schritte vor ihnen stehn und hat sie ziemlich finster gemustert, damit wollte er sie sicher einschüchtern. Sie verneigten sich alle drei son bißchen, und Ludwig fing an, seinen Spruch aufzusagen, Karl und Fritz Bunte hatten bloß Schiß, daß er stecken bleibt, aber er hat es ganz ruhig rausgebracht. Er hat gesagt: »Wir überbringen Eurer Majestät die Grüße von hunderttausend Bergleuten, und diese bitten um Eure Gnade. Sprechen Eure Majestät ein kaiserliches Wort, so wird die Ruhe wieder hergestellt und Millionen von Tränen getrocknet.« So hat es später auch in den Zeitungen gestanden. »Was ist euer Wunsch?« hob daraufhin der Kaiser an, und Ludwig Schröder sagte zu ihm, wie sie es vorher vereinbart hatten: »Die von unsern Vätern ererbte achtstündige Schichtzeit und dabei soviel zu verdienen, daß wir unsere Familien ehrlich und ordentlich ernähren können.« Da fing der Kaiser gleich an, von wegen daß sie den Kontrakt gebrochen und die Grubenbesitzer angeblich schwer geschädigt haben. Er hatte schon seine ganzen Regierungsorgane beauftragt, daß sie die Sache untersuchen sollten und daß sich dabei nicht rausstellen sollte, daß da die Sozialdemokratie hintersteckt, weil für ihn ein Sozialdemokrat ein Reichs- und Vaterlandsfeind ist. Karl hat ihm dabei die ganze Zeit ruhig in die Augen gesehn, ohne einmal zu zucken. Wenn die Sozialdemokratie nicht dahinter steckt, hat der Kaiser noch gesagt, »so seid ihr Meines kaiserlichen Wohlwollens und Meines Schutzes sicher«. So ähnlich hat das alles auch in der Zeitung gestanden. Was aber nicht drin stand, war, daß er gesagt hat, daß er sonst alles über den Haufen schießen lassen wird. Dafür legen Karl,

Ludwig Schröder und der Fritz Bunte ihre Hand ins Feuer, daß der Kaiser das noch gesagt hat. Daraufhin hat ihm Ludwig nur geantwortet: »Wir danken Eurer Majestät für die gewährte Audienz.« Sie haben sich alle drei wieder ein bißchen verneigt und sind wieder raus, dabei waren die 10 Minuten noch nicht mal um. Danach waren sie noch...
Weiter war Herbert in seinem Bericht nicht gekommen.
Nach der Audienz beim Kaiser war durch die Vermittlung einiger Reichstagsabgeordneter ein Treffen zwischen den Bergarbeiterführern und Vertretern der Zechenbesitzer vereinbart worden. Die Herren wurden zwei Tage später ebenfalls von Seiner Majestät empfangen, wie sich denken läßt, nicht im Stehen und sicher auch länger als zehn Minuten. Zum erstenmal hatten sich die Unternehmer dazu herabgelassen, sich auf neutralem Berliner Boden mit den Bergarbeitern an einen Tisch zu setzen. Bei der Verhandlung steckten die drei Deputierten ihre Forderungen etwas zurück, sie waren damit einverstanden, die gewünschte Achtstundenschicht um die Dauer der An- und Ausfahrt zu verlängern. Außerdem sollte die Lohnerhöhung nicht mehr auf eine bestimmte Summe festgelegt sein. Hartnäckig verteidigten sie dagegen die Anerkennung der Arbeiterausschüsse, die im gegebenen Fall mit den Zechenverwaltungen über Sonderschichten und andere Regelungen verhandeln sollten. Kein Kumpel sollte wegen seiner Teilnahme am Streik bestraft oder entlassen werden. Mit diesem Ergebnis kehrten die drei Männer ins Revier zurück, wurden gefeiert und waren bereit, das Ende des Streiks zu verkünden. Aber dazu kam es nicht. Die Mehrheit der Zechenbesitzer im Bergbauverein lehnte die Berliner Vereinbarungen ab. Sie empfanden vor allem die Arbeiterausschüsse als eine dreiste Beschränkung ihrer Allmächtigkeit. Derjenige, der ihnen die Gefahr einer aufkeimenden proletarischen Revolution mit allen erdenklichen Schreckensbildern immer wieder vor Augen führte, war Alfred Rewandowski, der schon den Empfang der Bergarbeiter durch den Kaiser als ein unverantwortliches Kasperltheater bezeichnet hatte.
Für einen hoffnungsvollen Augenblick schienen die streikenden Kumpel ihrem Ziel, menschenwürdiger zu leben, nahe gewesen zu sein, und wenn sie jetzt aufgaben, dann hatten sie umsonst gehungert. Also führten sie den Streik fort und setzten dazu noch trotzig ihre Lohnforderung herauf. Immer mehr wuchs indessen die Zahl der Männer, die die Not vor die Zechentore trieb und die gebrochen und als Streikbrecher verrufen, wieder einfahren wollten. Eine Woche nach seiner Rückkehr wurde Karl Boetzkes, der inzwischen in das

neugegründete Streikkomitee gewählt worden war, verhaftet. Angeblich sollte er auf einer Versammlung die Parole »Krieg dem Kapital, Sieg oder Tod!« in die Menge gerufen haben. Zudem hatte man bei der Hausdurchsuchung die beiden Porträts von Karl Marx und Wilhelm Liebknecht als Beweisstücke einer subversiven Tätigkeit beschlagnahmt. Am Tag darauf steckte man auch die übrigen Mitglieder des Komitees unter dem Verdacht der Vorbereitung zum Hochverrat in das kreisamtliche Untersuchungsgefängnis, das wegen der überfüllten Räumlichkeiten um eine stillgelegte Werkhalle auf der Zeche Wohlgemut erweitert worden war, wo man die mutmaßlichen Umstürzler voneinander getrennt und von den anderen Gefangenen isoliert hielt, damit ihr verbrecherisches Gedankengut nicht womöglich noch an diesem Ort Wurzeln schlagen konnte.

Das Hungern ging nicht nur weiter, sondern wurde immer schlimmer. Die Äcker und Felder im Revier waren jetzt auch in der Nacht von bewaffneten Zivilstreifen bewacht. Die Kaufleute in der Stadt verriegelten ihre Türen aus Furcht vor Plünderungen. Niemand mehr wollte den Streikenden Kredit geben, weder die Bauern noch die Händler, obwohl sich das Komitee als eine seiner letzten Handlungen in einem Appell an die »Bürger und Gewerbetreibenden« gewandt hatte. »Wenn es dem Bergmann gutgeht, hat auch der Gewerbetreibende reichlich zu leben«, so argumentierten sie, »aber wenn wir darben, wird auch der Mittelstand bald seinen Wohlstand gefährdet sehen.« Darum sollten die Kaufleute die Bergarbeiter bei ihrem Kampf um gerechten Lohn weiterhin materiell unterstützen.

Bis auf kleine gelegentliche Spenden, zu denen auch einige Priester ihre Gemeinden beim Gottesdienst anhielten, brachte der Appell aber nichts weiter ein.

Einem Gerücht zufolge, daß ihnen eine einmalige Lebensmittelzuteilung gewährt werden sollte, hatten sich Männer und Frauen aus der Siedlung wieder vor dem Magazin der Zeche angestellt. Vom Morgen bis in die Dunkelheit hatten sie vergeblich gewartet. Zwei Gendarmen, ein junger Bursche, den sein dickes, rotes Gesicht und das ungepflegte, stachelige Haar als einen Bauernsohn auswiesen, und ein alter Wachtmann mit kleinen, vom Schnaps geröteten Augen und einem gelbverblichenen Schnauzer hielten vor dem verschlossenen Tor Wache. Einen dritten Gendarmen hatten sie weggeschickt, damit er Verstärkung anfordere, weil ihnen die ausgezehrten, dumpf drohenden Gesichter der Wartenden allmählich Angst machten. Zwischen den Frauen standen Erna, Pauline und Walters Frau Katrin beieinan-

der. Sie trugen leere Körbe am Arm, zum Schutz gegen die Abendkühle hatten sie Tücher über ihre Schultern gehängt. Sie sahen zu Bruno und Herbert hinüber, die unter dem Lichtkreis der Lampe, die das verschlossene Tor anstrahlte, mit den Bewachern zu verhandeln suchten. Aber die Gendarmen ließen sich auf nichts ein, und Erna verlor schließlich die Geduld. Sie nahm Hannes auf den Arm und zog Martin an der Hand mit sich. Sie stellte sich vor den Gendarmen auf und sagte: »Hier, seht euch die Kinder an, seht euch das an, wie sie hungern.« Und an den Wachtmeister gewandt, fuhr sie fort: »Hast du keine Kinder oder Enkel zu Haus, daß du so was mitansehn kannst? Jeder Happen, den ihr freßt, soll euch im Hals stecken bleiben! Die Heilige Mutter soll euch und eurer ganzen dreckigen Brut die Pest in eure vollgefressenen Bäuche schicken, daß ihr lebendig verfault!«
Bruno zog sie mit einer beruhigenden Geste zurück. Dann fragte er den jungen Burschen in einem ruhigen, kameradschafltichen Ton: »Wo kommst du her, Kamerad?«
Der Bursche rückte seinen Helm zurecht und sah ihn unsicher an. Der Wachtmeister warnte ihn, er sollte Bruno keine Antwort geben.
»Bist du aus Westfalen?« fragte Bruno unbeirrt.
»Ich komm aus Mecklenburg«, sagte der junge Gendarm.
»Lebt deine Familie hier?«
»Nein.«
Bruno blickte auf die Kappen seiner Holzschuhe hinunter, er nickte in Gedanken, dann hob er wieder den Kopf und sah dem Burschen in die Augen: »Haben sie bei euch zu Haus genug zu essen?«
»Das will ich wohl hoffen«, erwiderte der Gendarm und grenzte sich damit stolz von dem hungernden Kumpel ab.
»Sei still«, rief ihm der Wachtmeister zu, und Bruno fuhr er an: »Laß ihn in Ruhe.«
Bruno ließ sich von ihm nicht aufhalten und fragte den Burschen: »Wie lange bist du schon Gendarm?«
»Das geht dich nichts an.«
»Ich komme aus Pommern«, versuchte Bruno ihn wieder in ein Gespräch zu ziehen, »ich bin seit zwei Jahren auf 'm Pütt. Zu Haus hat's nich gereicht. Ist dein Vater Bauer?«
»Das geht dich nichts an«, wiederholte der Gendarm. Er starrte schräg an Bruno vorbei auf das Pflaster, um inneren Halt zu finden.
»Weißt du, warum wir streiken?« fragte Bruno.
»Halt deinen Mund«, rief der Wachtmeister.
Herbert, der ihnen zugehört hatte, wandte sich nun an den Alten:

»Weißt du, daß uns sogar der Kaiser angehört hat? Daß der Kaiser Verständnis für uns hat?«
Der Wachtmeister schützte sich vor jeder ideologischen Anfechtung, indem er sich etwas zurücklehnte und in einer strengen, abweisenden Pose vor sich ins Leere blickte.
Herbert gab nicht auf. »Aber ihr glaubt, daß ihr dem Kaiser dient, wenn ihr kein Verständnis für uns habt. Aber damit dient ihr nicht dem Kaiser, sondern den Zechenbesitzern. Der Kaiser hat den Zechenbesitzern nämlich gesagt, sie solln uns mehr Lohn zahlen, das hat er ihnen gesagt.«
»Sei still und geh nach Haus. Es gibt nichts.« Das war alles, was ihm der Wachtmeister antwortete.
Herbert drehte sich zu Bruno um und zuckte mit den Schultern. »Das wird nichts werden, die sind stur«, sagte er und humpelte zu den Frauen zurück. Er zog eine Mundharmonika aus der Hosentasche. »Paß mal auf«, rief er seiner Schwester zu, »das hab ich mir heute morgen ausgedacht.« Er spielte die Melodie von einem alten Gassenhauer vorweg und fing dann an zu singen:

Weil wir uns einig warn,
sind wir nicht mehr eingefahrn.
Der Kaiser hat 'n Schreck bekomm
und seinen langen Säbel genomm,
und voller Wut
haut er dem Un-ter-neh-mer auf 'n Hut.

Er spielte einen kurzen Tusch auf der Mundharmonika und sang dann den Refrain, wobei er das steife Bein vorstreckte und mit dem anderen langsam ins Knie ging.

Da wurd' der Unternehmer
immer kleener,
immer kleener,
da wurd' der Unternehmer
immer kleener
immer kleener.

Pauline, Erna und Katrin lachten, sangen mit und klatschten dazu im Rhythmus in die Hände. Auch andere Frauen stimmten mit ein. Ihr Gesang, ihr Lachen und der Klang der Mundharmonika hallten durch Winkel und Mauerecken verzerrt bis zu Steiger Bärwald, der in einer ausgedienten Uniformjacke, ein Gewehr mit aufgepflanztem

Bajonett auf dem Rücken, über das dunkle Zechengelände patrouillierte. Zu seiner Reservistenjacke trug er eine Militärkappe ohne Abzeichen, seine Hosenbeine hatte er in kniehohe Stiefel gestopft, der Schlag ihrer benagelten Sohlen auf dem Pflaster gab ihm ein Gefühl der Sicherheit bei seinem einsamen Rundgang durch die unübersichtliche, von wenigen Gaslaternen spärlich beleuchtete Zeche. Bärwald gehörte zu den Grubenbeamten, die sich freiwillig zur Sicherung der Industrieanlagen gemeldet hatten und von der örtlichen Polizeibehörde bewaffnet worden waren. Er lauschte. Er konnte sich das Lachen und den Gesang nicht erklären. Durch die mehrfache Brechung des Schalls an Hallenwänden, Stahlträgern, Holzstapeln und Bretterverschlägen war nicht auszumachen, woher die Laute kamen, deren Anwesenheit an diesem Ort und zu dieser Stunde er zumindest als merkwürdig, wenn nicht sogar als verdächtig empfand. Er zog den Patronengurt stramm, der über seinem Bauch schräg das Lederkoppel kreuzte und entschloß sich, seinen Rundgang in der vorgenommenen Richtung fortzusetzen.
Herbert hatte sein Mundharmonikaspiel, mit dem er die wartenden Frauen und Kinder vom Hunger ablenkte, unterbrochen und war um den angebauten Schuppen herumgegangen, bis er den Blicken der anderen entschwunden war.
Der Wachtmeister hatte ihn gefragt, wo er hinwolle, und Herbert hatte erwidert: »Wenn man nur von Wassersuppe lebt, Herr Polizeirat, dann muß man dauernd pissen.«
Die Frauen hatten gelacht, Erna hatte ihn scherzhaft gewarnt, er solle vorsichtig sein, sie könnten ihn womöglich wegen Landesverrat verhaften, wenn er an die Hängebank pinkelt.
Hinter dem Hof befand sich die Schlosserei. Herbert hinkte über den dunklen Vorplatz, an einem ausrangierten Wagen vorbei und stellte sich an die Wand, auf die der matte Widerschein der Hoflampe fiel.
Er hatte gerade seine Hose aufgeknöpft und damit begonnen, seine Notdurft zu verrichten, als ihn eine Stimme aus der Dunkelheit anrief: »Wer da?«
Herbert sah sich um, aber er konnte auf dem unbeleuchteten Platz niemand erkennen.
»Was machst du da? Dreh dich um und nimm die Hände hoch!« Im Augenblick sah sich Herbert nicht dazu in der Lage. Er mußte lachen: er glaubte, daß ihm Bruno mit der gleichen Absicht auf den Platz gefolgt war und nun einen Scherz mit ihm trieb.
»Dreh dich um und tritt vor! Oder ich schieße!«

Zu spät kam er auf den Gedanken, daß die Aufforderung ernst gemeint sein konnte. Hastig knöpfte er seine Hose zu. Ein roter Feuerschein blitzte auf, gleichzeitig mit einem scharfen Knall, der mehrfach zwischen den Umgrenzungen des Platzes hin- und hersprang. Herbert schlug mit dem Kopf gegen die Hallenwand, sein Gesicht rutschte haltlos über die verrußten Backsteine nach unten, dabei wurde seine Mütze vom Kopf geschoben. Er blieb auf dem Bauch liegen, das Gesicht zur Seite gedreht. Er hörte rasche Schritte benagelter Stiefel auf dem Pflaster näherkommen. Steiger Bärwald beugte sich zu ihm herab, er hielt das Gewehr in der Faust, das noch nach Pulverdampf roch.

»Mein Gott«, hörte ihn Herbert leise sagen. Herbert lag so, daß er Bruno kommen sehen konnte. Die Gendarmen hatten währenddessen Mühe, die Frauen auf dem Hof zurückzuhalten. Bruno kniete sich neben ihn. Herbert versuchte den Kopf zu heben und sah zu Bruno hinauf, unendlich erstaunt und fragend. Er öffnete die Lippen ein wenig, als ob er etwas sagen wollte. Ein kurzer, pulsierender Blutstrom ergoß sich aus seinem Mund. Bruno, der Herberts Kopf stützte, fühlte, wie das Blut warm über sein Handgelenk in den Hemdärmel floß. Steiger Bärwald war auffallend blaß, aber beherrscht: »Ich habe ihn dreimal angerufen... er hat nicht gehört. Ich konnte nicht sehen, was er macht... ich dachte, er sucht nach seiner Waffe.«

Bruno sah, daß sich Herbert noch mit seinem Blick an ihm festzuhalten versuchte, bevor er erstarrte, und er spürte, wie der Kopf des Sterbenden in seiner Hand schwer wurde.

Der Wachtmeister stand hinter ihm und fragte: »Was ist passiert?«

»Ich habe ihn dreimal angerufen«, sagte Bärwald, und als Entschuldigung fügte er hinzu: »Wie es mir aufgetragen war.«

Bruno sah ihn haßerfüllt an. »Das kriegst du wieder«, flüsterte er mit erstickter Stimme und so leise, daß ihn niemand außer Bärwald verstehen konnte. Der Gendarm konnte die Frauen nicht länger zurückhalten. Pauline lief ihnen voraus, sie kam zu spät, ihr Bruder sah nicht mehr, wie sie sich erschreckt, aber noch mit einer bangen Hoffnung im Blick zu ihm hinunterbeugte.

Die Wohnküche war von dämmerig, feierlichem Kerzenlicht erhellt, der Tisch war zur Seite gerückt. In der Mitte des Raumes war Herbert im weißen Totenhemd in einem einfach gezimmerten Sarg aus schwarzgestrichenen Brettern aufgebahrt. An seinem Fußende hatte sich die Familie versammelt. Nur Karl fehlte, er saß noch in Untersu-

chungshaft, und niemand durfte ihn besuchen. So wußte er auch nicht, daß sein Bruder erschossen worden war.
Der alte Boetzkes hatte seine Knappenuniform angelegt. Die Familie sah der Kräuteralten zu, die sich über den Toten gebeugt hatte und ihm die Hände und das wachsfarbene Gesicht einsalbte. Pauline und Willi hielten Friedel an der Hand. Käthe hatte den Kleinen auf dem Arm, er beugte sich vor und wollte nach den Lichtern der Kerzen greifen. Käthe hatte Mühe, ihn festzuhalten; mit seinem ungeduldigen Geplapper unterbrach er immer wieder die stille Trauer der Erwachsenen. Die Alte schraubte den Deckel auf den Salbentopf und stellte ihn in ihren Korb. Friedrich steckte ihr eine Münze zu, die Alte bekreuzigte sich und verließ das Haus.
»Geht schlafen«, sagte Friedrich. Sie traten nacheinander an den Sarg und nahmen von Herbert Abschied. Das flackernde Kerzenlicht schien sein Gesicht zu beleben, und Pauline glaubte für einen Augenblick, er hätte sich nur verstellt, um ihnen einen Streich zu spielen.
Willi ging als erster in die Kammer hinauf, wo er nun allein in seinem Bett schlief. Käthe, Pauline und die Kinder gingen nach nebenan in die Schlafstube. Der Alte stellte einen Schemel an das Kopfende des Sarges. Er setzte sich aufrecht hin, faltete die Hände und hielt seinem Sohn die Totenwache.

Der Streik war zusammengebrochen. Bis auf einige unverbindliche Zusagen über höhere Löhne und kürzere Schichten hatte er den Bergleuten nichts eingebracht, das ihre elende Lage verbesserte. Aber er hatte die Verantwortlichen im Reich aufhorchen lassen und ihnen selbst die Notwendigkeit vor Augen geführt, daß sie zusammenrükken und sich gegen die Unternehmer organisieren mußten.
Mit diesen Gedanken im Kopf lief Karl von der Stadt kommend über die Landstraße. Er war am frühen Morgen zusammen mit den anderen Mitgliedern des Streikkomitees entlassen worden und seitdem zu Fuß unterwegs. Die Sonne stand beinahe im Mittag, und es begann allmählich heiß zu werden, als ihm von der Siedlung ein Trauerzug entgegenkam. Unruhe ergriff ihn, und er beschleunigte seine Schritte, als er sah, daß der Zug von seinem Vater, der die Knappenuniform trug, angeführt wurde. Käthe und der Kaplan gingen neben ihm. Walter spielte die Harmonika, und während Karl sich ihnen näherte, hörte er ihren schwermütig getragenen Gesang:

> Still leg ich dann am sel'gen Ende
> das schwarze Kleid der Grube ab,

man legt die ausgelöschte Blende
und mein Gezähe mir auf's Grab.
Mir reicht, mir reicht der Herr das weiße Kleid
der himmlischen Gerechtigkeit.

4. Im Blindschacht

Rewandowski war im Morgengrauen ausgeritten und kam erst zurück, als die Sonne schon flach durch die Baumgruppen im Park schimmerte und den Rasen vor der Villa Sturz goldgelb färbte. Er führte sein schweißnasses Pferd vom Reitweg über den gepflasterten Hof zu den Stallungen. So wie er gewöhnlich auf der Zeche den Steigerstab trug, hielt er jetzt die Reitpeitsche unter den angewinkelten Arm geklemmt. Ein Stallknecht kam ihm entgegen und nahm ihm dienstwillig Zügel und Peitsche ab. Rewandowski klopfte dem Pferd den Hals, und mit herrisch-zärtlicher Anerkennung des Siegers gegenüber dem Besiegten sagte er: »Der hat genug.« Er lächelte: »Morgen nehme ich mir den Fuchs vor.«
Der Knecht führte das Pferd zum Stallgebäude, das schnaubende, abgehetzte Tier spürte den Wechsel in der Führung und riß nervös den Kopf hoch, so daß der Bursche einen Augenblick Mühe hatte, es im Zaum zu halten. Währenddessen stieg der Reviersteiger noch etwas breitbeinig und vom langen, harten Ritt angenehm erregt, die Treppe zur Terrasse hinauf, wo Frau Sturz im Morgenmantel an einem kleinen Marmortisch saß und Tee trank. Sie sah ihrem Neffen entgegen. Rewandowski beugte sich zu ihr hinab und küßte sie auf die weiche, parfümierte Wange: »Guten Morgen, Tante.«
»Guten Morgen, mein Junge. Trinkst du noch einen Tee mit mir?«
Er blickte durch die offene Flügeltür ins Haus:
»Ist Onkel Hermann schon ins Büro gefahren?«
»Gleich nachdem du ausgeritten bist.«
»Hat er die Liste mitgenommen?«
»Welche Liste?«
»Von den Leuten, die wir wieder einstellen.«
»Davon weiß ich nichts, da mußt du mal auf seinem Schreibtisch nachsehen.«
Sie blickte zu ihm hoch und bewunderte ihn heimlich, als sie mütterlich besorgt feststellte: »Mein Gott, du bist ja völlig verschwitzt.«
Er wußte nicht, was er ihr darauf erwidern sollte. In Gedanken versunken trat er ins Haus. Auf dem Flur im ersten Stock, der zu seinem Zimmer führte, sah er, daß die Tür zum kleinen Gesellschaftsraum

offenstand. Schon auf der Treppe hatte der Geruch von frischem Bohnerwachs seine Neugier geweckt. Er blieb in der Tür stehen. Die Flügel der Rundbogenfenster waren geöffnet, der ovale Tisch und die Stühle waren an die Wand gerückt unter das Sims, von dem herab die Gipsbüsten verstorbener Patriarchen des Hauses Sturz den Raum überwachten. Neben dem aufgerollten Teppich kniete Käthe Boetzkes auf dem Fußboden und wachste das Parkett unter den kritischen Blikken der alten Bediensteten. Auf ihrem grauen, streng gescheitelten Haar trug die Alte eine blütenweiße Haube, dazu hatte sie eine ebensolche Schürze umgebunden, die sich in blendendem Kontrast vom reinen, staubfreien Schwarz ihres Hauskleides abhob. Durch Vermittlung des Betriebsführers war Käthe vom heutigen Tag an von Sieglinde Sturz für zweimal in der Woche als Putzfrau in den Dienst genommen worden.

Der alte Boetzkes sah dies für sich und seine Familie als eine besondere Ehre an, während Karl nur eine erweiterte Methode der Ausbeutung von Abhängigen darin erkennen wollte. Beide aber waren sich einig, daß sie nach dem Streik, der sie hoch verschuldet hatte, und bei der Ungewißheit, ob sie wieder einfahren könnten, Käthes spärlichen Verdienst dringend nötig hatten. Käthe selbst war der Überzeugung, daß der Herr Reviersteiger sie persönlich für diese Arbeit ausgewählt und den Betriebsführer nur als Vermittler benutzt hatte. Doch das behielt sie für sich. Sie war nach einer schlaflosen Nacht und in einer seltsam erwartungsvollen Unruhe am frühen Morgen pünktlich zur verabredeten Zeit in der Villa Sturz erschienen. Zum erstenmal hatten sich für sie die Türen des herrschaftlichen Hauses geöffnet und ihr, während die Bedienstete sie mürrisch unterwies, einen ersten, scheuen Blick in die Räume ermöglicht.

»Mach, daß du vorankommst, zu Mittag will ich hier decken. Und geh mir gründlich in die Ecken und unters Chaiselongue.« Die alte Haushälterin sah Käthe streng auf die Finger; die beiden Frauen hatten Rewandowski noch nicht bemerkt. Er trat in den Raum und blieb hinter Käthe stehen, die ihn nicht sehen konnte. Sie hatte ihr Haar aufgesteckt und den Rock über die Knie hochgeschlagen. Neben ihr stand ein kleiner Blecheimer mit Bohnerwachs. Rewandowski sah zu ihr hinunter, auf ihre breitgerundeten Hüften, die sich prall unter ihrem weiß und blau gestreiften Arbeitskleid abzeichneten. Die Bedienstete hatte vor Rewandowski einen Knicks angedeutet. Er drehte sich zu ihr. »Räumen Sie unten das Frühstück ab.«

»Jawohl, junger Herr.« Sie ging aus dem Zimmer. Bevor sie über die

teppichbelegten Stufen lautlos ins Erdgeschoß hinunterschritt, warf sie noch einen argwöhnischen Blick durch die Tür. Sie fand es nicht rechtens, wenn der junge Herr sie wegschickte und ohne ihren beaufsichtigenden Schutz bei diesem fremden Weibsbild allein zurückblieb.
»Guten Morgen«, sagte Rewandowski zu Käthe. Sie blieb auf allen vieren vornübergeneigt, als sie leise seinen Gruß erwiderte.
»Warum siehst du mich nicht an, wenn ich mit dir rede?«
Sie richtete sich auf, blieb aber vor ihm knien und schob sich mit dem Handrücken eine Haarsträhne aus der Stirn. Ihr Blick folgte ihm, als er unruhig im Zimmer auf und ab ging.
»Steh doch auf«, sagte er schließlich in einem ungeduldig verärgerten Ton.
Käthe stand auf, ihre Haltung war hilflos und abwartend, sie behielt den Putzlappen in der Hand. Er ging zur Tür und schloß sie. »Hast du dein Frühstück bekommen?«
»Jawohl, Herr Reviersteiger«, sagte sie, es war ihr nicht entgangen, daß er den Riegel herumgedreht hatte.
»Du hättest diese Arbeit hier nicht nötig, wenn eure Männer vernünftig gewesen wären – mit dem Streik waren sie nicht gut beraten. Oder was meinst du?«
»Das meine ich auch, Herr Reviersteiger.« Sie log nicht, als sie das erwiderte.
Er trat zu ihr, kühl und selbstverständlich tastete er sie mit seinen Blicken ab. »Es ist schade, wenn eine junge, hübsche Frau wie du nur zum Waschen und Putzen da ist«, sagte er.
Sie sah ihn starr an, seine Worte hatten etwas in ihr geweckt, das sie nicht zulassen konnte. Sie spürte, wie er ihr die Hände auf die Hüften legte.
»Du könntest besser davon leben, daß du den Männern gefällst.« Sein Lachen war verführerisch und grausam sicher. »Sieh mich nicht so erschreckt an, du bist doch kein unschuldiges Mädchen mehr. Lächle!« forderte er sie auf, »ich will, daß du lächelst!«
Käthes Blick blieb starr, nicht abweisend, nur unüberwindbar verschlossen. Das ärgerte und reizte ihn zugleich, mit einer knappen, herrischen Geste deutete er auf die Chaiselongue. »Setz dich dahin.«
Käthe ging langsam zur Chaiselongue und hockte sich vorn auf die Kante des Polsters, sie hielt den Blick gesenkt. Er zog seine Reiterjacke aus und warf sie über einen Stuhl. »Mach dein Haar auf.«

Mechanisch kam sie seiner Aufforderung nach. Als er zu ihr trat, sah sie zu ihm auf und sagte nüchtern: »Ich habe schmutzige Hände.« Er lachte wieder. »Das stört mich nicht.« Sanft drückte er sie an den Schultern zurück, bis sie auf dem Rücken lag und streifte ihren Rock über die Hüften hoch. Sie preßte abwehrend die Knie aneinander, ihre Beine waren bis zu den Waden von langen Leinenschlüpfern bedeckt, in ihrem hilflosen Widerstand hoffte sie noch auf sein Taktgefühl, indem sie leise sagte: »Ich schäme mich.«
»Wovor schämst du dich?«
»Vor Ihnen.«
»Du bist schön«, sagte er und griff in ihr Haar, »du brauchst dich nicht zu schämen.« Er zog ihr grobes Beinkleid herab.
In ihrem Gesicht löste sich die Spannung: »Aber machen Sie mir kein Kind, Herr Reviersteiger.«
Er sah, daß sie immer noch den Bohnerlappen zwischen den zusammengepreßten Fingern hielt. »Wirf das weg.« Dann legte er sich auf sie. Ihr Arm hing über den Rand der Chaiselongue herab. Sie öffnete die Faust und ließ den Lappen fallen.

»Wir werden sehen«, sagte Otto. Es klang nicht geduldig und ergeben, sondern drohend und trotzig. Er sah sie der Reihe nach an, zuerst Friedrich Boetzkes, der ihm mit einem festen, entschlossenen Ausdruck begegnete, dann Karl, der in Gedanken versunken über den Hof starrte und nichts um sich herum wahrnahm. Willi erwiderte Ottos Blick kurz, sah dann auf das Pflaster hinunter und spuckte aus. Bruno nickte Otto zu und zog den Schirm seiner Mütze in die Stirn. Sie warteten in der Reihe der Kumpels vor der Lagerhalle. Der Betriebsführer saß in dem zur Hälfte geöffneten Tor an einem Tisch, er hatte eine lange Namensliste vor sich liegen. Im Halbdunkel der Halle, unter dem verrußten Oberlicht waren gestapelte Maschinenteile, Kabelrollen und Ölfässer zu erkennen. Hinter dem Betriebsführer stand Steiger Bärwald, den Stock unterm Arm, und musterte die Männer erst einmal abweisend, wenn sie mit der Mütze in der Hand an den Tisch traten und ihren Namen nannten. Der Betriebsführer prüfte währenddessen sachlich und unbeteiligt die Liste. Für ihn war es eine Arbeit, die erledigt werden mußte, weiter nichts, so tat er jedenfalls. Je nachdem er zustimmend nickte oder den Kopf schüttelte, verwandelte Steiger Bärwald die Geste in einen mürrischen Befehl: »Du bleibst!« oder »Du nicht!« Einige gingen daraufhin rasch und eifrig zur Kaue, ihre Bewegungen zeigten Erleichterung. Andere kamen langsam über den Hof zurück, Wut und Enttäuschung im Gesicht. Der alte Erich, der während der Hungerwochen im Streik seinen Bauch eingebüßt hatte, kam jetzt fremd und abgezehrt mit seinem Schlepper Heinz aus der Halle. Er lachte Friedrich und seiner Kameradschaft zu und zeigte ihnen die Faust mit aufgestelltem Daumen, dabei beeilte er sich, zur Kaue zu kommen.

Friedrich trat als erster an den Tisch. Er sah Steiger Bärwald schweigend an, er hielt es nicht für nötig, dem Mann, der aus Furcht und dummem Eifer seinen Sohn erschossen hatte, seinen Namen zu nennen. Der Steiger wich seinem Blick aus. Der Betriebsführer nickte Friedrich zu, er verbarg sich hinter einem sachlichen Ausdruck, in den er aber eine Spur von betroffener Teilnahme hineinlegte. Der alte Boetzkes trat zur Seite und blieb abwartend stehen. Karl war der nächste. Ohne daß der Betriebsführer vorher auf die Liste gesehen hatte, sagte Bärwald sofort: »Du nicht!« Er zeigte mit dem Stock auf Bruno: »Du auch nicht!« Als wollte er von dieser Entscheidung ablenken, sagte der Betriebsführer rasch zu Otto und Willi: »Ihr geht mit Friedrich.« Karl hatte auf den Befehl mit einem kurzen, resignierten Lachen geantwortet, er hatte nichts anderes erwartet. Bruno war einen Augenblick stehengeblieben und hatte den Steiger ruhig und kalt angesehen, bis ihn Bärwald verlegen anschrie: »Geh weiter!«, und zu Friedrich sagte er: »Du bekommst zwei neue Leute.«

»Ich geh nicht ohne meine Kameradschaft«, erwiderte der Alte.

Steiger Bärwald war einen Augenblick verunsichert, nach einem kurzen Seitenblick auf den Betriebsführer, der auf seine Liste hinunterstarrte, sagte er: »Wenn du nicht einfahren willst, dann geh nach Hause.«

»Dann geh ich mit«, sagte Otto, »ich weiß sowieso nich, warum ich die Ehre habe.« Er sah sich auffordernd nach den anderen Männern um und trat nahe an den Steiger heran: statt seinen Hut abzunehmen, schob er ihn nur in den Nacken zurück. »Und Sie – das werd ich Ihnen mal sagen, Sie sind in meinen Augen ein gottverdammter ...«

Friedrich griff seinen Arm und unterbrach ihn: »Halt dein Maul, Otto.« Und zu Bärwald sagte er: »Wir haben also alle die Abkehr bekomm.«

Bärwald blickte wieder hilfesuchend auf den Betriebsführer, der sich aber einer Entscheidung entzog, indem er den nächsten Kumpel im Befehlston aufforderte: »Dein Name?«

Der Kumpel schwieg, auch der nächste Mann nannte seinen Namen nicht, sie blickten stumm auf Friedrich und den Steiger. Es war Stei-

ger Bärwald anzusehen, daß ihm die Entscheidung nicht leicht fiel, obwohl er mit forscher Stimme antwortete: »Ich habe gesagt, ihr könnt nach Hause gehen.«
Friedrich drehte sich um und ging, Otto, Bruno und Willi folgten ihm. Bevor sich auch Karl ihnen anschloß, sagte er zum Betriebsführer: »Ich nehm das nich einfach hin, Herr Betriebsführer, ich werde dagegen beim Gewerbegericht Klage einreichen.«
Das war der rührend machtlose Protest des ehemaligen Deputierten Karl Boetzkes, der noch vor wenigen Wochen im Fahnensaal des Berliner Schlosses vor dem Kaiser gestanden und nun, wieder eingereiht in die anonyme Zahl der rechtlosen Kumpels, seine Abkehr bekommen hatte. So schien es jedenfalls, aber in Karl wuchs mit jeder Niederlage sein zäh entschlossener Wille, weiter für seine Rechte zu kämpfen.
Karl hörte nicht zu, als sich sein Vater an ihn wandte, während sie langsam über den Hof zum Zechentor gingen. »Daß sie dir die Abkehr gegeben haben, das is mir klar, sie wolln sich dafür rächen, daß du sie beim Kaiser angeschwärzt hast.« Der Alte sah Bruno an: »Aber bei dir versteh ich das nicht.«
Bruno schwieg. Er wußte, warum ihn Steiger Bärwald nicht mehr auf dem Pütt haben wollte. Unmittelbar nach dem Schuß, als er vor dem sterbenden Herbert niedergekniet war, hatte er dem Steiger in die ängstlich verstörten Augen gesehen, und daran wollte Bärwald nicht jedesmal, wenn er Bruno begegnete, erinnert werden. Aber Bruno behielt diese Vermutung für sich.
Otto sagte: »Ich schlag ihn tot, den alten Kohlefresser, das seh ich noch komm«, er spuckte aus. Bruno hatte ihn mit einem seltsam klaren, befreiten Ausdruck angesehen.
»Warum fährst du nich ein?« wandte sich der Alte an Willi, »du hast mit der Sache nichts zu tun.«
»Warum hab ich nichts damit zu tun?« fragte Willi trotzig.
»Weil ich dich auf der Morgensonne nich brauch«, sagte der Alte.
Willi sah seinen Vater wütend an. »Ich fahr aber trotzdem nich ein.«
»Aber ich sage, du fährst ein.«
Willi schüttelte verächtlich den Kopf. »Du kannst nich mehr bestimm, ich bin kein dummer Junge mehr.«
Der alte Boetzkes kam nicht mehr dazu, Willi die gehörige Antwort zu geben, er sah den Reviersteiger in seinem offenen Einspänner durch die Einfahrt auf den Hof fahren. Die Männer nahmen gehorsam, wenn auch widerwillig, ihre Mützen vom Kopf, als er an ihnen vorbeifuhr, aber sie verweigerten ihm den Bergmannsgruß. Rewan-

dowski straffte die Zügel und hielt den Wagen an, er überging Friedrich mit seinem Blick, sah unruhig von einem zum anderen: »Wo wollt ihr hin?« Die Männer schwiegen. Friedrich trat vor. Rewandowski mußte den alten Bergmann ansehen, und Friedrich glaubte für eine Sekunde ein persönliches Interesse im Blick des Reviersteigers zu bemerken, eine Andeutung von Vertrautheit, die er dem ehrenhaften Umstand zuschrieb, daß seine Frau dazu auserlesen war, in der Villa Sturz den Fußboden zu reinigen.
»Wir haben unsere Abkehr bekommen, Herr Reviersteiger«, sagte er.
Rewandowski wandte den Blick wieder von ihm ab. »Alle?«
Friedrich erklärte ihm, daß er zwei Männer hergeben sollte, daß er das aber nicht verantworten konnte, weil er für den Aufhau nur Leute gebrauchen konnte, die mit der Morgensonne vertraut waren.
»Wer sind die beiden?« fragte Rewandowski.
»Karl hob die Hand: »Ich, Herr Reviersteiger.«
Rewandowski nickte nur.
»Ich auch«, sagte Bruno.
Der Reviersteiger stutzte: »Du auch?«
»Jawohl, Herr Reviersteiger.«
Rewandowski löste die Bremse und ließ die Zügel locker. »Geht an eure Arbeit«, rief er, als er den Wagen wieder in Bewegung setzte. »Beeilt euch, steht hier nicht rum, um Viertel nach fängt eure Schicht an.«
Der alte Boetzkes sah ihm nach, er strich sich über den Bart und grinste zufrieden: »Er ist ein gerechter Mann.«
Otto stimmte ihm zu: »Das muß man ihm lassen.«
»Kommt«, sagte der Alte und lief mit raschen Schritten voraus, auf die Hängebank zu.
Bruno ließ sich nicht beeindrucken. »Er is ein Schweinehund wie die andern auch. Er hat nur mehr im Kopf.«
Sie bemerkten, daß Karl nicht mit ihnen gegangen war und blieben stehen. »Was is, Karl?« rief der Alte ihm zu.
»Ich laß mich nich schikaniern«, sagte Karl, »wenn sie mir die Abkehr geben, dann geh ich.«
Der Alte kam langsam zurück. »Hältst du dich für was Bessres, als wir sind?«
»Ich werd von allen, die ihre Abkehr bekommen haben, Unterschriften sammeln«, erklärte ihm Karl ruhig, »für eine Klage beim Gewerbegericht, wie es uns vom Kaiser zugesagt worden ist.«

»Da hat er recht«, sagte Willi.
»Halt dein Maul«, fuhr ihn der Alte an, und zu Karl sagte er: »Hör zu, mein Junge, mach deine Politik, wenn wir hier fertig sind. Ich brauch dich für den Aufhau, darum hab ich zu dir gehalten. Du bist ein schlechter Kumpel, wenn du uns jetzt in den Rücken fällst.«
Bruno argumentierte anders: »Beim Gericht werden sie sich rausreden, da kannst du warten bis zum Jüngsten Tag. Damit wolln sie uns nur beruhigen. Komm mit, es is nich gut, wenn wir jetzt streiten.«
Karl zog schwerfällig die Hände aus den Hosentaschen und schob den Riemen, an dem seine Blechflasche hing, auf die Schulter hoch. Er sah Bruno unter der gesenkten Stirn hervor von der Seite an: »Aus dir werd ich nich klug.«
Im steilen, mit Stempeln eng bestückten Streb stiegen Friedrich und seine Kameradschaft, den Windungen des Aufhaues folgend, in die Morgensonne hinauf. Ihre Lampen bildeten eine unregelmäßige, schwankende Lichterkette. Vor Ort hakte der Alte seine Lampe an das Schalenholz, er sah sich um, hustete und sagte: »Das hat mir gefehlt – die ganze Zeit.«
Karl leuchtete die Kappen und den First ab und hängste seine Lampe dann neben die des Alten. Otto und Bruno stellten ihr Geleucht auf das Liegende und prüften ihr Gezähe, das sie vor dem Streik gut eingefettet vor Ort zurückgelassen hatten. Der alte Boetzkes faltete die Hände und forderte seine Männer mit einem stummen Blick zum Gebet auf. Otto und Bruno schlossen sich ihm an, während sich Karl heraushielt, die Schultern gegen den Stoß lehnte und abwartend die Arme vor der Brust verschränkte. Der Alte beachtete seinen schweigenden Protest nicht, er senkte den Blick und sprach das Gebet:

> Glück auf! Mit Dir, o Gott, beginne
> ich meinen Gang zum dunklen Schacht.
> Du kannst mir Schutz und Hilfe senden,
> wo Bruch und Sturz und Wetter dräun,
> beschirmt von Deinen Vaterhänden,
> was könnte mir noch schrecklich sein?«
> Amen.

»Amen«, sagten auch Bruno und Otto.
Der alte Boetzkes zog seine Weste aus, griff die Keilhaue und schlug sie in die Kohle.

Der Tisch war wieder reich gedeckt: Suppe mit Fleischklößchen, Brot

und eine Blechkanne voll Schnaps. Erna ließ ihr Haar offen über die Schultern hängen, und ihre Bluse war bis zum Bauch aufgeknöpft. Sie steckte sich ein Stück Brot in den Mund und trank einen Schluck Schnaps dazu. Bruno saß ihr mit nacktem Oberkörper gegenüber, die Ellenbogen auf die Stuhllehne gestützt, die Beine ausgestreckt, mit seinen nackten Zehen berührte er unter dem Tisch Ernas Waden. Die Flamme der Petroleumlampe war heruntergedreht und gab der kleinen Stube ein mattes, warmes Licht. Sie warteten darauf, daß die beiden Jungen hinter der Decke, die ihr Bett gegen den übrigen Raum abschirmte, endlich einschliefen. Draußen war es immer noch warm, das Fenster war angelehnt und mit einem Tuch verhangen.
»Ich möchte mal wissen, was die Käthe hat«, sagte Erna, und als wenn sie sich in Gedanken mit Käthe messen wollte, schüttelte sie ihr Haar locker und spitzte die Lippen. Bruno sah sie satt und voller Lust an; er achtete nicht auf ihre Worte, als sie fortfuhr: »Ich hab sie heut mittag getroffen, als sie von der Villa Sturz nach Haus gegangen is. Sie wollt mir ausweichen, das hab ich gemerkt. Ich bin ihr direkt übern Weg gelaufen und hab sie gefragt, wie's da drin aussieht, was sie für Möbel und Teppiche haben und Kronleuchter und große Gemälde und feinen Nippes und alles. Aber sie hat mich nich mal angesehn. ›Ich geh nich in das Haus, um da rumzuspionieren‹, hat sie gesagt. Die bildet sich schon was drauf ein, daß sie den Herrschaften den Dreck wegkehrt, hab ich gedacht. Aber ich meine, da steckt was hinter, sie hat so'n seltsamen Blick gehabt.«
Hinter der Decke kicherten die beiden Jungen, sie blickten durch einen Spalt, in der Erwartung, ihre Mutter und Bruno bei ihren Zärtlichkeiten beobachten zu können. Bruno war aufgestanden, er brach zwei Stücke Brot ab und tunkte sie in die Schnapskanne.
»Nich so viel – sonst wird ihnen schlecht«, sagte Erna leise mit halbherzigem Protest. Bruno streute einen Löffel Zucker über die feuchten Brotstücke und ging zum Bett der Jungen. Er zog die Decke zur Seite. Die beiden Jungen schrien aus ihrer angekicherten Laune heraus überrascht auf.
»Hier, und dann wird geschlafen«, sagte er. Andächtig und gierig nahmen sie ihm das Brot ab, steckten es sofort in den Mund und fingen an, den süßen Schnaps herauszusaugen. Bruno sah ihnen lächelnd zu: »Legt euch wieder hin.« Gehorsam legten sie sich in die Kissen zurück, kauerten sich zusammen und lutschten still und eifrig wie gesäugte Kaninchen an ihren Brotstückchen. Bruno zog wieder die Decke vor das Bett und ging zum Tisch zurück. Er blieb hinter

Erna stehen. Behutsam schob er ihre offene Bluse über die Schultern herab. Sie legte den Kopf in den Nacken, sah zu ihm hoch und öffnete die Lippen. Aber es schien, als wenn sie an diesem Abend keine Zeit für sich finden sollten, denn als Bruno sich zu Erna hinunterbeugte, wurde an die Tür geklopft. Er richtete sich wieder auf, seine Hände ließ er auf ihren Schultern ruhen, und horchte, ob das Klopfen sich wiederholen würde oder ob er sich nur getäuscht hatte. Um sich zu vergewissern, ging er zur Tür. Er wartete, bis Erna ihre Bluse zugeknöpft hatte und öffnete. Draußen stand der Kaplan.

»Guten Abend, Hochwürden«, sagte Bruno in einem Ton, der nicht ausgesprochen einladend klang.

Der Kaplan sah mit einem entschuldigenden Lächeln über seine herabgerutschte Brille hinweg in die Stube. »Ich stör euch nicht, hoffe ich.«

Bruno gab ihm keine Antwort, er trat zur Seite, um den Besucher einzulassen. Erna war von ihrem Hocker aufgestanden. »Guten Abend, Hochwürden.« Er gab ihr die Hand, und sie deutete einen Kniefall an.

»Ich komme von der alten Dittberner«, sagte der Kaplan, »es geht ihr wieder besser. Da wollt ich bei der Gelegenheit auch bei euch vorbeischauen.« Er stand ein wenig geduckt und verlegen in der niedrigen Stube. Seine Brillengläser waren beschlagen, er nahm die Brille ab und putzte sie am Ärmel seines Talars wieder blank. »Sie war wieder mal ganz sicher, daß sie ihr letztes Stündlein vor sich hätte. Das glaubt sie schon seit zwei Jahren so etwa alle zwei Monate einmal.«

Ernas Söhne sahen wieder neugierig durch den Spalt in der Decke. Der Kaplan bemerkte sie, nachdem er seine Brille aufgesetzt hatte, und ging zu ihnen. Sie waren über die Abwechslung froh, sprangen aus dem Bett und stellten sich vor ihm zur Begrüßung auf. Hochwürden gab ihnen die Hand. »Ihr schlaft noch nicht?« Er rümpfte die Nase. »Ihr habt wohl von der Schnapsflasche genascht, was?«

Erna und Bruno warfen sich heimlich einen Blick zu. Die beiden Jungen kicherten, machten eine komische Verbeugung und krochen wieder zurück in ihr Bett.

»Setzen Sie sich doch«, sagte Erna. Der Kaplan sah auf den Tisch, er begriff die Situation, in die er hineingeraten war. »Ich will euch nicht euren Feierabend stehlen«, entschuldigte er sich.

»Das tun Sie nicht, Hochwürden«, antwortete Bruno mürrisch. »Trinken Sie einen Schnaps?«

Der Kaplan nickte und setzte sich an den Tisch. Bruno nahm einen Be-

cher aus dem Regal über dem Herd, er pustete für Hochwürden den Staub ab und schenkte ihm ein. Als er auch Erna einschenken wollte, sagte sie in einem etwas gezierten Ton: »Nein danke, ich will nicht.«
Der Kaplan sah sie an. »Trinkst du nicht mit mir?«
Erna mußte lachen und sagte: »Doch, Hochwürden.« Sie hatte die leeren Teller und Töpfe in den Spülstein gestellt und kam an den Tisch zurück, dabei zupfte sie die Ärmel ihrer Bluse über die Handgelenke. Sie tranken auf Hochwürden.
»Auf eure Gesundheit und die Gesundheit der Kinder«, erwiderte er.
»Gott beschütze Sie«, sagte Erna, sie war schon ein wenig angeheitert.
Der Kaplan sah sie an und nickte, er war in Gedanken. Sie tranken wieder. Hochwürden stellte sein Glas ab. »Ihr werdet mir fehlen«, sagte er.
Bruno und Erna sahen ihn überrascht an. »Wollen Sie uns verlassen?« fragte sie.
Der Kaplan nickte wieder. »Ich geh am Monatsende auf's Land, nach Verden. Das ist fünfzig Kilometer von hier. Aber erzählt noch niemandem was davon, versprecht mir das.«
Bruno sah ihn prüfend an: »Gehen Sie freiwillig?«
Der Kaplan zögerte mit der Antwort. Er wollte Brunos Frage bejahen, aber schließlich sagte er die Wahrheit. Er war versetzt worden, der Bischof hatte sein Verhalten während des Streiks mißbilligt.
»Sie haben sich für uns eingesetzt«, sagte Bruno, »geht das gegen Ihren Glauben?«
Erna wies ihn zurecht: »So was darfst du Hochwürden nicht fragen, das is Gotteslästerung.«
»Doch, das darf er fragen«, sagte der Kaplan, »das frage ich mich ja selber.« Er nahm die Kanne und wollte sich Schnaps nachgießen, besann sich und schenkte vorher Erna und Bruno ein. »Es geht nicht gegen meinen Glauben, aber gegen mein Amt«, sagte er.
»Sie werden uns aber sehr fehlen«, seufzte Erna mit leiser Stimme. Sie war plötzlich aufgestanden und hatte sich vom Tisch abgewandt. Sie suchte nach irgendeiner Tätigkeit, mit der sie sich ablenken konnte. Der Schnaps hatte sie für den bevorstehenden Abschied noch empfindsamer gemacht.
Hochwürden beobachtete sie: »Was hast du, Erna?«
Sie drehte sich nach ihm um, Tränen rollten ihr über die Wangen. »Sie haben immer für die Kinder und für mich gesorgt – wie ein Vater.«

Der Kaplan stand auf und ging zu ihr. »Das darfst du nicht persönlich auf mich beziehen, das war meine Pflicht. Das hätte jeder andere an meiner Stelle genauso getan.«
Erna senkte den Blick und schüttelte den Kopf. »Wenn Sie nich ein geistlicher Herr wärn, Hochwürden, würd ich Ihnen jetzt einen Kuß geben wolln.«
Er lächelte verlegen auf die Tischplatte, während sich Erna vor dem Kaplan auf die Zehenspitzen stellte und die Augen schloß. Er nahm seine Brille ab und kam ihr ein wenig ungelenk entgegen, indem er sich mit steifem Nacken zu ihr hinunterbeugte. Sie küßte ihn auf die schlecht rasierte Wange, zärtlich und ehrfürchtig wie eine Tochter ihren Vater. Ihre Lippen spürten seine rauhe Haut und die Bartstoppeln, und unwillkürlich dachte sie: Mutter Maria, er ist ein richtiger Kerl.
»Wir sehen uns noch beim Aufhau in der Morgensonne«, sagte der Kaplan zu Bruno, der ihm die Tür aufhielt. Er trat in den milden, warmen Abend hinaus, über dem dunklen Streifen der Vogelwiese sah er die Lichter der Siedlung. Er wartete, bis Bruno die Tür hinter ihm geschlossen hatte und ging dann den Weg entlang, der an der Brache vorbei zur Wirtschaft führte. Entfernt hörte er den Lärm der Zeche, wo die Kumpel die Spätschicht fuhren. Er dachte daran, daß ihm auch dieses fortwährende unruhige Geräusch fehlen würde, das man nur noch gelegentlich wahrnahm, wenn man hier lebte, wie das Ticken einer Uhr in der Stube, das gleichbleibend zur Stille wurde. Wehmütig fühlte er sich bei diesem Gedanken in seiner Meinung bestärkt, daß er jetzt noch ein Glas Wein nötig hätte.
Auf dem Platz vor der Wirtschaft begegnete ihm ein Mann, der den Kragen seiner Jacke hochgeschlagen und den Hut so tief in die Stirn gedrückt hatte, daß sein Gesicht nicht zu sehen war. Er bog mit raschen Schritten in die Straße der Siedlung ein, wobei er den wenigen Lichtkreisen der Straßenlaternen auswich.
Der Kaplan war unter dem Vordach der Tür stehengeblieben. Der Mann hatte ihn nicht gegrüßt, er war ein Fremder, aber er sah nicht wie ein Spitzel aus. Er war Bergmann, das erkannte der Kaplan an seinem Gang. Er sah dem Mann nach, bis er ihn in der Dunkelheit aus den Augen verlor. Hochwürden drückte die Klinke herunter und trat in die Schankstube.
Der Mann hatte das Haus der Boetzkes erreicht, er blieb stehen und sah in beiden Richtungen die Straße entlang. Als er glaubte, daß er von niemand beobachtet wurde, trat er rasch an die Tür heran und

klopfte. Während er unten auf der Steinstufe wartete, blickte er sich wieder um. Die Tür wurde geöffnet, Willi sah fragend und mißtrauisch zu ihm hinunter.
»Laß mich rein, Junge. Es ist alles in Ordnung«, sagte der Mann. Der alte Boetzkes war an die Tür gekommen. Der Mann nahm seinen Hut ab, er blickte abwartend zu dem Alten hoch. Es dauerte einen Augenblick, bis Friedrich ihn erkannte, es war der Delegierte Fritz Bunte, der zusammen mit Karl und Ludwig Schröder vom Kaiser empfangen worden war und später mit ihnen das Streikkomitee geleitet hatte.
»Kommen Sie rein«, sagte Friedrich.
Der Delegierte trat in die Wohnküche. »Tut mir leid, wenn ich störe.«
Pauline und Käthe sahen von ihrer Hausarbeit auf.
Er nickte ihnen grüßend zu, dann wandte er sich wieder an Friedrich: »Ist Karl da?«
Der Alte zeigte auf die Treppe: »Er is oben.« Friedrich ging zur Bank am Herd zurück, setzte sich und schlug die Zeitung auf, während Willi und die beiden Frauen dem Delegierten zusahen, wie er mit dem Hut in der Hand die Treppe hinaufstieg.
Oben blieb er in dem engen, dunklen Vorraum stehen, er sah einen schmalen Lichtstreifen über der Türschwelle, klopfte an und trat in die Dachkammer. Karl lag auf seinem Bett, auf der Kommode am Kopfende brannte eine Petroleumlampe. Er hatte gelesen und das Buch auf seinem Bauch abgelegt. Es war ein Seefahrerroman, das Titelbild zeigte eine schräggeneigte Fregatte in stürmisch aufgewühlter See. Karl drehte den Buchdeckel um, so daß der Titel verdeckt wurde, und richtete sich auf. Er sah dem Mann, der in der Tür stand, überrascht und interessiert entgegen. »Genosse Bunte.«
»'n Abend, Karl.« Der Mann sah sich kurz um, er blickte auf das Bett an der Wand gegenüber. »Hat Herbert hier geschlafen?«
Karl nickte. »Setz dich.«
Der Delegierte blieb einen Augenblick, wie zu einer kurzen Andacht, vor dem leeren Bett stehen und setzte sich dann vorn auf die Kante. »Ich bin gekommen, weil ich dich was fragen muß.« Er blickte auf seine Uhr. »Ich habe nicht viel Zeit, mein Zug geht kurz nach neun. Hör zu, wir werden im August den Verband gründen. Wir haben uns jetzt mit den christlichen Gewerkschaften darauf geeinigt, daß wir ihn ›Verband zur Wahrung bergmännischer Interessen in Rheinland und Westfalen‹ nennen. Wie findest du das?«
Karl zuckte mit den Schultern, und Bunte fügte hinzu: »Eben, das

klingt neutral. Schröder und ich kandidieren von unseren Leuten für den Vorstand.«
»Und von den Christlichen?« fragte Karl.
»Meyer und Markgraf auf jeden Fall. Sie fürchten, daß sie im Verband zu kurz kommen und trommeln alles an Leuten zusammen, was zu kriegen ist. Die Protestanten fürchten, daß die Katholiken zuviel Stimmen kriegen, und die Katholiken fürchten dasselbe von uns.«
Karl lachte: »Aber alle haben darauf bestanden, daß Religion und Politik draußen bleiben solln.« Er verschränkte die Arme hinter dem Kopf und lehnte sich zurück.
Fritz Bunte beugte sich vor und stützte die Ellenbogen auf die Knie, er drehte seinen Hut in den Händen. »Ich will dir jetzt sagen, warum ich gekommen bin: Wenn einer von uns in den Vorstand kommt – und das sieht ganz so aus –, dann brauchen wir im Revier Leute, auf die wir uns verlassen können. Wir wollen dich für den Bezirksverband in Dorstfeld aufstellen, da bist du für uns wichtiger als hier draußen. Wir bringen dich auf Cäcilie unter. Einer der Fahrhauer ist ein Mann von uns, da kannst du als Hilfshauer anfangen.« Er sah wieder auf die Uhr und stand auf: »Du wirst nicht ganz soviel verdienen wie hier, in der Kameradschaft von dei'm Vater. Aber es sind alles vernünftige Leute in dem Abschnitt.«
Karl war auch aufgestanden und reichte ihm schweigend die Hand.
Unten sah sein Vater über den Rand der *Tremonia* hinweg den beiden Männern zu, wie sie die Treppe herunterkamen. Der Delegierte knöpfte sein Jackett zu, und er hörte ihn sagen: »Ich glaube, es dauert nicht mehr lange, Wilhelm und Bismarck sind sich nicht mehr einig. Vielleicht brauchen wir uns bald nicht mehr zu verstecken.«
Friedrich stand auf. Der Delegierte grüßte in die Runde: »Einen angenehmen Feierabend.« Er gab Willi einen freundschaftlichen Schlag auf die Schulter. Pauline ging zu ihm, sie streckte ihm solidarisch die Hand entgegen und errötete, als er sie ergriff und einen Augenblick festhielt. Der Alte verzog keine Miene. Käthe sah nicht von ihrer Handarbeit auf, sie flickte die Arbeitshose ihres Mannes. Karl hatte die Haustür geöffnet und sah sich auf der Straße um. Er gab dem Delegierten ein Zeichen, der seinen Hut aufsetzte und hinaustrat. Er sah Karl noch einmal kurz an: »Glück auf.« Dann schlug er den Jackenkragen hoch, drückte sich den Hut in die Stirn und lief, wie er gekommen war, mit raschen Schritten am Rand der Lichtflächen entlang, die aus den erleuchteten Fenstern der Siedlungshäuser auf den Sandboden der Straße fielen.

Karl schloß die Tür. Ohne etwas zu erklären oder auch nur jemanden zu beachten, ging er zur Treppe. Eine in scheinbar nebensächlichem Ton gestellte Frage des Alten hielt ihn zurück: »Was hat er von dir gewollt?«

Karl stützte sich auf das Geländer, er überlegte und antwortete dann ebenso beiläufig: »Sie wollen mich in Dorstfeld als Kandidaten für den neugegründeten Verband aufstellen.«

Der Alte blieb unberührt. »Und was willst du in Dorstfeld?«

»Ich leg auf Cäcilie an. Nacht.« Er ging die Treppe zur Dachkammer hinauf.

Pauline wollte etwas sagen, aber Käthe, die neben ihr saß, legte ihr die Hand auf den Arm und sah zu Friedrich hinüber. Er hielt sich wieder hinter seiner Zeitung versteckt. Käthe wollte keine Diskussion aufkommen lassen.

Zwei Monate später, als sie es sich vorgenommen hatten, aufgehalten von matten Wettern, Bruch und dem Streik, war der Tag gekommen, an dem der Aufhau der Morgensonne unmittelbar bevorstand. Friedrich und seine Kameradschaft befanden sich dicht vor dem Durchschlag zur achten Sohle, nach ihren Klopfzeichen zu urteilen, lagen sie richtig, und die Messungen, die der Reviersteiger noch einmal persönlich durchgeführt hatte, bestätigten das.

Steiger Bärwald führte den Kaplan durch einen Nebenquerschlag zum Blindschacht. Hochwürden lief geduckt unter dem niedrigen Kappenholz, er stolperte über eine Schienenschwelle, richtete sich wieder auf und rückte seine verrußte Brille zurecht.

»Vorsicht, Hochwürden«, warnte der Steiger, er war an der Öffnung zum Schacht stehengeblieben, mit seiner Lampe leuchtete er die Holzleiter ab, nach oben und unten verlor sich der Schacht im Dunkeln.

Der Kaplan war ihm mit tastenden Schritten bis an den Rand gefolgt, er blickte in die finstere Tiefe hinunter. »Sie wollen durch den Blindschacht?«

Bärwald nickte: »Ja.«

»Ist das nicht verboten?«

Der Steiger lachte, in seinem verrußten Gesicht blitzte die weiße Doppelreihe seiner kräftigen Zähne auf. »Haben Sie keine Angst, Hochwürden, Sie können mir vertrauen. Am Füllort kommen wir jetzt nicht weiter, das dauert zu lange, sie können jede Minute durch sein.«

Er beugte sich vor und griff eine Leitersprosse, sein Arm bildete ein

Geländer, das dem Kaplan Schutz gab: »Gehen Sie vor, Hochwürden, und halten Sie sich gut fest.«
Der Kaplan brauchte einen Augenblick, bis er sich überwunden hatte, dann kletterte er vorsichtig die Leiter hinauf. Der Steiger folgte, er blieb absichernd unter ihm und hielt die Lampe für ihn hoch.
Oben, auf der achten Sohle stand Rewandowski mit dem alten Erich und seinem Schlepper Heinz in der Richtstrecke, sie blickten auf ein quadratmetergroßes Viereck, das mit weißer Farbe auf den westlichen Stoß gemalt und von mehreren Lampen hell beleuchtet war. Dumpfe, rhythmische Schläge waren zu hören.
Erich trat an den Stoß und horchte.
»Ich hör's, sie liegen genau richtig, Herr Reviersteiger.«
Steiger Bärwald und der Kaplan traten aus der dunklen Strecke zu ihnen. »Glück auf, Hochwürden«, riefen Erich und Heinz. Rewandowski reichte ihm die Hand.
»Fangt an«, sagte er. Steiger Bärwald deutete dem Kaplan an, daß er zurücktreten sollte. Erich und Heinz griffen ihre Keilhauen, wogen sie bedächtig in den Händen, während sie den Stoß in Augenschein nahmen. In dem Bewußtsein, ihre Arbeit unter den fachkundigen Blicken ihrer Vorgesetzten zu verrichten, gaben sich die beiden Kumpels Mühe, ihr Können zur Schau zu stellen: »Ab!« rief Erich. Abwechselnd, mit gleichmäßigen, kraftvollen und treffsicheren Schlägen lösten sie die Kohle aus dem Stoß. Heinz dehnte, wenn er ausholte, seinen jugendlich sehnigen Körper, und der alte Erich, der wieder zugenommen hatte, setzte seine massige Statur und seine erfahrene Gewandtheit ein.
Rewandowski drehte sich nach dem Kaplan um und runzelte anerkennend die Stirn. Hochwürden hätte jetzt, um die aufregenden Minuten zu überbrücken, gern eine Zigarette geraucht, aber das war unter Tage auch ihm nicht erlaubt. Um vor Rewandowski und dem Kaplan nicht als überflüssig zu erscheinen, gab Steiger Bärwald den beiden Bergleuten in einem strengen, fürsorglichen Ton unnötige Anweisungen. Polternd brach das Hangende über der flach geschlagenen Schram herein, eine Rußwolke machte die Männer unsichtbar. Aus dem schwarzen Nebel drangen schwach hörbar Lachen und Freudenrufe: »Jawoll! Glück auf, Kameraden!«
Ein Lichtschein schimmerte durch den brüchigen Stoß. Erich und Heinz warteten, bis sich der Staub gesenkt hatte und die Sicht wieder ausreichend war, und schaufelten den Durchbruch frei. Als erster kam Otto, die Faust mit der Lampe voraus, aus der Öffnung gekro-

chen, Bruno und Karl folgten ihm. Als Ortsältester seiner Kameradschaft verließ Friedrich den Aufhau zuletzt. Erich und Heinz wollten ihm behilflich sein, es war offensichtlich nur eine Geste, mit der sie dem Alten Respekt vor seiner guten Arbeit erweisen wollten, aber Friedrich übersah ihre ausgestreckten Arme, niemand von den Herren sollte den Eindruck haben, daß Friedrich Boetzkes keine Kraft mehr hätte, allein aus dem Flöz zu steigen. Rewandowski war der Ehrgeiz des alten Hauers nicht entgangen, er beobachtete ihn, wie er sich mit einem Ausdruck von Zufriedenheit und rechtschaffenem Stolz den Schweiß von der Stirn wischte. Die Kumpel umarmten sich, nahmen ihre Mützen ab und schütteten sich gegenseitig aus ihren Flaschen Wasser über den Kopf, sie bezogen Friedrich mit ein, nahmen ihn in ihre Mitte. Rewandowski sah ihnen mit gelassener Teilnahme zu, bis sie sich beruhigt hatten und er jedem von ihnen anerkennend die Hand drücken konnte.

Der Kaplan hatte sich nachdenklich gegen einen Stempel gelehnt, er sann darüber nach, ob er bei seiner Arbeit jemals eine solche herzhafte Genugtuung empfinden konnte wie diese Männer. Er erinnerte sich an sein Gelübde und glaubte, daß er gegebenenfalls diesen Mangel in Demut zu ertragen hatte.

Steiger Bärwald hatte seinen Hut abgenommen und war an den Durchbruch herangetreten. Er nahm eine feierliche Haltung ein und rief in den dunklen Aufhau hinunter, so daß seine Worte im Streb widerhallten: »Glück auf, mein Ruf hinab den Schacht!«

»Glück auf!« riefen die Männer.

»Mein Wunsch in Bergesnacht!«

»Glück auf!« antworteten ihm die Männer wieder.

»Mein Gruß dem Sonnenlicht!«

»Glück auf!«

»Mein Trost, wenn 's Auge bricht!«

Aus seinem Leinenbeutel zog Hochwürden einen kleinen versilberten Kessel hervor und füllte ihn mit geweihtem Wasser aus seiner Blechflasche. Der alte Boetzkes hielt für ihn die Lampe und beleuchtete den Durchbruch, während der Kaplan den Aufhau mit Weihwasser besprengte und den lateinischen Segen sprach. Er mußte sich ein paarmal unterbrechen, weil ihn der Staub in der Kehle zum Husten zwang. Die Männer hörten ihm gläubig zu, ohne die Worte zu begreifen, sie hielten die Hände gefaltet, und der Alte beobachtete, wie die klaren glitzernden Tropfen des Weihwassers gierig vom Kohleruß aufgesogen wurden.

Rrrum-ta, rrrum-ta, rrrum-ta pochten die schnellen, dumpfen Paukenschläge über den stillen dunklen Platz. Die Tür zur Wirtschaft stand offen, sie war von grauen Tabakschwaden verhangen, die den Lichtschein vernebelten und sich draußen in der klaren Nachtluft wieder auflösten.

Der Kumpel hing auf seinem hohen Schemel vornübergebeugt und ließ den Kopf im Rhythmus hin- und herbaumeln, er trieb Walter mit seinen Paukenschlägen zu immer rascheren Tonläufen an.

Beim Aufhau der Morgensonne hatte Walter noch nicht dabeisein können, aber er gehörte dazu, das hatte niemand aus seiner ehemaligen Kameradschaft vergessen. Seit ein paar Tagen lief er ohne Stock, und in ein bis zwei Wochen konnte er wieder einfahren, das hatte ihm der Doktor versichert. Sein breites Gesicht war gerötet und der Blick seiner dunklen, warmen Augen funkelte abwesend, während er sich auf sein Spiel konzentrierte. Die Finger sprangen über die Knöpfe und lockten aus der Harmonika halsbrecherische Triller hervor. Hinter dem Tresen stand Willi Boetzkes und zapfte Bier, er hatte sein Haar mit Wasser geglättet und dieselbe Schürze umgebunden, die sein Bruder getragen hatte. Nach Herberts Tod half nun Willi, wenn er nicht die Spätschicht fuhr, jeden Abend in der Wirtschaft aus. Sein Vater und der alte Erich hatten sich gegen die Theke gelehnt, rauchten und sahen den jungen Kumpels zu, die vor ihnen mit dem Kaplan tanzten. Bruno und Otto hatten ihre Arme um seine Schultern gelegt, zusammen mit Heinz bildeten sie einen Kreis, gingen vor und zurück, wobei sie schwankend aneinander Halt suchten, schwenkten die Beine, lösten den Kreis auf, drehten sich um sich selbst, klatschten in die Hände, schnippten mit den Fingern, fanden sich wieder im Kreis zusammen und lösten ihn wieder auf. Karl saß allein auf der langen Holzbank, den Rücken gegen die Wand gelehnt, den Bierkrug auf dem Knie. Bis jetzt hatte er sich herausgehalten, tanzte nicht und hatte sich auch nicht zu den beiden Alten am Tresen gesellt. Inzwischen hatten Bier und Schnaps seine nachdenkliche Zurückhaltung aufgelöst, die Musik fuhr ihm in die Beine. Er stellte sein Bier auf der Bank ab und näherte sich mit wiegenden Schultern den Tänzern. Hochwürden legte gerade ein Solo ein, er zog seinen Talar an den Hüften hoch, um mehr Bewegungsfreiheit für seine Beine zu haben, machte mit seinen halbmetergroßen Schuhen zierliche Schritte und drehte waghalsige Pirouetten, die ihm ein wenig aus der Kontrolle gerieten, so daß Willi, der einen kühlen Kopf behalten hatte und jedes Bier und jeden Schnaps notierte, Angst bekam, der Kaplan könnte mit

einer unbeherrschten Bewegung die Gläser und Flaschen vom Tresen reißen.
Otto und Bruno feuerten ihn an: »Jawoll, Hochwürden! Zack, zack, hui!« Auch Karl klatschte ihm den Takt, und Friedrich und der alte Erich stampften mit den Absätzen ihrer Holzschuhe auf den Boden.
Heinz kam an den Tresen geschwankt, stützte die Hände auf und schrie: »Ein Klaren noch.«
Willi blickte auf seinen Zettel, er schüttelte den Kopf. »Ich schreib dir nichts mehr an.«
»Gib mir 'n Schnaps, mach keine Scheiße«, sagte Heinz, der Willis Ablehnung für einen dummen Scherz hielt.
Aber Willi blieb unnachgiebig: »Du hast noch acht vom vorigen Mal offen.«
Der Wirt kam mit einem Arm voll Flaschen aus dem Keller herauf. Heinz beschwerte sich bei ihm.
»Er hat voriges Mal nich bezahlt«, verteidigte sich Willi, »du hast gesagt...«
Der Wirt stellte die Flaschen ins Regal, er unterbrach ihn: »Gib ihm seinen Schnaps.«
Widerstrebend fügte sich Willi, aber er ließ sich Zeit und spülte erst noch eine Reihe Gläser, bevor er Heinz einschenkte.
»Du spielst dich hier schon als Wirt auf, was?« brüllte Heinz, »du bist kein Kumpel, hör mal. Als dein Bruder hier noch bedient hat, das war nich son kleinkarierter Wichser wie du.«
Willi hatte das Glas korrekt bis zum Maßstrich gefüllt, er hob es an und schüttete es ihm ins Gesicht: »Da haste dein' Schnaps.«
Heinz wischte sich mit dem Hemdärmel die Augen trocken, er steckte die Zunge heraus und leckte den Schnaps vom Kinn und aus den Mundwinkeln. Langsam trat er zurück, seine Augen brannten, er kniff sie zusammen und ortete Willi mit einem abschätzenden Blick, bevor er auf ihn zusprang. Seine Bewegungen waren schwerfällig und leicht vorauszusehen, Willi hatte keine Mühe, ihm rechtzeitig auszuweichen. Zwei Krüge und ein paar Gläser gingen zu Bruch, das war alles, was passierte. Heinz hing über dem Tresen und strampelte in hilfloser Wut mit den Beinen. Bruno und Otto zogen ihn herunter und richteten ihn wieder auf. Währenddessen hatte Walter aufgehört zu spielen, er wartete ab, die Pause war ihm recht. Sein Kumpel holperte mit der Pauke noch ein paar Takte nach, hörte dann auch auf und trank einen Schluck Bier. Dadurch war Hochwürden in einer schwungvollen Drehung plötzlich im Stich gelassen.

»Hört zu, ihr P...Proleten, tanzt lieber«, schimpfte er, »wenn ihr euch gegenseitig die Köpfe einhaut, dann kann euch auch der Herrgott nicht mehr helfen.« Er schob seine Brille den Nasenrücken hoch und sagte leise: »Mann Gottes.« Dann streckte er den Arm aus und zielte mit seinem langen Zeigefinger auf Willi oder zumindest in die Richtung, in der er Willi vermutete: »Und du, du wirst für deine Knauserigkeit zwanzig Rosenkränze beten, sonst bekommst du es mit mir zu tun.« Alle bis auf Willi lachten und stimmten ihm brüllend zu.
Der alte Erich reichte ihm seinen Krug. Der Kaplan trank ihn in einem Zug leer. »Musik!« befahl er. Walter drückte einen Tusch aus seiner Harmonika und stimmte die Kumpels mit einer langsamen Polka wieder in den Tanz ein. Der Kumpel neben ihm beugte sich zu seiner Pauke hinab, er streichelte sie zart mit dem Schlegel im Takt. Friedrich schenkte eigenhändig für Heinz ein neues Glas ein. »Das geht auf meine Rechnung«, sagte er zum Wirt, über Willi hinweg, der sich hinter den Tresen gebückt hatte und die Scherben zusammenfegte.
Spät in der Nacht, als alle anderen nach Haus gegangen waren und der Wirt die Tür zur Schankstube verriegelt hatte, setzten Otto, Bruno und der Kaplan auf dem Platz unter dem fahlen Licht der Gaslampe ihren Tanz fort. Laut sang jeder eine eigene Melodie, aber der gemeinsame Rausch gab ihnen das Gefühl, miteinander im Einklang zu sein. Ihre Bewegungen waren vor allem dazu bestimmt, sich aneinander Halt zu geben. Manchmal brach einer von ihnen aus und versuchte allein zu tanzen, er schwenkte zwei-, dreimal die Beine und taumelte dann Halt suchend zu den anderen zurück. Die Spätschicht war zu Ende gefahren, und die wenigen stillen Stunden bis zum Beginn der Frühschicht hatten begonnen. Wenn die Männer für kurze Augenblicke ihren verworrenen Gesang unterbrachen, konnten sie die Stille fast fühlen, und sie hörten den leisen Wind, der einen Duft nach frischem Heu und warmer Erde von den Feldern in die Siedlung wehte. Hochwürden legte den Zeigefinger auf die Lippen, er hatte Schritte gehört. Die drei Männer blieben schwankend stehen und starrten in die Dunkelheit. Pauline kam von der Landstraße auf den schwach erhellten Platz. Sie hatte ein Tuch um den Kopf gebunden, Hochwürden erkannte sie nicht.
»Benehmt euch anständig«, sagte er, »da kommt eine Dame.«
Pauline wich ihnen in einem weiten Bogen aus, aber als sie sah, in welchem Zustand der Kaplan war, konnte sie es sich nicht versagen, ihn mit einem scheinbar arglos höflichen »Guten Abend, Hochwürden« zu begrüßen.

Der Kaplan erkannte ihre Stimme, er faßte sie ins Auge und konzentrierte sich.
»'n Abend, Pauline«, sagte er, »wo kommst du jetzt her?«
Sie bemerkte den gedehnten Ton, in dem er sprach und lächelte.
»Vom Pütt.«
»Was hast du da zu suchen?« empörte sich Hochwürden, »um diese Zeit, wo kein anständiger Mensch mehr auf der Straße ist?«
»Ich scheuer die Kaue, zweimal die Woche nach der Spätschicht.«
Der Kaplan legte den Kopf in den Nacken und sah zum Himmel hinauf, wo die Sterne in ein Tuch aus mattem Dunst eingewebt waren. Er fragte sich laut, warum ein junges Mädchen eine so scheußliche Arbeit verrichten mußte.
»Das frag ich mich auch«, stimmte ihm Otto zu.
»Das ist eine Sünde«, stellte der Kaplan fest.
»Und ein Jammer, Hochwürden«, sagte Otto.
»Jawohl, ein Jammer und eine Sünde«, faßte der Kaplan zusammen.
»Bruno!« rief er und zeigte auf Pauline. »Bring sie nach Haus.«
»Danke, Hochwürden, ich find den Weg allein«, sagte Pauline rasch.
Bruno stand, die Hände in den Hosentaschen, schräg nach vorn geneigt, als wenn er gegen einen Sturm ankämpfen mußte, und sah Pauline mit verschwommenen Augen an.
»Hast du gehört, was ich dir gesagt habe?« Hochwürden bemühte sich um einen streng gebieterischen Ton. »Bring sie nach Haus, oder ich lasse dich ex...exkum...kommunizieren, mein Junge.«
Der Kaplan legte Otto den Arm um die Schulter. »Heut scheiden wir aus eurem Krei-ei-se«, stimmte er an, und Otto fiel ein: »Ihr Lie-iebsten mein.« Arm in Arm taumelten sie, den Weg nur ahnend, über die Landstraße. Bruno sah, wie sie am Rand des Lichtbogens von der Dunkelheit aufgesogen wurden. Pauline war weitergegangen, Bruno lief ihr hinterher. Sie ging schnell, und er begleitete sie mit langen unsicheren Schritten.
»Das is 'n Befehl von oben«, entschuldigte er sich, er zeigte zum Himmel hinauf und fügte hinzu: »Von ganz oben.«
»Hochwürden hat ganz schön ein' sitzen«, sagte Pauline.
»Das kannste annehm, daß er ein sitzen hat«, wiederholte Bruno, »er hat auch 'n Grund dafür.«
Sie sah ihn neugierig an: »Meinst du? Warum?«
Bruno nutzte ihre Neugier und verlangsamte seinen Schritt: Das darf ich dir nich sagen – er will nich, daß jemand was davon erfährt.«
Pauline kicherte: »Hat er was mit Frauen?«

Bruno lachte und schüttelte den Kopf.
»Hat er 'ne schlimme Krankheit?« fragte sie besorgt.
Bruno schüttelte wieder den Kopf und schwieg. Er überlegte: »Ich denke, er wird mir vergeben, wenn ich's dir sage: Sie haben ihn auf's Land versetzt.«
»Warum?«
»Weil er ihnen zu sozialistisch ist.«
Sie schwiegen eine Zeitlang.
»Karl geht auch«, sagte Pauline leise.
»Ich weiß.« Bruno blieb stehen. Sie war weitergegangen und sah sich nach ihm um: »Was is?«
»Mir – mir is nich gut.«
»Nimm dich zusamm«, sagte sie. »Mußt du kotzen?«
Er ließ den Kopf hängen und begann zu schluchzen: »Alle gehen«, jammerte er, »alle gehn weg... ich...«
Pauline beobachtete ihn, sie blieb skeptisch. Wieder zuckten seine Schultern. Schließlich ging sie zu ihm. »Was hast du denn, Bruno?« fragte sie sanft. Als er ihr keine Antwort gab, faßte sie zart sein Kinn und hob behutsam seinen Kopf.
Er lachte und zog sie an sich, um sie zu küssen. Sie wehrte sich nur kurz, dann gab sie ihm nach.

Käthe kniete auf der Treppe und rieb, nachdem sie den Flur gebohnert hatte, die Messingstangen blank, mit denen der Antikläufer an den Stufen befestigt war. Es war still im Haus, die Herrschaften schliefen noch. Die Haushälterin hatte ihr die Tür geöffnet. An der Flurgarderobe hatte Käthe Rewandowskis Reiterjacke hängen sehen, darum wußte sie, daß er an diesem Morgen nicht ausgeritten war; er mußte noch auf seinem Zimmer sein. Sie horchte, um sicher zu sein, daß niemand kam, und zog einen kleinen Handspiegel aus der Tasche ihrer Arbeitsschürze. Unterdessen hatte sie ihre Wangen mit Kamillenöl von der Kräuteralten eingerieben. Sie griff in den Nacken und löste die Spange aus ihrem Haar. Oben auf der Galerie wurde eine Tür geöffnet. Sie hörte Schritte näherkommen und steckte rasch den Spiegel weg; es blieb keine Zeit, um das Haar wieder zusammenzustecken. Der alte Sturz kam die Treppe herab. Käthe erschrak unwillkürlich, ihn hatte sie nicht erwartet. Sie rückte ehrfürchtig zur Seite, um dem Alten Platz zu machen, dabei richtete sie sich halb auf und deutete einen Knicks an. »Guten Morgen, Herr Direktor.«
Er erwiderte ihren Gruß nicht, seine herrisch starren Augen streiften

sie mit einem nachdenklichen Blick. Sie hörte, wie er sich unten bei der Haushälterin nach seiner Post erkundigte und in sein Arbeitszimmer ging. Dann glaubte sie aus den Zimmern der Beletage das helle, ausgelassene Lachen einer Frauenstimme zu hören. Eine Tür wurde aufgestoßen, und am Geländer der Galerie erschien eine junge Dame in einem weißen Batist-Matinee, sie blickte zurück, lachte wieder und schüttelte ihre kurzen, dunkelbraunen Locken.

»Nein.« »Warte! Bleib doch noch«, war Rewandowskis Stimme zu hören.

»Ich habe Hunger«, sagte sie.

»Ich laß uns was hochbringen«, rief er.

Sie schüttelte beharrlich den Kopf: »Ich will auf der Terrasse frühstücken.« Sie kam jetzt mit kleinen, schnellen Schritten, zu denen sie der enge Saum ihres Morgenkleides zwang, die Treppe hinuntergelaufen.

Käthe erkannte sie wieder. Nie hatte sie das Bild der jungen Dame vergessen können, die neben Rewandowski auf dem Kutschbock gesessen hatte, als der Einspänner unter den schattigen Bäumen der Allee von der Menschenmenge aufgehalten worden war, die Karl und die beiden anderen Deputierten auf ihrem Weg zum Kaiser zur Bahnstation begleitet hatte.

Die junge Dame wich Käthe aus, ohne sie anzusehen, wie irgendeinem Gegenstand, der ihr im Weg war. Sie trug kein Korsett und ließ es ungeniert zu, daß sich ihr schlanker Körper in seiner natürlichen Gestalt unter ihrem schlichten Matinee abzeichnete. Rewandowski war ihr auf die Galerie gefolgt, er trug nur eine Pyjamahose, war barfuß, sein Oberkörper war nackt. Erst auf der Treppe, als er an Käthe vorbeihastete, streifte er seinen Morgenmantel über. Sie hörte seinen aufgeregten Atem und roch seinen Schweiß. Er rief der jungen Frau nach: »Warte! Sei vorsichtig, der Flur ist frisch gebohnert.«

Käthe sah unter ihrem aufgestützten Arm hinweg zu ihnen hinunter, das offene Haar hing ihr in die Stirn, ihre geölten Wangen hatten einen bleichen Glanz angenommen. Unten stand die Terrassentür offen, der blanke Parkettboden spiegelte das Sonnenlicht. Sie waren in den Park hinausgelaufen. Käthe hörte noch ihr vergnügtes Lachen.

Friedrich und seine Kameradschaft hatten begonnen, die Morgensonne zu verhauen. Übereinandergestapelt und stufenförmig versetzt, damit sie die geschlagene, im Streb herabrutschende Kohle nicht behinderte, arbeiteten die Männer am Stoß. Bruno wurde vom

alten Boetzkes als Hilfshauer eingewiesen. Wenn Karl demnächst auf Cäcilie anlegte, sollte Bruno hier vor Ort seinen Platz einnehmen.
Nach der Schicht warteten die Männer am Schacht auf den Korb. Der alte Erich, der mit seiner Kameradschaft vor ihnen eingetroffen war, deutete mit dem Daumen über die Schulter.
»Seht euch mal die Tafel an.«
Sie sahen hoch und lasen ihre Spalte auf der Tabelle ab. »Der Hund hat uns drei Wagen genullt«, sagte Otto.
Steiger Bärwald kam aus der Strecke zum Füllort, er notierte sich die Nummern der aufgefahrenen Wagen. Otto ging zu ihm, Friedrich und Bruno schlossen sich ihm an. Karl blieb zurück, ihn betraf das hier nicht mehr.
»Glück auf, Herr Steiger«, sagte Friedrich.
Bärwald sah von seinem Notizbuch auf und musterte sie knapp.
»Was wollt ihr?«
»Sie haben uns drei Wagen genullt«, sagte Otto. Der Ausdruck des Steigers blieb gelassen.
»Wollt ihr euch wieder beschweren!«
»Jawohl«, fuhr ihn Otto an, »wir wollen wissen ...«
Friedrich schnitt ihm das Wort ab: »Ich will nur wissen, warum. Wir haben die Wagen ordentlich mit Kohle gefüllt, wie es Vorschrift ist.«
Bärwald lachte spöttisch: »Mit Kohle? Ein gutes Drittel Berg war darunter.«
»Das is nicht wahr«. sagte Bruno.
Bärwald richtete seinen Stock auf ihn und wandte sich an Friedrich und Otto: »Ihr müßt eurem neuen Hilfshauer besser auf die Finger sehen.«
Jetzt trat Bruno nahe an den Steiger heran und sah ihm kühl und eindringlich in die Augen.
»Haben Sie Zeugen, Herr Steiger?«
Für einen Augenblick war Bärwald irritiert. »Zeugen?« fragte er.
»Ich meine Männer von uns«, erklärte ihm Bruno, »die das auch gesehen haben, daß 'n Drittel Berg in der Kohle war.«
»Ich brauche dafür keine Zeugen.«
Bruno sagte: »Das fordere ich aber, ich fordere, daß Sie Männer von uns dabei haben, wenn Sie die Wagen null'n.«
Die überlegene Gelassenheit, mit der ihnen Bärwald bisher begegnet war, war plötzlich verschwunden. »Du hast hier überhaupt nichts zu fordern, verstehst du!« schrie er Bruno an, seine Stimme überschlug sich in herausgepreßter Wut. »Ich werde dir die Abkehr geben! Du

steckst mit dem roten Gesindel unter einer Decke, das ist mir nicht erst heute aufgefallen!« Er klemmte seinen Stock unter den Arm, ließ die Männer stehen und lief in die Strecke zurück.

Sie sahen ihm nach. Bruno sagte ruhig: »So einfach kannst du 's dir nich machen.« Er wußte schon lange, daß ihm Bärwald etwas anzuhängen versuchte.

Vor dem kleinen Madonnenbild auf der Anrichte hatte Käthe eine Kerze angezündet und den Rosenkranz aus der Schublade genommen, wo sie ihn zwischen ihrer Wäsche liegen hatte. Sie saß im Bett, gegen das Kissen gelehnt, und bewegte langsam die Glasperlen zwischen den Fingern, während sie unhörbar die Gebete flüsterte. Friedrich lag neben ihr, er hatte den Kopf zur Seite gedreht und starrte in das Licht der Kerze. »Warum betest du so lange?«

Sie antwortete ihm nicht.

»Hast du was auf dem Gewissen?« Er hatte leise gesprochen, um Friedel und den Kleinen nicht aufzuwecken.

Sie unterbrach ihr Gebet: »Ich soll am Samstag wieder hin. Sie haben 'ne Gesellschaft, da soll ich in der Küche helfen.«

»Am Samstag hab ich Spätschicht«, sagte der Alte.

»Ich geh nich hin«, sagte sie.

»Warum nicht? Sie bezahlen dich gut, und du kriegst dein Essen.«

»Ich geh nicht mehr in das Haus.«

»Wenn sie dich bestellt haben, gehst du auch hin.« Er drehte sich nach ihr um und sah, daß sie leise weinte: »Was hast du?«

»Nichts«, schluchzte sie, »laß mich.«

Er legte sich auf den Rücken und steckte die Hände unter den Kopf: »Ich weiß nich, was ich von dir denken soll die letzte Zeit«, sagte er. »Du bist nicht mehr, wie eine Frau zu ihrem Mann sein soll.«

»Ich tue meine Pflicht, du kannst dich nicht beklagen«, erwiderte sie auf einmal in einem nüchtern sachlichen Ton. Sie wischte sich die Tränen von den Wangen.

»Das meine ich nicht«, sagte Friedrich. Er drehte sich wieder auf die Seite und blies die Kerze aus. Käthe hörte ihn in der Dunkelheit sagen: »Mir kommt es manchmal vor, als wenn wir im Blindschacht leben, wir komm nich über Tag.«

»Bleib sauber, Willi«, sagte Karl, er gab seinem jüngeren Bruder einen zärtlichen Schlag auf die Wange. Die schönen Tage waren vorbei, seit der Nacht regnete es ununterbrochen. Willi half, Karls wenige Sachen unter der Plane des Fuhrwagens zu verstauen: einen Leinensack mit der Winterjacke und dem Arbeitszeug, ein Karton mit den wenigen Büchern und ein Beutel mit Proviant. Die Blechflasche und sein Gezähe hatte Karl mit einem Strick zusammengebunden. Sie rannten zur Tür zurück, wo Käthe, Pauline und die Kinder auf der Schwelle stehengeblieben waren. Karl umarmte Pauline: »Leb wohl, Paulchen.«

Sie wollte ihm noch eine Menge sagen, das sah er ihr an, aber sie bekam keinen Ton heraus.

Käthe sagte: »Gott beschütze dich, Karl«, als er sie auf die Stirn küßte. Er strich Friedel übers Haar und gab ihr einen Kuß auf die Wange. Dann beugte er sich zu dem Kleinen hinab, der sich an Käthes Schürze festhielt, er klopfte ihm mit den Fingerspitzen auf den vorgestreckten Bauch: »Mach's gut, Dicker.« Der alte Boetzkes hatte sich bis jetzt bei irgendeiner unwichtigen Tätigkeit im Hintergrund der Wohnküche aufgehalten und trat nun zu den anderen in die Tür, um seinem ältesten Sohn Lebewohl zu sagen.

»Bleib gesund, Friedrich«, sagte Karl.

Der Alte nickte. »Denk dran, daß du immer ein guter Bergmann bleibst.«

Er drehte sich gleich wieder um und ging in die Küche zurück.

Karl begriff, daß sein Vater niemandem zeigen wollte, wie ihm zumute war. Der Kutscher wartete, unter einem breitkrempigen Hut und einer schweren Gummipelerine vor dem Regen geschützt. Er knallte als Signal zur Abfahrt mit der Peitsche und gab dem Pferd die Zügel. Karl sprang die Eingangsstufen hinunter, lief dem Wagen ein paar Schritte hinterher und schwang sich auf die Ladefläche, wo er sich unter der Plane vor der Nässe in Sicherheit brachte. Einen Spalt breit hielt er sie vor seinem Gesicht offen. Er sah, daß alle bis auf Friedrich in den Regen, der sie nach wenigen Sekunden durchnäßt hatte, hinausgekommen waren, um ihm nachzuwinken. Der Wagen hatte sich schon zu weit entfernt, und der Regen verschleierte ihm schon die Sicht, so daß Karl nicht sicher war, ob er es sich vielleicht nur einbildete, daß sein Vater doch noch hinter Käthe getreten war.

Bis der Wagen den Ort erreicht hatte, war es dunkel geworden. Es regnete immer noch, als Karl sein Gepäck über den Vorplatz zu dem kleinen Backsteingebäude der Bahnstation schleppte. Er stellte seine Sachen in dem offenen, unbeleuchteten Durchgang ab und trat unter das Vordach auf den schmalen Bahnsteig hinaus. Der Schlackeboden war mit Wasserlachen bedeckt, und an der Steinkante vor dem Geleis wuchsen Gras und wilde Blumen. Er hatte geglaubt, daß er der einzige

Reisende sei, bis er den Mann sah, der mit dem Rücken gegen die Gebäudewand gelehnt unter dem Lichtschein der Bahnsteiglampe stand, eine Zigarette zwischen den Fingern. Es war der Kaplan. Er trug seine großen, stabilen Halbschuhe und hatte einen verschnürten Karton und darauf eine alte abgewetzte Ledertasche neben sich gestellt. Er rauchte und starrte abwesend auf den naßglänzenden Schienenstrang. Als der Kaplan Karls Schritte hörte, drehte er den Kopf zur Seite und sah ihm entgegen. Er löste sich von der Mauer und gab Karl die Hand. Sie schwiegen. Karl sah auf die Bahnhofsuhr, der Zug kam erst in einer halben Stunde.
»Du kandidierst in Dorstfeld für den Verband?« fragte der Kaplan.
Karl nickte. Er wußte, warum Hochwürden den Ort verließ und lächelte spöttisch.
»Wollen Sie verreisen, Herr Kaplan?«
Der Kaplan warf den Zigarettenrest in eine Pfütze und sah zu, wie die Glut mit einem kurzen Zischen erlosch. Mit einem bissig traurigen Lächeln erwiderte er: »Ich zieh auf's Land.«
»Sie haben zu eindeutig auf unserer Seite gestanden«, sagte Karl. Im Gegensatz zum Kaplan freute er sich auf seine Reise und sah dem, was auf ihn zukam, bereitwillig und erwartungsvoll entgegen. Der Kaplan schwieg, und Karl fügte hinzu: »Haben Sie schon mal daran gedacht, Ihr Amt aufzugeben und für uns zu arbeiten?«
Es war eine scherzhafte Herausforderung, aber der Kaplan ging ernsthaft auf sie ein, als hätte er sich diese Frage schon selber gestellt.
»Das geht nicht«, sagte er, »dann würde ich für alles, was ich tue, den Boden unter den Füßen verlieren.«
Weiter hatten sie sich nichts zu sagen. Der Zug ließ auf sich warten.

Vor der Menage hatte Willi auf Bruno gewartet, um mit ihm zur Siedlung zurückzugehen. Sie kamen von der Musterung, für die sie an diesem Vormittag freigestellt worden waren.
Im Eßsaal der Menage waren Stühle und Tische an die Wände gerückt und die hohen, kahlen Fenster in halber Höhe mit Leinentüchern verhängt worden. Im rechten Winkel zu den Fenstern war ein langer Eßtisch stehengeblieben, an dem sich ein Feldwebel über eine Namensliste gebeugt hatte. Neben ihm stand ein Militärarzt, er trug einen Kittel, der bis zu den Waden reichte und darunter ein Paar spiegelblanker Stiefelschäfte sehen ließ. Am anderen Ende des Tisches saß ein zweiter Arzt auf einem Schemel, breitbeinig, den einen Ellenbogen auf das Knie gestützt, eine Hand in der Kitteltasche. Es waren

ältere Männer mit kurzgeschnittenem, strenggescheiteltem Haar und Säbelnarben auf den glattgepflegten Wangen. Überwacht wurde die Musterung von einem preußischen Offizier. Er rauchte eine Zigarre und beobachtete durch seinen blinkenden, goldgefaßten Zwicker die Reihe junger, nackter Bergarbeiter, die sich von der Tür im weiten Bogen durch den Saal zum Tisch zog, Er sah viele abgemagerte, wasserbäuchige Körper, gebeugte Schultern und Narben, die von Arbeitsunfällen zurückgeblieben waren, was den Offizier dazu veranlaßte, sich dem Arzt mit der Bemerkung zuzuwenden, daß dem Kaiser zuviel Ausschuß geboten würde und die Grubenbesitzer nicht ökonomisch genug mit ihrem Menschenmaterial umgingen. Wenn sie an den Tisch traten, hatten die Kumpel in Hab-Acht-Haltung ihren Namen zu rufen. Der Arzt horchte ihnen mit dem Stethoskop Herz und Lungen ab, ließ die Männer zehn Kniebeugen machen und ein paarmal im Laufschritt den Tisch umrunden. Danach horchte er sie wieder ab und schickte sie zu seinem Kollegen weiter, der sie mit dem Befehl »Vorhaut zurück!« nach Geschlechtskrankheiten untersuchte. Vor dem Ausgang wurden die Männer in zwei Gruppen aufgeteilt, je nachdem, ob sie als wehrtüchtig anerkannt oder abgelehnt worden waren. Bruno hatte gesehen, wie Willi, nachdem er leise und in betont strammer Haltung auf den Arzt einzureden versucht hatte, mit hängenden Schultern und gesenktem Kopf zu den Männern gegangen war, die als untauglich angesehen wurden, Kaiser und Vaterland als Soldat zu dienen. Bruno wußte, daß Willi wie die meisten Pferdejungen darauf gehofft hatte, ein Husar oder Dragoner zu werden.
»Biste zu den Husaren gekomm?« fragte Willi
Sie gingen über die Vogelwiese auf die Siedlung zu; in der Ferne hatten sie den Förderturm und die Schlote von ihrem Pütt vor Augen, und Bruno fühlte sich verlassen und fremd bei dem Gedanken, daß er von hier weggehen sollte. Er schüttelte den Kopf. »Sechsundfünfzigste Infantrie.«
»Du kannst doch reiten, haste mir mal erzählt«, sagte Willi.
Bruno erklärte ihm, daß er mit der Infanterie zufrieden war. »Das Latschen bin ich gewohnt«, sagte er.
Sie waren ein gutes Stück gegangen, ohne miteinander zu reden, bis Willi in einem mürrisch beiläufigen Ton sagte: »Ich hab's auf der Lunge, haben sie gesagt.«
Bruno spuckte aus: »Das kriegen wir alle mal.«
»Aber ich glaube, ich bin nur erkältet«, verteidigte sich Willi, »das hab ich auch dem Doktor gesagt.«

»Biste so wild auf'n bunten Rock?« fragte Bruno.
»Da hast du anständiges Essen«, antwortete Willi, »und so 'ne Uniform, das wirkt bei den Mädels.«
»Du bleibst auch inner Uniform 'n armes Schwein.«
Willi blieb stehen und sah ihn wütend an: »Du genauso. Denkste, du machst da mehr her?«
Bruno drehte sich um, er machte eine beschwichtigende Geste. »Das mein ich doch, ich meine – Leute wie wir.«
Es gelang ihm nicht, Willi zu beruhigen, offensichtlich hatte der sich vorgenommen, Bruno herauszufordern.
»Dich leg ich immer noch auf's Kreuz, glaubste?«
»Haste Schiß?« rief ihm Willi nach. Bruno blieb wieder stehen, er sah ihn schweigend an und sagte dann: »Was soll 'n das, Willi.«
Inzwischen hatte Willi schon seine Mütze abgenommen und zu Boden geworfen: »Komm her, wenn du nich feige bist.«
Sie hatten Erna nicht bemerkt, die mit zwei Körben Bruchkohle, die ihr als Bergmannswitwe für jeden Monat von der Zeche zugesprochen waren, über den unebenen Weg aus der Senke der Brache heraufkam.
»Seid ihr verrückt geworden?« rief sie ihnen zu, »was is denn los mit euch? Habt ihr euch vor Stolz ein angesoffen, weil ihr für 'n Kaiser maschiern dürft?«
Willi bückte sich, hob seine Mütze auf und ging, ohne ein Wort zu sagen, über die Wiese auf die Siedlung zu.
»Nimm mir lieber mal was ab«, sagte Erna zu Bruno; sie sah Willi nach: »Was hat er denn?«
»Glück hat er«, sagte Bruno, »sie haben ihn nich genomm.« Er nahm ihr die Körbe ab.
Sie steckte sich eine herabgefallene Haarsträhne fest. »Und was is mit dir?«
Bruno nickte nur.
»Wo kommst du hin?« fragte sie.
»Nach Carow in der Mark.«
Sie ging neben ihm und legte ihre Hand auf seinen Nacken. »Da biste weit weg.«

Irgend etwas schien anders zu sein als gewöhnlich. Bruno konnte es sich nicht erklären, er wußte, daß es nur Einbildung war, vielleicht wurde er krank. Wie an jedem anderen Tag hatte er seine Arbeit getan, Kohle gehauen, Holz angefahren und ausgebaut, aber manchmal war es ihm vorgekommen, als wenn er alles zum erstenmal tun

würde. Jeden Handgriff, jede notwendige Bewegung führte er wie immer aus, doch für eine unbestimmte Dauer, die sehr kurz schien, sich aber gleichzeitig endlos dehnte, hatte er jedesmal das Gefühl, als ob er sich bei dem, was er tat, selber zusähe wie einer Maschine, die teilnahmslos und mechanisch funktionierte. Die Werte auf der Tafel zeigten die Grenze zu bösen Wettern an. Schon am frühen Morgen war es über Tage warm und windstill gewesen, der Dunst hatte drükkend tief über der Siedlung gehangen und war in einen staubfeinen, rußdurchsetzten Nieselregen übergegangen.
Bruno lief geduckt durch die niedrige, unbeleuchtete Strecke, die Lampe hatte er sich an den Riemen seiner Hose gehängt. Vor ihm, an der Öffnung zu einem Querschlag, glitt ein Lichtschein, der rasch heller wurde, über den Stoß.
Steiger Bärwald trat aus dem Schlag hervor und stellte sich Bruno in den Weg. »Wo willst du hin?«
»Zum Balken«, sagte Bruno, er grüßte den Steiger nicht.
»Was suchst du dann hier?« Bärwald sah ihn aus seinem verrußten Gesicht mit hellen hart blickenden Augen an: »Du willst durch den Blindschacht, hab ich recht? Das ist verboten, das weißt du.«
Bruno blieb unbeteiligt, als würde der Steiger mit jemand anderem sprechen. Bärwald zog ein Notizbuch aus dem Aufschlag seiner Jacke: »Das gibt 'n Strafpunkt. Wenn du scheißen mußt, dann gehst du über die Strecke.«
»Jawohl.«
»Jawohl, Herr Steiger, heißt das. Wiederhole das.«
Bruno schwieg.
»Du sollst das wiederholen!« schrie Bärwald, er hob seinen Stock und stieß Bruno die Mütze vom Kopf. »Und nimm deine Mütze ab, wenn du mit mir redest!«
Bruno bückte sich langsam, ohne den Steiger dabei aus den Augen zu lassen, und hob seine Mütze wieder auf. Bärwald bemerkte nicht, daß er gleichzeitig mit der anderen Hand nach einem Bergbrocken griff. Die starre Ruhe, die Bruno ihm gegenüber bewahrte, verunsicherte den Steiger, und in seiner Stimme schwang uneingestandene Furcht mit, als Bruno sich die Mütze wieder aufsetzte. »Was soll das heißen?«
Bruno zog den Mützenschirm bis dicht über die Augen hinab. »Vor einem Mörder zieh ich meine Mütze nich«, sagte er ruhig.
Jetzt sah Bärwald auch den Stein in Brunos Hand. Der Steiger gehörte zu den Menschen, die ihre Angst mit einem Angriff zu bewältigen versuchen; er schlug Bruno mit dem Stock ins Gesicht.

Bruno hob abwehrend die Hand, den Schmerz ließ er nicht zu, oder er spürte ihn nicht. Er trat Bärwald entgegen, der vor ihm zurückwich.
»Ich laß dich einsperren, daß du nie mehr den Tag siehst, das garantiere ich dir.« Die Worte des Steigers waren, von Angst und Wut erstickt, kaum zu verstehen; den Oberkörper zurückgelehnt, starrte er auf den Stein in Brunos Faust.
Bruno ließ den Stein fallen und zeigte Bärwald stumm die leere Hand, während er weiter auf ihn zuging. Schritt für Schritt trieb er den Steiger, der sich nicht mehr zu wehren wagte, vor sich her, auf den Blindschacht zu, in den die Strecke nach wenigen Metern auslief.
Von diesem Augenblick an konnte sich Bruno an nichts mehr erinnern, sein Bewußtsein war eingetaucht in eine spurlose Dunkelheit wie unter den bewahrenden Saum einer Schutzmantelmadonna.
Trotz der Hitze und der matten Wetter fror er, als er ins Flöz zurückkam und den Streb hinaufkletterte. Vor Ort lehnte er sich erschöpft gegen einen Stempel und verschränkte fröstelnd die Arme vor der Brust. Der alte Boetzkes unterbrach seine Arbeit und sah ihn prüfend an: »Was hast du?«
»Nichts weiter. Ich glaube, ich hab die Scheißerei.«
»Willst du ausfahrn?«
Bruno schüttelte den Kopf: »Geht schon wieder.« Er kroch an den Kohlestoß heran, nahm Fäustel und Eisen, legte sich auf die Seite, wobei er sein Gewicht mit den Füßen gegen einen Stempel abstützte, und begann für Friedrich eine Schram zu schlagen.

Es war nicht seine Absicht gewesen, Pauline zu erschrecken, als er unvermittelt aus dem offenen Schuppen hinter dem letzten Haus der Siedlung hervortrat, wo er auf sie gewartet hatte. Er schloß sich ihr schweigend an; sie war unterwegs zur Zeche, es war der Abend, an dem sie nach der Spätschicht die Kaue reinigte. Sie wunderte sich, daß Bruno noch sein Arbeitszeug trug und Brotbeutel und Flasche umgehängt hatte, so, wie er von der Schicht gekommen war. Sie fragte ihn nicht nach dem Grund und nahm an, daß er bis jetzt in der Wirtschaft gesessen hätte.
»Du hast deinen Gestellungsbefehl bekomm...«
Bruno nickte nur, er äußerte sich nicht dazu.
»Willi kommt nich drüber weg, daß er untauglich is«, sagte sie. Die Abenddämmerung hatte den Dunst violettrot gefärbt, die Zeche war schon erleuchtet, ihre Lichter funkelten ihnen hell aus dem verschwommenen Halbdunkel der aufkommenden Nacht entgegen.

»Warum bist du mitgekomm, wenn du stumm bist wie 'n Fisch?« wunderte sie sich. Sie blieb stehen und sah ihn lächelnd an. »Mir wär lieber, sie hätten dich nich genomm beim Militär.« Verlegen und zugleich erwartungsvoll schlug sie die Augen nieder. »Du kannst mir einen Kuß geben.«

Enttäuscht nahm sie wahr, daß er sie nur zart auf die Wange küßte, flüchtig und abwesend. Er hielt sie im Arm, ließ den Kopf sinken und lehnte seine Stirn an ihre Schulter. »Was hast du denn?« fragte sie leise; sie kam auf den für sie naheliegenden Gedanken und löste sich aus seinen Armen: »Denkst du an Erna?«

»Es stimmt, was Karl meint«, sagte er. »Wenn wir uns zusammentun, haben wir das Recht auf unserer Seite. Wenn man allein richtet, da macht man sich schuldig.«

»Wovon redest du?« fragte sie unsicher. Er gab ihr keine Antwort. Pauline hatte nicht den Eindruck, daß er betrunken war. »Ich muß mich beeilen«, sie sah ihn nachdenklich an, ihre Gesichtszüge waren in der Dämmerung nur zu ahnen, in ihren klaren, dunklen Augen unter der matthellen Stirn lag ein weicher Schimmer, aber ihr Ausdruck war fest und bestimmt: »Geh jetzt nach Haus«, sagte sie und drehte sich langsam um.

Er hörte das eilige Geklapper ihrer Holzschuhe noch auf dem Pflaster, als er Paulines Gestalt in der rasch zunehmenden Dunkelheit schon aus den Augen verloren hatte.

Sie kam als letzte in die Kaue. Die Frauen hatten noch nicht mit der Arbeit angefangen; unten, in dem gekachelten Becken, aus dem das Wasser abgelaufen war, standen sie beieinander und tuschelten. Pauline erfuhr von ihnen, daß Steiger Bärwald nach der Spätschicht nicht wieder ausgefahren war.

Sieglinde Sturz und ihr Mann hatten an diesem Abend zu einer kleinen Vorfeier im engsten Familienkreis geladen. Die eigentliche Verlobung war für den kommenden Sonntag im Haus des Brautvaters, dem Anwesen derer von Kampen, angesetzt. Man saß an dem ovalen Tisch unten im kleinen Speisezimmer, das von einem verhältnismäßig schmucklosen Leuchter und vier mit Kristallschalen verkleideten Gaslampen an den doppelten Halbsäulenpaaren der Längswände freundlich erhellt wurde. Die Flügeltür, die in den Park hinausführte, war wegen der milden Nachtluft nur angelehnt, und in den wenigen stillen Augenblicken, die während der Unterhaltung am Tisch entstanden, hörte man das Zirpen der Grillen aus den Zierbüschen. Am

Abend, wenn die Zeche noch in Betrieb war, saß Direktor Sturz hier gern am Fenster und lauschte dem betriebsamen Pochen der Maschinen und dem Zischen der Koksöfen. Die Geräusche drangen wie ein belebender Pulsschlag und ein beruhigender, steter Atem an sein Ohr, und manchmal hatte er das Gefühl, als wenn dieses Pulsieren seinen eigenen alten, ermüdeten Organen frisches Leben gab.
Sylvia von Kampen und ihr Vater waren die einzigen Gäste im Haus. Der Stahlwerksbesitzer Friedhelm von Kampen war schon seit vielen Jahren verwitwet und lebte mit seiner Tochter, seit die ins Backfischalter gekommen war, allein. Zwischen ihnen hatte sich mit den Jahren ein unkonventioneller, beinahe geschwisterlicher Umgang ergeben, der ihnen in ihren Kreisen einen besonderen Ruf eingetragen hatte. Ebenso wie seine hartnäckige Weigerung, wieder zu heiraten, schrieb man dies einer vermuteten Neigung Friedhelm von Kampens zu. Das vergleichsweise lockere Verhalten von Vater und Tochter hatte anfangs vor allem Frau Sturz den Umgang mit ihnen ein wenig erschwert, während Rewandowski die sich daraus ergebende, ungewöhnliche Freizügigkeit der jungen Dame von Anfang an zu schätzen wußte. Friedhelm von Kampen war etwa zehn Jahre jünger als Sturz und hatte im Gegensatz zu ihm eine Vorliebe für etwas auffällig modische Kleidung. Er hatte volles silbergraues Haar, ein schmales Gesicht, gepflegte Haut und helle Augen, die ein ironisch verfremdetes, kühles Selbstbewußtsein erkennen ließen. Seine Bewegungen und der Klang seiner Stimme waren elegant bis an die Grenze einer leichten, weibischen Geziertheit, die man an ihm wie einen zwanghaften Hustenreiz tolerierte und die er jederzeit mit einem preußisch herrischen Offizierston wieder in den Griff bekam, wenn sie nicht in den gesellschaftlichen Rahmen paßte.
Man hob die Gläser. »Zum Wohl«, sagte Sturz.
Von Kampen prostete seiner Tochter und seinem zukünftigen Schwiegersohn zu. »Auf euch beide«, sagte er schlicht. Er lächelte spöttisch. »Damit Stahl und Kohle enger zusammenrücken.« Sturz lächelte zustimmend.
Sylvia erwiderte: »Findest du das charmant, Papa, wenn du mich mit deinem Stahl identifizierst?«
Von Kampen antwortete ihr mit einem kurzen Blick auf den Reviersteiger: »Du bist aus gutem, veredeltem Guß, mein Kind, er wird sich an dir die Zähne ausbeißen.«
Rewandowski sah ihr in die Augen. »Ich weiß schon, wie man sie zum Schmelzen bringt.«

Frau Sturz gab der alten Bediensteten, die am Buffet wartete, ein Zeichen, daß sie den nächsten Gang auftragen konnte.
»Haben Sie die Absicht, wieder zu heiraten, wenn Sylvia aus dem Haus ist?« fragte Frau Sturz den Stahlwerksbesitzer.
Sylvia schlug mit einem kaum merklichen Lächeln die Augen nieder, Rewandowski sah sie ebenso lächelnd von der Seite an, und Direktor Sturz prüfte den Wein. Mit einem undurchsichtigen Ausdruck und offensichtlich selbst ein wenig belustigt, erwiderte von Kampen: »Ich kann mir das im Augenblick nicht vorstellen, Madame.«
Niemand konnte daraufhin ihre ahnungslose Bemerkung verhindern: »Sie hängen sicher immer noch sehr an Ihrer verstorbenen Gattin, nicht wahr?«
In der Küche stand Käthe Boetzkes unter der Gaslampe und spülte Geschirr in einer emaillierten Schüssel, Suppenteller und Salatschälchen mit geschwungenem Goldrand und den goldenen verschnörkelten Initialen des Hauses Sturz auf der Unterseite. Käthe sah nicht auf ihre Arbeit, sie hielt den Kopf erhoben und horchte auf die Stimmen und das Lachen, die aus dem Speisezimmer durch die offene Tür zu ihr in die Küche drangen. Sie achtete vor allem auf Klang und Tonfall der jungen Dame, sie verstand nur hin und wieder einzelne Worte wie »rührend«, »nein, mein Liebling«, »Nacht«, »aufregend«, »Wahnsinn«. Käthe trocknete sich die Hände an ihrer Schürze ab und ging zum Geräteschrank, aus dem sie eine Flasche mit einer klaren Flüssigkeit nahm, das Etikett zeigte einen Totenkopf und stilisierte Flammen. Sie suchte Tücher und Lappen zusammen, die auf einer Stange über dem Herd zum Trocknen aufgehängt waren und nahm die Schachtel mit den Zündhölzern vom Sims. Sie versteckte alles unter ihrer Schürze, trat auf den Flur hinaus, blieb kurz lauschend stehen und ging dann rasch und lautlos über den dicken Antikläufer die Treppe hinauf. Kurze Zeit darauf kam die Haushälterin aus dem Speisezimmer und ging über den Flur in die Küche, um das Dessert vorzubereiten. Sie war überrascht, Käthe nicht an ihrem Arbeitsplatz anzutreffen.
Am ovalen Tisch war man bei französischem Käse und vollmundiger Spätlese auf die Politik zu sprechen gekommen. Rewandowski hatte als Beweis seiner lang gehegten Theorie, daß sich die Unternehmer in naher Zukunft einer immer stärker werdenden, organisierten Arbeiterschaft gegenübersehen würden, den gerade gegründeten Verband zur Wahrung bergmännischer Interessen angeführt.
Direktor Sturz wollte dennoch nicht daran glauben, daß sich die Berg-

arbeiter einigen könnten; er sah in dem Verband zu viele unterschiedliche Interessen und Verhaltensweisen, wie er es nannte, vertreten: Katholiken, Protestanten, Polen, Preußen und Reichsdeutsche, die wären nicht so einfach unter einen Hut zu bekommen.
Sein Pflegesohn widersprach ihm, er sah die vereinigende Macht in der Sozialdemokratie, deren Anhänger sich im Verband zwar offiziell zurückhielten, aber ihn wahrscheinlich längst unterwandert hatten. Von Kampen meinte nur, man solle die Sozis nicht länger unterdrükken. »Bismarck soll sie wieder frei auftreten lassen«, sagte er, »dann kann man sie besser im Auge behalten.« Darin war er sich mit seinem zukünftigen Schwiegersohn einig.
Im Gegensatz zu Frau Sturz, die sich wegen mangelnder Kenntnis oder ihres Selbstverständnisses als Frau nicht zu diesem Thema äußerte, nahm Sylvia lebhaft an dem Gespräch teil und behauptete, daß die Arbeiter ein Recht hätten, sich frei zu äußern und für ihre Interessen einzutreten; das sei schließlich nur fair, und die Herren tolerierten ihre Meinung augenzwinkernd, weil sie ihnen in ihrem Eifer, mit dem sie sprach, und wahrscheinlich auch wegen des reichlich genossenen Weins unerhört lebhaft und aufregend temperamentvoll erschien.
»Hilfe! Feuer! Es brennt! Hilfe!« hörten sie die Haushälterin schreien. Rewandowski stand als erster auf und lief zur Tür, die anderen folgten ihm.
Die Bedienstete stand oben auf der Galerie und hielt ratlos und entsetzt die Hände gegen die Wangen gepreßt. Die Tür zum Gesellschaftszimmer stand offen, und ein heller Feuerschein färbte die Wand und den oberen Teil der Treppe. »Mein Gott, kommen Sie schnell«, rief die Alte.
Rewandowski eilte zu ihr hinauf. Sturz schickte seine Frau nach dem Stallburschen und lief Rewandowski hinterher. Von Kampen bewahrte seine Gelassenheit. »Bleib du hier, mein Engel«, sagte er zu seiner Tochter. »Mich brauchen sie vielleicht da oben«, fügte er entschuldigend hinzu und stieg ohne Hast die Stufen hinauf.
Die Chaiselongue brannte, und einer der Fenstervorhänge hatte bereits Feuer gefangen. Käthe Boetzkes saß davor auf einem Stuhl, sie hatte sich zurückgelehnt und starrte mit einem feierlich aufmerksamen Ausdruck in die Flammen, die aus dem Polster aufstiegen, dort, wo sie gelegen hatte und dem Reviersteiger zu Willen gewesen war. Neben ihr auf dem Boden stand die leere Petroleumflasche. Ihr Haar hatte sie geöffnet und ihre Arbeitsschürze abgebunden, sie schien

nichts von dem, was inzwischen um sie herum geschah, wahrzunehmen.
Rewandowski war sofort zum Fenster gerannt, wo das Feuer auf die Gardinen überzugreifen drohte und hatte den brennenden Vorhang heruntergerissen. Er hatte sein Jackett ausgezogen und schlug damit die Flammen aus. Der Stallknecht war mit zwei Wasserkrügen heraufgekommen. Direktor Sturz nahm ihm einen Krug ab, und gemeinsam löschten sie das Feuer an der Chaiselongue.
Käthe sah ihnen immer noch teilnahmslos zu.
Nachdem Rewandowski sich vergewissert hatte, daß keine Brandgefahr mehr bestand, trat er zu ihr, doch sie beachtete ihn nicht. Er hob sie behutsam von ihrem Stuhl; sie ließ es geschehen und sah starr an ihm vorbei, als er sie zur Tür trug, wo Friedhelm von Kampen stand und sich damit begnügte, ein dezenter Zuschauer zu sein. »Bring sie in die Wohnung vom Kutscher«, sagte Sturz, er war sehr beherrscht. Überhaupt schienen die Männer diesen Vorfall wie ein Naturereignis hinzunehmen, mit dem man hatte rechnen müssen und auf das man irgendwie vorbereitet gewesen war.
Unten an der Treppe standen Frau Sturz und Sylvia. Als Rewandowski Käthe an ihnen vorbeitrug, begann sie plötzlich zu schreien, als sei sie aus einem Alptraum erwacht. Sie begann sich zu wehren, strampelte mit den Beinen und krallte die Fäuste in sein Hemd. »Laß mich!« schrie sei, »laß mich los! Wir fahren zusammen zur Hölle, in der Hölle gehör ich dir! Heilige Mutter, vergib mir! Laß mich! Mutter Maria hilf mir!«
Sylvia sah mit erschrockenem Interesse zu, wie Rewandowski die kräftige, junge Bergmannsfrau fest im Griff behielt und sie aus dem Haus trug, während sie sich immer noch wehrte und schrie.
»Was ist denn los? Was hat sie denn?« fragte Sylvia.
Frau Sturz gab ihr keine Antwort, sie sah mit einem ernsten, wissenden Ausdruck ihren Mann an, der mit Sylvias Vater die Treppe herunterkam.
»Ich glaube, es ist gut, wenn du dich um sie kümmerst«, sagte Direktor Sturz zu seiner Frau, worauf Sieglinde Sturz still und selbstverständlich ebenfalls das Haus verließ. Sturz ordnete seinen Binder: »Es tut mir leid«, entschuldigte er sich bei dem Stahlwerksbesitzer und seiner zukünftigen Schwiegertochter.
Von Kampen zündete sich ein Zigarillo an, er lächelte: »Das kommt in den besten Familien vor.«
»Ich möchte wissen, was los ist«, sagte Sylvia.

Rewandowski kam aus dem Park zurück, sein Gesicht war zerkratzt, sein Hemdärmel aufgerissen, er ging, ohne jemanden zu beachten, die Treppe hinauf, in sein Zimmer. Sylvia wollte ihm nachgehen, ihr Vater hielt sie zurück: »Bleib hier.« Er bat die Haushälterin, die heruntergekommen war, um Eimer und Putzlappen aus der Küche zu holen, seine Tochter ins Terrassenzimmer zu begleiten.
»Danke, ich kann allein gehen«, sagte Sylvia, sie warf ihrem Vater und ihrem zukünftigen Schwiegervater einen feindseligen Blick zu und ging zur Tür. Die alte Haushälterin folgte ihr zögernd, in ihrem spitzen, wachsfarbenen Gesicht hatte sich ein strenger, vorwurfsvoller Tadel festgesetzt.
Als sie allein waren, fragte von Kampen Direktor Sturz: »Haben Sie davon gewußt?«
Sturz schüttelte den Kopf. »Nein, aber ich habe es geahnt.« Er sah die Treppe hinauf. »Er hat sie ins Haus geholt.«
Von Kampen hob ein wenig das Kinn und blies den Rauch seines Zigarillos aus. »Ich kann ihn verstehen, sie ist gut gebaut. Wird sie Forderungen stellen?«
»Das glaube ich nicht«, Direktor Sturz schob die Jackenschöße zurück und steckte beruhigt die Hände in die Hosentaschen. »Sie wird froh sein, wenn ihr Mann nichts von der Sache erfährt, weil er sie sonst totschlägt.«

Zu ihrem Kleid aus dunkelblauer Kreppseide, das sie sonst nur an Feiertagen trug oder gelegentlich zur Messe, hatte Erna einen roten Lackgürtel umgebunden, sie trug ihre türkisen Ohrringe und hatte sich eine Margerite ins Haar gesteckt. Bruno, der neben ihr ging, hatte seine Sachen in einem Beutel über der Schulter hängen, Socken und Wäsche für den Winter und seine gute Hose für den Fall, daß er, was er hoffte, Ausgang in Zivil bekommen würde. Erna hatte sich bei ihm untergehakt; er hielt ihren Arm sanft und ruhig, was sich auf Ernas Stimmung übertrug, und für die wenigen Minuten, die ihnen noch blieben, fühlte sie sich wieder geborgen an seiner Seite. Seine Unruhe und die befremdende, innere Abwesenheit, die ihr nach seiner letzten Einfahrt an ihm aufgefallen war, erklärte sie nun nachträglich mit der bevorstehenden Trennung. Sie blieb stehen und faßte nach seinem Arm.
»Ich will dir was mit auf 'n Weg geben.« Sie nahm seinen Kopf, zog ihn zu sich herunter und küßte Bruno lange und intensiv. Ihre Hand hatte sie in sein offenes Hemd gesteckt und streichelte seine Brust.

Von dem nahen Platz am Stadtrand, auf dem sich die Rekruten einzufinden hatten, hörten sie die Kommandorufe, mit denen die Feldwebel und Gefreiten die Zivilisten auf ihr neues Leben einstimmten. Erna ließ Bruno los, sie lächelte: »Damit du mich nich gleich beim ersten jungen Ding vorm Kasernentor vergißt.«
Er strich über ihr Haar, in seinem Blick lag die Erinnerung an ihre gemeinsamen Zärtlichkeiten. Er lachte, um ihrem Abschied die Bedeutsamkeit zu nehmen. »Ich glaube, es wird dir nich schwerfalln, 'n neuen Schlafburschen zu finden.« Er hob seinen Kleiderbeutel auf, den er abgestellt hatte, um sie noch einmal zu umarmen, und rannte das letzte Stück der Straße entlang zu dem Platz, auf dem die einberufenen Bergarbeiter, von zwei herumbrüllenden Gefreiten in Reih und Glied gebracht, zum Abmarsch angetreten waren.
Erna sah ihm nach, er hatte sich im Laufen nach ihr umgedreht, lachte und schwenkte seine Mütze, während ihn der Feldwebel breitbeinig, die Fäuste gegen das Koppel gedrückt, den langen Säbel nach außen gestellt, in drohender Pose erwartete. Erna schneuzte in ihr Taschentuch, mit dem sie Bruno nachgewinkt hatte.
Bruno marschierte in streng kontrolliertem Gleichschritt zwischen den Kumpeln. WER TREU GEDIENT HAT SEINE ZEIT mußten sie singen; er stimmte belustigt mit ein. Er war in guter, gelassener Stimmung, noch am Morgen hatte er erfahren, daß Steiger Bärwald in der vergangenen Nacht von einem Suchtrupp tot im knietiefen Sumpf des Blindschachtes gefunden worden war. An der morschen Holzleiter unterhalb der neunten Sohle waren mehrere Sprossen gebrochen. Jeder im Revier wußte, daß Bärwald den Blindschacht, obwohl er seit einigen Jahren für die Personenfahrung gesperrt war, regelmäßig benutzte, um Strecke zu sparen und bei seinen Kontrollgängen die Kameradschaften mit seinem plötzlichen Auftauchen vor Ort zu überraschen. Das war auch Rewandowski bekannt, der sich sofort persönlich von den Umständen, die zum Tod des Steigers geführt hatten, überzeugt und danach vor dem Betriebsführer zu Protokoll gegeben hatte, daß Steiger Bärwald durch sein eigenes Verschulden tödlich verunglückt sei. Durch diese Nachricht fühlte sich Bruno von der Unruhe befreit, die das dunkle Loch in seinen Erinnerungen an die letzte Begegnung mit dem Steiger in ihm ausgelöst hatte. Jetzt konnte er es mit der Gewißheit füllen, daß er mit dem gräßlichen Tod des alten Kohlefressers anscheinend doch nichts zu tun gehabt hatte.

5. *Bruno und Pauline*

Oswald Kowiak, der neue Steiger, blickte von einem niedrigen Holzgerüst, das in seinem Auftrag neben der Anschlägertafel errichtet worden war, prüfend auf die kohlebeladenen Wagen hinab, die die Schlepper an ihm vorbei über die Hängebank zum Leseband schoben. Er war ein großer, schlanker Mann Anfang Dreißig mit einem blonden Schnauzbart und dunklen, klugen Augen, in denen ständig ein spöttisch überlegener Blick lag, mit dem er, im Gegensatz zu dem polternden Imponiergehabe seines verunglückten Vorgängers, eine selbstverständliche Distanz zu den Arbeitern herzustellen wußte. Rewandowski hatte ihn, ebenso wie den neuen Reviersteiger, nicht aus dem eigenen Betrieb aufsteigen lassen, sondern aus einer anderen Zeche angeworben. Kowiak kam von der Hermine Zwo, und der neue Reviersteiger hatte zuvor im gleichen Amt etliche Jahre auf der Amalie angelegt. Das war eine Taktik von Rewandowski, der mit den neuen Männern seinen Einfluß im Betrieb erhalten wollte, nachdem er selbst die Position des leitenden Direktors der Zeche Siegfried von seinem Onkel übernommen hatte. Direktor Sturz war, wie es anfänglich schien, zufrieden in den Ruhestand getreten. Soviel sich herumgesprochen hatte, wollte Rewandowski die Zeche mit den Stahlwerken seines zukünftigen Schwiegervaters Friedrich von Kampen zu einer neuen Aktiengesellschaft zusammenlegen, was in einer schönen und sinnvollen Gleichläufigkeit mit der Hochzeit von Rewandowski und Sylvia von Kampen geschehen sollte.
Willkürlich stach Kowiak seinen Steigerstock vom Holzpodest auf den Kohlewagen hinunter. Der Schlepper bremste den Wagen ab.
»Den sehen wir uns mal an«, sagte Kowiak freundlich, er strich mit dem Stock über die Kohle: »Er ist korrekt gefüllt, nicht wahr?«
Der Schlepper hob den Kopf und sah mit seinen schwarzumrandeten Augen unsicher und mißtrauisch zu Kowiak hinauf.
»Jawoll, Herr Steiger.«
Kowiak schob die Unterlippe vor und nickte.
»Ja, so sieht es aus.« Er schob die Spitze des Stockes unter einen Kohlebrocken. »Und was ist das?«
Der Mann wußte nicht, was er antworten sollte, und Kowiak fragte

ihn noch einmal: »Was ist das?« Dann gab er selber die Antwort: »Luft - leerer Raum!« Er drückte den Stock in eine andere Lücke zwischen den Kohlestücken: »Und hier – dasselbe. So wollt ihr uns reinlegen, und dann regt ihr euch noch auf, daß euer Gedinge zu niedrig ist. Sollen wir euch die Luft bezahlen?«
Der Schlepper unterdrückte seine Wut, aber seine belegte Stimme verriet, was er empfand. »Nein, Herr Steiger.«
»Das siehst du ein, nicht wahr? Und wo fährst du die Kohle hin?«
»Auf die Halde.«
»Und wie hoch ist die Halde?«
»Wir sind bei dreißig Meter, Herr Steiger.«
»Dreißig Meter«, wiederholte Kowiak gedehnt, »da siehst du's, wir fördern Kohle, die wir nicht verkaufen können, damit ihr eure Arbeit behaltet. Sag das den Leuten.« Er gab dem Mann ein Zeichen, daß er den Wagen weiterbefördern könne, und notierte sich die Nummer.
Die wachsenden Kohlehalden wurden von einigen aufmerksamen Bergarbeitern mißtrauisch beobachtet, vor allem aber auch von Karl Boetzkes. Für ihn, den neugewählten, hauptamtlichen Sekretär im »Verband zur Wahrung bergmännischer Interessen in Rheinland und Westfalen«, gehörte so etwas inzwischen zur Pflicht. Die Zechendirektion gab vor den Arbeitern an, daß sie die Kohle nicht verkaufen könne, und benutzte diesen Vorwand, um das Gedinge zu drücken. Aber denen, die sich über ihre Lage Gedanken machten, blieb es ebensowenig wie Karl Boetzkes und den führenden Männern im Verband ein Geheimnis, daß die Kohle für ein neues Stahlwerk gehortet wurde, das man nach der beabsichtigten Vereinigung beider Gesellschaften sozusagen hausintern versorgen wollte, und damit mußte die Kohle nicht für den zur Zeit niedrigen Handelskurs an das Syndikat verhökert werden.
Die ungewöhnlich hohe Halde und der aufgeschüttete Damm für die neue Bahnlinie, die die Zeche mit dem Stahlwerk verbinden sollte, waren die auffälligsten Veränderungen, die Bruno bemerkte, als er seine zwei Jahre abgedient hatte und in die Siedlung zurückkam. Er erzählte kaum etwas über seine Zeit beim Militär, es gab für ihn nichts darüber zu berichten, denn wenn er sich richtig besann, war es für ihn verlorene Zeit gewesen.

»Es ist immer dasselbe«, sagte Erna, »das geht nich mehr raus.« Sie hatte sich über den Steintrog gebeugt und drückte das Wasser aus einer Arbeitshose, hob sie hoch, schüttelte die zusammengedrehten

Hosenbeine auseinander und prüfte sie mit kritischem Blick. »In allen Klamotten steckt die Kohle – in den Hosen und inner Lunge.«
Die junge Frau, die neben Erna ihre Wäsche über dem Rand des Trogs ausgelegt hatte und mit einem handgroßen Stück Kernseife einrieb, war schlank und großgewachsen. Die dicken Sohlen ihrer Holzschuhe ließen sie sogar noch größer erscheinen. Ihre Hüften und ihr Busen waren straff gerundet, in ihren schattig dunkelblauen Augen spiegelten sich kindlicher Eigensinn und ein noch scheues Selbstbewußtsein – es war Pauline Boetzkes. Sie hatte ihr blondes Haar kurz geschnitten und mit einer Metallklemme hinter die Ohren gesteckt. Auf Ernas Bemerkung ging sie nicht ein. »Sie brauchen die Kohle, wenn das neue Werk fertig ist, dann wird's wieder besser, da werden sie auch wieder besseres Gedinge zahln.«
»Wer's glaubt wird selig, mein Kind«, erwiderte Erna nüchtern.
Pauline beugte sich über den Waschtrog und sah Erna nicht an: »Sag nich immer ›mein Kind‹ zu mir.«
Erna beobachtete sie für einen Augenblick überrascht und spöttisch von der Seite. »Du hast recht«, sagte sie dann nachdenklich. Sie wandte sich wieder ihrer Arbeit zu. »Ich hab mal geträumt, es war Sonntag und blauer Himmel, so wie heute, und die Kumpel sind in weißen Anzügen durch die Siedlung spaziert, schneeweiß warn sie alle, sie haben ausgesehn wie Matrosen.« Sie sah über das Hemd hinweg, das sie ausgewrungen hatte und an den Ärmeln ausgebreitet hielt, über den Platz am Ende der Siedlung in den flimmernden Staub der Landstraße. Aus den Büschen am Wegrand flog eine Lerche auf, ihr Zwitschern betonte noch die Mittagsstille, die unauflöslich mit den fernen Geräuschen der Zeche verbunden war. Erna schien etwas zu bemerken. Als wollte sie das, was sie sah, überprüfen, senkte sie kurz den Blick auf das Pflaster und die sommerlich kurzen Schatten von sich, Pauline und der Wasserpumpe, dann hob sie die Augen neugierig wieder und wußte, daß sie sich nicht getäuscht hatte. Sie verriet Pauline nicht, was sie gesehen hatte. Statt dessen begann sie rasch, die nasse Wäsche zusammenzulegen und in den Korb zu stapeln.
Ernas üppiges schwarzes Haar war von ersten, noch feinen grauen Strähnen durchzogen, die Falten unter den Augen, um Nasenflügel und Mundwinkel hatten sich vertieft, und ihr immer noch prüfend herausfordernder Blick wurde gelegentlich von einem fragenden Mißtrauen gedämpft. Sie nahm den Korb auf, stützte ihn in die Hüfte und ging in die Siedlung zurück, wobei sie ihre plötzliche Eile hinter einem betont gleichmütigen Gang zu verbergen suchte.

Pauline sah ihr nach. »Warum hast du's so eilig, ich hab nur noch das Kleid von Friedel, dann komm ich mit.«
»Ich hab was auf'm Feuer«, erwiderte Erna, ohne sich noch einmal umzudrehen.
Den jungen Mann, der von der Landstraße kam und jetzt am Rand des Platzes stehengeblieben war und zu ihr herübersah, hatte Pauline nicht weiter beachtet. Sie spülte Friedels Kleid, hob es rasch aus dem Wasser und tauchte es wieder ein, um rasch fertig zu werden und die Wäsche zum Trocknen aufhängen zu können, solange noch die Sonne schien. Der Mann kam langsam auf sie zu. Er hatte einen Leinenbeutel und einen Pappkarton an einer Schnur über der Schulter hängen und trug eine Soldatenkappe schräg über das eine Ohr gerückt. Er hatte sich einen kurzen Schnauzer wachsen lassen, seine großen ruhigen Schritte, mit denen er näherkam, zeigten, daß er es gewohnt war, weite Strecken zu gehen. Er behielt Pauline aufmerksam im Blick, und als sie sich von ihrer Wäsche aufrichtete und ihm mit einem ahnungslos verwunderten Ausdruck entgegensah, blieb er wieder stehen und lächelte abwartend. Das Verhalten des Mannes irritierte und erstaunte Pauline, bis sie den Fremden erkannte. »Bruno«, sagte sie leise. Sie trocknete sich die Hände an ihrer Schürze ab. Verlegen betrachteten sie einander. Dann trat Bruno auf sie zu, er lächelte wieder, sein Gesicht war von der Sonne dunkel verbrannt, Pauline hatte ihn noch nie so gesehen; als er noch eingefahren war, hatte seine Haut nie eine so gesunde Farbe gehabt. Nach einem kurzen Schweigen, währenddessen sie ihn ausführlich musterte, sagte sie: »Das steht dir gut.«
Er hob den Arm und rückte unsicher die Soldatenkappe auf seinem Kopf gerade. »Meinst du die Kappe?«
Sie lachte und schüttelte den Kopf: »Nein, deinen Bart.«
»Ach so«, sagte er, »ich dachte schon...« Er sah sie mit einem überrascht bewundernden Blick an: »Du hast dein Haar abgeschnitten.«
Sie prüfte unwillkürlich den Sitz ihrer Haarspange. »Ich find's praktischer so. Du hast nich geschrieben, wann du kommst«, sagte sie, um von sich abzulenken.
»Doch, ich hab euch geschrieben«, sagte er.
»Dein Brief ist nicht angekommen«, stellte sie sachlich fest.
Er blickte sich um, sah über den Platz zur Wirtschaft hinüber, die um diese Stunde noch geschlossen war, sah dann in die Straße der Siedlung. Es kam ihm vor, als wenn die Büsche, die aus den schmalen Lükken zwischen den Häusern hervorsprossen und die jungen, wildge-

wachsenen Bäume auf der Vogelwiese höher und voller im Grün standen, als es nach den zwei Jahren seiner Abwesenheit möglich sein konnte.

Pauline legte die Wäsche in den Korb und sagte: »Erna war auch hier, sie is gerade weg.« Sie blieb über den Korb gebeugt, damit sie Bruno nicht ansehen mußte, als sie hinzufügte: »Sie hat 'n neuen Schlafburschen.«

Er ging auf die Bemerkung nicht ein, er wartete, bis sie den Korb vollgepackt hatte und hob ihn sich auf die Schulter.

Während sie durch die Siedlung gingen, erzählte Pauline ihm von dem, was ihr an Neuigkeiten gerade in den Sinn kam. Willi, ihr jüngerer Bruder, hatte geheiratet, das Mädchen hieß Lise und kam aus Welsen, wie auch Käthe, ihre Stiefmutter. Willi hatte Lise in der Wirtschaft kennengelernt, wohin sie dreimal in der Woche kam, um zu putzen. Sie hatten schon eine fünf Monate alte Tochter, die Friederike-Franziska hieß. Sie wohnten in der Dachkammer über der Schankstube, dafür, daß Lise weiter die Wirtschaft sauber hielt und Willi nach der Schicht hinter dem Tresen half, brauchten sie keine Miete zu zahlen. Wilhelm, dem Wirt, ging es nicht gut, er hatte Wasser in den Beinen.

Friedel kam ihnen mit dem Kleinen an der Hand aus dem Haus entgegengelaufen. Sie war ein hageres, halbwüchsiges Mädchen geworden, ihr Haar hatte sie zu einem dünnen Zopf geflochten. Sie trug ein langes Schürzenkleid und Holzschuhe, die mit bunten Blumen bemalt waren, die Farben waren verblichen. Bruno erkannte die Schuhe wieder, sie hatten einmal Pauline gehört, die inzwischen aus ihnen herausgewachsen war. Aus dem Kleinen war ein stämmiger Junge geworden, mit kurzen Beinen und einem breiten kahlgeschorenen Kopf mit abstehenden Ohren. Er zog die Nase kraus und kniff die Augen zusammen, als er zu Bruno hinaufblickte. Friedel hielt ihre Neugier scheu zurück. Bruno sagte ihr, daß sie schon eine richtige junge Dame geworden sei, worauf sie verlegen den Blick senkte. Pauline griff ihr ans Kinn und drückte ihr Gesicht nach oben, sie bemerkte die schwarzen Ränder von Kohleruß unter Friedels Augen und sagte: »Du hast dich wieder nich richtig gewaschen.«

Friedel sah ihre ältere Schwester wütend an, drehte sich um und lief hinter das Haus.

Bruno lachte. »Arbeitest du schon auf'm Pütt?« rief er ihr hinterher.

Sie antwortete ihm nicht, aber Pauline erklärte ihm, daß Friedel schon seit einem halben Jahr am Leseband stand.

Bruno hatte den Korb auf der Stufe vor der Haustür abgestellt und wartete, die Hände in den Hosentaschen. Pauline schloß die Tür auf.
»Komm mit rein«, sagte sie, »Käthe wird sich freu'n und Vater auch.«
Bruno nahm die Hände wieder aus den Taschen.
»Hat er Spätschicht?« fragte er leise.
Pauline schüttelte den Kopf: »Er is krankgeschrieben.« Der Alte kam die Treppe vom Dachboden herunter, wo er im Taubenschlag die Brut der Jungtümmler beobachtet hatte. Langsam, Stufe für Stufe, begleitet von einem rauhen Husten, tauchten zuerst seine nackten Füße in den ausgetretenen Holzschuhen auf, und seine schwere, graue Hand stützte das Gewicht seines Körpers auf dem Geländer ab. Er trug geflickte Hosen und ein langärmeliges Unterhemd, der Hosenbund war ihm zu weit und mit einem Riemen an seinem mageren Körper festgeschnürt. Sein Haar war noch voll und dicht, aber das Grau hatte sich aufgehellt.
Käthe hatte im Garten gekniet und Bohnen gesteckt. Sie hatte sich aufgerichtet und mit dem Handrücken ihr Haar aus der Stirn geschoben und den Fremden still, scheinbar ohne besondere Aufmerksamkeit gemustert. Ihre vollen, trotzig schmalgezogenen Lippen, die breiten flächigen Wangen und der klare Schnitt ihrer Augen waren unverändert geblieben, als hätte sie ein verborgener Zauber davor bewahrt, zu altern. Als sie mit Paulines Hilfe herausgefunden hatte, daß der junge, braungebrannte Mann mit dem kurzen, hellen Schnauzer und der verstaubten Soldatenkappe, der abwartend vor ihr stand, Bruno Kruska war, hatte sich ihr verschlossener Ausdruck gelöst; sie hatte entschuldigend gelacht, ihm die Hand gegeben und war dann gleich durch das Haus auf die Straße gelaufen und hatte zum Taubenschlag, wo ihr Mann war, hinaufgerufen, daß Besuch gekommen sei.
Der Alte war auf der Treppe stehengeblieben. »Glück auf, Bruno«, sagte er sofort, ohne Bruno lange in Augenschein zu nehmen.
»Glück auf, Friedrich.«
Der Alte kam die letzten Stufen herabgehumpelt. »So sieht's aus, Junge, mich hat's erwischt... das verdammte Rheuma. Die Knappschaft behandelt mich wie'n Bettler, sie zahl'n mir gerademal 'n Viertel vom letzten Gedinge. Dafür hab ich fünfundreißig Jahre an die Kasse gezahlt, und ich hab nie gefeiert. Die Knappschaftsärzte, das sind genau solche Schufte wie die Steiger, das kannste mir glauben, dabei bezahl'n wir die von unserem bißchen Geld.« Er kam auf Bruno zugehumpelt, gab ihm die Hand und begutachtete ihn mit einem abschätzenden Blick. »Das Militär is dir gut bekomm.«

Bruno zuckte mit den Schultern: »Ich weiß nich, ich bin froh, daß es vorbei is.«
»Wie weit hast du's gebracht?« fragte der Alte.
»Gefreiter.«
Friedrich nickte: »Setz dich.«
Bruno setzte sich an den Tisch, der Alte wollte sich ihm gegenübersetzen, er hatte Mühe, die Knie zu beugen. Verärgert wehrte er Pauline ab, die zu ihm gegangen war und ihn stützen wollte. »Laß mal, das schaff ich noch allein.«
Käthe hatte einen Topf zum Aufwärmen auf den Herd gestellt. »Willst du 'n Teller Suppe?« fragte sie Bruno.
»Wenn ihr ein' übrig habt.«
Friedrich brüllte sie an: »Red nich viel, gib ihm 'n Teller!«
Mit einem Seitenblick beobachtete Bruno, wie Käthe den schroffen Ton des Alten geduldig hinnahm, ihr Ausdruck blieb gleichmütig und undurchsichtig. Um den Alten wieder ins Gespräch zu ziehen, fragte er: »Willi ist ausgezogen?«
Der Alte nickte abfällig: »Jetzt sind wir 'n Weiberhaus.«
»Habt ihr kein' Schlafburschen?«
Brunos Frage ließ Pauline sich ihrem Vater aufmerksam zuwenden, sie war bemüht, sich die Erwartung, die sie damit verband, nicht anmerken zu lassen, aber Käthe entging ihre Enttäuschung nicht, als der Alte kopfschüttelnd antwortete: »Mir kommt kein Fremder ins Haus, so was hab ich nie nötig gehabt.«
Käthe schöpfte heiße Suppe aus dem Topf auf einen Teller.
»Wir könnten's jetzt gut gebrauchen«, sagte sie.
»So wie ich wieder einigermaßen krauchen kann, fahr ich ein«, fuhr der Alte sie an, »meinst du, mir macht das Spaß, hier den ganzen Tag zu Hause rumzusitzen?« Er ließ sich durch Pauline nicht aufhalten, die ihre Stiefmutter mit der Bemerkung in Schutz zu nehmen versuchte, daß es von ihr nicht so gemeint gewesen sei, wie er es ihr wieder ausgelegt hätte.
»Du willst nur, daß ich nich mitkriege, was du so 'n Tag über treibst.«
Währenddessen hatte Käthe, ohne aufzublicken, für Bruno den Teller auf den Tisch gestellt und war dann wortlos wieder in den Garten hinausgegangen.
Bruno begann, vorsichtig die heiße Suppe zu löffeln, er hatte seit seiner Entlassung nichts mehr gegessen.
Pauline holte aus einer Schublade eine alte Zeitung, sie faltete das

Blatt auseinander und legte es Bruno neben den Teller, sie zeigte auf ein Foto, auf dem mehrere Männer in dunklen Anzügen mit Stehkragen und Binder vor einem Hauseingang Aufstellung genommen hatten, alle trugen steife Hüte und alle hatten mit dem gleichen ernst-gewichtigen Ausdruck den einen Arm angewinkelt ins Kreuz gedrückt und die Finger der anderen Hand in den Rockaufschlag gesteckt.
»Sie mal«, sagte sie und deutete mit dem Zeigefinger auf einen von ihnen, »weißt du, wer das ist?«
Es war Bruno nicht möglich, einen einzelnen von den anderen zu unterscheiden und auf dem grau verschwommenen Druck irgendwelche persönlichen Eigenheiten zu erkennen, aber er ahnte, wen Pauline ihm zeigen wollte, und rief scheinbar überrascht: »Das is Karl, stimmt's?«
»Ja«, sagte sie, »hier steht es.« Sie hatte sich über ihn gebeugt und ihm unwillkürlich die Hand auf die Schulter gelegt. Mit lauter Stimme las sie vor: »Die neugewählten Bezirkssekretäre vor der Verbandszentrale.«
»So isses«, bemerkte Friedrich, »er hat kein Ruß mehr unter den Fingernägeln.«
»Er hat im Verband genug zu tun«, verteidigte Pauline die neue Arbeit ihres Bruders, »inzwischen haben sich die Christlich-sozialen abgespalten und ihren eigenen Verein gegründet.«
»Davon hab ich gehört«, sagte Bruno.
»Sie sagen, daß sie angeblich neutral sind«, fuhr Pauline in einer Weise fort, die zeigte, daß sie sich mit dem, worüber sie sprach, eingehender beschäftigt hatte, »aber sie nehmen keine Sozialdemokraten bei sich auf.«
Der Alte wiegte seinen Kopf verständnislos hin und her. »Hör dir das Mädel an.«
»Vater denkt, so was hat mich nichts anzugehn«, sagte Pauline, sie zögerte und fügte dann entschieden hinzu: »Weil ich 'ne Frau bin.«
Bruno fürchtete, daß jetzt wieder ein Streit anfangen würde. »Wie weit seid ihr mit der Morgensonne?« fragte er den Alten schnell. Friedrich lehnte sich zurück: »Gute Kohle, aber schlimmes Wetter. Du kriegst kaum genügend Luft, und du kannst kaum mal schießen. Es hat sich 'ne Menge verändert unten, seit Rewandowski unser neuer Herr Direktor geworden is.«
Er preßte die Lippen aufeinander und starrte vor sich auf die Tischkante: »Verdammt noch mal, daß ich nich einfahrn kann, ich würd dir gerne alles zeigen.«

Bruno lachte. »Du hast dir das Fluchen angewöhnt.«
»Ich glaube, die heilige Mutter versteht das«, sagte der Alte, »hast du schon was für die Nacht?«
Bruno löffelte seine Suppe und schüttelte den Kopf.
»Wenn du willst, kannst du erst mal hierbleiben«, bot ihm der Alte an.
Pauline warf Bruno einen raschen Blick zu. Sie nahm die Zeitung vom Tisch und legte sie in die Schublade zurück; sie mußte jetzt endlich die Wäsche aufhängen.
»Du brauchst nur was für dein Essen zahl'n, wenn du wieder angelegt hast«, hörte sie ihren Vater sagen, bevor sie auf den Hof hinausging.
Bruno hatte nicht von seinem Teller aufgesehen. »Ich dank dir, Friedrich«, sagte er.

Vor der Einfahrt der Zeche Siegfried warteten zugewanderte Arbeiter darauf, daß sie eingelassen wurden. Die meisten waren junge Landarbeiter und Handwerksburschen, einige der älteren Männer hatten ihre Frauen mitgebracht, in der Hoffnung, daß auch sie hier Arbeit finden könnten. Die Leute drückten sich gegen das verschlossene Gittertor und sahen zwischen den Eisenstäben hindurch zu dem großen Doppelrad auf dem Förderturm hinauf, das sich rastlos in wechselnder Richtung drehte, anhielt und wieder mit plötzlicher, kurzer Beschleunigung in Fahrt kam, geführt vom harten Klang der Anschlägerglocke. Das Bild zeigte den wartenden Männern und Frauen eine unbekannte, mechanische Betriebsamkeit, die ihnen um so mehr Anlaß zu märchenhaften Vermutungen über ihre geheimnisvollen Abläufe gab, je weniger sie von ihnen durchschaut wurde. Die Technik, die sie bestaunten, war ihnen ein Symbol für Arbeit, guten Lohn und sattes Essen, wovon sie durch das Eisengitter ausgeschlossen blieben.
Als Bruno zu ihnen trat, sah er ihre abgetragene Kleidung, die aus vereinzelten Stücken verschiedener Trachten und Zunftgewändern zusammengesetzt war: blankgescheuerte kurze Lederhosen, zerschlissene Matrosenblusen, Zimmermannshosen und ausgeblichene Strohhüte. Vor ihnen auf dem Hof der Zeche ging der Pförtner auf und ab, ohne sie zu beachten. Bruno kannte ihn nicht, es war ein Mann um die Vierzig, ein Berginvalide, dem der rechte Unterarm fehlte. Er hatte den verkürzten Arm auf den Rücken gelegt und die ihm verbliebene Hand in die Seitentasche seiner Jacke gesteckt, eine Haltung, die er einem Feldherrn oder sogar dem Kaiser abgesehen zu haben schien. »Wie lange solln wir noch warten?« rief ihm ein junger Bursche zu.

Der Pförtner blieb stehen und sah sich nach dem Rufer um. »Wenn du keine Zeit hast, dann geh nach Hause.«
Einer der älteren Männer erwiderte: »Nach Hause sagst du? Das liegt siebenhundert Werst von hier.« Einige lachten, was aussah, als ob sich ihre von Not und ungewisser Erwartung erhärteten Gesichtszüge zu einer fremdartigen Grimasse verziehen wollten. Der Pförtner stellte sich, durch das Gittertor geschützt, vor ihnen auf; ihm war etwas eingefallen, wie er sich auf seine Art mit ihnen unterhalten konnte. »Wer von euch war schon einmal unter Tage?« rief er.
Alle Männer hoben die Arme, zögernd schloß sich ihnen auch eine der Frauen an.
»Sieh mal an«, sagte der Pförtner in hämischem Ernst, »alles Bergleute, so seht ihr aus.« Er sah die Frau an. »Du auch?«
Sie begegnete ihm mit starrem Blick und nickte zaghaft.
Der Pförtner grinste, weil er ihnen ansah, daß sie hofften, er würde ihnen ihre Lüge abkaufen.
»Spuckt auf den Boden«, befahl er ihnen, »bei wem's schwarz is, der is Bergmann.«
Bruno drängte sich nach vorn, sie wollten ihn erst nicht durchlassen, aber er schob sie mit einer ruhigen Entschiedenheit zur Seite, daß sie ihm unwillkürlich Platz machten. Er rückte seine Militärkappe zurecht und spuckte durch das Gitter dem Invaliden vor die Füße.
»Was soll das?« rief der Mann.
»Ich will's dir beweisen«, sagte Bruno, »sieh's dir an.«
Der Pförtner musterte ihn schweigend. Er ärgerte sich, weil er nicht wußte, was er entgegnen sollte.
»Sieh's dir an!« wiederholte Bruno.
»Mach, daß du wegkommst.« Der Pförtner zog die Hand aus der Tasche und streckte gebieterisch den Zeigefinger aus. »Aber schnell! Oder ich laß dich einsperren, hier treibt sich schon viel zu viel Gesindel rum.«
»Nennst du einen Bergmann Gesindel?« fragte Bruno ruhig, er zeigte auf die Männer und Frauen hinter sich. »Sind sie Gesindel, nur weil sie keine Arbeit haben?«
»Ich hab sie nich hergeholt«, sagte der Mann.
»Was spielst du dich hier wie der Betriebsführer auf?« sagte Bruno. »Bring uns zum Steiger!«
Der Pförtner musterte ihn wieder, er war unentschlossen. »Was willst du?«
»Arbeit, wie sie«, sagte Bruno.

»Bist du Bergmann?«
»Ich red nich mit dir. Bring uns zum Steiger.« Bruno ließ ihn schließlich wissen: »Kamerad, ich hab die Morgensonne aufgehaun.«
Der Pförtner zog den Schlüssel aus der Tasche und schloß das Tor auf, dabei sah er aus, als wenn er sich dazu entschlossen hätte, einen Vaterlandsverrat zu begehen. Offensichtlich war es seine Absicht, nur Bruno einzulassen. Aber der schob ihn mit dem Tor zur Seite, so daß die Männer und Frauen durch die Einfahrt in den Hof gelangen konnten.

Eine gewisse Anerkennung gegenüber einem Mann, der gerade dem Kaiser gedient hatte, und weil sich Bruno in der Morgensonne auskannte, hatten Steiger Kowiak dazu bewogen, Brunos Wunsch zu berücksichtigen, und ihn für die Frühschicht am nächsten Tag der Kameradschaft von Willi Boetzkes zuzuteilen. Seit einem knappen Jahr war Willi Hauer auf der Morgensonne. Willi suchte einen neuen Mann, sein Hilfshauer war nach dem letzten Zahltag nicht wieder eingefahren; das wußte Bruno vom alten Boetzkes. Bruno hatte wieder angelegt. Er trug sein gutes Hemd, hellblau und blaßgelb gestreift, das ihm Pauline gewaschen und gebügelt hatte, seine gute Hose, in die ein neuer Boden aus beinahe gleichfarbenem Tuch eingesetzt war und eine braune Strickweste mit Holzknöpfen und Lederflicken auf den Ellenbogen, seine Holzschuhe hatte er frisch gewachst. Es war noch früh am Nachmittag, Bruno hatte, als er von der Zeche zurückkam, einen Umzug über die Vogelwiese gemacht, es war eigentlich nicht seine Absicht gewesen, eher war er in Gedanken und aus Gewohnheit den Weg gegangen, der ihm von früher vertraut war und der ihn zwangsläufig zu dem grauen einstöckigen Eckhaus, außerhalb der Siedlung, am anderen Ende der Brache führte, in dem Erna Stanek ihre Stube gemietet hatte. Er hatte auch das Päckchen eingesteckt. Die Tür war mit grasgrüner Farbe frisch gestrichen und leuchtete neu und blank aus dem verrußten, brüchigen Putz der Fassade hervor, an der Holztreppe, die neben der Giebelwand in den ersten Stock hinaufführte, war das Geländer erneuert worden. Bruno ging auf die Tür zu, aber noch bevor er sie erreicht hatte, wurde sie geöffnet, und Erna trat mit einem Korb am Arm auf die ungepflasterte, staubig ausgetrocknete Straße hinaus, in der Hand hielt sie einen kleinen Feldblumenstrauß. Sie bückte sich und hob ein Paar Holzpantinen auf, die vor der Tür abgestellt waren. »Dieser Schlamper«, schimpfte sie, »alles läßt er stehn und liegen, ich räum ihm dauernd hinterher.« Sie brachte die Pantinen in die Stube und kam wieder zurück. »Ich will noch zum Magazin«, sagte sie. Währenddessen hatte Bruno sie erwartungsvoll angesehen, aber sie blieb scheinbar mit ihren häuslichen Sorgen beschäftigt: »Das Holz hat er mir auch noch nich kleingemacht.«

»Wie geht's dir, Erna?« fragte Bruno schließlich, um sie auf sich aufmerksam zu machen. Daraufhin sah sie ihn kurz an und stellte in einem sachlichen Ton fest: »Du bist ein richtiger Mann geworden.« Sie neigte den Kopf zur Seite und zeigte auf ihr Haar: »Ich werd grau, siehste?«

Bruno lächelte: »Wo sind die Jungs?« fragte er.

»Weiß der Teufel, wo die sich rumtreiben«, schimpfte sie.

Er hatte das Päckchen aus der Hosentasche gezogen und wickelte zwei kleine, naiv geschnitzte Holzpferde aus dem Zeitungspapier, Mähne, Sattel und Zaumzeug waren mit buntem Lack aufgemalt.

»Hübsch sind die.«

»Die hab ich inner Kaserne geschnitzt.«

»Und schön bemalt haste sie«, sagte Erna.

»Das hat 'n Kamerad aus Thüringen gemacht«, gestand Bruno, »der kann so was, die machen zu Hause Spielzeug, die ganze Familie.« Er hatte sie mit dieser Bemerkung abgelenkt, damit sie nicht sehen sollte, wie er noch eine Tüte aus Seidenpapier mit Daumen und Zeigefinger aus der Uhrentasche an seiner Weste hervorzupfte, er schüttete ein Armband aus kleinen Granatperlen auf seinen Handteller: »Das is für dich«.

Sie nahm das Armband auf, spannte es über ihre Finger und hielt es gegen die Sonne, dabei schien sie über etwas nachzudenken, sie gab ihm rasch einen Kuß auf die Wange und sagte: »Komm – ich will dir was zeigen.«

Erna ging schnell, weil sie danach noch im Magazin einkaufen wollte, der Korb an ihrem Arm wippte auf und ab. Bruno wunderte sich über den Weg, den sie mit ihm ging, aus der Siedlung hinaus und über die Landstraße, aber er sagte nichts. Einmal nur erkundigte er sich unterwegs nach ihrem Schlafburschen.

»Mit den Kerls is das immer dasselbe«, winkte Erna ab, das war alles, was er über ihn erfuhr.

»Und wo bist du untergekomm?«

Bruno antwortete ausweichend, aber sie fragte nach: »Bei Boetzkes?«

Er nickte.

»Bisher wollte der alte Friedrich jedenfalls keinen Schlafburschen in seinem Haus haben«, bemerkte Erna. Sie hatten die Landstraße verlassen und gingen den Sandweg entlang, der zum Friedhof führte. An der Mauer zur Straße stand eine Reihe hoher Silberpappeln, bei der tiefstehenden Sonne reichten ihre Schatten aus, um den größten Teil der Gräber zu bedecken. Das Eisengitter hing schief in den rostigen Scharnieren und steckte im hohen Gras fest, es war lange nicht mehr geschlossen worden. Erna lief in den schmalen, ausgetretenen Wegen zwischen den Holzkreuzen voraus, Büsche und verwilderte Blumen hatten die älteren Gräber überwuchert. Zwei alte Bergarbeiterwitwen hockten, die Hände im Schoß gefaltet, vor den Gräbern ihrer Männer; regungslos, in schwarze Tücher gehüllt, sahen sie von weitem wie große, runde Kohlesteine aus. Vor einem kleinen Sandhügel, auf dem Tannengrün und vertrocknete weiße Nelken lagen, war Erna stehengeblieben. Sie beugte sich feierlich langsam herab und legte den Feldblumenstrauß dazu. Als sie sich wieder aufrichtete, rollten ihr Tränen über die Wangen. Bruno stand hinter ihr, er blickte auf das Kreuz, in das Holz waren laienhaft um kunstvolle Verzierung bemühte Buchstaben eingebrannt, so daß sie nur schwer zu lesen waren: KATHARINA MARIA STANEK. Er las mehrmals das Datum, sie war nur einen Tag alt geworden.
»Acht Monate nachdem du eingerückt bist«, sagte Erna, »sie is zu früh gekomm, sie hat nich geschrien und keine Milch genomm.«
Bruno nahm seine Mütze vom Kopf.
»Ich hab sie Katharina taufen lassen«, fuhr Erna leise fort, »wie die russische Kaiserin, ich hab mal 'n Roman gelesen über ihr tolles Leben.« Sie schwieg einen Augenblick und blickte auf den Grabhügel hinunter. »Ich glaube, die Heilige Mutter hat es gut mit ihr gemeint, sie wollte ihr ersparen, ein Leben lang nich aus'm Elend rauszukommen.«
Bruno legte seinen Arm um Ernas Schulter. »Unsere Tochter«, sagte er mit schlechtem Gewissen.
Erna bekreuzigte sich und wandte sich vom Grab ab. Sie tupfte sich mit den Zipfeln ihres Halstuches die Tränen aus den Augenwinkeln. »Ich weiß nich«, sagte sie, »sie hatte Ottos Augen.«
Die Straße lag breit, leer und dunkel zwischen den Häuserreihen der Siedlung, in weiten Abständen trüb erhellt von den wenigen Gaslaternen. Es war spät geworden, Bruno hatte nicht auf die Zeit geachtet, er hatte Erna noch zum Magazin begleitet und war dann ziellos umhergelaufen, einmal um den ganzen Pütt und das Materiallager

herum, an der hohen Kohlehalde vorbei, am Bahndamm entlang, zurück zur Vogelwiese. Als er an der Wirtschaft vorbeigekommen war, hatte er einen Blick durch die offenstehende Tür geworfen, war aber nicht hineingegangen. Er hatte Willi hinter dem Tresen Gläser spülen sehen, die Männer, die den Tresen belagerten, kannte er nicht.
Dann hatte er das Haus der Boetzkes erreicht, wo er von diesem Tag an Schlafbursche war. Die letzten Schritte war er immer langsamer gegangen, er blieb stehen und versuchte durch das Fenster in die Wohnküche zu sehen. Der Vorhang war zugezogen und ließ nur einen matt gedämpften Lichtschein nach draußen dringen. Er ging zur Haustür und lehnte sich für einen Augenblick gegen den Pfosten, während er in seiner Hosentasche nach dem Schlüssel suchte, den ihm der Alte gegeben hatte. Er blickte noch einmal in die leere Straße zurück, drehte sich um und schloß leise die Tür auf.
Pauline saß bei einer Handarbeit unter der Lampe am Tisch. Sie hatte auf ihn gewartet, aber sie sah nicht von ihrer Arbeit auf, als sie ihn hereinkommen hörte. Ihr Haar hatte sie geöffnet und glatt gebürstet, an ihren Ohren funkelten türkisblaue Glassteine unter den blonden, locker gewellten Strähnen hervor. Sie trug einen leichten, blauen Sommerrock und eine frischgebügelte weiße Bluse. Bruno schloß die Tür. Pauline legte ihre Handarbeit weg und stand auf: »Ich mach dir dein Bett«, flüsterte sie. Sie hatte einen Tonleuchter mit einer Kerze bereitgestellt und zündete sie an: »Vater und Käthe schlafen schon.«
Bevor sie zur Treppe ging, drehte sie in der Küche die Petroleumlampe aus. Bruno folgte ihr, sie ging vor ihm die Treppe hinauf, es war ihr bewußt, daß er sie ansah, und sie raffte ihren Rock und bewegte vor ihm bei jedem Schritt unauffällig betont ihre Hüften. In der Dachkammer schlief Friedel in dem einen Bett, das andere war leer. Während Bruno abwartend an der Tür stehenblieb, beugte sich Pauline zu ihrer Schwester hinunter und schüttelte sie sanft wach: »Friedel... Friedel...« Das Mädchen richtete sich auf, sah zuerst auf Pauline und dann zu Bruno, der ihrem verschlafenen Blick mit einem verlegenen Lächeln begegnete.
»Geh runter, Friedel«, sagte Pauline, »ich hab dir Bonbons unters Kissen gelegt.«
Sie zündete die Petroleumlampe auf der Waschkommode an und gab Friedel die Kerze: »Hier, nimm. Und sei leise.«
Friedel war gehorsam aufgestanden und ging, etwas steifbeinig verschlafen, mit der Kerze in der Hand die Treppe zu Paulines Bett hinunter.

Pauline drehte sich nach Bruno um. »Mach die Tür zu.«
Er schloß die Tür und rührte sich nicht vom Fleck.
Sie lächelte. »Ich hab auf dich gewartet.«
Bruno trat auf sie zu, er stand vor ihr und atmete schwer, aber er blieb unbeweglich wie ein Brett. Pauline nahm seine Hand, hob sie langsam hoch und legte sie auf ihre Brust, sie sah ihn ernst und ein wenig ängstlich an. »Komm«, flüsterte sie, »zeig mir, wie man's macht.«
Unten, in der Schlafstube lag der alte Boetzkes im Doppelbett auf dem Bauch und ließ sich von Käthe, die neben ihm kniete, den Rücken und die Waden mit einer Tinktur gegen sein Rheuma einreiben. Käthe richtete sich auf, sie zog den Saum ihres Nachthemdes über die Knie, sah zur Zimmerdecke hoch und lauschte: »Sie sind nach oben gegangen«, sagte sie.
Der Alte drehte sich stöhnend auf die Seite, er stützte den Ellenbogen auf und sah zur Decke hinauf, von wo jetzt leise Geräusche und Laute zu hören waren, die ihm keinen Zweifel daran ließen, was in der Dachkammer geschah.
»Meine Pauline.« Er war einen Augenblick in Gedanken, dann fügte er hinzu: »Sie ist alt genug, und er is ein guter Bergmann.« Er sah Käthe fragend an. »Nich wahr?«
Käthe lenkte ab, sie hielt die Flasche mit der Tinktur in der Hand und sagte mit einer energischen Bewegung: »Dreh dich um.«
Seufzend und unwillig rollte sich der Alte wieder auf den Bauch.

Die Strecke war neu ausgebaut und die Schienen neu verlegt. Willi Boetzkes führte Bruno vor Ort. Willi war ein kräftiger, untersetzter junger Hauer geworden, sein Gesicht war blaß, die Augenbrauen hielt er zusammengedrückt, so daß sich zwischen ihnen eine fortwährende, tiefe Falte gebildet hatte, sein Blick hatte einen Ausdruck von anhaltendem Mißtrauen, als wenn er in dauernder Bereitschaft war, sich gegen irgend etwas zu wehren. Er trug einen verrußten steifen Hut und hielt die Keilhaue wie einen Steigerstock unter den Arm geklemmt. Als er sah, daß Bruno stehengeblieben war und interessiert einen Türstock ableuchtete, zog er den Fäustel aus seinem Gürtel und schlug mit ihm gegen die Kappe, daß es einen hellen, metallenen Klang gab.
»Eisen«, sagte er.
»Habt ihr die auch im Streb?« fragte Bruno.
»Nur auf der Strecke«, sagte Willi.
Ein Geräusch beunruhigte Bruno, ein tiefes Dröhnen, das er nicht

einordnen konnte in die Geräusche, die ihm unter Tage vertraut waren, aber er ging nicht darauf ein, sondern sah zum sauber verschalten Hangenden zwischen den neuen Eisenkappen hinauf. »Das sieht hier aus wie inner guten Stube.«
Der unbekannte Lärm nahm zu, kam rasch näher und prallte vom Stoß an der Streckenbiegung zurück. Bruno duckte sich unwillkürlich und verlangsamte seine Schritte wie ein Bergmann, der Gefahr witterte. »Was is das?« rief er Willi zu, der vor ihm ging, ruhig, in unveränderter Haltung, als wäre ihm nichts Ungewöhnliches aufgefallen. Vor ihnen in der Kurve erschien ein blendend helles Licht, hinter dem sich ein dunkler, beinahe mannshoher Metallblock über den Geleisen schnell und scheinbar unaufhaltsam auf sie zuschob, gefolgt vom Rattern der Kohlewagen. Bruno sprang von den Schienen, drückte sich gegen den Stoß und blickte, den Kopf zur Seite gedreht, der dumpf dröhnenden Maschine entgegen. Betont gelassen war Willi nahe am Geleis stehengeblieben, womit er für Bruno sichtbar werden ließ, daß ihm der unheimliche, brummende Eisenkasten, der sich auf den spiegelnden Gleisen schlingernd auf sie zubewegte, keinerlei Respekt mehr abnötigte. »Die zieht was weg!« rief er in den Lärm des vorbeirollenden Zuges. Er hatte dem Lokführer, der hinter dem langen Motorblock hockte, grüßend zugenickt. »Das is eine Siemens und Halske, die läuft mit Akkumulatoren, davon haben wir zwei Stück auf der Strecke!«
Bruno rückte erleichtert seine Mütze zurecht und löste sich vom Stoß, gegen den er sich mit solcher Kraft gestemmt hatte, daß ihm der Rükken schmerzte. Er sah der schaukelnden, roten Lampe nach, die an der letzten Kupplung der endlos langen Wagenreihe hing und mit dem leiser werdenden Lärm des Zuges im Dunst der Strecke verblaßte.
»Die hab ich selber 'n halbes Jahr lang gefahren«, sagte Willi. Sie hatten ihren Weg zur Morgensonne fortgesetzt und liefen jetzt geduckt durch die niedrige Richtstrecke.
»Ich muß an damals denken«, sagte Bruno, »an meine erste Schicht, als du mich zum ersten Mal durch die Strecke geführt hast, da wollt ich dir nich glauben, daß ihr Pferde unter Tage habt.«
Willi schwieg, er ging auf Brunos Erinnerung nicht ein. »Hast du viele Weiber gehabt beim Militär?«
Bruno schüttelte den Kopf, er wunderte sich über die Frage. »Bei dem bißchen Sold, und Zeit dafür war auch nich viel.«
An der Abbaustrecke kreuzte ein Kumpel ihren Weg, bevor er zu ihnen trat, hatten sie das schwankende Licht seiner Lampe hinter dem

Wetterleder aufleuchten sehen und seinen lauten Gesang gehört: »Ein schönes Mädel mit braunem Haar – und 'ne Feierschicht – wie wunderb-a-a-a-r!« Er lief an ihnen vorbei: »Glück auf, Willi, haben sie dir 'n Neuen zugeteilt?« Er musterte Bruno. »Glück auf, Kamerad.« Plötzlich streckte er die Arme aus und packte Bruno an den Schultern. »Mutter Maria! Der Bruno!« Er nahm eine militärische Haltung an und knallte die Absätze seiner Holzschuhe zusammen: »Melde gehorsamst, Herr Major, Hauer Otto Schablowski zur Bierschicht angetreten!« Er lachte.
»Rührt euch!« rief Bruno. Sie umarmten sich, Otto nahm Brunos Kopf in beide Hände. »Laß dich anseh'n, Kumpel, du bist der Alte geblieben, dich haben sie nich kleingekriegt.«
Bruno sah zu Ottos Hut hoch, der um einige Plaketten, Abzeichen und kleine Heiligenfiguren aus Porzellan reicher bestückt war. »Den trägst du immer noch...«
Otto zog sich die Krempe in die Stirn. »Den behalt ich, bis ich nich mehr einfahr«, sagte er. »In Pommern häng ich 'n mir über's Ehebett, und meine Frau muß ihn jeden Morgen mit Weihwasser bespritzen.«
Willi stand einen Schritt abseits, unbeteiligt sagte er: »Macht hin, wir müssen vor Ort.«
Otto warf ihm einen verächtlichen Blick zu, er schlug Bruno auf die Schulter. »Bis nach der Schicht, Glück auf.« Er stellte den Fuß auf die Schwelle zum Streb. »Ab in den Backofen.«
Bruno kletterte im nächsten Abschnitt hinter Willi in das knapp meterhohe Flöz hinauf, der Abstand zwischen ihnen hatte sich rasch vergrößert, nach kurzer Zeit schon waren ihre Gesichter schwarz und verschwitzt. Bruno machte eine Pause, er lehnte sich erschöpft gegen einen Stempel.
»Was is?« rief Willi zu ihm hinunter.
»Es is verdammt heiß«, sagte Bruno, »haben sie mal die Werte gemessen?«
»Ach was«, sagte Willi, »du bist das nich mehr gewöhnt.«
Vor Ort kniete ein junger Schlepper unter dem Lichtkreis seiner Lampe und schnitt Rundholz für den Ausbau zurecht. Er war etwa im gleichen Alter wie Bruno zu der Zeit, als er das erste Mal eingefahren war. Der Junge trug knielange Lederhosen, sein magerer, nackter Oberkörper hatte verschorfte Schrammen, ein Knie hatte er sich aufgeschlagen; Blut und Ruß bildeten am Rand der Wunde eine schwarzbraune Kruste.

Willi hakte seine Lampe an das Kappenholz. »Is Walter noch nich da?« Er sah auf seine Uhr.
Der junge Schlepper blickte eingeschüchtert zu ihm hoch, er schüttelte den Kopf.
Bruno gab dem Jungen die Hand. »Ich bin Bruno Kruska.«
»Ich bin der Pepi«, sagte der Junge.
Willi zeigte auf den Stapel geschnittener Stempel. »Is das alles?« schimpfte er, »steh nich rum, schaff ran!«
Der Junge legte die Säge zur Seite und rutschte den Streb hinunter, um Holz zu holen.
Willi steckte seine Uhr in die Westentasche. »Um fünf vor voll fängt bei mir die Schicht an«, sagte er, »das zieh ich Walter vom Gedinge ab.«
Bruno sah ihn nachdenklich an, aber er sagte nichts. Er nahm eine Keilhaue, die am Stoß lehnte und strich mit den Fingern über den verrußten Griff: »Die hab ich lieber inner Hand als 'ne Knarre.«
Sie machten gute Kohle. Willi gab den Takt an, er wollte Bruno zeigen, was er schaffen konnte. Eine Zeitlang hielt Bruno mit, er arbeitete, trotz der matten Wetter, mit einem frischen Eifer. Es machte ihm Spaß zu beweisen, daß er seine Arbeit noch beherrschte. Hinter ihnen hockte Walter und zerkleinerte die geschlagene Kohle, der Junge schaufelte sie in die Bretterführung, auf der die Kohle in die Abbaustrecke hinunterrollte. Er holte angestrengt Luft, sein Brustkorb blähte sich bei jedem Atemzug auf, bis die Rippen die Haut spannten, er schaufelte mit verzweifelter Hast, in fortwährender Angst, daß er nicht erfüllte, was von ihm erwartet wurde. Die Eisen der Keilhauen prallten am Berg ab. Willi und Bruno wischten sich den Schweiß aus dem Gesicht und warteten, bis sich der Staub gesenkt hatte.
»Hast du gemerkt?« fragte Willi.
»Das is 'n Bergband«, sagte Bruno, »zwei Meter, schätz ich.«
»Verdammte Scheiße«, fluchte Willi, »ich will meine Wagen voll kriegen.«
»Wir könn' ne Schram versuchen«, schlug Bruno vor.
Willi nickte und winkte dann ab: »Machen wir erstmal 'n Bergamt.«
Bruno und Walter hakten ihre Lampen vom First und kletterten den Streb hinunter. Der Junge wollte ihnen folgen.
»Du bleibst hier«, sagte Willi, »wir seh'n uns das mal an«.
Walter drehte sich nach ihm um: »Laß den Jungen, er braucht seine Ruhe.«
»Misch dich nich ein«, erwiderte Willi, »er kann auch hier oben seine

Pause machen.« Willi wartete, bis Walter und Bruno im dichten Stempelwald untergetaucht waren. »Gib mir den Bohrer«, sagte er.
Der Junge rutschte ein Stück im Streb hinunter und kam dann mit dem Steinbohrer wieder vor Ort geklettert. Willi richtete das Gerät ein, setzte es an den Berg, der die Kohle versperrte, sie preßten die Stahlspitze gegen den Stein, Willi drehte die Kurbel, bis sie ein mehrere Zentimeter tiefes Loch gebohrt hatten. Hinter sich hatte Willi unter einem Bergbrocken einen kleinen Kasten versteckt, in dem Dynamitpatronen und Zündkapseln aufbewahrt waren. Der Junge sah mit angstvoll geweiteten Augen zu, wie Willi eine Patrone aus dem Kasten nahm und in dem Bohrloch versenkte.
»Willst du schießen bei dem Wetter?« fragte er.
»Willst du mir Vorschriften machen, du Blödmann?« fuhr ihn Willi an. »Wenn wir matte Wetter haben, dann sind das keine bösen Wetter. Hast du das kapiert?«
Der Junge schüttelte den Kopf. »Aber wir solln nich schießen«, stammelte er.
»Das sagen sie immer«, beruhigte Willi ihn. »Den' isses doch egal, wie wir an die Kohle komm.«
Unten in der Abbaustrecke band Walter seinen Brotbeutel an das Wasserrohr. »Damit unsere kleinen Lieblinge nich naschen.«
»Die kommen hier nich her«, sagte Bruno. »Hier is das Wetter sogar für die Ratten zu schlecht.« Er hatte sich nach dem neuen Steiger erkundigt, und Walter erzählte ihm, daß gleich nachdem Bruno eingerückt war, der Unglücksfall, bei dem sich Bärwald zu Tode gestürzt hatte, auf Anordnung seines Nachfolgers noch einmal untersucht worden war.
Bruno hockte auf der Wagenkupplung vor dem Streb und starrte zwischen seine Knie hindurch in den Kohlenstaub. »Der Reviersteiger hat bezeugt, daß es ein Unfall gewesen ist.«
»Ich weiß«, sagte Walter, »aber sie haben Otto verhaftet und inner Gendarmerie verhört.«
Bruno sah ihn an. »Warum?«
Walter zuckte mit den Schultern: »Du kennst Otto, er soll mal gesagt haben, daß er dem alten Kohlefresser eigenhändig den Schädel einschlagen wird.«
»So was haben viele gesagt«, bemerkte Bruno.
»Sie haben ihn wieder freigelassen, weil Friedrich bezeugt hat, daß er die ganze Zeit vor Ort gewesen ist. Vorher haben sie ihn noch gefragt, ob er Sozialdemokrat is.«

Sie schwiegen. Walter sah in den Streb hinauf. »Was machen die da oben so lange?«
Die Frage holte Bruno aus dem Irrgarten seiner Erinnerungen zurück, in den ihn Walters Bericht gezogen hatte. Eine plötzliche Vermutung, die Ahnung einer augenblicklichen Gefahr, hatte jeden anderen Gedanken ausgelöscht. »Ich weiß, was sie machen«, sagte er und sprang auf. Er zog sich am Türstock hoch, kletterte den Streb hinauf und hangelte sich zwischen den dicht gesetzten Stempeln hindurch. »Willi, hör auf!« schrie er.
Willi gab keine Antwort, er befestigte die Kapsel an der Sprengpatrone und verlegte die Zündschnur.
Der Junge kam Bruno entgegengerutscht, um sich in Sicherheit zu bringen.
»Hör auf, Willi«, rief Bruno, »bist du verrückt! Bei dem Wetter! Das gibt Brand!«
Willi ließ sich nicht beirren, er zog sein Feuerzeug aus der Hosentasche. Bruno packte ihn von hinten an den Schultern und riß ihn zurück. Willi drehte sich um und schlug Bruno wütend mit der Faust ins Gesicht, aber Bruno klammerte sich an ihm fest, sie rollten den Streb hinunter. Walter, der von der Strecke heraufkam, kümmerte sich nicht um sie. Er wich ihnen aus, ließ sie an sich vorbeistürzen und beeilte sich, vor Ort zu kommen. Er folgte der Zündschnur und sah, daß sie noch nicht brannte. Trotzdem riß er sie sofort aus der Kapsel, kniete sich vor das Bohrloch und begann behutsam, die Kapsel wieder von der Dynamitpatrone zu lösen. Immer noch ineinander verkrallt stürzten Willi und Bruno vor die Stiefel von Steiger Kowiak, der sie unten auf der Strecke erwartet hatte.
Willi stand auf, nachdem Bruno ihn losgelassen hatte. »Glück auf, Herr Steiger«, sagte er benommen.
»Ihr habt euch geprügelt«, stellte Kowiak fest, doch er blieb gelassen. »Warum habt ihr euch geschlagen?« Er berührte Bruno, der noch am Boden lag, mit seinem Stock. »Steh auf, wenn ich mit dir rede.«
Bruno erhob sich mühsam, er blutete an der Schulter.
»Ich habe euch was gefragt«, sagte Kowiak mit Nachdruck, er wandte sich an Willi, während er mit seinem Stock wieder auf Bruno zeigte. »Hat er dich angegriffen?«
»Nein, Herr Steiger, wir... wir sind gestürzt«, meldete Willi in gehorsamer Haltung.
»Gestürzt«, wiederholte Kowiak, »ich denke, ihr seid erfahrene Männer. Ihr bekommt jeder drei Strafpunkte. Geht an eure Arbeit.« Er

schob seinen Stock unter die Achsel und setzte seinen Inspektionsgang fort. Willi und Bruno stellten sich nebeneinander auf, hoben das Kinn und legten die Handflächen an die Hosennähte, obwohl ihnen Steiger Kowiak schon den Rücken zukehrte. »Jawoll, Herr Steiger«, riefen sie ihm gleichzeitig nach. Sie sahen sich nicht an, aber sie waren sich einig, daß sie bei alledem noch gut davongekommen waren.

Vor der Bahnstation parkte ein geschlossener Zweispänner, der Kutschbock war nicht besetzt, die Zügel um die Bremskurbel gewikkelt. In dem Wagen saß Sylvia von Kampen. Sie blickte gelangweilt in einen kleinen Taschenspiegel und versuchte, ihrem Gesicht einen verruchten Ausdruck zu geben. Ihr Hut und ihr leichter Sommermantel waren von raffiniert einfacher Eleganz. Die Geräusche des einfahrenden Zuges, das Quietschen der mechanischen Bremsen, das Zischen der Dampfventile und das langsamer werdende Klopfen der Räder auf den Schienenstößen ließen sie aufblicken. Über dem Bahnhofsgebäude stieg weißer Dampf auf. Sie steckte den Spiegel in ihre Handtasche und zupfte ihre Uhr, die an einer feinen Goldkette um ihren Hals hing, aus dem Dekolleté. Durch das regennasse Fenster der Kutsche sah sie zum Bahnhofsgebäude, und dabei bemerkte sie etwas, das sie von dem ablenkte, was sie eigentlich erwartete: Über den Vorplatz lief ein junges Paar, dem anzusehen war, daß es aus der Siedlung kam, durchnäßt, die Schultern fröstelnd angezogen. Der Mann hatte den Kragen seiner Jacke hochgeschlagen, die Frau hatte ihr Schultertuch über den Kopf geworfen.

Es waren Pauline und Bruno, sie trugen keine Mäntel, weil sie keine besaßen. Bruno ging mit schnellen Schritten voraus auf den Eingang des Bahnhofs zu, er rief, ohne sich nach Pauline umzusehen: »Ich weiß, das sagst du doch immer, wenn du keine klare Antwort mehr weißt, das kenn ich doch!«

Pauline verlangsamte trotzig ihre Schritte und blieb schließlich stehen. Bruno drehte sich nach ihr um: »Komm jetzt, wir schaffen den Zug nich.«

Pauline rührte sich nicht von der Stelle, sie hatte die Augenlider zum Schutz gegen den Regen zusammengekniffen und schüttelte störrisch den Kopf.

Bruno lief mit langen, wütenden Schritten zu ihr zurück. »Das war doch deine Idee, daß wir zum Kaplan fahren, oder nich?« rief er.

Pauline sah ihn schweigend an, dann sagte sie ruhig: »Ich laß mich nich von dir anschrein.«

»Ich habe dich nich angeschrien!« brüllte er, »ich habe nur gesagt...«
Er mußte lachen und sagte leise, entschuldigend: »Ach Paulchen.«
»Sag jetzt nich Paulchen zu mir.«
Er nahm sie in den Arm.
»Ich werd nich so wie Käthe, die sich alles von Vater gefalln läßt.«
Sylvia beobachtete durch das verregnete Kutschenfenster, wie das Paar sich küßte und für einen Augenblick den Regen und den Zug vergaß.
Aus dem Eingang des Bahnhofsgebäudes kam Rewandowski, der ehemalige Reviersteiger und jetzige Direktor der Zeche Siegfried. Er hatte einen Schirm aufgespannt und trug einen langen Reisemantel, der Kutscher folgte ihm mit dem Gepäck. Als Rewandowski an Bruno und Pauline vorbeiging, lösten sie sich aus der Umarmung und grüßten ihn. Pauline deutete einen Knicks an, und Bruno nahm trotz des Regens seine Mütze vom Kopf. Sie warteten, bis er ihren Gruß mit einem kurzen Kopfnicken erwiderte und liefen dann zum Bahnhofseingang, wobei sie sich an den Händen hielten.
Rewandowski faltete den Schirm zusammen, gab ihn dem Kutscher und stieg zu Sylvia in den Wagen. Er nahm seinen Hut ab und knöpfte seinen Mantel auf, dabei sah er sie schweigend mit einem feinen, erwartungsvollen Lächeln an.
»Der Zug hatte Verspätung«, sagte sie mit leisem Vorwurf, »ich habe zwanzig Minuten auf dich gewartet.«
Als Antwort küßte er sie auf die Wange. Der Kutscher hatte die Koffer und Reisetaschen in den Gepäckkasten hinter der Karosserie gestellt, kletterte auf den Kutschbock und gab den beiden langschweifigen Füchsen die Zügel.
»Wie ist dir die Überfahrt bekommen, war es ruhig?«
»Nein, sehr stürmisch.« Er lehnte sich zurück. »Es ging gleich los. Als wir in Dover abgelegt hatten und aus dem Hafen raus waren, hingen schon die ersten über der Reeling.« Er lächelte. »Ich habe währenddessen ein gutes Irish Stew gegessen und eine Zigarre geraucht.«
»Du hast eine bäuerliche Gesundheit«, stellte sie fest. Er legte seine Hand auf ihren Schoß und streichelte mit der anderen ihr Knie.
Sie versuchte, ihrem Gesicht den Ausdruck von verführerischer Verdorbenheit zu geben, den sie im Taschenspiegel geprobt hatte. »Hast du in London einen dieser Flagellantenclubs besucht, wo sich junge Mädchen für Geld auspeitschen lassen?«
Er ließ seine Hand auf ihrem Knie ruhen und erwiderte ernst: »Ich habe nur Zechen und Hüttenwerke besucht.«

»Wie langweilig.«
Rewandowski zündete sich einen englischen Stumpen an. »Im Gegenteil, es war sehr aufregend. In Birmingham haben sie elektrisch betriebene Förderbänder auf den Strecken.«
Sylvia blickte aus dem Fenster. Sie schwiegen.
»Hast du inzwischen etwas Neues gelesen«, fragte er, um sie wieder für ein Gespräch zu gewinnen.
»Ich habe mir von der Baroneß Tanner den verbotenen Bebel geliehen, DIE FRAU UND DER SOZIALISMUS.«
»Ist es spannend?«
Sie grenzte sich für einen Augenblick mit einer gewissen Bedeutsamkeit im Ton von seiner trockenen Ironie ab: »Er schreibt, daß für die Frau der besitzenden Klasse das Hauptübel die Geld- und Standesheirat ist und daß sie dabei zur Hüterin des Hauses und zum bloßen Gebärapparat für legitime Kinder herabsinkt.«
»Fühlst du dich da angesprochen?«
Sie zuckte mit den Schultern. »Wir sind noch nicht verheiratet.«
Es schien ihm wichtig, nun doch auf sie einzugehen. »Ich finde, der Bebel sieht das richtig, aber zu einseitig. Die Geldehe gibt es genauso bei den Bauern und Handwerkern. Sie hat eine nützliche Funktion gegen die sozialistische Gleichmacherei.« Er beugte sich zur Seite, öffnete das Fenster und warf den eben erst angerauchten Stumpen auf die Straße. »Aber in unserem Fall ist das nicht alles.« Nachdem er das Fenster wieder geschlossen hatte, wandte er sich seiner Verlobten mit zärtlicher Aufmerksamkeit zu. »Ich liebe dich nämlich auch noch.« Er küßte sie. »Außerdem habe ich nichts dagegen, wenn du dir eine eigene Beschäftigung suchst.«
Sie sah wieder aus dem Fenster, diesmal nicht aus Langeweile, sondern weil sie betroffen war. Bei dieser Gelegenheit bemerkte sie, daß der Wagen in eine Richtung fuhr, die sie nicht erwartet hatte: »Wo fährt er hin?«
»Ins Büro«, sagte Rewandowski, »er fährt dich dann nach Haus. Ich komme gleich nach, ich muß nur dem Stenographen ein paar wichtige Notizen für das Syndikat aufgeben.«

In ihrem schmalen Zugabteil saßen sich Bruno und Pauline, die Knie steil angewinkelt, auf den Holzbänken gegenüber. Neben Bruno saß ein alter Bauer, ein kleiner, dicker Mann in schwarzem Anzug mit Weste, an der eine breite goldene Uhrkette baumelte, die Füße in den blankgeputzten, schwarzen Lederschuhen erreichten kaum den Bo-

den, der Hut lag über ihm im Gepäcknetz. Auf seinem Schoß hatte der Bauer Zeitungspapier ausgebreitet, in das belegte Brote gewickelt waren. Er biß von einer großen, doppelten Brotscheibe ab, die er in beiden Händen hielt. Seine Frau, die ihm gegenüber saß, hatte ein braungebranntes, faltiges Gesicht und gelbweißes, glatt zurückgekämmtes Haar. Den Oberkörper hielt sie steif vor der hohen Rückenlehne aufgerichtet, so daß er sehr lang wirkte; ihre Hände hielt sie im Schoß gefaltet, sie blickte starr auf ihren Mann und sah ihm zu, wie er unaufhörlich seine Brote kaute. Draußen zogen abwechselnd flache, abgeerntete Felder und Industrieanlagen vorüber.
Pauline und Bruno hatten sich weit vornüber gebeugt und sprachen leise miteinander, um für den Bauern und seine Frau unverständlich zu bleiben. Gelegentlich sahen sie scheinbar beiläufig aus dem Fenster, um mit dieser absichtslos gleichmütigen Geste ihren Streit zu tarnen.
»Du denkst, daß du immer alles alleine schaffst«, flüsterte Pauline.
»Nein, das denk ich überhaupt nich«, erwiderte Bruno.
»Du bist so 'n richtiger masurischer Eigenbrödler, du denkst wie ein Bauer, aber nich wie ein Arbeiter.«
»Weißte, Paulchen, ich hab den Eindruck, du willst mich nich versteh'n, du bist nur irgendwie sauer auf mich.«
»Ich hab einfach immer Angst, daß du mir was einreden willst, daß ich jetzt nich mehr denken kann, was ich für richtig halte.«
»Ist das wahr?«
Pauline nickte und konnte nicht verhindern, daß sich ihre Augen mit Tränen füllten.
»Wir brauchen ja nich zu heiraten«, bemerkte Bruno schroff, »wenn du solche Angst davor hast.«
»Nein? Brauchen wir nicht, meinst du?« fragte Pauline. »Dann brauchen wir jetzt auch gar nich erst zum Kaplan fahren.«
»Von mir aus nich«, sagte Bruno, »wir könn gleich wieder zurückfahrn, wenn du willst.«
Pauline blickte zu dem Bauern und seiner Frau. Als sie sah, daß die beiden Alten sie nicht beachteten, beugte sie sich wieder vor. Sie zeigte unauffällig auf ihren Bauch und sagte noch leiser als vorher: »Und was wird mit dem Gör, wenn wir nich heiraten?«
»Wir bleiben zusammen, bis es da is und dich nich mehr braucht, dann bleibt es bei mir, und du kannst wieder machen, was du willst«, schlug Bruno vor.
»Ich werd's dir niemals geben«, sagte Pauline sofort. Sie sah ihn über-

rascht an. »Du willst als Mann alleine mit so 'm kleinen Würmchen leben? Wie willst 'n das machen, wenn du Schicht fährst?«
»Warum denn nich?« erwiderte Bruno gelassen. »Dann geh ich eben zusammen mit meinem Kind in volle Kost.«
Pauline stellte sich das vor und mußte lachen, aber sie war sich nicht sicher, als sie sagte: »Das möcht ich mal erleben, wie du alleine mit so 'm kleinen Balg fertig wirst.«
Sie bemerkte, daß der Zug hielt und sah aus dem Fenster. »Sind wir schon da?«
»Weiß ich nich«, sagte Bruno. Er stand auf und öffnete die Tür, um nach dem Bahnhofsschild zu sehen. Der Zugbegleiter hob den Signalstab, die Lokomotive pfiff, die Wagen ruckten an. Bruno sprang aus dem Abteil, lief neben dem schneller werdenden Zug her und zog Pauline zu sich herunter, dabei kam es, daß sie auf der Suche nach einem Halt in seine Arme fiel. Sie standen allein auf dem leeren, mit Schlacke belegten Sandstreifen, der als Bahnsteig diente und hielten sich aneinander fest, als hätten sie sich nach langer Trennung wieder gefunden. Sie waren die einzigen, die den Zug verlassen hatten und wußten nicht, in welche Richtung sie gehen sollten. Über den wildwachsenden, verblühten Fliederbüschen, die den Bahnsteig umgrenzten, sahen sie die niedrigen Ziegeldächer der wenigen Häuser des Dorfes, die vom schief verzogenen Turm der kleinen Backsteinkirche überragt wurden. Bruno und Pauline nahmen den vergoldeten Wetterhahn auf seiner Spitze als Wegweiser. Hier hatte es nicht geregnet, die Dorfstraße lag leer und heiß unter der hoch stehenden Sonne; sogar die Tiere schienen ihren Mittagsschlaf zu halten. Es war kein Laut zu hören. Nur ein paar unermüdliche Hühner liefen pickend und scharrend über den Sandboden der Straße. Bruno hatte sich eine gutgenährte Henne ausgesucht, der er, wenn er sie erst gefangen hatte, den Hals umdrehen und sie bis zur Heimfahrt im kühlen Schatten unter den Büschen verstecken wollte. Er sah sich um, es war niemand zu sehen.
»Laß doch, hör auf. Wenn das einer sieht, sind wir dran«, sagte Pauline, sie sah sich um.
Die Henne rannte mit langgestrecktem Hals vor Bruno davon, gakkerte aufgeregt und schlug mit den Flügeln. Er bekam sie nicht zu fassen. Die Henne lief an einer moosbewachsenen Ziegelmauer entlang, an deren Ende sie unter den Holzlatten des angrenzenden Zaunes hindurch schlüpfte und in den Büschen verschwand.
»Du dämliches Vieh«, fluchte Bruno leise, er bückte sich und suchte

unter den Sträuchern. »Dir kann's doch egal sein, wer dich frißt.« Er richtete sich enttäuscht auf.
Hinter einem kleinen Garten mit Blumen und Gemüsebeeten entdeckte er ein niedriges Fachwerkhaus, und über den alten Bäumen am Ende des Gartens funkelte der Wetterhahn auf dem nahen Kirchturm. Oben, auf einer langen Leiter, die an die Giebelwand gelehnt war, stand ein Mann und strich mit brauner Farbe die Fensterläden der Dachstube. Er trug alte, weite graue Hosen, die mit Farbe bespritzt waren, eine Weste und ein helles Hemd. Die Ärmel hatte er bis über die Ellenbogen hochgekrempelt. Bruno erschrak, weil er im ersten Augenblick fürchtete, daß ihn der Mann bei seiner Hühnerjagd beobachtet hatte, aber er war von ihm noch gar nicht bemerkt worden. Bruno sprach den Mann an, um sich nach dem Kaplan zu erkundigen. Der Mann drehte sich um und sah zu ihm hinunter, sein dichtes grauschwarzes Haar war kurz geschnitten; er trug eine dunkelgerahmte Brille, deren Gläser seine Augen verkleinerten, was ihnen einen neugierig forschenden Ausdruck gab. Seine zusammengepreßten Lippen hielten eine erloschene Zigarette fest.
»Guten Tag, Hochwürden«, sagte Bruno überrascht und nahm seine Mütze ab. Der Kaplan stellte den Farbtopf auf das Fensterbrett. Langsam, auf jede Sprosse achtend, kam er die Leiter hinabgestiegen.
»Bruno – Bruno Kruska.« Er überlegte. »Du hast mal auf Siegfried angelegt, nicht wahr?«
Inzwischen war auch Pauline herangekommen.
Der Kaplan zog den Rest seiner Zigarette aus dem Mund und warf den Stummel ins Gras. »Wenn er Bruno ist, dann bist du Pauline«, sagte er. »Du bist eine hübsche Frau geworden.« Sie lächelte, er umarmte sie und gab Bruno die Hand. Er roch nach Farbe und Zigarettenrauch. »Gut seht ihr beide aus. Seid ihr verheiratet?«
Pauline senkte den Blick, und Bruno sah auf seine Mütze hinunter, die er in den Händen drehte: »Deswegen sind wir zu Ihnen gekommen. Wir... wir wollten mal mit Ihnen reden.«
Der Kaplan sah ihn durch seine Brille schweigend an. »Na kommt erst mal rein.«
Die Tür zum Garten hatten sie offengelassen, der von Sonnenlicht erfüllte Rahmen warf ein helles Rechteck in die niedrige halbdunkle Stube, in der es angenehm kühl war. Neben der Tür hing der Talar des Kaplans an einem Nagel vor der kahlen Wand; er wurde zur Hälfte von einem Eisenständer verdeckt, in den eine emaillierte Waschschüssel eingehängt war. Bruno und Pauline hatten sich auf die Holz-

bank unter das Fenster gesetzt. Auf der Tischplatte vor ihnen waren Bücher und Schreibzeug zur Seite geräumt, an ihrer Stelle standen jetzt ein Porzellanstövchen und drei Becher aus gebranntem Ton. Pauline sah zur dämmerigen Ecke hinter dem grob gezimmerten Bauernschrank hinüber, wo auf einem schmalen Tischchen mit verlaufenem Wachs überzogene Leuchter aus Messing und bemaltem Porzellan standen. Zwischen ihnen lagen bunte Räucherkerzenschachteln. Grüne Zweige und Schnittblumen in Tonkrügen überrankten die kleine Fläche. Darüber war die Wand mit einem goldbunten Teppich aus kleinen gerahmten Heiligenbildern und Mariendarstellungen bedeckt, ihr künstlerischer Gehalt reichte von kitschig sentimentalen Darstellungen neueren Datums bis zu den farbigen Wiedergaben alter Meister.

Der Kaplan kam mit einem dampfenden Teekessel aus der Küche, wo er, während er den Tee aufgebrüht, über Paulines und Brunos Anliegen nachgedacht hatte. »Nein, das geht nicht«, sagte er. »Das kann ich nicht machen, auch wenn ich es möchte.« Er stellte den Kessel auf das Stövchen und setzte sich auf einen Schemel Bruno und Pauline gegenüber. »Die Trauung hätte keine Gültigkeit. Unsere Kirche erkennt eine Ehe zwischen Katholiken und Protestanten nicht an. Das weißt du doch, Pauline.«

»Ja«, sagte Pauline, »aber ich dachte...« Sie brach den Satz ab und schwieg.

Der Kaplan nahm das Teesieb aus dem Kessel. »Oder«, er zögerte und sprach es dann aus, »oder ihr laßt euch protestantisch trauen.«

Pauline schüttelte sofort den Kopf. »Das will ich nicht.«

Der Kaplan schenkte ihr Tee ein; als er Bruno einschenkte, fragte er ihn, ohne ihn dabei anzusehen: »Willst du konvertieren, Bruno?«

Im Gegensatz zu Pauline wartete Bruno einen Augenblick mit seiner Antwort. Sie sah ihn aufmerksam von der Seite an.

»Nein«, sagte er schließlich.

Der Kaplan schüttete sich mehrere Löffel braunen Zucker in den Tee, Pauline sah ihm dabei mit verhaltenem Staunen zu. Er verrührte ihn ausgiebig und sagte: »Es gibt vielleicht die Möglichkeit, wenn ihr versichert, daß euer Kind katholisch erzogen wird.«

»Darum geht's ja gerade«, sagte Bruno.

»Das will er ja nich«, sagte Pauline.

»Was heißt: ich will das nich. Ich meine bloß, ich weiß nich, ob das später dann immer so hinhaut«, erklärte sich Bruno.

»Das liegt doch an dir«, sagte sie.

Bruno legte die Arme auf den Tisch und beugte sich vor.
»Ich muß Sie mal ehrlich was fragen, Hochwürden.«
Als wüßte er, was mit dieser Frage auf ihn zukam und als wollte er sich damit zu einem kurzen Aufschub verhelfen, bot der Kaplan Bruno eine Zigarette an und gab ihm Feuer.
Bruno zog nur einmal an dem Mundstück und ließ die Zigarette dann zwischen seinen Fingern verglimmen. »Ich will mal so fragen: Was würde denn Jesus Christus über die Sache denken, nehmen wir mal an, wenn es gar keine Kirche gibt, keine katholische und auch keine protestantische?«
Der Kaplan zündete sich auch eine Zigarette an, er blies das Streichholz aus. »Du bist dir hoffentlich klar darüber, Bruno, daß solche Fragen nur ein Ketzer stellt.«
»Da hat Hochwürden recht«, pflichtete ihm Pauline bei.
»Ich meine ja nur«, sagte Bruno. »Würde er uns seinen Segen geben oder nicht?«
Der Kaplan mußte lächeln. »Bleiben wir mal lieber beim kirchlichen Segen. Besteht denn jeder von euch auf seiner Konfession, weil er wirklich daran glaubt?« Er nebelte sich kurz mit dem Rauch seiner Zigarette ein und fügte, als er wieder zu sehen war, hinzu: »Oder geht es euch jetzt vielleicht mehr darum, wer sich gegen den anderen besser durchsetzen kann?«
Bruno und Pauline schienen sich mit einem Mal beide aufmerksam für ihre Teebecher zu interessieren. Der Kaplan beobachtete sie.
Pauline sagte plötzlich: »Aber meine Heiligen – die kann ich doch nicht einfach untern Tisch tun. An die habe ich mich nu mal gewöhnt.«
»Ich hab überhaupt nichts gegen deine Heiligen«, sagte Bruno. »Aber wenn ich nun einfach sage: gut, egal, werd ich eben Katholik, damit Ruhe is, das is ja dann auch keine Überzeugung, oder?«
Hochwürden gab ihm recht.
»Darum mein ich ja«, fuhr Bruno fort, »es is noch das Beste, wir lassen uns überhaupt nich kirchlich trauen.«
Pauline sagte in einem anerzogenen feierlichen Ton: »Eine Ehe ohne Segen, das wird nichts.« Sie wurde unsicher und fragte den Kaplan: »Nicht wahr, Hochwürden?«
Der Kaplan trank einen Schluck Tee.
Bruno fügte hinzu: »Das liegt an uns allein, ob was draus wird. Du siehst doch, wie das is: Wenn ein junges Mädchen einen alten Sabbergreis heiratet, nur weil er reich is, und wenn sie bei der Hochzeit

schon an die Erbschaft denkt – oder wenn die Bauern ihre Kinder verkuppeln, damit zu hundert Morgen Weideland hundert Morgen guter Acker komm, die kriegen alle von der Kirche ihren Segen.«
»Wie willst'n das Vater beibringen?« fragte Pauline.
Der Kaplan war aufgestanden, er hatte ihnen zugehört, und er brauchte jetzt etwas anderes als süßen Tee zu trinken. Mit einer Flasche Schnaps, die er aus dem Wäschefach im Schrank genommen hatte, und mit zwei kleinen dicken Gläsern kam er an den Tisch zurück. »Wie geht es deinem Vater?«
»Er hat Rheuma und ist ungenießbar«, sagte sie, »weil er nich einfahr'n kann.«
Bis zum späten Abend waren sich Pauline und Bruno nicht einig geworden, und der Kaplan hatte ihnen nicht helfen können. Er hatte sich aus ihrem Konflikt herausgehalten und sich statt dessen nach den Leuten in der Siedlung und nach Brunos Arbeit auf dem Pütt erkundigt. Auch nach Erna hatte er gefragt, über Karl hatte er in der Zeitung gelesen. Ein großer Teil der Kumpel wollte sich dafür einsetzen, daß auf Siegfried ein zusätzlicher Wetterschacht abgeteuft werden sollte, um die Morgensonne, die neue Mathilde und andere Flöze, vor allem zwischen der zehnten und achten Sohle, besser zu bewettern. Bruno berichtete, daß sie sich zu diesem Zweck auch an Karl und den Verband gewandt hatten.
Es war schon dunkel, als sie zu dritt, laut ein erbauliches Lied singend, durch das Dorf zur Bahnstation gegangen waren. Der Kaplan und Bruno hatten die halbe Flasche leergetrunken, und es hatte einen herzlichen Abschied gegeben, bei dem die Brille des Kaplans auf die Gleise gefallen war. Gott sei Dank – der Kaplan nehm diesen Ausspruch wörtlich – hatte Pauline sie noch wiedergefunden, kurz bevor der Zug gekommen war.
In dem engen Abteil war die Flamme der Petroleumlampe so weit heruntergedreht, daß sie nur ein mattes Dämmerlicht verbreitete. In einer Ecke am Fenster schliefen Bruno und Pauline. Neben ihnen und auf der Bank gegenüber hatten sich drei Soldaten zur Ruhe gelegt. Über den Fußboden rollten leere Flaschen, es roch nach Schweiß, Leder und Bier. Bruno hatte den Kopf in den Nacken gelegt und den Schirm seiner Mütze über die Augen gezogen. Er hielt Pauline im Arm, die sich seitlich über ihn gebeugt und ihren Kopf gegen seine Brust gelehnt hatte. Ohne äußeren Anlaß war sie aus dem Schlaf aufgeschreckt. Sie blickte verstört zu den Soldaten hinüber und starrte dann gegen das dunkle Fenster, in dem sie sich schattenhaft spiegelte.

Bruno stöhnte im Schlaf und zog sie, ohne seine Haltung zu verändern oder die Augen zu öffnen, wieder zu sich heran. Sie kauerte sich auf seinem Schoß zusammen und horchte in Gedanken auf das rhythmisch gleichmäßige Schlagen der Wagenräder auf den Schienenstößen und das gelegentliche, leise Klirren, wenn die umherrollenden Bierflaschen aneinanderstießen.

Die Sorge, ob sie sich katholisch, protestantisch oder gar nicht kirchlich trauen lassen sollten, gab es für Rewandowski und seine Verlobte nicht. Sie kamen beide aus gesicherter katholischer Tradition. Unter der Aufsicht und Anleitung von Frau Sturz wurde die Privatkapelle zur Hochzeit hergerichtet: Das alte Holzgestühl wurde frisch gewachst, die Heiligenfiguren und das Kruzifix über dem Altar, die Sturz beim Bau der Kapelle auf verschiedenen Auktionen in Köln und München zusammengekauft hatte, wurden entstaubt, und wo sie wurmstichig waren, von einem erfahrenen Künstler wieder stilgerecht verjüngt – eine Möglichkeit, die den Menschen leider vorenthalten blieb, wie von Kampen bei einem Besuch der Kapelle voller Charme gegenüber Frau Sturz geäußert hatte. Es war wohl vor allem sein eigenes Problem, denn Frau Sturz war mit sich und ihrem Alter zufrieden. Abgesehen davon, daß sie keine Kinder bekommen hatte, sah sie ihr Leben als erfüllt an, da sie ihren gesellschaftlichen Status an der Seite ihres Mannes um einen guten Schritt verbessert hatte. Ihr unmerklich von Blond in Weiß übergehendes Haar leuchtete im Dämmerlicht der Kapelle, während sie zu den Bediensteten hinaufsah, die auf einem Gerüst die vergoldeten Rippen der neugotischen Spitzbögen polierten. Man hatte noch, weil der kleine Raum für die erwarteten Gäste nicht ausreichte, vor dem Eingang zur Kapelle einen Baldachin errichten lassen und in seinem Schutz einen Teil des alten Chorgestühls aus der Stadtkirche aufgestellt. Nach der Segnung des Paares, wofür man den Bischof gewonnen hatte, sollten dann die weiteren Hochzeitsfeierlichkeiten, wie es der Brauch verlangte, im Anwesen des Brautvaters stattfinden.
Auf der Parkterrasse vor der Villa saß Rewandowski währenddessen mit seinem zukünftigen Schwiegervater und dem alten Sturz beisammen. Man sprach über den Besuch des jungen Direktors auf den Britischen Inseln. Rewandowski und von Kampen trugen helle Sommeranzüge, der alte Sturz war auch an diesem warmen Spätsommertag in Schwarz gekleidet. Nachdem er sich offiziell aus den Geschäften des Betriebes zurückgezogen hatte, war er auffällig gealtert. Sein ehemals

selbstverständlich und bedacht herrisches Auftreten war zu einem anhaltenden Mißtrauen verkümmert, das von einer sich immer häufiger einstellenden geistigen Abwesenheit hervorgerufen wurde. Er war abgemagert, aber er bestand hartnäckig darauf, daß er noch seine alten Anzüge, die ihm zu weit geworden waren, auftrug. »Ich glaube, die Engländer fangen langsam an, Respekt vor uns zu bekommen«, sagte er.

»Ich war bei Lever-Brothers eingeladen«, erzählte Rewandowski, »sie haben mit Kohlegruben angefangen, jetzt importieren sie Erdöl, sie haben ein eigenes Schiffahrtsunternehmen.« Lächelnd fügte er hinzu: »Und außerdem produzieren sie noch Seife.«

»Wo sollen wir Erdöl herbekommen, wenn wir keine Kolonien haben«, bemerkte von Kampen.

Sturz hatte sich abgewandt und blickte auf die Ziersträucher, die vor der Terrasse wuchsen. »Ich habe am Montag dem Gärtner gesagt, daß er sie beschneiden soll. Nun sieh dir das an«, forderte er seinen Neffen auf, »wenn das nicht bald gemacht wird, kommen sie nicht über den nächsten Winter.«

Rewandowski blickte gedankenverloren auf die Büsche und sagte zu von Kampen: »Ich bin bisher kein besonderer Freund der Politik in Berlin gewesen, das weißt du. Aber wir müssen Wilhelm jetzt beim Aufbau der Flotte unterstützen. Das habe ich schon versucht dem Syndikat klarzumachen. Was die Engländer am meisten fürchten, ist eine starke deutsche Kriegsflotte. Das habe ich drüben überall herausgehört.«

Sylvia kam in Reitkleidung von den Stallgebäuden über den Hof.

Der alte Sturz war dem Gespräch gefolgt. »Das dauert nur alles zu lange«, sagte er. »Bis dahin haben sich die Briten und Franzosen Afrika aufgeteilt.«

Von Kampen sah seiner Tochter entgegen. »Wir werden unserm Wilhelm die Panzerplatten für seine Kreuzer verkaufen. Ich meine, das ist die beste Art, ihn zu unterstützen.«

Rewandowski war aufgestanden, um Sylvia zu begrüßen. Bevor er sie umarmte, ging er noch auf die Bemerkung ihres Vaters ein. »Du meinst die Aufträge, die Krupp noch für uns übrig läßt.«

Sylvia nahm seinen Begrüßungskuß kühl entgegen.

»Was hast du?« fragte er leise.

»Solche Routineküsse erwarte ich erst, wenn wir dreißig Jahre verheiratet sind«, gab sie ihm zur Antwort. Sie klopfte sich mit ihrer Reitpeitsche nervös auf die Stiefelschäfte.

»Wie ich sie kenne, hat sie schon schreckliches Lampenfieber«, sagte von Kampen.
Sylvia tat ahnungslos. »Lampenfieber, wieso?«
Er lächelte. »Wegen der Hochzeit, nehme ich an.«
»Mein Vater ist ein großer Menschenkenner«, bemerkte sie zu Rewandowski und fügte hinzu: »Du wolltest um drei mit mir ausreiten, und du bist noch nicht einmal umgezogen.«
»Entschuldige, ich bin im Syndikat aufgehalten worden, die Diskussionen mit den Grubenbesitzern sind so ergiebig wie Magerkohle. Außerdem gab es noch etwas auf der Zeche zu regeln.«
Von Kampen interessierte sich offensichtlich nicht dafür, er sprach mit seiner Tochter über den Termin für den Frisör. Im Gegensatz zu ihm ging der alte Sturz neugierig auf die beiläufige Bemerkung seines Neffen ein, er räusperte sich ungeduldig. »Was ist los?«
»Ab nächste Woche will die Belegschaft der Morgensonne nicht mehr einfahren, bis dahin wollen sie die Zusage von uns haben, daß wir einen neuen Wetterschacht abteufen. In der Zwischenzeit soll in der Neunten ein Lüfter aufgestellt werden.«
»Einen neuen Wetterschacht wollen sie?« fragte Sturz ungläubig, »wie denken sie sich das?«
Rewandowski zuckte gleichgültig mit den Schultern. »Sie wollen wieder schießen und schneller Kohle machen. Die Kameradschaften der neuen Mathilde haben sich ihnen angeschlossen.«
»Was willst du tun?« fragte Sturz. »Wirst du mit ihnen reden?«
»Nein«, sagte Rewandowski. »Das überlasse ich ihrem Verband.«

Das Kleid war aus weinrot und preußischblau gestreiftem Batist, der Stolakragen war mit fliederfarbener Seide abgesetzt, die Ärmel waren über den Manschetten gekräuselt. Pauline sah an sich hinunter. Erna hockte neben ihr am Boden und steckte den Saum ab. »Biste schon aufgeregt?« fragte sie mit gepreßter Stimme, weil sie die Nadeln mit den Lippen hielt. »Steh mal gerade.«
Seit dem Tod ihres Mannes hatte Erna das Kleid nicht mehr getragen, es war ihr Verlobungskleid gewesen, und sie hatte ihrem Mann damit die Treue gehalten. Außerdem gab es auch noch einen praktischen Grund dafür, das Kleid paßte ihr schon seit einigen Jahren nicht mehr. Sie stand auf, trat einen Schritt zurück und begutachtete ihre Arbeit. »Dreh dich mal.«
Pauline drehte sich langsam um sich selbst, sie stand vor dem Doppelbett ihrer Eltern in der Schlafstube und versuchte sich so gut wie mög-

lich in dem kleinen Spiegel über der Kommode in den Blick zu bekommen.
»Länger darf's nich sein«, sagte Erna. »Gut siehste aus, wenn du damit vorm Altar stehst.«
»Ich werde nich vorm Altar stehn, das weißt du doch«, erwiderte Pauline gereizt.
»Das hab ich nur so gesagt«, beruhigte Erna sie. Sie sah wieder prüfend auf das Kleid. »Bis zum sechsten Monat kannste das tragen.«
In der Wohnküche saß Karl Boetzkes auf der Holzbank an der Wand, wo sein Platz gewesen war, wenn er hier am Morgen vor der Schicht mit seinem Vater und seinen Brüdern Tee getrunken hatte. Er war in die Siedlung gekommen und hatte vor den Kumpeln der Morgensonne und der neuen Mathilde gesprochen. Sie hatten sich in der Wirtschaft versammelt, um über ihre Forderungen nach besserem Wetter in den Flözen zu beraten. In der einfach und ärmlich eingerichteten Wohnküche wirkte Karl in seinem dunklen Anzug mit silbergrauer Weste und steifem Hemdkragen schon ein wenig fremd, und an dem Garderobebrett fiel sein neuer, weicher Filzhut zwischen den verrußten Mützen auf. Der Alte saß Karl auf einem Schemel gegenüber, Bruno stand mit den Händen in den Hosentaschen gegen die Treppe gelehnt, und Käthe rührte mit Friedels Hilfe den Teig für den Hochzeitskuchen an. Neben ihnen auf einer Fußbank stand der kleine Klaus und wartete darauf, daß er die Schüssel auslecken durfte. Bruno warf Karl vor, er hätte die Kumpel auf der Versammlung dazu überredet, am nächsten Tag wieder einzufahren, ohne daß sie von der Zechenleitung eine feste Zusage für eine bessere Bewetterung erhalten hatten. »Das hast du nur gemacht, um den Grubenbesitzern zu zeigen, daß der Verband in der Lage ist, auf dem Pütt für Ruhe und Ordnung zu sorgen«, sagte Bruno, und er fügte hinzu: »Ihr wollt euch bei den Zechenbesitzern Liebkind machen, weil ihr Angst habt, daß euch sonst der christliche Gewerkverein die Hosen auszieht.«
Karl machte eine beschwichtigende Handbewegung, an der man erkennen konnte, daß er es gewohnt war, öffentlich zu diskutieren: »Wenn du so offen redest«, begann er, »dann will ich dir auch offen antworten: Du hast recht, wir können es jetzt nicht zulassen, daß wir wegen jeder Kleinigkeit einen Streik riskieren. Wenn wir...« Der Alte unterbrach ihn: »Kleinigkeit sagst du? So kannst du nich reden, Junge, so redet nur einer, der kein Bergmann mehr is. Du kennst doch die Morgensonne, und inzwischen isses noch schlimmer geworden mit dem Wetter.«

»So habe ich das nicht gemeint, Vater«, verteidigte sich Karl. »Ihr wißt doch auch, daß wir die Sache vors Gewerbegericht bringen werden, wenn uns die Zechenleitung bis zu unserer nächsten Sitzung keine Vorschläge gemacht hat. Aber über euren eigenen Angelegenheiten dürft ihr nicht vergessen, was für alle Bergarbeiter auf dem Spiel steht. Wir müssen vor dem Reichstag und der Öffentlichkeit deutlich machen, daß unser Verband in der Lage ist, auf der Grundlage unserer Rechte, die wir uns mit unserem Massenstreik erkämpft haben, mit den Grubenbesitzern zu verhandeln, und...«
Bruno zog eine Hand aus der Hosentasche und winkte ab. »Soll ich jetzt Bravo rufen? Oder was?«
Karl ließ sich nicht aus dem Konzept bringen. »Wir wollen unsere Glaubwürdigkeit nicht dadurch riskieren, daß wir bei jeder Gelegenheit Rabbatz machen und mit Arbeitsniederlegung drohen, denn dann...«
Der Alte wollte etwas erwidern, aber er kam nicht dazu, Karl war davon überzeugt, daß er seine Rede zu Ende bringen mußte, weil sich daraus, wie er meinte, alles erklärte. »...denn dann«, fuhr er fort, »passiert nämlich das, was Bruno eben gesagt hat, dann werden die Christlichen bei den Unternehmern immer mehr Einfluß gewinnen, und dann seid ihr...«, er besann sich und sagte, »dann sind wir alle verraten und verkauft. Wir müssen jetzt Disziplin halten, um weiterzukommen. Wir wollen die Leistungen der Knappschaftskassen wieder verbessern, und wir werden auch wieder die Lohnfrage in Angriff nehmen.«
Die Tür zur Schlafstube wurde geöffnet, und Erna kam herein. Nicht nur Käthe war erleichtert, daß sie Karl unterbrochen hatte. »Habt ihr's fertig?« fragte Käthe, »zeig mal.«
Pauline hatte nur den Kopf durch die Türspalte gesteckt und zeigte sich nicht. »Aber nich, wenn Vater dabei is«, sagte sie.
Karl sah einen nach dem anderen verwundert an, alle schwiegen betreten. »Was is los, Paulchen?« fragte er.
»Vater hat gesagt«, erklärte ihm Pauline durch den Türspalt, »er kommt nicht mit aufs Standesamt, er schämt sich, weil wir uns nich kirchlich trauen lassen.«
Karl wandte sich an den Alten: »Das halte ich für ausgesprochen fortschrittlich.«
»Was heißt fortschrittlich?« sagte Bruno. »Wir sind uns nur nich einig geworden, ob wir uns katholisch oder evangelisch trauen lassen soll'n.«

Erna forderte Pauline mit einer energischen Handbewegung auf. »Nun komm schon rein, stell dich nich so an.«
Pauline öffnete die Tür, blieb aber auf der Schwelle stehen. Alle bewunderten sie in ihrem Brautkleid. Nur der Alte starrte demonstrativ vor sich auf die Tischplatte.
»Schön siehste aus, Paulchen«, sagte Karl. »Ich muß dir gratulieren, Bruno. So'ne Frau ist viel zu schade für so'n Querkopp wie dich.«
»Du bist ja bloß neidisch«, erwiderte sie. Bruno ging zu ihr und zog sie von der Schwelle in die Küche.
Käthe flüsterte ihrem Mann zu: »Mein Gott, nun sieh sie dir doch mal an, Friedrich.«
Der Alte hob langsam den Kopf und schielte zu seiner Tochter hinüber, als würde ihn der Anblick des Leibhaftigen erwarten.

Der graue, baumlose Hof der Menage war mit Schlacke bedeckt. Eine Längsseite wurde von dem einstöckigen, kasernenähnlichen Wohnbau begrenzt, im rechten Winkel schloß sich das niedrige, langgestreckte Wirtschaftsgebäude an, die restliche Fläche war von einer hohen Backsteinmauer umgeben. Das Tor zur Straße befand sich dem Wohnbau gegenüber, ein gemauerter Rundbogen, der mit einem Ziegeldach bedeckt war. Die Einfahrt war von einem Eisengitter versperrt, von dem an der einen Seite eine schmale, mannshohe Gittertür abgeteilt war. Die Männer der Menage standen in sonntäglicher Langeweile auf dem Hof zusammen oder saßen auf dem Schlackeboden gegen die Mauer gelehnt, die Hände in den Hosentaschen, die Mütze im Genick, rauchten oder kauten Tabak. In ihrer Kleidung waren zerlumpte Reste verschiedener Landestrachten zu erkennen. Vom Dorf waren mit dem Wind mal schwächer, mal deutlicher die Kirchenglokken zu hören.
Aus dem Eingang der Menage trat Otto Schablowski auf den Hof. Er hatte für Bruno und Paulines Hochzeit seine gute Hose, ein weißes Hemd und Lederstiefel angezogen, um den Hals hatte er sich ein knallrotes Tuch gebunden und sich eine zitronengelbe Papierblume an die Weste geheftet. Die Männer fragten ihn, wo er hinwolle, es sei doch noch nicht Zahltag, oder ob er auf Brautschau gehen wolle. Ein Mann warf Würfel in die Höhe, fing sie wieder auf und lud ihn zu einem Spiel ein. Otto wehrte ab und ging entschlosen auf das Tor zu. Vor dem Wirtschaftsgebäude waren ein paar Männer zusammengelaufen, Otto zögerte einen Augenblick und trat dann zu ihnen. »Was is'n da los?« fragte er.

Einer der Männer drehte sich nach ihm um und bemerkte schadenfroh: »Der Bulle spielt wieder verrückt.«
In der Nische zwischen der Mauer und dem Wirtschaftsgebäude stand Pepi, der junge Schlepper aus Willis Kameradschaft, er hielt einen Reisigbesen wie ein Gewehr geschultert, blinzelte ängstlich und eingeschüchtert den Verwalter an, der sich breitbeinig, die Fäuste in die Seiten gestemmt, vor ihm aufgestellt hatte. Muß ich dir noch beibringen, wie man fegt, du blöder Bayernlümmel!« brüllte er. »Ich will nur, daß du den Dreck wegfegst, und nich die Schlacke! So was muß man mit Gefühl machen«, er grinste ordinär, »wie bei den Weibern is das. Da haste wohl noch keine Erfahrung, du kleiner Wichser.«
Otto trat zwischen den Männern hervor, die offensichtlich über die Abwechslung froh waren, und auf den Verwalter zu. »Laß den Jungen in Ruhe, er hat das bißchen Freizeit nötig.«
»Halt du dich raus, Otto«, drohte der Verwalter, »oder willste, daß ich dich aussperrn lasse?«
»Was hast du gemacht?« fragte Otto den Jungen, der aber nicht zu antworten wagte.
Der Verwalter versuchte ihn noch mehr einzuschüchtern. »Halt dein Maul, sag ich dir, und mach deine Arbeit!«
Mit einem gelassen auffordernden Blick machte Otto dem Jungen Mut. »Du kannst es mir ruhig sagen.«
Der Junge blickte zum Verwalter und begann zögernd, er stotterte vor Angst: »I-ich, ha-hab beim Rapport noch im Bett gelegen, ich hab verschlafen.«
Der Verwalter trat wütend auf ihn zu, riß ihm den Besen aus den Händen und wollte auf den Jungen einschlagen. »Du sollst dein Maul halten, hab ich gesagt!«
Otto packte den Verwalter am Kragen, zog ihn zurück und schlug ihm ins Gesicht, ruhig und bedacht. Der schwere, große Mann stolperte rückwärts und stürzte zu Boden, er blutete aus Nase und Mund. Fassungslos starrte er Otto an, wischte sich mit der Faust über die Mundwinkel und blickte auf seinen blutigen Handknöchel. Er war wieder aufgestanden, wagte sich aber nicht an Otto heran und stierte nur zu ihm hinüber. Er atmete schwer und sagte mit heiserer Stimme: »Dafür laß ich dich einsperren, du dreckiger Pollacke.«
Die Männer riefen Otto leise zu, daß er verschwinden solle. »Ich hol dir deine Sachen«, bot sich einer an. »Lauf vorne raus, durch die Menage«, riet ihm ein anderer.
Otto blieb stehen, sah den Verwalter an. »Das hat keinen Zweck, die

wissen doch, wo ich angelegt habe. Das war mal nötig«, fügte er hinzu und schob die Faust wieder in die Hosentasche.
Der Verwalter hob den Kopf, schrie um Hilfe und rief nach der Gendarmerie, die sich immer in der Nähe der Menage aufhielt. Es dauerte auch nicht lange, bis zwei Gendarmen von der Straße über den Hof gelaufen kamen. Otto rührte sich nicht vom Fleck, starrte unverwandt den Verwalter an.
»Was ist hier passiert?« fragte der Wachtmeister. Otto zeigte auf den Verwalter, dessen Schnauzer voller Blut war, das auf sein Kinn hinunterzutropfen begann.
»Das siehst du doch«, sagte Otto. »Ich habe ihm eine gedrückt.« Dann ließ er sich widerstandslos abführen

Vom hellgestrichenen Treppenhaus führte eine hohe, dunkle Flügeltür in die Amtsstube. Zu beiden Seiten waren auf dunkelgebeizten Holzsockeln die Gipsbüsten verdienter Ratsherren aufgestellt.
»Was dauert'n da so lange, sag mal. Du hast es doch schon hinter dir?« fragte Karl seinen Bruder Willi; sie saßen nebeneinander auf der Gästebank, der Tür gegenüber. »Was machen sie die ganze Zeit da drin?«
»Das verrat ich dir nich«, sagte Willi, »das mußte selber ausprobieren.« Er hakte sich bei Lise, seiner Frau ein, die ihre kleine Tochter im Arm hielt. Lise Boetzkes war eine magere Blondine, sie hatte ein hübsches Gesicht, in das Not und Sorge aber schon einen freudlos mürrischen Blick gezeichnet hatten. Käthe und Walters Frau Katrin saßen auf der anderen Seite neben Karl, ihre Augen waren unbeweglich auf die schwere Messingklinke der Tür gerichtet. Sie alle waren, entsprechend ihrer bescheidenen Möglichkeiten, festlich gekleidet, auch die Kinder, die auf einer anderen Bank von den Erwachsenen gesondert saßen. Friedel fühlte sich als Älteste verpflichtet, dafür zu sorgen, daß alle eine ernste, feierliche Haltung bewahrten. Aber Ernas Söhne schnitten heimlich Grimassen, womit sie den kleinen Klaus zum Kichern brachten. Nur Walter und Karins Kinder blieben gehorsam und hockten, die Hände im Schoß, steif und aufrecht wie Puppen auf der Bank. Hinter der Tür näherten sich Stimmen, und endlich wurden die beiden Flügel von einem Schreiber geöffnet, der sich vor dem Brautpaar verneigte. Pauline trat an Brunos Arm aus der von einem lindgrünen Vorhang dämmerig verdunkelten Amtsstube. Walter und Erna, die beiden Trauzeugen, folgten dem Paar, Erna tupfte sich die Augen trocken. Pauline hatte sich unauffällig umgesehen. Der, nach

dem sie in zweifelnder Hoffnung gesucht hatte, kam im gleichen Augenblick die Steinstufen vom Eingang heraufgehumpelt, der alte Boetzkes hatte seine Knappenuniform angelegt, er gab dem kleinen Klaus seinen Stock und umarmte seine Tochter, dann schüttelte er Bruno lange die Hand.
Pauline begann zu schluchzen.
Die anderen schlossen sich seiner Gratulation an. Die Männer lachten, Erna und Katrin weinten, während Käthe, wie es ihre Art war, die Tränen zurückhielt. Lise gab ihrem Mann die kleine Tochter, damit auch sie ihre Schwägerin umarmen konnte. Ernas Söhne hielten die Eingangstür auf, Friedel und Katrins Tochter hatten jede einen Korb mit Feldblumen unter der Bank hervorgeholt und gingen dem Paar voraus. Sie traten auf die Straße hinaus. Die Mädchen streuten Blumen.
Erna, die neben Katrin ging, fragte leise: »Is Otto nich gekomm?«
Katrin schüttelte den Kopf. Währenddessen hatte sich Willi suchend auf der Straße umgesehen. »Ich denke, ihr habt'n Wagen bestellt«, sagte er zu Bruno.
Pauline antwortete: »Haben wir auch. Ich weiß nich, wo der bleibt«.
Ihr Blick blieb überrascht einem Ereignis zugewandt, das sie alle in seinen Bann zog und sich für eine lange Minute wie auf einer Märchenbühne vor ihnen darstellte. Von berittenen Gendarmen flankiert, kam eine Reihe eleganter offener Kaleschen aus dem Schatten der Alleebäume hervor; die Pferde gingen im schnellen Trab, sie standen den Insassen mit Sicherheit an edlem Blut nicht nach. Vorn, im ersten Wagen, weißlackiert, mit weißen Rosengirlanden geschmückt, von vier Schimmeln gezogen, saßen Alfred und Sylvia Rewandowski. Der Schleier der Braut zitterte im Fahrtwind.
»Sie ist schön«, flüsterte Käthe, sie senkte den Kopf und schloß die Augen, sie wollte nicht zulassen, daß ihr schwindelig wurde. Der Alte hatte sie beobachtet und den Brautzug kaum beachtet, er nahm schweigend ihren Arm. Die Männer setzten wieder ihre Mützen auf.
In einigem Abstand war den Kutschen ein Leiterwagen gefolgt; er wurde von einem alten, dicken Kaltblüter gezogen, dem man eine große Papierblume zwischen die Ohren gesteckt hatte. Der Kutscher trug einen speckig glänzenden Zylinder, mit dem er sich ein feierliches Aussehen zu geben versuchte. Er hielt den Wagen vor der Bürgermeisterei an, sein Blick war benommen, seine Bewegungen schwerfällig und unkontrolliert, offensichtlich war er betrunken.

Bruno kletterte als erster auf den Wagen und half Pauline hinauf. Die anderen folgten. Karl wollte seinem Vater behilflich sein, aber der lehnte es ab. Sie konnten sich nicht über die Sitzordnung einigen, liefen auf dem Wagen hin und her, drängten sich aneinander vorbei und wechselten die Plätze. Schließlich saßen sie sich auf den zwei Brettern an den Seitenklappen gegenüber. Der Kutscher war eingeschlafen. Karl mußte ihn erst wecken, damit er den Gaul in Bewegung brachte. Walter spielte auf seiner Harmonika den Hochzeitsmarsch. Bruno legte seine Hand auf Paulines Schoß, was Friedel verstohlen beobachtete und sich dann errötend abwandte.
»Wahrscheinlich hat sich Otto vor Aufregung wieder so besoffen, daß er den Weg nich mehr gefunden hat«, schimpfte Erna.

6. Die Grube brennt

Weinachten war vorüber. Der Winter hatte in diesem Jahr auf sich warten lassen. Bisher war nur einmal Schnee gefallen, der sich aber rasch wieder in schmutziggraue Wasserlachen aufgelöst hatte, die den Boden aufweichten, so daß er in den Nächten zu einer holperig harten Kruste fror.

Mit den Menschen in aller Welt verband die Bewohner der Zechensiedlung Eintracht in diesen letzten Tagen des Jahres eine unbestimmte Erwartung, mit der sie dem neuen Jahrhundert entgegensahen, dem letzten im zweiten Jahrtausend unserer Zeitrechnung, das in der Silvesternacht auch von der kleinen Dorfkirche, zu deren Gemeinde die Siedlung gehörte, eingeläutet werden sollte. In den Zeitungen häuften sich Berichte über die seltsamsten Vorhersagen, die von verschiedenen Weltuntergängen über die Wiederkehr Christi und der Herstellung künstlicher Menschen bis zu einer Maschine reichten, mit der man, wie es hieß, den Widerstand der Materie würde aufheben und von Pol zu Pol durch die Erdachse reisen können. Allerdings zählten die Bewohner der Eintracht, die Bergarbeiter, ihre Frauen und Kinder, die alten Knappen, Witwen und Berginvaliden, zur großen Mehrheit der Menschen, denen harte Arbeit und Sorge um das tägliche Brot kaum Spielraum für solche Spekulationen über die Zukunft ließen. Mehr Sicherheit und bessere Bewetterung unter Tage, ein gerechteres Gedinge und eine kürzere Schicht waren Bedürfnisse, die für sie von größerem Interesse waren als zum Beispiel die Erfindung von Flugmaschinen.

Am frühen Morgen nach Weihnachten, es war noch dunkel, richtete sich Pauline verstört in ihrem Bett auf; es machte ihr schon einige Mühe, weil ihr der Bauch im Weg war. Sie tastete neben sich auf dem Schemel nach den Streichhölzern und zündete die Petroleumlampe an.

Bruno und Pauline hatten in der Dachkammer die beiden Betten, in denen früher Paulines Brüder geschlafen hatten, aneinandergerückt und die Kommode am Fußende aufgestellt. An der schrägen Dachwand hingen immer noch die gerahmten Fotos von Marx und Wilhelm Liebknecht, die Karl dort einmal zu seiner Erbauung und gegen den Willen seines Vaters aufgehängt hatte. Daneben hatte Pauline ihre Heiligenbilder befestigt, und die Wand gegenüber war von Bruno mit dem Farbendruck eines Gemäldes geschmückt worden, auf dem ein schmaler, mit blühenden Kräutern bewachsener Pfad zwischen reifem Korn entlangführte. Über dem Feld türmten sich hohe Gewitterwolken, aus denen die Sonnenstrahlen in schrägen Bündeln auf das weite, flache Land hinabstachen. Das Bild erinnerte Bruno an seine Heimat.

Er war vom Licht der Lampe nun ebenfalls erwacht, sah sich verwundert um und dann besorgt Pauline an. »Was is – isses soweit?«

Sie schüttelte den Kopf: »Ich hab was geträumt. Ich hab Licht gemacht, damit ich's loswerde.«

Bruno lehnte sich mit einem verschlafenen Seufzer in sein Kissen zurück, er schob seine Hand unter ihre Decke und legte sie ihr beruhigend auf den schwangeren Bauch. »Was hast du geträumt?«

Sie wollte es ihm nicht erzählen, sie war noch in ihrem Traum gefangen. »Es war furchtbar – und ich werd's nich los.«

»Soll ich dir einen Fencheltee machen?«

Sie schüttelte wieder den Kopf. Bruno sah auf die Uhr, in einer halben Stunde mußte er sowieso aufstehen. Er drehte sich auf die Seite, weil ihn die Lampe blendete, und versuchte wieder einzuschlafen.

Zur selben Zeit wurde ein paar hundert Schritte entfernt am anderen Ende der Vogelwiese Erna Stanek in ihrem Zimmer im Erdgeschoß des zweistöckigen Miethauses vom Klopfen an der Tür geweckt. Sie machte kein Licht, wartete und horchte. Sie hoffte, daß sie sich getäuscht oder das Klopfen nur geträumt hatte. Um sich zu vergewissern, rief sie leise die Namen ihrer Söhne. Sie gaben keine Antwort, also schliefen sie und schienen nichts gehört zu haben. Erna wollte sich beruhigt wieder in den Schlaf sinken lassen, als sie das Klopfen wieder hörte, nicht laut, aber eindringlich und fordernd. Sie zündete eine Kerze an, stand auf, hängte sich ihr Tuch um die Schultern und ging mit der Kerze zögernd zur Tür.

»Wer ist da?« rief sie leise.

Jemand hustete, dann hörte sie eine Männerstimme sagen: »Laß mich rein, Erna.«

Sie schob den Riegel zurück und öffnete die Tür einen Spalt, der Wind wehte ihr ein paar schwere nasse Schneeflocken ins Gesicht, und sie hielt schützend die Hand vor das Licht.

Draußen stand Otto Schablowski, er war unrasiert, die Haarsträhnen klebten ihm naß in der Stirn, er war nur mit einem kragenlosen, zer-

rissenen Hemd und einer Hose aus leichtem Stoff bekleidet; er war barfuß, Hemd und Hose waren durchnäßt. Erna öffnete die Tür so weit, daß er eintreten konnte. Schweigend ging er durch die Stube und ließ sich auf der Bank nieder. Währenddessen hatte sie die Tür wieder verriegelt und war vor ihm stehengeblieben, ihr Blick war zärtlich besorgt und fragend. Er sah zu ihr auf, sein Lächeln war von Erschöpfung getrübt. Er schwieg und atmete schwer, dann legte er seine großen, kräftigen Hände auf die Tischkante, stammte sich hoch und umarmte Erna. Es sah aus, als wenn er sich an ihr festhalten wollte. Er drehte sich um, weil er wieder husten mußte. Erna führte ihn zu ihrem Bett, dabei sah er über ihren Kopf hinweg zu der unbezogenen Strohmatratze, die zum Lüften an das Mietbett gelehnt war.
»Hast du keinen Schlafburschen?« fragte er.
»Er is am Bremsberg zwischen die Wagen gekomm«, sagte Erna, sie setzte ihn auf ihrem Bett ab und begann sein Hemd aufzuknöpfen. »Wo kommst du jetzt her?« Sie löste den nassen Stoff von seiner Brust. »Mutter Maria, bist du durchgeweicht.«
Otto berichtete kurzatmig und von Husten unterbrochen, daß man ihn ins Hospital bringen wollte, weil er im Gefängnis die Scheißerei bekommen hatte. Unterwegs war der Gendarm, der ihn bewachen sollte, eingeschlafen, und Otto war unbemerkt vom Wagen gesprungen. »Ich bin die dritte Nacht unterwegs«, sagte er, »am Tag hab ich mich immer verkrochen.« Er hatte leise gesprochen und den Mund in die Armbeuge gesteckt, um den Husten zu dämpfen, damit er die beiden Jungen nicht aufweckte. Erna zog ihm das Hemd über den Kopf, behutsam, als zöge sie ein Kind aus, das ins Wasser gefallen war.
»Sie werden dich hier überall suchen«, sagte sie und legte ihm die Hand auf die Stirn. »Du hast Fieber.«
Er ließ sich in das Kissen zurückfallen. »Ich will mich nur aufwärm und ausschlafen«, sagte er, »dann geht's mir wieder besser.« Und während sie seine Hose aufknöpfte, fügte er hinzu: »Ich geh über die Grenze, nach Belgien und such mir da'n Pütt.«
Folgsam kam er ihrer Aufforderung nach und hob Rücken und Becken an, damit sie ihm die Hose ausziehen konnte. Er lächelte müde. »Das is das erste Mal, Erna, daß du mir die Hose ausziehst und nichts passiert.«
Sie senkte den Blick und bemerkte: »Denk jetzt nich an so was. Sei froh, wenn du dir nich'n Tod holst.«
Er zog die Beine aufs Bett, und sie deckte ihn zu.
»Drei Monate hätt ich noch sitzen müssen«, berichtete er, »so was is

schlimmer, als wenn du untern Berg kommst. Aber es hat sich gelohnt, daß ich dafür diesem Schwein die Fresse poliert hab.« Er hustete. »Gib mir die Hose.«
Erna war mit seinen Sachen zum Herd gegangen, um sie zum Trocknen aufzuhängen. Sie kam wieder zurück und sah ihn fragend an. Er nahm ihr die Hose ab, griff in eine Tasche und zog einen kleinen Lederbeutel heraus. Er legte ihn sich auf die Brust und faltete die Hände darüber. Erschöpft schloß er die Augen. »Weißte, was da drin is?«
»Nein«, sagte Erna.
Er ließ die Augen geschlossen, die Worte kamen langsam und schläfrig über seine Lippen. »Sand, Sand aus meiner Heimat ... pommersche Erde.« Er war eingeschlafen. Erna zog ihm die Decke über die Arme.
In der Siedlung brannten inzwischen die Lampen hinter den Fenstern, und in senkrecht zittrigen Säulen stieg rußiger Qualm aus den Schornsteinen auf. Walter trat aus seinem Haus, er hatte Blechflasche und Brotbeutel an einer Schnur über der Schulter hängen. Sein Gesicht hatte eine blasse, kranke Farbe, die im fahlen Licht der Laterne noch bleicher wirkte, und der griesgrämige Ausdruck, mit dem er unter dem tief herabgezogenen Schirm seiner Mütze hervor auf die Schneereste und gefrorenen Sandkrusten der Straße blickte, verstärkte noch den Eindruck, daß er sich nicht wohl fühlte. Hinter ihm war die Haustür wieder geöffnet worden, seine kleine Tochter kam ihm mit einem zusammengefalteten Wollschal nachgelaufen. Katrin, seine Frau, stand im Nachthemd, über das sie eine Schürze gebunden hatte, hinter der Gardine und sah zu, wie das Mädchen seinem Vater den Schal gab, den er sich um den Hals wickelte und das Ende über die Schulter warf. Er strich der Kleinen über den Kopf und lief dann mit fröstelnd angezogenen Schultern, ohne sich noch einmal umzusehen, die Straße entlang.
Am Ende der Siedlung überzog das erste, dunstmatte Licht der Wintersonne die von gefrorenen Wasserlachen bedeckten Felder mit einem kalten rosafarbenen Schleier, als Willi Boetzkes aus dem Seiteneingang an der Giebelwand der Wirtschaft kam. Hinter den geschlossenen Fensterläden der Dachstube hörte man den Säugling schreien. Lise war ihrem Mann bis zur Tür gefolgt, sie stand fröstelnd auf der Steinstufe, ihren mageren Körper hatte sie in die Bettdecke gewickelt. »Willi«, rief sie ihm leise nach. Er blieb stehen und sah sich nach ihr um. Er trug den verrußten steifen Hut, den er sich zugelegt hatte, nachdem er auf der Morgensonne Hauer geworden war. Sein Gesichtsausdruck war ungeduldig und mürrisch. »Was is?«

»Du hast mich den ganzen Morgen nich einmal angesehn«, sagte sie. Er wußte nicht, was er ihr darauf erwidern sollte, wandte sich ab und ging mit raschen Schritten an der Giebelwand entlang zur Straße. Zurückgelassen mit ihrer Trauer und bangen Sorge, für die sie keinen Grund wußte, sah sie ihm nach, bis er hinter dem angebauten Schuppen aus ihrem Blick verschwand.
Bruno und der alte Boetzkes standen vor ihrem Haus, sie warteten auf Friedel, die noch einmal zurückgegangen war, weil sie etwas vergessen hatte. Bruno hatte sie erstaunt gefragt, was ihr noch fehlte, er hatte sie gemustert und festgestellt, daß ihre Ausrüstung für die Schicht am Kohleband vollständig war. Aber Friedel wollte nicht mit ihm darüber reden. Der Alte blickte auf den nassen, weichen Boden und sah dann zum Himmel hinauf, der sich allmählich zu einem nebeligen grauroten Schimmer aufhellte.
»Es taut«, sagte er, »ich dachte, es gibt Frost.« Er hustete und spuckte aus. »Da fällt der Luftdruck.«
Friedel kam aus dem Haus gelaufen, sie hatte, ebenso wie die beiden Männer, Blechflasche und Brotbeutel umgehängt. Über ihrer verrußten Arbeitsschürze trug sie eine Filzweste, die sie mit bunten Mustern bestickt hatte. Während sie die Straße entlanggingen, sagte der Alte noch: »Dann haben wir schlagende Wetter vor Ort, paß mal auf.«
Walter kam ihnen entgegen und schloß sich ihnen schweigend an. Er hatte mit einem bitter-saueren Gesicht »Glück auf« gemurmelt und war zu keinem weiteren Gespräch bereit.
»Du siehst ganz schön verkatert aus«, bemerkte der alte Boetzkes, und Bruno nannte ihn eine Schnapsleiche, so, wie er aussah, konnte er dem alten Berggeist alle Ehre machen.
»Von so was soll man nich reden«, sagte Friedel streng, »das bringt Unglück.«
Walter war nun doch zu einer Erklärung bereit. »Wenn's mal Schnaps gewesen wär«, seufzte er. Er hatte am zweiten Weihnachtsfeiertag vom eingemachten Kürbis gegessen, den seine Schwiegermutter mitgebracht hatte. »Weiß der Teufel, womit sie das verdammte Zeug eingelegt hat. Katrin und den Kindern isses bekomm, aber mir hat's die ganze Nacht den Magen umgedreht.«
Sie hatten sich in die lange, aufgelockerte Reihe der Kumpel eingefügt, die einzeln und in kleinen Gruppen an der verrußten Backsteinmauer der Zeche entlang zur Einfahrt liefen. Grau und schattenhaft bewegten sie sich durch die fahle Morgendämmerung. Von der Mauer hallten das Scharren und Klopfen ihrer beschlagenen Holz-

schuhe auf dem Pflaster wider. Friedel war hinter ihrem Vater und Bruno zurückgeblieben. Sie band ihr dunkles Haar mit einem Stück hellblauer Seidenlitze im Nacken zusammen, dabei blieb sie am Straßenrand stehen und beobachtete die Männer, die an ihr vorübergingen. Um einen Vorwand zu haben, bückte sie sich, zog einen Holzschuh aus und schob prüfend die Finger über die Innenseite der Sohle, als wenn ein Nagel ihren Fuß stechen würde. Sie wartete, bis sie Pepi, den jungen Schlepper aus Willis Kameradschaft, in der Reihe der Kumpel auf sich zukommen sah. Er ging allein, hatte seine Mütze bis zu den Augen hinuntergezogen und ließ den Kopf verschlafen zwischen den angezogenen Schultern hängen.
Sie rief leise seinen Namen. Er blieb stehen und sah zu ihr herüber, sein Blick war benommen, als wäre er gerade aufgewacht. Sie ließ den Schuh fallen, schob den Fuß hinein und ging dem Jungen entgegen.
»Haste noch geschlafen?« fragte sie ihn mit kokettem Vorwurf, »du hast mich gar nich gesehen.« Sie legte ihren Kopf auf die Seite. »Krieg ich keinen Kuß?«
Er schob verlegen seine Mütze in den Nacken und sah sich nach den Männern um. Ihre müden, verschlossenen Gesichter schienen sie nicht zu beachten, und er gab ihr rasch einen Kuß auf die Wange.
»Wo sind Bruno und dein Vater?« fragte er.
»Die sind schon vorgegangen.«
Er beschleunigte seine Schritte. Friedel zog etwas aus ihrem Brotbeutel hervor, sie griff die Hand des Jungen und steckte es ihm zwischen die Finger. Er blickte auf seine Handfläche hinunter, in der ein zusammengerolltes Lederband lag, an dem ein kleines Metallkreuz und ein ebenfalls aus Metall gegossener Schlägel hingen.
»Wo hast du das her?«
»Von meinem toten Bruder«, sagte sie.
Er steckte das Band in die Seitentasche seiner Weste: »Isser untern Berg gekomm?«
»Nein«, sagte Friedel, »der Steiger hat ihn erschossen, als sie gestreikt haben.«
Der Junge wollte ihr sein Mitgefühl deutlich machen, indem er laut und wütend fragte: »War das Kowiak, der verfluchte Schinder?«
»Nein, das is lange her, den kennst du nich mehr«, sagte Friedel. »Er is in' Blindschacht gestürzt. In der Spätschicht taucht sein Geist manchmal am Schacht auf.« Sie sah ihn an, beschwörend, streng und feierlich: »Du mußt das Kreuz unter Tage immer tragen, damit du immer an mich denkst. Das bringt dir Glück.«

Bruno, der mit Walter und seinem Schwiegervater vor der Nummernausgabe wartete, tippte dem Alten auf die Schulter und deutete mit einer Kopfbewegung zur Straße zurück, wo Friedel und der junge Schlepper rasch auf die Einfahrt zugelaufen kamen, sie gingen jetzt in einigem Abstand nebeneinander, womit sie ihre Vertraulichkeit vor den Männern aus Pepis Kameradschaft verheimlichen wollten. Der alte Boetzkes nickte, sein grauer Bart schob sich ein wenig zu einem Schmunzeln in die Breite. »Darum hat sie sich so rausgeputzt.«

Auf der Wettertafel am Füllort der neunten Sohle stand: DATUM: 27. 12. BEFUND: schlagende Wetter. NAME: Kowiak.

Friedrich Boetzkes hatte recht behalten, er hätte nicht auf die Tafel zu sehen brauchen. Kumpel, die wie er seit über vierzig Jahren einfuhren, spürten das Wetter. »Es steckt einem in den Knochen wie einem alten Grubenpferd«, hatte er einmal Käthe erklärt. In der Morgensonne war es still, bei schlagendem Wetter durfte nicht gehauen und gefördert werden. Die gewohnte, dumpf pochende Betriebsamkeit im Flöz und der Lärm der Wagen und Züge auf den Strecken und in den Querschlägen fehlten und ließen die lauernde Gefahr, die mit den Sinnen nicht zu erfassen war, noch bedrückender und unheimlicher werden. Willi und seine Kameradschaft hatten sich in den Nebenquerschlag zurückgezogen und warteten auf bessere Wetter. Die Männer hatten die Lampen an die Kappe vom Türstock gehakt und ihre Brotbeutel und Blechflaschen am Wasserrohr aufgehängt. Walter und Bruno hockten, die Ellenbogen auf die Knie gestützt, auf dem angefahrenen Rundholz. Pepi, ihr Schlepper, saß auf dem Rand eines leeren Wagens, den Kopf unter das Hangende geduckt, und ließ die Beine baumeln. Willi stand, die Arme vor der Brust verschränkt, gegen den Stoß gelehnt und sah den Wassertropfen zu, die sich unter dem Rohr sammelten und in gleichmäßigen Abständen in den aufgeweichten Kohlestaub herabfielen. Ihr leiser, spitzer Aufprall erzeugte das einzige Geräusch, das zu hören war. Willi räusperte sich und spuckte in die Wasserlache zu seinen Füßen. »So ein Dreck, ich will meine Kohle machen.«

»Das wolln wir alle«, sagte Walter.

Bis die Morgensonne aufgehauen war, wollte Willi genügend Geld beiseite geschafft haben, den Rest wollte er sich beim Juden leihen.

»Dann kauf ich dem Wilhelm die Wirtschaft ab.«

Walter sagte: »Wenn du der Wirt bist, da werden die Biere kleiner, fürcht ich.«

Bruno lachte. »Und die Schnäpse kürzer.«
»Lise kocht'n billigen Mittagstisch für die Zuwanderer, und oben vermieten wir die beiden Kammern«, beschrieb Willi seine Zukunft.
»Das hört sich an, als willste Unternehmer werden«, sagte Bruno.
Im Blick, den Willi auf ihn richtete, flackerte ein eigensinniger Ehrgeiz, der aber gleichzeitg, von wütend verdrängtem Zweifel behaftet, einen stillen, fortwährenden Kampf in ihm wachzuhalten schien. »Ich will mal aus der Kohle rauskomm, versteht ihr?«
Sie schwiegen wieder. Walter drückte seine Hände auf den Hosenbund. »Der verdammte Kürbis. Viel hätt ich heut sowieso nich geschafft.«
Mit dieser Bemerkung weckte er Pepis naive Schadenfreude, der Junge lachte und trommelte dabei mit den Absätzen seiner Holzschuhe gegen die Wagenwand. »Er scheißt uns den ganzen Toten Mann voll«, rief er.
Willi war unruhig. »Ich möchte mal wissen, warum die jetzt auf einmal die Vorschrift beachten. Wahrscheinlich werden sie die Kohle nich los, wir haben schon bei schlimmerem Wetter gehaun.«
»Aber nich mit Schlägel und Eisen«, schränkte Willi ein, »wenn's da Funken gibt, dann isses passiert.«
Willi spuckte aus, überlegte und sagte: »Mit der Keilhaue könnte man arbeiten.« Er drückte die Schultern vom Stoß ab und forderte Pepi mit einer Kopfbewegung auf, ihm zu folgen. »Komm, wir sehn uns mal um.«
»Mach keinen Scheiß«, warnte Bruno ihn, und Walter sagte, sie sollten sich nicht erwischen lassen.
Auf der Nebenstrecke, wo noch mit Grubenpferden gefördert wurde, stand ein leerer Zug. Vorn, im ersten Wagen, schlief der Pferdejunge; er hatte sich zusammengekauert und den Futtersack unter den Kopf geschoben. Der blinde Gaul streckte seinen Kopf vor und schüttelte die verrußte Mähne, als er Willi und Pepi witterte. Willi blieb stehen und beobachtete ihn. Der Gaul stand nun wieder unbeweglich und geduldig abwartend in seinem schweren Geschirr.
»Er ist ruhig, er wittert keine Gefahr, das seh ich ihm an«, sagte Willi.
»Riecht man die Wetter?« fragte Pepi.
»Dann wär's einfach«, lachte Willi.
»Sind sie giftig?«
»Die schlagenden Wetter nich, die sind explosiv.«
»Wie merkt man die?«
»Wenn du da reinkommst«, sagte Willi und hob seine Lampe hoch,

»da gibt's ne blaue Flamme.« Er beobachtete das Licht. »Siehst du was?« Pepi schüttelte den Kopf, und Willi fügte hinzu: »Ich auch nich.«
Sie gingen durch die Richtstrecke zurück zum Flöz. Der Junge wischte sich mit seinem Tuch die Stirn trocken, es war mehr die Angst als die Hitze, die ihm den Schweiß aus den Poren trieb.
Willi hatte ihn vorangehen lassen und sah wieder auf die Flamme seiner Lampe. »Halt mal an«, rief er. Pepi blieb stehen und sah sich um.
»Wo hast'n das her?« fragte ihn Willi, er hatte sich gebückt und blickte auf das Metallkreuz und den kleinen Schlägel, die am Gürtel des Jungen funkelten, und die er mit dem Tuch versehentlich aus der Tasche seiner Lederhose gezogen hatte.
Pepi gab ihm keine Antwort, er war verlegen.
»So was hat mal mein Bruder, der Herbert, getragen«, sagte Willi. »Er hat geglaubt, daß ihm das Glück bringt. Aber er is untern Berg gekomm, und das hat ihm die Hüfte zerdrückt und ihn für den Rest seines Lebens zum Krüppel gemacht.« Willi unterbrach die Erinnerung, in die er geraten war, er machte eine schroffe Handbewegung. »Nun geh weiter, steh nich rum.«
Von knirschenden Schritten im Kohlestaub aufmerksam geworden, blickte Bruno, der allein im Nebenquerschlag zurückgeblieben war, den beiden Lampen entgegen, die sich auf ihn zubewegten. Ihre Lichter blendeten ihn, und er konnte die Männer dahinter nicht sehen, aber er erkannte den dicken Erich an seinem Schnaufen. Steiger Kowiak hatte ihn und Friedrich Boetzkes für den Kontrollgang eingeteilt.
»Wo sind die anderen«, fragte Friedrich, als sie zu Bruno traten.
»Willi will sich die Kohle ansehn, er hat den Jungen mitgenommen«, erwiderte Bruno.
»In der Morgensonne?«
Bruno nickte.
»Da haben sie jetzt nichts zu suchen«, sagte Erich, und Friedrich wies Bruno zurecht: »Ihr müßt dafür sorgen, daß die Leute zusammenbleiben. Wo is Walter?«
Als Antwort tippte sich Bruno auf den Bauch. Die beiden Alten sahen sich an und grinsten. Die Sache mit dem eingelegten Kürbis hatte sich herumgesprochen.
»Glück auf, Bruno.« Der alte Erich kniff ein Auge zu und hob, bevor er weiterging, die Hand, wobei er seine dicken, kurzen Finger spreizte. Er wollte damit andeuten, daß er noch fünf Schichten zu fah-

ren hatte, zum Jahresende legte er ab. »Dann hab ich'n Jahrhundert voll«, hatte er am Heiligen Abend in der Wirtschaft verkündet, und von einer Batterie Schnäpsen beseligt, hatte er die ganze Siedlung und die halbe Menage zum Fest seiner letzten Abkehr eingeladen, seit einem guten Jahr hatte er dafür ein Schwein angefüttert, das am Neujahrstag geschlachtet werden sollte.

»Glück auf.« Bruno sah den beiden alten Hauern nach, und er stellte sich die Frage, ob der Berg ihn so lange verschonen würde, daß auch er einmal grau und betagt wie sie seine Abkehr nehmen konnte.

Steiger Kowiak fing Walter an der Wettertür ab, als er auf dem Weg zum Toten Mann mit eingeknicktem Körper durch den Querschlag gerannt kam. »Wo willst du hin?«

Walter nahm seine Mütze ab, aber er richtete sich nicht auf, wie es von ihm erwartet wurde. Seine Gesichtszüge waren verzerrt, die Augen hielt er in ängstlicher Enwartung eines unangenehmen Zwischenfalls weit geöffnet.

»Glück auf, Herr Steiger, ich...«

Kowiak unterbrach ihn: »Weißt du nicht, daß ihr bei schlagendem Wetter hier nicht einzeln herumlaufen sollt?«

»Jawohl, Herr Steiger, das weiß ich«, preßte Walter ungeduldig zwischen seinen zusammengekniffenen Lippen hervor, »aber ich...«

Steiger Kowiak fuhr ihm wieder ins Wort. »Weißt du auch, daß du jetzt nichts im Streb zu suchen hast?«

»Jawohl, aber...«

»Die Vorschriften sind dir also bekannt: In besonderen Fällen dürft ihr nur zu zweit euren Ort verlassen.«

»Jawohl, aber... Herr Steiger... bitte... ich...«

»Du weißt also alles, und die Vorschriften sind dir bekannt, aber du richtest dich nicht danach.«

»Doch, aber...«

»Da gibt es kein Aber, dafür bekommst du drei Strafpunkte.«

Plötzlich richtete sich Walter auf, seine Gesichtszüge entspannten sich, sein Blick wurde mild und ergeben. »Ich glaube, die Sache hat sich erledigt, Herr Steiger«, sagte er ruhig.

Kowiak sah ihn mißtrauisch an und rümpfte die Nase, er ahnte, was geschehen war. »Verdammt noch mal«, fluchte er, »das hättest du auch früher sagen können, dann mußt du dir einen Mann mitnehmen.«

»Da geht keiner mehr mit, Herr Steiger«, entschuldigte sich Walter, »das is zu oft.«

Sie war abgelenkt, weil sie vor sich auf den Weg achten mußte, um den Pfützen auszuweichen, die den unebenen Boden der Vogelwiese bedeckten. Darum sah sie erst auf, als sie eine Männerstimme schimpfen hörte. »Warum hast du die Tür zugeschlagen? Du verdammter Bengel.«
»Aus Versehen, weil's so gezogen hat.« Erna erkannte die Stimme von Martin, ihrem ältesten Sohn.
»Dann schließ wieder auf«, rief der Mann.
»Ich hab keinen Schlüssel, der liegt inner Stube auf'm Tisch, da müssen Sie warten, bis meine Mutter kommt.«
Als Erna die Böschung zur Straße heraufkam, sah sie neben der Holztreppe, die zum ersten Stock hinaufführte, zwei gesattelte Rappen, sie standen, die Köpfe erhoben, militärisch dressiert, streng nebeneinander ausgerichtet, ihre Ungeduld zeigte sich nur im kurzen, gleichmäßigen Peitschen ihrer langen Schweife. Erna drückte das Kleiderbündel, das sie unter dem Arm trug, unwillkürlich fester an sich und überlegte, wie sie sich verhalten sollte, ihre Schritte wurden langsamer, und sie hielt sich dicht an der Hauswand. Vor der Tür zu ihrer Stube hatten sich zwei Gendarmen aufgestellt. Der Ältere, der das Kommando führte, sagte drohend: »Wir müssen nicht warten, mein Junge, da irrst du dich. Wir werden euch nämlich die Tür eintreten, was meinst du, wie schnell die auf ist.«
In der schmalen Türnische drängten sich Martin und der kleine Hannes aneinander, sie wichen nicht von der Stelle und starrten trotzig zu den Polizisten hoch. Mit ruhigen Schritten kam jetzt Erna um die Hausecke, sie hatte das Kleiderbündel nicht mehr bei sich.
»Was gibt's?« fragte sie scheinbar ahnungslos.
»Wir können nicht rein, dein Bengel hat den Schlüssel drinnen liegenlassen«, sagte der Kommandierende, »du kommst gerade im richtigen Augenblick.«
Erna wandte sich an Martin. Ohne daß es die Gendarmen bemerkten, zwinkerte sie ihm zu und fing dann an, ihn zu beschimpfen. »Du bist auch für alles zu dämlich. Du kannst nur rumsitzen und fressen, wie dein Vater – Gott hab ihn selig.« Sie sah die Gendarmen treuherzig an. »Es is ein Kreuz als Witwe mit zwei solchen Nichtsnutzen am Hals, bei der Heiligen Jungfrau, das könn Sie mir glauben.«
»Nun sperr endlich auf«, sagte der Wachtmeister.
Sie zog den Schlüssel aus der Rocktasche und schloß die Tür auf, dabei schimpfte sie wieder auf ihre Söhne ein: »Was habt ihr wieder angestellt? Ihr Ratten, daß die Gendarmerie kommen muß.«

Die Gendarmen fingen sofort an, die Stube zu durchsuchen, blickten unter die Betten und in den Schrank, rissen Ernas Schürzen, Röcke und Tücher vom Nagelbrett und klopften die Wand dahinter ab. Anscheinend hielten sie den Herd für eine Attrappe, denn sie stocherten sogar mit einem Eisenhaken in den Feuerlöchern herum.
»Das is ein ordentliches Haus«, wehrte sich Erna, »ich hab mir nichts zuschulden kommen lassen, aber die Bengel sind mein Unglück, ihn' fehlt der Vater, verstehn Sie, vor allem der Große hätt ihn jezt nötig.«
Währenddessen hatte sie Martin, von den Gendarmen wieder unbemerkt, fragend angesehen. Der Junge nickte ihr verstohlen zu, daß alles in Ordnung war. Erna sah prüfend zur Zimmerdecke hinauf. Zwischen den Tragbalken waren zwei Dielen verrutscht, so daß sich ein schmaler Spalt ergeben hatte. Sie senkte rasch den Blick, als sie vom Wachtmeister gefragt wurde. »Du hast mit einem gewissen Otto Schablowski verkehrt?«
»Was heißt verkehrt?« fragte sie und blinzelte ihn unschuldig an.
Der junge Gendarm maß sie mit einem abschätzenden Blick, er grinste. »Das werd ich dir mal heute abend erklärn, wenn deine Gören schlafen.«
Erna ging nicht darauf ein. »Ich hab ihn früher mal gekannt«, sagte sie.
»War er dein Schlafbursche?« fragte der Wachtmeister.
»Nein«, erwiderte Erna, »so lange ich ihn kenne, hat er immer inner Menage Logis genomm.«
Der Wachtmeister wollte wissen, ob sie jetzt einen Schlafburschen hätte, und sie gab an, daß er im Hospital läge und dort auch noch eine Weile bleiben würde, weil er am Bremsberg zwischen die Wagen gekommen war. Der Wachtmeister notierte sich seinen Namen und sagte: »Wir werden das überprüfen.«
Währenddessen war der junge Gendarm an Ernas Bett getreten. »Und hier schläfst du, nicht wahr?« Er zupfte an seinem dünnen blaßblonden Schnauzer und strich mit der Zunge über seine feuchten wulstigen Lippen. Erna nickte. Er schlug die Bettdecke zurück: »Alles sauber«, bemerkte er anerkennend, »ordentlich bist du, sieht richtig einladend aus.«
Sie spürte seinen unverschämten Blick. Dir soll der Schwanz abfauln, du dreckiger Köter, dachte sie, aber sie bezwang sich und ließ sich nichts anmerken. Der Wachtmeister war zur Tür gegangen, der Gendarm mußte ihm folgen.

»Und was is mit dem Otto? Hat er was angestellt?« erkundigte sich Erna.
»Frag nicht«, befahl ihr der Wachtmeister, »wenn er bei dir auftaucht, dann meldest du's sofort. Verstanden?«
»Natürlich«, sagte sie und hielt ihm höflich die Tür auf. Die Gendarmen verließen die Stube, der junge Bursche drehte sich noch einmal nach ihr um. »Schade, daß ich in Uniform bin, son Weib wie dich würd ich mir verflucht gern mal vor die Flinte holn.«
Sie schob die Tür zu und spuckte hinter ihnen aus. Dann nahm sie zuerst Martin und danach den kleinen Hannes in die Arme und gab jedem einen Kuß. »Ihr seid richtige Männer, seid ihr«, sagte sie gerührt, »ich kann mich auf euch verlassen.«
Martin zog einen Schemel unter dem Tisch hervor und trug ihn in die Zimmermitte, wo er ihn unter den verrutschten Deckenbrettern abstellte.
Durch einen Spalt in der Gardine beobachtete Erna, wie die Gendarmen am Haus vorbeigeritten kamen. Sie winkte Hannes zu sich heran und sagte leise, als hätte sie Angst, daß sie immer noch belauscht werden könnte: »Ich hab draußen, hinterm Scheißhaus, was in der Sandkiste versteckt, Pauline hat mir von Bruno 'ne Jacke und 'ne Hose mitgegeben.«
Hannes ging zur Tür. »Aber paß auf, da is 'ne Flasche Schnaps eingewickelt«, rief sie ihm leise nach. Dann stieg sie auf den Schemel, den ihr Martin zurechtgestellt hatte, sie schob die beiden lockeren Dielenbretter auseinander und steckte den Kopf und die Schultern durch die Öffnung. »Otto?« Er hustete, gab aber keine Antwort.
»Sie sind weg«, sagte sie, »ich mach dir heißen Zwiebelsaft.« Ihre Augen hatten sich allmählich an die Dunkelheit in dem knapp meterhohen Zwischenboden gewöhnt. Otto lag auf einem Strohsack, er war mit Decken, Tüchern und allen Kleidungsstücken, die Erna entbehren konnte, zugedeckt. Sie sah, wie er langsam den Kopf hob, sein Gesicht glänzte verschwitzt, seine fiebrigen Augen waren glasig und abwesend. Sie lächelte ihm zu. »Ich soll dich von Käthe und Pauline grüßen, bei ihr kann's jeden Moment soweit sein. Aber es geht ihr gut.«
Er reagierte nicht auf ihre Worte und ließ den Kopf erschöpft wieder in die Kissen zurückfallen. Erna beobachtete ihn stumm, sie lächelte nicht mehr, sie mußte sich auf die Lippen beißen, um nicht zu heulen.

Das Leseband, auf dem die Kohle von der Brücke zum Bunker befördert wurde, stand still, es war leer und nur mit Kohlestaub bedeckt. Die Frauen, alten Männer und Berginvaliden, die für gewöhnlich die Bergreste aus der Kohle sammelten, saßen jetzt auf dem Rand des Bandes oder standen gegen die Hallenwand gelehnt, schliefen oder sprachen über das Wetter, die vergangenen Weihnachtstage und den Preis für die Winterkartoffeln.

Friedel war aus einem sonderbaren Traum erwacht, sie hob ihr Gesicht aus den Händen und schob ihr Kopftuch zurück, das sie sich über die Augen herabgezogen hatte. Im dämmerigen Licht, das durch die verrußten Fenster der Halle drang, blieb sie in ihren Traumbildern versponnen. Sie sah sich wieder durch den Wald laufen, umgeben von hohen, dunkelbelaubten Bäumen, durch deren dichtes Blätterdach nur vereinzelt schmale Bündel Sonnenlicht herabfielen; die Bäume standen in weiten Abständen voneinander wie schräg geneigte, leuchtende Säulen in der grünen Dämmerung. Im Lichtschein einer dieser Säulen sah sie zwischen Farn und Brombeersträuchern einen umgestürzten Kohlewagen, auf dem jemand hockte, den sie nicht erkennen konnte, weil er sich in ein schwarzes Tuch gehüllt und ihr den Rücken zugekehrt hatte. Die Gestalt war fremd und unheimlich, aber seltsamerweise machte sie ihr keine Angst, denn während Friedel auf sie zuging, um zu sehen, wer sich hinter dem dunklen Tuch verbarg, hatte sie das sichere Gefühl, daß sie jemanden zu sehen bekommen würde, der ihr vertraut war. Bevor sie die Gestalt erreicht hatte, war Friedel erwacht.

Sie faltete die Hände im Nacken, reckte sich und stand auf. Als sie über die Hängebank lief, pfiffen ihr die Schlepper hinterher, sie hatten sich gegen ihre leeren Wagen gelehnt, dösten vor sich hin oder alberten herum und waren für die Abwechslung dankbar, die ihnen das Mädchen bot. Friedel kümmerte sich nicht um sie, sie ließ ihre Holzschuhe aus Spaß an dem Geräusch, das sie dabei erzeugten, über die Stahlplatten klacken und atmete tief die feuchte, kalte Luft ein, sie war immer noch ein wenig von ihrem Schlaf zur ungewohnten Zeit benommen.

Von einem gewaltigen Druck wurde das Leder am Schacht weggerissen, das Schutzgitter wurde über die Hängebank geschleudert. Mit ausgebreiteten Armen schwebte der Anschläger für eine Sekunde in der Luft, überschlug sich ein paarmal und stürzte über das Geländer. Während Friedel das sah, wurde sie selbst von einer unsichtbaren Kraft rückwärts gegen einen Stahlpfeiler gedrückt. Aus dem Schacht blitzten Flammen herauf, verbunden mit einem dumpfen Knall, der sich entfernt mehrmals wiederholte. Sie preßte schützend die Arme auf ihr Gesicht und wartete. Aber weiter geschah nichts.

Die Halle der neuen Walzstraße war im Rohbau fertiggestellt, die Ziegelmauern waren noch hell und sauber, das Stahlgerüst zeigte noch den leuchtenden Anstrich der Schutzfarbe, das Fundament für die Walzen war frisch gegossen und mit einem Bretterzaun geschützt. Weil die Verglasung fehlte, hatten die geladenen Herrschaften, die vor einem provisorisch gezimmerten, girlandengeschmückten Podium auf mehreren Stuhlreihen saßen, ihre Mäntel und Pelze anbehalten, einige trugen auch noch ihre Hüte. Neben dem Podium hatte ein Schalmeienzug Aufstellung genommen, den der Bergbauverein für die Einweihungsfeierlichkeit gestiftet hatte. Es waren alte Knappen und Berginvaliden, sie trugen ihre schwarzen Uniformen und Federbuschhüte. Bieder geblasen und schleppend im Takt, stieg das Sedanslied zur hohen Decke auf, hallte verzögert vom anderen Ende der Halle wider und verfing sich im Stahlgerüst der Dachkonstruktion, so daß es sich wie ein verworrener, aus dem Gleichklang geratener Kanon anhörte. In der vorderen Reihe hatten neben Rewandowski und seiner jungen Frau, seinem Schwiegervater sowie dem alten Sturz und seiner Gattin die Ehrengäste Platz genommen: der Staatssekretär des Innern, die Direktoren vom Kohlesyndikat und dem rheinisch-westfälischen Stahlkonzern und zwei preußische Offiziere, ein Oberst und ein Kapitän zur See. Die nächsten Reihen wurden von Honoratioren aus Gemeindeverwaltung, Kultur und dem übrigen gehobenen Bürgertum sowie der Presse gefüllt. Zwischen ihnen saß Karl Boetzkes im Auftrag seines Verbandes als kritischer Beobachter. Er war ordentlich und nicht ausgesprochen ärmlich gekleidet; er trug einen langen Mantel aus dickem, grobem Stoff, schwarze Hosen und Lederschuhe mit Gamaschen, seinen neuen, steifen Hut hatte er auf den Knien liegen. Trotzdem fiel seine Kleidung zwischen den übrigen Gästen als einfach und billig auf. Auch in seiner Haltung, den vor der Brust verschränkten Armen und seinem aufmerksam mißtrauischen Ausdruck unterschied er sich von der allgemein zur Schau gestellten diskreten Langeweile. Man hatte ihn nicht eingeladen, aber als er trotzdem erschienen war, hatte man davon abgesehen, ihn wieder hinauswerfen zu lassen.

Rewandowski hielt das Manuskript seiner Reden in beiden Händen, die auf seinen übereinandergeschlagenen Beinen ruhten; er sah aus wie ein Sänger, der vor seinem Einsatz die Partitur mitlas.

Sylvia schien gereizt, sie neigte ungeduldig den Kopf ihrem Vater zu und flüsterte: »Hast du eine Ahnung, wie viele Strophen dieses Lied hat?«
»Auf jeden Fall zu viele«, erwiderte von Kampen, ohne seinen Ausdruck einer ironisch betonten Aufmerksamkeit zu verlieren.
»Ich halte das nicht mehr aus«, sagte Sylvia.
Er gab ihr einen Rat. »Du hast den Vorteil einer Frau«, flüsterte er, »du kannst ohnmächtig werden.«
Sie lachte: »Soll ich?«
Von Kampen zuckte mit den Schultern. »Willst du dir nicht die Rede von deinem Mann anhören?«
»Ich denke nicht, daß ich dazu verpflichtet bin.« Es war eine Kleinigkeit für sie, den Marineoffizier, der zur Rechten neben ihr saß, unauffällig ihren geheuchelten Zustand zu vermitteln, der ihn zu der besorgten Frage bewegte: »Ist Ihnen nicht gut, gnädige Frau?« Und ihn daraufhin das ritterliche Angebot machen ließ: »Kann ich Ihnen behilflich sein?«
»Danke, es geht schon«, Sylvia war aufgestanden und stützte sich auf die Stuhllehne, sie hielt die Augen geschlossen. Der Offizier schnellte von seinem Platz hoch und griff ihren Arm. »Ich erlaube mir, Sie hinauszuführen.«
Rewandowski, der zwischen von Kampen und dem Staatssekretär des Innern saß, hatte bis zu diesem Augenblick nichts von dem Zwischenfall bemerkt und sah nun, wie seine Frau am Arm des Marineoffiziers die Halle verließ. Er wandte sich mit einem fragenden Blick an seinen Schwiegervater, der ihm sein stummes Bedauern zur Antwort gab und sich dann wieder der Schalmeienkapelle zuwandte. Was von Kampen so rasch nicht zu hoffen gewagt hatte, geschah nun für ihn unerwartet: Mit einem doppelten Paukenschlag verhallte das Sedanslied zwischen den hohen Wänden und den leuchtroten Stahlträgern der neuerbauten Werkhalle. Rewandowski stand auf und trat an das Rednerpult.
»Meine verehrten Damen und Herren«, er sah Sylvia und dem Offizier nach, ihn beruhigte der Gedanke, daß der zufällige, nähere Umgang zwischen seiner attraktiven Frau und dem Vertreter der Reichsmarine den erwarteten geschäftlichen Beziehungen sicher nicht schädlich sein konnte.
»Ich begrüße Sie im Namen unserer neugegründeten Stahl und Kohle AG.«
Die Augen des alten Sturz funkelten argwöhnisch, er hatte die Worte

seines Neffen nicht richtig verstanden und wandte sich an seine Frau. Weil er selber schwer hörte, fragte er lauter, als es notwendig war: »Was hat er gesagt?«
Frau Sturz wiederholte leise, aber mit deutlicher Betonung der einzelnen Silben dicht vor seiner zitternd gewölbten Hand, die er wie einen Schalltrichter an sein Ohr hielt: »Un-se-re neu-e Stahl und Koh-le AG.«
Der alte Sturz ließ verbittert den Kopf hängen. »Also doch eine Aktiengesellschaft, also doch, hinter meinem Rücken«, murmelte er.
Rewandowski hatte die Ehrengäste in der ersten Reihe mit Namen und Titel begrüßt und begann seine Rede.
»In wenigen Tagen feiern wir die Jahrhundertwende, ein Grund, Ihnen eine Bilanz vorzuführen, die uns aufrütteln sollte.«
Karl Boetzkes lehnte sich auf seinem Stuhl zurück, er hoffte, eingehendere Informationen über die Absichten des Kapitals zu erfahren, die für die Politik seines Verbandes nützlich sein könnten.
Rewandowski fuhr fort: »In der Statistik für das ins Ausland exportierte Kapital führt England mit vierzig Milliarden Mark vor Frankreich mit fünfundzwanzig Milliarden. Das Deutsche Reich hat lediglich fünfzehn Milliarden im Ausland investiert.«
Er wartete die Wirkung seiner Worte ab, womit er gleichzeitig die Bedeutung seiner folgenden Aussagte erhöhte.
»Im Weltaußenhandel liegen wir mit dreizehn gegenüber neunzehn Prozent ebenfalls hinter England zurück.«
Trotz dieser eindrucksvollen Zahlen wurden seine Zuhörer von einem jungen Mann in einem unauffälligen dunkelgrauen Ulster abgelenkt, er trug seinen Hut in der Hand und kam mit höflich verhaltenen, aber schnellen Schritten durch die Halle gelaufen. In der Nähe des Podiums blieb er stehen und wartete, bis Rewandowski seine Rede unterbrach und ihn erstaunt ansah. Der junge Mann war sein Sekretär, und Rewandowski wußte, daß er nicht ohne dringenden Anlaß gekommen war und ihn in seiner Festansprache unterbrochen hatte. Er winkte ihn zu sich heran. Der Herr Staatssekretär des Innern räusperte sich währenddessen ungeduldig, schlug die Beine übereinander, stützte sein Doppelkinn mit den Fingerspitzen und sah verärgert zu, wie Rewandowski und sein Sekretär leise miteinander sprachen.
Der alte Sturz wandte sich wieder an seine Frau und sagte, weil er keine Kontrolle mehr über die Lautstärke seiner Stimme hatte, für seine nähere Umgebung unüberhörbar: »Ich möchte mal wissen, was die da gerade wieder zusammen aushecken.«

Rewandowski bat seine Gäste um Verständnis, daß er seine Rede aus einem dringenden Anlaß unterbrechen müsse. »Ich gebe das Wort an seine Exzellenz Herrn von Wrengel.« Der Staatssekretär erhob sich ein wenig ungnädig und schritt langsam zum Rednerpult, das Rewandowski ohne Rücksicht auf Höflichkeit bereits verlassen hatte, bevor seine Exzellenz dort angekommen war. Die Gäste bemerkten interessiert, daß der Direktor und sein Sekretär vor der letzten Reihe, in der Karl Boetzkes saß, stehengeblieben waren. Rewandowski gab Karl zu verstehen, daß er ihn sprechen wolle. Karl stand auf und knöpfte seinen Mantel zu. Er musterte seinen ehemaligen Reviersteiger schweigend, sein Blick zeigte einen bockigen Stolz.
»Sie haben damals die Morgensonne mitaufgehauen.« Karl nickte, er ärgerte sich, denn unwillkürlich wollte er wieder die vertraute Formel »Jawohl, Herr Direktor« hinzufügen, er hatte sie noch rechtzeitig heruntergeschluckt.
»Wir haben auf Siegfried eine Schlagwetterexplosion«, sagte Rewandowski, »ich möchte Sie um Ihre Mitarbeit bitten.«
Karl gab schweigend seine Zustimmung, er blieb gefaßt und fragte nur: »Sind mein Vater und mein Bruder unten?«
Der Sekretär mußte gestehen, daß ihm noch keine Einzelheiten bekannt waren.
Auf dem ungepflasterten Hof parkte eine Reihe Kutschen zwischen den Gräben, die für die Fundamente der Portalkräne ausgehoben worden waren. Vor einem Stapel Gasröhren gingen Sylvia und der Marineoffizier nebeneinander auf und ab, sie ließ ihn wissen, daß sie sich wieder besser fühlte, so daß sie seinen stützenden Arm nicht mehr benötigte. Sie zog eine Zigarette aus ihrem Etui und steckte sie in eine Elfenbeinspitze, der Offizier gab ihr Feuer. Überrascht sah sie die drei Männer aus der Halle kommen und auf den schnellen Zweispänner zugehen, mit dem der Sekretär eben erst angekommen war. Sylvia hatte von ihrem Mann eine Erklärung für seinen plötzlichen Aufbruch erwartet, aber er war, wie es schien, ohne sie zu bemerken, an ihr und dem Kapitän zur See vorbeigegangen und zu den beiden anderen Männern in den Wagen gestiegen.

Die Frauen der Siedlung wußten, was der gleichbleibend hohe wimmernde Sirenenton bedeutete. Kurz nach elf Uhr war er über der Maschinenhalle der Zeche aufgestiegen und hatte für einige Minuten seinen schrillen eindringlichen Warnruf ausgebreitet. Es war windstill, so daß die Sirene wegen der Entfernung leise, aber ununterbrochen

zur Siedlung herübertönte. Pauline hatte auf der Bank am Herd gesessen, sie hatte ein Paar alte Pulswärmer von sich aufgetrennt und stopfte mit der Wolle Brunos Socken, sie wollte, wenn sie niederkam, keine unerledigte Arbeit mehr herumliegen haben. Auf dem Tisch hatte der kleine Klaus Lackpapier, den Topf mit dem Mehlkleister und die Schere zurechtgelegt. Er wartete darauf, daß Pauline mit ihrer Handarbeit fertig wurde. Sie hatte ihm versprochen, danach Hüte und Pappnasen für den Silvesterabend zu kleben. Die feuchte Luft drückte auf den Kamin, Käthe lockerte die Glut im Herd auf und schüttete Bruchkohle nach. Pauline rief ihr zu, daß sie aufhören und still sein solle, sie hatte die Augen zur Seite gedreht und schien sich auf etwas Unsichtbares zu konzentrieren. Käthe hielt den Kohleeimer in den Händen, unterbrach ihre Arbeit, stutzte und fragte lächelnd: »Geht's los?« Und weil sie sich in ihrer Vermutung sicher glaubte, fügte sie aus Erfahrung hinzu: »Das sind erst die Vorwehen.«
»Nein«, sagte Pauline, »das isses nich. Hör mal...«
Nun begriff Käthe, was Pauline gemeint hatte. Sie hörte es auch, es war keine Täuschung, auf der Zeche wurde Alarm gegeben.
Sie waren auf die Straße gelaufen, wo die Frauen aus der Nachbarschaft beisammen standen. Lise war aus ihrer Dachkammer über der Wirtschaft zu ihnen gekommen, sie hielt die Schultern gebeugt und trug ihren Säugling schützend im Tuch vor ihrer Brust. Alle stellten die gleiche Frage, aber bisher konnte niemand sagen, was sich auf der Zeche ereignet hatte. Um so hemmungsloser wurden Mutmaßungen angestellt und bildeten sich Gerüchte.
»Ich laß mich von ihnen nicht verrückt machen«, sagte Käthe schließlich, sie wollte mit Lise und Walters Frau zum Pütt gehen, »ich glaub nichts davon, bevor ich es weiß.«
Pauline bestand darauf mitzugehen, und Katrin holte für sie einen Leiterwagen aus dem Schuppen, in den sie sich setzen konnte. Lise legte Pauline den Säugling in den Arm und nahm dafür den kleinen Klaus an die Hand, während Käthe und Katrin die Deichsel griffen und den Wagen durch den aufgetauten schlammigen Boden der Siedlungsstraße zogen. Die Frauen, deren Männer zur Frühschicht eingefahren waren, schlossen sich ihnen mit ihren Kindern an. Auf der Landstraße wurden sie von einer zweispännigen Kalesche überholt, sie kreischten und beschimpften den Kutscher, weil er die Pferde rücksichtslos durch die tiefen Pfützen peitschte und die Frauen vom lehmigen Wasser überschüttet wurden. Durch das beschlagene Fenster hatte Karl seine Schwester auf dem Leiterwagen entdeckt, er sah

auch Käthe und die Frau seines Bruders, aber es blieb ihm keine Zeit, sich ihnen bemerkbar zu machen.
Auf dem Hof der Zeche warteten die Kumpel aus den Flözen, die von der Explosion verschont geblieben waren, zusammen mit den Schleppern der Hängebank und den Frauen und alten Männern vom Leseband auf eine Nachricht aus der Morgensonne. Die Kumpel, die sich hatten retten können, unterschieden sich von den Arbeitern über Tage durch ihre schwarzen Gesichter und die verrußte Arbeitskleidung. Sie wurden in einzelnen Gruppen von den anderen umringt, beglückwünscht und immer wieder befragt. Friedel lief von einer Gruppe zur anderen und rief den Männern die Namen ihres Vaters, von Bruno und Pepi, dem jungen Schlepper, zu, aber es war noch niemand von der Morgensonne ausgefahren, von dem sie wenigstens einen Hinweis bekommen konnte, was mit ihnen geschehen war.
Der Kutscher ließ die Peitsche knallen, als er in den Hof einfuhr, damit die Leute dem Wagen Platz machten. Der Sekretär war vor dem Stadtbüro ausgestiegen. Rewandowski und Karl hatten sich während der Fahrt schweigend in der Kalesche gegenübergesessen, sie sahen die rußschwarzen Gesichter der Kumpel und warfen sich einen kurzen Blick zu, mit dem sie einander die gleiche, erleichternde Einsicht vermittelten, daß der Fahrschacht und die Körbe offensichtlich unbeschädigt geblieben waren.
Vor einer langen Holztafel, die im Zechenbüro aufgestellt und mit den Profilplänen der Querschläge und Richtstrecken, den Wetterrissen und dem Einsatzplan der Kameradschaften bedeckt war, standen der Betriebsführer und ein Mann, dessen rotes breitwangiges Gesicht von einem korrekt gestutzten grauen Vollbart umrahmt wurde. Er hatte seinen weiten Gummimantel über die Schultern gehängt. Beide Herren rauchten Zigarren und standen mit dem Rücken zur Tür; sie waren in die Pläne und den vermuteten Verlauf der giftigen Nachschwaden vertieft und drehten sich nicht sofort um, als sie hörten, daß Rewandowski und Karl den Raum betraten, in dem das schwache Tageslicht von dicken Tabakswolken zusätzlich getrübt wurde. Über der Tafel brannte eine Gaslampe, ihr Lichtschein wurde von einem blanken Metallreflektor verstärkt. Rewandowski war zu ihnen getreten, der Betriebsführer entschuldigte sich bei ihm mit einem stummen Ausdruck des Bedauerns und stellte die Herren einander vor: »Dr. Tegermann von der Bergbaubehörde, Herr Direktor Rewandowski.« Er sah Karl an, aber erkannte ihn offenbar nicht, so daß Rewandowski hinzufügte: »Karl Boetzkes vom Verband. Dr. Tegermann nahm die

Hand aus der Manteltasche, um den Direktor und Karl zu begrüßen, er war ein erfahrener Spezialist, der schon eine Anzahl Rettungsaktionen geleitet hatte, er konnte sich daher eine gewisse Gelassenheit im Umgang mit dem Zechenbesitzer leisten. Währenddessen hatte der Betriebsführer Karl noch einmal unauffällig angesehen, er konnte sein Interesse für einen Mann, der ihm jahrelang als Kohlehauer unterstellt gewesen und nun als ein führender Vertreter der Bergarbeitergewerkschaft auf die Zeche zurückgekehrt war, nicht ohne weiteres verbergen. Bei aller Einsicht, daß Karls Erfahrung auf der Morgensonne für die Rettungsaktion nützlich war, konnte der Betriebsführer nicht begreifen, warum sein Direktor ausgerechnet diesen roten Vaterlandsverräter mitgebracht hatte.
Rewandowski kam zur Sache. »Funktioniert der Fahrschacht?« wollte er sich vergewissern. Der Betriebsführer gab ihm die Bestätigung, indem er meldete, daß bis auf die Männer von der Morgensonne alle Kameraden ausgefahren waren.
»Und von der Morgensonne?« fragte Rewandowski.
»Wir haben zwei Mann mit CO-Vergiftung ins Hospital gebracht. Wir haben sie sieben Minuten nach der Explosion an der ersten Richtstrecke auf der achten gefunden.«
Karl war vor den Einsatzplan getreten, er hatte immer noch gehofft, daß sein Vater, Willi und Bruno nicht die Frühschicht gefahren hatten, bis er nun selber ihre Namen auf der Liste sah. Die Tür wurde aufgestoßen, zwei Sanitäter brachten einen Mann auf einer Trage herein. Sein Kopf war bis über die Nasenwurzel von einem Verband umwickelt, sein Körper zuckte jedesmal unter der Wolldecke zusammen, wenn er vom Schüttelfrost ergriffen wurde, sein Gesicht war gerötet, er hielt die Augen geschlossen, auf den Lidern klebte noch der Kohleruß. Die Sanitäter stellten die Trage ab.
»Wer ist der Mann?« fragte der Betriebsführer.
»Wir haben keine Ahnung«, erwiderte einer der Sanitäter, »er hat noch nich gesprochen. Er hat sich noch bis zum Füllort geschleppt.«
Karl war an die Trage getreten und sah auf den Mann hinunter, er brauchte einen Augenblick, bis er ihn erkannte. »Walter«, sagte er. Der Mann schlug die Augen auf und sah zu Karl hoch, er versuchte zu sprechen und schien sich jedes Wort genau zu überlegen. »Bruno war im Querschlag«, begann er flüsternd.
Karl beugte sich zu ihm hinunter, um ihn besser zu verstehen.
»'n Stück nach Norden... hinter der Abbaustrecke... verstehste?«
Karl nickte.

»Dein Vater... und Erich... warn unterwegs am Streb auf der Strecke nach Westen. ... Hab keine Ahnung... wo Willi und der Junge hin sind. ... Bin gerade aus der Strecke auf'n Förderschlag raus... da hat's mich zum Schacht gedrückt. Ich hab gebrannt... wie 'ne Fackel...«
Er schloß die Augen wieder und versuchte zu lächeln.
»Ich... ich glaube... ich hab Schwein gehabt. ... Hast du alles verstanden?«
»Ich hab dich verstanden, Walter«, Karl richtete sich auf. Die Sanitäter hoben die Trage an, um Walter zur Waschkaue zu bringen, wo die Verletzten von einem Arzt behandelt und, wenn es notwendig war, weiter zum Hospital gefahren wurden. Karl hielt die Tür auf, die Sanitäter trugen Walter hinaus, er drehte den Kopf ein wenig zur Seite, was ihm offensichtlich nur unter starken Schmerzen möglich war.
»Sag Katrin Bescheid«, flüsterte er. Karl nickte ihm zu, er lächelte und zeigte Walter die Faust mit aufgestelltem Daumen.
Die Männer wandten sich wieder der Tafel und dem Wetterriß zu. Tegermann steckte sich seine Zigarette, die er aus dem Mund genommen hatte, während er zu Walter an die Trage getreten war, wieder zwischen die Lippen. Er zeigte auf die entsprechenden Orte am Wetterriß und sagte: »Ich habe vorgeschlagen, daß wir die Zugänge an den Querschlägen hier und hier mit Verschlägen abdichten und die Wetter nach Westen ableiten, damit wir für die Suchtrupps die Strekken von den Nachschwaden freibekommen.«
»Für die Leute im Flöz wird das gefährlich«, sagte Karl.
»Wieso?« fragte Tegermann überrascht.
»Dann sind sie von dem letzten bißchen frische Wetter, die da hochkommen, abgeschnitten.« Der Blick, mit dem Karl den Spezialisten der Bergbaubehörde ansah, war sachlich und eindringlich. »In der Morgensonne steht das Wetter wie unter 'ner Käseglocke.«
Tegermann blickte wieder auf den Plan, und der Betriebsführer erwiderte Karl: »Das gehört doch jetzt nicht zur Sache.«
»Meinen Sie«, sagte Karl, »warum?«
»Weil um diese Zeit eigentlich niemand etwas im Flöz zu suchen hatte, wir hatten Schlagwetteralarm gegeben.«
»Was heißt ›eigentlich‹?« fragte Tegermann.
Um zu verhindern, daß sich das Gespräch über die Wetterverhältnisse in der Morgensonne in Gegenwart eines Vertreters der Bergbaubehörde zuspitzte, fragte Rewandowski: »Wo hat die Explosion angefangen?«

»Das haben wir noch nicht feststellen können, wahrscheinlich im Abbau.«
»Wer ist der Steiger?« fragte Rewandowski seinen Betriebsführer.
»Kowiak, nach dem Bericht der Männer war er auf dem Weg zum Streb, um eine Wetterprobe zu machen.«
Karl hob die Augenbrauen und senkte den Blick, womit er andeutete, daß ihn die Berichte in seiner Vermutung bestätigten.
Tegermann hatte ihn beobachtet. »Und was schlagen Sie vor?«
»Daß wir mit 'ner Winde durch den Wetterschacht einfahren.«
Der Betriebsführer schüttelte den Kopf. »Da wissen wir nicht, ob wir durchkommen. Vom Fahrschacht aus scheint die Strecke frei zu sein, sonst hätten sich die drei Männer nicht retten können.«
»Das ist kein Beweis«, erwiderte Karl, »die Männer waren offensichtlich schon von der Abbaustrecke und dem Querschlag weg, als es passiert ist.«
»Woher wollen Sie das wissen?«
»Das vermute ich.« Karl zeigte neben die Tür auf den Boden, wo die Sanitäter die Trage abgestellt hatten. »Nach dem, was Walter eben erzählt hat.«
Rewandowski entschied, daß sie zuerst versuchen sollten, die Wetter umzuleiten und dann durch den Fahrschacht einzufahren, wie es Dr. Tegermann vorgeschlagen hatte, damit sie schneller vor Ort kämen.
Karl zuckte mit den Schultern, Rewandowski, der neben ihm stand, sah ihn von der Seite an. »Fahren Sie mit ein?«
»Was soll die Frage«, bemerkte Karl erstaunt.
Rewandowski nahm seine Zustimmung schweigend entgegen, er hatte sie erwartet.
Der Betriebsführer sah Tegermann ungläubig an, als wollte er bei dem Mann von der Bergbaubehörde die Bestätigung einholen, daß Rewandowskis Entschluß auf einem Mißverständnis beruhte. »Sie wollen einfahren, Herr Direktor?«
Rewandowski erklärte: »Ich werde zusammen mit Karl...«, dann korrigierte er sich, »mit Herrn Boetzkes den ersten Suchtrupp leiten.«

»Mann Gottes, sei doch vernünftig. Du kannst ihnen in deinem Zustand sowieso nich helfen, und wenn dich die Steiger sehn, verpfeifen sie dich.« Von Erna waren nur ihre Füße und Waden in dicken Strümpfen und der Rock zu sehen, unter dem der Saum ihres wollenen Unterkleides hervorzipfelte. Kopf und Oberkörper steckten in der

Öffnung der Stubendecke, sie hatte sich auf die Zehenspitzen gestellt, der Schemel diente ihr dabei wieder als Untersatz. Die beiden Jungen warteten auf sie an der Tür, sie trugen schon ihre Jacken und hatten ihre Mützen aufgesetzt. Sie hörten, wie sich Otto oben, in dem flachen Zwischenboden, gegen die energischen Worte ihrer Mutter zur Wehr zu setzen versuchte.

»Laß mich raus, du verdammte Hexe...« Er hustete.

»Nein, du bleibst hier«, erwiderte Erna, »ich lauf mit den Jungen zum Pütt und will sehen, was passiert ist.«

»Laß mich hier raus«, rief er mit heiserer Stimme, »nimm mich mit und laß mich raus!« Sie hörten es poltern. Erna zog den Kopf aus der Öffnung und schob die Dielen zusammen, sie stand geduckt unter der Stubendecke und zeigte auf eine stabile Dachlatte, die gegen den Herd gelehnt war.

»Schnell, gib das her«, rief sie ihrem Ältesten leise zu.

Martin lief zum Herd und reichte ihr die Latte hoch, die sie unter den Dielenbrettern verkeilte. »So«, sagte sie und stieg vom Schemel; sie blieb stehen und horchte. Otto fing an in hilfloser Wut mit den Fäusten auf den Deckenboden zu trommeln.

»Dieser blöde Kerl bringt mich noch ins Grab«, schimpfte sie, aber während sie ihre Holzschuhe anzog und zur Tür ging, war sie zufrieden und fühlte sich beinahe ein wenig geborgen bei dem Gedanken, daß sie den Mann, der immer vor ihr davongelaufen war und der nicht einmal als Schlafbursche bei ihr Logis nehmen wollte, daß sie Otto Schablowski, der von seinem Stück Land in Pommern träumte, nun bei sich eingesperrt hatte, wenn auch nur für ein paar Tage und obwohl er krank und in geschwächtem Zustand war. Bevor sie mit ihren Söhnen die Stube verließ, hatte sie sich noch bei Martin vergewissert, daß er Otto eine Flasche Bier hinaufgebracht hatte. Sie traten in die frühe, naßkalte Dämmerung hinaus. Über der Siedlung, am Ende der Vogelwiese, war ein kurzer, glutroter Streifen der untergehenden Sonne zwischen den tiefhängenden Wolken aufgetaucht, vor dem sich die schwarzen Markierungen der Zeche, der Kühlturm, die Schlote und das Fördergerüst erhoben. Als Erna zum Pütt hinübersah, wurde ihr Gesicht vom roten Widerschein gefärbt, er gab ihr einen weichen, kindlichen Ausdruck. Sie schloß die Tür ab und nahm Martin und Hannes an die Hand. »Betet zur Jungfrau Maria, daß sie alle wieder gesund ausfahrn«, sagte sie.

Ein alter Berginvalide reichte Rewandowski und Karl frisch gewaschenes Arbeitszeug, Karl sah er dabei nicht an und schwieg, aber zu

Rewandowski sagte er: »Bitte sehr, Herr Direktor, wenn Ihnen das recht ist.« Sie zogen sich in zwei getrennt nebeneinanderliegenden Kabinen in der Steigerkaue um. Beide trugen noch ihre Festtagskleidung mit dem Unterschied, daß Rewandowski einen Anzug, wie er für Karl zum Teuersten gehörte, nicht einmal bei der Gartenarbeit tragen würde, die er gelegentlich als eine gesunde Betätigung in frischer Luft ausübte. In der Waschkaue der Kumpel legten die beiden Männer, die der Betriebsführer für den Rettungstrupp ausgesucht hatte, die Hände in militärischer Haltung an ihre Unterhosen und sahen dem Direktor und Karl Boetzkes entgegen. Die beiden Kumpel waren noch dabei, sich umzuziehen, und bis auf ihre Unterhosen nackt. Karl erkannte Heinz, den Schlepper vom alten Erich, wieder. Der andere war ein älterer, bartloser Mann mit einem zierlichen, aber muskulösen Körper. Rewandowski ließ sich ihre Namen nennen.
»Heinz Fernau.« »Erwin Leber.«
»Zieht euch an und beeilt euch«, sagte Rewandowski, »seid ihr mit der Morgensonne vertraut?«
»Ich bin Hauer in der Spätschicht in der Kameradschaft von Sigi Retzlaff, Herr Direktor«, erwiderte der kleine Kumpel.
»Ich bin Hilfshauer im zweiten Abschnitt bei Oskar Huth, Herr Direktor.«
»Er war mal Schlepper beim alten Erich«, ergänzte Karl. »Welche Schicht fährst du?« fragte Rewandowski.
Heinz steckte seinen Kopf durch die kragenlose Öffnung in seinem verrußten Arbeitshemd, er blickte verlegen zur Seite. »Eigentlich die Frühschicht, Herr Direktor.« Die besondere Situation gab ihm den Mut, Rewandowski frei heraus zu antworten, für einen Augenblick wurde er von der aberwitzigen Vorstellung ergriffen, zwischen ihm und seinem Direktor würde es ein kameradschaftliches Einverständnis geben, er sah seinen ehemaligen Reviersteiger offen an. »Ich hab 'ne Bierschicht gefeiert, mein Bettnachbar inner Menage is Hauer geworden, da haben wir die ganze Nacht ein drauf gemacht, da hab ich mich krank gemeldet.«
»Red nicht so viel, beeile dich«, sagte Rewandowski.
»Jawohl, Herr Direktor«, sagte Heinz, aber während er in seine geflickten Hosenbeine stieg, ließ er es sich nicht nehmen, hinzuzufügen: »Die Mutter Maria hat es wohl gewollt, daß ich mich so besoffen hab, daß ich heut früh nich in die Morgensonne hab einfahren könn.«
Ein Mann, der durch seine ungewöhnliche Kleidung auffiel und beim

Arzt und den beiden Sanitätern stand, die er um gut anderthalb Kopf überragte, kam jetzt, nachdem er schon einige Male durch seine verstaubten Brillengläser zu den Männern des Suchtrupps herübergesehen hatte, um das Badebecken herum auf sie zugelaufen. Sein Gang und seine Haltung drückten eine ungelenke Kraft aus. Er trug ein gestreiftes Hemd aus gutem Leinen und darüber einen alten Gehrock, von dem er den Kragen und die Ärmel bis über die Ellenbogen abgeschnitten hatte. Seine Hosenbeine steckten in kurzen Lederstulpen, dazu trug er ausgetretene spitze Halbschuhe. Alle diese Kleidungsstücke waren zwar alt und abgetragen, aber sie waren ohne Flicken und vor allem, wie man sah, noch nie mit Kohleruß in Berührung gekommen. »Glück auf«, sagte der Mann, er sprach undeutlich, weil er einen verloschenen Zigarettenstummel zwischen den Lippen hatte.
Rewandowski musterte ihn unwillig.
»Was willst du?«
Der Mann lächelte, man sah nur, wie er den Mund verzog, seine Augen blieben hinter den trüben Gläsern verborgen. »Nehmen Sie mich mit runter«, sagte er.
Der Direktor wollte ihn zurechtweisen, er besann sich aber plötzlich und sagte in einem ehrfürchtigen Ton, der von unauffällig herablassender Ironie gefärbt war: »Entschuldigen Sie, Hochwürden, ich hatte Sie nicht erkannt.«
Karl, Heinz und der kleine Kumpel erwiderten daraufhin den Bergmannsgruß. Der Kaplan berichtete, daß er beim Dekan Obermeier in seiner alten Gemeinde zu Besuch gewesen war, als er von dem Unglück erfahren hatte. Er hatte seinen Amtsbruder um abgelegte Kleidung gebeten und sich damit, wie er hoffte, für die Einfahrt ausgerüstet. »Lassen Sie mich mit einfahren?« fragte er.
Rewandowski winkte ab. »Nein, Hochwürden.« Er zeigte durch das offene Tor auf den Hof, wo sich inzwischen auch die Frauen aus der Siedlung eingefunden hatten. »Kümmern Sie sich um die Frauen.«
Der Kaplan schwieg mit einer Miene, die man als gottergeben bezeichnen konnte. Es blieb für ihn nichts anderes zu tun, als die Männer, die ihn nicht mitnehmen wollten, vor ihrer gefährlichen Einfahrt zu segnen. Danach zündete er sich sofort eine Zigarette an. Heinz sammelte die Halstücher von Rewandowski, Karl und dem kleinen Kumpel ein und band sein eigenes Tuch ab. Er ging zum Becken, kniete sich an den Rand und tauchte die Tücher ins Wasser. Er ließ sie abtropfen und verteilte sie dann wieder.
Von mehreren Helfern gestützt, kamen drei Kumpel in die Kaue ge-

taumelt und wurden auf bereitstehende Tragen gelegt. Sie hatten noch ihre Tücher vor Mund und Nase gebunden. Während der Arzt sie untersuchte, ihren Puls prüfte und ihnen mit einer Taschenlampe in die Pupillen leuchtete, wurden sie von den Sanitätern bis auf ihre Unterhosen ausgezogen. Sie wurden von den Tragen gehoben und auf den Fliesenboden gelegt. Ein Helfer rollte den Schlauch vom Hydranten auf und bespritzte sie mit kaltem Wasser. Es waren die Männer, die vom Betriebsführer den Auftrag erhalten hatten, den Querschlag an der ersten Richtstrecke abzudichten. Sie zuckten unter dem Wasserstrahl zusammen, prusteten und schüttelten sich. Der älteste von ihnen, ein kräftiger, untersetzter Hauer mit graubehaarter Brust, hatte seine Lebensgeister wieder so weit beisammen, daß er aufstehen und zur Bank an der Hallenwand gehen konnte.
Rewandowski und Karl wollten von ihm wissen, was geschehen war, aber noch bevor sie ihm eine Frage stellen konnten, hob er abwehrend die Hand. »Das hat keinen Sinn«, sagte er und berichtete, daß sie das Material für den Verschlag, mit dem die Wetter umgeleitet werden sollten, zur Strecke bringen wollten. Sie hatten keine Vogelkäfige mitgenommen, weil ihnen der Reviersteiger und der Betriebsführer erklärt hatten, daß die Strecke von den geruchlosen, giftigen Schwaden, die sich nach der Explosion in der Grube ausbreiteten, freigeblieben sein mußte. »Es war unsere eigene Schuld, daß wir's den Herren geglaubt haben«, fuhr er fort. »Nach zweihundert Metern is Richard zusammengeklappt. Wir haben sofort alles hingeschmissen, haben ihn auf die Schulter genommen und sind zurück. Und kurz vorm Schacht sind dann Wilhelm und mir die Knie weich geworden.«
Auch die beiden anderen Kumpel waren inzwischen zu sich gekommen und hatten sich neben den Alten auf die Bank gesetzt. Die Sanitäter brachten ihnen Decken und heißen Tee.
»Wie sah's aus?« fragte Karl. »Habt ihr Klopfzeichen gehört?«
Alle drei schüttelten den Kopf. Einer sagte: »Wir haben gegen's Rohr geschlagen und gerufen, aber war nichts.«
»War die Strecke in Ordnung?« fragte Rewandowski.
»Soweit wie wir gekomm' sind, ja«, berichtete der Alte. »Die Stempel und das Schalenholz warn verkohlt. Hinten lag Berg, da is das Hangende reingekomm.«
»Das wird den Wetterzug abgeschnitten haben«, bemerkte Rewandowski.
Karl war derselben Meinung, er hakte die Lampe an seinen Gürtel. »Dann werden wir also doch durch den Wetterschacht einfahren müs-

sen.« Er hatte es in einem selbstverständlichen Ton gesagt, aus dem kein Triumph herauszuhören war.
Heinz hatte aus dem Lager, das für die Rettungsaktion provisorisch in der Weißkaue errichtet worden war, zwei Piepmätze geholt, es waren kleine Gitterkäfige, in Höhe und Umfang nicht größer als eine Kaffeekanne. In jedem saß ein winziger Vogel auf einer kleinen Holzstange. Sie hielten die Köpfchen geneigt, horchten auf die Stimmen und blickten mit einem Auge von der Seite aufmerksam zu den Männern hoch. Sie dienten den Suchtrupps unter Tage in einer einfachen und sicheren Weise. Indem sie schon bei einem geringen Anteil giftiger Gase im Wetter tot von der Stange fielen, warnten sie die Männer vor den heimtückischen Nachschwaden. Die Kumpel nannten sie zärtlich ihre kleinen Spione.

Nach Sonnenuntergang hatte man für die Angehörigen der vermißten Männer mehrere Feuer auf dem Hof der Zeche angezündet, denn mit der Dunkelheit war Frost eingebrochen, die Wolken waren abgezogen, und stechend klar, wie sie die Menschen im Revier selten zu sehen bekamen, funkelten die Sterne in der kalten, gläsernen Luft.
Mit ihren beiden Söhnen hatte sich Erna zu Katrin und den Frauen der Boetzkes auf den Rand des kleinen Leiterwagens gesetzt. Sie hatten ihn an eine der Feuerstellen herangezogen und waren dicht aneinandergerückt, um sich gegenseitig zu wärmen. Käthe hielt den Säugling ihrer Schwiegertochter schützend in ihren üppigen Armen, Lise hatte ihren kleinen Neffen auf dem Schoß, und Katrin stützte Pauline, die sich gegen ihre Schulter gelehnt hatte. Erna hatte die Arme um ihre beiden Jungen gelegt und sie in ihr Schultertuch gehüllt. Sie sah aus wie eine große Glucke, die schützend die Flügel über ihre Küken ausgebreitet hatte. Sie sahen immer wieder zu den Lichtern der Hängebank hinauf und horchten auf die Glocke am Fahrschacht. Wie alle anderen, deren Männer noch nicht ausgefahren waren, hatten sie sich, als sie auf der Zeche angekommen waren, vor der Anschlagtafel am Bürogebäude angestellt und gewartet, bis sie an der Reihe waren und die gedruckte Überschrift lesen konnten: DIE ZECHENLEITUNG GIBT BEKANNT. FOLGENDE BERGLEUTE WERDEN NOCH VERMISST. Darunter waren mit der Hand einundzwanzig Namen geschrieben, zu denen auch die ihrer Männer gehörten.
Friedel lief über den Hof, unruhig und in der Hoffnung auf eine gute Nachricht. Sie beobachtete die Paare, die sich wiedergefunden hatten. Die zitternden Flammen machten den Hof im schnellen Wechsel von

hell und dunkel unübersichtlich. Sie sah Rührung, Glück und Zufriedenheit auf den Gesichtern und hoffte, daß sich auch für sie im unsteten Lichtschein der Feuer ein Gesicht zu erkennen gab, nach dem sie mit hartnäckiger, aber grundloser Zuversicht suchte. Am Nachmittag, als die ersten Kumpel von den oberen Sohlen ausgefahren waren, hatte sie einem alten Hauer und seiner Frau zugesehen. Die Alte war abwartend hinter den anderen Frauen, die zur Treppe an der Hängebank drängten, zurückgeblieben. Ihr Mann kam auf sie zu, er hatte seine Mütze abgenommen, sein graues Haar leuchtete hell über seinem verrußten Gesicht. Ernst und scheu, weil sie unter Leuten waren, sahen die beiden Alten einander an, die Frau hielt stumm seine Hand fest. Dann hatten sie Schulter an Schulter auf dem Hof niedergekniet, um ein Vaterunser zu sprechen. Friedel hatte die Hände unter ihre Arbeitsschürze gesteckt, als wenn sie sie wärmen wollte, aber sie hielt sie unter dem Tuch vor fremden Blicken verborgen, zu einem fortwährenden stillen Gebet gefaltet.
Auf der Anschlagtafel hatte man vergessen, einen Namen zu streichen, oder der Reviersteiger, der dafür verantwortlich war, hatte bisher noch keine Zeit gefunden, die Liste zu korrigieren. Ein junger Kumpel ging suchend von einem Feuer zum anderen. Er half den Sanitätern in der Waschkaue, und bevor Karl Boetzkes mit dem ersten Suchtrupp durch den Wetterschacht eingefahren war, hatte er dem Kumpel noch einen persönlichen Auftrag erteilt. Im Augenblick gab es in der Waschkaue nichts zu tun, der Mann hatte sich beim Arzt abgemeldet und war hinausgegangen, um den Auftrag auszuführen. Er war an den Leiterwagen getreten und sah die Frauen eine nach der anderen an, bis er Katrin bemerkte und sich an sie wandte.
»Du bist Walters Frau, nich wahr?«
Katrin versuchte ihre Angst abzuwehren. Sie kannte den Mann, er hatte zusammen mit Walter auf der Mathilde geschleppt. Käthe, Lise und auch Erna fühlten sich mit ihr betroffen. Zum ersten Mal spürte Pauline den stechenden Schmerz, den sie seit Tagen erwartete.
»Sie haben Walter ins Hospital gebracht«, sagte der junge Kumpel. »Es hat ihm ganz schön die Pelle verbrannt, aber er hat's überlebt.«
Der Pförtner blickte zu dem ankommenden Wagen hoch, streckte sich und riß die Mütze vom Kopf. Hinter dem Fenster schimmerte das feingezeichnete Profil der jungen Frau Direktor; sie schien auffallend blaß, woran aber das kalte Lampenlicht unter dem Torbogen Schuld sein konnte. Die Aufmerksamkeit, zu der sich der Pförtner gegenüber der Insassin verpflichtet fühlte, lenkte ihn von dem Mann ab, der hin-

ten, unter dem Rückfenster geduckt, in eine Decke gehüllt auf dem leeren Gepäckbrett saß und sich an die Stützeisen der Schutzbleche klammerte. Während die Kutsche in der Einfahrt kurz stockte, sprang er ab und lief gebückt, für den Pförtner von der Karosserie verdeckt, neben dem Wagen her, bis er in den Hof kam, wo ihn das Licht der Lampe nicht mehr erreichte und er in der Dunkelheit verschwand.
Der Kutscher fuhr den Wagen zum Verwaltungsgebäude, die hohen Fenster vom Büro des Betriebsführers warfen ihr Licht in langen schmalen Rechtecken auf den Hof und waren ebenso wie die Lichter am Schacht ein ständiger, von Angst und Hoffnung gleichermaßen belagerter Blickpunkt der wartenden Frauen. Sylvia sah durch die Scheibe ihre dunklen, von Decken, Tüchern und dicken, langen Rökken unförmig vergrößerten Gestalten vor dem roten Schein der Feuer, sie sah die Kinder, die die Frauen auf dem Schoß hielten oder die neben ihnen kauerten und sich dicht an ihre Mütter drängten, so daß ihre Umrisse im Gegenlicht miteinander verschmolzen.
Der Wagen hielt, der Kutscher klappte den Schlag auf, er wartete, bis Sylvia ausgestiegen war, und lief dann vor ihr die Steinstufen hinauf, um auch die Eingangstür für sie zu öffnen. Während sie allein das Treppenhaus betrat und zur Glastür des Büros hinaufsah, nahm sie ihre Pelzkappe ab, schüttelte ihr Haar und knöpfte ihre Stola auf. Sie ging hinauf und öffnete die Tür, ohne anzuklopfen, sie ließ sie offenstehen, als ihr aus dem Raum dichte Tabakschwaden entgegenquollen. Sie sah sich kurz um und fragte ohne Gruß oder irgendeine Erklärung: »Wo ist mein Mann?«
Der Betriebsführer und Dr. Tegermann steckten auf einem Plan Strekken und Querschläge mit verschiedenfarbigen Nadeln ab. Der Reviersteiger stand am Sprechapparat, er hielt die Hörmuschel ans Ohr und sprach in den Sprechtrichter, der in einen Kasten an der Wand eingebaut war; auf diese Weise hielt er sich Verbindung mit dem Anschläger am Schacht. Er sah zu Sylvia herüber und nahm eine aufmerksame Haltung an, ohne jedoch sein Gespräch zu unterbrechen.
Der Betriebsführer war zu ihr gegangen und wollte ihr die Stola abnehmen. »Glück auf, gnädige Frau.« Er war mit den Gedanken noch bei seiner Arbeit.
Sie deutete mit einer Schulterbewegung an, daß sie nicht abzulegen wünschte.
»Möchten Sie nicht Platz nehmen?« Er deutete auf einen der breiten braunen Ledersessel, die im hinteren Teil des Büros um einen kleinen Konferenztisch standen.

Sylvia empfand seine Höflichkeit als Beleidigung, da er immer noch nicht auf ihre Frage geantwortet hatte.
»Ich habe gefragt, wo mein Mann ist«, erinnerte sie ihn.
Er sah sich nach Tegermann um, aber der Mann von der Bergbaubehörde ließ sich nicht von seiner Arbeit ablenken; er blieb über den Plan gebeugt, stellte Fragen, die der Reviersteiger telefonisch an den Anschläger weitergab, schob den Meßwinkel über das Papier, schrieb Zahlen an den Rand und nebelte sich immer mehr mit dem Rauch seiner Zigarre ein. Der Betriebsführer bemerkte ihren ungeduldig fragenden Blick und wußte, daß er ihr nicht länger ausweichen konnte.
»Der Herr Direktor ist eingefahren«, sagte er.
»Eingefahren?« wiederholte Sylvia, sie hatte mit dieser Antwort gerechnet, aber als sie sie nun hörte, kam sie ihr absurd vor.
»Er leitet persönlich den ersten Suchtrupp«, fügte der Betriebsführer hinzu.
Sie sah ihn nüchtern an. »Gibt es keine Männer, die dafür geeigneter sind als er?«
»Es war seine persönliche Entscheidung, gnädige Frau.«
Sylvia setzte ihre Pelzkappe auf.
»Möchten Sie hier auf Ihren Gatten warten?«
»Nein«, sagte sie und drehte sich um. Sie verließ das Büro und ging langsam die Treppe zum Hof hinunter. Dem Kutscher erlaubte sie, sich in der Steigerstube aufzuwärmen.

Die Männer vom ersten Suchtrupp waren durch den Wetterschacht bis zur neunten Sohle eingefahren und versuchten, sich der Morgensonne von Westen zu nähern. Das Licht ihrer Lampen wurde von Rauchschwaden reflektiert. Rewandowski, Karl und die beiden Kumpel hatten die nassen Tücher vor Mund und Nase gebunden. Ihre Schritte hallten durch den ausgestorbenen Bau, und in gespenstischem Widerspruch zu den schwarzen, lichtlosen Gängen tief unter Tage hörten sie das Zwitschern der Vögel, die sie in den zwei kleinen Käfigen mit sich trugen. Die Strecke führte in einem leichten Winkel bergauf, sie traten aus den Rauchschwaden hervor und zogen ihre Tücher über das Kinn herunter. Karl hob den Käfig an, er beobachtete den unruhig herumhüpfenden Vogel und redete ihm zu: »So isses gut, immer schön munter bleiben.«
Am Nebenquerschlag, der von der Strecke zum Blindschacht führte, blieben sie stehen. Rewandowski leuchtete den vorderen Türstock ab und ging ein paar Schritte in den Querschlag hinein. »Hier scheint es

dran vorbeigegangen zu sein«, rief er. Er kam zurück und gab Heinz einen Vogelkäfig. »Du gehst mit Erwin durch den Blindschacht zur achten hoch, Karl und ich versuchen von hier aus an die Abbaustrecke heranzukommen. Wenn ihr Leute findet, gebt ihr Alarm.«
Vorsichtig, immer wieder den Ausbau ableuchtend, betraten die beiden Hauer den Schlag, während Rewandowski und Karl ihren Weg durch die Strecke fortsetzten, sie trugen ihre Lampen am ausgestreckten Arm voraus und prüften aufmerksam, was ihnen der doppelte Lichtkreis sichtbar machte. Der Ausbau zeigte Spuren vom Brand, die immer mehr zunahmen, je weiter die Männer in das ungewisse Schwarz der Strecke vordrangen. Das Rundholz an Stoß und First war angekohlt, in die Verschalung waren Löcher gebrannt, und sie mußten über die ersten gebrochenen Stempel und herabgestürzten Kappen steigen. Karl war nicht sicher, ob er sich getäuscht hatte, aber er bemerkte, daß Rewandowski neben ihm stehengeblieben war und ebenfalls auf das ferne Scharren und die leisen, gleichmäßigen Schläge horchte. Für kurze Zeit setzten die Geräusche aus und begannen dann wieder von neuem. Karl und Rewandowski orteten sie vor sich, etwa an der Gabelung der Geleise auf der Rangierstrecke, und sie versuchten so schnell, wie es ihnen auf dem schwer zugänglichen Weg möglich war, zum Verladeort zu kommen. Beide Männer waren erfahren genug, um sich dabei nicht zu unvorsichtiger Eile verleiten zu lassen. Schneller, als sie es berechnet hatten, erblickten sie im Schein ihrer Lampen umgestürzte und aus den Schienen gesprungene Wagen. Sie kletterten über abgerissene Fahrgestelle und zerbrochene Türstöcke hinweg dem Geräusch entgegen. Karl hatte mehrere Male gerufen, er hatte keine Artwort bekommen, aber das Scharren und harte, gleichmäßige Klopfen ließ nicht nach und war jetzt so nahe zu hören, daß sie weiterliefen bis zum Ende des Zuges. Sie fanden das Grubenpferd auf den Geleisen liegen, es hatte den Hals in einer unnatürlich verrenkten Haltung an den Stoß gelehnt und nickte unaufhörlich mit dem Kopf, dabei schlug es mit dem Vorderhuf auf den Bergrand, Lefze und Nüster hatte es sich am scharfkantigen Stoß blutig gerieben. Als es die Männer witterte, wurden seine hilflosen Bewegungen schneller, es scharrte und nickte in verzweifelter Hast. Seine Augen, die schon lange in der unaufhörlichen Finsternis erblindet waren, starrten matt und leer zu ihnen hinauf. Zur Ausrüstung der Männer gehörte eine kurzstielige Axt. Rewandowski zog sie aus seinem Gürtel, er wollte nicht, daß ihm Karl bei dem, was er jetzt tun mußte, zusah und sagte: »Leuchten Sie noch einmal die Wagen ab.«

Karl ging zurück. Er folgte der auseinandergebrochenen Reihe des Zuges, er wußte, daß der Pferdejunge sein Tier nie allein ließ. Hinter sich hörte er drei dumpfe Schläge, die das Scharren und Klopfen beendeten. Stück für Stück leuchtete Karl die Wagentrümmer ab, bis er zwischen dem Gewirr von Rädern, Eisenrahmen und umgestülpten Ladekästen den nackten Fuß sah und um eine kleine Körperlänge darüber die junge, rußschwarze Hand, ihre Finger waren gekrümmt, als wenn sie an etwas Unsichtbarem Halt suchten. Ein paar Schritte entfernt fand er die Mütze des Jungen, sie lag im Kohlestaub zwischen den Geleisen.

Rewandowski kam vom Ende des Zuges, die Axt steckte wieder in seinem Gürtel. Er sah, wie Karl sich bückte und eine Mütze aufhob.

Etwa zur gleichen Zeit hatten Heinz und Erwin den Blindschacht erreicht. Der Ausbau im Querschlag war unbeschädigt, und sie waren gut vorangekommen. Auf den letzten hundert Metern hatten sie einen Lichtschein bemerkt, der vor ihnen das schwach abfallende Hangende matt erhellte. Sie waren schneller gelaufen, und als sie aus dem Gefälle heraus waren, hatten sie, von Rauchschwaden vernebelt, vor der Öffnung am Blindschacht eine Gruppe von fünf Kumpeln bemerkt, drei Männer saßen auf dem Boden, zu beiden Seiten vom rostigen Schutzgitter, das halb zur Seite geschoben war. Die beiden anderen lagen auf dem Rücken mit den Köpfen zum Schacht. Keiner von ihnen schien Erwin und Heinz zu bemerken, die aus dem Querschlag auf sie zugelaufen kamen.

»He da! Kameraden! Glück auf!« rief ihnen Heinz entgegen. Die Männer blieben stumm und bewegungslos wie die lebensecht nachgebauten Puppen in einem Panoptikum, in dem die Arbeitswelt der Kumpel unter Tage dargestellt werden sollte. Die Augen waren geöffnet, aber ihr Blick war regungslos. Der kleine Erwin hatte sich neben einen der Männer gehockt, prüfte den Puls und horchte auf den Atem. Er fühlte und hörte nichts, der Arm des Mannes war steif und schwer, als ihm Erwin leicht auf die Wange schlug, kippte der Mann auf die Seite, dabei fiel der Stab, den er unter dem Arm stecken hatte, herab, der Mann war Steiger Kowiak. Mit demselben grausamen Ergebnis untersuchten sie die übrigen vier Männer.

»Hier sind die Nachschwaden durchgezogen«, sagte Erwin, und Heinz meinte, daß Kowiak die Männer an den Schacht geführt hatte, weil er geglaubt hatte, daß sie hier frische Wetter bekommen würden. Er mußte daran denken, daß der Blindschacht auch schon Kowiaks Vorgänger zum Verhängnis geworden war. Sie verabredeten, daß Erwin zum Querschlag zurücklaufen sollte, um auf der Strecke Alarm zu geben. Heinz blieb bei den Toten zurück. Er setzte sich ein paar Schritte abseits von ihnen vor seine Lampe und blickte auf den Käfig. Der kleine Vogel hatte sich aufgeplustert, den Kopf unter einen aufgeklappten Flügel gesteckt und putzte sich.

In der Waschkaue waren währenddessen die Männer für den zweiten Suchtrupp angetreten. Bis auf einen Hilfshauer hatte keiner von ihnen in der Morgensonne gearbeitet. Die beiden einzigen Männer, die sich auf dem Streb auskannten, waren mit Rewandowski und Karl eingefahren. Der Reviersteiger fand das nicht gut durchdacht; es wäre besser gewesen, wenn einer von ihnen jetzt den zweiten Suchtrupp angeführt hätte. Aber er war nicht auf den Gedanken gekommen, seinen Einwand dem Herrn Direktor vorzutragen, um so weniger, als auch der Betriebsführer dieser Fehlplanung zugestimmt hatte.

»Niemand unternimmt etwas auf eigene Faust, verstanden?« prägte er den Männern ein, während er ihre Ausrüstung überprüfte.

»Jawohl, Herr Reviersteiger«, gaben sie mechanisch zur Antwort, sie wurden von einem Mann abgelenkt, der aus dem unbeleuchteten Teil der Kaue zu ihnen unter die Lampe trat. Er hatte sich eine Decke über die Schultern gehängt und lief barfuß in Holzschuhen, die ihm zu eng waren, so daß seine Fersen über die Absätze hervorstanden, sein Gesicht war blaß, und obwohl draußen Frost herrschte, war sein Haar naß verschwitzt.

»Mann Gottes, da kommt Otto«, sagte einer der Männer laut, als wollte er damit seinen eigenen Unglauben verscheuchen.

Der Reviersteiger drehte sich um. Otto nahm Haltung an, er hielt dabei mit einer Hand die Enden der Decke vor der Brust zusammen.

»Otto Schablowski, ich werd von der Gendarmerie gesucht, weil ich getürmt bin«, meldete er sich.

Die Männer lachten. Der Reviersteiger tarnte seine Überraschung mit halbherziger Strenge. »Was hast du hier zu suchen? Ich werde dich festnehmen lassen.«

»Das könn Sie später machen, Herr Reviersteiger. Ich will einfahrn«, erwiderte Otto ruhig. »Sie brauchen jetzt jeden Mann, der sich auf der achten und neunten auskennt, und ich kenn die Morgensonne so gut wie meine Hosentasche.«

Damit hatte er ausgesprochen, woran auch der Reviersteiger sofort gedacht hatte.

»Wenn Gott will und ich gesund wieder ausfahr, da werd ich mich selber stelln, Herr Reviersteiger«, fügte Otto noch hinzu.

Um sein Gesicht zu wahren, ließ sich der Reviersteiger für seine Entscheidung Zeit. Dann musterte er Otto eindringlich und sagte: »Du siehst nicht gut aus.«
»Ich hab'n Schnupfen, weiter nichts«, sagte Otto und schluckte den Hustenreiz hinunter.
»Geh und laß dir vernünftiges Zeug geben«, entschied der Reviersteiger schließlich, »aber beeil dich.«
Geschäftig schurrte Otto in seinen kleinen Holzschuhen über die Fliesen der Kaue davon. Es blieb sein Geheimnis, wie es ihm gelungen war, sich aus seinem verbarrikadierten Versteck zu befreien. Er war dann durch das Fenster auf die Straße geklettert, weil Erna die Haustür abgeschlossen hatte.

Auf dem Hof, vor einem der Feuer betete der Kaplan mit den Frauen, die sich um ihn versammelt hatten. Er sprach ein Gebet nach dem anderen, einige zogen sich aus dem Kreis zurück, sie mußten sich um ihre Kinder kümmern, die beim Beten unruhig wurden, andere kamen dazu und legten ihre Hände vor der Brust aneinander. Der Ausdruck des Kaplans war klar und sachlich, ohne aufgesetztes Mitleid oder teilnehmende Besorgnis zu zeigen; er betete mit den Frauen wie ein Arzt an der Front, der Verwundete behandelt. Schon sein Äußeres nahm ihm jeden Anflug von Feierlichkeit. In seinem Gehrock mit den abgeschnittenen Ärmeln, den Lederstulpen und spitzen Halbschuhen, mit denen er sich vergeblich für seine Einfahrt ausgerüstet hatte, war es den Frauen am Anfang schwergefallen, ihn als Geistlichen ernst zu nehmen. Erst als ihn einige trotz seiner Verkleidung wiedererkannten, näherte man sich ihm mit dem gewohnten Vertrauen.
Die Hände vor ihrer Pelzstola in die mit gleichem edlen Fell besetzten Mantelmanschetten gesteckt, lief Sylvia Rewandowski über den dunklen Hof der Zeche. Sie hatte sich eingeredet, das Schicksal der Bergarbeiterfrauen zu teilen, und wollte hier draußen bei ihnen auf die Ausfahrt ihres Mannes warten. Nachdem sie anfänglich eine scheue Neugier erregt und damit die Frauen für einen Augenblick von ihrer ständigen, unruhigen Erwartung abgelenkt hatte, war sie von ihnen nicht mehr beachtet worden und ging nun als eine abgesonderte Beobachterin zwischen ihnen umher. Sie war von einer angstvollen Ungeduld erfüllt, über die sie sich gleichzeitig ärgerte. Seit einiger Zeit schon war ihr Käthe Boetzkes aufgefallen, sie fühlte sich von dem breiten kräftigen Wuchs und dem herben, ruhigen Gesicht der Bergmannsfrau angezogen, aber Käthe war ihrem Blick, mit dem ihr Syl-

via zu verstehen geben wollte, daß sie sie wiedererkannt hatte, jedesmal ausgewichen.
Der Kaplan legte eine Zigarettenpause ein. Käthe hatte bei ihm gestanden und ging nun zu den Frauen am Feuer zurück, doch Sylvia trat ihr in den Weg. »Käthe Boetzkes«, sagte sie leise und betrachtete die Bergmannsfrau offen, ohne höflichen Abstand, wie man ein Kind oder ein reizvolles Tier ansieht, was Käthe veranlaßte, verlegen zur Seite zu blicken. Sylvias Lächeln zeigte eine herausfordernde Neugier, wahrscheinlich um sich damit von ihrer eigenen Unsicherheit und Angst abzulenken, fragte sie Käthe mit spöttisch verdecktem Interesse: »Hast du Rewandowski geliebt?«
»Bitte lassen Sie mich, gnädige Frau, ich warte hier auf meinen Mann«, sagte Käthe und ging an ihr vorbei.
Der Kaplan sah, wie Pauline ihren Körper streckte, die Lippen aufeinanderpreßte und ein plötzlicher Schmerz ihre Augen mit Tränen füllte. Er ging zu ihr und sagte: »Soll ich dich nach Haus fahren lassen? Ich werde einen Wagen für dich holen.«
Pauline schüttelte den Kopf. »Ich bleibe hier, bis sie Bruno gefunden haben oder bis das Kind kommt.«
Der Kaplan wollte ihr widersprechen, ließ es aber bleiben.
»Das schlimmste is, Hochwürden, daß man als Frau nichts machen kann, daß alles Männersache is, daß man warten muß und nichts tun kann«, klagte Pauline.
Der Kaplan stimmte ihr zu. Was sie gesagt hatte, konnte er ihr nachfühlen.
Die Eingangstür am Bürogebäude wurde geöffnet, der Reviersteiger folgte seinem langen Schatten über die Steinstufen herab. Er rief den Kaplan zu sich und sprach leise mit ihm.
Man hatte inzwischen die fünf toten Kumpel, zu denen Steiger Kowiak gehörte, ausgefahren und in der Waschkaue aufgebahrt.
Der Reviersteiger wandte sich an die Frauen. »Ich rufe jetzt einige Namen auf. Ich bitte die Angehörigen, soweit sie hier anwesend sind, mir in die Waschkaue zu folgen.«
Erna fragte: »Sind das gerettete Männer oder Verunglückte?«
»Er ruft die auf, die sie gefunden haben«, gab der Kaplan ausweichend zur Antwort.
Der Reviersteiger hatte sich unter eine Fackel an einen Pfeiler der Hängebank gestellt. Die Frauen horchten auf die Namen, die er von einem Zettel ablas, warteten in Angst und mit zärtlicher Hoffnung auf den vertrauten Klang.

Friedel preßte die Finger unter der Schürze zusammen, sie sagte zu Pauline: »Ich weiß nich mal, wie Pepi mit richtigem Namen heißt.«
Immer wieder mußte Lise daran denken, daß Willi sie am Morgen nicht ein einziges Mal angesehen hatte. »Als wenn er was geahnt hat«, flüsterte sie.
Die Boetzkesfrauen blieben im Ungewissen, ihre Männer gehörten nicht zu den Aufgerufenen. Auf Steiger Kowiak wartete niemand, er war Junggeselle. Die Frauen der vier anderen Verunglückten meldeten sich beim Reviersteiger, eine war mit ihren kleinen Kindern zu ihm gegangen. »Laß die Kinder hier«, empfahl er ihr in gedämpftem Ton. Eine Nachbarin führte das Mädchen und die beiden Jungen auf den Hof zurück, während ihre Mutter sich den Frauen anschloß, die, vom Kaplan begleitet, dem Reviersteiger zur Waschkaue folgten.

Über hereingebrochenem Berg, durch eingedrehte Türstöcke und zerborstene Kappen versuchten Rewandowski und Karl auf der zerstörten Abbaustrecke zum Streb vorzudringen. Karl blieb stehen, er lehnte sich erschöpft gegen den Verzug am Stoß.
»Was ist?« fragte Rewandowski.
Karl schob seine Mütze in den Nacken und wischte sich mit dem Handrücken den Schweiß von der Stirn. »Meinen Sie, daß es noch Zweck hat, hier weiter zu suchen?«
»Das kann ich erst sagen, wenn wir hier durch sind«, erwiderte Rewandowski.
Karl nickte, er bekam Respekt vor der Zähigkeit des Direktors. Er hob den Käfig hoch und blickte auf den verschreckt aufflatternden Vogel. Karl lehnte die Religion zwar ab, aber zu dem Vogel sagte er: »Gott segne dich – solange du lebendig bist, sind wir's auch.«
»Sie sind den Berg nicht mehr gewohnt«, bemerkte Rewandowski.
In seinen hellen Augen erkannte Karl hinter kameradschaftlichem Spott eine lauernde Überlegenheit, der Direktor schien sich mit ihm messen zu wollen. »Die Politik ist auch anstrengend«, sagte Karl, »vor allem, wenn man sich wehren muß. Aber ich habe den Pütt nie vergessen.«
»Ich auch nicht«, sagte Rewandowski.
»Aber Sie haben es leichter, Sie leben besser. Vielleicht sehen Sie das hier nur als eine Art Sport an.«
Rewandowski kam nicht mehr dazu, ihm zu antworten, er hatte einen Augenblick nachgedacht und wurde dabei von einem leisen Stöhnen unterbrochen. Die beiden Männer sahen sich an. Karl schob sich vom

Verzug ab, sie kletterten weiter durch den zusammengebrochenen Ausbau, bis sie nahe vor sich eine heisere, halb erstickte Stimme hörten: »Hier! Männer – hierher!«
Sie leuchteten den hereingekommenen Berg ab und sahen in ein schwarzglänzendes Gesicht, die Augen funkelten starr in der ungewohnten Helligkeit. Es blickte zwischen zwei Hosenbeinen hindurch, aus denen sich ein Paar großer Füße in verrußten Socken hervorstreckte. Karl und Rewandowski konnten sich die Körperhaltung des Verschütteten nicht erklären. Sie beugten sich zu ihm hinab und erkannten, daß es zwei Männer waren, die übereinander lagen.
»Karl, mein Junge, Glück auf, Herr Direktor.«
Karl hielt dem Alten die Lampe vor das Gesicht. »Kriegst du Luft, Vater?«
»Ja, mein Junge. Bist du wieder auf'm Pütt?« Seine Stimme war rauh, er sprach mit gepreßtem Atem.
»Sei ruhig«, befahl ihm Karl besorgt.
»Wer ist der andere Mann?« fragte Rewandowski ohne Rücksicht auf den Zustand des Verschütteten.
»Erich«, keuchte der Alte, »der dicke Erich... es hat ihn im Flöz erwischt... direkt neben mir... Ich wollt ihn rausschleppen... damit er ein ordentliches Begräbnis bekommt... da is der Berg reingekomm... und ich hab mich falln lassen und ihn auf mich rauf gezogen... Der Erich steht gut im Futter... er hat mir das Leben...« Die Stimme des Alten wurde von Tränen erstickt, er begann zu schluchzen. Seit vielen Stunden hatte er, zur kleinsten Bewegung unfähig, in der Finsternis unter seinem toten Kameraden begraben gelegen und gehofft, daß man ihn finden und er bis dahin von den giftigen Nachschwaden verschont bleiben würde.
»Reg dich nicht auf«, sagte Karl, »und lieg still.«
»Mein Bein«, stöhnte der Alte.
Karl und Rewandowski stemmten mit Rundhölzern vom Verzug schwere Bergbrocken zur Seite, schaufelten Schutt mit Händen und Schalenholz und lösten eingeklemmte Stempel aus dem Geröll. Bei aller Anstrengung mußten sie behutsam vorgehen, um den Alten nicht zu verletzen. Sie hatten den mächtigen Rücken des dicken Erich freigelegt, sein Hemd war zerrissen und von Blut durchtränkt, sein Kopf steckte noch im Schutt.
Als der alte Boetzkes bemerkte, daß seine Rettung gut voranging, wurde er wieder gesprächig. »Ihr habt mich schon mal rausgeholt, zusammen mit Bruno. Erinnern Sie sich noch, Herr Direktor?«

Rewandowski nickte, er verkeilte einen meterhohen Bergblock, unter dem sie das Geröll weggeräumt hatten, damit er nicht umschlug. »Ich habe bei dir noch was gutzumachen«, sagte er, während er sich mit verzerrtem Gesicht gegen den Block stemmte.

Karl unterbrach für eine Sekunde seine Arbeit und sah ihn an.

Der Alte sagte müde: »Gott weiß mehr als ich, er wird uns allen vergeben. Habt ihr Willi und Bruno rausgeholt?«

»Nein«, sagte Karl, »Walter is raus.«

»Bruno hat hinten, am Querschlag, gesessen.«

»Da kommen wir nich ran, die Strecke is zu.«

»Ihr müßt versuchen, vonner achten durch'n Streb runterzugehn.«

Rewandowski sagte: »Wir werden es versuchen, aber dafür brauchen wir einen erfahrenen Mann.«

Der Alte schloß erschöpft die Augen. Er schien eingeschlafen zu sein.

»Die Pferde«, sagte er plötzlich, »ihr müßt Willi bei den Pferden suchen.«

Der Mann, von dem Rewandowski glaubte, daß sie ihn brauchten, der Mut und genügend Erfahrung besaß, um von der neunten Sohle aus in den Streb einzudringen, war Otto Schablowski. Zusammen mit zwei jungen Hilfshauern aus der Mathilde war er durch die Morgensonne zur achten Sohle hinuntergestiegen. Sein Körper war abgemagert und glänzte vom Schweiß, als hätte er ihn eingeölt, und sein breiter Schnauzer hing wie ein nasser Lappen unter seiner Nase.

Das treibt das Fieber raus, sagte er sich. Wenn er spürte, daß seine Kraft nachließ, starrte er ein paar Sekunden mit halb gesenktem Kopf vor sich hin und sammelte seinen Willen, um danach mit noch wilderer Kraft und Zähigkeit seine Arbeit fortzusetzen. Es hatte sich herausgestellt, daß der Ausbau im Streb fast unbeschädigt geblieben war, was der allgemeinen Vermutung widersprach, daß der Kern der Explosion hier gelegen hätte. Sie hatten niemand im Streb gefunden, erst als sie die stark zerstörte Abbaustrecke erreicht hatten, waren sie schon nach wenigen Metern auf einen entstellten, zum Teil mit Schutt bedeckten Leichnam gestoßen. Otto leuchtete die Umgebung ab. Zwischen angekohlten Stoffetzen blitzten ein Kreuz und ein kleiner Schlägel aus Metall. Er sammelte sie ein und zeigte sie auf seinem schwarzen Handteller den beiden anderen Kumpels. »Habt ihr'ne Ahnung, wer so was getragen hat?«

Die Männer schüttelten den Kopf. Er steckte die nutzlosen Amulette in seine Hosentasche, mit einem letzten, kurzen Blick auf den ver-

stümmelten Toten sagte er: »Damit könn sie ihn vielleicht identifizieren.«
Sie befanden sich im Ostteil der Morgensonne und mußten vor den giftigen Nachschwaden auf der Hut sein, die in den Querschlägen hingen und die Männer, die als erste durch den Fahrschacht eingefahren waren, zur Rückkehr gezwungen hatten.
»Bleib standhaft, Kumpel«, sagte Otto zu dem kleinen Vogel, er blies ihn durch die Käfigstäbe an, so daß sich die getupften Brustfedern zu einem struppigen Stehkragen aufblähten. Otto wollte sich seine Unruhe nicht anmerken lassen. Er suchte Bruno. Mutter Maria, dachte er, wenn ich ihn schon bei seiner Hochzeit versetzt hab, will ich ihn wenigstens jetzt hier gesund rausholen. Seine heimliche Furcht, daß der Tote Bruno sei, hatte sich nicht bestätigt; das hatte Otto noch feststellen können.
Sie waren zur Einmündung in den ersten Querschlag gekommen. Weit hinten sahen sie eine Lampe, sie bewegte sich schwankend von ihnen fort in Richtung auf die Förderstrecke.
»Da läuft einer ins böse Wetter«, sagte der junge Kumpel, der neben Otto stehengeblieben war. »He, Kamerad, wo willst du hin?« rief er dem Licht hinterher. Er bekam keine Antwort. »Hierher, Kamerad, zu uns!« Der Mann schien ihn wieder nicht gehört zu haben.
»Soll ich ihm nachlaufen?«
»Ich gehe«, sagte Otto, »du bleibst hier stehen und behältst mich im Auge. Wenn ich schlapp mache, holst du mich raus, du bist'n kräftiger Bursche, drei Minuten hältst du durch, das reicht. Bind dir dein Tuch um.«
Otto zog sich sein Tuch über Mund und Nase hoch, er blickte auf den Vogel und trat in den Querschlag. Mit schnellen Schritten, aber ohne Kraft vergeudende Hast folgte er dem Mann und beobachtete dabei immer wieder den Vogel. Der Mann schien zu taumeln, das Licht seiner Lampe bewegte sich in unberechenbaren Schleifen. Otto war schon bis auf ein Dutzend Schritte an ihn herangekommen, die Lampe blendete, er konnte den Mann nicht erkennen. »Komm zurück, Kamerad!« rief er ihm durch sein Mundtuch zu. Er sah wieder zum Käfig hinunter. Die Krallen ausgestreckt, den Schnabel spitz nach oben gerichtet lag der kleine Vogel reglos auf dem Käfigboden. Nachdem er dem Mann noch einmal vergeblich nachgerufen hatte, drehte sich Otto um und lief zurück. Er wurde rasch müde, kniff die Augen zusammen, riß sie weit auf, Otto wollte es nicht wahrhaben, seine Knie wurden weich, er winkte dem Burschen mit seiner Lampe, er brauchte

Hilfe. Sanft fiel er vornüber in den nassen Kohlestaub. Der Mann, warum läuft er ins böse Wetter? dachte Otto, die Frage dröhnte in seinem Kopf. Im letzten Augenblick bevor es Nacht um ihn wurde, fiel es ihm ein: »Ich weiß... ich weiß, wo er hin will!« schrie er. Er meinte, er würde schreien, in Wirklichkeit hatte er nicht einmal mehr die Kraft, die Lippen zu bewegen.

Es war weniger der Schmerz, den Willi Boetzkes spürte, es war eine dumpfe, quälende Benommenheit, die ihn fühlen ließ, daß es zu Ende ging. Wenn er hustete, füllte sich seine Mundhöhle mit Blut, sein Leib brannte und seine Brust schien sich zusammenzuziehen. Als er zu sich gekommen war, hatte er am Stoß gelegen, seine Faust hielt noch den Griff der Lampe. Was ihn überraschte, war das Licht, die Lampe war unbeschädigt geblieben, darum hatte er im ersten Augenblick geglaubt, er wäre nur gestürzt. Er zog sich an der Verschalung hoch mit einem Gefühl, als wäre sein Körper zerschlagen und auf eine neue, schmerzhafte Weise wieder zusammengesetzt worden. Er begann nach seinem Schlepper zu suchen. Pepi war nur einen Schritt hinter ihm gegangen, doch Willi fand ihn nicht, solange er ihn in seiner Nähe suchte. Erst nachdem er etwa fünfzig Meter in der Strecke zurückgelaufen war, hatte er die Leiche des Jungen unter dem hereingekommenen Berg entdeckt. Ich war es nicht, ich bin nicht schuld, dachte er, sie werden glauben, daß ich es gewesen bin, daß ich nicht die besseren Wetter abgewartet hab. Aber er hatte nicht einen einzigen Schlag mit der Keilhaue oder dem Eisen getan. Er war nur mit Pepi vor Ort gestiegen, um sich die Kohle anzusehen und die Arbeit danach einzuteilen. Niemand würde nun erfahren, daß der Hauer Willi Boetzkes, der Sohn vom alten Friedrich, keine Schuld an der Schlagwetterexplosion auf der Morgensonne gehabt hatte und von ihr ebenso überrascht worden war wie alle anderen. Der Gedanke quälte ihn mehr als der körperliche Schmerz. Glaub es mir, Vater, du mußt es mir glauben. Er taumelte durch die Strecke, blieb stehen und spuckte Blut. Er wollte sich nicht hinsetzen und sterben, er hatte noch etwas zu tun. Ein paarmal war er schon auf seinem Weg zur Förderstrecke zusammengebrochen, und jedes Mal, wenn er wieder zu sich gekommen war, hatte er nicht gewußt, ob nur fünf Minuten oder mehrere Stunden vergangen waren. Inzwischen war er bis zum Querschlag gekommen. Vielleicht, weil er nichts von den giftigen Nachschwaden im Querschlag wußte, die er erst auf der Förderstrecke vermutete, vor allem aber, weil er sich mit letzter Unnachgiebigkeit für den immer rascher zusammenschrumpfenden Rest seiner Zeit gegen

die endgültige Finsternis zur Wehr setzte, war es ihm gelungen, die Förderstrecke zu erreichen. Auf den letzten Metern im Querschlag hatte er geglaubt, hinter sich Lichter zu sehen und Stimmen zu hören. Aber er hatte sich nicht mehr darum gekümmert.
Nachdem die Wetter umgeleitet worden waren und sich die Nachschwaden aufgelöst hatten, war ein Suchtrupp durch den Fahrschacht in die Förderstrecke eingefahren. Die Männer fanden Willi Boetzkes tot im leeren Pferdestall, er lag im Stroh, den Kopf gegen die Mauer gelehnt, in der Hand hielt er noch sein Messer, mit dem er die Stricke der Pferde durchgeschnitten hatte. Die Tiere waren ihrem Instinkt folgend durch den Querschlag in die Abbaustrecke galoppiert, wo sie sich, zitternd aneinandergedrängt, aber unverletzt, den beiden vollkommen verblüfften Kumpeln anschlossen, die den ohnmächtigen Otto zum Streb zurückschleppten.

Der Reviersteiger hatte Käthe in die Waschkaue kommen lassen, sie sah, wie zwei Tragen von der Hängebank hereingebracht wurden, auf der einen lag ihr Mann, auf der anderen lag der tote Erich. Sie hatten eine Decke über ihn gehängt, die sich hoch aufwölbte, so daß man darunter nicht allein einen einzelnen Mann vermutet hätte, wären nicht am Ende der Trage nur ein einziges Paar großer Füße in verrußten Socken zu sehen gewesen. Die Helfer stellten die Tragen ab. Der Arzt war zu ihnen gegangen, er prüfte mit einem kurzen Blick unter die Decke den Toten und gab den Männern ein Zeichen. Sie nahmen die Trage auf und brachten Erich in den ungeheizten Vorraum hinaus, wo man die Leichen aufgebahrt hatte. Während der Arzt ihren Mann untersuchte, war Käthe abwartend neben ihm stehengeblieben.
»Sein Bein ist gebrochen«, sagte der Arzt zu ihr, und zu Friedrich gewandt fügte er hinzu: »Du hast Glück gehabt.« Er stand auf und ging zu den Schwerverletzten hinter der Stellwand zurück. Nun erst beugte sich Käthe zu ihrem Mann hinunter, sie strich ihm mit den Fingern über die Stirn und zupfte seinen verrußten Bart, dann nahm sie seine schwere, schwarze Hand in ihre beiden Hände.
»Haben sie schon Bruno und Willi gefunden?« fragte Friedrich.
»Nein«, sagte Käthe. Zu dieser Zeit wußte noch niemand etwas über Willis Schicksal.
Sie schwiegen eine lange Zeit, dann sagte der Alte: »Karl is dabei.«
»Ich weiß«, sagte Käthe. Sie blieb noch für einige stille Minuten an der Trage stehen und hielt seine Hand. Hinter der Stellwand hörten sie Stöhnen und die kurzen Schmerzensschreie der Verletzten, wenn

sie vom Arzt und den Sanitätern verbunden wurden. Käthe legte die Hand ihres Mannes sanft auf den Rand der Trage zurück.
»Ich werd wieder gehn. Ich muß zu Pauline, sie liegt in' Wehen.«
»Is sie hier?«
»Ja, sie haben sie ins Büro vom Betriebsführer gebracht.«
»Wir müssen für Bruno beten«, sagte der Alte und fügte hinzu: »Die beiden haben's sich nich gut eingeteilt, wenn sie noch 'ne Woche gewartet hätten, dann wär's genau in der Jahrhundertnacht gekomm.«
Dr. Tegermann war vor die Tür getreten, er brauchte frische Luft, was ihn nicht daran hinderte, sich eine Zigarre anzuzünden. Ein wenig hatte er ein schlechtes Gewissen, weil er den verstörten Betriebsführer allein im Büro zurückgelassen hatte, wo jetzt die Frauen herrschten und sich mit Tüchern, Wasserschüsseln und leise getuschelten Ratschlägen hinter der als Sichtschutz aufgespannten Reichsfahne um die Gebärende bemühten. Nach Dr. Tegermanns Meinung hätte sich für solche Angelegenheiten sicher ein anderer Platz finden lassen, zum Beispiel die Steigerstube. Aber die Frau des Direktors, diese verdrehte Person, hatte die schwangere Bergmannsfrau persönlich in das Büro geführt und darauf bestanden, sie auf dem Ledersofa, hinter dem kleinen Konferenztisch zu lagern, das sie zuvor mit den Badetüchern aus den Waschräumen der Grubenbeamten ausgelegt hatte.
Er saugte an seiner Zigarre und blickte von seinem erhöhten Standpunkt über den Steinstufen auf den Hof hinunter, wo immer noch die Feuer brannten, an denen sich die Frauen mit ihren Kindern und einige gerettete Kumpel wärmten. Bis auf sieben Männer hatten sie alle gefunden und herausgeholt. Tegermann war mit seiner Arbeit zufrieden. Schräg unter sich vor dem Gitter der Hängebank sah er den Kaplan und Friedel stehen.
Hochwürden hatte seinen Arm um das Mädchen gelegt, ihre Verzweiflung nahm ihr die Scheu, sie hatte ihren Kopf gegen seine hagere Brust gedrückt und drehte ihn in seinen Armen wie ein bockiges Kind hin und her, sie weinte und stammelte: »Warum, warum hat sie das gemacht? Sie ist keine heilige Jungfrau, sie ist ein grausames altes Weib. Sie weiß, wie sehr ich ihn geliebt habe, und sie hat ihn im Stich gelassen.«
Der Kaplan sah über sie hinweg. »Du denkst nur an dich«, sagte er.
Friedel hatte ihn nicht verstanden, sie sah zu ihm hoch. »Was haben Sie gesagt, Hochwürden?«
Er zog ihren Kopf wieder sanft an seine Brust, er überlegte und fügte hinzu: »Aber das ist dein Recht.« Er sprach mehr mit sich selbst.

Friedel schluchzte, sie achtete nicht auf seine Worte, es genügte ihr, seine Stimme zu hören, und sie war sicher, daß er etwas Frommes und Trostvolles zu ihr sagte.
»Die Mutter Maria ist nicht schuld, daß er jetzt tot ist«, erklärte er ihr, »das sind die Menschen, Friedel, die sich gegenseitig umbringen, und immer die Starken die Schwachen, das mußt du dir merken. Die Mutter Maria ist mehr als wir Menschen, aber sie versteht uns, darum geht es dem Pepi jetzt besser.«
In der Waschkaue brachte ein kalter Wasserstrahl Otto wieder zu sich. Er lag auf den Fliesen und hob abwehrend den Unterarm vor sein Gesicht, während er vorsichtig die Augen öffnete. Sein Blick ging an hohen, spiegelblanken Stiefeln, mit roter Litze besetzten Hosenbeinen und Uniformröcken hinauf bis zu den steifen Kragen, schwarz gewichsten Schnauzbärten und den Helmen von zwei Gendarmen, die sich zu einem strengen Blick zwangen, mit dem sie auf ihn hinuntersahen. Offenbar fühlten sie sich bei ihrem Auftrag im Namen einer kleinlichen Rechtspflege selber fremd und unpassend in einer Umgebung, in der es um Tod, Sorge, Glück und Kameradschaft ging. Otto hatte die Augen sofort wieder zugeklappt, er hielt sie lange Zeit geschlossen und öffnete sie dann zögernd ein zweites Mal.
»Mutter Maria, was für 'n Erwachen!« stöhnte er, als sich der Anblick, der ihn erwartete, nicht geändert hatte. Er drehte den Kopf zur Seite und sah zu dem Mann hoch, der ihn mit Wasser bespritzt hatte, er trug nur eine verrußte Hose, sein Gesicht und sein nackter Oberkörper waren noch schwarz von der Grube. Otto glaubte wieder zu träumen, aber diesmal war es ein guter Traum. »Bruno«, sagte er zaghaft, als fürchtete er, der Mann vor ihm könnte sich in Nichts auflösen, wenn er den Namen aussprach.
Bruno drehte den Wasserhahn am Schlauch zu und grinste. »Das wollt ich mir nich nehmen lassen, dir 'ne kleine Erfrischung zu verpassen.«
Otto hatte die Gendarmen, die auf ihn warteten, vergessen, er sah Bruno immer noch ungläubig an, und in Ottos Erinnerung tauchte aus dem dunstigen Morgengrauen auf dem Weg zur Frühschicht ein Junge auf, er schloß sich den Männern an und lief neben Otto her, versuchte ihn mit langen Schritten zu überholen. Der Junge reichte ihm knapp bis zur Brust und sah mit einer trotzigen, mißtrauischen Miene zu ihm hoch. Sein Gesicht war abgemagert, sein Haar stand in langen, verwilderten Strähnen unter seiner Mütze hervor. Er fror in seiner abgetragenen Joppe, die zu groß für ihn war und von der er die

Ärmel hochgekrempelt hatte. Manchmal machte er neben Otto unauffällig Doppelschritte, um schneller an ihm vorbeizukommen und vor ihm den Pütt zu erreichen. Otto beobachtete ihn, er hatte ihn gleich als Zuwanderer erkannt, beinahe an jedem Tag tauchten sie einzeln und in ganzen Kolonnen im Revier auf, um auf den sich schnell vergrößernden Zechen Arbeit zu finden. Der Junge erinnerte Otto daran, wie er selber hier vor einigen Jahren aus Pommern angekommen war, müde, halb verhungert, aber mit der festen Hoffnung auf eine gutbezahlte Arbeit. »Warum rennst du so?« hatte er den Jungen spöttisch gefragt und dann nach einem abschätzenden Blick herablassend hinzugefügt: »Kumpel?«
Jetzt stand der Bergmann Bruno Kruska vor ihm, schwarz von der Kohle, Hauer auf der Morgensonne, der Mann von Pauline Boetzkes und – wovon er noch nichts wußte – Vater eines gut fünf Kilo schweren, rosig gesunden Jungen. Bruno drehte den Wasserhahn zu und sah Otto lachend an.
»Wo hast du gesteckt«, fragte Otto, und wie damals fügte er hinzu, diesmal aber in kameradschaftlicher Anerkennung: »Kumpel?«
An seinem Platz im Nebenquerschlag, weit genug von der Flözstrecke entfernt, waren die Explosion und der nachfolgende Brand in gefahrlosem Abstand an Bruno vorbeigegangen. Um sich vor den giftigen Nachschwaden in Sicherheit zu bringen, war er durch den Streb in die achte Sohle hinaufgestiegen. Er hatte den Suchtrupp vom Fahrschacht her erwartet. Erst später war er auf den Gedanken gekommen, daß sie vielleicht durch den Wetterschacht einfuhren, und war durch den Querschlag nach Westen gelaufen. Die beiden jungen Hilfshauer, die Otto zum Schacht trugen, fanden Bruno zusammengekauert gegen einen Türstock gelehnt. Sie hielten ihn für tot, aber wie es ihre Pflicht war, leuchteten sie sein Gesicht ab und fühlten seinen Puls. Es blieb ihnen nicht viel Zeit, sie mußten Otto über Tag bringen.
Bruno hatte plötzlich die Arme ausgestreckt und gegähnt. »Glück auf, Kameraden«, hatte er sie verschlafen begrüßt.
»Wir sind zusamm ausgefahrn«, sagte er jetzt zu Otto, der sich langsam und noch etwas benommen aufrichtete, »aber du hast nichts mehr mitgekriegt.«
Otto hatte den Gendarmen grinsend die Hand entgegengestreckt, damit sie ihm beim Aufstehen behilflich sein sollten, aber sie sahen sich nach ihrer Dienstvorschrift nicht dazu verpflichtet, so daß Bruno ihnen aushalf und Otto zu sich hochzog.

Im Büro des Betriebsführers saß Sylvia Rewandowski zusammengesunken, blaß, mit einem verstörten Ausdruck in einem Sessel neben dem Konferenztisch, sie schien von der Geburt mehr mitgenommen zu sein als die Mutter des Kindes. Sie sah zu, wie Käthe eine Schüssel blutigen Wassers in einen Eimer schüttete. Hinter der Fahne hörte sie das Neugeborene schreien. Bruno stieß die Tür auf, er ging grußlos an dem Betriebsführer und Dr. Tegermann vorbei, er beachtete auch die Frau seines Direktors nicht, sondern lief um das Fahnentuch herum und blieb vor Pauline stehen.

Sie lag auf dem Sofa, ihre nackten Arme ruhten über der Decke, ihre Wangen waren gerötet, ihr Ausdruck war sanft und ruhig. »Ich hab's die ganze Zeit gewußt, daß dir nichts passiert is«, sagte sie.

Er sah sie an und lächelte, er dachte, daß sie ihn vielleicht mit ihrem Vertrauen beschützt hatte.

Erna wusch den Säugling in einer Schüssel. Bruno griff ins Wasser und hob den kleinen nassen Körper mit seinen schwarzen Händen heraus, der Kohleruß färbte auf ihn ab. Der Säugling schrie, Bruno betrachtete ihn, dann lachte er und sagte: »Das is deine Bergmannstaufe, Max.«

Für Erna war das zuviel. Eine solche Woge von Rührung, wie sie jetzt ihr Gemüt ergriff, ertrug sie nicht, die aufsteigenden Tränen schnürten ihr die Kehle zu, sie wollte hier vor der Frau Direktor und den Herren nicht losheulen und verließ rasch und unauffällig den Raum. Mit einer Geste von Käthe dazu aufgefordert, traten Dr. Tegermann und der Betriebsführer zur Besichtigung des Neugeborenen hinter die Fahne, und das einzige, was ihnen beim Anblick des Säuglings zu tun einfiel, war, daß sie beide unwillkürlich eine respektvoll militärische Haltung einnahmen, wahrscheinlich weil es ein Junge war.

Während sie die Steinstufen des Eingangs hinunterging, hatte Erna den Saum ihrer Schürze angehoben, um sich die Tränen aus den Augen und von den Wangen zu tupfen. Sie wollte zu ihren Söhnen gehen, die neben Lise auf dem Leiterwagen saßen. Lise hielt ihre kleine Tochter im Arm und wartete immer noch auf ein Lebenszeichen von ihrem Mann. Sie hatte ihren Platz nicht verlassen und still und ohne zu ermüden fortwährend zu den Lichtern der Hängebank hinaufgesehen. Nur einmal hatte sie Erna gebeten, ihr den Säugling abzunehmen, und war aufgestanden, um zum Kaplan zu gehen und für Willi zu beten.

Erna ließ ihre Schürze wieder herunter und sah, wie zwei Gendarmen einen Mann abführten. Er trug von der Zeche geliehenes Arbeits-

zeug, und weil ihn Erna hier nicht vermutete, brauchte sie einen Augenblick, um zu begreifen, daß es Otto war. Er hatte gehofft, daß ihn Erna nicht bemerken würde, aber nun hörte er, wie sie ihnen hinterhergelaufen kam und zu schreien anfing.
»Was hast du hier zu suchen, du Blödmann, warum bist du nicht ...«, sie brach ab und fiel über die Gendarmen her. »Laßt den Mann los, ihr Schweine! Laßt euch von eurem Kaiser ficken, ihr dreckigen Hunde! Laßt den Mann los! Er is mehr wert, als ihr alle zusamm! Was hat er euch denn getan? Was hat er denn getan?!«
Otto drehte sich lachend nach ihr um und rief ihr in liebevollem Spott zu: »Ich lieb dich Erna. Ich werd die Jahrhundertwende im Bau verbringen, wie sich das für einen ordentlichen Menschen gehört.«
Erna wollte mit den Fäusten auf die Gendarmen einschlagen, aber Martin und Hannes waren zu ihr gelaufen, hielten ihre Mutter am Rock fest und lenkten damit ihre Wut auf sich.

Die Kirchenglocken läuteten das neue Jahrhundert ein. In den letzten Tagen war Schnee gefallen, er lag wie ein weißes, stilles Grabtuch über der Siedlung und der Zeche. Bis zum Morgen nach dem Unglück hatte man alle Männer geborgen, es wurden zwölf Tote und dreiundzwanzig Schwerverletzte gezählt. Die Ursache der Explosion blieb ungeklärt, und den Ort, wo sie entstanden war, hatte man nicht festlegen können. Dr. Tegermann hatte in seinem Bericht lediglich unzureichende Bewetterung der Morgensonne als eine mögliche Voraussetzung für das Unglück angegeben.
Aufmerksam hatten die Bewohner der Siedlung in Stuben und Dachkammern auf ihre Uhren geblickt und traten nun beim Klang der Glocken aus ihren Häusern auf die Straße in die frostklare Neujahrsnacht hinaus. Alle hatten sich, ihren Möglichkeiten entsprechend, feierlich gekleidet, aber niemand war zu diesem Jahreswechsel mit einem bunten Hut, Luftschlangen oder einer Pappnase geschmückt. Ernst und schweigend umarmten sie sich, hielten für einen Augenblick einander fest und drückten die Kinder an sich. Die Frauen weinten, und es waren nicht wenige Männer, denen Tränen in den Augen standen. Sie wurden von knatternden Feuerwerksraketen abgelenkt, die hinter den Lichtern der Zeche, über der Stadt aufstiegen und zwischen den groß und klar leuchtenden Sternen bunte Leuchtkugeln verstreuten.
Auch Boetzkes' waren vor ihr Haus getreten. Karl war über Sylvester bei seiner Familie geblieben. Walter, seine Frau und die Kinder feier-

ten mit ihnen, und nach der Messe waren auch Erna und die beiden Jungen zu ihnen gekommen. Nachdem sie von Willis Tod erfahren hatte, war Lise schon am nächsten Tag mit ihrer kleinen Tochter in ihren Heimatort zu ihren Eltern gefahren. Das rechte Hosenbein vom alten Boetzkes war von einem steifen, klobigen Gipsverband gefüllt, sein Fuß steckte in einem dicken Filzschuh, mit der einen Hand hatte er sich auf einen Stock, mit der anderen auf Käthes Schulter gestützt. Walters Kopf war zur Hälfte in einen Verband gehüllt. Er sah aus, als ob er eine Kürbismaske von der letzten Fastnacht trüge. Noch immer waren Friedels Augen vom Weinen gerötet. Bruno hatte seine Arme um sie und Pauline gelegt, die sich gegen seine Schulter lehnte und den kleinen Max in einem Kissen unter ihrem Schultertuch verborgen hielt. Sie dachten an Willi, der ihnen fehlte.
Friedrich räusperte sich. »Was wird's uns bringen, das neue Jahrhundert? Krieg und Hunger?«
»Vielleicht gibt's mal Automobile, womit man über 'n Himmel fahrn kann«, sagte Hannes.
»Du spinnst«, sagte sein älterer Bruder.
Der Säugling fing an zu schreien, Pauline wiegte ihn beruhigend in ihren Armen. »Ich hoffe für Max, daß es mal einen deutschen Staat gibt, ohne Kaiser und Fürsten, wo das Land und die Zechen und Fabriken uns allen gehören.«
Karl nickte zustimmend und blickte mit einem seiner politischen Arbeit geziemenden gedankenvollen Ausdruck zu den am Himmel zerplatzenden Feuerwerksraketen hinauf.
»Da gibt's keine Arbeit mehr«, sagte wieder der kleine Hannes, »das machen alles die Maschinen, und die Menschen ruhen sich nur aus.«
Erna verbesserte ihn. »Wovon solln sie sich denn ausruhn, du Quatschkopf, wenn's keine Arbeit mehr gibt.«
Sie hörten Lachen und leise Stimmen, die sich in das Knirschen des Schnees und das Schnauben von Pferden mischten. Über die Vogelwiese glitt ein Schlitten, die Pferde gingen im Trab. Auf den Bänken, deren Seiten- und Rückenlehnen vergoldete Schnitzereien zierten, saßen junge Damen und Herren, die sich in Pelzen, gefütterten Stiefeln und langen Schals vor der frostigen Luft schützten. Vorn saß der Zechenbesitzer Alfred Rewandowski, der selber die Zügel hielt. Neben ihm saß seine Gattin Sylvia, geborene von Kampen, ebenso wie die beiden anderen Damen stieß sie jedesmal einen kleinen, lustvollen Schrei der Überraschung aus, wenn der Schlitten über eine Mulde oder einen Erdbuckel sprang.

Teil 2

1. *Die Kandidaten*

Mit dem neuen Jahrhundert war es wie mit den Kindern, beide ließen die Erwachsenen nicht vergessen, wie schnell die Zeit verging. So war es auch mit Max Kruska, Brunos und Paulines Sohn, der ebenso alt war wie dieses Jahrhundert, streng gerechnet sogar drei Tage, eine Stunde und vierzig Minuten älter. Für einen Zwölfjährigen war er verhältnismäßig klein gewachsen, aber sein Körper war kräftig, er hatte breite Schultern und stämmige Beine. Er lief geduckt, hielt den Kopf gesenkt und blickte mit seinen schmalen, hellen Augen immer etwas abwartend und beobachtend unter der Stirn hervor, was ihm einen eigensinnigen und scheuen Ausdruck gab. Abgesehen von den feingeschnittenen Lippen und den strohblonden Haaren, die ihm seine Mutter vererbt hatte, hätten die Alten in der Siedlung, die sich noch an die Jugend seines Vaters erinnerten, in ihm ebensogut den jungen Bruno erkennen können.

Max trug die Joppe seines toten Onkels. Willi war der Kleinste der Boetzkesbrüder gewesen, und nachdem Pauline die Jackenärmel gekürzt und die Knöpfe versetzt hatte, paßte Max die Joppe einigermaßen. Er hatte eine Mütze von seinem Vater aufgesetzt. Weil sie ihm zu groß war, konnte er sie sich über die Ohren hinunterziehen, wenn er in der Siedlung die Arbeiterzeitung austrug, denn in der Frühe war es noch kalt, und manchmal, wie an diesem Morgen, war der Nebel so dicht, daß die Sicht nur von einem Haus bis zum nächsten reichte. Es war ein Wahljahr, und die lokalen Blätter berichteten beinahe jeden Tag über die beiden Kandidaten, die sich im hiesigen Wahlkreis für den Reichstag hatten aufstellen lassen. Karl Boetzkes war für die Sozialdemokraten angetreten, und Rewandowski hatte sich ihm als parteiloser Kandidat entgegengestellt. Die Arbeiterzeitung lobte Karl als einen erfahrenen Kämpfer für die Rechte der Bergarbeiter, während die Zeitungen, die den Konservativen und dem katholischen Zentrum nahestanden, den Herrn Direktor Rewandowski als einen Mann von Gottesfurcht und Kaisertreue lobten, der die Hernsteiner Stahl und Kohle AG unter seiner energischen Führung zu einem wichtigen Stützpfeiler der Rüstungsindustrie ausgebaut hatte, mit deren Hilfe das deutsche Vaterland den englischen und französischen Kriegstreibern den nötigen Respekt einzuflößen wußte. Es gab nur eine Nachricht, die das Interesse der lokalen Blätter für die beiden Kandidaten in den Schatten stellte, und das war der Untergang des modernen englischen Schnelldampfers *Titanic*, der auf seiner Jungfernfahrt im Nordatlantik mit einem Eisberg zusammengestoßen und gesunken war. Über fünfzehnhundert Menschen hatten bei der Katastrophe den Tod gefunden.

Das Dutzend Jahre, das seit der Jahrhundertwende vergangen war, hatte Deutschland zur größten Industrienation Europas aufsteigen lassen. Es gab dreißigtausend Millionäre im Reich, zu denen auch Rewandowski und sein Schwiegervater Friedhelm von Kampen zählten. Doch am reichsten waren der Kaiser und eine Frau namens Berta Krupp. Von diesem Wohlstand bekamen die Bergarbeiter allerdings nichts zu spüren. Einige Jahre waren vergangen, seit sie das letzte Mal versucht hatten, sich zu einem Streik für die Verbesserung ihrer Lebens- und Arbeitsbedingungen zusammenzuschließen. Und wie damals, bei dem großen Streik vor dreiundzwanzig Jahren, als Maxens Vater aus seinem pommerschen Dorf ins Revier gekommen war, waren es noch immer dieselben Forderungen, die die Bergarbeiter an die Zechenbesitzer gestellt hatten: mehr Lohn, die Achtstundenschicht einschließlich der Ein- und Ausfahrt, die Bildung von Arbeiterausschüssen, die Ernennung von Grubenkontrolleuren und die alte Forderung, daß endlich das Wagennullen eingestellt werden sollte. Die Grubenbesitzer erwiderten, daß es für sie keinerlei Mißstände auf ihren Betrieben gäbe, die sie dazu veranlassen könnten, in irgendeiner Weise auf diese Forderungen einzugehen. Sie fürchteten für den Fall des geringsten Nachgebens nicht nur um die Sicherheit und Disziplin auf den Zechen, sondern sahen sogar den Ruin des gesamten rheinisch-westfälischen Bergbaus voraus. Ausnahmsweise hatten sich die Gewerkschaften über die Streikführung einigen können, aber es war ihnen bald das Geld für den Arbeitskampf ausgegangen, und so mußte der Streik nach zwei Monaten abgebrochen werden. Die Kumpels hatten jedoch erreicht, daß man sich im preußischen Landtag mit ihrer Lage befaßte und ein neues Berggesetz schaffen wollte. An ihren Forderungen gemessen, war dieses Gesetz allerdings voller Bedenken, Einschränkungen und Kompromisse geraten. Immerhin war die Wahl der Arbeiterausschüsse zur gesetzlichen Pflicht geworden. Aber viele Zechen hielten sich nicht an diese Bestimmung, und die gewählten Vertrauensleute wurden von der Betriebsleitung schikaniert und bei ihren Beschlüssen und Entscheidungen unter Druck gesetzt.

Die meisten von ihnen resignierten und beschränkten sich bald auf die Schlichtung von Streitereien unter den Arbeitern oder auf die Kontrolle der notwendigen Disziplin und Sicherheitsvorkehrungen vor Ort. Damit stellten sie sich, mehr oder weniger absichtlich, in den Dienst der Betriebsleitung, gegen deren Willkür sie den Kumpeln eigentlich zu ihrem Recht verhelfen sollten. Ein Mann, der die Schwierigkeiten dieses Amtes aus eigener Erfahrung zur Genüge kannte, war Bruno Kruska. Er war auf der Zeche Siegfried schon zum zweiten Mal in den Arbeiterausschuß gewählt worden.
»Das is, als wenn du zur gleichen Zeit mit einem Bein nach rechts und mit dem anderen nach links laufen sollst«, hatte er seine Aufgabe einmal beschrieben.
Bei seinem letzten Besuch in der Siedlung hatte Karl Boetzkes den Männern am Abend in der Wirtschaft die politische Lage im Reich erklärt: Die deutsche Industrie brauchte immer mehr Rohstoffe und neue Absatzmärkte für ihre Erzeugnisse. Beides wollte man sich durch den Besitz von Kolonien sichern. Dabei wurde riskiert, daß man mit den gleichgegliederten Interessen der Engländer und Franzosen in Konflikt geriet. Der Kaiser und die Kreise, auf die er sich stützen konnte, fühlten sich stark genug, um bei dem Wettlauf um die Aufteilung der Welt für Deutschland »einen Platz an der Sonne« zu fordern, wie es der Kaiser wörtlich genannt hatte. Wenn man sich dann gegenseitig auf die Füße trat, beschimpfte man einander als Kriegstreiber. Bei dieser Gelegenheit erzählte Karl wieder, wie er damals, beim großen neunundachtziger Streik, mit den Kameraden Bunte und Schröder zum Kaiser nach Berlin gereist war und im Fahnensaal des Stadtschlosses die Modelle der Schlachtschiffe und Panzerkreuzer bestaunt hatte. Fritz Bunte war der Meinung gewesen, daß die Flotte ein persönlicher Spleen des Kaisers sei, der das deutsche Volk einen Haufen Geld koste und das Land in den Krieg triebe. Doch der Deutsche Flottenverband, der, wie es hieß, »zur Aufklärung des Volkes über deutsche Seeinteressen und die Notwendigkeit einer Kriegsmarine« gegründet worden war, fand großen Zuspruch in allen Schichten der Bevölkerung. Der Matrosenanzug war ein beliebtes Kleidungsstück für Jungen, aber auch für Mädchen geworden, und viele Mütter waren stolz, ihren kleinen Liebling schon im Kinderwagen mit einer Marinemütze zu schmücken. Sicher war, daß die Großindustrie ungeheuere Summen am Ausbau der Flotte ebenso wie an der allgemeinen Aufrüstung verdiente. Auch in der heutigen Ausgabe der *Arbeiterzeitung* befaßte sich der Leitartikel wieder mit diesem Thema. Aus si-

cherer Quelle wollte die Redaktion erfahren haben, daß die Rüstungsausgaben des Reiches auf die doppelte Höhe der Ausgaben der Engländer und Franzosen angestiegen sein sollten.
Max Kruska interessierte nicht der Inhalt, sondern die Menge der Zeitungen, die er unter den Arm geklemmt hielt. Er zählte sie durch, um zu wissen, wie viele er noch austragen mußte. In der Siedlung hatte er alle bestellten Blätter verteilt, nachdem er in jede Zeitung einen der roten Zettel gesteckt hatte, die er in einem Korb bei sich trug. Der Junge schob den Henkel in die Armbeuge, faltete die Hände vor dem Mund und wärmte sie mit seinem Atem, während er über die Vogelwiese zu den Neubauten am Bahndamm lief. Der hartgefrorene Sandweg tauchte immer nur für wenige Meter sichtbar aus dem Nebel auf. Aber Max kannte den Weg und hätte ihn auch blind gehen können. Er hörte Schritte auf sich zukommen. Er lief langsamer und versuchte sie zu orten, sie kamen nicht von vorn, sondern schräg von der Seite aus der Mulde, durch die der Weg nach einer scharfen Biegung führte. Es machte ihm Spaß, das Geräusch zu verfolgen, bis er zwei Männer aus dem Nebel hervorkommen sah. Ihm fiel auf, daß sie ihre Schals über die Nasen hochgezogen hatten, der eine hatte seine Militärkappe, der andere einen runden Hut tief in die Stirn gedrückt, so daß von ihren Gesichtern nur die Augen zu sehen waren. Sie trugen lange Joppen und neue Stiefel. Max senkte ein wenig den Kopf, aber er behielt die Männer unter dem Schirm seiner Mütze hervor im Blick. Ihrer Gestalt und den Bewegungen nach zu urteilen, waren es junge Bergleute. Als er die beiden Männer erreicht hatte, traten sie auseinander, so daß er zwischen ihnen hindurchgehen mußte. Doch Max setzte, ohne zu zögern, seinen Weg fort.
Der Mann, der den runden Hut trug, packte ihn plötzlich an der Schulter, drückte ihn an sich und versuchte, ihm den Korb vom Arm zu reißen. Max hielt den Korbgriff mit beiden Händen fest, dabei rutschte ihm der Zeitungsstapel unter dem Arm hervor und fiel zu Boden. Der Mann mit der Militärkappe schlug ihm ins Gesicht, Max taumelte zurück, aber noch immer hielt er den Korb fest. Er rief nicht um Hilfe, sondern wehrte sich stumm und erbittert, bis ihm der Mann mit einem Stück Schlacke auf die Fäuste schlug und Max den Griff loslassen mußte.
»Was steckst du da immer in die Zeitungen, du Sozialistenbengel?« sagte der Mann, seine Stimme klang dumpf durch seinen Schal. Er zog einen der roten Zettel aus dem Korb und las seinem Kumpan vor:

ARBEITER, WÄHLT EURE PARTEI, DIE SPD! GEGEN DAS WETTRÜSTEN! KEINEN PFENNIG MEHR FÜR KANONEN, DAFÜR 15 PROZENT MEHR LOHN! ARBEITER, WÄHLT EUREN MANN!

Er warf dem anderen einen Blick zu und las dann laut und betont: DEN BERGMANN KARL BOETZKES!

Er hielt Max den Zettel vors Gesicht. »Das is doch dein feiner Onkel, was? Das is kein Bergmann mehr, der faßt doch keinen Schlägel mehr an, ein feiger Vaterlandsverräter ist das!«

Max sah den Fremden trotzig an, seine Nase blutete, er konnte sich in der Umklammerung nicht bewegen. Der Mann mit der Militärkappe setzte den Zettel in Brand und warf ihn in den Korb. Er wartete, bis auch die anderen Feuer gefangen hatten, dann stellte er den Korb auf den Boden und gab seinem Kumpel ein Zeichen, der Max daraufhin losließ und ihm noch einmal ins Gesicht schlug. Nach wenigen Schritten waren die beiden Männer wieder in den Nebel eingetaucht, und Max hörte noch einen Augenblick die harten Tritte ihrer Stiefel auf dem gefrorenen Boden. Er hatte die brennenden Zettel aus dem Korb geschüttet und trat die Flammen mit seinen Holzschuhen aus, sein Gesicht war vom Feuerschein gerötet. Bevor er anfing, die Zeitungen wieder einzusammeln, leckte er das Blut von seinen aufgeschlagenen Handknöcheln.

Der Nebel hatte sich aufgelöst, und der Himmel war vom frostig roten Morgenlicht erhellt, als Max von den Häusern an der neuen Bahnlinie, die die Zeche mit dem Stahlwerk verband, zurückkehrte. Er hatte die Hände in die Seitentaschen seiner Joppe gesteckt, der leere Korb schaukelte an seinem Arm. Max lief den Weg im Schatten der Schlakkenhalde entlang. Seit seiner Geburt hatte die Halde ihren Umfang verdoppelt und schob sich mit träger Stetigkeit immer dichter an die Häuser heran. Etwa auf halber Höhe des grauschwarzen Hanges, der sich steil neben ihm erhob, sah Max seinen Großvater die Halde hinaufklettern. Trotz der Kälte war er nur mit Hemd, Hose und einer dünnen Weste bekleidet. Seinen Schal hatte er nur lose umgebunden, so daß dessen Enden über seinen gebeugten Rücken herabhingen.

»Wo willst du hin, Großvater?« rief Max zu ihm hinauf.

Der Alte blieb schräg gegen den Hang geneigt stehen und sah sich um. Max hörte ihn husten.

»Geh nach Haus!« rief der Alte dann, »du mußt in die Schule.«

»Wo willst du denn hin?« fragte Max wieder.

»Geh zurück und laß mich in Ruhe!« Als der Alte sah, daß ihm sein Enkel hinterhergeklettert kam, beschimpfte er ihn. »Laß mich in Ruhe!« rief er immer wieder und warf mit Schlackebrocken nach dem Jungen, aber Max ließ sich nicht davon aufhalten.
Der Alte stieg weiter die Halde hinauf, und Max, der ihn eingeholt hatte, kletterte neben ihm her. Der Junge bemerkte verwundert, daß der Großvater seine guten Hosen und ein frisch gebügeltes Hemd trug, dazu hatte er die neue Mütze aufgesetzt, die ihm Bruno und Pauline an seinem letzten Namenstag geschenkt hatten. Die graubleiche Haut seiner eingefallenen Wangen war glatt rasiert.
»Wo willst du hin, Großvater?«
Der Alte antwortete nicht, er hatte genug damit zu tun, Luft zu bekommen. Max hörte ihn neben sich röcheln.
»Du sollst im Bett bleiben, hat der Doktor gesagt.«
»... der Doktor«, wiederholte der Alte abfällig und spuckte aus. »Ich halt's in der Stube nich aus, ich brauch Luft.«
»Du holst dir 'n Tod, wie du rumläufst«, sagte Max.
Der Alte blieb stehen, er hob Kopf und Schultern, um besser atmen zu können und sah den Jungen an. »Wie siehst du denn aus?«
Max strich sich mit dem Handrücken über seine blutverschmierte Wange: »Auf der Brache hat's schon gefrorn, da bin ich ausgerutscht.«
Der Alte hatte ihm nicht zugehört. »Sag zu Haus niemand, daß du mich hier getroffen hast, verstanden?«
Er kletterte weiter, Max folgte ihm. Immer wieder blieb der Alte stehen, weil er keine Luft bekam, und als sie den Gipfel der Halde erreicht hatten, fiel er vornüber auf die von der Morgenröte gefärbte Schlacke. Er blieb einen Augenblick auf dem Bauch liegen, dann drehte er sich langsam auf den Rücken und richtete sich auf. Er schob seine Mütze zurück und blinzelte in die dunstverschleierte, leuchtend rote Kugel der aufgehenden Sonne.
Max beobachtete ihn. »Was is denn los? Was willst du hier?«
Der alte Boetzkes schüttelte langsam den Kopf. »Ich will nich im Bett sterben, mein Junge.«
Max sah ihn an, er war über die Worte seines Großvaters nicht erschrocken, er hatte auch keine Angst. Er war nur traurig. Er stellte den Korb ab und setzte sich neben den Alten, stumm und abwartend. Sie sahen auf die Zeche hinunter, die noch im Schatten der Halde lag.
»Da unten, im Büro vom Betriebsführer neben der Hängebank, da hat

dich deine Mutter auf die Welt gebracht.« Der Alte unterbrach sich und hustete. Er schwieg, wahrscheinlich war er in Gedanken unter Tage. »Der Berg hat mich nich gewollt«, sagte er schließlich. Er griff nach dem Korb und blickte hinein. »Hast du noch so'n Zettel?«
Max zog einen Zettel aus der Jackentasche, der einzige, der ihm noch geblieben war. Er faltete ihn auseinander und gab ihn dem Großvater. Der Alte las schweigend, er kannte den Text auswendig. Den letzten Satz las er hörbar, mit leiser, heiserer Stimme:
WÄHLT EUREN MANN, DEN BERGMANN KARL BOETZKES!
Er hustete und sagte: »Ich hoffe, daß er das nie vergißt, daß er mal Bergmann war, auch wenn er nach Berlin in' Reichstag kommt. Sag ihm das, Max.«
Der Junge nickte. Sie schwiegen und sahen zu, wie das rote Morgenlicht allmählich verblaßte und einer klaren Helligkeit wich. Die Augen des Jungen blieben im Schatten seiner Schirmmütze. Irgendwann fiel ihm auf, daß der röchelnde Atem seines Großvaters verstummt war. Er sah sich nach ihm um. Der Alte war hintenüber auf den Rükken gefallen und hatte sich auf die Seite gedreht. Max beugte sich über ihn, faßte seine Schulter und schüttelte ihn, als wenn er ihn aufwecken wollte.
»Großvater... Großvater...«, rief er leise.
Der leblose Körper des Alten bot ihm keinen Widerstand. In der zusammengepreßten Faust steckte der rote Zettel.

Das Parteibüro befand sich im Erdgeschoß eines schmalen Backsteinhauses in der nördlichen Vorstadt. Die Wohnung im ersten Stock hatte die Gnadengemeinschaft, eine protestantische Sekte, gemietet, und im Keller trainierten am Abend in wechselnder Schicht die Männer vom Boxsportverein Preußen-Gloria und dem Ringer-Club Deutsche Ruhr, griechisch-römisch e. V. Karl Boetzkes saß an einem kleinen Beistelltisch und tippte mit zwei Fingern holperig und von langen Pausen unterbrochen das Manuskript für eine Wahlrede. Die Schreibmaschine war vom zentralen Wahlbüro zur Verfügung gestellt worden. Seine schweren Hände wirkten bei der ungewohnten Tätigkeit hilflos und ungeschickt.
Er hatte sich einen Vollbart wachsen lassen. Sein biederer Zweireiher mit Hemdbrust und Binder ließ ihn verkleidet aussehen, und seine untersetzte Gestalt und sein gebeugter Gang verrieten noch immer den ehemaligen Kumpel.
Luise Baiersdorf stand vor dem Schreibtisch am Fenster und ordnete

die Post. Sie war fast zehn Jahre jünger als Karl, schlank und ebenso groß wie er. Ein wenig ähnelte sie seiner Schwester Pauline. In ihrem blassen, städtischen Gesicht fiel der selbstbewußte Ausdruck ihrer kühlen grauen Augen auf. Sie war die Tochter einer Arztfamilie aus Essen und hatte bis vor kurzem als Privatlehrerin die Töchter von Industriellen, Bankiers und Offizieren in schöngeistiger Literatur und französischer Sprache unterrichtet. Sie hatte Karl bei einer Friedensdemonstration kennengelernt, wo er sie mit einer politisch klaren wie sprachlich einfachen Rede beeindruckt hatte. Obwohl Karl mit Äußerungen, die sein privates Leben betrafen, sehr zurückhaltend war, erfuhr sie mit der Zeit doch immer mehr über seine Herkunft, sein Leben zu Hause und seine Arbeit unter Tage, was nicht ohne Wirkung auf ihre Zuneigung für ihn blieb. Kurze Zeit später hatte sie die schöngeistige Erziehung höherer Töchter aufgegeben und war Angestellte der Partei geworden. Mit dem von ihrem protestantischen Elternhaus übernommenen strengen moralischen Anspruch stritt sie nun, statt für selbstgerechte christliche Tugend, für den Sieg des Proletariats, wofür sie vom väterlichen Erbe ausgeschlossen worden war.

Bei der Einrichtung des kleinen Büroraumes hatte man auch auf einen Konferenztisch wert gelegt, obwohl er hier nicht gebraucht wurde und eigentlich kein Platz für ihn vorhanden gewesen war. Man hatte ihn deshalb einschließlich des dazugehörenden halben Dutzend Stühle in eine Nische zwischen Ofen und Brikettspeicher gestellt.

An diesem Tisch, über dem immer eine Lampe brannte, weil er nicht genügend Tageslicht bekam, saß Karls Sekretär, Egon Strattmann, der Sohn von Walter und Katrin, den Nachbarn der Boetzkes in der Siedlung Eintracht. Egon war einige Jahre als Schlepper und Steinhauer in die Hermine Zwo eingefahren, bevor er, von Karl gefördert, von seiner ehrenamtlichen in die hauptamtliche Parteiarbeit übergewechselt war. Anders als Karl, der sich mit seiner politischen Anschauung gegen seinen Vater durchsetzen mußte, war Egon in einem sozialistisch orientierten Elternhaus aufgewachsen. Als Kind hatte er zur Zeit der Sozialistengesetze noch die politische Untergrundarbeit kennengelernt. Er war Mitte Zwanzig und für sein Amt noch ungewöhnlich jung. Er hatte sich in einen hellgrauen, modischen Anzug aus billigem Stoff gezwängt, den seine untersetzte Gestalt zu sprengen drohte, und es blieb ein Rätsel, wie er seine dicken, roten Hände durch die engen Ärmel bekommen hatte. Sein rundes Gesicht hatte eine gesunde Farbe, sein Kopf war von einem kurzgeschorenen Pelz

dichter blonder Haare besetzt, und seine wasserblauen Augen leuchteten im Kontrast zu seiner breitgebundenen tomatenroten Krawatte. Unter den forschenden Blicken seiner geistigen Väter, Wilhelm Liebknecht und August Bebel, deren Porträts hinter ihm an der Wand hingen, schnitt er Artikel über die bevorstehende Wahl aus der Tagespresse aus. »Hier, hör mal zu, Karl«, sagte er und las ihm aus einer Zeitung vor. »... weshalb wir Herrn Direktor Rewandowski aber in besonderer Weise unser Vertrauen schuldig sind, ist die Tatsache, daß dieser Mann, der selber lange Jahre in die Grube eingefahren ist, sich seinen Arbeitern in sozialer Verpflichtung verantwortlich weiß.« Er sah von der Zeitung auf und fügte hinzu: »Und dann kommt wieder ein langer, lobender Bericht über die geplante Werkssiedlung in Ehrenfeld.« Er warf die Zeitung auf den Tisch: »Das schreibt das Zentrum.«
Er stand auf und ging, die Hände in den Hosentaschen, unruhig vor dem Tisch auf und ab. »Sie haben das wahrscheinlich bei den Nationalliberalen abgeschrieben. Rewandowski wußte genau, warum er sich als parteiloser Kandidat aufstellen ließ.«
Karl war solche Nachrichten zu sehr gewohnt, als daß er noch darauf einging, er sagte zu Luise: »Suchst du mir mal die Tabelle mit den Schichtlöhnen raus?«
Sie hatte gerade einen Brief geöffnet.
»Eine Überweisung von fünfzig Mark auf unser Wahlkonto.«
Hinter dem Beleg steckte ein kleiner Zettel, Luise las ihn vor. »Lieber Karl«, war in freundlich runden, brav geformten Buchstaben auf den Zettel geschrieben, »ich glaube fest daran, daß du es mit Gottes Hilfe schaffen wirst. Deine Schwester Friedel.«
Sie reichte Karl den Zettel, der ihn schweigend noch einmal las.
»Du mußt irgend etwas unternehmen. Du kannst hier nicht rumsitzen und zusehen, wie er dir die Leute wegfängt«, sagte Luise.
»Ich habe die besseren Argumente«, erwiderte Karl.
»Das mußt du ihnen aber erst mal klarmachen.«
»Die Kumpel durchschauen ihn«, sagte Karl, »sie wissen genau, daß ihnen Rewandowski jetzt nur Versprechungen macht, um ihre Stimme zu bekommen.«
»Ich bin nicht so sicher, Karl, ob da nich doch was bei ihnen hängen bleibt«, sagte Egon, ohne seine eintönige Wanderung zu unterbrechen.
Karl nahm die Finger von den Schreibmaschinentasten und hob in einer hilflosen Geste die Hände: »Was soll ich denn machen?« Er zeigte

auf den Brief. »Fünfzig Mark von meiner Schwester, zwanzig Mark vom Gesangverein Rote Nelke, fünfundzwanzig Mark vom Taubenzüchterverein Freiheit.«
Das Telefon klingelte. Egon war froh, ein paar zielgerichtete Schritte schräg durch den Raum gehen zu können. Er nahm den Hörer ab. »Parteibüro. Ja, einen Moment.« Er rief Karl leise zu: »Für dich. Pauline.«
Karl stand auf und ging zum Telefon, dabei fügte er seiner Aufzählung kläglicher Spenden hinzu: »Wir haben nicht mal genug in der Kasse, um ein paar anständige Plakate drucken zu lassen.« Er fühlte sich durch den privaten Anruf beim Verfassen seiner Rede gestört und meldete sich in einem unwirschen Ton. »Karl.« Seine Stimme änderte sich im nächsten Moment. »Ja, natürlich. Von wo rufst du denn an? Ach so, ja. Kümmere dich um Käthe.«
Er legte den Hörer auf und sah Luise an. »Vater ist tot.«

Der alte Boetzkes war in der Wohnküche aufgebahrt worden. Auf dem Tisch und der Anrichte brannten Kerzen. An der Einrichtung des Hauses hatte sich in den vergangenen Jahren nichts Auffälliges verändert. Noch immer hing an der Wand neben dem Herd das Tuch, auf das der Spruch gestickt war:

MEIN GRUBENLICHT SOLL JESUS SEIN
SO FAHR ICH FRÖHLICH AUS UND EIN.

Neben der Haustür war ein Gaszähler installiert. Im vergangenen Jahr hatte Rewandowski die Siedlung mit Gaslicht ausstatten lassen. Er hatte auch die Wasseranschlüsse, die sich bis dahin im Hof befanden und im Winter bei Frost für gewöhnlich eingefroren waren, in die Wohnungen verlegen lassen. Mißtrauische Beobachter hielten auch dies schon für ein wahltaktisches Manöver des Direktors, obwohl die Gesellschaft für ihren Service die Mieten entsprechend verteuert hatte, so daß die meisten Bewohner lieber auf den neuen Luxus verzichtet hätten.
Die Familie hatte sich um den Sarg versammelt. In Käthes rotbraunem Haar, das sie streng aus der Stirn gekämmt und im Nacken zusammengeknotet hatte, zeigten sich die ersten grauen Strähnen. Doch ihr Gesicht hatte bis auf ein paar feine Fältchen in den Augenwinkeln seine jugendlich straffe Haut behalten. Wie es ihre Art war, blieb ihre Miene auch beim Anblick ihres toten Mannes verschlossen und undurchschaubar.
Neben ihr saß Friedel, die aus der Stadt gekommen war. Sie war eine

zierliche, junge Frau mit einem schmalen, hübschen Gesicht, das auf den ersten Blick nichtssagend erschien, aber eine kindlich offene Sinnlichkeit ausstrahlte, durch die sie, scheinbar ohne es selbst zu ahnen, eine unauffällige erotische Anziehung auf Männer ausübte. Ihre Augen waren gerötet, sie blickte über ihr schwarzes Batisttaschentuch hinweg auf den Sarg ihres Vaters. Sie trug Seidenstrümpfe und Lackschuhe aus dünnem Leder, die für diese Jahreszeit zu leicht waren, wogegen sie ihren Schulterpelz aus weißem Kaninchenfell auch in der gut geheizten Küche nicht ablegte. Ihr Gesicht war geschminkt, die Tränen hatten die Wimperntusche aufgelöst und zogen schwarze Streifen über ihre blassen Wangen. Das Haar fiel ihr in langen Röhrenlocken auf die Schultern. Für einen Augenblick war sie in Gedanken, dann beugte sie sich vor und fing wieder an zu schluchzen. Sie war die einzige, die noch weinte. Karl und Luise, die ihr gegenüber saßen, beobachteten sie.
Aus dem kleinen Klaus war ein junger Bergmann geworden, groß und dünn, seine Hosenbeine waren ihm zu kurz und zu weit, dasselbe traf für Hemd und Weste zu. Seine Gesichtszüge waren mädchenhaft weich und unausgeprägt. Die Oberarme steif gegen die Rippen gepreßt, blickte er mit erhobenem Kopf über den Sarg hinweg. Die Hemmungslosigkeit, mit der sich die Schwester an seiner Seite ihrem Leid hingab, machte ihn verlegen.
Pauline trug ein einfaches schwarzes Kleid und ein grobgewebtes braunes Tuch. Ihre Hüften und Schultern waren fraulich gerundet, aber ihre straffe, aufrechte Körperhaltung machte sie schlank, ihr blondes Haar war kurz geschnitten und ließ die Ohrläppchen sehen. Augen und Mund drückten ein natürliches Selbstbewußtsein aus, das jetzt von einer nüchternen Trauer überschattet wurde. Sie hielt Franziska, ihre kleine Tochter, auf dem Schoß. Pauline hatte ihr schon das Nachthemd angezogen und eine schwarze Schleife ins Haar gebunden, und mit verschämtem Stolz blickte Franziska zu ihrem Onkel Karl und der fremden Dame, die er aus der Stadt mitgebracht hatte.
Bruno sah auf seine Hände hinunter. Auf der Kuppe seines rechten Zeigefingers, unter dem rußschwarzen Nagelrand, leuchtete ein blauer Tintenfleck. Seit einem halben Jahr besuchte er einmal in der Woche die Bergschule, um sich als Steiger ausbilden zu lassen. Er war der Älteste in seiner Klasse. Bis auf die Rechtschreibung hatte er alles gut im Kopf, aber mit den schriftlichen Arbeiten tat er sich schwer. Bruno verdeckte den Tintenfleck mit der anderen Hand und blickte kurz zu Max, der, die Hände auf die Knie gestützt, klein und breit ne-

ben ihm auf einem Schemel hockte. Eine weiße Kragenspitze stach schräg unter seinem Kinn hervor. Er war müde, seine Augen brannten, und hin und wieder blinzelte er und preßte die Lippen aufeinander, um nicht einzuschlafen.
Karl und Luise fielen in dieser Runde ebenso wie Friedel mit ihrer feinen, städtischen Kleidung auf. Luise war zum erstenmal bei Boetzkes' zu Besuch. Sie hatte Karls Vater nicht mehr kennengelernt. Immer wieder sah sie sich unauffällig in der Küche um und beobachtete mit verhaltenem Interesse das ungewohnte Milieu der Bergarbeiter, dem sie in stiller, begeisterter Neugier zugetan war.
Pauline nahm Franziska vom Schoß und stand auf: »Komm, du gehst jetzt schlafen.« Sie ging mit der Kleinen in die Stube und ließ die Tür angelehnt.
Bruno sah Max an: »Und was is mit dir?«
Max wehrte ab: »Ich bleib bei Großvater.«
Pauline brachte Franziska ins Bett.
»Is Großvater noch im Sarg?« fragte das Mädchen.
»Wo soll er denn sonst sein?«
»Im Himmel, denk ich.«
»Seine Seele ist im Himmel«, sagte Pauline.
»Und was is im Sarg?«
»Sein Körper.«
Franziskas Blick war gedankenverloren auf die Zimmerdecke gerichtet. »Aber wo is denn nun Großvater?«
Pauline deckte sie zu und gab ihr einen Kuß: »Schlaf jetzt und denk an was Schönes.«
Karl war ins Zimmer gekommen, er sah auf das Ehebett seiner Eltern: »Schläfst du jetzt mit Bruno hier?«
»Ja, Käthe schläft nebenan unter der Treppe.«
Sie hatten leise miteinander geredet. Pauline fügte hinzu: »Wir haben uns 'n Neues bestellt.« Sie lächelte. »'n französisches Doppelbett, es wird nächste Woche geliefert.«
Karl sah sich in der Stube um: »Dann geht's euch jedenfalls einigermaßen gut?«
»Ich verdien' jetzt auch was in der Wäscherei«, sagte Pauline. »Bruno hat im Arbeiterausschuß vorgeschlagen, daß sie mehr Lohn fordern soll'n. Der Betriebsführer hat 'n ihnen versprochen.«
Karl wandte sich ihr überrascht zu, während sie fortfuhr: »Dreißig Pfennige mehr pro Schicht, fünfzig wollten sie haben.«
»Und zu wann haben sie euch das versprochen?«

»Zum Februar nach der Wahl.«
»Das hab ich mir gedacht«, sagte Karl, »damit geht Rewandowski auf Stimmenfang.«
»So was hab ich auch schon vermutet«, sagte Pauline. Sie sah ihren Bruder an und senkte dann den Blick, als wenn sie sich schuldig fühlte. Sie gingen in die Küche zurück. Damit sich Franziska nicht fürchtete, hatte Pauline das Licht in der Stube brennen lassen.
Käthe hatte Becher mit heißem Tee auf den Tisch gestellt.
Karl nahm zwei Becher, den einen brachte er Luise, mit dem anderen ging er zu Friedel. Er beugte sich ein wenig zu ihr hinab und legte ihr seine Hand auf die Schulter. »Ich dank dir, Friedel, für die Spende.«
Sie nahm ihm den Becher ab und sah zu ihm hoch. »Ich hoffe, du schaffst es, Karl, für uns alle.«
Karl nickte. »War das alles, was du dir zusammengespart hast?«
Sie gab ihm keine direkte Antwort, sondern sagte nur: »Ich verdien gut bei Madame.«
»Was machst du da?«
Friedel wich seinem Blick aus und starrte wieder auf den Sarg. In einem unerwartet schroffen Ton sagte sie dann: »Alles, was man als Hausmädchen machen muß.«
»Du hast Vater und Käthe die letzten Jahre unterstützt«, sagte Karl, »dafür sind wir dir alle dankbar.«
Friedel begann wieder zu weinen. »Ich bin's nich wert, daß sich jemand bei mir bedankt«, schluchzte sie in ihr Taschentuch.
Karl strich ihr übers Haar, beruhigend, wie einem kleinen Mädchen. Dann wandte er sich von ihr ab und ging zur Treppe, die in die Dachkammer hinaufführte. Er gab Luise einen Wink: »Komm mal mit«, rief er ihr leise zu.
Sie hatte das Geschirr im Regal über dem Herd betrachtet, die Teller aus dickem Porzellan, die Näpfe, Krüge und Becher aus Steingut und die emaillierten Blechtassen, die unter dem Brett in einer Reihe mit den Henkeln an Haken aufgehängt waren.
Luise ging neugierig zu ihm. Karl hatte die Petroleumlampe, die unten auf der Stufe stand, angezündet und stieg mit ihr die Treppe hinauf. Er brauchte die Lampe, weil das Gaslicht nur im Erdgeschoß installiert war.
In der Dachkammer waren die beiden Betten wieder auseinandergerückt. Karl und Luise standen in dem schmalen Gang dazwischen. Sie hatte sich bei ihm eingehakt und an seine Schulter gelehnt. »Hast du hier geschlafen?«

Er nickte und zeigte auf das Bett, über dem Pauline ihre Schutzheiligen an der Wand gelassen hatte, als sie mit Bruno in die Stube hinuntergezogen war. Er zeigte auf das andere Bett. »Hier haben Herbert und Willi geschlafen.«
Neben der Landschaft, die Bruno aufgehängt hatte, klebten noch die Pferdebilder von Willi.
»Willi hat als Pferdejunge angefangen. Er wollte zu den Husaren.«
»War das Willi, den sie beim Streik erschossen haben?« fragte Luise.
»Nein, das war Herbert, der Krüppel. Willi ist im Berg geblieben«, erklärte Karl nüchtern. Er leuchtete den engen, niedrigen Raum ab, bis er fand, wonach er gesucht hatte: Unten, neben der Kommode standen die gerahmten Fotos von Marx und Wilhelm Liebknecht gegen die Wand gelehnt. Karl stellte die Lampe auf den Schemel, der als Nachttisch diente, und beugte sich zu den Fotos hinab. »Die haben sie abgenommen. Ich habe sie mir damals über mein Bett gehängt.« Er lächelte: »Das waren meine Schutzheiligen.«
Luise hatte sich neben ihn gehockt, sie sah ihn zärtlich von der Seite an und zeichnete mit der Fingerspitze die Falten auf seiner gedankenvoll gerunzelten Stirn nach.

Am nächsten Morgen zog der Trauerzug durch die Siedlung. *Ich hatt' einen Kameraden, einen bessern findst du nit* spielte Walter in traurig gedehnten Tönen auf seiner Harmonika, und ein junger Kumpel schlug dazu die Pauke in schwerfälligem Rhythmus. Er machte, um die tragische Wirkung zu erhöhen, zwischen den einzelnen Schlägen derart lange Pausen, daß man den nächsten Schlag schon gar nicht mehr erwartete. Beide Männer trugen ihre Knappenuniformen. Die Frauen aus der Siedlung und auch die Männer, die erst zur Spätschicht einfuhren, hatten sich dem Zug angeschlossen. Hinter dem Sarg ging der Pfarrer, ein junger Mann, der hinter seiner ehrfürchtigen Miene nicht verbergen konnte, daß er zum Gotterbarmen fror, obwohl er sich eine Wolljacke über den Talar gezogen und Ohrenschützer aufgesetzt hatte. Vor der Brust, in den klammgefrorenen Fingern, hielt er ein kleines, schwarzes Kruzifix. Hinter dem Pfarrer ging Käthe, die Witwe, die von Karl und Pauline geführt wurde. Ihnen folgten Friedel und Klaus, und als letzter der Angehörigen kam Bruno, der Angeheiratete, mit den beiden Enkeln Max und Franziska. Luise ging neben ihnen, sie hatte das Mädchen an die Hand genommen. In gebührendem Abstand folgten die engsten Freunde, Egon mit seiner Mutter und dann Erna Stanek, die sich bei Wladislaus, dem Po-

len, eingehakt hatte, mit dem sie schon seit mehreren Jahren zusammenlebte. Er war ein großer, stattlicher Bergmann, sein Blick war rechtschaffen. Bedächtig und abwägend schob er die Lippe unter seinem struppigen, grauen Schnauzer hervor. Er hatte trotz der Kälte seine Joppe aufgeknöpft, so daß man seinen Anzug aus dunkelgrauem Cheviot sehen konnte. Er trug grobe, stabile Lederstiefel. Sein Gang drückte Sicherheit und Selbstvertrauen aus. Erna hatte versucht, ihren üppigen Körper mit einem französischen Gürtel, den sie unter ihrem schwarzen Wollkleid trug, schlank zu halten. Was sie damit jedoch bewirkte, war, daß ihre Körperformen ober- und unterhalb der künstlich verengten Taille nur noch auffälliger zur Geltung kamen. Rocksaum und Manschetten ihres Kleides waren mit Samtborte besetzt und über ihrem Busen hatte sie auf ihr Schultertuch eine Rose aus schwarzer Seide gesteckt. Sie trug ihr Haar in der Mitte gescheitelt, so daß es ihr Gesicht wie ein breites schwarzgraues Band umrahmte. Ihre Lippen waren schmaler geworden, ihr immer noch neugierig herausfordernder Blick schien ins Argwöhnische gebrochen zu sein. Sie wischte sich mit einem kleinen Seidentaschentuch, in das sie ihre Initialen gestickt hatte, Tränen aus den Augenwinkeln, während sie ihrem Begleiter den Binder über seinem Papierkragen zurechtzupfte. Hinter ihr gingen ihre Söhne Martin und Hannes. Sie hatten als Hilfshauer in Brunos Kameradschaft auf der Katharina angelegt und waren tüchtige, schnelle Arbeiter, die gutes Geld zu machen wußten. Sie wohnten in der Menage, weil sie es dort billig hatten und zu Hause kein Platz mehr für sie war, seit ihre Mutter mit dem Pollakken, wie sie Wladislaus nannten, zusammenlebte. Sie waren fast gleich groß, trugen Sportmützen, lange Joppen und kniehohe, hellbraune Rindslederstiefel. Es langweilte sie, sich dem getragenen Schritt des Trauerzuges anpassen zu müssen.
Hannes trat zur Seite und stieß ungeduldig einen lockeren Stein mit dem Fuß nach vorn. Max sah den Stein an sich vorbeirollen und blickte sich wütend nach den beiden um. Er hatte sie an ihren Stiefeln wiedererkannt. Max war sicher, daß es dieselben Stiefel waren, die die beiden vermummten Männer getragen hatten, die im Morgennebel auf der Vogelwiese über ihn hergefallen waren.
Erna bemerkte, wie Martin und Hannes hinter ihr zu zählen anfingen: Eins, zwei, drei und danach jedesmal einen Doppelschritt machten.
»Könnt ihr euch nich mal hier vernünftig benehmen!« rief sie leise.
Die beiden Brüder sahen sich grinsend an, und Martin, der Ältere,

flüsterte ihr zu: »Genierst du dich wegen uns vor deinem Pollacken, Mama?«
Erna wollte wütend etwas erwidern, aber Wladislaus drückte ihren Arm fester an sich und sagte in seinem harten, etwas singenden Tonfall: »Laß sie, hör nich hin, Erna.«
Der Trauerzug hatte das Ende der Siedlung erreicht. Von der Landstraße kam ihm ein offener Motorwagen entgegen, den zwei berittene Gendarmen flankierten. Der knatternde Lärm des Automobils hatte sich schon seit einiger Zeit in den Trauermarsch der Harmonika gemischt, und die Leute, die dem Sarg des alten Boetzkes folgten, neugierig die Hälse recken lassen.
Der Fahrer drosselte den Motor, und die Reiter brachten ihre Pferde vom Galopp in den Trab. Man sah nun, daß Direktor Rewandowski den Wagen persönlich chauffierte. Neben ihm saßen seine Gattin Sylvia und sein Sohn Fritz. Auf dem Rücksitz saß ein Sekretär, an dessen Knien ein großer, aus Tannengrün und weißen Nelken geflochtener Kranz lehnte, um den zwei weiße Seidenschärpen gebunden waren. Die beiden Männer, die den Karren mit dem Sarg zogen, blieben stehen und hielten den Zug an. Rewandowski bremste dicht vor ihnen den Wagen ab, und die Reiter stellten sich zu beiden Seiten des Automobils auf. Die Männer im Trauerzug nahmen ihre Mützen und Hüte ab, nur Karl Boetzkes fühlte sich unabhängig genug, seinen Hut auf dem Kopf zu behalten.
Max hatte Karl beobachtet und wartete ab, wie sich sein Vater verhalten würde. Bruno zögerte einen Augenblick, bevor er sich zu der erwarteten Ehrerbietung vor seinem Direktor entschloß. Max folgte daraufhin widerwillig seinem Beispiel und hielt, wie er es gelernt hatte, seine Mütze vor die Brust.
Der Direktor und sein Sohn stiegen aus dem Wagen, der Sekretär reichte ihnen den Kranz. Rewandowskis Haar hatte die gleiche silbergraue Farbe wie seine Pelzkappe, sein knapper Oberlippenbart glänzte seidenschwarz. Der kühle Ausdruck seiner hellen Augen wurde von einem nachdenklichen Schatten gedämpft, und die scharfen Falten, die sein schmales Gesicht prägten, markierten einen starren, beharrlichen Willen. Seine Frau Sylvia war im Wagen sitzen geblieben, sie sah auf den Sarg und die Witwe hinunter.
Käthe stellte mit einem kurzen Augenaufschlag fest, daß die Gattin des Direktors immer noch eine bewundernswert schöne Frau war, wenn auch die Willkür und spöttische Überlegenheit ihrer jungen Jahre einer zunehmenden Resignation zu weichen schien. Der

schwere Automobilpelz umgab ihren schlanken Körper wie ein fransiger Burgwall.
Fritz war ein knappes Jahr jünger, aber einen guten Kopf größer als der Bergmannssohn Max Kruska. Er hatte die dunklen Augen seiner Mutter, sein Blick war neugierig und mutwillig, aber er war dazu erzogen, eine gelassene Zurückhaltung zu präsentieren, die bei seinem Alter unnatürlich wirkte. Über seinem Matrosenanzug trug er eine gefütterte Lodenpelerine. Er schlug sie wie einen kleinen Feldherrenmantel zur Seite, um sich am Türgriff festzuhalten, als er auf das Trittbrett hinunterstieg.
Die beiden Jungen musterten einander abschätzend, und scheinbar zufällig strich sich Max gerade in diesem Augenblick mit dem Finger den Rotz unter der Nase weg und schleuderte ihn dem Sohn des Direktors vor die Füße.
Fritz wandte sich voller Verachtung ab und rückte seine Matrosenmütze zurecht, auf deren Kokarde in silberblauen Buchstaben S.M.S. VIKTORIA stand.
Rewandowski und sein Sohn reihten sich hinter den Angehörigen des Toten in den Trauerzug ein.
Martin und Hannes nahmen eine Hab-Acht-Haltung ein und riefen: »Ein zackiges Hurra für unsern Herrn Direktor und seine Gemahlin: Hurra!«
Niemand schloß sich ihrem Ruf an, die Männer setzten ihre Mützen und Hüte wieder auf, und der Zug setzte sich erneut in Bewegung.
Mit jedem Menschen, der stirbt, geht eine Welt unter, und mit ihm stirbt seine eigene, einmalige Geschichte, dachte Bruno, und er sann darüber nach, ob die unendlich vielen Geschichten der Toten vielleicht irgendwo gesammelt und aufbewahrt wurden.
GLÜCK AUF! DEM GETREUEN BERGMANN FRIEDRICH BOETZKES – HERNSTEINER STAHL UND KOHLE AG stand in goldener Frakturschrift auf den Schärpen des Kranzes, den Direktor Rewandowski an den Sarg gelehnt hatte. Walter zog Luft in die Harmonika und sagte leise zu dem Kumpel mit der Pauke: »Mann Gottes, da wird Friedrich noch im Grab die Brust schwell'n.«

»Ihr sollt euch die Dinger mal ansehn«, sagte Steiger Marlok. Er führte Bruno und seine Kameradschaft durch die niedrige Strecke, die Männer liefen geduckt unter den neuverlegten Preßluftschläuchen entlang.
»Und warum ausgerechnet wir?« fragte Bruno.

»Wahrscheinlich wolln sie eure Katharina auch damit bestücken«, erwiderte Steiger Marlok. Er machte weite Schritte, und weil er groß war, mußte er den Kopf tief zwischen die Schultern ziehen. Den Steigerstab hielt er wie eine Wünschelrute nach vorn gesenkt. Sie hatten den Ort erreicht, wo die Strecke verbreitert worden war, damit sich die Schlepper mit ihren Wagen ausweichen konnten. Am Stoß waren Maschinenteile, Kabelrollen und Stahlträger gelagert.
»Hier bauen wir 'ne elektrische Seilwinde von der Abbaustrecke bis zum Querschlag«, sagte Marlok.
Martin und Hannes gingen langsamer und blickten interessiert auf die Geräteteile. Hannes glaubte sich als Fachmann auszuweisen, indem er nachfragte: »Alles mit Elektrizität, ja?«
Steiger Marlok nickte. »Die Männer schaffen das nicht mehr weg.«
Rudi, der Schlepper, rückte seine Mütze zurecht, der Steiger schien keine Ahnung zu haben, was er, Rudi Rehwald, wegschleppen konnte, da sollte er mal Bruno fragen.
Marlok sah sich grinsend nach den Männern um. »Habt ihr euren Frack mitgebracht? Wir haben hohen Besuch.«
In der Abbaustrecke, vor der Mathilde, stand der Reviersteiger. Hinter ihm warteten mehrere Hauer aus den Kameradschaften der verschiedenen Flöze.
»Glück auf, Herr Reviersteiger. Hauer Kruska und seine Kameradschaft von der Katharina«, meldete Marlok.
In rascher Folge und militärisch knappem Ton nannten Bruno und seine Männer dem Reviersteiger ihren Namen und die Nummer.
Der Reviersteiger zeigte mit seinem Stock auf Rudi: »Warum haben Sie den Schlepper mitgebracht? Den Mann können wir hier nicht gebrauchen.«
Steiger Marlok erwiderte nichts, er deutete nur eine aufmerksame Haltung an und sagte dann zu Rudi: »Du fährst wieder in die Fünfte rauf.«
Dem Schlepper war seine Enttäuschung anzusehen, aber er wagte nicht, eine Frage zu stellen. Bruno tat es für ihn: »Warum meinen Sie, daß wir den Schlepper nich brauchen?«
»Geh vor Ort«, gab ihm der Reviersteiger zur Antwort und zeigte in den Aufbau. Bruno sah Rudi an, zuckte mit den Schultern und stieg in das Flöz. Martin und Hannes wollten ihm folgen. Der Reviersteiger hielt sie zurück, winkte den Mann heran, der vorn in der Reihe der wartenden Hauer stand, und schickte ihn Bruno hinterher. Dann ließ er Martin gehen, ihm folgte wieder ein Mann aus der Reihe und

schließlich durfte auch Hannes in den Aufhau steigen, der Reviersteiger splitterte die Kameradschaften auf: »Wir wollen hier keinen Skatverein haben«, sagte er.
Das mannshohe, ebene Flöz war von einem Bündel Grubenlampen hell ausgeleuchtet. Parallel zum Kohlestoß zog sich ein knapp meterbreites, wannenförmiges Blechband von der Abbaustrecke bis vor Ort. Die Hauer hatten sich nebeneinander vor dem Band aufgestellt, ihre Blicke waren auf ein Paar blankneue Abbauhämmer gerichtet, die mit Schläuchen an die Preßluftleitung angeschlossen waren. Die fremden Geräte blitzten vielversprechend im Schein der Grubenlichter und lenkten die Aufmerksamkeit der Hauer von den beiden Männern ab, die ihnen in guten Stiefeln und neuem, frisch verrußtem Arbeitszeug gegenüberstanden, ihre Gesichter waren geschwärzt, so daß sie auf den ersten Blick von den Kumpeln nicht erkannt wurden.
Der Reviersteiger, der mit Steiger Marlok vor Ort gekommen war, salutierte, den Stock unter den angewinkelten Arm geklemmt, vor ihnen: »Wir begrüßen unseren Herrn Direktor und den Herrn Betriebsführer mit einem kräftigen Glück auf.«
»Glück auf!« riefen die Kumpel.
Rewandowski trat vor, man erkannte ihn nun an seinem schmalen Oberlippenbart und den hellen Augen, die in auffälligem Kontrast zu seinem schwarzen Gesicht standen und die Hauer kühl und unpersönlich musterten. »Seht euch das an, Männer, das sind mechanische Hämmer, die mit Preßluft betrieben werden«, erklärte er. »Ihr könnt damit in derselben Zeit doppelt soviel Kohle machen wie mit Keilhaue, Eisen und Schlägel.« Er zeigte auf das Blechband. »Und das ist eine Schüttelrutsche, mit der die Kohle automatisch zur Strecke gefördert wird. Nach und nach werden wir die Geräte auch auf den anderen Flözen einführen, die dafür geeignet sind. Ich habe sie für teures Geld angeschafft, um euch die Arbeit zu erleichtern.«
Er nahm einen der beiden Preßlufthämmer in beide Hände, Steiger Marlok griff den anderen: »So, und jetzt paßt auf, sie sind ganz einfach zu bedienen.«
Der Betriebsführer trat an den Schaltkasten, der an einem Stempel befestigt war und drückte den Hebel hinunter. Ein ohrenbetäubendes Rattern setzte ein, und die Schüttelrutsche begann hin- und herzuvibrieren. Gleichzeitig, den Lärm verdoppelnd, stemmten Rewandowski und Steiger Marlok die blitzenden Stahlspitzen der mechanischen Hämmer in den Stoß. Beeindruckt von der scheinbaren Mühelosigkeit, mit der sie die Kohle herausbrachen, und benommen von

dem ungewohnten Lärm, der den niedrigen Ausbau erschütterte, sahen die Kumpel zu, wie die gehauene Kohle auf der Rutsche in ruckartigen Stößen zur Strecke befördert wurde. Rewandowski und Steiger Marlok schalteten die Preßlufthämmer wieder aus. Zu zweit nacheinander traten nun die Hauer an, um sich in die neue Technik einweisen zu lassen, die ihnen die Arbeit erleichtern und gleichzeitig die Produktivität des Unternehmens steigern sollte.
Nachdem sie in Krach und Staub unter der Aufsicht ihres Direktors die Weihe des technischen Fortschrittes empfangen hatten, kehrten Bruno, Martin und Hannes in die stille Katharina zurück. Rudi, der Schlepper, unterbrach seine Arbeit, stützte die Hände auf seine Schaufel und sah ihnen erwartungsvoll entgegen: »Wie war's, Kameraden? Das sind Teufelsdinger, was?«
»Das schafft inner Minute mehr weg als'n Dutzend von solchen Heringen wie du inner Stunde«, sagte Hannes.
»Mir dröhnt's immer noch in den Ohren«, sagte Martin, »aber man kann ungeheure Kohle machen.«
Bruno schwieg. Rudi wollte auch seine Meinung hören, er setzte bei ihm die gleiche Begeisterung voraus, wie sie die beiden jungen Hauer gezeigt hatten und fragte: »Hat's dir die Sprache verschlagen?«
»Na ja«, fand sich Bruno schließlich zu einer Äußerung bereit, »du mußt dir das so vorstell'n: Du hockst inner Reihe wie beim Barras und läßt dir von den Dingern die Knochen durchrütteln, und dabei bedienst du nur noch diese verdammte Rutsche. Da gibt's keine Kameradschaften mehr, da haben sie dich dauernd unter Kontrolle, und du kannst dir deine Arbeit nich mehr einteiln.«
Hannes nahm seine Keilhaue, er wog den verrußten Holzgriff abfällig in den Händen, sie kam ihm altmodisch und unpraktisch vor. »Du bist schon zu alt für den Fortschritt, Bruno, das isses«, sagte er.
Die Schicht war zu Ende, einzeln oder in kleinen Gruppen kamen die Kumpels aus der Kaue und gingen über den Hof zum Tor. Um sich gegen den kalten Wind zu schützen, schlugen sie die Jackenkragen hoch, knoteten ihre Schals fester und steckten die Hände in die Hosentaschen.
Hinter dem Mauervorsprung am niedrigen Anbau der Magazinhalle stand Steiger Marlok im Windschatten und sah den Männern entgegen. Er wartete, bis er Bruno kommen sah, und rief ihn zu sich heran: »Du sollst zum Betriebsführer kommen.«
Bruno knöpfte die Aufschläge seiner Joppe unter dem Kinn zu. »Was will er von mir?« fragte er.

»Keine Ahnung«, sagte Marlok. »Haste was angestellt?«
Bruno schüttelte den Kopf, seine Augenränder und die Falten in seinem Gesicht zeigten noch Spuren vom Kohleruß. Er ging über den Hof zurück, Steiger Marlok schloß sich ihm an.
»Ich kenn den Weg«, sagte Bruno.
»Das weiß ich«, erwiderte Marlok, »aber ich soll dich persönlich bei ihm abgeben.« Er sah sich über die Schulter um, denn er wollte sicher sein, daß sie von niemandem beobachtet wurden. Dann zog er ein Schreibheft, das in Wachspapier eingeschlagen war, aus der Westentasche und steckte es Bruno mit einer unauffälligen Bewegung aus dem Handgelenk zu: »Hier, für die Schule. Das ist meine alte Arbeit über Bergbaugeschichte.«
Bruno nahm ihm das Heft ab und schob es unter das Futter seiner Joppe: »Danke, ich kann's gebrauchen.«
Marlok lächelte. »Dafür habe ich ein Sehrgut bekomm.«
Sie liefen, die Köpfe gegen den Wind gesenkt, nebeneinander auf das neuerbaute Verwaltungsgebäude zu, dessen hellgelbe Ziegel zwischen den breiten Rundbogenfenstern noch kaum von Ruß und Staub verschmutzt waren.
Steiger Marlok sagte leise: »Wenn du mal deinen Schwager zu sprechen kriegst, dann bestell ihm, daß wir jetzt hier auf unserem Revier drei organisierte Steiger sind. Wir werden bei den Kameradschaften für ihn Propaganda machen. Aber wir müssen vorsichtig sein, auf Victoria haben sie zwei von uns sofort gefeuert, als herausgekommen ist, daß sie organisiert waren.«
Inzwischen hatten sie das Gebäude erreicht und stiegen im Treppenhaus über die breiten Steinstufen in den ersten Stock hinauf. Die Bürotür hatte zwei ovale Fenster aus Mattglas, in das ein Kreis mit gekreuztem Schlägel und Eisen eingeschliffen war. Bruno nahm seine Mütze und Steiger Marlok seinen Hut ab, er zwinkerte Bruno zu, klopfte gegen die Scheibe und öffnete die Tür.
Das erste, was Bruno sah, als sie das Brüo betraten, war ein großes, dunkel gerahmtes Ölgemälde, das die alte Schachtanlage der Zeche Siegfried im klaren Abendlicht und umgeben von noch unberührter Natur darstellte. Darunter saß Pauline auf einem Stuhl, sie zupfte nervös an den Fransen von ihrem Schultertuch. Auf dem Parkettboden vor ihren Füßen stand ein leerer Korb. Neben ihr hatte sich der Reviersteiger wie ein Wachsoldat aufgestellt.
Bergassessor Löwitsch, der seit einem knappen Jahr an Stelle seines verstorbenen Vorgängers das Amt des Betriebsführers einnahm, saß

hinter seinem Schreibtisch, Pauline und dem Reviersteiger schräg gegenüber. Er hatte die Ellenbogen auf die Armlehnen seines Arbeitssessels gestützt, sein Anzug aus dickem, weichen Flanell war bequem geschnitten. Sein Gesicht war bartlos, über Mundwinkel und Augenbraue der einen Gesichtshälfte trug er Säbelnarben, die er sich auf verschiedenen studentischen Paukböden geholt hatte. Auch Assessor Löwitsch war, ebenso wie der Reviersteiger, etliche Jahre jünger als Bruno.

Pauline sah ihren Mann mit einem Ausdruck von Trotz und schlechtem Gewissen an. Noch bevor er sich beim Betriebsführer meldete, fragte Bruno: »Was is passiert, Pauline?«

Sie senkte den Kopf und gab ihm keine Antwort.

Marlock nahm Haltung an. »Hauer Kruska, Herr Betriebsführer.«

Löwitsch nickte nur, und der Reviersteiger sagte: »Sie können gehen.«

Steiger Marlok sah kurz zu Pauline hinüber und verließ das Büro.

Bruno wandte sich nun dem Betriebsführer zu. »Hauer Kruska vom Flöz Katharina.«

Assessor Löwitsch beobachtete ihn, sagte aber nichts. Er überließ die Fragen seinem Reviersteiger, der mit seinem Stock auf Pauline zeigte. »Das ist deine Frau, nicht wahr?«

Bruno antwortete ihm nicht, er sah Pauline an. Der Reviersteiger wiederholte, wobei er ein wenig die Stimme hob: »Ist sie deine Frau?«

»Jawohl, Herr Reviersteiger.«

»Sie wollte dir die Schlüssel bringen.« Ein ironisches Lächeln schob den Schnauzer des Reviersteigers schräg nach oben. »Aber heute ist es windig, und da sind ihr auf der Hängebank ein paar Zettel aus dem Korb geweht.« Er strich behutsam mit dem Stock über einen Stapel leuchtend roter Zettel, der neben ihm auf dem Arbeitstisch lag. »Lies uns das vor.«

Bruno sah erst ihn und dann Pauline fragend an. Er trat an den Tisch, klemmte seine Mütze unter den Arm, nahm einen Zettel vom Stapel und begann zu lesen.

»Lies es laut«, forderte ihn der Reviersteiger auf.

»Arbeiter wählt eure Partei, die...« Bruno mußte husten, »die SPD. Gegen das Wettrüsten. Keinen Pfennig mehr für Kanonen.«

»Das genügt«, unterbrach ihn der Reviersteiger. »Hast du was davon gewußt, daß sie versucht hat, mit diesem Zeug hier deine Kameraden aufzuhetzen?«

»Er hat nichts gewußt«, rief Pauline. »Das hab ich doch schon ein paarmal gesagt.«

»Du redest, wenn du gefragt wirst«, wies sie der Reviersteiger zurecht. Er sah Bruno streng an.

Bruno hielt seinem Blick stand und blieb stumm.

»Sag's ihnen doch, daß du nichts davon gewußt hast«, rief Pauline wieder.

Bruno schwieg.

Jetzt beugte sich Bergassessor Löwitsch auf seinem Sessel vor. »Du besuchst die Bergschule?« fragte er Bruno in einem ruhigen, beinahe freundlichen Ton.

»Jawohl, Herr Betriebsführer.«

»Wie lange?«

»Seit einem halben Jahr, Herr Betriebsführer.«

Löwitsch lehnte sich wieder zurück: »Du kannst dir denken, daß wir nicht daran interessiert sind, Männer auszubilden, die ihr Vaterland an die rote Internationale ausliefern wollen.«

»Das weiß ich«, sagte Bruno.

»Der Kandidat Boetzkes ist dein Schwager, nicht wahr?«

»Jawohl, Herr Betriebsführer.«

Der Betriebsführer deutete mit einer Handbewegung auf Pauline und dann auf Bruno: »Seid ihr Parteimitglieder?«

»Nein, Herr Betriebsführer.«

Löwitsch sah mit einem Seitenblick auf den Siegelring am Finger seiner Hand, die auf der Armlehne ruhte: »Du bist damals noch zusammen mit unserem Herrn Direktor eingefahren?«

»Jawohl.«

»Hast du mal darüber nachgedacht, daß sich unser Herr Direktor vor allem deswegen als Kandidat für den Reichstag aufstellen lassen hat, weil er dem Kaiser und den Abgeordneten in Berlin die Ohren öffnen will für die Sorgen und Bedürfnisse der Bergarbeiter?«

Pauline sah Bruno an, sie war auf seine Artwort gespannt.

»Das habe ich in der Zeitung gelesen, Herr Betriebsführer«, erwiderte er.

Der Assessor prüfte ihn mit einem langanhaltenden Blick. »Ihr könnt jetzt gehen«, sagte er schließlich.

Pauline stand rasch auf, nahm den leeren Korb und ging zu ihrem Mann.

Der Reviersteiger glaubte sich noch die Bemerkung schuldig zu sein: »Und paß besser auf deine Frau auf.«

Bruno war schon an der Tür und drehte sich noch einmal nach ihm um. »Meine Frau ist nicht mein Kind, Herr Reviersteiger, sie weiß allein, was sie tut.« Er wandte sich mit einer aufmerksamen Haltung Löwitsch zu: »Glück auf, Herr Betriebsführer.«
Der Wind heulte in den Stahlträgern des Förderturms und drückte den Qualm aus der Kokerei über das Dach der Maschinenhalle in den Hof hinunter.
»Ich wollt dich nich mit reinzieh'n«, sagte Pauline. Sie hielt ihr Tuch, das sie sich über Kopf und Schultern gelegt hatte, vor der Brust zusammen. Sie hatte sich bei Bruno eingehakt, ging geduckt und suchte hinter seiner Schulter Schutz. An ihrem Arm hing der leere Korb.
»Hat dir das Karl gesagt?« fragte Bruno.
»Was?«
»Daß du die Zettel auf 'm Pütt verteilen sollst?«
Pauline schüttelte den Kopf: »Nein, das hab ich von mir aus gemacht. Er traut sich ja nich, was für sich zu unternehm.«
Sie gingen durch das Tor der Zeche auf die Straße hinaus. Paulines Lächeln war kaum zu bemerken, weil sie im Wind die Lippen zusammengepreßt und die Nase kraus gezogen hatte. »Sie haben heute morgen unser Bett geliefert.«

Das Areal zur Waffenerprobung der Hernsteiner Stahl und Kohle AG, das von den Bewohnern der umliegenden Dörfer und Siedlungen einfach der Schießplatz genannt wurde, war ein weites Gelände, zum Teil mit Gras und Büschen bewachsen, zum Teil mit sandigen, unebenen Flächen bedeckt, das zum Landbesitz derer von Kampen gehörte und früher als bevorzugtes Revier für die Hasen- und Fasanenjagd genutzt worden war. An seinem südlichen Ende, das von einem Buchenwald begrenzt wurde, war in der Form eines offenen Rechteckes ein hoher Sandwall aufgeschüttet. Auf dem inneren Feld standen Ziegelmauern und Stahlwände verschiedener Größe und Stärke, an denen man die Durchschlagskraft der Geschosse erprobte. Über das gesamte Gebiet, das von Mauern und Stacheldrahtzäunen gesichert war, lagen kleine Beobachtungsbunker und Unterstände verstreut. Es gab auch immer noch Hasen auf dem Gelände, die sich, von der Jagd verschont, in dem gelegentlichen Krachen und dem Splitterregen der Explosionen eingerichtet und offensichtlich sogar noch reichlich vermehrt hatten.
Unter der Anleitung von zwei Werkmeistern und einem Ingenieur brachten mehrere Gruppen Arbeiter mit Hilfe von schweren Zugpfer-

den verschiedene Feldartilleriegeschütze und Haubitzen vor einer Aussichtstribüne in Stellung. Obwohl die Arbeiter und Vorarbeiter, abgesehen von einigen Soldatenkappen, zivile Kleidung trugen, erinnerten die Organisation und der Ablauf der Arbeit eher an eine militärische Übung. Den Mantelkragen hochgeschlagen, die Hände in die Ärmel gesteckt, eine schwere Pelzmütze auf dem Kopf, unter der sein Gesicht blaß und schmal hervorsah, beobachtete Direktor von Schlöndorff von der Tribüne aus, wie die neuen Geschütze, die noch ohne Tarnanstrich waren, für das Probefeuern in Position gebracht wurden. Mit selbstgefälligem Interesse sah er auf das blanke Kriegsgerät, als hätte er jedes Stück persönlich entworfen und gearbeitet. Doch das Gefühl von erhabenem Stolz, das ihn bei diesem Anblick erfüllte, wurde ärgerlicherweise durch den kalten Ostwind getrübt, dem er auf diesem elenden Gelände, das er haßte, fortwährend ausgesetzt war.
»Wo haben Sie die Null-Vier?« fragte er in einem mißgelaunten Ton den Ingenieur, der neben ihm stand und den Männern Anweisungen gab.
»Von der Null-Vier haben wir nur den Prototyp, den sollten wir nicht rausbringen«, erwiderte der Ingenieur.
Von Schlöndorff gab ihm mit einem verärgerten Kopfnicken recht: »Wir brauchen unbedingt das zweite Stück, bis die Herren aus Berlin kommen, prägen Sie sich das ein.«
»Wir werden alles versuchen, Herr Direktor.«
Sie sahen sich um, als sie Motorengeräusch hörten, das immer wieder kurz und hochtourig aufheulte. Rewandowski war mit seinem Wagen auf das Gelände gefahren und im Mahlsand steckengeblieben. Von Schlöndorff kümmerte sich nicht um ihn, er sah wieder zu den Geschützen hinunter und fragte den Ingenieur: »Womit werden Sie feuern?«
»Mit Brisanzgranaten und Bodenkammerschrapnells.«
Von Schlöndorff steckte sein zartes, glattrasiertes Kinn in den Mantelaufschlag und zog fröstelnd die Schultern hoch. »Vor unseren Offizieren werden Sie nur mit Schrapnells schießen.«
»Jawohl«, sagte der Ingenieur, obwohl er den Grund für diese Beschränkung nicht einsah. Er wagte es schließlich, sich zu erkundigen: »Darf ich fragen, warum? Die Brisanzgranaten haben wir speziell für unsere Artillerie entwickelt.«
Inzwischen war Rewandowski aus dem Wagen gestiegen, hatte sich über den Sitz gebeugt und drückte ungeduldig auf die Hupe. Von

Schlöndorff bequemte sich schließlich, ihm Hilfe zukommen zu lassen. Er stieg mit dem Ingenieur von der Tribüne herunter und sagte dabei: »Die Brisanzgranaten verkaufen wir an die Engländer. Ich verlasse mich auf Ihre Diskretion.«

Dann zeigte er auf ein Pferdegespann, das gerade von der Haubitze abgekoppelt wurde. »Lassen Sie die Pferde zum Wagen rüberbringen und holen Sie Direktor Rewandowski da raus.«

Der Ingenieur ließ sich seine Überraschung nicht anmerken. Er gab die Anweisung an den Vorarbeiter weiter, während von Schlöndorff die Hände aus den Ärmeln zog und sich widerwillig auf den Weg zu dem steckengebliebenen Automobil machte. Rewandowski hatte sich einen Stumpen angezündet und sich abwartend gegen den Kühler gelehnt. Er trug einen schweren, gummierten Wettermantel und hatte seine Schutzbrille über seine Lederhaube hochgeschoben.

Er sah in dem Direktor des neuen Stahlwerkes, der jetzt auf ihn zukam, um ihn zu begrüßen, einen Günstling seines Schwiegervaters, den er für arrogant und unfähig hielt, der aber eine gewisse Leidenschaft mit dem alten von Kampen teilte.

Von Schlöndorff dagegen hielt Rewandowski für einen rücksichtslosen, unkultivierten Aufsteiger, der seine Position als Präsident des Konzerns seiner Ehe mit Sylvia von Kampen zu verdanken hatte.

Von Kampen selbst hatte sich weitgehend aus dem Geschäftsleben zurückgezogen und ging seinen speziellen Neigungen nach, denen er sich mit zunehmendem Alter immer offener hingab, und seine sogenannten Sokrates-Abende, an denen manchmal auch einflußreiche Offiziere vom kaiserlichen Hof teilnahmen, hatten in den entsprechenden Kreisen einen besonderen Ruf. Durch Intrigen und gelegentliche Alleingänge in seinen Beschlüssen verstand es von Kampen aber, seinen Einfluß im Vorstand der Gesellschaft weiterhin zu sichern.

»Wenn Sie auf den Platz kommen, würde ich Ihnen doch besser die Kutsche empfehlen«, bemerkte von Schlöndorff, als er zu Rewandowski trat.

Der Direktor der Zeche Siegfried ignorierte diesen Hinweis. Er steckte den Stumpen zwischen die Zähne und zog seine Lederhandschuhe an. »Klappt unsere Generalprobe?«

»Ausgezeichnet, nur die Null-Vierer fehlt noch«, sagte von Schlöndorff. Sie sahen zu den Geschützen hinüber.

Zwei Arbeiter kamen mit den Pferden, sie nahmen ihre Mützen ab und grüßten Rewandowski.

Er nickte ihnen zu: »Seid vorsichtig.«
Von Schlöndorff sagte in gedämpftem Ton: »Sie haben der Belegschaft auf Siegfried einen Lohnzuschlag nach der Wahl zugesagt?«
Rewandowski gab den Arbeitern Anweisungen, wo sie das Abschleppgeschirr an seinem Wagen befestigen sollten. »Haben Sie das mit dem Bergbauverein abgesprochen?« fragte von Schlöndorff.
»Nein. Aber wir sind nicht die einzigen.« Rewandowski kletterte auf den Fahrersitz, um den Wagen in der Spur zu halten. »Vorwärts Marsch!« rief er den Arbeitern zu.
Einer der Männer führte die Pferde am Zügel, der andere knallte mit der Peitsche. Von Schlöndorff schlug frierend die Absätze seiner Schnürstiefel aus feinem Chevreauxleder aneinander und sah zu, wie die kräftigen, plumpen Tiere das elegante Kabriolett aus dem Mahlsand auf den befestigten Weg zurückzogen.
Rewandowski zog die Bremse fest, stieg aus und ging mit dem jungen Direktor des Stahlwerkes zu Fuß zu den Geschützen. »Ich verstehe nicht, warum Sie sich ausgerechnet im Revier für den Reichstag wählen lassen wollen«, sagte von Schlöndorff. »Ich weiß nicht, ob es für unsere Gesellschaft, die Sie schließlich repräsentieren, besonders nützlich ist, wenn Sie sich hier mit einem ehemaligen Bergmann messen. Das sollten Sie besser irgendeinem nationalliberalen Bürgermeister oder einem Schullehrer des Zentrums überlassen.«
Rewandowski nahm den Stumpen aus dem Mund. »Ich danke Ihnen für Ihre Ratschläge, von Schlöndorff. Ich kann Sie beruhigen: Sie sind damit derselben Meinung wie mein Schwiegervater und die Herren vom Aufsichtsrat.« Er zeigte mit der Zigarre auf eine Haubitze, die in der Mitte der Geschützreihe eine Art Ehrenplatz erhalten hatte. »Ist das die neue Null-Zwo?«

Bruno und Max traten aus dem Haus, es war ein wolkenloser, frostig roter Morgen. Bruno hatte die Hände in die Taschen seiner Joppe gesteckt und einen zusammengefalteten Leinenbeutel mit Büchern und Schreibheften für die Bergschule unter den Arm geklemmt. Max trug seinen Schulranzen auf dem Rücken. Sie zogen ihre Mützen über die Ohren und die Schals über das Kinn.
»Sieh dir das an«, sagte Max zu seinem Vater.
Bruno kniff die Augen zusammen, die noch vom Schlaf verquollen waren. An jedem Haus in der Siedlung klebte ein Plakat neben der Tür, es war fast so groß wie die Stubenfenster und zeigte ein forsch gezeichnetes Brustbild von Direktor Rewandowski, sein Gesicht über

dem steifen Kragen hatte einen energischen Ausdruck, sein Blick war nachdenklich in die Ferne gerichtet. FORTSCHRITT UND SOZIALE SICHERHEIT – ALFRED REWANDOWSKI stand darunter, es folgte eine Einladung zur Grundsteinlegung der neuen Werkssiedlung am kommenden Sonntag bei Freibier und Erbsensuppe.
Max versuchte das Plakat an ihrem Haus vom Mauerwerk zu reißen.
Bruno sah ihm noch halb im Schlaf zu. Er hustete und spuckte aus. »Komm, wir sind spät dran heute morgen.«
Max sah grimmig auf den entschlossen blickenden Rewandowski, der sie durch die Siedlung begleitete.
»Da kannste nichts machen«, sagte Bruno. »Wir müssen 'n Schritt zulegen, ich schaff mein Zug nich.«
Für gewöhnlich mußte Bruno an den Tagen, an denen sie gemeinsam zur Schule gingen, am Morgen auf Max warten, dem es schwerer fiel, aus dem Bett zu kommen. Bruno war es von der Frühschicht gewohnt, zeitig aufzustehen. Aber an diesem Morgen war es umgekehrt gewesen, Max hatte seinen Vater wecken müssen. Dafür gab es einen Grund, von dem Max eine gewisse Ahnung hatte, weshalb er verständnisvoll schon einen Becher heißen Tee auf den Küchentisch bereitgestellt hatte, als Bruno verspätet und noch müde aus der Schlafstube getaumelt kam. In der Nacht hatten seine Eltern ihr neues Ehebett eingeweiht.
Bruno hatte am Abend allein auf der weichgefederten Matratze gesessen, ein Buch mit dem Titel *Die Entstehung der Kohle* auf den Knien, während Pauline im Zimmer stand und das Bett mit wohlgefälligem Blick betrachtete. Bruno wollte sich noch für den Unterricht vorbereiten, aber es fiel ihm schwer, sich auf Sätze wie ›Die Ursache der Eintiefung ist aber vor allem die gebirgsbildende Faltung‹ zu konzentrieren. »Nun komm doch«, sagte er.
Pauline winkte abwehrend mit den Händen. Sie trug ein Nachthemd mit kurzen, gerüschten Ärmeln. »Warte doch mal, von hier aus kann man's besser sehen, als wenn man drin liegt.«
Bruno lachte. »Is doch nich zum Angucken, sondern zum Schlafen.«
Pauline ging zur Decke, die vor Franziskas Bett gehängt war, um nachzusehen, ob ihre Tochter schlief. Das Mädchen lag zusammengekauert mit dem Gesicht zur Wand unter ihrem Federbett verborgen. Dann kam Pauline zurück, faßte ihr Nachthemd mit den Fingerspitzen, zog es über die Knie hoch und kniete sich vor Bruno auf das Bett. »Heute müssen wir was ganz Verrücktes machen«, sie zog die Augen schmal, lächelte und flüsterte, »was Schweinisches.«

Aus unerklärlichen Gründen erinnerte sich Bruno plötzlich seiner Pflicht. »Ich muß mir aber noch 'n paar Seiten durchlesen«, sagte er, »wir schreiben morgen 'ne Arbeit.«
Pauline hatte ihm nicht zugehört. »Die Lotte bei uns in der Wäscherei, die hat mal 'n Buch mitgebracht von einem Franzosen. Da hat's ein Dienstmädchen mit zwei Kerlen gemacht, mit dem gnädigen Herrn und seinem Sohn. Der gnädige Herr hat ihr...«
Bruno hatte das Buch zugeklappt und Pauline zu sich heruntergezogen.
Er ging schweigend neben Max. Am Bahndamm mußten sie sich trennen.
»Drück mir die Daumen«, sagte Bruno, »wir schreiben heute 'ne Arbeit in Geologie.« Er tippte an den Schirm seiner Mütze und lief durch die Unterführung zum Bahnhof. Max ging den Weg weiter, bis er auf die asphaltierte Chaussee kam, die oberhalb der Uferböschung am Kanal entlangführte. Als er sich etwa auf der Höhe der alten Glaserei befand, überholte ihn wieder, wie an jedem Morgen, der leichte zweirädrige Einspänner, hinter dem Fritz Rewandowski, der Sohn des Direktors, tief vornübergebeugt in die Pedalen seines Rennrades trat. Seine Hände steckten in gefütterten Handschuhen und umklammerten die Griffe der Lenkstange. Er trug einen Rollkragensweater, enge Trikothosen, Wickelgamaschen und Sportschuhe. Seine Mütze hatte er verkehrt herum mit dem Schirm im Nacken aufgesetzt. Im Rhythmus seines Atems stieß er in kurzen Abständen kleine, weiße Dampffahnen aus. Der Kutscher blickte in einen offensichtlich zu diesem Zweck an den Haltegriff montierten Spiegel, in dem er den Jungen im Auge behalten konnte, ohne sich nach ihm umdrehen zu müssen: »Soll ich was zugeben, junger Herr?«
Fritz rief mit einer angestrengt schrillen Stimme: »Jawohl, Attacke! Attacke!«
Der Kutscher streifte das Pferd mit der Peitsche und beschleunigte den Trab. Der Junge hielt mit. Als er hinter der Kutsche an Max vorbeistrampelte, warf er ihm einen kurzen Blick durch seine große Schutzbrille zu, dann beugte er sich noch tiefer über die Lenkstange, hob zum Spurt das Hinterteil vom Sattel und rief wieder zum Kutscher: »Attacke! Attacke!«
Max zog seine Mütze in die Stirn und beachtete ihn nicht. Er sah, wie ein Lastautomobil, das sich durch sein Motorengeräusch schon seit einiger Zeit angekündigt hattte, in schneller Fahrt herankam. Der Fahrer hupte und brauste, ohne den Wagen abzubremsen, an ihnen vor-

bei. Das Pferd scheute, es versuchte auszubrechen, aber der Kutscher riß die Zügel zurück, so daß es sich aufbäumte und zitternd stehenblieb. Fritz konnte der plötzlich verlangsamten Kutsche noch ausweichen, aber er fuhr zu schnell, um das Rad wieder gegenlenken zu können und rollte über den Straßenrand, die Böschung hinunter.
»Spring ab«, schrie Max unwillkürlich.
Ob es sein eigener Instinkt war oder ob er nur den Zuruf von Max befolgte, war später nicht zu klären, jedenfalls ließ sich Fritz vom Rad fallen, überschlug sich ein paarmal und rutschte auf dem Bauch über die vereiste Böschung. Vergeblich suchte er an den Pflastersteinen einen Halt. Er glitt über die Uferkante und tauchte im Wasser unter.
Max war ihm hinterhergerannt. Im Laufen hatte er seinen Schulranzen abgeworfen.
Fritz tauchte wieder auf, er konnte nichts mehr sehen, weil sich seine Schutzbrille mit Wasser gefüllt hatte. Neben ihm versank sein Rad, seine Mütze wurde von der Strömung fortgetrieben.
Max stemmte die Füße gegen die Böschung, beugte sich hinunter und hielt Fritz am Handgelenk fest, so daß er aus dem Wasser klettern konnte.
Fritz riß sich die Brille vom Gesicht und blinzelte Max mit nassen Wimpern benommen an, steif und breitbeinig stand er in seiner wasserschweren Kleidung vor ihm. Er zitterte.
»Runter mit dem nassen Zeug, bevor's festfriert«, sagte Max. Er sah, daß Fritz den rechten Arm leicht angewinkelt hielt und schmerzhaft das Gesicht verzog, wenn er ihn bewegen wollte. Max half ihm, den Sweater und das Trikot auszuziehen, dann bückte er sich, zog ihm die durchnäßten Schuhe und Socken aus und wickelte die Gamaschen von den Waden. Fritz wehrte sich mit einer energischen Handbewegung dagegen, daß ihm Max auch noch die Hosen auszog.
»Großer Gott!« hörten sie den Kutscher rufen, der jetzt die Uferböschung herabgelaufen kam, er ruderte aufgeregt mit den Armen, um sich auf dem glatten, steilen Boden im Gleichgewicht zu halten. »Großer Gott!« rief er wieder, er vergaß spontan die förmliche Anrede und stammelte nur: »Mein Junge, mein Junge.« Er zog seinen Pelzmantel aus und warf ihn Fritz über, der wieder das Gesicht verzog. »Hast du dir was gebrochen?« Und in seinem Eifer, dem Jungen zu helfen, setzte er ihm auch noch seinen Hut auf, der Fritz bis über die Ohren rutschte. Dann bückte er sich und rieb mit den Händen die Füße seines jungen Herrn warm. Max band seinen Schal ab, wickelte ihn um den verletzten Arm, legte ihn in einer Schlaufe Fritz um den Hals und

band ihn am Handgelenk fest, er tat es mit raschen geübten Griffen. Fritz sah ihm dabei zu: »Wo hast du das gelernt?«
»Von mei'm Vater«, sagte Max.
»War dein Vater Soldat?«
»Ich glaube«, sagte Max, »früher mal. So was lernt ein guter Bergmann, damit er vor Ort helfen kann.«
»Wie heißt du?«
»Max Kruska.«
Der Verband saß, Max zeigte auf den Kanal und grinste: »Schade um dein Rad.«
Fritz zuckte mit den Schultern: »Ich bekomme ein neues.«
Er wollte sich mit militärischem Gruß von Max verabschieden und legte die Hand des gesunden Arms an die Schläfe. Dabei stieß er mit den Fingern an die Hutkrempe. Er hob den Hut vom Kopf und gab ihm den Kutscher zurück. »Das ist nicht nötig, Franz«, sagte er. Er grüßte noch einmal. Eingehüllt in den mächtigen Kutscherpelz, dessen Saum sich zu seinen Füßen auf dem Pflaster ausbreitete, den angewinkelten Arm in der behelfsmäßigen Binde, gab er sich den Anschein eines verwundeten Feldherrn.
Der Kutscher nahm ihn auf den Arm und trug ihn die Böschung hinauf. »Gott vergelte dir das, Max«, sagte er.
Fritz strampelte mit den Beinen. »Laß mich los!« rief er, »ich kann allein gehen!« Seine Lippen waren blaugefroren, und er klapperte so laut mit den Zähnen, daß es Max noch in einigen Metern Abstand hören konnte.
»Du holst dir doch den Tod, junger Herr«, versuchte ihn der Kutscher zu beruhigen.
»Laß mich runter! Laß mich runter!« schrie Fritz.
Max wartete, bis die Kutsche außer Sichtweite war, dann kniete er sich an den Uferrand und suchte nach dem versunkenne Rennrad, Das trübe, verschmutzte Wasser wurde aber schon in geringer Tiefe undurchsichtig.
Er kam zu spät in die Schule, auf dem Flur hörte er durch die Klassentür schon den Morgengesang. Er blieb stehen und sah aus dem Fenster, er dachte an das Rennrad, das wie ein verborgener Schatz auf dem Grund des Kanals lag, und er entwarf in der Vorstellung alle möglichen Vorrichtungen, mit denen er es orten und an Land bringen wollte. Seit heute morgen fühlte er sich als Besitzer eines leichten Viergangstraßenrenners mit Rennpedalen und Vorbaulenkstange, den er im Augenblick nur noch nicht zur Verfügung hatte. Wenn es

Sommer gewesen wäre, hätte er versucht, bis auf den Grund des Kanals zu tauchen. Max klopfte an die Tür und öffnete sie. Die Schüler hatten sich in Viererreihe neben ihren Schulbänken aufgestellt, ihre Hosen und Jacken waren abgetragen und vielfach ausgebessert, aber sauber und in ordentlichem Zustand. Ihr Haar war kurz geschnitten. Die Jungen der Kleinbauern und Landarbeiter fielen durch ihre kahlgeschorenen Hinterköpfe auf. Trotz ihrer jungen Jahre waren viele Gesichter schon von Not und hoffnungsloser Armut abgestumpft. Die Schüler sangen:

Nicht in Worten nur und Liedern ist mein Herz zu Dank bereit.

Der Schulmeister dirigierte sie mit dem Rohrstock, er brach den Gesang ab und drehte sich nach Max um, der an der Tür stehengeblieben war und Haltung angenommen hatte.
»Wo kommst du jetzt her?« Der Schulmeister drückte sein Doppelkinn auf dem enggebundenen Papierkragen breit und sah Max gebieterisch über seinen Kneifer hinweg an.
Max antwortete ihm nicht.
»Ich habe dich etwas gefragt. Du hast rumgebummelt, habe ich recht? Komm mal her.«
Max trat vor ihn hin, blieb aber stumm. Der Lehrer zog ihm das Ohr lang: »Willst du, daß ich dir einen Tadel eintrage, oder möchtest du lieber, daß ich dir drei kleine Husaren verpasse?«
»Drei kleine Husaren, Herr Lehrer.«
Max bekam für die Entscheidung von seinen Mitschülern Beifall. »Jawoll, Max, jawoll!« riefen sie.
»Ruhe!« schrie der Schulmeister. Er verzog seinen schmalen Mund ein wenig und sagte zu Max: »Dann zeig mal die Händchen her.«
Max stellte seinen Ranzen ab und hielt dem Schulmeister die Handteller hin. In der Absicht, den anderen Schülern das kleine Schauspiel ausgiebig vorzuführen, ließ sich der Schulmeister Zeit. Er hob den Stock, wartete aber noch und sah Max lauernd an. Dann schlug er ihm blitzschnell über die Finger, dreimal hintereinander. Max kniff die Lippen zusammen, rieb die Hände an den Hosenbeinen und strampelte vor Schmerz, aber er gab keinen Laut von sich, wofür er von den Jungen diesmal mit Bravo-Rufen belohnt wurde.
»Stell dich in die Ecke«, forderte ihn der Lehrer auf, »und dann singst du uns die dritte Strophe allein vor.«
Max ging zur Ecke neben dem Fenster, laut und schnell sang er gegen die Wand:

Treue, Liebe bis zum Grabe
schwör' ich dir mit Herz und Hand,
was ich bin, und was ich habe,
dank' ich dir, mein Vaterland.

Der Schulmeister hatte ihm mit den Händen auf dem Rücken zugehört, er nickte anerkennend. »Geh auf deinen Platz.«
Er dirigierte die letzte Strophe wieder mit dem Stock:

In der Freude wie im Leide
ruf ich's Freund und Feinden zu:
ewig sind vereint wir beide,
und mein Trost, mein Glück bist du.

Währenddessen flüsterte Max seinem Nachbarn zu: »Wenn er mich so blöd fragt, sag ich ihm kein Wort.« Er neigte den Kopf zur Seite und sah an seinem Vordermann vorbei, und als er sicher war, daß der Schulmeister nicht auf ihn achtete, fügte er leise hinzu: »Ich hab vorhin dem Jungen von unserm Direktor das Leben gerettet.«
Auch Bruno kam an diesem Morgen zu spät in die Bergschule. Der Pförtner hatte seine Uhr aus der Westentasche gezogen und mit einem strengen Blick die Zeit abgelesen, als Bruno an ihm vorbeigehastet war. Obwohl er sich trotz seiner Eile Mühe gab, leise aufzutreten, hörte Bruno das Klappern seiner Holzschuhe immer noch peinlich laut in dem stillen Treppenhaus widerhallen. Im Klassenraum saßen die Männer schweigend über ihre Arbeit gebeugt. Sie waren alle jünger als Bruno, an dem eingegerbten grauen Ruß an ihren Händen erkannte man die tätigen Kumpel. Ihren Tischen gegenüber, hinter einem Katheder, das von einem Podest über die Ebene des Raumes erhöht war, saß ein junger Bergassessor. Er trug einen braunen Anzug und zum weißen Stehkragen einen fingerbreiten blauen Binder. Er sah von seinem Buch auf.
Bruno kam auf einen seltsamen Gedanken. Er versuchte, sich das Gesicht des Assessors vorzustellen, wenn er seine Verspätung damit entschuldigen würde, daß er und Pauline gestern ihr neues Ehebett geliefert bekommen hatten. Er mußte lächeln, was ihn noch verlegener machte, als er schließlich sagte: »Glück auf, Herr Assessor, ich möchte mich entschuldigen, ich hab meinen Zug verpaßt.«
Der Assessor erwiderte nichts, er las wieder in seinem Buch.
Bruno hing seine Joppe und die Mütze an einen Garderobenhaken neben einer Schautafel, auf der die Abdrücke von Pflanzen im Gestein

abgebildet waren. Er wollte zu seinem Platz gehen, als ihn der Assessor zu sich rief. Bruno legte seinen Beutel ab.
»Bringen Sie das mit«, sagte der Assessor, »schütten Sie ihn aus.«
Bruno sah ihn fragend an, er verstand den Sinn dieser Aufforderung nicht: »Das sind meine Schulsachen.«
Der Assessor erwiderte ruhig, aber in einem unnachgiebigen Ton: »Ich habe Ihnen einen Befehl gegeben.«
Bruno bückte sich und ließ den Inhalt vorsichtig auf den blankgebohnerten Podest fallen, dann schüttelte er demonstrativ den Beutel.
Der Assessor beugte sich auf seinem Kathederstuhl vor und sah auf die Sachen hinunter: Zirkelkasten, Stifte, Bücher, Schreibhefte und eine Brotbüchse. »Es hat sich leider schon rumgesprochen, daß Ihre Frau versucht hat, auf der Zeche Siegfried sozialistische Hetzblätter zu verteilen«, sagte er, »da muß man bei Ihnen aufpassen.« Und während Bruno seine Sachen wieder in den Beutel steckte, fügte er hinzu: »Die Arbeit können Sie nicht mehr mitschreiben. Ich werde Ihnen ein Ungenügend eintragen, weil Sie geschwänzt haben.«
Bruno sah ihn erschrocken an: »Wenn Sie mir jetzt die Aufgaben geben, Herr Assessor, dann schaff ich es noch.«
»Seien Sie still und setzen Sie sich. Sie haben lange genug gestört.«
Bruno ging zwischen den Tischreihen hindurch zu seinem Platz. Einige Männer blickten verstohlen von ihrer Arbeit auf und sahen ihn ausdruckslos an, sie wagten es nicht einmal, Teilnahme zu zeigen.
Bruno setzte sich, stützte die Ellenbogen auf die Tischkante und legte das Gesicht in die Hände.

Luise Baiersdorf, die Lebensgefährtin von Karl Boetzkes und Mitstreiterin im Kampf um seinen Sieg bei der Reichstagswahl, stand auf einem leeren Ölfaß. »Die Hälfte aller Bewohner unseres Landes sind Frauen«, sagte sie. Ihr langer dunkler Mantel, die flachen Knopfstiefel und ihr kleiner, schmucklos schwarzer Hut gaben ihr ein schlichtes, strenges Aussehen, das auch dem leisen ruhigen Ton entsprach, mit dem sie den etwa zwei Dutzend Bergarbeiterfrauen und wenigen Männern, die ihr zuhörten, zusätzliche Aufmerksamkeit abverlangte. Die Frauen hatten ihre Einkaufskörbe in die Armbeuge gehängt und die Hände zum Schutz gegen die Kälte mit dem Saum ihrer Tücher umwickelt.
Pauline stand etwas abseits und hielt nach der Gendarmerie Ausschau, um die Frauen rechtzeitig zu warnen. Sie sah eine Kalesche langsam am Rand des Platzes entlangfahren. Eine Dame sah aus dem

Fenster, sie rief dem Kutscher zu, daß er anhalten sollte und stieg aus. Ebenso wie Pauline hatte nun auch Luise in der Dame Sylvia Rewandowski erkannt, was sich in einer kaum wahrnehmbaren Verzögerung in ihrem Redefluß bemerkbar machte: »... die Natur«, sagte sie, »die Natur stellt immer wieder ein vernünftiges Gleichmaß zwischen Frauen und Männern her. Aber die herrschende Mehrheit in unserer Regierung hält nichts von dieser natürlichen Gleichheit. Sie verweigern uns Frauen das Recht zur Wahl und damit die Möglichkeit, unsere politischen Interessen selber zu bestimmen. Sind wir Kinder oder unmündige Narren, daß wir nicht selber über uns bestimmen dürfen?«
Pauline traute ihren Augen nicht, als sie sah, wie Sylvia Rewandowski, die etwas abseits stand, die Hände aus ihrem Chinchilla-Muff zog und Beifall klatschte. Sie machte damit die Bergmannsfrauen auf sich aufmerksam, die Luise aus eingefleischtem Mißtrauen eher zurückhaltend als begeistert zugehört hatten. Luise mußte jetzt ein wenig die Stimme heben, um die verunsicherten Frauen wieder für sich zu gewinnen. »Aber für diejenigen, die uns unsere elementarsten Rechte verweigern, ist das eine einfache Rechenaufgabe, denn wenn sie uns Frauen an die Wahlurne ließen, dann würde sich nämlich die Zahl der Wählerstimmen, die sich in diesem Land gegen die Kriegstreiberei...«, sie streifte die Gattin des Zechendirektors mit einem streitbaren Blick, »... und gegen die Ausbeutung der Arbeiter kämpfen, verdoppeln, weil wir Frauen...«
Pauline war von der Situation, die sich aus der Anwesenheit von Sylvia Rewandowski ergab, so fasziniert, daß sie ihre Aufgabe vergaß und die beiden Gendarmen erst bemerkte, als Luise ihre Rede unterbrochen hatte und den Frauen zurief, daß sie schnell auseinandergehen sollten. Sie selbst blieb mit Pauline stehen, um die Gendarmen von den Frauen abzulenken, die in verschiedene Richtungen über den Platz davonliefen, sie hielten die Köpfe gesenkt und verdeckten die Gesichter mit ihren Tüchern. Luise sah den Gendarmen kühl abwartend entgegen. Pauline reichte ihr die Hand, um ihr von dem Ölfaß herunterzuhelfen.
»Ihr kommt mit zur Wache«, rief der Wachtmeister. »Ihr habt die Versammlung nicht angemeldet. Führ sie ab«, sagte er zu seinem Begleiter.
Der Gendarm zeigte auf Sylvia: »Und was ist mit der?«
Der Wachtmeister drehte sich um, er erschrak, stand stramm und schlug die Hacken zusammen. »Ich bitte untertänigst um Verzeihung, gnädige Frau.«

Sylvia sah ihn belustigt an. »Lassen Sie die Damen frei, sie stehen unter meinem persönlichen Schutz.«
Der Wachtmeister schlug wieder die Hacken zusammen: »Jawohl, gnädige Frau.«
»Kommen Sie«, sagte Sylvia und führte Luise und Pauline an den beiden salutierenden Gendarmen vorbei zu ihrer Kalesche.
Der Kutscher war derselbe Mann, der am Morgen den schnellen Einspänner gelenkt und damit dem jungen Herrn auf seinem Rennrad als Schrittmacher gedient hatte. Zum Glück für Pauline dauerte die Fahrt nicht lange. Sie saß der Frau des Direktors, der gegen Karl angetreten war, gegenüber und starrte während der Fahrt zum Bahnhof auf ihre Hände, die sie in den weiten Falten ihres Rockes zu verbergen suchte, weil sie ihr auf einmal grob und ungepflegt erschienen. Die Blicke von Luise und Sylvia begegneten sich scheinbar unbeabsichtigt, beide Frauen behielten sich für eine Sekunde in den Augen und wagten ein Lächeln, dann wendeten sie sich ab und sahen jede zur anderen Seite aus dem Fenster.
Sie hatten den Bahnhofsvorplatz erreicht. Der Kutscher hielt den Wagen an, stieg vom Bock und öffnete die Tür.
Luise war aufgestanden. »Ich danke Ihnen«, sagte sie zu Sylvia, die ihr mit einem leichten Kopfnicken antwortete.
Pauline versuchte in der engen Kutsche vor der Frau des Direktors einen Kniefall anzudeuten, ohne sie dabei anzusehen, und stieg dann rasch hinter Luise aus dem Wagen. Der Kutscher hatte mit einem verächtlichen Ausdruck die Augen niedergeschlagen, während er für die Frauen die Tür aufhielt. Er wartete, bis sie sich einige Schritte entfernt hatten und sagte dann zu seiner Herrin: »Sie werden mir verzeihen, gnädige Frau, haben Sie gewußt, wer die Schwarze war?«
Sie mußte über seine kaum zurückgehaltene Entrüstung lächeln. »Ja, das weiß ich. Wer war die andere Frau?«
Er zuckte die Schultern. »Keine Ahnung, ich nehme an, daß sie auch zu den Banditen gehört.« Er machte die Tür zu und kletterte wieder auf den Kutschbock. Noch einmal schüttelte er verständnislos den Kopf und gab dem Pferd die Peitsche.
Sylvia holte ihren Mann vom neuen Verwaltungsgebäude des Konzerns ab, um mit ihm zum Hotel Deutscher Kaiser zu fahren, wo er vor dem Flottenverband eine Rede halten sollte. »Fährst du hinterher wieder in die Sitzung?« fragte sie ihn.
Er nickte. Er war in Gedanken und sah sie nicht an. »Zur Abstimmung muß ich wieder da sein. Ich kann mich nicht lange aufhalten.«

Sie saßen sich, jeder in eine entgegengesetzte Ecke gelehnt, gegenüber. »Warum willst du überhaupt vor dem Flottenverband reden?« fragte Sylvia. »Die Leute hast du doch sicher.«
»Da sitzen ein paar Wichtigtuer aus unserem Aufsichtsrat«, antwortete Rewandowski.
»Was haben die mit deiner Wahl zu tun?«
Er sah sie, seit er in die Kutsche gestiegen war, zum ersten Mal an. »Das müßtest du eigentlich wissen.«
»Wieso?«
»Sie denken wie dein Vater, daß ich dem Ruf des Konzerns schade, wenn ich mich, nach ihrer Meinung, dazu hergebe, gegen einen Arbeiter zu kandidieren.« Ironisch fügte er hinzu: »Auch wenn er inzwischen ein hauptberuflicher Funktionär geworden ist. Ich werde ihnen klarmachen, daß sie meine Strategie nicht begriffen haben.«
Sylvia musterte ihn mit spöttischer Neugier. »Kannst du mir vielleicht auch mal deine Strategie erklären?«
»Warum interessiert dich das plötzlich?«
Sie zuckte die Schultern. »Ich möchte es nur mal wissen.«
Es hörte sich an, als wenn sich Rewandowski selber noch einmal über seine Beweggründe klarwerden wollte, als er sagte: »In unserem Bezirk sind wenigstens achtzig Prozent der Wähler Arbeiter. Wenn es mir gelingt, von ihnen die meisten Stimmen zu bekommen, dann habe ich den Roten im Revier einen Denkzettel verpaßt, ich habe zwischen die Arbeiter und die Gewerkschaft einen Riegel geschoben.«
Sylvia lächelte, sie beobachtete ihn einen Augenblick schweigend und sagte dann: »Ich habe manchmal eher das Gefühl, daß du dich mit diesem Karl Boetzkes persönlich messen willst.«
Er blickte sie überrascht an, wandte sich ab und sah aus dem Fenster.

»Auf seinen Spaziergängen trug König Wilhelm für gewöhnlich einen schwarzen Hut und eine weiße Weste.« Max hatte das Lesebuch aufgeklappt und senkrecht vor sich auf den Tisch gestellt, damit Bruno, der ihm gegenübersaß, nicht hineinsehen konnte. Die kleine Franziska hatte sich zu ihnen gesetzt und hörte zu, wie Max seinem Vater, der sich in der Rechtschreibung üben wollte, eine Anekdote aus dem Kapitel *Von König und Vaterland* diktierte. Käthe saß am Herd und strickte, und Pauline hatte sich über eine Schüssel mit dampfendem Wasser gebeugt und wusch ihr Haar. Für den nächsten Tag, einen Sonntag, hatte Karl in Ehrenfeld eine Gegenkundgebung zur Grundsteinlegung der neuen Werkssiedlung durch Direktor Rewandowski geplant, und Pauline wollte zu diesem Anlaß Handzettel an die Erwachsenen und kleine rote Fahnen an die Kinder verteilen. Klaus, ihr jüngerer Halbbruder, saß allein auf der Bank, breitbeinig, den Rücken gegen die Wand gelehnt. Er hielt eine Bierflasche in der Hand auf seinem Knie und sang laut:

»Jawoll, Herr Leutnant, wir gehn ran!
für Kaiser und für V-a-a-a-terland!«

Käthe sagte: »Sei still, du siehst doch, daß sie Schularbeiten machen.«
Bruno tunkte die Stahlfeder in das Tintenfaß. Seine schwere Hand führte den Federhalter noch ungelenk über das Papier. »... für gewöhnlich einen ... was?« fragte er.
Max wiederholte: »... einen schwarzen Hut und eine weiße Weste.«
Es ärgerte Klaus, daß alle auf Bruno und Max Rücksicht nahmen. Er wußte mit sich selber nichts anzufangen und in Anspielung auf Brunos ehrgeizige Absicht, Steiger zu werden, sang er jetzt noch lauter als vorher, wobei er grinsend auf der Bank hin- und herrutschte.

»Herr Steiger, Herr Steiger, Sie sind der beste Geiger!«

Pauline wrang ihr Haar über der Schüssel aus. »Geh nach oben oder besauf dich in der Wirtschaft weiter.«
Seltsamerweise gehorchte er, stand auf und ging zu Käthe, er beugte sich zu ihr hinunter: »Nacht. Gibste mir 'n Küßchen, Mama?«
Käthe wehrte ihn, während sie weiter strickte, mit der Schulter ab. »Laß mich zufrieden. Dein Vater würd sich im Grab umdrehn, wenn er mitansehn müßte, was aus seinem Jüngsten geworden is.«
Nachdem er auch bei Pauline vergeblich um einen Kuß gebettelt hatte, stolperte er mit der Bierflasche in der Hand die Treppe zu seiner Kammer hinauf: »Gute Nacht die Damen, ich geh ins Bett.«
»Das ist vernünftig«, sagte Pauline.
Auf der letzten Stufe blieb er stehen, beugte die Knie und ahmte mit dem Mund einen Furz nach. Max und Franziska sahen sich an und kicherten. »So 'n altes Schwein«, sagte Franziska.
»Ihn sticht der Hafer«, sagte Käthe, »es wird Zeit, daß er sich 'n Mädel sucht.«
Sie hörten ihn noch kurz in der Dachkammer herumpoltern, dann war es still. Bruno sah von seinem Schreibheft auf und sagte zu Max: »Mach weiter.«
»Damit der hohe Herr nicht belästigt würde, verboten die Mütter ihren Kindern, ihm nicht zu nahe zu kommen, wenngleich man wußte,

daß König Wilhelm ein großer Kinderfreund war«, las Max hintereinander weg. Er fühlte sich als Schulmeister und wollte seinen Vater zur Eile antreiben.
»Langsam«, sagte Bruno.
Es wurde an die Tür geklopft. Bruno legte den Federhalter über das Tintenfaß und drückte behutsam das Löschblatt auf das beschriebene Blatt. Dann stand er auf und ging zur Tür. Als erstes sah Max einen organgeroten Renner mit silbernen Speichen und Flügelpedalen, der im Lichtschein der offenen Tür blitzte. Der Kutscher hatte das Rad über der Schulter zu hängen. »Wohnt hier Max Kruska?«
»Ja«, sagte Bruno, »warum?«
Käthe sah von ihrem Strickzeug auf, und Pauline, die ihr Haar trocken rieb, hielt das Handtuch am Kopf fest. Sie erkannte den Kutscher wieder und erschrak. Franziska sah ihren Bruder von der Seite an, der, den Kopf in die Hände gestützt, den Eindruck zu erwecken suchte, als sei er in die Lektüre des Lesebuches vertieft.
»Komm mal her«, sagte Bruno, und als Max an die Tür getreten war und verlegen auf den Fußboden hinunterblickte, fragte er ihn: »Hast du was angestellt?«
Der Kutscher nahm das Rad von der Schulter und schob es an Bruno vorbei in die Küche. Max hielt es fest.
»Hier, mein Junge«, sagte der Mann, »das soll ich dir von unserem Herrn Direktor überreichen für deinen Mut und deine Umsicht. Und der junge Herr läßt dir einen Gruß übersenden.«
Mit einem Seitenblick auf Bruno und Pauline fügte er hinzu: »Er sagt, du wirst bestimmt einmal ein tapferer und mutiger Soldat.« Er drehte sich um und ging zur Kutsche zurück, die vor dem Haus parkte.
Der funkelnde Renner lehnte am Küchentisch. Pauline, Bruno und Franziska standen vor ihm; Max hatte sich niedergekniet und untersuchte die Einzelheiten. Käthe war am Herd sitzen geblieben. Bruno beugte sich zu Max hinunter und fragte ihn: »Wie kommst du zu dem Rad, sag mal?«
»Der hat 'ne Viergangübersetzung«, sagte Max.
»Papa hat dich was gefragt«, erinnerte ihn Pauline.
Max prüfte auch noch die Luftpumpe. »Ich hab dem Jungen vom Direktor das Leben gerettet.«
Bruno und Pauline wechselten einen kurzen Blick.
»Wenn du uns anlügst, kriegste 'n Arsch voll«, sagte Pauline.
»Brauchter mir ja nich zu glauben«, rief Max, er stand auf und rannte wütend zur Treppe.

»Bleib hier«, sagte Bruno.
Max blieb stehen. »Was wollte ihr denn noch von mir?«
Käthe strickte, sie sagte beiläufig und scheinbar ohne besondere Neugier: »Du hast uns doch noch nich erzählt, wie das passiert is.«
Max setzte sich auf die Stufen, stützte die Arme auf die Knie und sah trotzig auf seine Holzschuhe hinunter.
»Erzähl mal«, sagte Bruno.
»Er is mit sei'm Rad in Kanal gefahrn«, berichtete Max, ohne aufzublicken, »und da hab ich 'n rausgezogen und sein Arm verbunden. Weiter nichts. Aber sein Rad war futsch.«
»Warum hast du uns denn nichts davon erzählt?« fragte ihn Pauline.
Bei dieser Frage seiner Mutter rollten Max Tränen über die Wangen, die er sich verärgert mit der Faust wegwischte. »Na, ich hab gedacht wegen Karl... mit der Wahl, weil das der Junge vom Direktor is... und der Direktor is doch Karls Feind.«
Pauline sah ihren Mann betroffen an.
Bruno sagte leise: »Soweit isses schon gekomm.« Er setzte sich neben Max auf die Treppe und legte ihm den Arm um die Schulter. »Das is Unsinn, Junge, so darfst du nich denken. Du hast ein Menschenleben gerettet, und da...«
Max unterbrach ihn, er sagte unsicher: »Na ja, ich hab ihn bloß rausgezogen, er hat sich ja noch festgehalten.«
Bruno lächelte: »...und da bin ich stolz auf dich, und du kannst es auch sein.«
»Bin ich ja auch«, sagte Max.
Obwohl es schon dunkel war und draußen ein ungemütlich kalter Wind wehte, konnte sich Bruno nicht dagegen wehren, mit Max noch eine Proberunde durch die Siedlung zu fahren.

Wenige Tage vor der Reichstagswahl war auf einer öden Industriebrache, die durch das sonnige, vorfrühlingshafte Wetter einen freundlichen Glanz bekam, eine letzte Schlacht um die Stimmen der Arbeiter geführt worden. Mit Marschmusik, Erbsensuppe und Freibier war es Rewandowski gelungen, eine große Menschenmenge anzulocken. In der mit bunten Fähnchen umrandeten Baugrube hatte er persönlich den Grundstein für die neue Werkssiedlung gelegt, die hundert Arbeitern und ihren Familien, wie es hieß, »ein modernes Zuhause« geben sollte. Zuvor hatte ein Arbeiter aus dem Stahlwerk eine Rede gehalten, in der er betonte, daß er und seine Kameraden sich von den Roten und ihren Helfershelfern nicht länger einreden lassen wollten,

daß sie arme unterdrückte und ausgebeutete Hunde seien. Als Gegenbeispiel hatte er dann Rewandowskis soziale Taten aufgeführt. Einige kritische Zwischenrufe, wie teuer denn die Mieten in der neuen Siedlung sein werden und wie es mit der Kündigung sei, gingen im Beifall der größtenteils schon betrunkenen Zuhörer unter. Zu denen, die immer wieder durch ihre Zwischenrufe und lauten Anmerkungen auffielen, gehörte Erna Stanek, die nach dem dritten Teller Erbsensuppe zu ihrer Nachbarin sagte: »Is nich mal 'n Stück Wurst drin, zu sehr woll'n se uns nu auch nich verwöhn.«
Ihre Söhne schämten sich ihretwegen, sie waren zusammen mit Klaus Boetzkes als Ordner eingesetzt und trugen weiße Armbinden, dazu hatten sie die Abzeichen vom Flottenverein und von einer Schießübung mit einem modernen Schnellfeuergewehr angesteckt, bei der sie beide die höchste Punktzahl erreicht hatten. Klaus war schon nach einer halben Stunde nicht mehr für seine ehrenamtliche Tätigkeit geeignet, weil er zu viel Freibier getrunken hatte. Daraufhin hatten ihn Martin und Hannes hinter das Bierzelt geführt, hatten ihm die Ordnerbinde vom Arm gerissen und ihn verprügelt, bis er nicht mehr aufstehen konnte, und um ihre Verachtung für ihn auszudrücken, hatten sie ihn, als er jammernd am Boden lag, bespuckt. Dann hatten sie beim Sanitäter Meldung gemacht, daß sich hinter dem Bierzelt eine hilflose Person befände.
Rewandowski selbst hatte sich mit seiner Gattin und seinem Sohn, der den rechten Arm noch in der Binde trug, nur kurz auf der Veranstaltung blicken lassen. In seiner Ansprache hatte er sich auf seinen Onkel berufen, indem er den alten Sturz, der schon seit einigen Jahren neben seiner Frau in der Familiengruft im Park der ehemaligen Sturzschen Villa ruhte, als einen Vater seiner Arbeiter schilderte, der seine Belegschaft als eine große Familie empfunden habe, der er immer in Sorge verpflichtet gewesen sei. Und Rewandowski hatte geschworen, diese Tradition fortzusetzen.
Nur etwa fünfhundert Meter von der zu einem Festplatz umgestalteten Brache entfernt, hatte Karl Boetzkes an der Kanalbrücke seine Gegenkundgebung abgehalten. Unterstützt von Luise und seinem Sekretär Egon Strattmann setzte er auf Argumente statt auf Freibier, wozu auch die Mittel nicht reichten. Das hatte ihm aber nur einen kleinen Kreis gleichgesinnter Zuhörer eingebracht, Genossen, Freunde und Familienmitglieder, die er nicht bekehren mußte. So war man unter sich geblieben, wie Pauline gegenüber Luise besorgt festgestellt hatte. Sie war nicht einmal alle ihre roten Fähnchen losgewor-

den. Einige Kinder hatten sie sich bei ihr geholt und waren mit ihnen zur Festwiese gelaufen, womit sie sich bei ihren Eltern ein paar Ohrfeigen eingehandelt hatten.
»Versteht ihr, sie wollen uns immer wieder einreden, daß wir von England und Frankreich bedroht sind und daß es nur um unsere Verteidigung geht. Aber die Rüstung ist für die Herren ein Bombengeschäft«, argumentierte Karl.
Und Egon fügte hinzu: »Dabei sind die Herren gar nicht so patriotisch, wie sie uns immer vormachen. Wir haben Beweise dafür, daß zum Beispiel die Hernsteiner Stahl und Kohle AG Lizenzen zum Nachbau von Feldhaubitzen und Brisanzgranaten an die Engländer verkauft hat.«
»Du meinst, wenn's losgeht, da kann's passiern, daß wir von deutschen Kanonen die Hucke vollkriegen?« sagte ein Arbeiter.
Ein Kumpel, der neben ihm stand, bemerkte: »Hör mal, das mußte mal so rum sehen: Das is 'ne Ehre für dich, wenn du von deutscher Wertarbeit in Stücke gerissen wirst.«
Max war auf seinem Rennrad vom Festplatz gekommen und hatte verkündet, daß Husaren eingetroffen waren und jetzt Reiterkunststücke vorführten. Damit hatte er sogar noch Käthe weggelockt, die Franziska an die Hand genommen und schlicht gesagt hatte: »Die seh ich mir auch an.«
Karl war verbittert von seiner Kiste heruntergestiegen, aber Walter, sein treuer Gefolgsmann, tröstete ihn. Er war mit seiner Frau vor allem deswegen zur Versammlung gekommen, weil sie hier ihren Sohn Egon wiedergetroffen hatten, der ebenso wie Karl schon seit ein paar Jahren in der Stadt lebte.
»Du mußt das nich so tierisch sehn, Karl«, sagte Walter, »die nehm da drüben das Freibier und die Husaren mit, aber dir gehn sie deswegen nich verlorn.«
In den letzten Tagen war kaum ein Tag vergangen, an dem Karl und Egon nicht in einer Versammlung gesprochen und diskutiert hatten. Und in allen größeren Zechen seines Wahlbezirks hatte er Kadergruppen gebildet, die mit den Kumpels Diskussionsabende abgehalten hatten. Wladislaus, der Pole, mit dem Erna zusammenlebte, hatte für Karl bei seinen Landsleuten geworben. Die meisten Polen im Revier waren aus den preußischen und österreichischen Gebieten zugewandert, und obwohl sie fast ausschließlich ihrem eigenen Verband oder dem Christlichen Gewerkverein anhingen, erhofften sie sich von Karl und seiner Partei im Reichstag Unterstützung für ihren Kampf um

eine eigene Nation. Nicht zuletzt konnte Karl wahrscheinlich auch mit den Stimmen einiger liberaler Bürgerlicher rechnen, die sich in Rührung und klassenüberwindender Solidarität des jungen Kumpels erinnerten, der zu den drei Deputierten gehörte, die beim großen Bergarbeiterstreik vor zwanzig Jahren zum Kaiser gefahren waren, um Wilhelm persönlich von ihrer schlimmen Lage zu berichten.
Mit diesen Überlegungen saß Karl Boetzkes am späten Abend des Wahltages in einer Mietkutsche neben dem Abgeordneten seiner Partei, Rudolf Bernheimer, den ihm die Zentrale aus Berlin zur Betreuung während der letzten Tage geschickt hatte. Zwischen den schwarzen Stämmen der Straßenbäume blinkten die fernen Lichter und Feuerscheine der Zechen und Stahlwerke über die kahlen, dunklen Felder. Im wandernden Lichtkreis der Wagenlaterne wechselten auf der anderen Straßenseite Ziergitterzäune mit geklinkerten und verputzten Mauern ab. Aus den parkähnlichen Gärten schimmerten die Lampen über den Eingängen der weit zurückstehenden Häuser durch das blattlose Strauchwerk. Bernheimer drehte den Kopf zur Seite, kniff die Augen zusammen und blickte gegen das dunkle, spiegelnde Wagenfenster. »Die Einfahrt soll wie ein kleiner Triumphbogen aussehen.« Er lehnte sich wieder zurück und sagte lächelnd: »Die Adresse hat mir der Baron Schlawetzki empfohlen, ein Kollege von den Nationalliberalen.« Er saugte an seiner Zigarre. »Und Sie waren noch nie dort?«
Karl versuchte auch zu lächeln, er schüttelte den Kopf.
Der Abgeordnete fügte spöttisch hinzu: »Sehen Sie, darüber redet man immerhin in Berlin. Es wird Ihnen die Wartezeit bis zum Wahlergebnis verkürzen.« Offensichtlich amüsierte es ihn, Karl mit der Ironie eines abgebrühten Parlamentariers zu verunsichern: »Sie sind schließlich nicht irgendein Kandidat für uns, immerhin sind Sie hier gegen den Direktor eines Konzerns angetreten, der einen guten Draht zum Hof hat.« Er versuchte wieder aus dem Fenster zu sehen. »Ich habe mal überlegt, vielleicht hätten wir für Sie mehr Presse machen sollen. Aber erstens sind, wie Sie wissen, unsere Mittel sehr beschränkt, und außerdem werden Sie die Leute hier noch am ehesten durch Ihren persönlichen Kontakt und Einsatz überzeugt haben.«
Karl erwiderte rechtschaffen: »Ich hoffe, daß ich alles getan habe, was ich tun konnte, Genosse.«
Bei dem Wort Genosse hatte der Abgeordnete die Lippen zu einem feinen Lächeln verzogen. Er beobachtete Karl im schwachen Lichtschein einer Petroleumlampe, die im Wagen hing. »Ich habe im Kai-

serhof einen kleinen Saal reservieren lassen. Falls Sie gewinnen, werde ich da für Sie einen Empfang arrangieren.« Er lächelte wieder. »Wenn Sie verlieren, lieber Boetzkes, dann setzen wir uns irgendwo zu einem Bier zusammen.«
Die Kutsche bog von der Sraße ab und fuhr durch einen Torbogen, in dem zu beiden Seiten je ein Paar Halbsäulen ein Reliefbild einrahmten, und im Licht der Wagenlaterne wurden für einen kurzen Augenblick nackte Schönheiten aus Stuck sichtbar, die wie antike Göttinnen posierten. Der Kutscher schien sich hier auszukennen, denn er fuhr gleich an einem spärlich beleuchteten Nebeneingang vor. Das Gebäude war in der Dunkelheit nicht abzuschätzen, vor die Fenster waren Vorhänge gezogen, die keine Spur eines Lichtscheines durchließen. Als Karl und der Abgeordnete ausstiegen, bemerkten sie auf einem freien Platz im Hintergrund mehrere abgestellte Kutschen und Automobile, die von der Lampe über der Tür gerade erhellt wurden.
Bernheimer warf seinen Zigarrenrest auf den Boden und trat die Glut mit seinem spitzen, gamaschenbesetzten Kalbslederstiefel aus. Er sah an der unverputzten Giebelwand hinauf. »Sehr diskret«, sagte er. Er trat vor die Tür und zog den Messinggriff der Klingel. Drinnen ertönte ein leises Glockenspiel. Karl war seinem Betreuer abwartend gefolgt. Es dauerte einige Zeit, bis geöffnet wurde. Der Diener hatte Gardemaß, seine schwarz-golden gestreifte Weste drohte unter seinen kräftigen Schultern und seinem mächtigen Brustkorb zu platzen. Es schien eher seine Aufgabe zu sein, abzuschrecken als einladend zu wirken. Er prüfte die beiden Herren mit einem ausgiebigen Blick und bemerkte schließlich schroff: »Tut mir leid, wir haben eine geschlossene Veranstaltung.«
Bernheimer hob ein wenig die Augenbrauen und sagte: »Wie schade.« Er machte eine kleine Pause und fügte hinzu: »Wir kommen aus Berlin.«
Der Diener musterte sie noch einmal und trat dann zur Seite, um sie einzulassen. Er ging voraus und schlug einen karminroten Samtvorhang zurück, der ihnen bisher den Blick in den Vorraum verdeckt hatte. Unter einem großen, ovalen Gemälde, auf dem nackte Nymphen in einem Waldbach badeten, wurden beide noch einmal von der Madame begutachtet. Sie trug ein enges, üppig mit Kunstblumen und Pongérüschen besetztes Kleid, dazu hatte sie ihr blondiertes Haar zu einer strengen, kleinen Lockenkappe formen lassen. »Gehören Sie zu den Herren aus Berlin?« fragte sie, wobei sie ihren abschätzenden Blick mit einer freundlichen Maske tarnte.

Der Abgeordnete nahm die verstecke Aufforderung an, er warf Karl einen Blick zu und sagte: »So ist es, Madame.«
Ein Mädchen in einem schlichten, schwarzen Seidenkleid nahm ihnen Mantel, Hut und Handschuhe ab. Bernheimer sah ihr mit einem Kennerblick nach. Er flüsterte Karl zu: »Hier scheint die ganze Reichshauptstadt versammelt zu sein, hoffentlich kompromittiere ich mich nicht.«
Der Diener hatte sich auf einen Stuhl neben dem Vorhang gesetzt und beachtete sie nicht mehr. Madame blickte diskret auf Karls Anzug und zögerte einen Moment, bevor sie sagte: »Kommen Sie bitte.«
Gegenüber der Flügeltür, durch die sie den Salon betraten, war eine kleine Bühne im Halbrund in den Raum gebaut, ein violett glänzender Vorhang fiel in gleicher Wölbung von der Decke herab. In der Ecke neben der Bühne stand ein hoher Kachelofen, der eine Krone aus Stuckornamenten trug. Der Salon war nicht groß, er blieb intim; seine sanfte, warme Beleuchtung machte ihn angenehm unübersichtlich. In Sesseln, die um kleine Marmortische gruppiert waren, saßen ausschließlich Herren, Offiziere und Zivilisten in Abendanzügen. Karl hielt verkrampft Kopf und Blick gesenkt, als könnte er sich dadurch, daß er selber niemanden ansah, für die anderen unsichtbar machen. Im Vorbeigehen hörte er einen Offizier sagen: »Hat mir gefallen, die Null-Zwo. Hoffen wir, daß sie auch so gut schießt, wie sie aussieht.«
Im Gegensatz zu Karl hatte sich der Abgeordnete neugierig nach den Gästen umgesehen. Madame hatte sie zu einem freien Tisch nahe, aber etwas seitlich der Bühne geführt. Bernheimer verneigte sich ein wenig ironisch vor Madame und sagte zu Karl: »Nehmen Sie Platz, mein Lieber, und vergessen Sie mal für ein Weilchen die Partei.«
Hinter dem Vorhang begann ein Piano zu spielen. Bernheimer lehnte sich zurück und rieb sich erwartungsvoll die Hände. Karl blickte starr auf den Vorhang; weil ihm jede vergleichbare Erfahrung fehlte, wußte er nicht, was er zu sehen bekommen würde, aber schon seine Vermutungen peinigten ihn. Der Vorhang wurde jetzt nach beiden Seiten hin aufgezogen. Vor einem schwarzen Hintergrund, von verschiedenfarbigem Licht beleuchtet, hatte sich eine Gruppe nackter Mädchen und junger Frauen zu einem lebenden Bild arrangiert. Ihre ein wenig üppigen Körper waren weiß gepudert, sie trugen zierliche, hochhackige Lackschuhe, Strümpfe mit Rüschenbändern, dazu breitkrempige Strohhüte, und in ihr Haar waren Kränze aus Stoffblumen geflochten. An ihren Armen hingen Körbe mit künstlichem Obst.

Zwei Mädchen hielten ein Band aus Pappkarton, das so geformt war, als würde es im Wind flattern, mit der Aufschrift: Ein Sommerabend. Auf dem Piano, das hinter einer Stellwand verborgen blieb, wurde dazu ein langsamer Walzer gespielt. Der Abgeordnete lächelte nachsichtig. Sein Blick wurde erst wieder aufmerksam, als die Mädchen sich zu bewegen begannen, am Anfang, wie es schien, verschämt und mit züchtigen Gesten, die sie dann in feinem Übergang zu zweideutigen Bewegungen und schamlosen Posen veränderten.
»Nehmen Sie es mir übel, wenn ich wieder gehe?« fragte Karl leise.
»Selbstverständlich nehme ich Ihnen das übel«, erwiderte Bernheimer, er zündete sich genußvoll eine Zigarre an. Mit einem Seitenblick bemerkte er, wie Karl eine der jungen Frauen unverwandt anstarrte. Bernheimer nahm an, daß Karl nun doch Gefallen an der Darbietung gefunden und sogar schon seine Wahl getroffen hatte. Er tippte ihm auf die Schulter und wollte ihm, die Augenbrauen angehoben und die Lippen gespitzt, wortlos seine Anerkennung mitteilen, aber Karl sah ihn nicht an, er schien die Berührung gar nicht bemerkt zu haben. »Mein Gott, den hat's erwischt«, dachte Bernheimer.
Der Choreographie folgend war die junge Frau nahe vor ihnen an den Rand der Bühne getreten. Sie schwenkte eine kurze Lederpeitsche und hielt den anderen Arm ausgestreckt, als würde sie die Zügel führen, dabei schien sie auf einem unsichtbaren Pferd zu reiten. Sie lächelte Karl zu und hatte gerade den Wechsel der Gangart vom Trab in den Galopp angedeutet, als sie plötzlich die Peitsche fallen ließ und rückwärts zur Bühnenmitte wankte, sie drehte sich um und sank in die Knie. Zwei Mädchen kamen ihr zu Hilfe, sie redeten leise auf sie ein. »Kriegst du 'n Kind?« fragte das eine Mädchen, es war bis auf kniehohe Reitstiefel und einen weißen Seidenschal ebenfalls nackt. Die andere schüttelte den Kopf. »Da unten sitzt ihr Bruder.« Sie halfen ihr auf und führten sie von der Bühne. Die anderen Darstellerinnen hatten ihre doppeldeutigen Körperstellungen aufgegeben, sie kreuzten verunsichert die Arme vor ihren Brüsten und drückten die Knie aneinander, als würden sie plötzlich frieren. Das Bild, das sie zuvor gestellt hatten, hieß: Der Ausritt.
Bernheimer war verblüfft: »Meinen Sie, das ist auch inszeniert?« fragte er Karl, ohne den Blick von der Bühne abzuwenden. »Das hätte allerdings ein gewisses Raffinement.« Er hatte nicht bemerkt, daß Karl aufgestanden war und den Salon verlassen hatte.
Sie saß auf einem Sofa unter dem Bild mit den badenden Nixen. Die beiden Mädchen hatten ihr einen Morgenmantel umgehängt und sie

in ihre Mitte genommen. Sie hatte sich vornüber gebeugt und hielt ihr Gesicht in den Händen verborgen, sie zitterte. Die Mädchen versuchten, sie zu beruhigen; sie hielten sie in den Armen und streichelten sie wie ein krankes Kind. Unter dem Saum des Morgenrockes sah er ihre Seidenstrümpfe und die hochhackigen Lackschuhe.

Er blieb vor ihr stehen: »Friedel.«

Sie hob den Kopf, ihre Gesichtszüge waren von verwischter Schminke entstellt. Was ihn bei aller Scham und Wut am stärksten traf, war ihr Blick, der von der ängstlichen, aber sicheren Erwartung erfüllt war, daß er sie verurteilen würde. Er dachte: Wir haben denselben Namen, also gehören wir zusammen. Aber er sah sie nur schweigend an. Es war mehr ein Gefühl als ein klarer Gedanke, das ihm sagte: Wir sind stärker als die anderen, weil wir gelernt haben, Leid zu ertragen. Madame brachte ihm persönlich die Garderobe. Er riß ihr den Mantel aus den Händen und setzte seinen Hut auf. Der Diener zog mit einem gleichgültigen Ausdruck und einer lässigen Bewegung den Vorhang für ihn zur Seite. Karl stand schon an der Tür, als er noch einmal zurückkam und wie beiläufig dem Mann mit der Faust in sein blasiertes Gesicht schlug. Was er getan hatte, erschien ihm so selbstverständlich, daß er sich nicht einmal darüber wunderte, als er sah, wie der mächtige Kerl, der ihn um einen guten Kopf überragte, wie ein mißratener Hefeteig in sich zusammensackte.

Mit diesem Faustschlag nahm Karl, was er an diesem Abend noch nicht wußte, endgültig Abschied vom Empfinden und Verhalten des Bergmannes Karl Boetzkes, das, mehr oder weniger verborgen, bisher immer noch sein Wesen bestimmt hatte, und wechselte über in die bedachten und mehr spekulativen Verhaltensweisen des Herrn Abgeordneten Karl Boetzkes, dem eine solche gefühlsmäßige Reaktion wie eben jener Faustschlag schlecht angestanden hätte. Der Wechsel wurde schon am nächsten Tag deutlich, als, wie verabredet, im Hotel Kaiserhof der von Bernheimer arrangierte Empfang für geladene Persönlichkeiten stattfand und Karls eigentliche Wähler, die Kumpels, ihren Sieger nur für einen kurzen Auftritt vor dem Portal zu sehen bekamen. Mit seiner Familie waren alle Bewohner der Siedlung, soweit sie nicht Schicht fuhren oder für die Reise in die Stadt zu alt waren, vor dem Hotel versammelt, dazu kamen die Kumpels und Stahlarbeiter aus anderen Zechen und den Hüttenwerken des Reviers. Sie verstopften die Straße, so daß die geladenen Herrschaften in ihren Kutschen und Automobilen in eine kleine Seitenstraße umgeleitet

und durch einen Nebeneingang eingelassen werden mußten. Karl war mit Luise und Egon, seinem Sekretär, auf die Steinstufen vor den Eingang hinausgetreten, während sich Bernheimer in der Halle nahe der Tür beobachtend im Hintergrund hielt.
»Komm raus, Karl! Laß dich sehn! Du gehörst zu uns!« hatten die Kumpels gerufen und: »Wir haben es geschafft, wir haben die Mehrheit! Die Mehrheit!« Zu Karls persönlichem Sieg kam der Erfolg seiner Partei, zum ersten Mal im deutschen Reichstag bildeten die Sozialdemokraten die stärkste Fraktion. Karl sah müde aus, er mußte sich zu dem Lächeln, das er erwartungsgemäß zeigte, offensichtlich zwingen. Max war auf eine Laterne geklettert und schwenkte seine Mütze, um seinen Onkel auf sich aufmerksam zu machen, aber Karl bemerkte ihn nicht, sein Blick glitt ungezielt über die Menge. Während Beifall und Bravo-Rufe laut wurden, sagte Käthe leise zu Pauline: »Er hat was, ich seh's ihm an.«
Zwei Stimmen waren Karl von Anfang an sicher gewesen: die von Rewandowskis Schwiegervater Friedhelm von Kampen und die seines Stahlwerksdirektors von Schlöndorff, die beide aus Ärger über die Kandidatur Rewandowskis dessen Konkurrenten Karl Boetzkes gewählt hatten. Von Schlöndorff faltete die Zeitung zusammen, er lächelte schadenfroh. KONZERNCHEF IM WAHLKAMPF VON BERGARBEITER BESIEGT – SPD HAT MEHRHEIT IM REICHSTAG, hatte er gerade gelesen. Er stand wieder fröstelnd vor der Tribüne des Schießplatzes und sah dem Automobil entgegen, mit dem Rewandowski drei Offiziere vom preußischen Generalstab auf das Gelände chauffierte. Sie hatten Feldstecher an Lederriemen um die steifen Kragen ihrer Uniformmäntel hängen. Sie sahen verkatert aus und begrüßten von Schlöndorff, als sie aus dem Wagen stiegen, mit einem knappen »Morgen«.
Rewandowski war als letzter ausgestiegen, von Schlöndorff wandte sich ihm mit spöttischem Interesse zu. »Ziehen Sie irgendwelche Schlüsse aus Ihrer Niederlage?«
Rewandowski gab ihm keine Antwort. Sie stiegen schweigend die Treppe zur Plattform hinauf. Unten hatte sich ein Ingenieur in militärischer Haltung aufgestellt. »Wir fangen mit der Null-Zwo an«, rief er zu ihnen hoch. Rewandowski nickte. Der Ingenieur drehte sich nach den Männern um, die das Geschütz bedienten: »Feuer!«
In kurzen Abständen krachte eine Reihe Schüsse über das Gelände. Die Offiziere hatten ihre Feldstecher an die Augen gesetzt und beobachteten die Einschläge.

Soweit die Umrisse der kleinen Gestalt in der Dunkelheit zu erkennen waren, blieb sie seltsam unförmig, als sie mit unsicheren Schritten über das glattgefrorene Pflaster durch die nächtliche Siedlung lief, wobei sie den Lichtkreisen der Laternen auswich. Es gelang ihr jedoch nicht vollständig zu verhindern, daß Einzelheiten ihrer Erscheinung deutlich wurden. Ihr Gesicht blieb zwar im Schatten unter einem umfangreichen, von Samtschleifen und Seidenbändern überwucherten Hut verborgen, aber man sah, daß sie einen Schal um Krempe und Kinn gewickelt und über ein leichtes Sommerkostüm ein dickes Wolltuch gebunden hatte. Ihre Füße steckten in roten Lackschuhen mit dünnen hohen Absätzen, und der Muff hing ungenutzt an einer Kordel vor ihrer enggeschnürten Taille, weil sie beide Hände brauchte, um ihr schweres Gepäck zu tragen, von dem ihr die Schultern heruntergezogen wurden. Es waren ein großer verschnürter Lederkoffer, eine Reisetasche aus marineblauem Leinen, ein Korb, ein schwarzes Lacktäschchen und ein Hutkarton.

Sie war bis zum Haus der Boetzkes' gegangen und hatte ihre Sachen vor der Tür abgestellt. In der Wohnküche brannte noch Licht. Sie stellte sich auf die Zehenspitzen, um durch das Fenster zu sehen, aber die Scheiben waren beschlagen, so daß sie drinnen niemanden erkennen konnte. Sie zog ihr Taschentuch aus dem Muff und schneuzte sich. Dann richtete sie ihren Hut, bis sie glaubte, daß er waagerecht saß und klopfte an die Tür.

Bruno öffnete, er stand im hell erleuchteten Türrahmen und streckte neugierig den Kopf vor. Es dauerte einen Augenblick, bis er überrascht feststellte: »Friedel.«

Sie sah ihn unter ihrem Hut hervor abwartend an. Mit einer Hand nahm er ihr den Koffer und die Reisetasche ab, die andere legte er ihr sanft auf die Schutler. »Komm rein«, sagte er.

Sie folgte ihm mit dem restlichen Gepäck ins Haus.

2. *Für Kaiser und Vaterland*

Auf dem nördlichen Teil der Vogelwiese, der bis an den Bahndamm reichte und wo das Gelände einigermaßen eben war, hatte man in einem großen Rechteck den Boden planiert und mit feingemahlener Schlacke belegt. Darauf waren mit Kalk weiße Linien gezogen, die ein Spielfeld markierten, an den beiden Querseiten waren Tore aus weißgestrichenen Latten errichtet. Die Spätsommersonne hing tief über dem Bahndamm neben dem grauen Zylinderstumpf des Gasometers in einem blendend hellen Dunstschleier. Die Luft war warm und drückend, und jeder erwartete ein Gewitter, von dem man aber hoffte, daß es vorläufig noch nicht losschlagen würde, damit das Spiel nicht unterbrochen werden mußte.
Walter strich sein graues Haar aus der Stirn und zog den Schirm seiner Mütze herunter, er kniff die vom Kohleruß noch schwarz umrandeten Augen zusammen. »Wir spielen die erste Halbzeit gegen die Sonne«, sagte er.
Der Kumpel, der neben ihm stand, sah aus den Reihen der Bergarbeiter zu den Grubenbeamten hinüber, sie hatten sich auf der anderen Seite des Spielfeldes, der Rangordnung entsprechend, um den Betriebsführer gruppiert. »Das is genauso wie sonst auch«, sagte der Mann, »die haben immer die bessere Position.«
Max wollte sich vergewissern, daß alles gerecht zuging. »Das haben sie doch ausgelost, oder?« fragte er.
Walter nickte.
Hinter dem Tor am östlichen Ende des Feldes, der Sonne gegenüber, hatte Wladislaus, der Pole, seine Mannschaft versammelt, elf junge Kumpel aus der Siedlung und der Menage. Zu ihnen gehörten Ernas Söhne, Martin und Hannes, die in der Sturmspitze spielen sollten, Klaus Boetzkes war zusammen mit Rudi, dem Schlepper, als Verteidiger aufgestellt, und Kurt Bredel, der neue Hauer in der Kameradschaft von Wladislaus, sollte das Tor hüten.
Sie hatten sich aus alten Arbeitshosen und Hemden, von denen sie Beine und Ärmel abgeschnitten hatten, schlecht und recht einen einheitlichen Mannschaftsdreß zusammengeflickt. Kurt, der Keeper, trug lange Hosen, die er über den Fußknöcheln mit Gummiband um-

wickelt hatte, dazu ein schwarzes Unterhemd und eine Schirmmütze. Sie saßen auf der Erde und probierten Fußballschuhe an, tauschten sie untereinander aus, wenn sie ihnen nicht paßten.
Wladislaus wies sie zurecht: »Gebt acht mit euren Schweißfüßen, ihr müßt die Schuhe nachher wieder abgeben, das is 'ne Leihgabe von unsern Gegnern, und daß mir keiner hinterher mit den Dingern abhaut.«
»Ich finde das ausgesprochen fair von den', daß sie uns nich in Holzschuhen spielen lassen«, bemerkte Kurt. Er sah sich nach Friedel um. Sie war eine der wenigen Frauen, die als Zuschauerinnen auf die Vogelwiese gekommen waren. Sie hatte zu diesem Anlaß ein Kleid aus fliederfarbenem Flittertüll gewählt, das noch aus dem Bestand von ihrer Arbeit in dem Salon war. Sie hatte Kurt Bredel in Höntrop bei Wattenscheid kennengelernt. Er hatte dort auf der Zeche Maria Anna angelegt, während sie für ein halbes Jahr als Ansagerin und Pausenfräulein mit einem Wanderkino durchs Revier gereist war. Nachdem sie in die Siedlung zurückgekehrt war, half sie am Wochenende und an den Zahltagen in der Wirtschaft aus. Die übrigen Tage arbeitete sie, wie viele der unverheirateten Bergarbeitertöchter, in der neuen Filiale der Gutmannschen Großwäscherei, die nur wenige Kilometer von der Siedlung entfernt am Rande der Neustadt errichtet worden war.
Ein paarmal hatte Martin Stanek Friedel nach der Schicht zu einer Fahrt im Beiwagen eines Motorrades eingeladen, das er sich gelegentlich von einem Freund lieh, einem Gießer im Hernsteiner Stahlwerk. In der schwülen Nacht, nach dem letzten Regen, hatte Klaus Boetzkes auf der Bank vor der Wirtschaft, bei etlichen spendierten Bieren, Martin und Hannes einiges aus der Vergangenheit seiner Schwester erzählt, und Martin war seitdem davon ausgegangen, daß Friedel stolz sein konnte, wenn er sich überhaupt mit ihr einließ. Er war sicher, daß er bei ihr schneller zum Ziel kam als bei den Dienstmädchen aus der Vorstadt und den anderen jungen Wäscherinnen, von denen er wußte, wie wenig sie geneigt waren, sich mit einem Burschen abzugeben, der noch nach Feierabend Ruß unter den Fingernägeln hatte. Aber er hatte Friedel falsch eingeschätzt, und als sie nichts von ihm wissen wollte, war er wütend geworden und hatte sie eine dreckige Offiziersnutte genannt. Am nächsten Tag war er mit dem Motorrad zur Wäscherei gefahren, um Friedel abzuholen, er hatte sich bei ihr entschuldigt und sie gefragt, ob sie nicht fest mit ihm gehen wolle. Es gefiel ihm nicht, wenn die Männer in der Wirtschaft sie angafften und

ihr auf den Hintern schlugen, er wollte dafür sorgen, daß sie von niemandem mehr belästigt wurde. Friedel erwiderte ihm, sie fühle sich nicht belästigt, allenfalls durch ihn, und er solle sie endlich in Ruhe lassen. Vielleicht lag es am blassen Licht der Gaslampe, die über dem Eingang zur Wirtschaft brannte, jedenfalls glaubte Martin, daß sie ihn in dem Augenblick, als sie ihn abwies, besonders aufreizend und herausfordernd ansah. Er verlor die Beherrschung, preßte sie an sich, versuchte sie zu küssen und dabei zum Schuppen im Hof, zwischen die leeren Bierfässer zu zerren.
Glücklicherweise hatte sein Bruder Hannes an diesem Abend nicht so viel getrunken wie er und war ihr zu Hilfe gekommen. »Laß sie, die isses nich wert, daß du dir ihretwegen Scherereien machst«, hatte er Martin beruhigt.
Kurt Bredel hatte vor zwei Monaten in der Menage Logis genommen. Er war Vertrauensmann auf Maria Anna gewesen und hatte die Kumpels in seinem Abschnitt zum Protest gegen das Wagennullen und den schlechten Ausbau im Flöz aufgerufen. Die Betriebsleitung hatte ihn daraufhin so lange mit Strafpunkten und Sonderschichten schikaniert, bis er freiwillig seine Abkehr genommen und auf Siegfried angelegt hatte. Diese Wahl hatte er nicht getroffen, weil er der Meinung war, daß die Arbeitsbedingungen hier besser wären als auf irgendeinem anderen Pütt, sondern weil er wußte, er würde Friedel wiedersehen. Außerdem lag Siegfried weit genug von Maria Anna entfernt, so daß er hoffen konnte, sein Ruf als »roter Aufwiegler« habe sich noch nicht bis hierher herumgesprochen.
Martin war nicht entgangen, bei wem der neue Kumpel vor allen Dingen angelegt hatte, aber er ließ es geschehen, weil ihm jemand, der so einer wie der Friedel nachgereist kam, nur leid tun konnte. Allerdings hatte er seine Meinung nicht für sich behalten, sondern sie beim gemeinsamen Abendessen am Tisch in der Menage Kurt Bredel mit der Beifügung »du Nuttenverführer« vor allen Bewohnern wissen lassen. Was Martin bis zu diesem Augenblick nicht gewußt hatte, war die für ihn niederschmetternde Tatsache, daß Kurt Bredel zweimal in der Woche im Keller des Boxsportvereins Preußen-Gloria trainierte, der sich unter Karls ehemaligem Parteibüro befand. Die Prügelei hatte keinen eindeutigen Sieger ergeben. Beide hatten sich am nächsten Tag krank gemeldet und kameradschaftlich darauf geeinigt, von ihrem nächsten Gedinge die Kosten für einen Schemel, mehrere Steinkrüge und den Porzellanschirm der Wandlampe zu teilen.
Auf diesen Vorfall spielte Wladislaus an, als er seiner Mannschaft

Weisungen für das Spiel gab. »Hört mal zu, ich will nich, daß hier irgendwelche Weibergeschichten 'ne Rolle spieln.« Er hatte Martin und Kurt angesehen. »Oder daß die Nationalen nur den Nationalen den Ball zuspieln, oder die Roten nur den Roten, oder die Polen nur den Polen. Wir sind eine geschlossene Mannschaft. Habt ihr das verstanden?« Und zu Klaus, der seine Tabakspfeife zwischen die Zähne gesteckt hatte, während er sich die Schuhe zuschnürte, sagte er: »Hör auf zu paffen, du hast genug Dreck in der Lunge.«
Klaus nahm gehorsam die Pfeife aus dem Mund, drückte die Glut aus und steckte sich die Pfeife in die Hosentasche.
Hannes war aufgestanden, er federte in den Knien und blickte über den Platz zum anderen Tor. »Immer ran an den Feind.«
Kurt war seinem Blick gefolgt und fügte hinzu: »Jawoll, keine Angst vor der Berührung mit dem bürgerlichen Gegner.«
Hinter dem gegenüberliegenden Tor am westlichen Ende des Platzes hatte sich die Mannschaft der Grubenbeamten in einer Reihe aufgestellt. Es waren junge Männer im gleichen Alter wie die Arbeiter, in schwarze, knielange Turnhosen und rotweiß gestreifte Trikots gekleidet. Der Torwart trug Knieschoner und Lederhandschuhe. Nacheinander, der Reihe folgend, machten sie sich mit gymnastischen Übungen warm, während ein älterer Assessor, die Hände ins Kreuz gestemmt, wie ein Feldwebel vor seinen Rekruten auf und ab schritt und sie auf den bevorstehenden Kampf einstimmte. In Wickelgamaschen, ledernen Kniehosen und einem weißen Sportsweater versuchte er seiner kleinen, beleibten Gestalt ein sportliches Aussehen zu geben.
»Meine Herren«, begann er, »die Stärke dieser Männer da drüben liegt in ihrer psychologischen Situation: Für sie geht es um mehr als Sieg oder Niederlage in einem Freundschaftsspiel zwischen Grubenbeamten und Arbeitern. Einen Sieg werden sie als Beweis ihrer Stärke ansehen, dem sie eine politische Dimension geben. Darum ist es außerordentlich wichtig, meine Herren, daß Sie ihnen auch in der körperlichen Leistungsfähigkeit und in der spielerischen Taktik mit der gleichen Überlegenheit begegnen wie in der geistigen Führung bei der beruflichen Arbeit.«
Bruno kam auf das Spielfeld, er war von beiden Parteien als Schiedsrichter gewählt worden. Er trug eine geflickte Arbeitshose und ein frisch gewaschenes, kragenloses Hemd, dessen Ärmel er bis über die Ellenbogen aufgekrempelt hatte. Die Hosenbeine hatte er, wie Kurt, der Torhüter, über den Füßen mit Gummiband umwickelt. Auch er trug ein Paar geliehene Sportschuhe. Er hielt den Lederball unterm

Arm und hatte eine Trillerpfeife an einer Kordel vor der Brust hängen. Seit er den Platz betreten hatte, waren Beifall und anerkennende Pfiffe der Zuschauer auf der Arbeiterseite zu hören, dazu Spottrufe wie: »Schiedsrichter, Ball im Aus!« – »Schiedsrichter nach Hause komm'. Ihr Kind hat Masern!« Und ein Pferdejunge rief den Spruch: »Läßt der Schiedsrichter ein' streichen, müssen selbst die Stürmer weichen!«

Auch einige der Herren auf der anderen Seite klatschten Beifall. Max beobachtete seinen Vater, wie er leicht vornübergebeugt, mit ruhigen Schritten zur Mitte des Spielfeldes ging. Seine Bewegungen wirkten gehemmt, als Mittelpunkt der allgemeinen Aufmerksamkeit fühlte er sich befangen. Er blieb stehen und sah auf seine Uhr. Walters Grinsen verriet die Doppeldeutigkeit seiner Bemerkung, mit der er auf Brunos Amt als Vertrauensmann anspielte, als er rief: »Bruno, der Unparteiische!«

Die Kumpels antworteten mit Lachen und Pfiffen. Bruno blieb scheinbar gelassen, abwartend tippte er den Ball auf den Boden und bekam dafür wieder Beifall, weil man ihm diese verlegene Handlung scherzhaft als artistische Darbietung auslegte.

Die tiefstehende Sonne blendete Friedel. In ihren Augen, die sie fast geschlossen hielt, schimmerte das gespiegelte Licht durch ihre gefärbten Wimpern. Ihre schmalen Wangen, die feingewölbten, dicht behaarten Brauen und der leicht geöffnete Mund waren ebenso wie die dunklen Ringellocken, die unter ihrem Strohhut wie die Zweige einer Tränenweide herabhingen, in eine verschwommene Helligkeit getaucht. Sie hockte auf einem leeren Bierkasten. Die Schwüle machte sie träge, und für einige Zeit genoß sie die ungewohnte Empfindung einer zufriedenen Ruhe. Die Gestalt, die sie gegen das blendende Sonnenlicht gelassen im Auge behielt, hatte die vertrauten Umrisse von Kurt Bredel.

Dann dröhnte aus der Bahnunterführung Motorenlärm. Rewandowski steuerte den offenen Viersitzer in einer weiten Schleife über die Vogelwiese. Wie gewöhnlich, wenn er sich unter seine Arbeiter begab, folgten seinem Wagen zwei berittene Gendarmen. Neben ihm saß sein Sohn Fritz. Er trug eine maßgerecht für seinen halbwüchsigen Körper nachgeschneiderte Husarenuniform. Hinter ihnen saß ein Sekretär.

Rewandowski hielt den Wagen am Spielfeld auf der Seite der Grubenbeamten an, die sich ihm in militärischer Haltung zuwandten. Der Reviersteiger war mit dem Betriebsführer an den Wagen getreten und

hatte den Schlag geöffnet. Rewandowski bedankte sich bei ihm mit einem kurzen Kopfnicken und reichte dem Betriebsführer die Hand. Dem Reviersteiger wurden vom Sekretär zwei Feldklappstühle übergeben, die er am Rand des Spielfeldes für den Direktor und seinen Sohn aufstellte. Rewandowski hatte den Betriebsführer beiseite genommen und vermittelte ihm leise eine Neuigkeit, die beide Herren, wie man ihnen ansah, in eine ernste und zugleich stolz erfreute Stimmung versetzte.
Ein Grubenbeamter hielt einen Sprechtrichter unter seinen Schnauzer und kündigte den Besucher an.
Bruno stand immer noch allein auf dem Spielfeld, er hatte seine Mütze abgenommen und sich nach Rewandowski umgedreht.
»Als Ehrengast bei unserem Freundschaftsspiel aus Anlaß des siebzigjährigen Bestehens der Zeche Siegfried begrüßen wir unseren Herrn Direktor und seinen Sohn mit einem dreifachen, sportlichen Hurra«, schallte es aus dem Trichter.
Während die Rufe über den Platz hallten, blickte Max zu Fritz hinüber und betrachtete die Husarenuniform, ohne daß es ihm dabei ganz gelang, seine Bewunderung und seinen heimlichen Neid hinter einem abschätzigen Ausdruck zu verstecken. Es tröstete ihn auch nicht, als er sah, wie dem Jungen unter der dicken Pelzmütze und dem Federbusch, von dem seine Stirn bedeckt war, Schweißtropfen über die Wangen liefen.
Inzwischen hatte sich von Süden über den unebenen Sandweg der Brache eine Mietkutsche genähert. Beifall und Bravo-Rufe ließen Max aus seinem Traum erwachen, in dem er in der gleichen Uniform, wie sie Fritz trug, auf einem Hannoveranerhengst über die Vogelwiese galoppiert war. Die Kumpels waren der Kutsche entgegengelaufen und hatten sie umringt. Aus dem einen Fenster hatte sich Karl Boetzkes gelehnt, aus dem anderen Egon Strattmann, sie winkten den Männern zu. Der Kutscher straffte die Zügel und hielt den Wagen an, weil die Situation für ihn unübersichtlich wurde. Max rannte zu ihnen. Walter hatte die Tür geöffnet. Egon stieg aus und umarmte seinen Vater. Auch Friedel war gekommen, gerührt und ein wenig verkrampft bot sie Karl die Wange zum Kuß an.
Abseits der Kumpels, die sich um die beiden bedeutendem Gäste drängten, hatte Max gewartet, bis er von seinem Onkel bemerkt worden war. Karl hatte ihm die Hand auf die Schulter gelegt und war mit ihm an den Rand des Spielfeldes gegangen. Max sah wieder zu Fritz hinüber. Der Sohn des Direktors hatte neben seinem Vater auf einem

Feldstuhl Platz genommen. Er durfte jetzt leger sein, hatte seine Fellmütze abgenommen und sie vor sich auf die Knie gestellt. Die Uniform erschien Max nun lächerlich im Vergleich zu der gewichtigen Hand, die er auf seiner Schulter spürte, die Hand eines Mannes, der vor dem Reichstag in Berlin Reden hielt und der, wie Max glaubte, beim Kaiser ein und aus ging.

Für die Ankündigung seiner Ehrengäste hatte Walter kein Megaphon zur Verfügung, er legte die gewölbten Hände an den Mund und rief über den Platz: »Wir begrüßen aufs herzlichste in unseren Reihen den Reichstagsabgeordneten der Sozialdemokraten und Sekretär der freien Gewerkschaft Karl Boetzkes und den Parteisekretär und freien Gewerkschafter Egon Strattmann!«

Um sein familiäres Verhältnis zu ihm deutlich zu machen, schlug Walter seinem Sohn vor aller Augen lachend auf die Schulter. Er bekam verständlicherweise vor allem von der Seite der Arbeiter Beifall. Karl und Egon nahmen ihre Hüte ab. Rewandowski und die Herren um ihn herum grüßten zurückhaltend.

Auf der Mitte des Platzes stand Bruno zwischen den Fronten, er wandte sich Karl und Egon zu und legte grüßend die Finger an den Schirm seiner Mütze. Er sah wieder auf seine Uhr und rief dann mit einem langen Pfiff die Mannschaften auf das Spielfeld. Vom Westtor kam die Mannschaft der Grubenbeamten im Laufschritt und in streng ausgerichteter Reihe als erste auf das Feld. Der dicke Assessor, der sie betreute, blieb hinter dem Tor zurück und rief ihnen in verhaltener Lautstärke nach: »Behalten Sie immer die Taktik im Auge, meine Herren. Klare Spielzüge. Und lassen Sie sich nicht zu Zweikämpfen provozieren.«

Am Osttor verabschiedete Wladislaus seine Männer: »Also los, Jungs, macht Kohle. Ihr müßt immer dran denken, wie sie euch sonst rumschikanieren, den Lohn drücken und euch die Wagen nulln.«

Die Mannschaft kam etwas verspätet auf das Feld, weil Rudi, den Schlepper, die Schuhe drückten und er sie mit Klaus tauschte, dem seine zu groß waren. Im Gegensatz zur Mannschaft der Grubenbeamten betraten die Arbeiter in einem lockeren Durcheinander den Platz, und es dauerte wiederum einige Zeit, bis sie sich in der verabredeten Formation aufgestellt hatten. Friedel hatte den leeren Bierkasten an das Tor gerückt, in dem Kurt Bredel auf und ab lief und im Bewußtsein ihrer nahen Blicke die Schultern drehte, in den Knien federte und Sprünge übte. Bruno legte den Ball auf einen unsichtbaren Punkt, den er für die Mitte des Spielfeldes hielt und warf die Münze. Die Gruben-

beamten bekamen Anstoß, was die Kumpel spöttisch kommentierten. »Schiebung!« riefen sie und: »Haben sie dir dafür 'ne Feierschicht versprochen, Bruno?«
Bruno ließ sich nicht beirren, trat zurück und pfiff das Spiel an. Das wichtigste Ereignis der ersten Spielminuten war ein mißlungener Fallrückzieher, bei dem Rudi den Ball verfehlte und statt dessen seinen neuen Schuh, der ihm offensichtlich zu groß war, in die Reihen der Herren geschleudert hatte, die Rewandowski und seinen Sohn umgaben. Der Betriebsführer hatte eine gute Reaktion gezeigt und sich rechtzeitig geduckt, um dem Schuh auszuweichen.
Rudi war an den Spielfeldrand gehumpelt und hatte sich in Habtachthaltung aufgestellt: »Ich bitte um Entschuldigung, Herr Betriebsführer.«
Bergassessor Löwitsch rückte seinen Binder zurecht und nickte verständnisvoll. Rudi war stehengeblieben. Löwitsch sah ihn fragend an.
»Würden Sie mir«, sagte Rudi zögernd, »meinen Schuh wiedergeben, Herr Betriebsführer?«
Es war dem Assessor anzusehen, wie er überlegte, ob er die Bitte des jungen Schleppers als eine dreiste Zumutung oder als eine unumgängliche Notwendigkeit auslegen sollte. Er bückte sich schließlich, hob widerwillig den Schuh auf und warf ihn Rudi zu. Er bekam dafür spöttischen Beifall von den Kumpels. Mit der einen Hand hatte Rudi den Schuh aufgefangen, die andere hatte er grüßend an die Schläfe gelegt und gesagt: »Ich bedanke mich, Herr Betriebsführer.«
Einige Minuten später war es dann zu einem Strafstoß für die Grubenbeamten gekommen, weil Klaus, der Verteidiger, den Ball im eigenen Strafraum mit der Hand abgewehrt hatte. Martin und Hannes hatten ihn beschimpft. Die Kumpels protestierten. Wladislaus versuchte sie zu beruhigen, er rief ihnen zu, daß die Entscheidung korrekt war.
Kurt stand geduckt, die Hände auf den Knien, die Mütze bis dicht über die Augen herabgezogen, zum abwehrenden Sprung bereit, und Bruno schritt währenddessen ruhig und unbestechlich die elf Meter ab. Von niemandem beachtet, war ein Motorradfahrer an die Zuschauerseite der Grubenbeamten herangefahren. Nur Karl und Egon beobachteten, wie er abstieg, seine Schutzbrille auf die Stirn hochschob und Rewandowski eine Depesche überreichte. Karl sagte leise und nachdenklich zu Egon: »Ich glaube, es ist soweit.«
Rewandowski hatte sich das Megaphon geben lassen, er hielt das

Schreiben in der Hand, sein Ausdruck zeigte eine berechnete Feierlichkeit wie bei jemandem, der ein Ereignis, das er schon seit längerer Zeit sicher erwartet hatte, als eine überraschende Neuigkeit verkündete. Er gab Bruno ein Zeichen, das Spiel abzubrechen, der Elfmeter wurde nicht mehr ausgeführt. Rewandowski sprach durch den Trichter: »Freunde, Arbeiter, Kameraden. Soeben habe ich die Nachricht erhalten, daß unser Kaiser und seine Generalität zum Schutz unseres Vaterlandes gegen die Machtgier der Franzosen, Engländer und Russen im ganzen Reich die Mobilmachung ausgerufen haben. In dieser erhebenden Stunde sind wir über alle Unterschiede und ideologischen Grenzen hinweg geeint in der stolzen Tatsache, daß wir Deutsche sind.«

Im ersten Augenblick herrschte Schweigen, jeder war ergriffen, niemand rührte sich von der Stelle. Als erster ging Karl über das Feld auf Rewandowski zu und reichte ihm die Hand. Er lieh sich von ihm das Megaphon aus, und trotzdem hatte er jetzt Mühe, sich im plötzlich ausbrechenden Jubel verständlich zu machen. »Genossen«, rief er, »Genossen, Kameraden. Man hat uns einmal, als wir für unsere Rechte gekämpft haben, als vaterlandslose Gesellen beschimpft. Kameraden, wir werden jetzt beweisen, daß wir mit dem gleichen Mut, der gleichen Bereitschaft, Kraft und Zähigkeit, mit der wir Tag für Tag zum Wohl unseres Vaterlandes Kohle aus dem Berg brechen, daß wir mit demselben Mut und derselben Energie für unser deutsches Vaterland auch kämpfen können. Der Kaiser kann sich auf uns verlassen.«

Mit diesen Worten hatte er den Jubel und die Hochstimmung noch mehr angeheizt, Bravo-Rufe wurden laut, die gegnerischen Mannschaften gingen aufeinander zu, die Männer schüttelten sich die Hände und umarmten sich, junge Kumpel und Grubenbeamte warfen ihre Mützen und Hüte in die Luft. Es schien, als wenn der Ausbruch des Krieges die Gemüter von einer dumpfen Ungewißheit erlöst hätte, so wie ein Gewitter mit Blitz und Donnerschlag eine drückende Schwüle vertrieb. Ein Abenteuer hatte begonnen, kraftvoll und rücksichtslos, das alle persönlichen Sorgen und kleinen Hoffnungen beiseite drängte und den Menschen in der Siedlung vorübergehend das unbekannte Erlebnis einer den Alltag überflügelnden Freiheit vermittelte.

Friedel hatte sich bei Kurt eingehakt, sie wollte die allgemeine Begeisterung mit ihm teilen. Aber ein wenig sah es auch danach aus, als wollte sie ihn festhalten aus Furcht, ihn zu verlieren.

Max, der Neffe des Reichstagsabgeordneten der Sozialdemokraten, und Fritz, der Sohn des Konzernherrn, ahmten die Geste ihrer erwachsenen Vorbilder nach, indem sie über das Spielfeld aufeinander zuschritten. Fritz, in seiner Uniform, salutierte, und Max legte die Fingerspitzen an den Schirm seiner Mütze, dann gaben sie sich stumm die Hand. Die bedeutsame Feierlichkeit ihrer Handlung schien der Abenteuerromantik, mit der die beiden Jungen dem Krieg entgegensahen, gemäßer zu sein als zuvor die pathetische Verbrüderung der beiden politischen Gegner.
Bruno stand abseits, den Ball unterm Arm, sein Gesicht hatte einen harten, verschlossenen Ausdruck, während er der patriotischen Ergriffenheit der anderen zusah. Er warf den Ball in die Luft und schlug ihn mit dem Fuß an den Rand der Brache in die Ginsterbüsche. Er spuckte aus und ging langsam in die Siedlung zurück, wo die Frauen in den Häusern und Gärten noch nichts vom ausgebrochenen Krieg wußten. Hinter sich hörte er die Männer »Mit Gott für Kaiser und Reich« singen.

Es wurde viel gesungen in diesen Tagen. Die Kumpels hatten ihre Einberufung bekommen. Begleitet von ihren Frauen, Kindern und den Alten marschierten sie durch die Siedlung und sangen: »Zickezacke jum-heidi, schneidig ist die Infantrie.«
Sie hatten Brotbeutel und Blechflasche umgehängt, als gingen sie zur Schicht, einige hatten sich alte Hüte aufgesetzt und mit Gräsern und Feldblumen geschmückt. Martin, Hannes und Klaus zogen einen zweirädrigen Karren, er war mit dem wenigen Gepäck der Männer beladen, verschnürte Kartons, Leinenbeutel und Rucksäcke. An den Seitenklappen hatten sie beschriebene Papptafeln befestigt: AUSFLUG NACH PARIS! und: AUF IN DEN KAMPF, MIR JUCKT DIE SÄBELSPITZE!
Max marschierte mit ihnen, vorn, in der ersten Reihe. Friedel ging neben Kurt Bredel, sie hielten sich an den Händen. Er blieb stehen, nahm sie in die Arme und küßte sie, womit er die nachfolgenden Männer aufhielt.
»Komm – komm, Kamerad«, riefen sie ihm zu, »nach dem Sieg könnt ihr weitermachen.« Sie hatten ein neues Lied angestimmt: »Muß i denn, muß i denn zum Städtele hinaus, Städtele hinaus, und du, mein Schatz, bleibst hier.«
»Was hältst du davon?« fragte Kurt, als sie weiterliefen.
»Wovon?« fragte Friedel.

Kurt gab sich zerstreut. »Hab ich dir das noch nicht gesagt?«
Sie lächelte unsicher, und er wiederholte scheinbar erstaunt: »Weißte das wirklich noch nich?«
Sie schüttelte den Kopf und lachte: »Ich weiß doch nich, wovon du redest.«
»Na, daß wir heiraten, wenn ich zurückkomm.«
Sie sah ihn überrascht und zärtlich an, dann senkte sie den Blick.
Er beobachtete sie: »Sehr begeistert siehst du nich aus.«
Sie schwieg, sie war plötzlich ernst und verschlossen. Er schwieg auch. Nach einer Weile fragte er: »Haste hier noch was mit einem andern? Dann kannste mir das ruhig sagen.«
Friedel schüttelte wieder den Kopf.
»Na schön«, sagte er, »das war ja nur mal so 'n Einfall von mir.«
Seine Bemerkung machte sie noch betroffener, aber sie erwiderte nichts.
Am Straßenrand warteten Erna und Wladislaus, bis der Zug der Männer herangekommen war. Erna hielt ein Päckchen in der Hand, es war in Butterbrotpapier gewickelt und mit Gummiband verschnürt. Sie lief zu ihren Söhnen, umarmte zuerst Hannes, den Jüngeren, dann Martin, und küßte beide auf die Wangen. Sie ließen es ungerührt geschehen. »Ihr verdammten Bengels«, schimpfte sie scherzhaft, »macht mir keinen Ärger und kommt mir gesund wieder.« Sie begann zu schluchzen. »Habt ihr verstanden?« Sie steckte Martin das Päckchen unter den Arm. »Hier habt ihr Marschverpflegung, verlier's nich, das is was Gutes, 'ne Salami, 'ne echte ungarische.« Sie wischte sich mit ihrem Tuch Tränen von den Wangen und winkte ihren Söhnen nach. Martin und Hannes drehten sich nicht nach ihr um, sie sahen zu Wladislaus hinüber, der am Straßenrand stehengeblieben war und sie stumm grüßte. Sie antworteten ihm, die Köpfe zur Seite gedreht, mit militärischem Gruß.
Kurt und Friedel gingen jetzt in einigem Abstand nebeneinander her, sie schwiegen verstimmt, keiner sah den anderen an. Friedel blieb stehen, sie flüchtete sich in einen verärgert vorwurfsvollen Ton: »Hast du denn überhaupt mal daran gedacht, wen du da heiraten willst?«
Kurt war auch stehengeblieben, sie traten aus der Reihe, um die anderen nicht wieder aufzuhalten. Er sah sie verwundert an. »Dich.«
»Und wer bin ich?«
Er lachte verlegen. »Was soll das? Du bist du.«
»Ach hör doch auf«, sagte sie, drehte sich um und lief in entgegengesetzter Richtung die Straße zurück. Kurt sah ihr nach, er wußte nicht,

was er von ihr halten und was er tun sollte. Schließlich rannte er ihr hinterher.
Nacheinander kamen sie an Bruno, Pauline und Franziska vorbei, die sich nach ihnen umsahen. Bruno lächelte. Er hatte seine Tochter an die Hand genommen. Pauline hielt die Arme vor der Brust verschränkt. »Wo is eigentlich Max?« fragte sie.
»Vorn bei der Karre«, sagte Franziska.
»Die soll'n endlich mit dem blöden Lied aufhörn«, sagte Bruno. Pauline rief Max zurück. »Du bleibst jetzt hier, du wirst deinen Vater 'ne Weile nich sehn.«
»Laß ihn doch«, sagte Bruno. Max ging nun widerwillig zwischen seinen Eltern. Er hielt trotzig den Kopf gesenkt und fragte seinen Vater: »Warum singst du nich mit?«
Bruno gab ihm keine Antwort.
Franziska sagte: »Weil er keine Lust dazu hat.«
»Wenn du lange an der Front bleiben mußt, fahr ich für dich ein«, sagte Max.
Bruno lachte und legte ihm die Hand auf die Schulter. »Da bist du schon scharf drauf, was?«
Max nickte und rückte verlegen seine Mütze zurecht.
»Wenn du das erste Mal runterkommst, dann denkst du, da isses stikkig und still«, erklärte ihm Bruno. »Und dann kriegst du 'n Schreck, weil dir plötzlich ein starker Wind um die Ohren pfeift. Das is der Wetterzug, verstehste?«
»Natürlich«, erwiderte Max.
Pauline hatte ihnen zugehört, ihre Augen füllten sich mit Tränen, worüber sie sich ärgerte. Franziska hatte sie beobachtet und nahm ihre Hand.
Mit einem Korb Kartoffeln kam Käthe vom Einkauf den Männern entgegen. Sie blieb abwartend stehen. Klaus rief ihr in naiver Begeisterung zu: »Mama! Willste nich mitkomm nach Paris, wir schießen dir den Weg frei!«
Käthe stellte den Korb ab und ging zu ihm. Sie sah, daß er Angst hatte. Sie nahm ihn in die Arme und sagte ruhig: »Willi hat der Berg geholt, er is als Bergmann gestorben. Aber unsern Herbert haben sie beim Streik erschossen. Karl wird nichts passiern, er hat 'ne hohe Position. Und nun spiel du nich den Helden, hörst du? Wenn du Angst hast, dann is das 'n gutes Zeichen, dann richte dich danach und sei vorsichtig.«
Auf der leeren Straße, die der Zug der Männer hinterlassen hatte, war

es Kurt gelungen, Friedel einzuholen, bevor sie ihr Haus erreicht hatte. Er hielt sie am Arm fest und drehte sie zu sich herum. »Was is los, Friedel?«
Sie wich seinem Blick aus. »Ich bin nich die Richtige für dich.«
Er ließ sie los und dachte nach. »Meinst du, weil du mal in diesem Edelpuff gearbeitet hast?«
Sie betrachtete ihren Ring mit vier grünen, kleeblattförmig angeordneten Steinen und einer kleinen Perle in der Mitte und drehte ihn an ihrem Finger. Sie hatte ihn sich, als sie bei Madame noch gut im Geschäft war, selber gekauft.
»Ich hab's dir trotzdem vorgeschlagen«, sagte er. Er nahm ihre Hand. »Komm.« Und er lief mit ihr zurück, um sich wieder bei den Männern einzureihen, die singend in den Krieg zogen.
»Wenn i komm, wenn i komm, wenn i wieder-wiederkomm – wieder-wiederkomm –«

Die beiden Schlepper, die gemeinsam einen kohlebeladenen Wagen vom Förderkorb über die Hängebank schoben, waren auffallend schmalschultrig und verhältnismäßig klein gewachsen, ihre Arbeitshemden, Westen, Jacken und Hosen waren ihnen zu weit, Ärmel und Hosenbeine hatten sie aufgekrempelt. Sie stemmten sich gegen den Wagen, angespannt und mit zäher Kraft, aber ihre Bewegungen, die Art, wie sie dabei Hüften und Gesäß herausstreckten, wirkten merkwürdig unmännlich.
»Muß bald Pause sein«, sagte Pauline, sie wollte Friedel aufmuntern, die sich neben ihr, als der Wagen genügend Schwung bekommen hatte, für einen kurzen Augenblick aufrichtete und erschöpft die Arme baumeln ließ. Eine Arbeiterin, sie trug ebenfalls verrußte Männerkleidung, kam ihnen entgegen, sie schob allein einen leeren Wagen. Gegen das Dröhnen der Maschine und Rattern der Wagenräder auf den Stahlplatten riefen sich die Frauen »Glück auf!« zu.
»Bist du allein?« fragte Pauline.
Die Frau nickte.
»Wo is Erna?«
»Die is heute nich gekomm!« rief die Frau zurück.
Pauline und Friedel hängten sich jetzt an den Wagen, um ihn vor dem Podest abzubremsen, auf dem der Reviersteiger stand und die Füllung prüfte. Sie taten es mit Kraft und Geschick, was zeigte, daß sie die Arbeit gewohnt waren. Neben dem Reviersteiger stand Käthe, ihre Hüften füllten prall den Bund ihrer geflickten Männerhose, das

kragenlose Hemd spannte sich straff über ihrem Busen, während die Schulternähte weit über den Oberarmen herabhingen. Ihr Gesicht war vom Kohleruß geschwärzt, sie hielt eine Eisenstange in den Fäusten. Der Reviersteiger gab ihr ein Zeichen, und während er sich die Wagennummer notierte, stieß sie die Eisenstange zwischen die Kohlebrocken und drückte sie auseinander. Friedel nutzte die kurze Pause, um eine lose Haarsträhne unter den Rand ihrer Mütze zu stekken.

Pauline beugte sich zu Käthe hinüber: »Hast du was von Erna gehört?«

Käthe schüttelte den Kopf, sie hantierte bewußt ungeschickt mit der Eisenstange.

Der Reviersteiger nahm sie ihr ab und stocherte eigenhändig in der Füllung herum, bis er unter einer dünnen Kohleschicht auf Bergbrokken stieß. »Seht euch das an!« rief er, »alles Berg! Diese verdammten Polacken, das ist Sabotage!« Er winkte ungeduldig. »Weiter, weiter, macht hin.«

Pauline und Friedel stemmten sich wieder gegen den Wagen und setzten ihn langsam in Bewegung. »Warum sie den nich endlich an die Front schicken«, stieß Pauline leise zwischen zusammengepreßten Lippen hervor.

Über der Maschinenhalle stieg gleichzeitig mit einer schmalen Dampfsäule ein rauher Pfeifton auf. Die Schlepperinnen kamen von der Hängebank in den Hof hinunter. In der plötzlichen Stille war das Klappern ihrer Holzschuhe auf den Stahlstufen der Treppe zu hören. Sie setzten sich auf einen Stapel Eisenträger vor der Hallenwand in die Sonne, schoben ihre Mützen in den Nacken und begannen aus Blechnäpfen, Kannen und Kochgeschirren wäßrige Rübensuppe zu löffeln.

Friedel tat der Rücken weh. »Ich krieg meine Tage«, sagte sie.

»Dann mußt du dich beim Sanitäter melden«, sagte Pauline.

Maria, eine kleine stämmige Mecklenburgerin, legte sich die Hand auf den Bauch. »Da kannste froh sein, Friedel. Meiner hat mir von den paar Tagen Urlaub gleich 'n Andenken hinterlassen.«

Eine hagere Blondine, der ein großer, verrußter Haarknoten im Nakken unter der Mütze hervorhing, stimmte ihr zu. »Das hat auch sein Gutes, wenn die Kerle nich da sind, da brauchste nich dauernd Angst haben, daß du wieder verfalln bist.«

Friedel hatte ihnen nicht mehr zugehört, sie hob das Kinn und blinzelte in die Sonne. Sie vergaß, ihre Suppe zu löffeln.

Käthe stieß sie an. »Du mußt was essen.«

Maria schüttete sich den Rest aus ihrem Napf in den Mund. « Das pinkelste nach fünf Minuten wieder aus, und das war's dann. «
Sie sprachen über Sonderrationen, sie hatten gelesen, daß es dreihundert Gramm Brot pro Kopf für berufstätige Erwachsene geben sollte. Aber sie glaubten nicht daran.
»Das is alles Propaganda«, sagte eine Frau. »Es gibt nichts, und das bißchen, was es gibt, wird immer teurer.«
Pauline hatte einen Artikel über »die heldenhafte Arbeit der Frauen in der Heimat« gelesen. Sie sagte: »Wenn sie so stolz auf uns sind, weil wir hier unsern Mann stehen, da frag ich mich, warum sie uns dann für dieselbe Arbeit nur den halben Lohn zahln.«
Immer wieder hatte Käthe unauffällig über den Hof zur Einfahrt geblickt. Die Frau, die neben ihr saß, zog eine große vergoldete Uhr aus der Hosentasche und zeigte sie den anderen. »Die hat er mir hiergelassen, er hat gesagt, wenn's ihn erwischt, dann geht wenigstens die Uhr nich verlorn.« Sie ließ den Deckel aufspringen und blickte auf das Zifferblatt. »Sie müssen gleich kommen.« Sie nahm rasch ihre Mütze ab und schüttelte ihr Haar locker. Auch die übrigen Frauen begannen daraufhin, ihrem Äußeren ein wenig Gefälligkeit zu geben, soweit ihnen das in Männerhosen, Arbeitshemden und mit ihren verrußten Gesichtern möglich war. Die Blondine öffnete ihren Haarknoten und ließ die grauverschmutzten Strähnen über ihre hageren Schultern herabfallen. Käthe öffnete die beiden oberen Hemdknöpfe, scheinbar ohne besondere Absicht und nur, weil es ihr in der Sonne allmählich zu warm wurde. Pauline beschränkte sich darauf, ihre Mütze zurechtzurücken. Friedel blieb als einzige unbeteiligt, sie hatte immer noch nichts gegessen.
Von drei Gendarmen bewacht, kam jetzt ein kleiner Trupp Kriegsgefangener durch das Tor und lief über den Hof an den Frauen vorbei zur Hängebank. Sie trugen zerschlissene französische Uniformen, denen man nicht ansah, daß sie ihnen einmal gepaßt hatten, denn jetzt hingen sie den Männern viel zu weit an den abgemagerten Körpern.
Die Frauen lächelten ihnen zu. »Bonjour – bonjour«, riefen sie, und Käthe fügte hinzu: »Ça va bien?«
Maria winkte mit ihrer Mütze: »Ça va? Ça va? Hallo mon chou, mon ami.« Und die Blondine stotterte in hartem Akzent den Satz, den sie offensichtlich auswendig gelernt hatte:
»Wuhlee-wuh-kuschee-aweck-moa?«
Die Frauen kreischten, weil sie wußten, was diese Aufforderung be-

deutete. Die Gefangenen gingen auf die Frauen nicht oder nur mit einem heimlichen Winken oder Augenzwinkern ein. Nur ein kleiner, breitschultriger Bursche ließ sich von den Gendarmen der Bewachung nicht einschüchtern. Sein gebeugter, elastischer Gang verriet den Bergmann, er blitzte die Frauen mit dunklen Augen und einem schwarzen glänzenden Schnauzer an und erwiderte in einem singenden Ton, wobei er auf die entsprechenden Körperteile deutete: »Nix in Magen, nix in Hose.«
Ein Gendarm stieß ihn vorwärts: »Ruhe! Allez, allez! Marsch, marsch!«
»Allez, allez, marsch, marsch«, äffte ihn Maria nach, »warum fährst du denn nich selber ein?«
»Das geht doch nich«, sagte eine Schlepperin, »der paßt doch mit seinem dicken Arsch gar nich durch die Wettertür.«
Die Frauen lachten und sahen den Franzosen nach. Sie hatten Erna nicht bemerkt, die langsam über den Hof kam. Über ihre Arbeitskluft hatte sie ein schwarzes Tuch gebunden. Pauline sah sie zuerst: »Haste ausgeschlafen, Erna?«
Käthe stieß Pauline an und sagte leise zu ihr: »Hör auf, siehst du denn nich, was mit ihr los is?«
Erna war blaß, ihre Augen waren gerötet und verquollen. Sie hielt die Arme unter ihrem Tuch verschränkt. Neugierig und besorgt sahen ihr die Frauen entgegen. Sie setzte sich schweigend zu ihnen. Sie bemerkte nicht, wie Friedel sie beklommen von der Seite anstarrte, eine Nachricht befürchtend, die ebenso sie selber betreffen konnte. Erna streckte eine Faust unter ihrem Tuch hervor und öffnete sie langsam. Auf ihrem Handteller, in dem die Linien vom eingegerbten Ruß nachgezeichnet waren, lag das Eiserne Kreuz: »Hier, das haben sie mir von mei'm Hannes geschickt.« Sie weinte nicht mehr, sie war nur müde und verbittert, als sie hinzufügte: »Und 'ne Nachricht, daß er für sein Vaterland den Heldentod gestorben is.«

Pauline lief, gegen den eisigen Wind geduckt, dicht an den Häuserwänden entlang. Sie hatte die Hände vor der Brust in ihr Schultertuch gewickelt, der Wind stach ihr wie eine Nadelbürste in die Haut, ein leerer Korb hing an ihrem Arm. Sie drehte sich um, lehnte sich gegen den Wind, um den Schmerz ihrer brennenden Wangen für einen Augenblick zu lindern. Außerdem wollte sie sehen, ob ihr die junge Frau noch folgte, von der sie sich schon auf dem Hof vor dem Magazin beobachtet gefühlt hatte. Es war wieder einmal eine Sonderration ange-

sagt worden, und die Frauen hatten drei Stunden auf dem zugigen Hof vor dem Magazin der Konsumgenossenschaft EINIGKEIT gewartet.
Dann war ein Amtmann in Begleitung eines Gendarmen erschienen, zwei alte, kriegsuntaugliche Männer. Ohne ein Wort zu sagen, waren sie an den Frauen vorbei zur Halle gegangen und hatten einen Zettel an das Tor geheftet: DIE AUF GUTSCHEIN D FÜR DEZEMBER ANGEKÜNDIGTE RATION VON 100 GR. SPEISEFETT FÜR ERWACHSENE, BERUFSTÄTIGE PERSONEN ENTFÄLLT BIS AUF WEITERES. STÄDTISCHER LEBENSMITTELAUSSCHUSS HERNSTEIN.
Die Frauen wollten wissen, warum die Zuteilung gestrichen worden war, und der Amtmann erwiderte, daß es Versorgungsschwierigkeiten gab. »Wir haben Krieg«, erinnerte sie der Gendarm.
»Wir haben Krieg, das is ja mal was ganz Neues«, riefen die Frauen. Und Maria sagte: »Wir ackern uns kaputt, weil wir Krieg haben. Wir hungern uns die Schwindsucht an, weil wir Krieg haben, und unsere Männer kommen als Krüppel zurück, weil wir Krieg haben. Aber wir wolln gar keinen Krieg, habt ihr das noch nich begriffen?« Erna hatte das Eiserne Kreuz aus ihrer Rocktasche gezogen und den Männern vor die Füße geworfen: »Hier! Das tausch ich gegen 'n Kilo Kartoffeln, damit's noch 'n Sinn hat.«
Die junge Frau hatte abseits gestanden, gegen einen Pfeiler der Hallenwand gelehnt und hatte interessiert den Protest der Bergarbeiterfrauen verfolgt. In ihrer Kleidung unterschied sie sich nicht von ihnen, aber ihr schmales, jugendliches Gesicht, ihre blasse, gepflegte Haut und ihr selbstbewußter Blick, der frei war von der dumpf geprägten Härte ständiger Not und schwerer körperlicher Arbeit, kennzeichneten sie als Außenseiterin.
Als Pauline merkte, daß ihr die Frau immer noch folgte, versuchte sie, schneller gegen den Wind voranzukommen, aber die Frau hatte sie bald eingeholt.
»Du bist Pauline Kruska?«
Pauline blieb stehen.
Die Frau sah sich auf der Straße um. »Komm, geh weiter«, sagte sie. Sie gingen nebeneinander, die Köpfe gegen den Wind gesenkt. Pauline sah sie mißtrauisch von der Seite an. Die Frau sagte: »Ich muß dich sprechen. Nimm mich mit zu dir nach Haus.«
Käthe und Franziska waren über einen Waschzuber gebeugt, sie wrangen zusammen ein nasses Bettuch aus. Ihr erster Blick galt nicht

der fremden Frau, sondern war auf den leeren Korb an Paulines Arm gerichtet.
»Was is'n, Mama?« fragte Franziska.
Pauline stellte den Korb auf einen Stuhl. »Is gestrichen, gibt nichts.« Sie band ihr Tuch ab und wandte sich der Frau zu. »Sie woll'n mich sprechen?«
Auch die Frau hatte ihr Tuch abgebunden. Ihr dunkles, krauses Haar hatte einen kurzen, städtischen Schnitt. Sie sah Käthe und Franziska an. »Ich heiße Gertrud.« Sie ging zu ihnen und gab ihnen die Hand. Käthe und Franziska hatten sich vorher ihre Hände an den Schürzen abgetrocknet. Die Frau lächelte: »Nennt mich Trude. Kann ich eine Schere haben oder ein spitzes Messer?«
Käthe musterte sie schweigend, ging dann zur Schublade, nahm eine Schere heraus und gab sie der Frau. Ohne Scheu hob sie den Rock und tastete den Saum ab, bis sie ein flaches, eingenähtes Päckchen zwischen den Fingern hielt.
»Was wollen Sie von uns? Woher kennen Sie mich? Ich habe Sie noch nie gesehen«, sagte Pauline.
»Es ist besser für euch, wenn ich keine Namen nenne«, erwiderte die Frau, während sie die Naht auftrennte. Sie gab Franziska die Schere zurück. »Aber ihr könnt uns vertrauen.« Sie hatte eine schmale Broschüre aus dem Saum ihres Wollrocks gezogen und legte sie auf den Tisch. Käthe war neugierig zu ihr getreten, sie las laut und in befremdet gedehntem Ton den Titel: »Spartakusbrief«. Sie zuckte mit den Schultern. »'n Stück Brot wär uns lieber.«
Die Frau, die Trude genannt werden wollte, ging nicht auf ihre Bemerkung ein, sie senkte kurz den Blick. »Das ist ein Aufruf zum Streik gegen den Krieg.«
»Is das von Karl?« fragte Pauline, sie sah ihre Tochter an und deutete auf die Treppe. »Geh nach oben, Fränzi.« Franziska blieb stehen, sie sagte ruhig: »Da oben frier ich mir den Hintern ab.«
»Dann leg dich solange ins Bett.«
Franziska warf ihrer Mutter einen wütenden Blick zu. »Ich bin kein kleines Mädchen mehr, Mama. Ich verdien was, ich arbeite 'n ganzen Tag auf'm Pütt, genau wie ihr.«
Pauline überlegte. »Gut«, sagte sie, »dann bleib hier. Aber halt'n Mund und erzähl nichts rum.«
Franziska nahm das nasse zusammengedrehte Bettuch vom Zuberrand, wickelte es auseinander und hing es zum Trocknen auf eine Schnur über dem Herd.

Trude hatte die Auseinandersetzung zwischen Mutter und Tochter interessiert verfolgt. Pauline bot ihr den Platz auf der Bank am Herd an. »Da isses am wärmsten.« Sie setzte sich ihr gegenüber auf einen Schemel, und Käthe nahm im Abstand, den die Bank zuließ, neben der Frau Platz.

»Hast du eben Karl Boetzkes gemeint?« ging Trude auf Paulines Frage ein.

Pauline nickte: »Mein' Bruder.«

»Ich weiß«, sagte Trude. »Nein, dein Bruder hat nichts damit zu tun. Er unterstützt den Krieg, er hat den Kriegsanleihen zugestimmt. Sie stellen sich hinter den Kaiser und das Militär.« Sie hatte vor sich auf die Tischplatte geblickt und sah nun Pauline an: »Wir haben uns von den Sozialdemokraten getrennt. Ihr habt sicher schon von Rosa gehört?« Sie ergänzte sicherheitshalber den Namen: »Rosa Luxemburg. Und von Karl Liebknecht und Clara Zetkin? Alle sind inzwischen im Gefängnis. Als Karl verhaftet wurde, haben in Berlin fünfundzwanzigtausend Arbeiter auf dem Potsdamer Platz dagegen protestiert.«

Käthe fragte betroffen: »Sie haben Karl eingesperrt?«

Pauline beruhigte sie: »Nicht unsern Karl – Karl Liebknecht, das hat doch in der Zeitung gestanden.«

»Ach so«, sagte Käthe.

»Wir müssen sehr vorsichtig sein«, sagte Trude. »Inzwischen haben wir...«

Pauline unterbrach sie: »Was willst du von uns?«

Draußen vor dem Haus hupte ein Auto. Die Frau wollte Pauline antworten, erschrak und blickte zum Fenster. Käthe zerstreute ihre Bedenken. »Das is der Kerl vom Wanderkino, der holt Friedel ab.«

Franziska war zum Fenster gelaufen und sah hinaus. Die Tür zur Schlafstube wurde hastig aufgestoßen. Für einen Augenblick stand Friedel im Türrahmen, sie hatte sich zurechtgemacht, als würde sie noch bei Madame im Dienst stehen. Sie hatte die Wimpern geschwärzt und kräftig Rouge aufgelegt, was ihrem blassen Gesicht einen puppenhaft starren Ausdruck verlieh. Sie sah sich prüfend in einem Handspiegel an, den sie dann mit einer hastig nervösen Geste in ihr kleines, mit Silberflitter besticktes Täschchen steckte. Jetzt erst bemerkte sie die fremde Frau, die in der Küche am Tisch saß. Sie nickte ihr irritiert zu und ging mit kleinen, raschen Schritten zur Haustür.

Pauline zeigte auf Friedels Kostüm aus dunkelrot schimmerndem

Velvet, der Rock reichte nur eine Handbreit über die Knöchel: »Du willst dir wohl 'n Tod holn in dem Fähnchen.«
Friedel deutete nach draußen. »Das is 'ne Limousine«, entschuldigte sie ihre leichte Kleidung.
»Weißte, wie du aussiehst?« sagte Pauline, »wie ...«
Franziska fiel ihrer Mutter ins Wort. »Laß sie doch. Du bist doch bloß neidisch.« Sie bewunderte ihre Tante. »Du siehst schön aus.«
Friedel war zögernd stehengeblieben. Sie wußte nicht, wie sie sich verhalten sollte. »Sagt Max, wenn er von der Schicht kommt, daß ich für ihn gebetet habe.« Sie öffnete die Tür und ging hinaus.
Käthe war aufgestanden, sie sah zusammen mit Fränzi aus dem Fenster.
Friedel hatte ihren Rock gerafft und einen Fuß auf das Trittbrett der Limousine gestellt. Sie rutschte ab, hielt sich aber an der Wagentür fest. Erst beim zweiten Versuch gelang es ihr, auf die Bank neben den Kinobesitzer zu klettern, von dem Käthe und Fränzi nur seine dicken Hände in hellbraunen, schweinsledernen Handschuhen auf dem Lenkrad ruhen sahen.
»Wer war das?« wollte die Frau wissen.
Pauline antwortete widerwillig: »Meine Halbschwester.«
»Und wer ist Max?«
»Mein Junge, er fährt heute seine erste Schicht.«
Käthe kam vom Fenster zurück.
»Wo fährt sie denn hin?« fragte Pauline.
Käthe zuckte mit den Schultern und setzte sich wieder auf die Bank.
Die Frau zeigte auf die Broschüre. »Hier steht alles drin. Lest es euch durch und dann redet mit den Schlepperinnen darüber. Aber seid vorsichtig, paßt genau auf, mit wem ihr redet.«
»Um was geht's denn überhaupt?« fragte Pauline.
»Es geht darum, daß ihr helft, den Krieg zu beenden.«
Pauline sah Käthe an. »Wenn wir dafür was machen könn, dann wolln wir's tun.«

Zwei Musiker in weißen Jacken und dunklen Hosen, eine schwarze Schleife vor dem Stehkragen, spielten auf Piano und Geige einen langsamen Walzer. Friedel fühlte sich wie im Schlaraffenland. Sie hatte vergessen, daß es so etwas noch gab. Sie saß mit dem Kinobesitzer an einem Tisch, der vollgestellt war mit Schüsseln, Schälchen und Tellern, gefüllt mit verschiedenen Fleischsorten, gedünstetem Gemüse, Brot, Käse und Obst. Ein Ober schenkte ihnen französischen

Wein ein. Sie konnte ihren Hunger nicht leugnen, obwohl sie sich nur zierliche Häppchen in den Mund schob und den kleinen Finger dabei abspreizte. Aber sie kaute zu schnell und häufte sich von allem zu viel auf den Teller.

Der gutgenährte Kinobesitzer sah ihr wohlgefällig zu. »Alles vom schwarzen Markt, mein Kind«, sagte er. Er hob sein Glas, trank und wischte sich den Mund mit der Serviette trocken. »Also, du mußt das als eine Art Fronteinsatz betrachten, als Dienst am Vaterland«, versuchte er ihr zu erklären. »Du sollst vor den Jungs nur ein bißchen tingeln. Wir werden uns Buntes Fronttheater der siebten Armee und später dann Buntes Fronttheater der achten Armee nennen.«

Sie kaute und sah ihn mißtrauisch an. »Ohne vögeln?«

»Mein Gott, nein, glaub mir doch, wir sind kein Bordell«, versicherte er, »wir sind ein Theater. Du mußt nur für die armen Kerls da draußen ein bißchen was zeigen.« Er prüfte ihre Schultern, ihren Busen und ihre Hüften mit einem ausführlichen Blick.

Sie wies ihn zurecht: »Mein Verlobter is an der Front.«

»Mein Gott bist du mager geworden«, stellte er fest, »aber ich päppel dich schon wieder auf.« Er bemerkte einen Offizier, den der Ober von der Garderobe zur Bar geleitete: »Entschuldige mich einen Moment, mein Kind.« Er legte die Serviette auf den Tisch und stand auf. »Iß dich richtig satt«, sagte er und ging zu dem Offizier an die Bar.

Sie saß allein am Tisch, sie aß jetzt, ohne sich zu zieren, schnell und alles durcheinander. Ein Ober kam vorbei. Friedel rief ihn an den Tisch.

Er blieb stehen und wandte sich ihr zu, wobei er aufmerksam die Augenbrauen hochzog.

»Bringen Sie mir bitte eine Tüte«, sagte sie.

Der Ober glaubte, sie nicht verstanden zu haben, er kräuselte die Stirn, neigte den Kopf ein wenig auf die Seite. »Bitte?«

»Eine Tüte.«

Der Ober hatte sich im Griff, er erwiderte gehorsam: »Eine Tüte, jawohl, gnädiges Fräulein.«

Friedel aß, sie blickte über den Tisch und vergewisserte sich, daß von allem reichlich da war. Sie hörte, wie sich der Kinobesitzer an der Bar bei dem Offizier einschmeichelte, indem er ihm auf den Sieg zuprostete. Der Ober brachte ihr die Tüte auf einem silbernen Tablett. Friedel nahm sie und nickte ihm zu, er verneigte sich und ging. Sie blies die Tüte auf und begann, sie mit Speisen vollzustopfen: Ein halbes Huhn, zwei Scheiben Rumpsteak, Brot und Käse, gedünstete Karotten, ein Stück Leberpastete, Cognacbohnen, Weintrauben und ein paar Zitronenscheiben. Sie bückte sich, stellte die Tüte unter ihren Stuhl und verdeckte sie mit ihrem Rock.

»He! Was is los, Kumpel?« rief der Schlepper, er hängte sich wütend an seinen Wagen, um ihn abzubremsen, damit er nicht auf den kohlebeladenen Wagen prallte, der vor ihm unerwartet im dunklen Querschlag aufgetaucht war.
Ein paar Schritte voraus stand Max, er hielt seine Lampe hoch und leuchtete die Verkeilung der Stempel und die Kappen ab. »Hör mal«, sagte er. Ein dumpfes Krachen drang aus dem Hangenden und hallte durch den Schlag.
»Scheiß dir nich in die Hosen«, schrie ihn der Schlepper an, »der Berg arbeitet immer. Los, weiter, mach hin!«
Max hing seine Lampe an den Wagen und schob ihn weiter, aber er blieb der Meinung, daß er sich wie ein ordentlicher Bergmann verhalten hatte. Wladislaus hatte ihn in seine Kameradschaft geholt und ihn vor Ort geführt, dabei war er immer wieder im Querschlag stehengeblieben und hatte den Ausbau abgeleuchtet. Er hatte Max einen losen Keil gezeigt. »So soll's nich aussehn im Berg.« Und dann hatte er mit dem Schlägel gegen den Stempel geschlagen, es hatte einen schwachen, tauben Klang gegeben. »Hörst du? Der sitzt locker, ein Stempel muß singen. Merk dir das.« Dann hatte er hinzugefügt: »Du mußt achtgeben, Junge, der Berg verkommt.«
»Warum?« hatte ihn Max gefragt.
»Warum? Weil's keine Männer für den Ausbau gibt. Wir haben genug damit zu tun, daß wir unsere Kohle schaffen.«
Max war entschlossen, ihnen zu beweisen, daß sie mit ihm nun einen zuverlässigen Mann mehr unter Tage hatten.
Er war zur Mittagsschicht eingefahren und hatte als erster vor Wladislaus in der Reihe der Männer gestanden, die auf den Korb warteten. Der Anschläger klappte das Leder zur Seite und zog das Gitter auf.
Wladislaus gab Max einen freundschaftlichen Stoß, so daß er in den Korb stolperte. »Rein mit dir.«
Sie fuhren zusammen mit den Franzosen ein. Die Gendarmen verabschiedeten sich von Wladislaus, ihr militärischer Gruß war eine verlegene Geste, hinter der sie verbargen, daß sie froh waren, nicht mit hinunter zu müssen.
Maurice, der junge Bergmann und Liebling der Schlepperinnen, stand

neben Max, er beobachtete ihn, und als er die Unruhe des Jungen bemerkte, lachte er. »Erste Mal?«
Max nickte. Der Korb sank in die Tiefe, die Lichter der Füllorte huschten vorbei. Wasser prasselte auf den Korb herab. Max sah Wladislaus fragend an: »Grundwasser?«
»Richtig«, erwiderte der Pole, »jetzt sind wir unter der Mergeldekke.«
Bevor Max auf der Sohle aus dem Korb kletterte, hatte er noch an den Wind gedacht, von dem ihm sein Vater erzählt hatte, aber die Betriebsamkeit am Füllort lenkte ihn ab. Er hatte Finsternis und Enge erwartet und war erstaunt über das hohe, hell erleuchtete Gewölbe, in dem Rufe, der Lärm der Wagenräder und das Zischen der Lokomotive widerhallten, während die Kohlewagen an den Schacht rangiert und von den Aufschiebern in den Korb befördert wurden. Ein großer, schwarz verrußter Mann empfing die Kumpel der neuen Schicht. Er hielt den Steigerstab wie einen Spazierstock in der Hand. Max riß seine Mütze vom Kopf und nannte in Habtachthaltung seine Nummer.
Der Mann lachte, legte ihm die Hand auf die Schulter und sagte: »Laß die Mütze auf, Max.«
Nun erkannte ihn der Junge, es war Steiger Marlok.
»Hat dein Vater mal wieder was von sich hören lassen?«
»Vorigen Monat haben wir Post bekommen, sie sind nach Reims verlegt worden.«
»Komm, Junge, Tempo, Tempo«, drängte ihn Wladislaus weiter.
Und erst als er, angeführt von dem Polen, zwischen den Franzosen durch die Förderstrecke zum Querschlag gelaufen war, hatte er auf den Wetterzug geachtet, der schon, seit sie aus dem Korb gestiegen waren, an seinen Ärmeln und Hosenbeinen gezerrt hatte. Max hatte den Knoten an seinem Halstuch fester gezogen.
Er kam mit leerem Wagen von der Förderstrecke zum Flöz zurück und stieg zu Wladislaus und Maurice hinauf. Die beiden Männer setzten Stempel unter eine Kappe. »Was is? Schlepp Holz ran«, rief ihm Wladislaus entgegen.
»Es gibt keins«, sagte Max, »sie haben noch nichts angefahren.«
»Verdammter Dreck«, fluchte der Pole, »wie solln wir da Kohle machen.« Er blickte kurz auf das wenige Rundholz, das sie noch zur Verfügung hatten: »Damit komm wir nich hin.«
Max hakte seine Blechflasche vom Verzug und trank gierig. Weil noch keine Kohle gehauen war, wußte er nicht, was er tun sollte. Wla-

dislaus und Maurice waren mit dem Ausbau beschäftigt und achteten nicht auf ihn. »Dann müssen wir Holz aus 'm Alten Mann rauben«, sagte Wladislaus. Maurice legte sich das Kappenholz auf die Schulter, stemmte sich hoch und drückte es gegen den First, während Wladislaus den Stempel einpaßte und verkeilte. Plötzlich setzte das Rattern eines Preßlufthammers ein, dann folgte ein dumpfes Poltern und eine Rußwolke vernebelte den Streb. Wladislaus warf den Schlägel weg und kletterte durch die Staubschwaden hindurch vor Ort. »Bist du verrückt geworden!« rief er.
Max stand bis zu den Knien in herausgebrochener Kohle. Der Preßlufthammer war noch in Betrieb, er steckte vibrierend im Stoß. Maurice, der dem Polen gefolgt war, zog den Hammer heraus und schaltete die Preßluft ab. Dann half er Wladislaus, Max aus der Kohle zu befreien.
»Du hast den Hammer noch nich anzufassen«, sagte Wladislaus. »Ich wollte derweil Kohle machen«, erwiderte Max.
»Das mußt du erst mal lernen.« Wladislaus zeigte auf das Hangende. »Willste, daß hier alles runterkommt? Wir müssen erst ausbaun.« Er bückte sich und tastete Max' Waden und Schienbeine ab. »Tut was weh?«
Max schüttelte den Kopf.
Wladislaus richtete sich wieder auf und sah den Jungen an. »Is alles in Ordnung?« fragte er noch einmal.
»Jawoll«, meldete Max.
»Gut«, sagte der Pole, er hob die Hand und gab ihm eine Ohrfeige. »Die hättest du von deinem Vater auch gekriegt.«
Maurice hatte grinsend zugesehen. Max hob seine Mütze auf. »Komm jetzt und schneid das bißchen Holz zu«, sagte Wladislaus. Er hatte gerade begonnen, mit Maurice den nächsten Stempel zu setzen, als sie die Stimme von Steiger Marlok hörten, der den Reviersteiger ankündigte. »Achtung!«
»Der hat mir noch gefehlt«, sagte Wladislaus. Er gab Maurice einen Wink. »Komm.« Und zu Max sagte er: »Du machst weiter.« Dann stieg er mit dem Franzosen den Streb hinunter.
Unten auf der Abbaustrecke schlug sich der Reviersteiger ungeduldig mit seinem Steigerstock auf das Hosenbein, er blickte auf die leeren Wagen und auf das stillgelegte Förderband.
»Sehen Sie sich das an«, sagte er zu Marlok. Entfernt war der Lärm der Abbauhämmer und Schüttelrutschen der anderen Kameradschaften zu hören.

Die beiden Kumpel sprangen aus dem Aufhau auf die Strecke hinunter. Der Pole streckte den Oberkörper und legte die Hand an die Mütze: »Glück auf, Herr Reviersteiger.« Maurice hielt abwartend die Hände auf die Hüften gestützt.
»Kannst du nicht grüßen?« fuhr ihn der Reviersteiger an.
Maurice hob widerwillig die Hand und tippte mit dem Zeigefinger an sein verrußtes Uniformkäppi. »Bonjour, Monsieur.«
»Warum arbeitet ihr nicht?«
»Wir arbeiten, Herr Reviersteiger«, sagte Wladislaus.
Der Reviersteiger zeigte auf die leeren Wagen: »Ich sehe nichts, warum macht ihr keine Kohle?«
»Wir bauen aus, aber wir haben nicht genügend Holz.«
»Dann besorgt euch was.«
»Es ist kein Holz angefahren, Herr Reviersteiger.«
»Red nicht rum, geh an deine Arbeit. Ich will eure volle Wagenzahl sehen, sonst fahrt ihr 'ne Sonderschicht. Ihr bekommt einen Strafpunkt wegen Bummelei.« Der Fall war für ihn erledigt. Er ging weiter, um seine Inspektion fortzusetzen.
Hinter seinem Rücken zuckte Steiger Marlok bedauernd die Schultern. »Ich rechne euch das wieder auf«, flüsterte er Wladislaus zu.
Maurice rief dem Reviersteiger nach: »Je ne travaille pas - ich nich arbeiten.«
Der Reviersteiger war stehengeblieben, er drehte sich um und kam langsam zurück: »Du willst nicht arbeiten?«
»Nich arbeiten«, wiederholte Maurice, er zeigte in den Streb hinauf »wenn keine Vorsicht.«
Der Reviersteiger drückte ihm den Knauf seines Stockes gegen die Brust. »Geh an deine Arbeit.«
Maurice blieb gelassen. »Nich arbeiten, wenn kein Holz. Wenn kein Holz, dann keine Vorsicht. Ich Franzose, Soldat. Je ne suis pas votre slave.«
Es war unter der Würde des Betriebsführers, sich noch länger mit diesem störrischen Kriegsgefangenen abzugeben. Er sah Marlok an. »Sie können es bezeugen, Steiger, der Mann ist ein Saboteur. Bringen Sie ihn zum Betriebsführer. Was ist?« fragte er, als Marlok zögerte.
»Wir brauchen den Mann, er ist ein guter Bergmann.«
Der Reviersteiger wiederholte in einem beinahe freundlichen Ton: »Haben Sie nicht verstanden? Er ist ein Saboteur.«
»Wie soll ich da meine Wagen schaffen«, sagte Wladislaus.
Marlok rührte sich nicht von der Stelle.

»Was ist? Soll ich den selber abführen?« fragte der Reviersteiger. Marlok legte Maurice die Hand auf die Schulter: »Komm, allez.« Wladislaus hatte ihnen nachgesehen. Er stieg wieder in den Streb hinauf. »Hör auf und komm mit«, rief er Max zu, der das geschnittene Rundholz anspitzte, es reichte noch für ein halbes Dutzend Stempel. Sie kletterten zum Kohlestoß hinauf.
»Wo is'n Maurice?« fragte Max.
»Er hat recht, man sollte sich einfach weigern, einfach das Gezähe hinschmeißen«, sagte Wladislaus, »bis sie dafür sorgen, daß man wieder ordentlich arbeiten kann.«
Max verstand nicht, wovon er redete, und fragte wieder: »Sag mal, was is'n mit Maurice?«
Der alte Pole war auf sich selber wütend, darum schrie er Max an: »Sie haben ihn abgeführt, bist du nun zufrieden? Weil er bei der Pfuscherei hier nicht seinen Kopf riskiern will. Recht hat er.« Er spuckte in den Kohlestaub. »Aber dafür werden sie ihn an die Wand stelln.« Er griff den Preßlufthammer. »So, und nun paß auf«, sagte er wieder in ruhigem Ton. »Jetzt werd ich dir zeigen, wie man die Kohle schält.« Er schaltete die Preßluft ein und führte den Hammer behutsam senkrecht, von oben nach unten, so daß die Kohle in schmalen Scheiben herausbrach. Dabei rief er über den Lärm hinweg: »Das muß man mit Gefühl machen, siehste?« Er setzte den Hammer ab und deutete mit der Hand eine Wölbung an. »Das muß das Hangende tragen, solange bis wir wieder ausbaun könn.« Er zeigte auf den zweiten Hammer, den Maurice bedient hatte: »Nun nimm das Ding und probier's mal.«
Der Junge nahm den Hammer, hielt ihn respektvoll um Armlänge von seinem Körper entfernt.
Wladislaus gab ihm ein Zeichen. »Schalt ein.«
Max schaltete die Preßluft ein und setzte den Hammer vorsichtig im spitzen Winkel an die Kohle, so wie es ihm der Pole gezeigt hatte. Wladislaus rief ihm zu: »So isses gut. Und nun mit mehr Kraft.«
Am Füllort lungerten die Aufschieber untätig herum, sie warteten vergeblich auf Kohlewagen und sahen mit feiger Teilnahme zu, wie Steiger Marlok den jungen Franzosen an einem Zug leerer Wagen vorbei zum Schacht führte. Als der Fahrhauer sie kommen sah, gab er das Signal für besondere Fahrt. Marlok nannte ihm die Nummer des Franzosen. Der Fahrhauer musterte ihn kurz, bevor er Marlok fragte: »Was is los? Sie haben Gendarmen angefordert.«
»Wir haben zu viel Gendarmen und zu wenig Bergleute«, gab ihm der

Steiger zur Antwort. Sie warteten vor dem Schutzgitter. Marlok beobachtete Maurice. Der Ausdruck des jungen Mannes war ruhig, er ließ sich nicht anmerken, wie ihm zumute war. Die Glocke kündigte den Korb an. Der Fahrhauer schob das Gitter auf, er blickte wieder kurz auf den Gefangenen und fragte Marlok: »Soll ich dir noch einen Mann mitgeben?«
»Is nicht nötig«, sagte Marlok. Der Fahrhauer zog das Leder zur Seite.
Sie standen sich im Korb gegenüber. Ihre Gesichter wurden von ihren Lampen, die sie am Gürtel zu hängen hatten, von unten beleuchtet, was ihnen einen maskenhaften Ausdruck gab. In großen Abständen sanken die Lichter der Füllorte an ihnen vorbei, in die Tiefe. Marlok sagte: »Ich werde nicht gegen dich aussagen.« Um sicher zu sein, daß Maurice ihn verstand, suchte er französische Wörter zusammen und wiederhole in ungeschickter Betonung: »Je ne depose pas au tu quelque chose. Aber das wird dir nichts nutzen. Du weißt, was sie mit dir machen?«
Maurice hob den Kopf und sah ihn an. Er sagte nichts, aber sein Blick zeigte, daß er verstanden hatte.
Marlok blickte auf seine Uhr. Er überlegte: »Draußen ist es schon dunkel, ich hoffe, die Gendarmen sind noch nicht da. Es gibt noch eine Möglichkeit. Vielleicht schaffst du's.«
Auf dem Hof war niemand zu sehen. Steiger Marlok hielt sich außerhalb des schwankenden Lichtkreises der Lampe. die an einem Kabel im Wind hin und her pendelte. Er war allein. Über ihm donnerten die Wagenräder auf den Stahlplatten der Hängebank. Er nahm eine angerauchte Zigarette aus einer kleinen Blechschachtel, zündete sie an und rauchte ein paar tiefe Züge, dabei sah er zu den erleuchteten Fenstern des neuen Verwaltungsgebäudes hinüber. Behutsam drückte er die Glut in der Schachtel aus und legte den Rest der Zigarette wieder hinein. Er steckte die Schachtel in die Tasche, zog den Stock unter den Arm hervor und rannte über den Hof, auf das Verwaltungsgebäude zu.
Betriebsführer Löwitsch telefonierte. Marlok hatte kurz angeklopft und dann die Tür aufgerissen.
»Er ist gerade gekommen«, sagte Löwitsch, »schicken Sie die Gendarmen rüber.« Er legte den Hörer auf und wandte sich an den Steiger: »Was ist? Bringen Sie den Mann rein.«
Marlok gab sich außer Atem, er nahm Haltung an: »Glück auf, Herr Betriebsführer. Ich muß Ihnen Meldung machen, daß der Franzose geflohen ist.«

»Geflohen?«
»Jawoll. Er hat sich losgerissen und ist weggelaufen, gleich als wir von der Hängebank runter waren. Ich bin ihm nachgerannt, aber ich habe ihn in der Dunkelheit aus den Augen verloren. Ich nehme an, daß er sich auf dem Zechengelände versteckt hat.«
Der Betriebsführer wiederholte trocken: »Das nehmen Sie an.« Dann schrie er: »Was stehen Sie hier dann noch rum? Geben Sie Alarm!«
»Jawoll, Herr Betriebsführer.«
Löwitsch nahm den Hörer ab, er wollte sich beim Pförtner vergewissern, daß das Tor geschlossen war. Er rief Steiger Marlok noch einmal zurück. »Warum haben Sie mit dem Mann nicht am Schacht gewartet, bis die Gendarmen eingetroffen sind?«
»Das habe ich nicht für nötig gehalten.«
»Aha«, sagte Löwitsch, er sprach ruhig, aber er gab seiner Stimme einen drohenden Klang: »Wenn Sie sich an der Front auch so trottelig benehmen, dann werden Sie das nicht lange überleben.«
Marlok hatte ihn verstanden, er hatte ihm gelassen zugehört. Er setzte seine Mütze auf und verließ ohne Bergmannsgruß das Büro.

Der Kinobesitzer steuerte die Limousine im Halbkreis um den unbeleuchteten Platz am Ende der Siedlung, die Scheinwerfer streiften über die Giebelwände der ersten Häuser. Friedel wurde von der Fliehkraft der schnellgefahrenen Kurve gegen seine gepolsterte Schulter gedrückt. Sie kicherte, sie war vom Wein angeheitert.
Der Wagen bog in die Straße ein, vor ihnen auf der Fahrbahn bewegten sich zwei Lichter hin und her. Der Kinobesitzer drückte auf die Hupe. In den Lichtkegeln der Scheinwerfer blitzten Helme und Uniformknöpfe, zwei Gendarmen schwenkten ihre Handlaternen. Der Kinobesitzer bremste den Wagen ab und öffnete das Fenster. Ein Gendarm trat an den Wagen, er grüßte und fragte: »Wo kommen Sie her?«
»Aus der Stadt«, gab der Kinobesitzer dem Gendarm gehorsam Antwort.
»Ist Ihnen auf der Landstraße eine einzelne Person begegnet, ein Mann in einer verrußten französischen Uniform?«
»Nein, niemand. Was ist denn los?« fragte der Kinobesitzer.
»Wir suchen einen geflohenen Gefangenen. Wenn Ihnen unterwegs eine verdächtige Person begegnet, machen Sie bitte sofort Meldung.«
Der Gendarm grüßte wieder und trat vom Wagen zurück.
Die Limousine rollte langsam über das Kopfsteinpflaster der Sied-

lung. Der Kinobesitzer blickte suchend durch die Windschutzscheibe. »Jetzt mußt du mir aber noch mal sagen, wo das ist. Das sieht hier alles so schrecklich gleich aus.«
»Fahr mal noch 'n Stück runter«, sagte Friedel. Sie lehnte sich gegen seinen dicken Pelz, als ob sie bei ihm Geborgenheit suchte und bemerkte mit angetrunkener Schwermut: »Das sieht nich nur so aus, hier is auch alles gleich.«
Im Vorbeifahren sahen sie vor den Türen der ersten Siedlungshäuser Gendarmen stehen. »Die durchsuchen die Häuser«, sagte der Kinobesitzer. Er fügte albern erschrocken hinzu: »Das muß ja ein ganz gefährlicher Kerl sein. Wie gut, daß ich dich noch nach Haus gefahren habe, mein Kind.«
Friedel interessierten die Gendarmen nicht. Sie gab dem Kinobesitzer einen Kuß auf die feiste Wange und flüsterte: »Jetzt mußt du anhalten, wir sind da.«
Er hielt an und legte ihr seine dicke Hand, die noch im schweinsledernen Handschuh steckte, auf den Schenkel. »Gut, mein Kleines, wir holen dich Sonntag ab. Dein Vertrag gilt erst mal für zwei Monate.«
Sie kletterte aus dem Wagen.
Er seufzte: »Hoffentlich dauert der Krieg noch so lange. Es gibt ein Gerücht, daß sie über die Amerikaner ein Waffenstillstandsangebot machen wollen.« Er lachte. »Dann mußt du Englisch lernen, mein Schatz.« Er wollte die Tür zuziehen.
»Meine Tüte«, sagte Friedel. Ein wenig angewidert sah er ihr zu, wie sie die durchgefettete Papiertüte mit den Speiseresten aus dem Restaurant unter dem Sitz hervorzog. Dann schloß er rasch die Tür und wendete den Wagen. Als er an ihr vorbeifuhr, hupte er zum Abschied.
Sie hielt die Tüte im Arm und sah dem Wagen nach. Schließlich stelzte sie mit ihren fingerdünnen Absätzen über das Kopfsteinpflaster der Straße zum Haus.
Die Familie saß am Tisch und aß Abendbrot.
»'n Abend. Ist Post von Kurt gekomm?« Friedel stellte die Tüte auf der Anrichte ab. »ich hab 'n Vertrag, ich spiel Theater.« Die Art, wie sie sie ansahen, irritierte sie. »Is was? Ach, ihr denkt, ich spinne.«
Fränzi kicherte, sie hielt sich die Hand vor den Mund und sah ihre Mutter an.
Friedel zog ihre Kostümjacke aus. »Wie war's denn, Max?« fragte sie ihren Neffen.
Er nickte nur und löffelte schweigend seine Kohlsuppe.

Friedel wollte ihre Jacke in die Stube bringen.
»Warte mal«, rief Käthe plötzlich.
Aber Friedel hatte die Tür schon geöffnet. Sie hörten einen leisen Aufschrei. Nach einer Sekunde stand Friedel wieder in der Küche, ihr Gesicht war unter der Schminke erblaßt. »Was is'n das für'n Mann?«
Fränzi kicherte wieder, Pauline lächelte etwas verlegen, und Käthe sagte: »Sei still, er schläft. Mach die Tür zu.«
Friedel schloß vorsichtig die Tür.
Max schüttete sich den Rest seiner Suppe in den Mund, stellte die Schüssel ab und sagte mürrisch: »Jetzt haben wir noch 'n Fresser mehr.«
»Halt den Mund«, sagte Pauline. »Du denkst, weil du einfährst, biste hier schon der Mann im Haus, was?« Sie hatte leise mit ihm geschimpft, um den Mann nebenan nicht aufzuwecken. Sie erklärte Friedel, die immer noch ihre Kostümjacke über dem Arm hängen hatte: »Das is Maurice, er ist abgehaun. Sie wollten ihn als Saboteur vors Kriegsgericht stelln, weil er sich geweigert hat zu arbeiten, wenn sie den Streb nicht besser ausbaun. Da sollten sich unsere Männer mal ein Beispiel dran nehmen.«
»Und wie lange bleibt er hier?« fragte Friedel.
»Ein paar Tage«, sagte Käthe, »bis sie sich hier beruhigt haben. Dann will er versuchen, daß er über die Grenze kommt.«
»Wo wollt ihr ihn denn verstecken? Sie durchsuchen schon die Häuser.«
Jetzt erschraken Käthe und Pauline.
»Sie durchsuchen die Häuser?« Käthe überlegte.
»Ja, sie sind schon vorn beim Haus von Walter und Katrin«, sagte Friedel.
»Warum schicken sie die verdammten Hunde nicht an die Front«, sagte Pauline.
Fränzi begann Vorschläge zu machen. »Draußen im Schuppen. Oder oben in Opas altem Taubenschlag.«
»Quatsch«, sagte Max, »da suchen sie ihn doch zuerst.«
»Oder im Schrank«, sagte Fränzi. Sie ging zur Stubentür.
»Soll ich ihn wecken?«
»Bleib hier«, sagte Käthe. Sie stand auf und band ihre Schürze ab.
Es blieb ihnen keine Zeit mehr für irgendwelche Entscheidungen. Sie hatten nicht damit gerechnet, daß die Gendarmen über den Hof kommen würden, sie hatten sie von der Straße erwartet, so daß ihnen noch

die Hoffnung geblieben war, den Franzosen durch die Hintertür hinauszulassen, damit er sich im Garten verstecken konnte. Aber die Gendarmen hatten diese Möglichkeit durchschaut und hämmerten jetzt mit ihren Fäusten gegen die Hoftür.
Alle hatten unwillkürlich auf die Tür zur Straße geblickt und drehten sich nun überrascht um.
»Sag ihnen, ich bin krank«, rief Käthe leise Pauline zu und verschwand in der Schlafstube. Niemand wußte, was sie vorhatte. Pauline ließ ihr noch etwas Zeit und wartete so lange, wie es, ohne Verdacht zu erregen, möglich war, bevor sie die Tür öffnete. Das Licht aus der Küche fiel auf drei Gendarmen; sie hatten Handlaternen an ihren Koppeln hängen. Der Wachtmeister zeigte in den dunklen Hof.
»Schließ den Schuppen auf.«
»Warum, was is denn los?« fragte Pauline.
»Red nich rum, schließ auf.«
Pauline hakte den Schlüssel vom Brett und ging mit dem Wachtmeister und einem Gendarmen zum Schuppen hinter dem Haus. Der dritte trat in die Küche und sah sich um.
»Was wollt ihr von uns? Wir haben nichts verbrochen«, sagte Friedel.
Er zeigte auf die Treppe: »Komm, wir gehn mal nach oben.«
Friedel weigerte sich. Der Gendarm hatte die Tür offengelassen, und Friedel sagte zu Fränzi: »Mach mal die Tür zu, wir heizen hier nich für'n Hof.«
Der Gendarm hatte wieder zur Treppe hinaufgesehen. »Geh voraus«, sagte er.
Friedel rührte sich nicht, sie schüttelte den Kopf. »Was wollt ihr von uns?«
»Die suchen den verdammten Franzosen«, sagte Max.
»Richtig, mein Junge«, sagte der Gendarm, er wandte sich wieder Friedel zu. »Siehst du, es hat keinen Zweck, sich dumm zu stellen.«
Sie warf Max einen wütenden Blick zu und ging zur Treppe, sie blieb auf der untersten Stufe stehen und drehte sich zu dem Gendarmen um. »Wenn du mich anfaßt, zerkratz ich dir die Visage.«
Für einen Augenblick waren Fränzi und Max allein in der Küche. »Du Blödmann«, flüsterte Fränzi, »warum hast du ihm gesagt, daß wir wissen, daß sie den Franzosen suchen?«
Max gab ihr keine Antwort. Sie stand von ihrem Schemel auf und ging zur Stubentür.
»Wo willst du hin?« fragte er.

»Ich will mal sehn, wo sie ihn versteckt hat.«
»Setz dich hin«, sagte Max. Sie gehorchte. »Wetten, daß sie ihn in 'n Schrank gesteckt hat?«
Pauline kam mit den Gendarmen vom Hof zurück. Sie sah Max und Fränzi fragend an.
Fränzi zeigte mit dem Daumen zur Decke hinauf. »Einer is noch mit Friedel oben.«
Die beiden Gendarmen warteten auf ihn. Fremd und bedrohlich standen sie mit ihren Helmen, Säbeln, aufgeblähten Pluderhosen und hohen Stiefeln in der kleinen Küche. Sie rochen nach Leder und Tabak. Max saß auf der Bank, gegen die Wand gelehnt und hatte die Arme vor der Brust verschränkt. Fränzi hockte auf ihrem Schemel. Pauline hob einen Topf mit heißem Wasser vom Herd, zog mit dem Feuerhaken die runde Eisenplatte zur Seite und schüttete Kohleruß auf die Glut. Sie sah sich um, als sie Friedel und den Gendarmen die Treppe herunterkommen hörte.
Er schüttelte den Kopf und meldete dem Wachtmeister: »Is nichts.«
Sie gingen zur Haustür. Der Wachtmeister blieb stehen und zeigte auf die Stubentür. Er fragte den Gendarmen, der die Kammer und den Dachboden abgesucht hatte: »Warst du schon da drin?«
Pauline stellte rasch den Kohleeimer ab. »Da schläft meine Mutter, sie hat Fieber.«
Währenddessen war Max aufgestanden und hatte sich mit dem Rükken vor die Stubentür gestellt, er nahm militärische Haltung an und sagte: »Sie beleidigen meinen Vater, Herr Wachtmeister, er kämpft an der Front für den Kaiser und unser Vaterland gegen die Franzosen, und Sie denken, daß wir hier in unserem Haus einen verdammten Menjou verstecken.«
Für ein paar Sekunden war der Wachtmeister unsicher. Dann sagte er: »Dem Gesindel kann man nicht trauen.« Er machte eine auffordernde Handbewegung. Der Gendarm schob Max zur Seite, öffnete die Tür und trat in die Stube. Auf der Anrichte brannte eine Petroleumlampe, die den Raum schwach erhellte. Käthe ruhte unter aufgetürmten Kissen und Decken in Paulines und Brunos Ehebett, sie hatte den Kopf auf die Seite gedreht und schien zu schlafen.
Nicht ohne eine gewisse Scheu hatte sie der Gendarm mit einem kurzen Blick gestreift und war sofort auf den großen Kleiderschrank zugegangen. Er öffnete ihn, steckte seine Laterne hinein und durchsuchte ihn gründlich. Dann kniete er sich auf den Fußboden und sah unter das Bett. Das einzige, was er dort entdeckte, war das Nachtge-

schirr. Er stand wieder auf, klopfte vermeintlichen Staub von den Knien und sah sich noch einmal in der Stube um. Nach seiner Meinung gab es kein weiteres Versteck, in dem man einen ausgewachsenen Mann verbergen konnte. Er ging in die Küche zurück und schloß mit Rücksicht auf die Kranke leise die Tür hinter sich.
Käthe wartete, bis sie die Haustür ins Schloß fallen hörte, sie öffnete die Augen und hob das Deckbett ein wenig an. Eine große, behaarte Hand tastete sich an ihrem nackten Arm unter der Decke hervor und blieb auf ihrer Schulter ruhen.

Wie sie es verabredet hatten, bremsten Pauline und Erna ihren Kohlewagen neben dem Stahlpfeiler vor der Treppe, die in den Hof hinunterführte, kurz ab. Pauline gab hinter ihrem Rücken den nachfolgenden Frauen ein Zeichen, damit sie die Fahrt ihrer Wagen verlangsamten. Erna bückte sich und griff hinter den Pfeiler, sie holte eine Büchse mit weißer Farbe und einen Pinsel hervor und blieb neben dem Wagen hocken.
»Auf die andere Seite, sonst sieht's der Anschläger«, sagte Pauline, sie stellte sich als Sichtschutz auf und beobachtete die Männer am Schacht, während Erna geduckt um den Wagen herumlief: »Was soll ich schreiben? Streik gegen den verfluchten Krieg?«
»Mach's kürzer, wir müssen weiter«, sagte Pauline.
Erna schrieb auf die Seitenwand des Kohlewagens: STREIK GEGEN KRIEG. Sie stellte den Farbtopf hinter den Pfeiler zurück, richtete sich auf und stemmte sich mit Pauline wieder gegen den Wagen.
Als nächste folgten Käthe und Friedel. Friedel schrieb auf ihren Wagen: FÜR MEHR LOHN, wobei sie trotz der Eile, zu der sie gezwungen war, sich um klare, wohlgeformte Buchstaben bemühte.
Schließlich waren Maria und die Blondine an der Reihe. »Ich schreibe: Mehr Brot und Kartoffeln... und Fleisch«, schlug die magere Blondine vor.
»Das kriegste doch gar nich alles rauf«, sagte Maria.
Die Blondine konnte sich nicht entscheiden: »Soll ich nun mehr Brot, mehr Fleisch oder mehr Kartoffeln schreiben?«
»Schreib nur: MEHR BROT«, sagte Maria, »mach hin.«
Die Frauen hatten ihre Wagen zum Schacht gerollt und auf den Korb geschoben, die Aufschriften befanden sich auf der Seite, die dem Anschläger verborgen blieb, er hatte sie nicht bemerkt. Trotzdem erschrak Käthe, als er sie zu sich rief. Der Reviersteiger hatte angerufen, sie sollte ins Büro kommen. Sie dachte dann an Maurice und fürch-

tete, daß er aus dem Haus gegangen und von einer Streife festgenommen worden war oder daß die Gendarmen, während sie und ihre Familie auf dem Pütt arbeiteten, die Tür aufgebrochen und ihn im Haus gefunden hatten.
Käthe klopfte an die Mattglasscheibe. Sie wartete einen Augenblick und öffnete die Tür. Es verwunderte sie, daß sich die beiden Herren erhoben, der Reviersteiger und sogar der Betriebsführer waren von ihren Bürosesseln aufgestanden. Ihr Ausdruck zeigte eine würdevolle Teilnahme, aber Käthe sah, daß sie hinter dieser Pose vor allen Dingen sehr verlegen waren. Der Reviersteiger bot ihr einen Stuhl an. Sie blickte auf den Tisch, wo eine Uhr, ein Taschenmesser und eine Kette aus Glanzgold mit einem Anhänger, in den das Bild der heiligen Barbara geprägt war, in lächerlich wirkender Sorgfalt unter einem Foto aufgereiht waren, das Käthe als junge Frau, mit einer Rose im Haar auf der Kirmes zeigte. Sie hatte es in einem Pappkarton zwischen anderen Fotos und alten Briefen aufbewahrt und schon seit langer Zeit vermißt. Neben diesen Gegenständen lag ein leerer Briefumschlag bereit.
Der Reviersteiger stellte die förmliche Frage: »Der Hilfshauer Klaus Boetzkes, ist das dein Sohn?«
Sie hatte ihm nicht zugehört, sie sah die Gegenstände an, sie achtete auch nicht auf seine Worte, als er fortfuhr: »Wir haben dir die traurige, aber ehrenvolle Nachricht mitzuteilen, daß dein Sohn am zehnten November bei Maubeuge in Frankreich nach tapferem Widerstand für Kaiser und Vaterland gefallen ist.« Er legte das Schriftstück, von dem er das Datum und den Ort abgelesen hatte, vor ihr auf den Tisch und tunkte für sie den Federhalter in die Tinte.
Sie unterschrieb.
»Das sind die Sachen, die bei deinem Sohn gefunden worden sind«, sagte er.
Sie steckte die Uhr und die Kette mit dem Anhänger in den Umschlag. Bevor sie das Foto dazusteckte, drehte sie es um. Auf der Rückseite war in einer eckigen, noch kindlich wirkenden Schrift geschrieben: Mama ich habe Angst.
»Du kannst jetzt nach Hause gehen«, sagte der Reviersteiger. Die beiden Männer salutierten, als Käthe das Büro verließ.
Sie ging über den Hof zur Kaue. Sie hielt den Umschlag in der Hand. Ihre Mütze saß nachlässig, schief im Nacken, das Tuch, das sie darunter trug, hatte sich gelöst, ein Zipfel hing mit einer Haarsträhne an ihrer verrußten Wange herab.

Aus einer kleinen Seitentür der Halle, in der sich das Leseband und die Kohlewäscherei befanden, trat Fränzi auf den Hof. Sie wollte zu der Reihe geteerter Toilettenhäuschen gehen, die an der Giebelwand der Halle aufgestellt waren. Als sie Käthe bemerkte, änderte sie ihre Absicht und schloß sich ihr an, sie war neugierig und gesprächig. »Hat's geklappt?« fragte sie. »Habt ihr die Farbe gefunden? Ich hab sie unter meinem Tuch versteckt. Da hat mich der Aufseher angequatscht: Wo ich hin will, und was ich da unter meinem Tuch hab.« Sie kicherte. »Ich hab gesagt, ich hab nichts unterm Tuch, das is mein Bauch.« Sie kicherte wider. »Ich hab gesagt, ich krieg 'n Kind von meinem Onkel, meine Tante weiß nichts davon, sie denkt, ich krieg's von meinem Bruder, und ich hab gesagt, daß mir ganz elend is, und wenn ich 'n Mann wär, würd ich mich am liebsten an die Front melden, um für unsern Kaiser zu sterben.« Fränzi hatte gehofft, daß Käthe sie mit einem Lachen und einem Kuß belohnen würde, aber sie bemerkte nun, daß sie ihr gar nicht zugehört hatte. »Was is denn passiert?« fragte sie überrascht. »Is was schiefgegangen?«

Durch das hohe, gemauerte Gewölbe der Hauptförderstrecke liefen die Kumpel nach der Schicht zum Schacht, zwischen ihnen gingen Wladislaus, Max und die Franzosen. Sie traten zur Seite, als ihnen vom Füllort ein Zug entgegengedonnert kam. Hinter der Lokomotive rollte eine Reihe leerer Wagen an ihnen vorbei. In weißen, schnell geschriebenen Buchstaben stand auf den schwarzen Seitenwänden der letzten drei Wagen: STREIK GEGEN KRIEG – FÜR MEHR LOHN – MEHR BROT.

Manchmal mit dem unsteten Wind klang vom Dorf das sonntägliche Läuten der Kirchenglocken herüber. Friedel stakste in ihren hochhakkigen Stiefeletten unsicher über den gefrorenen Boden der Vogelwiese. Sie hatte eine blaugefärbte Kaninchenstola über ihren engtaillierten, schwarzen Mantel gehängt und einen Filzhut mit breiter Krempe und einem marineblauen Seidenband aufgesetzt. Ihr Gesicht war unter dem weißen Puder rot gefroren. Hinter ihr parkte ein grasgrün gestrichener Lastwagen am Straßenrand. Schräg auf den hohen Kastenaufbau stand in großen, rotgelben, plastisch abgesetzten Buchstaben geschrieben: MAIERS BUNTES FRONTTHEATER.
In einer Senke, vor dem Wind geschützt, standen die Schlepperinnen im Kreis beieinander, die einzigen Männer zwischen ihnen waren der alte Pole Wladislaus, Steiger Marlok und Max, falls man nicht klein-

lich war und ihn schon als Mann dazurechnete. Er bemühte sich um diese Anerkennung mit ruhigen, bedachten Bewegungen und der Art, wie er den Kohleruß ausspuckte und seine Mütze in den Nacken schob. Steiger Marlok hatte von seinem letzten Gehalt auf dem schwarzen Markt eine Flasche Schnaps gekauft. Sie machte die Runde.
Erna trank einen Schluck und wollte sie an Fränzi weitergeben, die neben ihr stand. Erna sah Pauline an. »Die Kleine auch?«
»Ja, aber nur 'n Schluck zum aufwärm«, sagte Pauline.
Fränzi gab die Flasche, ohne zu trinken, an Max weiter. Gekränkt bemerkte sie: »Die Kleine verzichtet.«
»Nun trink schon«, sagte Erna, »so war das nich gemeint.«
»Da kommt unser Star!« rief Maria. Seitlich einen Fuß neben den anderen setzend, kam Friedel in die Senke hinuntergestiegen, sie war außer Atem. »ich will nur schnell adieu sagen.« Noch bevor sie Käthe umarmte, rollten ihr schon Tränen über die gepuderten Wangen. Es klang wie eine Entschuldigung, als sie leise hinzufügte: »Vielleicht seh ich Kurt an der Front wieder.«
Marlok sagte: »Ich komme bald nach, Friedel.« Er salutierte. »Sie haben mich an die Front versetzt.« Und lächelnd setzte er hinzu: »Weil mir so 'n verdammter Franzose entwischt ist.«
Maria hakte sich bei ihm ein. »Du wirst uns fehl'n, hier zählt jetzt jeder Kerl, und wenn's der ›Herr Steiger‹ is.«
Friedel wollte Max umarmen.
Er zog den Kopf zurück und blickte abfällig auf ihre Schminke. »Du färbst ab.«
Sie lächelte traurig. »Ich weiß ja, Max. Ich gefall dir so nich.«
Die Blondine hatte sich nun auch bei Marlok eingehakt und sang:
»Herr Steiger, Herr Steiger, Sie sind der beste Geiger.«
Erna und Maria fielen mit ein:
»Bin ich in Ihrer Nähe, dann spür ich Ihr Gezähe.«
Fränzi fürchtete sich ebenso wie Max vor dem Abschied von Friedel. Aber für sie gab es dafür einen anderen Grund, sie liebte und bewunderte ihre Tante und wäre am liebsten mit ihr gefahren. Sie hatte Angst vor ihrer eigenen Rührung, darum lenkte sie ab, als Friedel sie in den Arm nehmen wollte, und zeigte auf die singenden Frauen. »Nun guck dir die geilen Weiber an.«
»Schade, daß du jetzt wegfährst«, sagte Pauline als sie an der Reihe war, »hier wird's bald spannend. Jetzt brauchen wir hier jede Frau.« Sie löste mit ihren Worten bei Friedel einen neuen Tränenstrom aus. Pauline streichelte beruhigend ihren Arm. »Laß es dir gut gehn.«

Von der Straße mahnte eine Autohupe Friedel zur Eile.
»Kind, paß auf dich auf«, sagte Erna. Sie wollte noch etwas hinzufügen, aber ihre Kehle war wie zugeschnürt.
Wladislaus und Marlok prosteten ihr zu.
»Wenn de mein' Mann triffst, dann gib ihm 'n Kuß von mir und sag ihm, er soll mal wieder auf Urlaub kommen«, sagte Maria.
Die Blondine ließ ihren Blick abschätzend über die klobigen Holzschuhe, den dicken Rock und die geflickte Männerjoppe ihrer Freundin streifen und sagte: »Wenn der dich sieht, dann will er gleich wieder an die Front.«
Friedel stieg, halb zurückgewandt und winkend, den flachen Hang hinauf. Dann lief sie mit kleinen, raschen Schritten auf das im Leerlauf tuckernde Lastauto zu, wobei sie sich noch die Zeit nahm, in einem Handspiegel Schminke und Frisur zu prüfen und die Tränenspuren auf ihren Wangen zu überpudern. Die Tür vom Führerhaus wurde ungeduldig aufgestoßen, Friedel nahm ihren Hut ab, weil er nicht durch die schmale Öffnung paßte, kletterte auf den Sitz und zog die Tür zu. Der Lastwagen setzte sich schwerfällig in Bewegung und rollte langsam am Rand der winterlich kahlen Brache entlang zur Landstraße. Von weitem sah er wie ein großer, grün leuchtender Käfer aus, der sich in die kalte, graue Jahreszeit verirrt hatte.
Als Karl Boetzkes am Abend desselben Tages überraschend aus der Stadt zu Besuch gekommen war, hatte er seine Halbschwester nicht mehr angetroffen. Er hatte die späte Stunde gewählt, weil sein Besuch privat war und er bei den Leuten in der Siedlung kein unnötiges Aufsehen erregen wollte. Käthe hatte ihm geschrieben, daß Klaus gefallen war. Für Karl war er immer der »kleine Klaus« geblieben, obwohl der Junge inzwischen alt genug gewesen war, dem Kaiser als Kanonenfutter zu dienen. Luise hatte Karl in die Siedlung begleitet. Sie hatten vor einigen Jahren geheiratet, weil zu befürchten gewesen war, daß ihre freie Beziehung von den katholischen Kumpels nicht als ein gesellschaftlicher Fortschritt, sondern als ein Zeichen zweifelhafter sittlicher Moral gewertet wurde – was Karl als führendem Gewerkschafter sicher nicht dienlich sein konnte. Wie wichtig es jetzt war, daß die Kumpels zu ihm Vertrauen hatten, wurde aus einem Schreiben ersichtlich, das Karl dem Konzernherrn Alfred Rewandowski, seinem ehemaligen Gegner im Kampf um das Reichstagsmandat, bei einem geheimen Treffen in der alten Villa Sturz übergeben hatte. Um die Unauffälligkeit zu wahren, hatte ihm Rewandowski empfohlen, den Dienstboteneingang zu benutzen. Das kurze Gespräch war, wie

beide Herren einander abschließend versichert hatten, sachlich verlaufen. Es hatte, eben wegen der Kürze, im Vorraum zu Rewandowskis Herrenzimmer stattgefunden. Rewandowski hatte sich wenig später, bei der Vorführung eines neuen Geschützes auf dem Hernsteiner Schießplatz, vor dem Abgesandten des preußischen Kriegsministeriums auf dieses Schreiben berufen. Er wollte damit die Befürchtungen des Obersten zerstreuen, daß es wegen der Notlage der Bevölkerung im Revier zu Unruhen kommen könnte. Es hatte beinahe wie an der Front ausgesehen: Die Mündungsfeuer blitzten auf, Schußsalven krachten und kurz darauf folgten die Explosionen der Einschläge. Nur die beiden elegant gekleideten Herren und der Oberst in seiner gepflegten, maßgeschneiderten Uniform, die von einer Tribüne aus die Einschläge durch ihre Feldstecher beobachteten, ließen Zweifel am Ernstfall des kriegerischen Geschehens aufkommen. »Alle Achtung, ein unerhört zackiges Gerät«, bemerkte der Oberst, als er mit Rewandowski und von Schlöndorff die Treppe von der Tribüne hinunterstieg, »das hätten wir ein halbes Jahr früher gebraucht.«
Von Schlöndorff zog entschuldigend die Schultern hoch, die von einem Nerz bedeckt waren. »Wir haben keine Leute.«
Rewandowski hatte gut am Krieg verdient, aber er mochte ihn nicht, besser gesagt, er hielt ihn für nutzlos, seit immer deutlicher wurde, daß er nicht mehr zu gewinnen war. »Ich meine, daß gute Arbeiter als Kanonenfutter zu schade sind«, sagte er. »Im Bergbau fehlen uns erfahrene Hauer. Ich werde Ihnen eine Namensliste von Männern geben, die Sie für uns von der Front zurückholen sollten.«
Zwei Arbeiter in Uniformen ohne Rangabzeichen zogen eine Plane über das Geschütz, nachdem es der Offizier noch einmal kurz aus der Nähe bewundert hatte. »Ich werde sehen, was sich machen läßt«, sagte er. Dann fügte er hinzu: »Was wollen Sie hier mit den Leuten anfangen, wenn Sie sie nicht in Räson halten können. Überall, wo ich hinkomme, ist von Streik die Rede.«
Rewandowski erwiderte: »Ich habe von Karl Boetzkes ein Schreiben vom Alten Verband bekommen. Er versichert uns, daß er seine Leute im Revier ruhig halten wird, wenn wir seine Gewerkschaft anerkennen.«
»Wollen Sie sich erpressen lassen?« rief von Schlöndorff erregt, er war von dieser Nachricht überrascht. »Sie erwarten doch hoffentlich nicht, daß ich das mitunterzeichne?«
»Da werden wir nicht drum herumkommen«, entgegnete ihm Rewandowski gelassen. »Das ist nur noch eine Frage der Zeit, und viel

Zeit bleibt uns nicht mehr, wenn der Kaiser die Sozis schon zu Staatssekretären ernennt.«

Sie gingen schweigend zu Rewandowskis Limousine. Er hatte mit seiner Bemerkung auf den kaiserlichen Erlaß zur Demokratisierung angespielt, zu dem sich Wilhelm gezwungen gesehen hatte, um die Parteien und das Parlament auch noch im gemeinsamen Untergang bei der Stange zu halten. Rewandowski hielt es für Zeitverschwendung, dem schwachköpfigen Oberst und dem bornierten von Schlöndorff seine politischen Ansichten zu erklären, die darauf hinausliefen, daß sich seiner Meinung nach die Fronten verschoben hatten. Die Gewerkschaften und die Sozialdemokraten waren inzwischen das kleinere Übel für ihn, mit dem man sich arrangieren mußte gegenüber einer neuen, gefährlichen Bewegung, die sich Spartakusgruppe nannte und sich gemeinsam mit den Bolschewiki in Rußland die Errichtung einer Diktatur des Proletariats zum Ziel gesetzt hatte.

Sein Treffen mit Rewandowski und das Schreiben, das er ihm übergeben hatte, mußte Karl auch vor Pauline und Käthe verschweigen, aber er wollte ihnen bei seinem Besuch zu später Stunde die Absichten seiner Partei und der Gewerkschaft erläutern. Er und seine Frau Luise saßen ihnen am Tisch in der ungeheizten Küche gegenüber. Die Kohlerationen wurden immer knapper und reichten nur für ein kurzes Feuer am Tag, das zum Kochen und Waschen benötigt wurde. Die Besucher hatten ihre Mäntel anbehalten, Karl und Luise ebenso wie ihr Kutscher, der mit Max auf der Treppe saß und Schach spielte. Der Kutscher hatte seinen schweren Wettermantel aufgeknöpft und den pelzbesetzten Kragen über seine breiten Schultern zurückgeschoben, weil ihm vom Nachdenken über den nächsten Spielzug warm geworden war. Unter der Treppe hockte Fränzi, in eine Decke gewickelt, auf dem Bett und las einen abgegriffenen Schmöker mit dem Titel: *Heimatlos*. Während Karl versuchte, die Unterstützung von Kaiser und Reichsregierung als eine notwendige Taktik seiner Partei darzustellen, hatte sich Pauline in abwehrender Haltung, die Arme vor der Brust verschränkt, auf ihrem Stuhl zurückgelehnt. Er hatte gerade seinen Vorsitzenden Friedrich Ebert zitiert, der noch vor wenigen Tagen im Reichstag verkündet hatte: »Wir bekennen uns zur Politik der Landesverteidigung, heute wie am vierten August neunzehnhundertvierzehn.«

»Was wollt ihr denn hier immer noch verteidigen?« fragte Pauline.

Fränzi sagte, ohne von ihrem Buch aufzusehen, in einem leiernden Ton: »Das Va-ter-land«

Käthe sah sich nach ihr um: »Ich denke, du liest?«
Pauline griff das Wort ihrer Tochter auf: »Diejenigen, die immer noch nicht genug vom Krieg haben, meinen doch nur ihre Fabriken, ihren Grundbesitz und ihr Bankkonto, wenn sie vom Vaterland reden.« Sie zeigte auf Käthe und sich. »Wir sind nicht ihr Vaterland, wir...«
Luise wollte etwas einwenden, aber sie kam nicht zu Wort.
»...wir sind nur dazu da, für sie zu schuften und unsere Knochen hinzuhalten«, fuhr Pauline fort.
»Pauline, bitte, hör doch mal zu...« begann Luise wieder.
»Das is überall dasselbe«, sagte Pauline, »das war in Rußland so und is in Frankreich und England genauso. Unser Vaterland ist dasselbe Vaterland wie für die Arbeiter in England und Frankreich. Für uns steht die Front woanders, nämlich zwischen uns und den Kapitalisten. Da gehört der Krieg hin.«
Luise warf Karl einen Blick zu.
»Du bringst jetzt alles durcheinander«, sagte Luise besänftigend.
»Wieso?« fragte Pauline.
»Es geht jetzt darum, daß die Gewerkschaft von den Unternehmern anerkannt wird. Dann haben wir eine wichtige Grundlage geschaffen, von der aus wir die nächsten Schritte einleiten können. Aber dafür ist es notwendig, daß wir uns glaubwürdig verhalten und zu dem stehen, was wir versprochen haben.«
»Schach matt«, sagte der Kutscher leise. Max versuchte noch einige Züge, um seinen König zu retten, aber der Kutscher schüttelte jedesmal den Kopf. Er stand auf, knöpfte seinen Mantel zu und ging zur Tür. »Ich seh mal nach dem Pferd«, sagte er und ging hinaus. Auf Karls Anweisung hatte er die Droschke nicht vor der Haustür, sondern ein paar Schritte entfernt hinter der Giebelwand des Nachbarhauses geparkt.
Karl sah auf seine Uhr. »Wir müssen gehen.«
Luise sagte gedämpft in das anschließende Schweigen: »Meinst du denn, für Karl ist das alles einfach? Auf vier Versammlungen hat er heute schon diskutiert.«
»Ich staune nur, wie einseitig du dich offensichtlich informiert hast«, sagte er zu seiner Schwester. »Das klingt alles so ein bißchen im Stil der Spartakusleute.«
»Jetzt hör mal zu«, begann Käthe, sie redete zum ersten Mal an diesem Abend. »Unser Klaus und Hannes Stanek sind gefalln, von Bruno und Kurt haben wir seit zwei Monaten nichts mehr gehört. Wir fahrn

eine Sonderschicht nach der anderen«, sie zeigte auf den Herd, »und müssen friern und haben nichts im Magen, und wie's aussieht, wird alles immer noch schlimmer statt besser. Was solln wir da verteidigen? Unsern Hunger?«
»Jawohl«, fiel Pauline ein, »darum is das einzige, was wir für uns tun können, daß wir einfach nich mehr mitmachen. Soll'n sie uns doch alle einsperrn, dann haben sie bald überhaupt keine Leute mehr für die Arbeit.«
Karl und seine Frau erwiderten nichts, sondern blickten überrascht schräg über Käthes Kopf hinweg. Sie drehte sich um, folgte ihren Blicken und sah oben auf der Treppe ein Paar Hosenbeine und Füße in dicken Socken, die sich unauffällig rückwärts wieder zum Treppenabsatz hinauftasteten. »Komm ruhig runter«, rief Käthe, »viens.«
Maurice kam, eine Decke um die Schultern gehängt, die Treppe herunter, er blickte mißtrauisch auf Karl und Luise. Er trug Brunos Hose und Weste.
»Ich wußte gar nicht, daß ihr 'n Kostgänger habt«, sagte Karl.
Fränzi und Max, der immer noch versuchte, aus dem Schachmatt herauszufinden, mußten über das Wort Kostgänger lachen. »Der Kutscher hat mich mit der Dame und 'm Läufer matt gesetzt«, sagte er, als Maurice über das Brett hinwegstieg. Maurice ging nicht auf ihn ein, er blieb mißtrauisch und zurückhaltend. Käthe stellte ihn vor, er nickte Karl und Luise stumm zu und sagte leise zu Käthe: »Ich muß mal.«
Käthe stand auf. »Ich seh nach, ob alles klar is.« Sie hakte den Schlüssel für die Toilette vom Brett und ging durch die Tür, die in den Hof führte, hinaus. Maurice wartete schweigend, ohne jemanden anzusehen, bis sie zurückkam und ihm den Schlüssel gab.
Als er gegangen war, fragte Luise: »Ist das ein Franzose?«
»Ja«, sagte Max, »er is Bergmann aus Anzin.«
»Ist das 'n Kriegsgefangener?« fragte Karl. Käthe nickte.
Karl war schon über seinen Verdacht erschrocken. »Und ihr haltet ihn bei euch versteckt?«
Käthe nickte wieder. Der Kutscher war von der Straße hereingekommen. Karl und Luise standen auf. Sie knöpften ihre Mäntel zu und setzten sich ihre Hüte auf. Sie hatten es plötzlich eilig. Luise hing sich ihre Bisam-Stola um. »Seit ihr euch klar darüber, was ihr damit riskiert und daß ihr damit Karls politischen Ruf aufs Spiel setzt?«
Karl verlor die Geduld. »Verdammt noch mal«, schimpfte er leise, »hier gehört endlich wieder ein Mann ins Haus.«

Max war aufgestanden, er steckte die Hände in die Hosentaschen und fragte Karl in lässiger Haltung: »Und was bin ich? Bin ich vielleicht 'n Fräulein oder so was?«
Fränzi kicherte. »Na klar, du bist das schärfste Fräulein auf 'm Pütt.«
Karl schüttelte verzweifelt den Kopf. »Ich glaube, ihr seid hier alle verrückt geworden.«
»Wahrscheinlich«, sagte Käthe. Sie lachte. »Das kommt vom Hungern, mein Junge.«

Gegen Mittag war Käthe von der Frühschicht nach Haus gekommen. Sie hatte eine Decke vor das Fenster der Schlafstube gehängt, die das Licht dämpfte und war, um sich aufzuwärmen, mit Maurice ins Bett gegangen. Sie hatte ihr Haar geöffnet, es bedeckte rotbraun und grau schattiert das Kissen und umrahmte ihr klares zufriedenes Gesicht. Maurice lag über ihr, die Arme neben ihren Schultern in die Kissen gestützt. Sie strich ihm mit den Fingerspitzen über die Brust und sagte: »Das hab ich dem Krieg zu verdanken, daß ich dich kenn.« Sie wußte, daß die Frage, die sie ihm jetzt stellen wollte, albern war, aber sie fragte ihn trotzdem und hoffte, daß er ihr keine Antwort geben würde. »Gehst du wieder nach Frankreich zurück, wenn alles vorbei is?«
Er küßte sie, und sie griff in sein schwarzes gewelltes Haar.
Es wurde an die Haustür geklopft.
Er hob den Kopf und Käthe ließ den Arm sinken. Einen Augenblick lang verharrten sie so und horchten.
Es wurde wieder geklopft.
Maurice drehte sich auf die Seite, damit Käthe aufstehen konnte. Sie steckte die Füße in ihren dicken Wollrock und zog ihn über die Hüften. Sie nahm ihr Tuch von der Stuhllehne und band es sich um ihren nackten Oberkörper und während sie in die Küche ging, steckte sie flüchtig ihr Haar zusammen. Sie zog die Gardine vor dem Fenster ein wenig zur Seite. Draußen stand ein Mann, er trug zivile Kleidung. Wie sie ihn einschätzte, konnte er Bergmann sein, und sie entschloß sich, ihm zu öffnen. Er hielt einen Leinenbeutel in der Hand und einen verschnürten Pappkarton unterm Arm. Seinen Schal hatte er über das Kinn hochgezogen. Er lächelte und sah sie abwartend an.
Es war Bruno.
»Das is 'ne Überraschung«, sagte Käthe, »komm rein.«
Er trat in die Küche, stellte seine Sachen auf einem Hocker ab und ging gleich zum Herd, wo er sich die Hände wärmen wollte. »Is noch

kalt«, sagte Käthe. »Ich mach erst am Abend Feuer, wir haben nich mehr genug Kohle.«
Bruno sah sich in der Küche um. »Hast du Urlaub?« fragte sie ihn.
»Nein«, sagte er, »sie haben mich nach Haus geschickt, ich soll wieder einfahrn. Bist du allein?«
Käthe war einen Augenblick unschlüssig, dann ging sie zur Stubentür und winkte durch den Spalt. Bruno sah, daß sie barfuß war. Maurice kam in die Küche, das Hemd hing ihm noch über der Hose. Käthe sagte: »Das is Maurice, das is Bruno, Paulines Mann.«
Die beiden Männer nickten einander zu.
Käthe sah, wie Bruno Hose und Hemd des Franzosen musterte. »Wir haben ihm solange deine Sachen gegeben.«
Bruno sagte nichts, er stellte auch keine Fragen, die den fremden Mann betrafen.
Maurice zog eine angerauchte Zigarette aus der Hosentasche, brach sie behutsam in der Mitte auseinander, steckte sich die eine Hälfte in den Mund und hielt Bruno das andere Stück hin. Bruno nahm es, und Maurice gab ihm Feuer. Käthe hatte ihnen zugesehen. Bruno rauchte und fragte: »Wo sind die andern?«
»Max und Fränzi sind auf'm Pütt, und Friedel is an der Front, sie spielt Theater.«
»Und wo is Pauline?«
»Du kommst in einem unglücklichen Augenblick«, antwortete Käthe, »in ein paar Tagen is sie bestimmt wieder hier, sie könn ihr nichts nachweisen.«
Sie hatte Bruno berichtet, was geschehen war, und er hatte sich gleich wieder auf den Weg gemacht. Käthe hatte Feuer machen und Wasser aufsetzen wollen, um ihm Tee zu kochen, aber das hatte ihm zu lange gedauert. Er war schnell gelaufen und hatte nur eine knappe Stunde bis in die Stadt und zur Wache gebraucht. Ein Gendarm führte ihn durch einen langen fensterlosen Gang, der in weiten Abständen von schwach leuchtenden Gaslampen erhellt wurde. An einer Seite öffnete sich die Wand zu einer engen Zelle, sie war mit einem Gitter aus Eisenstäben vom Gang getrennt. Der Gendarm blieb stehen. Die Zelle wurde von der Lampe im Gang beleuchtet, so daß die Schatten der Gitterstäbe in langen Streifen über den strohbedeckten Boden und die grob verputzten Wände fielen. Sie warfen ihr Raster aus Hell und Dunkel auch über die Frauen, die, mit dem Rücken gegen die Wand gelehnt, auf dem Boden saßen, und es war im ersten Augenblick für Bruno schwierig, Pauline zwischen ihnen ausfindig zu machen.

»Pauline Kruska-a-a!« rief der Gendarm in einem Ton, der Bruno vom Kasernenhof vertraut war. Allein schon daß dieser Mann ihren Namen in den Mund nahm, empfand Bruno als eine Kränkung.
Pauline hatte sich im Stroh zusammengekauert und schlief. Die Frau, die neben ihr saß und sich unaufhörlich ihr Haar bürstete, weckte sie. Pauline stand auf und kam an das Gitter.
»Bruno«, sagte sie leise und verschlafen. »Gut, daß du wieder da bist.« Vorsichtig, als wenn sie sich vergewissern wollte, daß es kein Traum war, steckte sie die Hand durch das Gitter und strich ihm über die Wange.
Der Gendarm beobachtete beide. »Keine Berührung«, sagte er.
Pauline beachtete seine Anweisung nicht, sie legte ihrem Mann in einer halben Umarmung die Hand auf den Nacken, als wollte sie ihn durch das Gitter zu sich heranziehen. »Bist du gesund?«
Er nickte. »Und du?«
Sie zuckte die Schultern. »Ich hab die Scheißerei. Wie lange hast du Urlaub?«
»Ich bleibe hier, die brauchen mich auf 'm Pütt.«
»Gott sei Dank.« Sie hielt seine Hand fest. »Max is schon Hilfshauer«, sagte sie. »Sie haben mich in Untersuchungshaft gesteckt. Wir wollten streiken, wir waren nur zwölf Frauen, aber sie sind gleich mit Berittenen angerückt.« Sie lächelte müde: »Ich bin eine Rädelsführerin.«
»Wann kommst du hier raus?« fragte er.
Sie wollte ihn beruhigen. »Es wird nicht mehr lange dauern«, sagte sie, aber das hoffte sie nur. Sie senkte den Kopf und begann leise zu weinen.
Bruno sagte: »Ich werde nicht einfahrn, bevor sie dich freilassen.«

Sie trat vor die Tür, weil sie sich übergeben mußte, sie hatte den vielen Rotwein nicht vertragen. Der junge Offizier hatte ihr seinen Mantel umgehängt. Darunter trug sie ihr Kostüm, in dem sie am Abend vor den Soldaten aufgetreten war: ein kurzes zitronengelbes Faltenröckchen, schwarze Seidenstrümpfe und eine Bolero-Jacke aus rotem Samt, der Kragen und die Manschetten waren mit Goldlitzen besetzt. Der Uniformmantel war ihr zu lang, sein Saum schleifte hinter ihr über den Lehmboden. Sie lief ein Stück über das kahle Feld, um in der frischen Luft wieder zu sich zu kommen. Hinter dem Haus parkte der Lastwagen mit dem hohen grüngestrichenen Aufbau und den plastisch gemalten Buchstaben: MAIERS BUNTES FRONT-THEATER. Am Horizont verblichen die Blitze der Artilleriefeuer allmählich in der Morgendämmerung. Während der ganzen Nacht war der Geschützdonner wie ein fernes Gewitter zu hören gewesen.

Ein zweispänniger Planwagen kam über die Landstraße gefahren. Der Sandboden schluckte das Geräusch der Räder, und zwischen dem Schnauben der Pferde und dem Knarren der Deichsel glaubte sie Stöhnen und kurze Schreie zu hören. Sie lief zur Straße. Von weitem waren nur die dunklen Umrisse des Wagens gegen den rötlichgrau aufhellenden Himmel zu erkennen gewesen. Nun sah sie das große rote Kreuz auf der lehmbespritzten Plane. Die beiden Soldaten auf dem Kutschbock trugen weiße Stahlhelme. Sie blickte zu ihnen hinauf, ihre Gesichter waren grau und müde, sie schienen mit offenen Augen zu schlafen. Die Pferde gingen von selbst ihren Weg und der Wagen rollte langsam an ihr vorbei. Durch die Plane drangen Stöhnen und Wimmern, in kurzen Abständen war ein qualvoller Schrei zu hören. Am Wagenende war die Plane aufgerollt, auf dem Wagenboden lagen dicht nebeneinander verwundete Soldaten, einige hatten sich gegen die Ladeklappen gelehnt. Ein junger Soldat hatte sich halb aufgerichtet und starrte in den dämmernden Morgen hinaus. Der Verband um seinen Kopf war von dunklen Blutflecken durchtränkt. Sein Gesicht war bleich und unrasiert.

Friedel war übernächtigt und hatte mit den Offizieren zu viel trinken müssen, trotzdem glaubte sie nicht, daß sie sich die Ähnlichkeit nur einbildete. Sie zog ihre hochhackigen Stiefeletten aus und lief dem Wagen auf Strümpfen hinterher, dabei zog sie den Offiziersmantel wie eine schwere Schleppe nach. »Kurt!« rief sie.

Der Soldat hatte sich wieder hinter die Plane zurückgelehnt.

»Kurt! Kurt!« rief sie verzweifelt.

Der Wagen hatte sich inzwischen immer weiter von ihr entfernt. In der Haustür war der junge Offizier erschienen, er hatte seine Uniformjacke aufgeknöpft, darunter war sein weißes Trikot zu sehen. Er suchte am Türrahmen Halt, trat einen Schritt vor und blieb wieder stehen. Schwankend ließ er die Arme baumeln. »Wo willst du hin?« rief er mit schwerfälliger Stimme. »Komm her!«

Friedel war erschöpft stehengeblieben. Sie zog sich ihre Schuhe wieder an und ging über das Feld zum Haus zurück.

Das Ende kam rascher, als sie erhofft hatten, und wie so oft erreichten Ereignisse, die die Welt über Tage bewegten, die Kumpels mehrere

hundert Meter tief unter der Erde. Eingehüllt vom Kohlestaub und dem Lärm ihrer Preßlufthämmer schlugen Bruno und Max Kohle aus dem Berg. Sie hockten nebeneinander im Flöz und stimmten ihre Schläge aufeinander ab, schlugen mit scharfen Kerben eine Schram. Bruno schaltete seinen Hammer aus und lehnte sich zurück. »Gib ihm den Rest«, sagte er zu seinem Sohn und zeigte auf den schmalen Steg, den die unterhöhlte Kohle noch stützte.
Max nahm den Steg ins Vesier und setzte seinen Hammer an. Dann sprang er zur Seite, um der herabstürzenden Kohle auszuweichen.
Bruno nickte ihm anerkennend zu und gab ihm ein Zeichen, daß er seinen Hammer ausschalten sollte. »Wir haben 'ne Pause verdient.« Sie lehnten sich jeder gegen einen Stempel und schoben ihre Mützen in den Nacken. Aber es blieb ihnen keine Zeit, sich für einen stillen Augenblick vom Lärm und von der Anstrengung zu erholen. Von der Strecke hallten in einem bestimmten Rhythmus Schläge gegen das Wasserrohr herauf, eindeutig in dem Signal, das sie vermittelten. »Das is Alarm«, sagte Max. Sie hakten ihre Lampen vom Kappenholz und stiegen den Streb hinunter. Unten auf der Abbaustrecke erwartete sie der Pferdejunge. Max fragte ihn außer Atem: »Was willst du hier? Was is passiert?«
Der Junge sah ihn und Bruno ernst und schweigend an, er verzögerte genußvoll die Überraschung, die er ihnen mitzuteilen hatte. Schließlich sagte er: »Also nich, daß ihr denkt, ich spinne, ja? Is wirklich wahr, der Kaiser hat abgedankt, der beschissene Krieg is zu Ende.«
Am nächsten Abend hatten sich einige Bewohner der Siedlung am Bahndamm eingefunden. Mit Decken, Tüchern und warmer Kleidung hatten sie sich für die Nacht im Freien eingerichtet, in einem alten Kohleeimer brannte ein Feuer. Wie er es Pauline am Gitter der Gefängniszelle versprochen hatte, war Bruno am Tag, als er zum ersten Mal einfahren sollte, zum Betriebsführer gegangen und hatte ihm gemeldet, daß er nicht einfahren werde, solange seine Frau schuldlos im Gefängnis säße, und wenn sie wollten, könnten sie ihn auch einsperren, aber er würde jedenfalls den Pütt nicht mehr betreten, bevor seine Frau wieder freigelassen worden sei. Vor die Wahl gestellt, seine Autorität nicht aufweichen zu lassen oder aber sein Soll an geförderter Kohle zu erfüllen, hatte sich Assessor Löwitsch in Anbetracht der durch den Krieg bedingten schwierigen Verhältnisse zu letzterem entschlossen und sich persönlich mit der örtlichen Polizeiwache in Verbindung gesetzt.
Pauline saß nun neben Bruno auf einer Decke am Feuer, sie hatte sich

in ihr Tuch gehüllt und den Kopf an seine Schulter gelehnt. Fränzi spielte mit Erna und Walters Frau Karten. Wladislaus war mit Walter unterwegs, um nach etwas Brennbarem zu suchen. Erna dachte an Martin, ihren ältesten Sohn. Nachdem er eingezogen worden war, hatte sie nie mehr etwas von ihm gehört, und sie hatte, in der Hoffnung, daß er überraschend zurückkommen könnte, einen Zettel an ihre Wohnungstür geheftet: WIR SIND AM BAHNDAMM.

Auch was aus Kurt Bredel geworden war, wußte niemand. Schon seit mehreren Monaten war keine Post mehr von ihm gekommen. Friedel hatte eine Karte geschrieben. Sie arbeitete jetzt in einem Lager der Engländer, es schien ihr gut zu gehen. An den Schluß der Karte hatte sie geschrieben: »many greetings, Eure Friedel.«

Etwas abseits von den anderen hatte sich Max beim Licht einer Handlaterne über einen Atlas vom deutschen Reich gebeugt, auf dem auch die Bahnlinien eingezeichnet waren. Walter hatte den Atlas mitgebracht, um allen zu beweisen, daß der Kaiser hier vorbeikommen mußte, wenn er in der Nacht in sein Exil nach Amerongen in Holland reiste. Offiziell sollte sich der Kaiser schon seit ein paar Tagen in seinem Hauptquartier in Lüttich aufhalten und von dort nach Holland unterwegs sein. Aber man hörte Gerüchte, daß er noch in Berlin sei und nun im Schutze der Nacht in einem geheimgehaltenen Sonderzug durch sein ehemaliges Reich fuhr, um es für immer zu verlassen.

Walter und Wladislaus waren mit einem Zaunpfahl zurückgekommen, den sie zersägt und die Stücke auf die Glut gelegt hatten, so daß das Feuer wieder aufloderte. Inzwischen verblaßte das letzte Abendlicht über dem dunklen, schnurgeraden Horizont, den der Bahndamm vor ihnen bildete. Er wurde nur von dem mächtigen Zylinder des Gasometers überragt, in dem sich matt die Lichter der nahen Industrieanlagen spiegelten. Walter spielte mit klammen Fingern auf seiner Harmonika in schläfrig langgezogenen Tönen das Lied von der Loreley. Erna und Fränzi sangen leise dazu:

Ich weiß nicht, was soll es bedeuten,
d-a-a-a-ß ich so trau-au-rig bin.
Ein Märchen aus uralten Zeiten,
daß k-o-o-o-mmt mir nicht aus dem Sinn.

Erna unterbrach ihren Gesang. »Meint ihr denn wirklich, daß er hier vorbeikommt?«

»Muß er ja«, sagte Max. »Das is genau die Strecke, wo's nachher über'n Rhein und über die Grenze geht.«

Walter hörte auf zu spielen und stimmte ihm zu: »Hier sind ja auch die ganzen Militärtransporte an die Front durchgekomm.«
Wladislaus blieb skeptisch. »Und das soll tatsächlich nur 'ne Finte sein, daß ...«
»Sei mal still«, unterbrach ihn Max. Er horchte, und alle lauschten mit ihm. Aber er hatte sich getäuscht, es war kein Zuggeräusch zu hören.
Wladislaus fuhr fort: »... daß er schon in Lüttich is?«
»Natürlich«, sagte Max, »das verbreiten sie nur, damit ihm hier keiner 'ne Bombe auf die Schienen legt – als kleines Abschiedsgeschenk.«
Käthe wies ihn zurecht. »Er war immerhin unser Kaiser.«
»Wenn er aus'm Fenster guckt, kannste ihm ja 'ne Kußhand zuwerfen«, schlug Erna ihr vor.
»Vielleicht haben sie seinen Zug als Güterzug getarnt«, vermutete Max, »außen sehen alle Wagen wie Viehtransporter aus.«
»Und innen ist alles mit dicken Teppichen ausgelegt, und er sitzt in einem goldenen Sessel an seinem goldenen Schreibtisch und schreibt einen Abschiedsbrief an sein Volk«, sagte Fränzi.
»Ihr spinnt was zusamm«, bemerkte Erna.
Sie schwiegen. Fränzi zeigte auf eine alte Ledertasche, die Max neben sich gestellt hatte. »Hast du da noch was zu essen drin?«
»Quatsch«, sagte Max, »woher denn?« Er nahm die Tasche unter den Arm, als wenn er fürchtete, daß Fränzi hineinsehen wolle.
»Wozu hast du die überhaupt mitgenomm?« fragte sie.
Er blätterte in dem Atlas und gab ihr keine Antwort.
»Wilhelm wird sich in seinem Exil auch wieder 'n gemütlichen Tag machen«, sagte Bruno.
»Na ja«, sagte Erna ironisch, »aber so einfach auf 'ne ganze Nation verzichten, is bestimmt auch nich einfach.«
»Wir hätten auf jeden Fall gern schon länger auf ihn verzichtet«, sagte Pauline.
»Er is ein feiger Hund, weiter nichts«, stellte Max verbittert fest.
Diesmal war es keine Täuschung, es waren eindeutig die rhythmischen Dampfstöße einer Lokomotive, die immer näher kam.
Alle waren aufgestanden und liefen noch etwas steifbeinig von der Kälte und der langen Zeit, die sie auf der Erde gehockt hatten, den Bahndamm hinauf. In der Flucht der Gleise tauchten zwei Lichter aus der Dunkelheit auf.
Als einziger war Max zurückgeblieben. In der Ledertasche hatte er

eine Flasche verborgen, die er jetzt hervorholte. Sie war mit einer klaren Flüssigkeit gefüllt. Er zog den Korken heraus und steckte einen zusammengerollten Lappen in den Flaschenhals, er begann in seiner Jackentasche nach Streichhölzern zu suchen.

Bruno hatte ihn beobachtet und rannte zu ihm zurück.

Die anderen achteten nicht auf ihn, ihre Blicke waren auf die Scheinwerfer der Lokomotive gerichtet.

Bruno riß Max die Flasche aus der Hand und warf sie auf das Feld. Ruhig sagte er: »Laß das, Max. So was is wie im Krieg, das trifft meistens die Falschen.«

Max hatte sich nicht gewehrt, aber er sah seinen Vater enttäuscht und trotzig an.

Bruno legte ihm den Arm um die Schulter und lief mit ihm die Böschung hinauf.

Es war ein gewöhnlicher Personenzug, der an ihnen vorbeirollte. Das Licht, das aus den Abteilfenstern fiel, huschte über ihre erwartungsvollen Gesichter. Soweit es zu erkennen war, befanden sich nur wenige Reisende in dem Zug, schlafende Arbeiter und Soldaten.

Ernüchtert starrten die Frauen und Männer aus der Siedlung den roten Schlußlichtern nach. Nur Fränzi war nicht enttäuscht. Sie war auf einen Gedanken gekommen, den sie aber niemandem verriet. Sie stellte sich vor, wie der Kaiser in einer Joppe aus grobem Stoff, geflickten Hosen und Holzschuhen als Arbeiter verkleidet, in einem Abteil vierter Klasse von niemandem erkannt, zur Grenze fuhr.

Fünf Tage und fünf Nächte

Der Krieg war zu Ende, und der Kaiser hatte abgedankt. Den Menschen im Revier erschien ihr Land wie an einem Festtag, wenn die alltägliche Umgebung von einer stillen Feierlichkeit verwandelt ist. Die leeren Felder und die Industriebrachen, die von kahlen Weißdornsträuchern und Ebereschen überwuchert waren, schienen von der unbestimmbaren Veränderung ebenso betroffen wie die Fördertürme der Zechen und die Hochöfen der Hüttenwerke. Dazu kam das warme vorfrühlingshafte Wetter. Es war für diese Jahreszeit ungewöhnlich. Die jungen Ruchbirken, die zwischen der alten Kokerei und dem Neuhagener Moor die Landstraße begrenzten, trieben frühe Knospen. Aber es war zu befürchten, daß sie beim nächsten Frost, der mit Sicherheit zu erwarten war, wieder erfroren.
Die beiden Soldaten hatten die Köpfe in den Nacken gelegt und blickten in das feine Astwerk hinauf, das wie ein bewegter Schleier über sie hinwegzog. Sie saßen auf dem Ladekasten eines Militärlastwagens. Sein grünbrauner Tarnanstrich war eingegraut von Staub und getrocknetem Lehm. Die Ladung war mit einer Plane bedeckt. Das eintönige Dröhnen des Motors hatte die Männer schläfrig gemacht. An ihren Mützen und Mänteln fehlten Rang- und Regimentsabzeichen. Ihre Gesichter hatten eine ähnliche Farbe wie das Auto, Kinn und Wangen waren dunkel von mehrere Tage altem Bartwuchs. Sie hatten sich ihre Gewehre über die Knie gelegt. Vorn, im Führerhaus, beobachtete der Fahrer über den dampfenden Kühler hinweg die Straße. Er hielt die Arme über dem halbmetergroßen Lenkrad ausgebreitet und steuerte den schwerbeladenen Wagen zwischen Schlaglöcher und mit Regenwasser gefüllte Senken hindurch. Neben ihm schlief ein Kamerad. Das Kinn auf der Brust, pendelte sein Kopf gegen die Richtung, in die der Wagen gerade schwankte, von einer Schulter auf die andere. Seine kräftigen Kinnbacken waren mit grauen Bartstoppeln bedeckt, unter seinem grauschwarzen Schnauzer, der die Größe eines Handfegers hatte, hing eine halbgerauchte Zigarette. Er hatte sich die Infantristenkappe über die Augen gedrückt. Vorn an den Steg der Kappe, wo sich das Abzeichen der Waffengattung befunden hatte, war ein kleines emailliertes Bild der heiligen Barbara gehef-

tet. In einer leichten Talsenke tauchten jetzt die ersten verrußten Backsteingiebel der Siedlung auf. In der Ferne wurden sie von dem Förderturm und den Schloten der Zeche Siegfried überragt, deren Umrisse sich blaß im sonnigen Dunst abzeichneten. Der Fahrer schaltete in einen niedrigeren Gang herunter, und die beiden Soldaten, die hinten zwischen der Ladung hockten, brachten ihre Gewehre auf dem Dach des Führerhauses in Anschlag.

Friedel saß vor dem Haus der Boetzkes, unten auf der Steinstufe. Außer ihr war weit und breit niemand zu sehen, und ihre einsame Anwesenheit in der leeren Straßenflucht verstärkte den Ausdruck von Verlassenheit, mit dem die Siedlung die fremden Männer und ihren Lastwagen empfing. Die Häuser wirkten unbewohnt und abweisend, vor die Fenster waren Gardinen gezogen oder Decken gehängt. Als Friedel den Wagen kommen sah, stand sie auf und ging zur Mitte der Straße. Ihre Kleidung stand in einem merkwürdigen Gegensatz zu ihrer Umgebung, es sah aus, als hätte sich die junge Frau von einem nächtlichen Kostümball in der Stadt plötzlich in die mittäglich öde Siedlung verirrt. Sie trug eine zerschlissene Seidenbluse mit einem Jabot aus Chiffon und einen abgestuften Samtrock, der über ihrer schmalen Taille verdreht war, so daß die seitlichen Zierbänder nun nach vorn und hinten zeigten. Offensichtlich hatte sie sich gerade ihre Locken frisch gedreht, aber vergessen, sie zu einer Frisur zu ordnen. In der zusammengepreßten Faust hielt sie eine kleine, mit Glasperlen besetzte Leinentasche. Sie winkte, um den Wagen anzuhalten. Der Fahrer nahm das Gas zurück und trat auf die Bremse. Er lehnte sich aus dem Fenster und betrachtete sie verwundert. »Bist du von hier?« fragte er. Sie antwortete ihm nicht. Er sah sich um. »Wo steckt ihr denn alle, sag mal? Habt ihr Angst, aus euren Buden rauszukommen? Der Krieg is aus, falls sich das hier noch nich rumgesprochen hat.«

Sie sah ihn verstört an, aber sagte nichts. Einer der beiden Soldaten auf der Ladefläche rief ihr zu: »Haste dich für uns so in Schale geschmissen, mein Liebling?«

Der Fahrer versuchte sie einzuschätzen. »Laß sie in Ruhe«, befahl er seinem Kameraden. Friedel hatte ein postkartengroßes Foto aus ihrem Täschchen gezogen und reichte es ihm durch das Wagenfenster, dabei sagte sie leise, rasch und mechanisch wie eine unzählige Male wiederholte Frage: »Kurt – Kurt Bredel – erste Infantrie – an der Somme?«

Er blickte auf das abgegriffene Foto, das in einem Passepartout einen Mann zeigte, der lachte und in einer ironischen Landserpose zwei Finger über der Brust in die Knopfleiste seiner Uniformjacke gesteckt hatte. Der Fahrer schüttelte den Kopf und gab ihr das Foto zurück. Sie ging um den Kühler herum zum anderen Fenster, blickte auf den schlafenden Soldaten und war unsicher, ob sie ihn wecken sollte. Der Fahrer fuhr wieder an. Friedel lief neben dem Wagen her und hielt das Foto zu den Soldaten auf der Ladefläche hoch. »Kurt Bredel, erste Infanterie, an der Somme.« Die Soldaten zuckten verlegen die Schultern. Sie blieb hinter dem Wagen auf der Straße zurück und ließ enttäuscht die Arme herabhängen. Das Foto hielt sie noch in der Hand.

Die Einfahrt zur Zeche war von einem Eisengitter versperrt. Der Fahrer hatte den Wagen angehalten, er beugte sich vor und sah durch die Windschutzscheibe zum Förderturm hoch. Die großen Speichenräder unter dem Wellblechdach standen still. Er schüttelte seinen Kameraden wach. »Wir sind da. Hier wolltest du doch hin, Otto?«

Otto schob seine Kappe in den Nacken, zog die Zigarette aus dem Mund und warf sie aus dem Fenster. Sein Haar war grau, aber immer noch dicht und starr wie eine Drahtbürste. Er blickte halb dösend auf das Gitter. »Ja«, sagte er, »das is mein alter Pütt.« Er griff über das Lenkrad hinweg und drückte auf die Hupe. Alles blieb still, niemand ließ sich sehen. Er hupte noch einmal, und als das wieder ohne Wirkung blieb, stieg er aus und trat an das Tor. »He! Hallo!« rief er. Er wartete eine Zeitlang und drehte sich dann nach dem Fahrer um: »Scheint niemand dazusein.«

»Stehn bleiben! Hände hoch!« befahl ihm eine Stimme. Otto sah sich überrascht um, er konnte niemanden entdecken. Die Soldaten auf dem Ladekasten hielten ihre Gewehre wachsam im Anschlag. Die Stimme befahl wieder, diesmal energischer: »Hände hoch, hab ich gesagt! Und legt die Gewehre weg!« Otto hob langsam die Hände. In seinem Blick hatte sich, vom Alter gemildert, ein Ausdruck von Mutwillen und Kühnheit bewahrt. Er lachte und sah sich wieder um: »Wo steckst du, Kamerad, wir...«

Die Soldaten auf dem Lkw waren dem Befehl nicht gefolgt, und die Stimme forderte sie noch einmal auf, die Gewehre wegzulegen: »Ich hab euch genau im Visier.« Ein Warnschuß knallte über den Hof, hallte von der Hängebank, der Maschinenhalle und dem Bürogebäude wider und gab mit mehrfachem Echo der Stimme Nachdruck. Die Soldaten stellten ihre Gewehre gegen die Ladeklappe und hoben nun auch die Hände. Eine kleine Pulverwolke, die über dem Dach des Pförtnerhauses aufstieg, verriet ihnen das Versteck des Schützen. Auf dem Dachfirst hinter dem Schornstein hervor war ein Gewehr-

lauf auf den Lastwagen gerichtet. Otto blickte abschätzend zum Dach hinauf. »He Kumpel, spar deine Patronen«, rief er. »Wer bist du?« Er bekam keine Atwort. Vom Schuß herbeigerufen, kamen Bruno, Wladislaus und Maurice über den Hof gelaufen, jeder trug ein Gewehr unterm Arm. »Was is los?« rief Bruno.
»Paßt auf, die sind bewaffnet«, rief die Stimme hinter dem Schornstein. Bruno behielt den Mann am Gitter im Auge und ging auf ihn zu. Wladislaus und Maurice folgten ihm und richteten ihre Aufmerksamkeit auf die beiden Soldaten und den Fahrer. Otto hatte Bruno erkannt und grinste abwartend. Bruno war bis auf wenige Schritte herangekommen. »Mann Gottes«, rief er und schüttelte ungläubig den Kopf. Otto blickte spöttisch zum Schornstein hoch. »Darf ich mal die Hände runternehm, Kamerad? Damit ich meinen alten Kumpel umarmen kann?« Bruno schloß das Gittertor auf: »Komm runter, Max«, sagte er. Die beiden Bergmänner umarmten sich, zwanzig Jahre war es her, als sie zusammen die Morgensonne aufgehauen hatten. Sie sahen sich schweigend an. »Du kommst im richtigen Moment, wir brauchen Leute. Wir haben den Pütt besetzt«, sagte Bruno dann. Wladislaus und Maurice gaben Otto die Hand, sie wurden ihm von Bruno vorgestellt, über Maurice sagte er: »Er is Bergmann, er kommt aus Anzin. Er war Kriegsgefangener und ist bei uns geblieben.« Bruno zwinkerte ihm zu: »Aus verschiedenen Gründen.« Maurice lächelte und drückte sich seine Franzosenkappe in die Stirn.
Wladislaus hatte Otto kühl gemustert. »Bist du Otto Schablowski?«
»Richtig geraten«, sagte Otto, »der bin ich.«
»Ich habe schon viel von dir gehört«, sagte der Pole und wandte sich dann gleich wieder Maurice zu. »Komm, wir machen weiter.« Er ging mit ihm zur Hängebank zurück.
Otto hatte dem Fahrer ein Zeichen gegeben, der den Lastwagen durch die Einfahrt fuhr und den Motor ausschaltete.
»Gehört der euch?« fragte Bruno.
Otto grinste. »Den haben wir beschlagnahmt. Ich hab noch drei Männer mitgebracht, das sind Bergleute aus dem schlesischen Revier.«
Währenddessen war Max vom Dach des Pförtnerhauses herabgeklettert, er hielt immer noch sein Gewehr im Anschlag.
»Mein Junge«, sagte Bruno.
Otto hob in gespieltem Erschrecken die Hände: »Er hat uns aufs Korn genommen.«
»Wir müssen aufpassen«, entschuldigte ihn Bruno, »hier treiben sich welche von den Freikorps rum.«

»Ich weiß.« Otto lachte. »Wir haben ihnen unterwegs den Wagen abgeknöpft.« Max war neben seinem Vater stehengeblieben, sie waren gleich groß und von gleichem stämmigen Wuchs. Max war allerdings etwas schlanker. Er sah argwöhnisch auf den Fahrer und die beiden Soldaten. Otto maß ihn mit einem langen, nachdenklichen Blick und sagte zu Bruno: »Den Starrsinn in den Augen, den hat er von dir.« Er zeigte auf das Bürogebäude. »Da drüben bist du auf die Welt gekomm, Junge. Da hab ich damals gerade deinen Vater aus'm Berg geholt.«
Auch Bruno war einen Augenblick in Gedanken. »Ich hab Glück gehabt, daß der Berg mich noch nich haben wollte, sonst hätt ich nich mehr miterleben könn, daß er eines Tages uns gehört.«
»Der Berg gehört niemand«, sagte Otto, »der is für sich.« Bruno gab ihm recht.
Otto fragte Max: »Bist du Bergmann?«
Eigentlich hielt Max die Frage für überflüssig und wollte ihm keine Antwort geben, aber er ließ ihn schließlich in einem beiläufigen Ton wissen: »Ich bin Hauer auf Katharina.«
»Bei ihm ging's schneller als bei mir«, sagte Bruno, er legte seinem Sohn die Hand auf die Schulter. »Im Krieg haben sie hier jeden Burschen gebraucht.«
»Wer war dein Ortsältester?« fragte Otto.
Bruno antwortete für Max. »Wladislaus, der Pole.«
»Is das'n guter Mann?«
»Er hat in der kurzen Zeit einen ordentlichen Hauer aus ihm gemacht. Er is hier schon lange auf'm Pütt.« Bruno blickte auf die Kappen seiner Stiefel hinunter. »Er lebt mit Erna zusamm.«
Allmählich verließen Max die Bedenken, und er begann sich für den Lastwagen zu interessieren: »Kannst du den auch selber fahrn?« Die gleiche Frage schien auch Bruno zu bewegen, er sah Otto aufmerksam an.
»Na sicher«, erwiderte Otto in seiner protzigen Art, aber Bruno bemerkte, wie er nervös an seinem Schnauzer zupfte.
»Komm raus, Franz, und schmeiß mir mal die Kiste an«, rief er dem Fahrer zu. Er zeigte auf den Nebensitz und sagte zu Max: »Steig ein.«
Der Fahrer wollte seinen Platz nicht hergeben. Otto zwinkerte ihm zu. »Nun komm schon.«
»Mach keinen Ärger, Otto«, sagt der Fahrer leise, als er ihm das Steuer überließ. Max gab seinem Vater das Gewehr und kletterte auf

den Beifahrersitz. Franz hatte sich vor den Kühler gestellt und sah ängstlich zur Windschutzscheibe hoch: »Haste die Bremse angezogen?«
»Ja doch«, sagte Otto ungeduldig, aber er zog erst daraufhin die Bremse an.
»Haste die Zündung eingeschaltet?«
Otto schaltete die Zündung ein und nickte gelassen. Max sah ihm interessiert zu. Der Fahrer bückte sich und drehte die Kurbel. Überraschend, aber zum Glück für ihn machte der Wagen einen Satz nach rückwärts, der Motor erstarb.
»Die blöde Karre«, fluchte Otto, er rührte wild den Schaltknüppel. »Ich bin mal 'n Panzerwagen gefahrn, da war der erste Gang genau da, wo bei diesem verdammten Ding der Rückwärtsgang is, verstehste?« versuchte er sich vor Max zu rechtfertigen. Max rückte unruhig seine Mütze zurecht, aber er bezwang das Verlangen, wieder auszusteigen. Von ihrem erhöhten Platz auf dem Ladekasten aus hatten sich die beiden Soldaten mit fachmännischen Blicken den Pütt angesehen. Bei der plötzlichen Rückwärtsbewegung waren sie vom Wagen gesprungen und beobachteten nun gemeinsam mit Bruno aus sicherer Entfernung Ottos weitere Versuche, ein Automobil in Gang zu setzen. Der Fahrer hatte die Tür zum Führerhaus geöffnet und eigenhändig den Leerlauf eingelegt. Dann trat er wieder vor den Kühler und drehte noch einmal die Kurbel. Sowie der Motor lief, sprang er zur Seite. Otto rührte wieder in den Gängen, und diesmal hatte er Glück. Er setzte das schwerfällige Gefährt ruckartig nach vorn in Bewegung und steuerte es in viel zu hoher Geschwindigkeit um die Lagerhalle herum aus dem Blickfeld der Männer, die ihm nach einer Schrecksekunde in Erwartung unheilvoller Ereignisse hinterherliefen.
In zwei Tagen sollte die erste Schicht unter der gemeinschaftlichen Leitung der Arbeiter gefahren werden. Man hatte sich zu diesem Anlaß nicht allein mit der Überprüfung und Sicherung der Technik zufriedengegeben, sondern wollte dem Wechsel in der Führung des Betriebes auch ein äußeres Zeichen setzen, indem man auf dem Pütt ein Großreinemachen veranlaßt hatte. Kumpel und Schlepperinnen scheuerten die Eisenplatten auf der Hängebank. Sie hatten Farbe aus dem Lager geholt und gaben den Stahlträgern und dem Geländer einen neuen Anstrich. Wenn Max nicht zur Wache eingeteilt war, gehörte er zu dem Trupp schwindelfreier Kumpel, die das Gerüst des Förderturmes mit neuer Schutzfarbe versahen. Ein fortwährendes Motorengedröhn, das sich regelmäßig für kurze Zeit entfernte und

dann wieder laut wurde, lenkte die Frauen und Männer von ihrer Arbeit ab. Sie kamen ans Geländer gelaufen, lehnten sich hinüber und sahen in den Hof hinunter, wobei sie, beeindruckt von dem, was sie zu sehen bekamen, vergaßen, daß das Geländer frisch gestrichen war. In waghalsigem Tempo und so schräg auf die Seite geneigt, daß man um die hohe Ladung fürchten mußte, umrundete ein Lastwagen mit grünbraunem Tarnanstrich das Bürogebäude. Den Zuschauern blieb unklar, ob der Fahrer aus Lust, ein Automobil zu steuern, oder weil er unfähig war, es wieder anzuhalten, seine verwegenen Runden drehte. Käthe hatte sie gezählt, es war in der siebenten, als der Wagen ins Schleudern kam, die offenstehende Tür der Schreinerei rammte und zwischen zwei Pfeilern der Hängebank stecken blieb. Max war mit der Stirn gegen die Windschutzscheibe geprallt. Er war blaß, aber unverletzt geblieben.

»Hat's dir gefallen?« fragte Otto. Max nickte kurz, hob seine Mütze auf und stieg rasch aus. Otto schob sich hinter dem Lenkrad hervor und rutschte gemächlich von seinem Sitz. Bruno kam mit Ottos Kameraden über den Hof gerannt. Er war froh, als er Max, wenn auch noch ein wenig verstört, gesund und wohlbehalten neben dem ramponierten Lastwagen auf und ab gehen sah. Der Fahrer begutachtete den Schaden. Ein Kotflügel war abgerissen und der Kühler eingedrückt, unter der Vorderachse bildete sich eine Wasserlache.

»Das kriegen wir in der Schlosserei wieder hin«, beruhigte ihn Otto. Steiger Marlok kam eilig vom Maschinenhaus. Er blieb stehen und blickte auf den Lastwagen und die fremden Männer: »Was is denn passiert?«

»Das is der Hauer Otto Schablowski, wir haben zusammen die Morgensonne aufgehaun«, sagte Bruno, »er is mit'm Wagen gekomm.« Marlok ging nicht weiter auf seine Erklärungen ein. »Könnt ihr jetzt einfahren?«

»Geht in Ordnung«, sagte Bruno. Er fragte Otto: »Wir fahren 'ne Inspektion, kommst du mit?«

Das war für Otto keine Frage, aber er hatte vorher noch etwas zu tun. Er wollte die Klappe am Lastwagen öffnen.

»Sieh mal, wer da oben steht«, sagte Bruno und zeigte zum Bürofenster hinauf, wo Assessor Löwitsch in grauem Jackett, weißem Stehkragen und schwarzem Binder auf den Hof hinuntersah. Seine Selbstachtung schien ungebrochen, sein Ausdruck war überlegen und herablassend. Hinter ihm stand Walter, der alte Bergmann, mit geschultertem Gewehr. Er lachte und winkte zu Otto herunter.

»Das is unser Herr Betriebsführer«, sagte Bruno. Das Wort »Herr« hatte er ironisch betont. »Walter paßt ein bißchen auf ihn auf, damit er keine Dummheiten macht.«
Inzwischen hatte der Fahrer die Klappe geöffnet. Die beiden Schlesier waren auf den Ladekasten gestiegen und rollten die Plane auf. Wie vom Rang eines Theaters herab bestaunten die Kumpel und Schlepperinnen auf der Hängebank den Lastwagen, der mit Kartoffelsäcken, Kommißbroten, Kohlköpfen, geräucherten Schinken und einem leichten Maschinengewehr beladen war. Otto lehnte sich gegen das Fahrerhaus und zündete sich eine Zigarette an. Er sah zu den abgemagerten Männern und Frauen hinauf, kniff ein Auge zu und sagte: »Otto kommt nie mit leeren Händen.«
Für die Inspektion waren Steiger Marlok, Bruno und Wladislaus eingeteilt. Otto fuhr als Gast ein, um sich mit dem Pütt wieder vertraut zu machen. Er folgte den Männern von der Kaue zum Schacht. Er blieb stehen und setzte seinen alten Filzhut auf, an dem sich die Sammlung von allen möglichen Abzeichen, Glücksbringern, Medaillen, alten Orden und kleinen Kruzifixen mit den Jahren reichlich vermehrt hatte und den er sich für die Einfahrt nach dem Krieg aufbewahrt hatte. Mit großer Sorgfalt rückte er ihn auf dem Kopf zurecht und zog sich die Krempe in die Stirn. Als er die Hand herunternahm, sah er eine Schlepperin, die mit zwei Eimern silbergrauer Farbe seinen Weg kreuzte. Es schien, als wenn sie ihre Schritte ein wenig verzögerte, während sie an ihm vorbeiging, so daß ihm Zeit blieb, sie in ihrem unförmigen Arbeitszeug wiederzuerkennen. Was ihn sofort an Erna erinnerte, war der Gang. Wie die Last, die sie trug, ihre Hüften betonte, blieb ihm sogar unter ihren weiten Männerhosen nicht verborgen, und noch immer hielt sie stolz und neugierig den Kopf erhoben. Er rief ihren Namen. Sie blieb stehen, sah ihn an und blickte lächelnd auf seinen Hut. Sie stellte die Eimer ab und ordnete die Zipfel von ihrem Halstuch über ihrem Busen. »Daß ich dich mal wiederseh.« Sie gab ihm die Hand, er hielt sie fest. Der Blick, mit dem sie sich begegneten, war prüfend und ein wenig befangen. Steiger Marlok rief: »Nun komm schon, Kamerad.« Wladislaus unterhielt sich mit dem Anschläger und schien nicht auf Erna und Otto zu achten.
»Haste gedacht, mich gibt's gar nich mehr?« fragte Otto. Ihr Schweigen zeigte ihm, daß sie die Antwort für sich behalten wollte. Sie lächelte wieder. Ein harter Glockenschlag kündigte den Korb an. Sie bückte sich und nahm ihre Eimer wieder auf. Otto rückte noch einmal seinen Hut zurecht und ging zum Schacht.

Die Männer fuhren zur Wettersohle hinunter. Wladislaus musterte Otto mit einem kurzen Blick, er hörte ihn leise singen: »Ein schönes Mädel mit schwarzem Haar...« Dabei achtete Otto auf das fast geräuschlose, ruhige Gleiten des Korbes. »Ihr habt neue Spurlatten drauf, stimmt's?« Steiger Marlok nickte. Bruno stieg als erster aus dem Korb und ging, mit der Lampe vorausleuchtend, zum Sicherungskasten. Er drückte den Hebel vom Hauptschalter herunter und beobachtete, wie Otto überrascht und geblendet in die hell ausgeleuchtete Strecke blinzelte. Der Stolz des neuen Mitbesitzers der Zeche gab seiner Stimme einen besonderen Klang, als er Otto erklärte: »Alles elektrisch.«

Am Abend kochte Maurice für die Familie, Käthe durfte ihm helfen. Er hackte Zwiebeln klein und gab ihr Anweisungen: »Un moment, erst die Zwiebeln, Käthe.« Er zeigte auf den Herd. »Paß da auf.« Käthe rührte folgsam in einem Topf und stellte ihn auf ein kleines Feuerloch. Zum Schutz gegen den beißenden Geruch der Zwiebel und den Rauch seiner Zigarette hatte Maurice die Augen zusammengekniffen, er hörte Bruno und Otto zu. Sie saßen am Tisch, ihre Gewehre lehnten neben der Tür an der Wand. Pauline und Fränzi saßen nebeneinander auf der Bank, sie nähten den Saum um ein großes rotes Fahnentuch, das ihre Beine und vor ihnen einen Teil des Fußbodens bedeckte. Bruno erzählte Otto in knappen Worten, die von Pauline und Maurice um einige bemerkenswerte Einzelheiten ergänzt wurden, wie sie die Zeche Siegfried erobert und dem Arbeiter- und Soldatenrat in Hernstein unterstellt hatten. Gemeinsam mit den Kumpeln von Hermine Zwo und einigen anderen Zechen, die ebenfalls von Bergarbeitern besetzt worden waren, warteten sie nun darauf, daß in Berlin die Räterepublik ausgerufen wurde, um dann ihren Pütt betriebsfähig und in einem ordentlichen Zustand »in die Hände des Volkes zu übergeben«. Diese Redewendung hatte Bruno aus einem Flugblatt der Spartakisten übernommen, weil sie das, was er zum Ausdruck bringen wollte, für ihn treffend beschrieb. Sie setzten ihre Hoffnung auf Karl Boetzkes, ihren ehemaligen Kumpel, der durch seine Partei in direkter Beziehung zu den Volksbeauftragten der Übergangsregierung in Berlin stand und die Sozialisierung des Bergbaus vorantreiben sollte. Pauline und Käthe, die sich an Karls letzten Besuch erinnerten, hatten allerdings Zweifel, ob er noch der richtige Mann dafür sei. Seltsamerweise hatte Direktor Rewandowski die Besetzung seiner Zeche gelassen hingenommen. Die Villa Sturz stand unter Bewachung. Sylvia war mit ihrem Sohn vorübergehend zu ihrem Vater gezogen. Rewandowski fuhr einmal am Tag für ein bis zwei Stunden in sein Büro in die Stadt. Ansonsten ritt er viel aus oder saß in der Bibliothek und las. Offenbar war es unter seiner Würde zu fliehen. Die Arbeiter, die ihn bewachten, behandelte er höflich und verbat sich nur, daß sie das Haus betraten. Als einzige vom Personal war das Hausmädchen, eine junge Bergmannstochter aus Belgien, bei ihm geblieben. Bei der Besetzung der Villa hatte sie sich geweigert, ihren Herrn zu verlassen. Es gab ein Gerücht, daß Sylvia, bevor sie abgereist war, dem Mädchen ein goldenes Armband aus ihrem Schmuckbestand versprochen hatte, wenn sie ihrem Mann weiterhin das Haus führen würde. Jeden Morgen, sogar bei Frost, konnten die Arbeiter, die die Villa bewachten, ihren ehemaligen Direktor dabei beobachten, wie er sich auf der Terrasse mit nacktem Oberkörper durch gymnastische Übungen widerstandsfähig hielt.

Bruno und Otto machten sich Gedanken über die Betriebsführung.

»Also Schiß habe ich bloß vor dem ganzen Bürokram, vor der Buchhaltung und dem ganzen Zeug«, sagte Otto.

»Das soll ja nun auch nich so sein«, beruhigte ihn Bruno, »daß wir die Grubenbeamten alle immer unter Tage schicken, und wir nur noch oben in ihren Bürosesseln rumhängen, verstehst du? Jeder muß alles machen...«

»Die Grubenbeamten kannste dir sowieso aus'm Kopf schlagen«, unterbrach ihn Pauline, womit sie sagen wollte, daß sich der Reviersteiger und auch, bis auf wenige Ausnahmen, die Steiger geweigert hatten, unter der Leitung des Zechenrates ihre Arbeit fortzuführen.

»Ich rede nicht von jetzt, sondern von später, wenn wir die Räterepublik haben. Da werden sie schon wieder klein beigeben, wenn sie Arbeit suchen«, sagte Bruno. Er wandte sich wieder an Otto: »Es darf keine Einteilung mehr geben, daß die einen...«, er tippte sich an die Stirn, »... immer nur mit'm Kopf«, er zeigte auf seinen ausgeprägten Bizeps, »... und die anderen immer nur mit ihren Muskeln arbeiten. Sonst ändert sich nichts, da wird das bald wieder, wie's vorher war. Nur umgekehrt.«

Ihre Überlegungen wurden von Friedel unterbrochen, sie kam in einem gestreiften Morgenmantel aus der Dachkammer in die Küche herunter. Sie schien Otto nicht wiederzuerkennen, denn als sie ihn jetzt am Tisch sitzen sah, erschrak sie und wollte wie ein scheues Kind in die Schlafstube flüchten. »Bleib ruhig bei uns, Friedel«, sagte Käthe

in einem besänftigenden Ton, und Pauline fügte hinzu: »Das ist Otto, Otto aus der Menage, du kennst ihn doch noch.«
Er stand auf. Ihr seltsames Verhalten und die Tatsache, daß sie eine reizvolle junge Frau geworden war, irritierten ihn. Er wollte ihr die Hand geben. »Das letzte Mal, da warste noch'n kleines Mädchen.«
Sie versteckte ihre Hände hinter ihrem Rücken und wich ihm aus. Maurice lenkte sie ab, indem er sie ebenso wie Käthe für seine Kochkünste in Anspruch nahm: »Friedel, komm, du schneidest Speck in kleine morceaux.«
»Er meint: in kleine Stücke«, sagte Käthe.
Bruno war auch aufgestanden und sagte zu Otto: »Komm, wir machen noch 'ne Runde.«
Sie hatten sich schon ihre Gewehre umgehängt, als Bruno sich daran erinnerte, daß er Otto etwas zeigen wollte. Er ging zur Anrichte und zog ein Blatt Papier aus der Schublade, auf dem er mit Farbstift eine Flagge entworfen hatte. Wenn in zwei Tagen die erste Schicht nach der Besetzung der Zeche gefahren wurde, wollte er die Flagge bei Sonnenaufgang auf dem Förderturm hissen. Pauline und Fränzi hatten das Tuch zugeschnitten. Auf rotem Grund waren dort, wo sich bei ähnlichen Flaggen zum Beispiel Hammer und Sichel oder die Mondsichel des Islam befanden, mit schwarzer Farbe Schlägel und Eisen gemalt. Der Entwurf fand Ottos Zustimmung, nur der Schlägel schien ihm etwas zu klein, und er wollte das ganze Wahrzeichen noch mehr nach links versetzen. Alle anderen waren damit einverstanden, nur Fränzi wollte es genau in der Mitte haben. »Wir werden sehen«, sagte Bruno. Er ging mit Otto zur Tür und sah sich nach Maurice und seinen Töpfen um. »Das dauert noch was, oder?« Maurice ließ seinen Kopf abwägend hin und her pendeln. »Ein halbe Stunde – peut-être.«
»Was wird'n das?« fragte Otto.
»Haricots blancs à la Bretonne.«
»Aha«, sagte Otto, »und was heißt das?«
Käthe schwächte seine Erwartung mit einer Handbewegung ab. »Bohnen auf bretonische Art.«
Sie gingen über die Vogelwiese, die Lichter der Siedlung reichten für sie aus, um sich auf dem vertrauten Gelände auch in der Dunkelheit zurechtzufinden. Bruno zog den Riemen an seinem Gewehr straff. »Ich faß so'n Ding nich gerne an, Otto, aber jetzt hat es'n Sinn«, sagte er. »So viel Ungerechtigkeit, das kann auf die Dauer nich gutgehn. 'nem Hund kannste dauernd in den Arsch treten, da zieht er nur den Schwanz ein. Aber 'n Mensch is kein Hund.«

Ihm fiel auf, daß Ottos Schritte langsamer wurden, und er wollte ihn fragen, ob irgend etwas nicht in Ordnung sei. Aber dann sah er, daß sie schon das Ende der Brache erreicht hatten und sich dem Haus näherten, in dem Erna Stanek wohnte. Aus dem Fenster ihrer Stube fiel warmes, behagliches Licht auf den ungepflasterten Weg. Bruno hörte, wie sich Otto um einen beiläufigen Ton bemühte. »Wohnt Erna hier noch?«
»Ja«, sagte Bruno. Otto sah auf das Fenster, sein Gesicht wurde von dem anheimelnden Licht sanft erhellt. »Sieht richtig gemütlich aus.«
Bruno lachte: »Was is los, Otto? Bereust du was?«
Otto hob das Kinn und kratzte seinen faltigen Hals, der mit grauen Bartstoppeln übersät war, er erwiderte nichts. Statt dessen erkundigte er sich nach Friedel.
»Sie hat's schwer gehabt«, sagte Bruno nur. Er fügte hinzu: »Ihr Freund is an der Somme vermißt, sie wollten heiraten, wenn er zurückkommt.«
In diesen Tagen fanden überall und beinahe zu jeder Tageszeit politische Versammlungen statt. Die Leute nutzten die ungewohnte Freiheit, an jedem Ort und zu jeder Stunde ihre Überzeugungen offen äußern zu können. Einziges Hindernis dabei war die jeweils gegnerische Meinung, und wo die unterschiedlichen Auffassungen über die Zukunft des Deutschen Reiches besonders heftig aufeinanderstießen, endeten die Versammlungen häufig in einer Prügelei, und nicht selten wurde auch geschossen. Ein Mann trat mit unsicheren Schritten in den Lichtkreis der Laterne und blinzelte ihnen, unter dem schief zur Seite gedrehten Schirm seiner Mütze hervor, entgegen. Er war noch jung und von stämmigem Wuchs. Als er bemerkte, daß Bruno und Otto ihre Gewehre umgehängt hatten, nahm er schwankend eine militärische Haltung ein und führte mit einigem Aufwand an Konzentration die Hand an die Mütze: »Melde gehorsamst... daß wir die Kon-ter-re-vo-luuuu-tion der Bolschewiki...«, er verbesserte sich, »...der ka-pitalistischen Re-aktion erfolgreich verteidigt... ich meine, ab-abgewehrt haben.«
Otto grinste. »Du bist ganz schön untern Berg gekomm, Max.«
»Wo kommst du her?« fragte Bruno.
»Aus der Menage«, sagte Max. »Da war 'ne Versammlung wegen... wenn wir die-die Arbeiterräte für den Rrr-Reichs-rr-rätekongreß in Berlin wähln solln... Mir is ganz meschugge im Kopp, Kameraden.«

»Das brauchst du nich zu sagen, das merkt man auch so«, sagte Bruno.
Max ließ sich nicht von seinem Bericht abbringen: »Die Bürgerlichen haben Schnaps spendiert... u-und die Szialdemokraten wolln unsern Karl als De-Delegierten wähln... und die u-u-unabhängigen Sozialdemokraten und die Bolsche...«, er berichtigte, »... die Spa-par-takisten, die haben sich...«, er gab auf und ließ den Kopf hängen, »au, au, au... das warn böse Wetter, Kameraden.«
Bruno mußte lachen. »Findest du noch nach Hause, Max?«
Sein Sohn nahm schwankend Haltung an. »Immer.« Er salutierte noch einmal und taumelte aus dem Laternenlicht in die Dunkelheit, wo ihn Bruno und Otto in die stille Straße rufen hörten: »Es lebe unser Kaiser Wilhelm... hurra-a-a-a!«

Am nächsten Vormittag war es auf der Zeche Siegfried zu einer Begegnung zwischen dem Gewerkschaftler Karl Boetzkes und dem ehemaligen Direktor der Zeche, Alfred Rewandowski, gekommen, die beide Herren in ihrem Sinne als »entscheidend« würdigten, obwohl die Kumpel der Meinung waren, daß sie die Entscheidung bereits herbeigeführt hätten, indem sie den Pütt besetzt hielten. Die erste Annäherung beider Herren wurde durch unterschiedliche Pferdestärken und Zylinderzahlen sowie einerseits durch Hartgummibereifung und Handkurbel, andererseits durch moderne Ballonreifen und elektrischen Anlasser gekennzeichnet und hätte beinahe vor dem Zechentor zu einer Karambolage geführt, als Karl Boetzkes und Egon Strattmann in einem französischen Kleinwagen und Rewandowski und sein Sekretär in einer deutschen Achtzylinder-Limousine gleichzeitig auf die Einfahrt zugefahren kamen. Max, der ihnen das Tor geöffnet hatte und dessen Erfahrungen mit Automobilen nicht ohne Zwiespalt waren, sprang zur Seite. Egon war nicht nur schwächer motorisiert, sondern als Automobilist auch unerfahrener als Rewandowski und mußte ihm zähneknirschend die Vorfahrt überlassen. Er fuhr hinter Rewandowski durch das Spalier der Kumpel und Schlepperinnen zum Bürogebäude, und nun wurde die Gerechtigkeit wiederhergestellt, als er und Karl mit Applaus und Bravo-Rufen empfangen wurden, während man Rewandowski und seinen Sekretär mit abweisendem Schweigen und vereinzelten Pfui-Rufen bedachte.
Im Büro wurden sie von Assessor Löwitsch, dem ehemaligen Betriebsführer, empfangen. Walter, der alte Hauer, der Löwitsch be-

wachte, begrüßte seinen Sohn. Er umarmte ihn, gerührt von den Umständen, die sie hier zusammenführten. Der Betriebsführer ertrug seine Gefangenschaft mit Würde, das heißt, man hätte ihn eigentlich gar nicht gefangenhalten müssen, denn er hatte sich in den Kopf gesetzt, die Zeche nicht eher zu verlassen, bis sie, wie er es nannte, »wieder in rechtmäßige Hände zurückgekehrt war«. Die Kumpel hatten ihm Kleidung zum Wechseln gebracht, seine Gattin hatte sie unter Tränen für ihn ausgesucht. Um ihre Fairneß zu beweisen und weil sie sich sein Fachwissen sichern wollten, fütterten ihn die Kumpel mit kostbaren Speisen vom schwarzen Markt, die sie sich selber, wegen der hohen Preise, die dafür zu zahlen waren, versagen mußten. Gegen den Willen von Assessor Löwitsch hatten sich auch Bruno und Steiger Marlok, sozusagen als Hausherren, eingefunden. Sie standen mit dem Rücken vor dem großen Ölgemälde, das die alte Schachtanlage der Zeche Siegfried im Abendlicht zeigte. Sie hatten diesen Platz zufällig gewählt, ohne sich seiner Symbolik bewußt zu sein. Sowie Rewandowski sie bemerkte, wandte er sich an die beiden Gewerkschaftler. »Mein Angebot, hier mit Ihnen zu verhandeln, trifft nur für Sie zu und nicht für diese Männer. Was haben sie hier zu suchen?« Der Betriebsführer deutete ihm mit einer entsprechenden Geste an, daß er derselben Meinung war, aber gegen die Anwesenheit der beiden Männer nichts hatte unternehmen können.

Im ersten Augenblick wußten Karl und Egon nicht, was sie Rewandowski erwidern sollten. Karl bekannte offen: »Wir haben nicht gewußt, daß sie hier sind.« Dann besann er sich. »Aber sie haben schließlich die Zeche besetzt.«

Rewandowski setzte die Frage nach: »Soll das heißen, daß Sie und Ihre Gewerkschaft das befürworten?«

Karl wußte wieder nicht, wie er sich verhalten sollte, aber Egon rückte seine Krawatte zurecht und erwiderte: »Daß die Zeche von den Arbeitern besetzt ist, das ist doch eine Tatsache, die wir...«

Er wurde von Rewandowski unterbrochen: »Geben Sie mir eine klare Antwort.«

»Auf die Antwort von euch sind wir auch gespannt«, sagte Steiger Marlok trocken.

Karl wandte sich in einem gedämpften Ton an ihn und Bruno: »Das war so abgesprochen, das müßt ihr versteh'n. Es geht um unsere gemeinsame Sache...«

»Ja, es geht um unsere Sache«, erwiderte Bruno entschieden. »Darum sind wir ja hier.«

Karls Blick war eindringlich auf seinen Schwager gerichtet. »Bitte, Bruno, wir werden euch danach sofort einen Bericht geben.«
»Damit könnt ihr uns nicht abspeisen«, sagte Bruno.
Die aufkommende Meinungsverschiedenheit zwischen den beiden Bergarbeitern und ihren Gewerkschaftsvertretern wurde von Rewandowski und dem Betriebsführer aufmerksam beobachtet. Bruno hatte das bemerkt, er sagte zu Marlok: »Komm, es ist nicht gut, wenn wir uns hier vor ihnen streiten.« Sie verließen das Büro und ersparten sich damit, Zeugen der folgenden Worte des Betriebsführers zu werden, die er nun an Karl und Egon richtete: »Bevor Sie uns Ihre Vorschläge unterbreiten, muß ich Sie noch einmal daran erinnern: Wir werden Sie als weitere Verhandlungspartner nur unter der Bedingung anerkennen, daß Sie sich eindeutig von der Besetzung unseres Betriebes durch diese Bolschewiken distanzieren.«
Indessen gab sich Rewandowski als Hausherr und bot Karl und Egon die Plätze auf dem Ledersofa an. Egon sagte, bevor er sich setzte: »Ich protestiere gegen den Ausdruck ›Bolschewiken‹.« Rewandowski ging nicht darauf ein, sondern fügte der Warnung seines Betriebsführers hinzu: »Wir erwarten außerdem eine verbindliche Zusage von Ihnen, daß Sie in Berlin bei diesen sogenannten Volksbeauftragten eine sofortige Räumung meines Betriebes und aller besetzten Zechen bewirken.«
Auf dem Hof und der Hängebank warteten die Männer und Frauen auf das Ergebnis der Verhandlung, sie diskutierten untereinander und sahen immer wieder zu den Bürofenstern hinauf. Erna und Käthe verteilten Becher mit heißem Tee. Von einigen Kumpeln, vor allem aber von den Schlepperinnen mußten sich Bruno und Marlok den Vorwurf anhören, daß sie gekniffen hätten.
»Wenn wir sie alleine verhandeln lassen, dann heißt das noch lange nicht, daß wir auch mit allem einverstanden sind, was dabei herauskommt«, verteidigte sich Marlok, und Bruno sagte: »Das is 'ne Verhandlung zwischen der Gewerkschaft und dem Bergbauverein, und wir haben ihnen nur die Räume zur Verfügung gestellt, so war es vereinbart, und das haben wir respektiert, weiter nichts.«
»Wenn wir alles respektieren, was sie vereinbarn, da kommen wir nicht weit«, sagte Pauline.
Wladislaus beschwichtigte sie: »Nun warte erst mal ab.«
Nach einer knappen Stunde kamen Rewandowski und sein Sekretär aus dem Bürogebäude. Sie stiegen sofort in ihre Limousine und fuhren vom Hof. Karl und Egon folgten ihnen mit der Verzögerung, die

sich aus ihren bedachten, feierlich verlangsamten Schritten im Verhältnis zu dem zielstrebigen Abgang ihrer Verhandlungspartner ergab. Sie waren oben auf den Steinstufen vor dem Eingang des Bürogebäudes stehengeblieben. Sicher war es keine rhetorische Absicht, sondern wirkliche Ergriffenheit, die Karl eine kleine, ein wenig theatralisch wirkende Pause machen ließ, bevor er verkündete: »Genossen, Kumpel – wir haben es geschafft.« Er hob ein Papier in die Höhe. »Wir haben die unterzeichnete Zusage über folgende Vereinbarungen: Unsere Anerkennung als Gewerkschaft durch den Bergbauverein ist vertraglich abgesichert. Keinem von euch wird mehr wegen seiner gewerkschaftlichen Arbeit eine Schädigung oder Benachteiligung in seinem Arbeitsverhältnis entstehen.« Er machte wieder eine Pause, um die folgenden Worte hervorzuheben. Bis jetzt hatte er keinen Beifall bekommen. »Kumpel, wir haben es geschafft«, sagte er noch einmal. »Für euch und alle anderen Untertagebelegschaften gilt ab sofort die Achtstundenschicht einschließlich Ein- und Ausfahrt!«

Auch dafür bekam er keine Zustimmung. Er wartete noch einen Augenblick in der Hoffnung, seine Worte könnten den Männern und Frauen die Stimme verschlagen haben. Schließlich sah er verwirrt Egon an, der ihm mit gleicher Ratlosigkeit begegnete. In das abwartende Schweigen klang Ottos ruhige Stimme: »Das is doch alles schon überholt«, sagte er. »Das weißt du doch selbst, Karl. Wir werden uns doch nich selber 'ne Zehnstundenschicht aufbrumm.«

Die Leute lachten, einige waren für einen Augenblick unsicher geworden und lachten nun am lautesten. Otto bekam den Beifall, den Karl für sich erwartet hatte. Trotzdem versuchte Karl noch einmal, sich Gehör zu verschaffen, er hatte seinen offiziellen Rednerton aufgegeben, seine Stimme klang betroffen und persönlich. »Solange ich denken kann, haben wir für das Ziel der Achtstundenschicht gekämpft, mit drei großen Streiks haben wir, trotz Hunger und Bedrohung, versucht, unser alterworbenes Recht wieder zu ...« Er gab auf, er konnte sich nicht mehr gegen die Pfiffe und Protestrufe durchsetzen. Bruno hatte ihn beobachtet. Er sah, daß Karl Tränen in den Augen standen. Bruno konnte verstehen, wie ihm zumute sein mußte, er hielt ihn immer noch für einen redlichen Kumpel. Aber die Ereignisse hatten Karls Politik überholt, deswegen blieb er unerbittlich, als er zu ihm hinaufrief: »Was habt ihr mit ihnen über die Vergesellschaftung der Zechen ausgehandelt? Das ist für uns wichtig.«

Karl gab ihm keine Antwort mehr, er ging mit Egon die Steinstufen

hinunter zu ihrem Wagen. Egon drehte sich halb um und rief Bruno zu: »Darüber werden wir in Berlin verhandeln.«
Max war zu ihnen gelaufen, er versperrte seinem Onkel den Weg. »Bleib hier, Karl, und rede mit uns.« Karl war kurz stehengeblieben, er sah seinen Neffen nachdenklich an, dann sagte er: »Laß mich vorbei, Junge«, und ging weiter. Max lief neben ihm her. »Stimmt's? Du wirst bei den Volksbeauftragten für uns sprechen, daß wir den Pütt behalten könn?«
Egon hatte sich hinter das Lenkrad des Kleinwagens gezwängt, Karl hatte die Tür schon geöffnet. »Sag deinem Vater, was ihr hier macht, das geht nicht gut«, sagte er und stieg zu Egon in den Wagen. Sie hatten vergessen, den Motor anzuwerfen. Von den Kumpeln wollte ihnen niemand helfen, auch Max war nicht mehr dazu bereit. Die Männer sahen zu, wie Karl sich wieder aus der niedrigen Wagentür herausschob und die zwei Schritte bis zum Kühler ging, wo er seinen breiten, immer noch kräftigen Rücken beugte und mit einer raschen Drehung der Anlasserkurbel die dreieinhalb Pferdestärken zu knatterndem Leben erweckte.

Die Tür zur Schankstube stand offen, mit dem trüben Licht drang ein warmer, grauer Nebel aus Biergeruch und Tabaksqualm gleichzeitig mit einem Gewirr lauter, erregter Stimmen auf den Platz hinaus in die kalte Nachtluft. Die Fenster vom Vereinsraum waren erleuchtet und wurden immer wieder für Augenblicke von den Schatten bewegter Gestalten verdunkelt. Erna trat vor die Tür. Sie trug das lange schwarze Wollkleid mit der bestickten Borte an Saum und Manschetten, das sie sich für besondere Anlässe aufbewahrte, dazu einen französischen Gürtel, der ihren üppigen Körper in der Taille scharf einschnürte. Sie hängte sich eine Decke um die Schultern und zog unterm Kinn den Knoten ihres Kopftuches fest. Dann blickte sie sich auf dem leeren, dunklen Platz um. Sie machte den Eindruck, als ob sie nach einem weiteren Vorwand suchte, sich hier noch einen Augenblick aufzuhalten. Dabei blickte sie gelegentlich mit einer halben Drehung des Kopfes hinter sich in die Schankstube. Sie streckte einen Fuß vor und sah auf ihren blankgewachsten Holzschuh und ihren schwarzen Wollstrumpf hinunter. Das gleiche wiederholte sie mit dem anderen Fuß, bis hinter ihr das helle Rechteck der Schankstubentür von einer großen, breiten Männergestalt gefüllt wurde. Otto blieb neben Erna stehen. Er sah sie nicht an, sondern blickte ebenso wie sie über den dunklen Platz. »Willste schon gehn?«

Sie nickte. »Die reden jetzt doch bloß noch dauernd dasselbe.« Bis zu ihrer Haustür schwieg Erna, und das einzige, was Otto in dieser Zeit sagte, war: »Die Gewerkschaftler glauben immer noch daran, daß die Welt geteilt is in Arbeiter und Unternehmer, als wenn's so inner Bibel steht. Da komm sie nich drüber weg. Karl und Egon machen da keine Ausnahme.« Und dann fragte er noch: »Warum is'n Wladislaus nich mitgekomm?« Sie rückte ihren schweren Haarknoten unter dem Kopftuch zurecht. »Er fährt mit Steiger Marlok 'ne Inspektionsschicht.« Sie war stehengeblieben: »Nacht, Otto.«
Er senkte den Blick. »Nacht, Erna.« Aber er ging nicht. Sie standen nahe beieinander. Sie beobachtete ihn und suchte nach seiner Hand. »Komm noch'n Moment mit rein.«
Erna zündete das Gaslicht an und ging dann, noch bevor sie die Decke von den Schultern nahm und ihr Kopftuch abband, zum Herd und schüttete Bruchkohle auf. Otto war an der Tür stehengeblieben und sah sich um: Die Stube war sauber und aufgeräumt. Über das Bett war eine geblümte Baumwolldecke gelegt, am Kopfende lehnten zwei Zierkissen, und darüber hing an der Wand immer noch der gerahmte Druck eines Gemäldes, das die Mutter Gottes in frömmelnder Pose, aber mit der Miene einer Kokotte zeigte. Ihr gegenüber, über dem blankgescheuerten Tisch und einer Holzbank mit Rückenlehne, hing der Stich einer bewaldeten Berglandschaft, und vor dem Fußende des Bettes stand noch das alte Eisengestell, in dem die Waschschüssel hing und das jetzt mit hellblauer Farbe angestrichen war. Otto sah die Männerstiefel unter dem Bett, die Mütze und die Joppe am Kleiderhaken und den Rasierpinsel in der Emailleschale auf der Anrichte.
Erna nahm die Decke von den Schultern und band ihr Kopftuch ab. »Setz dich.«
Er zog seinen Uniformmantel aus und legte ihn neben sich, als er sich auf die Bank setzte. Erna nahm eine Flasche Schnaps und ein Glas vom Bord über der Anrichte und stellte beides auf den Tisch. Otto hatte ihr dabei zugesehen, er zeigte auf das Brett. »Da hat die Flasche früher auch immer gestanden.« Er blickte auf das eine Glas. »Trinkst du nich?«
Sie ging wieder zurück und holte eine zweites Glas. »'n Klein trink ich mit.« Sie setzte sich neben ihn auf einen Hocker.
Er schenkte ihr und dann sich ein. »Da drüben, wo jetzt der Schrank steht, da haben die Jungs geschlafen, stimmt's?«
Erna nickte, sie zog gedankenversunken die Stirn kraus. »...die Jungs«, wiederholte sie. »Hannes is gefalln, weißte das?«

»Das hat mir Bruno erzählt.«
»Was mit Martin is, weiß ich nich«, sagte sie, »ich hab, seitdem er eingezogen worden is, nichts mehr von ihm gehört.«
»Hannes war der Kleine?«
»Ja.«
Er hob sein Glas. »Prost Erna.«
Auch sie hob ihr Glas. »Prost Otto.«
Bevor er trank, sah er sie über sein Glas hinweg an, dabei war er halb in Gedanken. Sie griff sich verlegen und etwas kokett an ihren Haarknoten, legte dabei ein wenig den Kopf auf die Seite, lächelte und sagte: »Sieh mich nich so an, ich bin grau wie so'n Seehund.«
»Du hast immer noch schönes Haar«, sagte er. »Wenn ich unten gelegen habe und du auf mir drauf, da haste mich mit deinen Haaren zugedeckt.«
Er trank seinen Schnaps. Erna schlug verschämt die Augen nieder, aber Otto sah ihr an, daß sie diese Pose selber nicht ganz ernst nahm. Sie schenkte ihm wieder ein. Als sie die Hand vom Tisch nehmen wollte, hielt er sie fest. »Schade, daß du jetzt schon angelegt hast. Aber er is ein guter Kumpel, du hast kein Grund, dich zu beklagen.«
»Hab ich auch nich«, sagte sie. Diesmal hatte sie als erste ihr Glas leer getrunken: »Du hast ja immer Angst gehabt...«, sie sah sich im Zimmer um, »... vor so was hier. Aber ich bin zufrieden, daß ich's hier jetzt anständig und gemütlich hab. Und 'n ordentlichen Mann dazu.«
Otto gab ihr recht, er blickte auf ihren Busen. »Das kommt alles von selber mit den Jahren«, sagte er.
Sie sah ihn überrascht an. »Aber doch nich bei dir?«
Er zuckte die Schultern. »Komm her zu mir«, er zog sie am Handgelenk sanft, aber bestimmt von ihrem Hocker zu sich auf die Bank. Ihr Widerstand war gerade so groß, daß sie seine Unnachgiebigkeit spüren konnte. Er hielt ihren schweren Busen unter dem schwarzen Stoff ihres Kleides in seiner großen, behutsamen Hand. »Von deinem Busen hab ich die ganzen Jahre geträumt.«
Sie sagte sachlich, ohne sich damit indirekt anbiedern zu wollen: »Laß sein, Otto. Ich bin alt geworden, nachher biste enttäuscht.«
Otto ließ sich durch ihre Bemerkung nicht aus der Stimmung bringen. »Ich seh dich zweimal, Erna«, sagte er.
Sie lachte: »Haste schon soviel getrunken oder verträgste nichts mehr?«
Er hatte mit ihr lachen müssen, aber er versuchte ihr zu erklären, was er empfand: »Ich meine, ich seh dich jetzt hier, aber ich seh dich auch

noch, wie du früher gewesen bist, und ich weiß immer noch, wie wir's damals getrieben haben. Das seh ich alles mit, wenn ich dich jetzt anseh, verstehste das? Und darum kannste mich auch nich enttäuschen.«
Sie hatte jedes seiner umständlichen Worte bedachtsam in sich aufgenommen. Ihr Blick wurde weich, sie hielt die Lippen leicht geöffnet. Sie stand auf und sagte: »Dreh dich mal 'n Moment um.«
Folgsam wie ein kleiner Junge, der sich überraschen lassen will, drehte er den Kopf zur Seite und blickte gegen die nahe Wand. Einmal hatte er kurz über die Schulter gesehen und bemerkt, daß sie vor den kleinen ovalen Spiegel getreten war, der über der Waschschüssel an der Wand hing, davor lagen auf einem schmalen Brett Kämme, Bürsten und Haarnadeln, an seinem Rahmen hingen Ketten aus Glasperlen und billigen Steinen. Er wartete, bis sie leise seinen Namen rief, und drehte sich um. Sie stand vor dem Bett, hatte ihr Haar geöffnet und sich große türkisgrüne Clips an die Ohrläppchen gesteckt. Ihre Lippen hatte sie mit dunklem Rot übermalt. Ihr Kleid war über die Schultern herabgezogen. Sie lächelte ein wenig unsicher. Er starrte sie an. »Mann Gottes.« Dann zog er seine Stiefel aus und ging auf Socken zu ihr. »Ich bin auch alt geworden«, gestand er ihr verlegen. »Das dauert jetzt schon alles 'n bißchen länger bei mir.«
Sie setzte sich auf das Bett und sah ihm zu, wie er seine Hose auszog. »Macht doch nichts«, sagte sie«, dann haben wir mehr davon.«
Zur selben Stunde gingen zwei Männer über die Hängebank, die dunkel und ohne Geräusche war. Die Lichtkreise ihrer Lampen glitten vor ihnen über die blanken Stahlplatten und streiften die frisch gestrichenen Pfeiler. Die Männer kamen die Treppe herunter. Auf dem Hof blieben sie stehen und blickten zu den schwarzen Umrissen des Förderturmes hinauf, davor erhob sich die dunkle Wand der Maschinenhalle. In der Finsternis türmte sich die Zechenanlage furchteinflößend über der Grube auf und schien auf den Morgen zu warten, um ihre ruhende, ungebändigte Kraft in den Dienst der Männer zu stellen.
»Morgen früh sieht's hier anders aus«, sagte Bruno.
Wladislaus blieb bei der Sache. »Sehn wir uns mal noch den Lüfter an.«
»Danach fahrn wir 'ne Bierschicht«, schlug Bruno vor.
Jeder schob mit dem Ellenbogen sein Gewehr auf dem Rücken zurecht, dann gingen sie weiter. Der Pole zog seine Uhr aus der Weste und hielt sie vor seine Lampe. »Es is noch zu früh.«

»Zu früh? Wieso?«
»Ich hab 'n Gefühl für so was, Bruno.«
»Für was?«
»Ich hab's gesehn, wie Erna sich zurechtgemacht hat. Sie is in die Wirtschaft gegang, zur Diskussion. Da wird sie den Otto getroffen haben.«
»Und?« fragte Bruno scheinbar ahnungslos.
»Du kennst Erna länger als ich«, sagte der Pole, »hast du nichts gemerkt?«
Bruno verstand, was er meinte, aber er wußte nicht, was er antworten sollte, und Wladislaus fuhr fort: »Ich hab's ihr angesehn, vom ersten Augenblick an, als Otto hier aufgetaucht is. Da is noch was.«
»Meinst du?« wich Bruno aus.
»Doch, Bruno, das weißte so gut wie ich. Da kann ich nichts dran machen. Das müssen die beiden in Ordnung bring, vorher gibt's keinen Frieden zwischen Erna und mir.«
Das Pflaster hinter dem Kesselhaus wurde vom Licht einer Lampe erhellt. Steiger Marlok kam ihnen entgegen, er war wie die meisten Kumpel mit einem achtundneunziger Infanteriegewehr bewaffnet, das er bei Kriegsende von der Front mit nach Haus genommen hatte. Marlok hatte noch einmal die Kesselanlagen überprüft. »Alles in Ordnung«, sagte er. »Wo wollt ihr hin?«
»Wir wolln uns den Lüfter ansehn«, sagte Bruno.
Wladislaus schlug ihnen vor, nach Haus zu gehen. »Ich mach das allein, ich bleib sowieso noch was auf'm Pütt.«

Straff und glatt stand die rote Fahne auf dem Fördergerüst in der Morgenbrise. Schwarz waren Schlägel und Eisen in die Mitte gesetzt, wie es Fränzi gegen die Absicht von Otto und ihrem Vater vorgeschlagen hatte, die das Emblem in die linke obere Ecke hatten rücken wollen, dorthin, wo sich auf einer ähnlichen Flagge Hammer und Sichel befanden. Das Argument, mit dem man sich schließlich auf Fränzis Vorschlag geeinigt hatte, war, daß Schlägel und Eisen in der Mitte der Flagge wirksamer zur Geltung kamen.
»Der Pütt macht alle schwarz«, hieß ein altes Sprichwort, und so fiel der neue Schlepper zwischen den anderen Kumpeln nicht auf, weil sein nackter, fleischiger Oberkörper und seine vollen Wangen, die unter dem Kinn noch die Abdrücke eines Stehkragens zeigten, gleichmäßig von schweißverklebtem Ruß bedeckt waren. Auf dem Kopf

trug er eine in der Form noch gut erhaltene, aber nun ebenfalls verrußte Offiziersmütze. Er hatte seinen Wagen hoch mit Kohle gefüllt und rollte ihn durch die Strecke. Wladislaus kam ihm mit mehreren Männern entgegen, die zu ihren Einsatzorten im Flöz unterwegs waren. Sie wußten, wer der Mann war, denn sie nahmen spöttisch eine Hab-acht-Haltung ein und riefen gegen den Lärm der Preßlufthämmer: »Glück auf, Herr Betriebsführer!«

Assessor Löwitsch stemmte sich gegen den Wagen, ein Ausdruck eisiger Verachtung hatte sich in seine schwarze Maske geprägt. Die Männer gingen weiter. Wladislaus blickte in den Streb hinauf und schlug mit einem Stein gegen das Wasserrohr, um sich im Lärm der Preßlufthämmer bemerkbar zu machen. Otto und Maurice schalteten ihre Hämmer aus und sahen zu ihm hinunter. Wladislaus grinste. »Wie macht sich denn unser neuer Mann?« Otto stellte den Daumen auf und nickte anerkennend, Maurice küßte seine Fingerspitzen und hauchte: »Superbe.«

»Der schafft mehr weg als zwei von unsern andern Schleppern«, sagte Otto, »er will uns zeigen, daß er auch hier unten der Größte is.« Er nahm seine Mütze ab und wischte sich mit dem Handgelenk den Schweiß von der Stirn, er war verlegen, als er bemerkte, daß Wladislaus ihn immer noch ansah. »Is noch was?« Wladislaus schien einen Augenblick nachzudenken. Dann schüttelte er den Kopf. »Glück auf«, sagte er und ging.

»Glück auf«, erwiderte Otto, schaltete seinen Preßlufthammer ein und drückte ihn in die Kohle.

Es gab jemand, der jetzt mit Wehmut an die harte Arbeit unter Tage dachte. Er saß allein im Büro hinter dem Schreibtisch des Betriebsführers, vor einem Durcheinander aus aufgeschlagenen Aktenordnern, Tabellen, gerollten Plänen und dicken Bilanzbüchern. Er trug ein weißes, frisch gestärktes, kragenloses Hemd, eine dunkle Weste und seine guten Hosen. Seine Holzschuhe standen neben dem Sessel, er hatte die Füße in dicken Socken unter dem Tisch ausgestreckt, den Kopf zur Seite gedreht und sah aus dem Fenster. Bruno war in Gedanken. Walter kam mit einer Kanne Tee und zwei Bechern herein. Er blieb an der Tür stehen, nahm Haltung an und meldete: »Keine besonderen Vorkommnisse, Herr Betriebsführer, nur 'ne Tasse Tee.« Bruno nahm diese Bemerkung ohne jeden Humor zur Kenntnis, er hatte sich, während ihm Walter Tee einschenkte, wieder über einen Aktenordner gebeugt. »Ich versteh das nich, das is hier die letzte Vorkalkulation, die hab ich mir mal angesehn. Das sind Lohnzettel, Materialkosten, Abschreibung für die Maschinen und Werkzeug«, er zeigte auf einen anderen Ordner, »und das sind noch Zuschlagrechnungen für die Kokerei.« Verärgert nahm er einen dritten Ordner auf, blickte kurz hinein und warf ihn wieder auf den Tisch zurück. »Und dann gibt's hier noch 'ne ›Divisions-Kalkulation‹. Haste schon mal was davon gehört?« Walter schüttelte den Kopf. »Siehste«, sagte Bruno, »ich auch nich.«

Walter schenkte sich auch Tee ein. »Warum machst'n das?«

»Warum?« wiederholte Bruno gereizt, »weil ich mal dahinterkomm will, wie die den Kohlepreis berechnet haben. Das müssen wir schließlich auch wissen, wenn wir die Kohle günstig absetzen wolln.« Der alte Hauer nickte und blickte mit geheucheltem Interesse auf die ausgebreiteten Akten, dabei schlürfte er seinen heißen Tee.

Bruno sah sich nach ihm um. »Mann, schlürf nich so laut, das macht ein ja ganz nervös.« Walter nahm eingeschüchtert den Becher von den Lippen. Bruno sah wieder aus dem Fenster. »Und wie sieht's unten aus?«

»Läuft alles«, sagte Walter. Das Telefon klingelte. Walter wollte den Hörer abnehmen. »Laß mal, das mach ich«, sagte Bruno. Er stand auf und ging um den Schreibtisch herum zu einem Paneelbrett unter der Wanduhr, auf dem ein moderner Tischfernsprecher stand. Er nahm den Hörer ab und meldete sich mit: »Bruno.« Er fügte rasch hinzu: »Büro.« Am anderen Ende meldete sich ein alter Berginvalide, der für den Pförtnerdienst eingeteilt war. Ein Mann, der Bruno sprechen wollte, war bei ihm im Pförtnerhaus. Der Mann kam an den Apparat, er war Kutscher einer Mietdroschke und sagte, daß sein Fahrgast draußen am Zaun vom Materiallager auf Bruno warten würde und ihn dringend sprechen wolle.

»Wer will mich sprechen?« fragte Bruno.

»Ein Herr, seinen Namen hat er nicht gesagt«, knarrte die Stimme aus dem Hörer, »und Sie möchten sich beeilen.«

»Gut, ich komme«, sagte Bruno und hängte ein. Er zog seine Joppe über, setzte seine Mütze auf und ging zur Tür. Er hatte eine Vermutung, wer der Herr war, der sich auf diese Weise an ihn wandte.

»Willste auf Strümpfen laufen?« fragte Walter ihn. Bruno stand schon im Treppenhaus. Er kehrte noch einmal ins Büro zurück und zog seine Schuhe an. Als er gegangen war, setzte sich Walter in den Sessel hinter den Schreibtisch und trank in Ruhe seinen Tee.

Der Wind blies an der Backsteinmauer der Zeche entlang. Bruno hatte den Kragen hochgeschlagen und die Hände in die Taschen gesteckt.

Am Lagerplatz, wo die Mauer von einem geteerten Bretterzaun abgelöst wurde, parkte eine Kutsche. Daneben stand ein Mann in einem langen Mantel aus schwerem Tuch, er hatte seinen steifen Hut in die Stirn gedrückt und blickte, unter der schmalen Krempe hervor, Bruno entgegen. Hinter ihm, flach über dem Ende der Straße, waren die rasch heranziehenden Wolken von der Abendsonne rot gesäumt. Bruno hatte richtig vermutet, der Mann war sein Schwager Karl Boetzkes. Zur Begrüßung nickten sie sich schweigend zu und gingen dann langsam, mit großen Schritten, vor dem Zaun auf und ab. Karl sah sich immer wieder um, er wollte von niemandem gesehen werden. Gegen den Wind mußte er lauter reden, als es der Heimlichkeit ihres Treffens eigentlich gemäß gewesen wäre.
»Ich habe nicht viel Zeit, Bruno. Ich fahre heute nacht nach Berlin.« Er lächelte skeptisch. »Vielleicht haben die Spartakisten inzwischen schon den Kongreß besetzt. In Berlin muß man jetzt mit allem rechnen.« Er machte eine Pause, sie drehten um und gingen wieder zurück. »Du weißt, warum ich gekommen bin«, sagte er. »Ihr könnt nicht alles auf einmal erzwingen, dafür seid ihr noch nicht stark genug. Auf unserem Weg brauchen wir Geduld, das ist ein langer Prozeß. Das ist die wichtigste Erfahrung, die ich bei meiner politischen Arbeit gemacht habe.« Er wartete darauf, daß Bruno etwas erwiderte, und als Bruno schwieg, fügte er hinzu: »Mit eurer Politik und auf eigene Faust kommt ihr nicht weit. Ich kann auch nicht mehr einfach so handeln, wie mir manchmal im ersten Augenblick zumute ist.«
Bruno sagte: »Wir haben den ersten Schritt getan, und wenn du noch bei uns wärst, da hättest du's genauso gemacht.«
»Nein, das muß auf breiter politischer Basis geregelt werden«, antwortete Karl entschieden.
»Wir halten den Pütt auch nur so lange besetzt«, sagte Bruno, »bis ihr in Berlin die Räterepublik auf die Beine gestellt habt.« Er sah Karl von der Seite an. »Das is doch noch eure Absicht, hoffe ich.«
Karl wich seinem Blick aus. »Das ist eine Frage der Mehrheit. Wir werden tun, was wir können.«
»Rede nicht drumrum. Wenn ihr da Kompromisse macht, seid ihr Verräter für uns, dann gibt es Streik.«
Karl sah auf seine Uhr. »Ich bitte dich, Bruno, in eurem eigenen Interesse. Ich werde nicht verhindern können, daß euch sonst Militär geschickt wird.«
Bruno war stehengeblieben, der Blick, mit dem er Karl ansah, war hart und voll bitterer Verachtung. »Du riskierst den Bürgerkrieg,

Karl. Glück auf.« Er ließ ihn stehen und ging, vom Wind geschoben, zur Einfahrt der Zeche zurück. Karl sah ihm nach wie jemand, der einen Blinden gegen eine Mauer rennen sieht, ohne ihn daran hindern zu können. Er ging zur Droschke, öffnete die Tür und rief zum Kutscher hoch: »Fahr zu!«

In der folgenden Nacht fand Bruno keinen Schlaf. Er hatte nur Pauline und sonst niemandem von seiner Begegnung mit Karl erzählt. Pauline war aufgewacht und hatte bemerkt, daß er nicht neben ihr lag. Er stand in der Stube, sie hörte seinen schweren Atem. »Was hast du denn? Komm ins Bett«, sagte sie leise.
»Ich hab Angst«, sagte er, »Angst, daß wir's nich schaffen.« Sie versuchte, ihn zu beruhigen, und flüsterte sanft: »Komm zu mir, leg dich wieder hin.« Sie konnten sich nicht sehen, sie hatten kein Licht gemacht, damit Fränzi nicht aufwachte. »Davon hab ich schon als Junge geträumt, als ich noch am Leseband gestanden habe: daß wir mal über unsere Arbeit selber bestimm.« Er hatte sich am Bettrand entlang zu ihr getastet und sich neben sie gesetzt. »Ich hab's gehofft für uns und unsere Kinder, aber...«
Sie legte ihre Fingerspitzen auf seine Lippen, um ihn zum Schweigen zu bringen, und dann zählte sie ihm leise auf, was sie schon alles erreicht hatten: Die Arbeit auf dem Pütt verlief beinahe wie nach Plan. Sie machten gute Kohle, obwohl einfache Hauer die Arbeit der Steiger und Reviersteiger übernehmen mußten. Bruno selbst kam zugute, daß er anderthalb Jahre die Bergschule besucht hatte. Im Krieg hatte er die Ausbildung abbrechen müssen. Die Kumpel hatten sich zunächst auf eine Neunstundenschicht einschließlich Ein- und Ausfahrt geeinigt, um den Betrieb erst einmal wieder in Schwung zu bringen, wie es Steiger Marlok bei der Planbesprechung genannt hatte. Weil es noch nicht genügend Männer auf dem Pütt gab, hatten sie die Frauen als Schlepperinnen über Tage weiterhin zugelassen. Ansonsten hielten sie an dem alten preußischen Bergbaugesetz fest, daß Frauen unter Tage nichts zu suchen hatten. Pauline gehörte zu den Frauen, die dagegen protestiert hatten, aber sie vermied jetzt dieses Thema mit Rücksicht auf ihren Mann, den sie dazu bringen wollte, wieder ins Bett zu gehen.
Der Arbeiter- und Soldatenrat hatte ihnen zugesagt, einen bestimmten Anteil der geförderten Kohle abzunehmen und die Kumpel dafür mit Lebensmittel und Kleidung aus aufgelösten Militärmagazinen zu

versorgen, wodurch Bruno und viele andere Kumpel zum ersten Mal, abgesehen von der Zeit, die sie beim Militär gedient hatten, in den Besitz von einem Paar ordentlicher Lederstiefel gekommen waren. Was Pauline bei ihrer nächtlichen Aufzählung hoffnungsvoller Ereignisse noch nicht vorhersehen konnte, war die Unterstützung durch einen Einzelkämpfer, von dem sie das am wenigsten erwartet hatte.
Max war für den nächsten Vormittag zur Bewachung der Einfahrt eingeteilt. Er lief mit geschultertem Gewehr vor dem Gittertor auf und ab und sah sich in Gedanken als Reviersteiger den Aufhau eines neuen Flözes leiten, als ihn Motorengeräusch in die Gegenwart seines langweiligen Wachdienstes zurückrief. Mit hoher Geschwindigkeit und weit nach vorn über den Lenker gebeugt, wobei die eine Schulter seltsam schräg verschoben schien, näherte sich ein Motorradfahrer der Zeche Siegfried. Erst dicht vor der Einfahrt bremste er sein Kraftrad ab und stemmte ein Bein zur Seite, er ließ den Motor laufen.
»Was gibt's?« rief ihm Max zu.
»Laß mich rein, Max!«
»Wer bist du?«
Der Motorradfahrer schob die Schutzbrille auf die Stirn: »Kennst du mich nicht mehr? Fritz, Fritz Rewandowski.«
Max mußte erst seine Überraschung hinunterschlucken, dann fragte er: »Was willst du? Du hast hier nichts mehr zu suchen.«
»Laß mich rein, ich gehöre zu euch«, rief Fritz.
»Was is los?« fragte Max, er dachte, daß er nicht richtig verstanden hätte.
»Ich gehöre zu euch«, rief Fritz, »du mußt mir glauben.«
Für kurze Zeit war Max ratlos. Er überlegte und entschied schließlich: »Absteigen und schieben.«
Gehorsam schaltete Fritz den Motor aus und stieg ab. Max hatte das Tor für ihn gerade so weit geöffnet, daß er die Maschine hindurchzwängen konnte. Der Sohn des ehemaligen Zechenbesitzers stellte sich vor Max auf. Er war fast einen Kopf größer als der Bergmannssohn. Er hatte die gleichen hellen Augen wie sein Vater, aber es fehlte ihnen das kühle Selbstbewußtsein, ihr Ausdruck war nachdenklich und schwärmerisch. »Ich werde auf eurer Seite kämpfen«, sagte er.
Der Blick, mit dem ihn Max daraufhin ansah, hätte ebensogut einem Eskimo gelten können, der plötzlich vor ihm aufgetaucht war und einfahren wollte. Fritz knöpfte seinen Ledermantel auf und zog eine Jagdflinte unter dem Arm hervor, die seine Schulter so merkwürdig entstellt hatte. »Das habe ich euch mitgebracht.«

Max nahm ihm die Flinte ab, begutachtete sie und fragte: »Wofür willst du damit kämpfen?«
»Für euch. Für die Klasse des Proletariats.«
Max sah ihn von oben bis unten an und zuckte dann die Schultern.
Im Büro besprachen Bruno und Assessor Löwitsch, der seine zugewiesene Schicht unter Tage beendet hatte, den weiteren Aufhau der Katharina. Brunos gutwilliger Sachverstand und die Gelegenheit, sich ihm mit dem eigenen Fachwissen überlegen zeigen zu können, waren für den Betriebsführer ein ausreichender Anreiz, sich in den Dienst der Kumpel zu stellen, die er seit der Besetzung der Zeche hartnäckig als Bolschewiken bezeichnete, was nur wenige als Beleidigung empfanden. Bruno und der Assessor standen am Schreibtisch über den Profilriß der Katharina gebeugt.
»Für die Förderung ist es besser, wenn wir von Norden rangehen, meine ich«, sagte Bruno.
Der Betriebsführer runzelte die Stirn. »Von Norden? Sieh mal hier, da kommst du genau auf die Störung, da kannst du nicht mehr nach unten gehen.«
»Das stimmt«, gab Bruno zu.
»Du hast doch mal die Bergschule angefangen, habt ihr das da nicht gelernt: Bin ich drob, muß ich rob.«
Bruno erinnerte sich, lächelte und ergänzte den Merkspruch: »Bin ich drunter, muß ich runter.«
Beide Männer blickten zur Tür, als Max, gefolgt von Fritz Rewandowski, das Büro betrat. Bruno und der Betriebsführer starrten den Sohn des Direktors mißtrauisch an, jeder befürchtete vom anderen, daß er irgendeine Machenschaft geplant hatte, die mit dem unerwarteten Erscheinen von Fritz in einem Zusammenhang stand. Assessor Löwitsch sprach seinen Verdacht auch sofort aus: »Was suchen Sie hier, Fritz? Hat man Sie mit Gewalt hierher gebracht?«
Seine Sorge brachte Max zum Lachen. »Mit Gewalt?« wiederholte er. »Ich werd'n nich los. Er will für uns kämpfen.«
»Mit dir rede ich nicht«, fuhr ihm der Betriebsführer über den Mund, er wandte sich wieder besorgt an den Sohn seines Direktors. »Sprechen Sie, haben Sie keine Angst.«
Fritz hob das Kinn und erwiderte ihm stolz: »Ich bin Ihnen keine Erklärung schuldig.«
»Wissen Ihre Eltern, daß Sie hier sind?«
Fritz gab ihm keine Antwort mehr. Bruno wandte sich an Max. »Was is los?«

»Hab ich doch gesagt«, rief Max verärgert, er mußte wieder lachen. »Er will für uns kämpfen.« Max zeigte mit dem Daumen hinter sich in den Flur. »Er hat sich auch 'ne Flinte mitgebracht.«
Bruno wußte nicht, wie er den jungen Mann einschätzen sollte. »Machen Sie uns keinen Ärger«, sagte er.
»Hat man Sie dazu gezwungen?« fragte ihn der Betriebsführer noch einmal, »hat man Sie in irgendeiner Weise unter Druck gesetzt?« Er bekam keine Antwort. Löwitsch ging zum Telefon: »Ich werde Ihren Vater benachrichtigen.«
»Unterlassen Sie das bitte«, sagte Fritz höflich, aber bestimmt, er verstand sich perfekt auf den förmlichen Umgang seines Standes. »Ich pflege über meine Handlungen selber zu entscheiden.« Max hatte ihm bewundernd zugesehen. Aber der Betriebsführer ließ sich nicht beirren, er nahm den Hörer ab und wählte die Vermittlung. Im selben Augenblick hatte sich Fritz umgedreht und war aus dem Büro gerannt. Bruno sagte zu seinem Sohn: »Lauf ihm nach.«
Aber Fritz Rewandowski blieb unauffindbar, obwohl sich nach dem Schichtwechsel noch einige Kumpel zu einer Suchaktion bereit gefunden hatten, die bis zum Einbruch der Dämmerung dauerte. Weil sein Motorrad immer noch neben dem Pförtnerhaus an der verschlossenen Einfahrt stand, vermutete man, daß sich Fritz noch auf der Zeche befinden mußte. Assessor Löwitsch hatte außerdem telefonisch in Erfahrung gebracht, daß er inzwischen weder in die Villa Sturz noch zu seiner Mutter auf das Anwesen derer von Kampen zurückgekehrt war. Man hatte die Suche schließlich erfolglos abgebrochen. Wahrscheinlich hatte Fritz Rewandowski, der sich mit den Besetzern der Zeche seines Vaters solidarisieren wollte, sein Motorrad auf dem Pütt zurückgelassen und war irgendwo über die Mauer geklettert. Um sich in jedem Fall korrekt zu verhalten, hatte man noch die Wache der Volksmiliz benachrichtigt. Max hatte scheinbar seinen ganzen Ehrgeiz daran gesetzt, Fritz wieder einzufangen, weil der ihm mit seiner Flucht aus dem Büro entwischt war. Als eine Art Buße hatte er die folgende Nachtwache auf der Zeche übernommen, für die er nach Plan erst wieder in der nächsten Woche eingeteilt war.
Es war etwa gegen zwei Uhr in der Nacht, als Friedel, in eine Decke gewickelt, die sie unter den Achseln festgeklemmt hielt, und mit einer Petroleumlampe in der Hand aus der Dachkammer trat und sich über das Geländer beugte. Sie rief leise zu Käthe und Maurice hinunter, die im Bett unter der Treppe schliefen: »Habt ihr gehört? Draußen is'n Wagen vorgefahrn.« Käthe glaubte, daß Friedel wieder von einem ih-

rer Erwartungsträume überlistet worden war, die immer mit der Rückkehr von Kurt Bredel endeten. »Nein, Friedel«, sagte Käthe beruhigend, »es ist kein Wagen vorgefahren, du hast wieder geträumt.« Sie drehte sich nach Maurice um, der sie mit einem Seufzer in die Arme nahm. Friedel kam die Treppe herunter, ging in die Schlafstube und weckte Bruno und Pauline. »Es is jemand an der Tür.«

Bei Pauline fand sie nicht das besänftigende Verständnis, mit dem ihr Käthe geantwortet hatte. »Du spinnst. Geh in dein Bett und laß uns schlafen«, sagte Pauline. Im nächsten Moment wurde an die Tür geklopft. Bruno stand auf und zog seine Hosen an, er stopfte sein Nachthemd in den Bund, nahm Friedel die Lampe ab und ging durch die Küche zur Haustür. Käthe hatte sich im Bett aufgerichtet, Maurice war liegengeblieben.

»Wer is da?« fragte Bruno.

Eine Frauenstimme antwortete: »Bitte machen Sie mir auf.«

Bruno zog den Riegel zurück und öffnete die Tür einen Spalt breit, durch den er auf eine schlanke, in einen dunklen Pelz gekleidete Dame blickte. Sie trug keinen Hut, wie es eigentlich zu ihrer äußeren Erscheinung gepaßt hätte, sondern hatte nur einen Seidenschal um den Kopf gebunden. Ihr Gesicht war blaß, ihr Ausdruck besorgt. Bruno erkannte sie.

»Ich habe noch Licht brennen sehen«, sagte Sylvia Rewandowski. Sie sah Bruno abwartend an. Er blickte in die Wohnküche zurück; er wußte nicht, wie er sich verhalten sollte. Schließlich öffnete er ihr die Tür so weit, daß sie eintreten konnte. Sie blickte zuerst auf Pauline, die sich ein Tuch über ihr Nachthemd gebunden hatte und in der Tür zur Schlafstube stand, mit einem kurzen, dezenten Blick streifte sie dann Käthe und Maurice in ihrem Bett. Die Peinlichkeit, die sich aus ihrem unangekündigten Besuch für alle Betroffenen ergab, überging Sylvia mit stolzer Gelassenheit. Enttäuscht war Friedel wieder die Treppe hinaufgegangen, ohne sich für den Anlaß zu interessieren, der die Gattin des Zechenbesitzers zu so ungewöhnlicher Stunde hatte an die Haustür klopfen lassen. Sylvia wandte sich wieder an Bruno. »Ich komme nicht als die Frau Ihres Direktors zu Ihnen, sondern als die Mutter von unserem Fritz.« Sie blickte ihm forschend in die Augen. »Hat sich mein Sohn hier bei Ihnen versteckt?«

Bruno schüttelte den Kopf, er wunderte sich, wie sie auf den Gedanken kam, daß sich Fritz hier im Haus verkrochen haben sollte. Aber dem Jungen war anscheinend einiges zuzutrauen. »Nein«, sagte er, »das würden wir ihm auch nicht erlauben.«

Sie sah ihn wieder prüfend an: »Wissen Sie, wo er sich aufhält?«
»Nein.«
»Kann ich Ihnen vertrauen?«
Pauline antwortete für ihren Mann, sie sagte nachdrücklich und bestimmt: »Ja, das können Sie.«
Als sie sich nun an Pauline wandte, lag in Sylvias Blick die stille Bitte um Verständnis für die Sorge, das sie von der Mutter eines etwa gleichaltrigen Sohnes erwartete. »Wenn er zu Ihnen will oder wenn Sie ihm irgendwo begegnen, dann geben Sie uns bitte sofort Bescheid.« Sie ging zur Tür und drehte sich noch einmal um. »Reden Sie ihm zu und schicken Sie ihn zu uns zurück.«
Bruno hielt ihr die Tür auf. »Verzeihen Sie«, sagte Sylvia. Sie ging in ihren pelzgefütterten Stiefeln mit hohen Absätzen sicher über den ungepflasterten Fußweg auf die zweispännige Kalesche zu, die am Straßenrand auf sie wartete. Der Kutscher hatte den Schlag geöffnet.
Bruno schloß die Haustür und schob den Riegel vor. Fränzi war barfuß und im Nachthemd in die Küche gekommen. »Was is'n los?« Maurice zog Käthe, die noch aufrecht im Bett saß, am Arm zu sich in die Kissen herunter und sagte, ohne die Augen zu öffnen: »Mach Licht aus, Bruno.«
Der Hof der Zeche wurde von der Lampe, die am Schacht brannte, schwach erhellt, die Hängebank war unbeleuchtet. Der Anschläger hockte auf einem Schemel neben dem Schutzgitter. Er versah seinen einsamen Dienst für die Zimmerhauer, die in der Nacht die Strecke ausbesserten. Max ging am Schuppen der Sägerei vorbei zum Lagerplatz. Er trug ein Bündel unterm Arm, in der Hand hielt er eine Infanterie-Stablampe. Bevor er sie einschaltete, wartete er, bis er sich hinter der Schmiede befand, wo er vom Anschläger nicht mehr gesehen werden konnte. Dann ging er den schmalen Weg zwischen dem aufgeschichteten Rundholz entlang und leuchtete den Stoß ab.
Es dauerte nicht lange, bis ihm an einem Stapel in der zweiten Reihe auffiel, daß die Schnittflächen der oberen Hölzer nicht ganz bündig gelagert waren. Er kletterte hinauf und stand vor einer abgestützten Mulde. Fritz Rewandowski zuckte erschreckt zusammen und hielt sich gegen den plötzlichen Lichtstrahl schützend die Hand vor die Augen. Er hatte sich fröstelnd zusammengekauert und den Kragen seines Ledermantels hochgeschlagen.
»Glück auf«, sagte Max und richtete den Lichtkegel einen Augenblick auf sich, damit Fritz ihn erkennen konnte.

»Du bist es«, sagte Fritz beruhigt. »Mach die Lampe aus. Wie hast du mich gefunden?«
»Ich habe gleich gewußt, wo du hingelaufen bist«, sagte Max, »aber den Kumpels hab ich erzählt, daß ich hier schon alles abgesucht hab.« Er rollte das Bündel auf, es war eine Wolldecke aus der Rettungsstelle, in die er eine Blechflasche mit heißem Tee gewickelt hatte.
»Ich dank dir, Kamerad«, sagte Fritz. Er trank einen Schluck Tee und zog dann ein silbernes Etui aus der Manteltasche. »Willst du rauchen?« Er wollte Max ein Zigarillo anbieten.
»Auf'm Holzlager darf nich geraucht werden«, belehrte ihn Max. Er leuchtete den Stapel ab. »Das hast du gut ausgebaut. Wo hast du das gelernt?«
»Das muß man nicht lernen«, erwiderte Fritz, »das ist Logik, das sagt einem der Verstand, wie man die Hölzer zu schichten hat.«
»Mir hat's Wladislaus gesagt«, bemerkte Max. Er schaltete die Lampe aus.
»Wer ist das?«
»Ein alter Hauer, 'n Pole. Ich hab bei ihm als Hilfshauer auf der Katharina angefangen, als mein Vater im Krieg war.« Nachdem sich ihre Augen an die Dunkelheit gewöhnt hatten, reichte das Licht der fernen Lampe am Schacht aus, um sich in dem Versteck zurechtzufinden.
»Suchen sie mich noch?«
»Auf'm Pütt nich mehr, aber draußen. Hier bist du sicher«, sagte Max. Er fragte Fritz: »Was hast du gelernt?«
»Ich gehe eigentlich noch zur Schule«, sagte Fritz. »Ich soll Jura studieren.« Er hatte sich ein Zigarillo in den Mund gesteckt.
»Hier darfste nich rauchen«, machte ihn Max wieder aufmerksam.
»Entschuldige, Kamerad.« Fritz behielt das Zigarillo im Mund, zündete es aber nicht an. »Hast du mal Karl Marx gelesen?«
Max schüttelte den Kopf. »Aber mein Onkel, der hat'n Bild von ihm, das steht noch bei uns, oben inner Dachkammer.«
»Ich werde dir mal sein ›Manifest der Kommunistischen Partei‹ geben, das sind nur'n paar Seiten. Ich habe viel von ihm gelesen. Mein Vater hat darauf bestanden, damit ich die Taktik des Gegners verstehen lerne und weiß, womit wir in den nächsten Jahrzehnten zu rechnen haben. Aber mir ist dabei klargeworden, daß wir uns verbraucht haben. Ich glaube, die bürgerliche Klasse ist reif für eine Ablösung durch das Proletariat.« Er saugte an dem kalten Zigarillo und fügte hinzu: »Unser Untergang ist eine historische Unabänderlichkeit.«
»Haste das alles auch deinem Vater erzählt?«

»Nein, das hat keinen Sinn.«
»Mußte mal machen«, sagte Max, »vielleicht kommt er dann auch zu uns.«
Fritz ging auf Max' spöttische Bemerkung ernsthaft ein. »Mein Vater begreift das nicht, er klammert sich an seinen Klassenstandpunkt fest. Er ist zu alt, um sich zu ändern. Aber ich habe für mich die Konsequenz gezogen. Darum bin ich hier.« Er versuchte Max in der Dunkelheit in die Augen zu sehen. »Nimmst du mich morgen mit runter?«
»Wohin?« fragte Max.
»In die Grube.«
»Willste einfahrn?«
»Ja, ich will leben wie ihr und mir mein Essen und Trinken selber verdienen.«
Max war von dem Rundholz, auf das er sich gehockt hatte, aufgestanden. Er mußte seinen Wachgang fortsetzen. »Mal sehn«, sagte er, »vielleicht kann ich dich einschleusen. Dann bring ich dir altes Arbeitszeug mit.«

»Wir haben heute verdammt matte Wetter«, sagte Steiger Marlok. Er war zusammen mit Max als Hauer für den dritten Abschnitt auf der Katharina eingeteilt. Sie hatten ihre Preßlufthämmer ausgeschaltet. Marlok hatte sich gegen einen Stempel gelehnt und wischte sich mit dem Handrücken den Schweiß von der Stirn und aus den Augen. »Wenn wir gute Kohle machen, kommt hier 'ne Lutte mit'm Lüfter rein, da gibt es ein neues Modell, das is praktisch eine elektrisch betriebene Turbine, die in die Lutte eingesetzt wird.«
Max hatte ihm nur halb zugehört, er blickte unruhig zur Strecke hinunter.
»Was is?« fragte Marlok.
»Ich geh mal runter, mal sehn, wie's auf der Strecke is.«
»Da wird's auch nicht viel besser sein.« Marlok fiel der neue Schlepper ein. »Sag dem Jungen, er soll 'ne Pause machen. Aber paß auf, daß er nicht zuviel Wasser säuft.«
Max rutschte den Streb hinunter, und Marlok überprüfte den Ausbau vor Ort. Er schlug einen Keil unter ein loses Kopfholz. Dann lehnte er sich wieder gegen den Stempel und teilte mit seinen Blicken den Kohlestoß ein, wobei er die Zeit kalkulierte. Trotz der matten Wetter waren sie gut vorangekommen. »Komm mal! schnell! Bring die Fla-

schen mit!« hörte er Max von der Strecke heraufrufen. Steiger Marlok richtete sich auf, hakte ihre Wasserflaschen vom Kappenholz und stieg rasch neben der Rutsche den Streb hinunter. Unten am Verladeort sah er Max vor dem jungen Schlepper stehen, der ohnmächtig über dem halb gefüllten Kohlewagen hing, seine Arme baumelten kraftlos vom Wagenrand herab. Sie hoben ihn auf und legten ihn flach auf den Boden. »Der Junge verträgt noch nichts«, sagte Marlok, und Max sagte leise: »So 'ne Scheiße.« Er sah zu, wie der Steiger dem Jungen Wasser aus seiner Flasche ins Gesicht schüttete und dann nachdenklich wurde. »Wo kommt er her, sagst du?« Max gab ihm keine Antwort. Marlok hatte den neuen Schlepper erkannt: »Weißt du, wer das is?«
Max nickte.
»Du weißt es also. Und du hast ihn hier eingeschleust?«
Max nickte wieder.
»Da hast du uns was eingebrockt«, sagte Marlok, »und dann bringst du ihn auch noch ausgerechnet zu mir. Du hast wohl gedacht, wenn er schwarz ist, erkennt'n keiner?« Er nahm ein Stück Kohle und schlug damit das vorgeschriebene Klopfzeichen für den Abtransport eines Verletzten an das Wasserrohr. Die Kumpel, die für den Sanitätsdienst eingeteilt waren, fuhren Fritz Rewandowski aus und brachten ihn in die Waschkaue, wo er aber wieder zu sich kam, bevor sie den Wasserschlauch ausgerollt hatten. Max hatte ihn begleitet und seinen Vater aus dem Büro geholt. Fritz saß enttäuscht und trotzig allein auf der langen Umkleidebank. Bruno beobachtete ihn. »Geht's dir besser?«
»Jawohl«, erwiderte Fritz in einem bemüht forschen Ton.
Bruno wandte sich an Max. »Wo sind seine Sachen?«
»Die hab ich im Holzlager versteckt.«
»Hol sie«, sagte Bruno. Max lief schnell, aber ohne den falschen Eifer eines schlechten Gewissens aus der Kaue.
»Was haben Sie jetzt mit mir vor?« fragte Fritz.
»Ich habe deinen Vater angerufen. Er holt dich ab.«
Fritz hob den Kopf und sah ihn trotzig an. »Sie haben kein Recht, über mich zu verfügen. Ich weiß, daß ich versagt habe, aber...«
»Du hast nicht versagt«, unterbrach Bruno ihn. »Wir haben sehr matte Wetter auf Katharina, wie das sonst nich üblich ist. Das Barometer is gefalln. Du bist auch nicht der erste Neuling, dem das passiert.«
Es war ihm gelungen, Fritz ein wenig von seiner Enttäuschung über das rasche Ende seiner ersten Einfahrt zu nehmen. Offensichtlich

hatte der Junge das nicht von ihm erwartet, denn er sah überrascht zu Bruno auf, schweigend zuerst, bis er die Fragte wagte: »Warum behalten Sie mich dann nicht hier. Ich bin auf eurer Seite.«
Bruno sah ihn nachdenklich an, er lächelte: »Das muß sich erst noch rausstelln, so was is schnell gesagt.«
»Sie trauen mir nicht?«
»Nein. Du bist anders groß geworden als wir. So was kann man nicht einfach ablegen wie'n alten Hut«, sagte Bruno. »Geh dich jetzt waschen.«
Fritz lehnte das ab, er war stolz auf sein verrußtes Zeug und seine geschwärzte Haut.
Max brachte seine Sachen: Ledermantel, Stiefel, Gamaschen, Breeches, Sweater, Schal, Ledermütze und die Jagdflinte. Zur gleichen Zeit war Assessor Löwitsch, von Walter bewacht, in die Kaue gekommen. Es wirkte wie ein lächerliches Ritual, als der alte Hauer mit geschultertem Gewehr, aber immer noch voller Ehrfurcht vor seinem ehemaligen Vorgesetzten neben dem Assessor einhergetrottet kam, während sich Löwitsch bewegte, als wenn es keinen Bewacher für ihn gäbe.
»Ihr Vater wartet am Tor, bitte gehen Sie, gehen Sie rasch.«
Fritz sah Max unschlüssig an. Der Betriebsführer hatte Mühe, seine Nervosität zu verbergen, ein Zustand, der ungewöhnlich für ihn war.
»Bitte beeilen Sie sich, gehen Sie.«
Bruno sagte ruhig: »Geh nach Hause, Junge.«
Fritz stand auf und ging zu Max: »Bringst du mich bis zum Tor?«
»Na sicher«, sagte Max. Der Betriebsführer wollte sich ihnen anschließen. Fritz drehte sich nach ihm um: »Ich hoffe, Sie werden nicht die Aufdringlichkeit besitzen, uns zu folgen.«
Max gab ihm seine Sachen. »Moment!« rief Bruno, er lief ihnen nach und nahm Fritz die Jagdflinte ab. »Das Ding behalten wir besser hier.« Er lachte. »Als Andenken.«
Als sie über den Hof gingen, zeigte Max auf die verrußte Arbeitskleidung von Fritz. »Willste das anbehalten?«
Fritz sah stolz an sich hinunter. »Natürlich. Warum nicht?«
»Gut«, sagte Max, »es is nur...«
»Was?«
»Nichts«, sagte Max. Er hatte Fritz das Arbeitszeug von einem Schlepper gegeben, der unter die Kohle gekommen war und mit ein paar Rippenbrüchen im Bett lag. Aber Max wollte jetzt gegenüber Fritz nicht kleinlich sein. Er meinte, daß er den Sohn des ehemaligen

Zechendirektors nach seiner mißlungenen Einfahrt ein wenig aufmuntern sollte, und sagte: »Du mußt eben noch'n bißchen warten, bis sie in Berlin die Räterepublik gegründet haben. Dann werden die Zechen sowieso alle vergesellschaftet. Und dann kommste zu uns und legst bei uns an wie ein ordentlicher Bergmann.«
Sie hatten das Tor erreicht. Durch das neu, in hellem Grau gestrichene Gitter glänzte der schwarze Lack der Achtzylinderlimousine. Rewandowski saß am Steuer und ließ den Motor laufen. Sein Sekretär stand neben dem Wagen und hielt schon für Fritz die Tür auf. Max zwinkerte Fritz zu. »Ich werd schon dafür sorgen, daß du nich erst zu den Frauen ans Leseband mußt.« Er gab ihm die Hand, das heißt, er wollte sie ihm geben, denn im selben Augenblick hob Fritz seine rußschwarze Hand und ballte sie zum proletarischen Gruß.
»Wenn ich Sie bitten darf: beeilen Sie sich.« Der Sekretär preßte nervös die Lippen zusammen. Max öffnete das Tor. Plötzlich fiel ihm etwas ein, er zeigte auf das Motorrad: »Deine Maschine...«
»Kannst du sie fahren?« fragte Fritz.
»Vielleicht«, sagte Max.
»Ich überlasse sie eurem Kollektiv.« Fritz hob noch einmal die Faust und stieg dann ein, ohne den Sekretär und seinen Vater eines Blickes zu würdigen. Sofort schlug der Sekretär die Tür hinter ihm zu und setzte sich auf den Beifahrersitz. Max hatte grüßend die Hand an die Mütze gelegt. Mit knappen Gasstößen schaltete Rewandowski die schwere Limousine auf kurzer Strecke in den Schnellgang hoch. Fritz saß allein auf der Rückbank, hinter seinem Vater. Der Sekretär, der schräg vor ihm saß, beobachtete ihn mit gelegentlichen Blicken über die Schulter. Fritz hatte sich zurückgelehnt und sah aus dem Fenster, für einen Augenblick wünschte er sich, sie würden gegen einen Straßenbaum rasen. »Warum fährst du so schnell?« Sein Vater gab ihm keine Antwort. Sie hatten die Chaussee erreicht, und Rewandowski bremste den Wagen ab. Er tat es nicht, um Fritz zu beruhigen, sondern weil ihm die freie Fahrt versperrt wurde. Fritz blickte an seinem Vater vorbei durch die Windschutzscheibe. Was er jetzt sah, erklärte ihm nachträglich die Nervosität des Betriebsführers und die Eile, mit der ihn der Assessor vom Zechengelände bringen wollte: Auf der Chaussee kam ihnen eine Marschkolonne Infanteristen entgegen, etwa zwei Kompanien stark. Die Soldaten hatten Bajonette auf die Gewehre gepflanzt und die Sturmriemen ihrer Helme unter dem Kinn festgezogen.
Rewandowski fuhr in verminderter Geschwindigkeit an der Kolonne

vorbei. Der Major, der sie anführte, hatte vor ihm salutiert. Er trug als einziger keinen Helm, er hatte seine Offiziersmütze schräg in die Stirn gedrückt. Die Finger im Lederhandschuh grüßend am lackledernen Mützenschirm, war sein glattes, bartloses Gesicht, eingerahmt vom hochgeschlagenen Mantelkragen, nahe vor dem Wagenfenster an Fritz vorübergehuscht. Sein Adjutant, ein junger Feldwebel, hatte den Zechendirektor am Steuer seiner Limousine für den kurzen Augenblick, in dem er an ihm vorbei fuhr, respektvoll und zugleich mit vertraulicher Neugier angesehen und ebenfalls vor ihm salutiert. Er führte einen Trupp Soldaten an, der Ledergurte um die Schultern gelegt hatte und ein schweres Maschinengewehr auf einer fahrbaren Lafette hinter sich herzog.
»Halt an!« rief Fritz. »Laß mich raus!« Rewandowski ging nicht auf ihn ein. Er hatte die Kolonne hinter sich gelassen, die Straße war frei, und er wollte den Wagen wieder beschleunigen, als Fritz die Tür aufstieß und hinaussprang. Der Sekretär hatte sich über seine Sitzlehne gebeugt und vergeblich versucht, ihn festzuhalten. Es war fast genau dieselbe Stelle, an der Max Kruska ihn vor einigen Jahren auf seinem Schulweg aus dem Kanal gefischt hatte, als er bei der morgendlichen Trainingsfahrt auf seinem Rennrad der plötzlich abgebremsten Kutsche, die ihm als Schrittmacher vorausgefahren war, ausgewichen und die Kanalböschung hinuntergerollt war. Auch diesmal überschlug sich Fritz mehrere Male, blieb aber auf der Böschung liegen, so daß ihm bei der merkwürdigen Ähnlichkeit des Ereignisses in diesem Fall wenigstens das unfreiwillige Bad im eiskalten Wasser des Kanals erspart geblieben war. Er wollte sofort wieder aufspringen, aber er hatte sich am Fuß verletzt und blieb hilflos sitzen, bis Rewandowski und sein Sekretär zu ihm gelaufen kamen. Der Sekretär fühlte sich für Fritz verantwortlich, weil es ihm nicht gelungen war, ihn von seinem Sprung aus dem Wagen zurückzuhalten. Er hatte Fritz als erster erreicht und beugte sich mit einer hilfreichen Geste über ihn. Rewandowski schob ihn zur Seite. Er blieb vor seinem Sohn stehen, ohne ihm seine Hilfe anzubieten. »Warum hast du das gemacht?«
»Ich muß zu ihnen«, stammelte Fritz und versuchte, wieder aufzustehen. Rewandowski half ihm nicht. »Zu wem?« fragte er.
»Zu den Genossen auf der Zeche, ich muß sie warnen.« Seine Augen funkelten voller Verachtung in seinem schwarz verrußten Gesicht. »Du Verräter, du dreckiger Ausbeuter...«
Rewandowski beugte sich jetzt ein wenig zu ihm hinunter und griff seinen Arm: »Komm, steh auf.«

Fritz schüttelte ihn ab: »Du kannst sie zusammenschießen lassen, aber die Revolution könnt ihr nicht mehr aufhalten.«
Rewandowskis Blick blieb kühl und war ohne jeden Vorwurf, er sagte: »Ich kann dich verstehen, Fritz, aber du bist im Irrtum: Die Soldaten hat ihre eigene Partei angefordert.«

Nach der Frühschicht hatte sich Maurice im dampfenden Becken der Waschkaue abgeseift, sich umgezogen und danach den Kumpel abgelöst, der am Tor Wache hielt. Zuvor hatte er beim Lampenmann, der auch die Waffen aufbewahrte, seine Grubenlampe gegen ein achtundneunziger Infanteriegewehr eingetauscht. Er war noch für drei Stunden zum Wachdienst eingeteilt. Eine halbe Stunde später war Schichtwechsel bei den Übertageschleppern, dann hatte auch Käthe Feierabend. Sie wollten das warme Wetter nutzen und zu Haus den Garten umgraben. Er hatte die Schulter gegen die Mauer vom Pförtnerhaus gelehnt und drehte sich eine Zigarette aus kleingeschnittenen Tabakrippen, die er mit getrocknetem Pfefferminz verlängert hatte. Die Sonne wärmte schon, er hatte seine Franzosenkappe in den Nacken geschoben und sein Halstuch aufgebunden. Das Gewehr hatte er zwischen die Knie geklemmt. Seit ein paar Tagen hatte er zum ersten Mal Heimweh, es war mit der ersten Ankündigung des Frühlings gekommen. Aber er hatte Käthe nichts davon gesagt. Er glaubte, daß in diesem geschlagenen Land, in dem die alte Ordnung zusammengebrochen war, die Möglichkeit für die Arbeiter, die Macht in die eigenen Hände zu nehmen, größer war als in seinem Heimatland, wo der Sieg die herrschende Klasse zu bestätigen schien. Aus diesem Grund, und weil es Käthe gab, war er hiergeblieben. Er zündete sich die Zigarette an und ging zum Tor. Er genoß es, mit kleinen Schritten rauchend in der Sonne auf und ab zu gehen. Ohne Gewehr hätte er sich noch wohler gefühlt, er mußte es in der Hand tragen, weil am Kolben die Öse für den Riemen fehlte.
Es schien Friedels Schicksal zu sein, Ereignisse anzukündigen, die niemand wahrhaben wollte und die durch Friedels eigenartiges Verhalten nicht glaubwürdiger wurden. Sie hatte auf dem Hof Wäsche aufgehängt, und zuerst war ihr das Geräusch der Schritte aufgefallen, das aus der Ferne wie ein Rauschen klang und das sie sich nicht erklären konnte, bis sie auf der Landstraße am Ende der Vogelwiese graue Feldmäntel und Helme sah, die sich hinter den Sträuchern am Rand der Brache vorbeibewegten. Sie wollte schon ins Haus laufen und das

Foto von Kurt Bredel aus ihrer Handtasche holen, als ihr die strenge Marschordnung, die Gewehre mit aufgepflanztem Bajonett und das Maschinengewehr auffielen und ihr klarmachten, daß es sich nicht um zurückkehrende Landser, sondern um eine gefechtsbereite Truppe handelte. Sie bogen jetzt von der Landstraße in die Siedlung ein.

Friedel lebte zurückgezogen, sie hatte sich an der Besetzung der Zeche nicht beteiligt und arbeitete auch nicht mehr auf dem Pütt. Sie besorgte den Haushalt und las seit Wochen immer wieder denselben Roman, der EINE TREUE LIEBE hieß und mit der unerwarteten Rückkehr des längst verschollen geglaubten Liebhabers einer von ihrer Familie verstoßenen und verarmten jungen Gräfin endete. Bei alledem war Friedel mit der Wirklichkeit vertraut genug geblieben, um zu wissen, was sie jetzt tun mußte.

Maurice sah, wie sie atemlos auf das Tor zugelaufen kam.

»Sie kommen!« rief sie. »Laß mich rein.«

Er öffnete das Tor: »Ça va, ma chérie?«

»Sie kommen!« Friedel hatte vergessen die Schürze abzubinden.

»Qui? Wer? Wer kommt?«

»Militär, es sind viele.«

»Ah bien, Soldaten? Viele Soldaten?«

Sie merkte, daß er ihre Nachricht nicht ernst nahm, aber er war freundlich zu ihr. Sie hatte sich daran gewöhnt. Ihr war plötzlich wieder alles gleichgültig, sie fühlte sich erschöpft. Sie hob den Kopf und blinzelte in die Sonne.

»Willst du Käthe besuchen?« hörte sie ihn fragen. Er blickte durch das Gitter. Weil er nicht damit rechnete, übersah er die Soldaten, die noch klein und fern aus der Biegung der Straße hervorrückten. Erst beim zweiten Blick nahm er sie wahr und sah, wie sich die Kolonne, angeführt von dem Major, mit sturer Unabänderlichkeit der Zeche näherte. »Pourquoi?« sagte er leise. »Warum lassen sie uns nicht zufrieden?« Er drehte sich um und rannte zur Hängebank.

Der Ernstfall war mehrmals von den Kumpeln geprobt worden. Die Sirene auf dem Dach der Maschinenhalle heulte auf und sank wieder ab, mehrmals hintereinander, wie es für das vereinbarte Signal vorgesehen war. Unter Tage wurde das Alarmzeichen durch Klopfen an den Wasserrohren weitergegeben. Alle waren bereit zu kämpfen, aber sie hatten nur dreiundfünfzig Gewehre, damit mußten sie das Zechengelände nach allen Seiten verteidigen. Die Kumpel, die bewaffnet werden sollten, fuhren als erste aus. Jedem Gewehr waren zwei Männer

zugeteilt. Falls einer fiel oder verwundet wurde, sollte der andere, der sich in Deckung hielt, das Gewehr übernehmen. Die geringe Zahl der Waffen wurde durch die gute Position der Schützen und dadurch, daß jeder aus gesicherter Deckung feuern konnte, aufgewertet. Das hoffte man jedenfalls. Max war zusammen mit einem Pferdejungen wieder auf dem Dach hinter dem Schornstein des Pförtnerhauses in Stellung gegangen. Als einzige Frau hatte Pauline darauf bestanden, den Schützen zugeteilt zu werden, und Bruno hatte noch vor einigen Tagen mit ihr auf dem Lagerplatz, nur unwillig und nach einem heftigen Streit, Schießübungen abgehalten. Sie hatte sich mit einem jungen Schlepper hinter einem Stapel Eisenträger an der Mauer der Kohlewäscherei verschanzt. Im Büro hatte Walter den Betriebsführer im Verhandlungszimmer eingeschlossen, er hatte sich einen Sessel ans Fenster gerückt, sich hineingesetzt, hatte das Fenster einen Spalt geöffnet und seinen Gewehrlauf hindurchgeschoben. Als hätte er geahnt, daß er dazu nicht mehr lange Gelegenheit haben würde, hatte der alte Hauer zum ersten Mal seine Macht über den Betriebsführer ausgekostet. Er hatte sein Gewehr durchgeladen, es auf Assessor Löwitsch gerichtet und sich für zwei Minuten an der Todesangst seines Vorgesetzten erfreut. Dann hatte er ihn wieder mit gewohnter Ehrfurcht gebeten, sich ins Verhandlungszimmer zu begeben, und die Tür hinter ihm abgeschlossen. Auf der Hängebank hatten die beiden Schlesier mit dem Maschinengewehr, das Otto mitgebracht hatte, Stellung bezogen. Die Männer hatten es in der Schlosserei auf das Fahrgestell eines Kohlewagens montiert, so daß sie es, je nachdem, von wo der Angriff erwartet wurde, schnell von einer Seite der Hängebank zur anderen rollen konnten.
Die Kumpel waren darauf eingestellt, die Zeche gegen die sogenannten Freikorps zu verteidigen. Das waren versprengte Reste des alten kaiserlichen Heeres, radikal nationalistisch, die sich der Wiederherstellung der alten Ordnung verpflichtet glaubten und unter eigener Führung und nach eigenem Ermessen den Kampf gegen die Volksmilizen der Arbeiter- und Bauernräte aufgenommen hatten, wobei sie in der Wahl ihrer Gegner nicht kleinlich waren und nicht selten alles, was ihnen im Sinne eines sozialistischen Umsturzes verdächtig erschien, rücksichtslos zusammenschossen. »Das sind zu viele«, sagte Bruno, sein Gesicht war unter der Rußmaske erblaßt.
Ottos Stimme war ruhig, aber er nagte heftig an einem Zündholz, das er mit der Zunge von einem Mundwinkel in den anderen schob. »Das sind keine von den, die hier auf eigene Faust rumwildern.«

Bruno schüttelte den Kopf. »Nein«, sagte er, »die sehn bestellt aus.« Maurice war mit ihnen zum Tor zurückgekommen. Sie standen unter dem Vorbau des Pförtnerhauses und beobachteten hinter dem gemauerten Windfang hervor die Soldaten. Die Kolonne hatte etwa zweihundert Meter vor der Zeche haltgemacht. Unter den Kommandos mehrerer Feldwebel schwärmten die Soldaten in kleinen Gruppen nach beiden Seiten der Straße über die Felder aus. Die Mündung des schweren Maschinengewehrs war direkt auf die Einfahrt gerichtet.

»Sie wolln uns erst mal von vorn Zunder geben und dann von mehreren Seiten angreifen«, sagte Otto. Obwohl ihre Lage alles andere als komisch war, mußte er lachen, als er sah, wie die Soldaten, Männer, die im Begriff standen, ihr Leben zu riskieren, aufgereiht wie Puppen über das Feld marschierten. Sie erinnerten ihn an ängstliche dressierte Zirkuspferde. Ihre Furcht, aus dem Gleichschritt zu kommen, schien größer als die Furcht vor einer gegnerischen Kugel. »Ein Scheißspiel«, sagte Otto. »Das beste is, wir halten gleich dazwischen, bevor sie Stellung bezogen haben.«

»Nein«, sagte Bruno, »wir warten noch ab. Wir könn sie nicht angreifen, dafür haben wir nicht genug bewaffnete Leute.« Maurice wollte sich eine Zigarette drehen. Er griff in die Hosentasche, aber statt Tabak hielt er eine Patrone in der Hand, er drehte sie zwischen den Fingern. »C'est fou. Im Krieg haben die Franzosen gesagt: ›Schieß auf die Deutschen.‹ Und nun sagen die Deutschen auch: ›Schieß auf die Deutschen‹.«

»Wo hast du dein Gewehr?« fragte Bruno ihn.

Maurice deutete mit einer Kopfbewegung hinter sich. »Steht am Haus. Il y a un os, der Riemen geht nich fest.«

Während sie die Soldaten beobachteten, mußte Bruno an sein Treffen mit Karl denken. Er war von Karl gewarnt worden, aber er hatte nicht glauben wollen, daß sie Ernst machen könnten. Er bereute jetzt, daß er außer Pauline niemandem davon erzählt hatte, nicht einmal Otto. Er hätte den Ernstfall mit den Kumpeln besprechen sollen.

Geduckt und im Laufschritt überbrückte Wladislaus die etwa dreißig Meter, die zwischen der Schmiede und dem Pförtnerhaus lagen und ihm keine Deckung zur Straße gaben. Er trat zu den Männern unter den Vorbau. Zusammen mit Steiger Marlok hatte er die Ausfahrt der Kumpel geleitet. »Alle Männer sind ausgefahrn«, meldete er. »Wie sieht's aus?«

»Das sind zu viele«, sagte Bruno wieder.

Der Adjutant kam jetzt allein auf das Zechentor zugeschritten. Er war unbewaffnet und trug eine weiße Armbinde. Der Major stand neben dem Maschinengewehr, die Hände auf dem Rücken, und sah ihm nach. »Das ist mein alter Pütt, Herr Major, hier kenn ich mich aus«, hatte sich der junge Feldwebel bei ihm gemeldet. Auf der Zeche war es still, und so waren die Schritte seiner genagelten Stiefel auf dem Kopfsteinpflaster der Straße das einzige Geräusch. Als die vier Bergmänner ihn kommen sahen, traten sie aus ihrer Deckung hervor und gingen zur Einfahrt. Sie sahen ihm durch das Gitter entgegen, sie schienen seine Schritte zu zählen. Inzwischen waren auch einige Schlepperinnen, die in der Waschkaue Schutz gesucht hatten, auf den Hof gekommen. Der Adjutant ließ sich Zeit, bei jedem Schritt knallte er die eisenbeschlagenen Absätze auf das Pflaster, um seinem Näherkommen hörbar Beachtung zu verschaffen. Er war mittelgroß und schlank. Sein Koppel hatte er so eng geschnallt, daß sich sein langer Mantel darunter wie ein Glockenrock spreizte. Den Riemen seines Stahlhelmes hatte er nach vorn über die Kinnspitze gezogen. Sein Blick war geradeaus auf das Tor der Zeche gerichtet. Sicher ein paar tausendmal war er diesen Weg gegangen, aber da hatte er statt Helm und Koppel noch Brotbeutel und Blechflasche getragen. Er trat dicht an das Gitter heran und salutierte. Er knöpfte das Revers seines Mantels auf, zog ein Papier aus der Brusttasche und reichte es durch das Gitter. Dabei sah er keinem der Männer in die Augen und vermied es ebenso, die Frauen anzusehen; er hatte seine Pupillen starr wie ein Kameraobjektiv auf unendlich eingestellt. Bruno nahm ihm das Papier ab, er beobachtete ihn. Der Soldat schien ihn an jemand zu erinnern. Wladislaus hatte ihn gleich erkannt, aber er schwieg.

»Major von Knirp gibt euch Befehl«, sagte der Soldat, »im Namen der Volksbeauftragten habt ihr die Waffen abzugeben und den Pütt zu räumen.« Er zog eine Uhr aus der Manteltasche: »Wir geben euch fünfzehn Minuten Zeit, bis dahin...«

Erna schob Otto, der neben Bruno am Gitter stand, beiseite. »Martin«, rief sie. Er starrte an ihr vorbei und fuhr fort: »...bis dahin haben alle Männer das Zechengelände zu verlassen, und...«

»Martin, sieh mich an. Du sollst mich ansehn. Mach das Tor auf, Bruno, und laß ihn rein. Komm rein, du gehörst zu uns.«

Sie hatte ihn einen kleinen Augenblick ins Stocken gebracht: »...und... und einer von euch gibt uns mit erhobener weißer Fahne deutliches Signal.«

»Hannes is gefalln«, sagte Erna. »Du gehörst zu uns. Bring mich nich dazu, daß ich dich verfluch. Komm rein.«

Währenddessen hatten Bruno und Otto das kurze Schreiben durchgelesen, das etwa den gleichen Wortlaut hatte, wie er von Martin vorgetragen worden war. Unterschrieben war das Papier von einem ›Generalkommando der Republikanischen Schutztruppe, Dortmund‹. Martin salutierte wieder. »Aus eurer Räterepublik wird nichts, in ein paar Wochen wird in Berlin die Nationalversammlung gewählt.« Er drehte sich um und marschierte zu seiner Truppe zurück. »Martin!« schrie ihm Erna hinterher. »Komm zurück, du gottverdammtes Miststück!«
Otto beobachtete, wie Wladislaus sie vom Gitter, an das sie sich festgeklammert hatte, wegzuziehen versuchte. »Kümmre dich um sie«, sagte er zu Käthe. Die Schlepperinnen brachten sie wieder in die Waschkaue.
»Er is nich mehr mein Sohn«, schluchzte Erna, »er is für mich genauso tot wie mein Hannes.«
»Red nich so was«, sagte Käthe, »solange einer lebt, kann sich was ändern, nur wenn er tot is, isses aus.«
Maurice hatte in seinen Hosentaschen zwischen Tabakkrümeln und Patronen nach seiner Uhr gesucht. »Deux heures vingt, was machen wir?«
Niemand hatte sich um Friedel gekümmert. Käthe und Pauline wußten nicht einmal, daß sie sich auf der Zeche befand, und Maurice, der sie hereingelassen hatte, hatte sie vergessen. Sie war von den Männern auf dem Hof durch das Pförtnerhaus getrennt. Sie hatte ein leeres Ölfaß an die Mauer gerollt und war hinaufgestiegen. In der Hand hielt sie ein achtundneunziger Infanteriegewehr, an dem der Gurt lose herabhing. Sie versuchte auf dem wackeligen Faß das Gleichgewicht zu halten, zog ihr Kleid unter der Schürze in der Taille straff und legte das Gewehr an. Sie tat es ungeschickt, stützte den Schaft nicht gegen die Schulter, sondern legte ihn sich am Hals über ihren Seidenkragen. Sie neigte den Kopf auf die Seite und nahm den Major ins Visier. Ihre Locken bedeckten das Schloß und den Schaft des Gewehres, sie lächelte und sang leise:

Geh'n Sie weiter, geh'n Sie weiter,
Sie sind doch nur Gefreiter.
Wir lassen uns nicht verführen –
nur von den Offizieren.

Auf dem Dach des Pförtnerhauses hielt Max sein Gewehr im Anschlag. Er sagte zu dem Pferdejungen, der hinter dem Schornstein hockte: »Ich hab das Revanchistenschwein genau auf Kimme und Korn.«

Der Schuß hallte mehrfach gebrochen vom Bürogebäude, der Maschinenhalle und aus dem Stahlgestänge unter dem Dach der Hängebank wider. Danach fiel die Stille um so mehr auf. »Bist du blöd?« rief der Pferdejunge, er wollte vom Dach hinunterrutschen.

Max war blaß, für einen Augenblick war er selber unsicher. »Ich war's nich«, stammelte er, »ehrlich, ich war's nich.«

Offenbar hatte der Schuß niemand getroffen. Martin Stanek war von der Straße verschwunden, sein Helm tauchte über dem Rand des Grabens auf, wo er in Deckung gegangen war. Die beiden Jungen auf dem Dach sahen, wie der Major aus der Schußlinie zurücktrat. Er hob den Arm und gab Befehl zum Feuern. Das schwere Maschinengewehr ratterte eine kurze Salve, dann ließ er das Feuer wieder einstellen und wartete ab. Er hatte den ausdrücklichen Befehl erhalten, mit Menschen und Material soweit als möglich rücksichtsvoll umzugehen. Die Männer an der Einfahrt hatten sich flach auf den Boden geworfen, Otto hatte Maurice an der Schulter gepackt und ihn im Fallen mit sich gerissen. Am Tor waren einige Gitterstäbe zersprungen, an den Stahlträgern der Hängebank waren die Geschosse abgeprallt und als Querschläger über den Hof geschwirrt. Der Tank von Fritz Rewandowskis Motorrad war explodiert, die Maschine stand in Flammen, eine blauschwarze Rauchsäule stieg auf, sie ballte sich zu einer Wolke zusammen, die mit dem schwachen Wind langsam auf den Förderturm zuschwebte. Die Männer waren liegengeblieben, sie warteten, bis sie sicher zu sein glaubten, daß kein weiterer Beschuß folgte. Pauline war über die gestapelten Eisenträger geklettert, hinter denen sie sich verschanzt hatte, und zu Bruno gelaufen. Er war als erster aufgestanden. »Hast du was abgekriegt?« fragte sie. Er schüttelte den Kopf und legte ihr seine Hand auf die Schulter. Erna und Käthe kamen auf den Hof gelaufen. Otto blickte unter seinem Arm hindurch, den er schützend über den Kopf gelegt hatte. Er sah Erna entgegen und blieb in der Hoffnung liegen, daß sie zu ihm gelaufen käme. Aber er mußte mit ansehen, wie sie Wladislaus, dem Polen, aufhalf und ihn dann froh, daß er unverletzt geblieben war, in ihre Arme nahm. Otto stand auf und rückte seine Mütze zurecht. Er brauchte jetzt eine Zigarette. Maurice sollte ihm eine drehen, im Augenblick war ihm sogar das scheußliche Kraut recht, das der Franzose rauchte. Maurice lag immer noch auf dem Pflaster, Käthe hockte bei ihm. Er hatte das Gesicht halb auf die Seite gedreht und hielt die Augen geschlossen; es sah aus, als ob er lächelte. Sie glaubte, daß er wieder einen seiner Scherze mit ihr trieb, schüttelte ihn sanft und sagte zärtlich: »Steh auf, du blöder Franzose.« Sie sah Blut unter seiner Brust hervorsickern, es breitete sich neben ihm auf dem Pflaster rasch zu einer Lache aus. Otto beugte sich über ihn und fühlte seinen Puls. Als Käthe sah, daß ihm nicht mehr zu helfen war, stand sie auf und holte seine Franzosenkappe, die er beim Sturz verloren hatte und die ein paar Schritte von ihm entfernt auf dem Hof der Zeche lag. Sie legte die Kappe neben seinen Kopf und hockte sich wieder an seine Seite, als wollte sie so bis an das Ende aller Tage bei ihm wachen.

Knaur
Roman
Peter Leukefeld
nach dem Original-
drehbuch von Hans-Rüdiger Minow
Im Zeichen des
Kreuzes